KB108735

에세

2

에세

Les Essais

2

미셸 드 몽테뉴

심민화 옮김

민음사

일러두기

1 원본으로는 몽테뉴가 남긴 '보르도본'을 따른 Michel de Montaigne, *Les Essais*, Edition Villey-Saunier, PUF. 2004를 주 텍스트로, 마리 드 구르네가 몽테뉴 사후에, 보르도본의 복사본에 기반해 출간한(1595) Michel de Montaigne, *Les Essais*, I, II, III, Pléiade, 2007/ *Les Essais*, édition réalisée par Jean Céard et autres, La Pochothèque, 2002를 함께 고려했다.

2 더불어 주석과 번역상의 난제 해결을 위해 현대프랑스어판 Montaigne *Les Essais* Adaptation en français moderne par André Lanly, Quarto Gallimard 2009/ 영어 번역판(미국) *The complete Essays of Montaigne*, translated by Donald M. Frame, Stanford University Press, 1958, 영어 번역판(영국) Michel de Montaigne, *The complete Essays*, translated by M. A. Screech, Penguin Books, 2003/ 독일어 번역판 Michel de Montaigne, *Essais*, Erste moderne Gesamtübersetzung von Hans Stilett, Eichborn Verlag, Frankfurt am Main, 1998을 참조했다.

3 당대와 몽테뉴 특유의 어휘나 주제들은 *Dictionnaire de Michel de Montaigne*, Publié sous la direction de Philippe Desan, Honoré Champion, 2007을 참고했다.

1장 우리 행동의 변덕스러움에 관하여 〔 011 〕

2장 주벽(酒癖)에 관하여 〔 023 〕

3장 케아섬의 관습에 관하여 〔 039 〕

4장 사무는 내일로 〔 061 〕

5장 양심에 관하여 〔 065 〕

6장 수련에 관하여 〔 072 〕

7장 명예포상에 관하여 〔 090 〕

8장 자식에 대한 아버지의 사랑에 관하여 〔 096 〕

9장 파르티아인의 무장(武裝)에 관하여 〔 126 〕

10장 책에 관하여 〔 131 〕

11장 잔인성에 관하여 〔 153 〕

12장 레몽 스봉을 위한 변호 〔 177 〕

13장 타인의 죽음을 판단하기 〔 460 〕

14장 우리 정신은 얼마나 스스로를 방해하는가 〔 470 〕

15장 우리 욕망은 난관을 만나면 더 커진다 〔 472 〕

16장 영광에 관하여 〔 482 〕

17장 오만에 관하여 〔 504 〕

18장 거짓말하는 것에 관하여 〔 556 〕

19장 양심의 자유에 관하여 〔 564 〕

20장 우리는 순수한 어떤 것도 맛볼 수 없다 〔 571 〕

21장 게으름을 지탄함 〔 576 〕

22장 역참(驛站)에 관하여 〔 583 〕

23장 나쁜 수단을 좋은 목적에 사용하는 것에 관하여 〔 586 〕

24장 로마의 권세에 관하여 〔 592 〕

25장 병자를 흉내 내지 말 것 〔 595 〕

26장 엄지손가락에 관하여 〔 599 〕

27장 비겁함은 잔인의 어머니 〔 601 〕

28장 모든 일에는 제때가 있다 〔 616 〕

29장 용기에 관하여 〔 620 〕

30장 어느 기형아에 관하여 〔 632 〕

31장 분노에 관하여 〔 635 〕

32장 세네카와 플루타르코스의 변호 〔 647 〕

33장 스푸리나의 이야기 〔 658 〕

34장 율리우스 카이사르의 병법에 관한 고찰 〔 670 〕

35장 현숙한 아내 세 사람에 관하여 〔 683 〕

36장 가장 탁월한 남자들에 관하여 〔 695 〕

37장 자식들이 아버지를 닮는 것에 관하여 〔 708 〕

에세 1

옮긴이의 말
서문: 독자에게

1장   우리는 다양한 방법으로 비슷한 결말에 이른다

2장   슬픔에 관하여

3장   우리 마음은 늘 우리 저 너머로 쓸려 간다

4장   정념의 진짜 대상을 놓쳤을 때, 영혼은 어떻게
      그 정념을 엉뚱한 곳에 풀어놓는가

5장   포위된 곳의 우두머리가 협상을 위해
      성 밖으로 나서야 하는지에 관하여

6장   협상할 때가 위험하다

7장   우리 행동은 의도에 따라 판단해야 한다

8장   무위(無爲)에 관하여

9장   거짓말쟁이들에 관하여

10장 재빨리 또는 굼뜨게 말하는 것에 관하여

11장 예언에 관하여

12장 의연함에 관하여

13장 왕끼리 회동하는 의식에 관하여

14장 좋고 나쁜 것은 우리 견해에 달려 있다

15장 요새를 사수하려 분별없이 집착하면 처벌당한다

16장 비겁함에 대한 벌에 관하여

17장   몇몇 대사의 특징

18장   공포에 관하여

19장   우리 행복은 죽은 뒤에나 판단해야 한다

20장   철학을 한다는 것은 죽는 것을 배우는 것이다

21장   상상의 힘에 관하여

22장   한 사람의 이익은 다른 이의 손해이다

23장   습관에 대해, 그리고 기존의 법을 쉽게 바꾸지 않는 것에 관하여

24장   같은 계획의 다양한 결과들

25장   현학에 관하여

26장   아이들의 교육에 관하여

27장   우리 능력으로 진실과 허위를 가리는 것은 미친 짓이다

28장   우정에 관하여

29장   에티엔 드 라 보에시의 소네트 스물아홉 편

30장   중용에 관하여

31장   식인종에 관하여

32장   신의 뜻을 함부로 판단하려 들지 마라

33장   목숨 바쳐 속세의 쾌락을 피하다

34장   운수는 가끔 이성과 보조를 맞춘다

35장   우리네 살림살이의 결함에 관하여

36장   옷 입는 풍습에 관하여

37장   소(小) 카토에 관하여

38장   우리는 같은 일에 울기도 하고 웃기도 한다

39장   홀로 있음에 관하여

40장   키케로에 대한 고찰

41장   자신의 영광을 남과 나누지 않는 것에 관하여

42장   우리들 사이의 불평등에 관하여

43장   사치 금지법에 관하여

44장   잠에 관하여

45장   드뢰 전투에 관하여

46장   이름에 관하여

47장   우리 판단의 불확실성에 관하여

48장   군마(軍馬)에 관하여

49장   오래된 관습에 관하여

50장   데모크리토스와 헤라클레이토스에 관하여

51장   말의 공허함에 관하여

52장   고대인의 검박함에 관하여

53장   카이사르의 한마디

54장   쓸데없는 묘기(妙技)에 관하여

55장   냄새에 관하여

56장   기도에 관하여

57장   나이에 관하여

에세 3

1장   실리와 도리에 관하여

2장   후회에 관하여

3장   세 가지 사귐에 관하여

4장   기분 전환에 관하여

5장   베르길리우스의 시 몇 구절에 관하여

6장   수레에 관하여

7장   권세의 불편함에 관하여

8장   대화의 기술에 관하여

9장   헛됨에 관하여

10장   자기 의지를 조절하는 것에 관하여

11장   절름발이에 관하여

12장   외모에 관하여

13장   경험에 관하여

부록: 몽테뉴의 서재와 천장의 금언

몽테뉴 연보

1장
우리 행동의 변덕스러움에 관하여

^A 인간 행동을 해명해 보려고 애쓰는 사람들은 그것들을 한데 모아 통일된 모습으로 제시하려 할 때만큼 당황하게 될 때도 없다. 그것들이 통상 너무도 기이하게 서로 모순되는 탓에, 같은 상점에서 나왔다는 게 도저히 불가능해 보이기 때문이다. 소(小) 마리우스는 어떤 때는 마르스의 아들이다가 어떤 때는 비너스의 아들이 된다. 교황 보니파시오 8세는 여우처럼 교황직에 오르고, 사자처럼 재위하다가, 개처럼 죽었다고 한다. 관례에 따라 어떤 범죄자의 사형 선고 판결문을 내밀며 서명해 달라고 하니까, 한 인간을 사형에 처하는 것이 너무나 가슴 아파서 "내가 글씨를 쓸 줄 몰랐다면 얼마나 좋을까!"라고 답했던 사람이 바로 저 잔인성의 표본인 네로였다면 누가 믿을까? 만사가 이런 예들로 가득하고, 나아가 우리 각자가 스스로에게서 하고많은 실례를 얻을 수 있으니만큼, 나는 때로 식견 있는 사람들이 그 같은 조각들을 꿰맞춰 보려고 애쓰는 것을 보면 이상하게 여겨진다. 내가 보기에 희극 작가 푸블리우스[1]가 증명하듯, 이랬다저랬다 하는 것은 우리 본성의 가장 흔하

1

B. C. 1세기의 시리아 출신 시인, 희극 작가. 푸브릴리우스가 정확한 이름이나 흔히 푸블리우스라고 부르므로 몽테뉴가 쓴 바에 따른다.

고도 명백한 악덕인 것 같으니 말이다.

재고할 수 없는 결심은 나쁜 결심이다.

푸블리우스 시루스

ᴮ 한 인간을 그의 삶이 보여 주는 가장 일반적인 모습들을 통해 판단하는 것은 얼마간 타당하다. 하지만 우리의 행습과 견해가 원래 얼마나 변덕스러운지를 보면, 괜찮은 저자들마저 우리를 가지고 일관성 있고 견고한 구조를 구성해 보려고 기를 쓰는 것은 옳지 않다는 생각이 자주 들었다. 그들은 보편적인 가닥을 잡아서, 그것이 주는 이미지에 의거해 한 인물의 모든 행동을 정리하고 해석한다. 그리고 충분히 꿰맞추기가 어려우면 가식으로 치부해 버린다. 아우구스투스는 이들에게서 벗어날 수 있었다. 이 사람의 행동은 너무도 두드러지고 갑작스럽게, 그러면서도 지속적으로 변화무쌍하게 보였고, 그래서 그는 가장 대담한 판관들에게도 재단당하지 않고 온전히 빠져나올 수 있었던 것이다. 나는 인간에게 확고부동만큼 어려운 것은 없고, 변덕만큼 쉬운 것도 없다고 생각한다. 세부적인 일들을 통해, ᶜ 그리고 하나하나 따로따로 보고 사람을 판단하는 자가 ᴮ 진실을 말할 공산이 클 것이다.

ᴬ 고대 전체를 통틀어 명백하고 확고한 지조를 지키며 산 사람은 열두엇도 찾아보기 어렵다. 그런데 그것이 지혜의 주된 목적이다. 한 고대인[2]은 "지혜를 한마디로 요약하고 우리 삶의 모든 법칙들을 하나로 뭉뚱그리자면, 동일한 일을 변함없이 원하거나 원

2
세네카, 『루실리우스에게 보내는 편지』에서.

〔 12 〕

에세 2

치 않는 것"이라고 했으니 말이다. 그는 말한다. "'의지가 올바르기만 하다면'이라는 단서를 달 생각조차 없다. 왜냐하면 의지가 올바르지 않으면, 늘 동일할 수 없는 까닭이다."

사실 나는 일찍이 악이란 일탈이요 절도의 결여일 따름이며, 따라서 악에 확고부동을 부여할 수는 없다는 걸 터득했다. 모든 덕의 시작은 반성과 숙고이며 그 끝과 완성은 확고부동이라는 것은 데모스테네스의 말이라고 한다. 숙고를 통해 확고한 길을 잡는다면 가장 훌륭한 길을 잡을 것이다. 그러나 누구도 그럴 생각을 하지 않았다.

> 원했다가는 팽개치고, 금방 버린 것을 다시 원하고,
> 항상 둥둥 떠다니고 있으니, 그의 인생은 영원한 모순이다.
> 호라티우스

보통 우리의 방식은 우리 욕망의 경향에 따라, 그때그때의 바람이 우리를 실어 가는 대로, 왼쪽, 오른쪽, 위, 아래로 가는 것이다. 우리는 원하는 그 순간밖에 우리가 원하는 것을 생각하지 않는다. 제가 놓인 장소의 색깔을 취하는 동물[3]처럼 우리는 변한다. 방금 계획한 것을 금세 변경하고, 곧 다시 돌이킨다. 모든 것이 동요요 변덕이다.

> 남의 끄나풀에 꺼들린 나무 꼭두각시처럼 우리는 휘둘린다.
> 호라티우스

3
카멜레온을 말한다. 카멜레온은 12세기부터 알려졌다.

〔 13 〕

우리가 가는 것이 아니다. 우리는 휩쓸려 간다. 부유물처럼, 물이 거세냐 잔잔하냐에 따라 때로는 순하게, 때로는 격하게.

^B 보지 못하는가?
인간이란 뭘 원하는지 모르고, 끊임없이 찾으면서,
마치 무거운 짐을 벗어 버리려는 듯,
여기저기 옮겨 다닌다는 걸.
루크레티우스

^A 날마다 새로운 공상을 품고, 날씨가 변하면 기분도 덩달아 움직인다.

주피터가 세상에 보내는 다채로운 빛줄기들을 따라,
인간의 생각도 그와 함께 변하나니.
호메로스[4]

^C 우리는 여러 의견들 사이를 떠다닌다. 그 무엇도 자발적으로, 그 무엇도 절대적으로, 그 무엇도 한결같이 원하지 않는다.
^A 확실한 지침이나 분명한 원칙을 정해 머릿속에 세워 둔 사람이 있다면, 우리는 그에게서 행동의 일관성, 모든 일들 사이의 빈틈없는 연관성과 질서가 그의 인생 전체를 통해 빛나는 것을 볼 수 있을 것이다.
^C 엠페도클레스는 아그리겐툼 사람들에게서 마치 내일 죽을

4
키케로가 인용했고, 아우구스티누스의 『신국』에 실려 있다.

〔 14 〕

것처럼 쾌락을 탐하고, 결코 죽지 않을 것처럼 건물을 짓는 괴벽을 간파했다.

　ᴬ 그런 사람[5]은 이해하기 쉽다. 소(小) 카토가 그렇듯이. 그의 건반 하나라도 건드려 본 사람은 전체를 쳐 본 것이다. 그는 아주 잘 어울리는 음향들의 하모니이다. 거기엔 모순이 있을 수 없다. 반대로 우리에겐 행위의 수만큼 개별적인 판단이 필요하다. 내 생각에 가장 확실한 판단은 그 행동들을 근접 상황과 결부시켜 보는 것일 것이다. 더 깊이 알아보려 할 것도 없고, 그로부터 다른 결과를 상정할 필요도 없다.

　방약무도함이 가련한 우리 나라를 휩쓸던 중,[6] 내가 살던 곳 지척에서 한 소녀가 자기 집에 묵게 된 뜨내기 병사의 완력을 피하려고 창문으로 뛰어내렸다는 이야기를 들었다. 떨어져서도 죽지 않자, 재차 죽으려고 칼로 자기 목을 베려 했다. 사람들이 그녀를 막았지만 이미 큰 상처를 입은 뒤였다. 그녀 자신이 털어놓기를, 그때까진 그 병사가 추근대고 간청하며 선물로나 귀찮게 했을 뿐이지만, 종국에는 그가 강제 수단을 쓸까 봐 두려웠다는 것이다. 말이며 행동이며 그녀의 미덕을 증명하는 피며, 모든 것이 진정 또 하나의 루크레티아[7]라 할 만했다. 그런데 알고 보니 실은 그

5
위의 A 부분과 연결된다. 즉 '확실한 지침과 원칙을 정해 둔 사람.'

6
가톨릭과 개신교 사이에 벌어진 종교 내란(1562~1598) 초반에.

7
정절을 지킨 것으로 유명한 고대 로마의 귀부인(B. C. 6세기). 콜라티누스의 아내였는데, 로마 왕 타르퀴니우스의 아들에게 능욕당하자 아버지와 남편에게 복수를 부탁하고 자살했다고 한다. 그 일로 민중이 들고 일어나 타르퀴니우스 가(家)는 추방되어 왕정이 끝나고 공화제가 수립되었다.

〔 15 〕

전에나 그 후에나 그녀는 타협을 보기가 그다지 어렵지 않은 말괄량이였다. 전해 오는 이야기가 말하듯, 그토록 잘생기고 고상하게 구는 그대가 뜻을 이루지 못했다고 해서, 그대의 애인이 추상같은 정절을 지킨다고 섣불리 결론짓지 마라. 노새 몰이꾼이 그녀에게서 횡재를 보지 말란 법은 없으니까.

안티고누스는 한 병사가 용감하고 씩씩한 것을 보고 호감을 느껴, 의사들에게 오랫동안 그 병사를 괴롭혀 온 만성 속병을 치료해 주라고 명했다. 그런데 병이 낫자 훨씬 시큰둥하게 직무에 임하는 그를 보고, 누가 그렇게 비겁하게 만들었느냐고 물었다. "바로 전하이십니다." 하고 병사가 답했다. "병 때문에 목숨을 대수롭지 않게 여겼는데, 전하께서 병을 낫게 해 주셨습니다." 루쿨루스의 한 병사는 적들에게 약탈당하자, 잃은 것을 되찾으려고 그들을 맹렬히 공격했다. 그가 잃었던 것을 벌충하고 났을 때, 그를 가상히 여긴 루쿨루스는 자기가 생각해 낼 수 있는 가장 그럴싸한 훈계를 모두 동원하고,

비겁한 자라도 용감하게 만들 어휘를 구사해서,
호라티우스

그를 어떤 위험한 작전에 끌어들이려 했다. 그 병사가 대답했다. "놈들에게 털린 어느 가난한 병사에게 시키세요."

촌사람에 불과했지만, 그는 답했다.
"지갑을 빼앗긴 자는 가라시는 곳으로 갈 겁니다."
호라티우스

〔 16 〕

그러면서 그는 그곳에 가기를 단호히 거부했다.

^C 술탄 무함마드가 헝가리인들에게 자기 군대가 격파당하는 것을 보면서도 전투에 비겁하게 임한다고 근위대장 하산을 모욕적으로 질책하자, 하산이 아무 대꾸도 없이, 있던 그대로 무기만 손에 쥔 채 눈앞에 나타난 적의 선두를 향해 맹렬히 돌진해 순식간에 삼켜지고 말았다는 것을 읽으면, 그것은 아마도 자기를 정당화하려는 행동이었다기보다 갑작스러운 심경의 변화로 촉발된 것이요, 본래 용맹했던 것이 아니라 그 순간 새로이 분통이 터졌던 것 같다.

^A 어제 그렇게 용감해 보였던 자가 다음 날 겁쟁이가 된 것을 봐도 이상하게 여기지 마라. 어제는 부아가 났거나 어쩔 수 없어서, 또는 동반자가, 또는 술이, 또는 트럼펫 소리가 그의 심장을 배꼽에 갖다 놓았던 것이니까. 그의 용기는 이성에 의해 형성된 것이 아니라 상황이 만들어 준 것이다. 그러니 반대 상황에 의해 그가 딴판이 되었다고 해서 하등 놀라울 게 없다.

^C 이런 잡다성과 모순이 너무도 천연덕스럽게 우리 안에 공존하는 것을 보고, 어떤 이는 우리에게 두 개의 영혼이 있다고 하고, 어떤 이는 두 가지 힘이 우리에게 붙어 다니면서 각각 자기 식으로, 하나는 선(善), 하나는 악(惡) 쪽으로 움직인다고 생각한다. 그처럼 현격한 상이성이 하나의 주체 안에 수용될 수는 없다면서 말이다.

^B 외적 사건들의 바람만 제멋대로 나를 흔들어 놓는 게 아니라 나 자신까지 내 자세의 불안정성에 따라 나를 휘젓고 흔든다. 자기 자신을 찬찬히 들여다본 사람은 자기가 같은 상태에 두 번 있는 법이 거의 없음을 알게 된다. 어느 쪽으로 돌려놓느냐에 따라,

[17]

나는 내 영혼에게 이 얼굴을 주기도 하고 저 얼굴을 주기도 한다. 내가 나에 대해 여러 가지로 말한다면 그것은 내가 나를 다양한 방식으로 보기 때문이다. 약간 돌려 보거나 조금만 다르게 봐도 온갖 모순이 내게서 발견된다. 수줍고 건방지고, ^C 정숙하고 음탕하고, ^B 수다스럽고 뚱하고, 통 크고 까다롭고, 영리하고 둔하고, 시무룩하고 상냥하고, 거짓되고 진실하고, ^C 유식하고 무식하고, 기분파에, 인색하고, 허랑방탕하고, ^B 나 자신을 돌려 보면 나는 내가 이 모든 것을 얼마간 가지고 있음을 보게 된다. 그리고 자기를 주의 깊게 살펴보는 사람이라면 누구라도 자기에게, 또 자기의 판단력에조차 그 같은 다변[8]과 불일치가 있음을 발견하게 된다. 나는 나에 대해 절대적으로, 단순하게, 확고하게, 제한 없이, 혼합 없이, 또는 한마디로 말할 수 있는 것이 하나도 없다. DISTINGO(역분별)[9]가 내 논리학의 가장 보편적인 항목이다.

^A 언제나 선한 것을 선이라 하고, 좋은 일일 수 있는 일은 좋은 쪽으로 해석하자는 것이 내 생각이긴 하지만, 우리 인간의 조건[10]은 야릇해서, 우리는 종종 악의 충동에 떠밀려 선행일 수 있는 일을 행하게 된다. 의도만 가지고 선행 여부를 가리는 게 아니라

8
volubilité. '달변', '다변', '수다'를 뜻하는 것으로, 몽테뉴는 사물의 잡다성과 가변성을 강조할 때 자주 이 단어를 쓴다. '다변(多辯)'과 '다변(多變)'이 중첩된 의미의 '다변'으로 번역한다.

9
distingo. 상대방의 명제를 취해 역으로 상대방의 논리를 깨는 스콜라식 추론의 한 절차. 원래 '구별하다', '다양화하다'라는 뜻의 distinguo에서 나왔다.

10
condition. 조건, 처지, 환경, 실태 등을 내포하는 단어인데, 우리는 '인간 조건'이라는 역어에 익숙하므로 '조건'으로 번역한다.

에세 2

면 말이다. 그러므로 한 번 용감한 행위를 했다고 해서 그 사람을 용감한 사람으로 결론지어서는 안 된다. 진정으로 용감한 사람은 언제나, 어떤 경우에나 용감할 것이다. 만일 그것이 늘 행하는 덕행이요 갑자기 튀어나온 행위가 아니라면, 홀로 있건 다른 이들과 함께 있건, 진영 안에서건 전투에서건, 어떤 일 앞에서나 똑같이 과감할 것이다. 누가 뭐라 하든 길거리에서의 용맹이 다르고 진영에서의 용맹이 다르지는 않으니까. 그는 전장에서 부상을 참듯 침상에서도 용감하게 병을 견딜 것이며, 돌격할 때나 집에서나 죽음을 두려워하지 않을 것이다. 전선에서 돌파구를 뚫을 때는 사내다운 담대함을 보여 주었던 사람이 이후엔 소송에 지거나 아들을 잃었다고 여자처럼 괴로워하는 모습을 보이지도 않을 것이다.

^{C} 모욕에는 무기력하게 처신하면서 가난은 굳세게 견딘다면, 외과 의사의 수술칼 앞에서는 겁을 먹어도 적수의 칼 앞에서는 결연하다면 그 행위는 가상해도 사람이 가상한 것은 아니다. 키케로가 말하기를 많은 그리스인들이 적군은 쳐다보지도 못했지만 병 앞에서는 의연했다고 한다. 킴브리아인들과 켈티베리아인들은 그 반대였다고 한다. "실로 확고한 원칙에서 나온 것이 아니면, 그 무엇도 항구적일 수 없다."(키케로)

^{B} 용맹만 가지고 따지자면, 알렉산드로스의 용맹보다 더 지독한 용맹은 없다. 하지만 그것은 어느 한 면에서만 그럴 뿐 어디서나 보편적으로 그렇지는 않다. ^{C} 아무리 비할 바 없는 용맹이라도 여전히 흠잡을 것이 있으니, ^{B} 신하들이 자기 목숨을 노리고 있다는 작은 의심만 들어도 너무나 격하게 동요되고, 그것을 색출하는 데 광분한 나머지 공정을 잃고, 공포로 인해 타고난 판단력을 잃는 모습을 보이는 게 그렇다. 미신에 그토록 영향을 받았던 것도

〔 19 〕

1장 우리 행동의 변덕스러움에 관하여

얼마간 겁쟁이 같은 인상을 전해 준다. ^C 클리투스[11]를 죽이고 나서 지나치리만치 속죄하는 모습을 보였던 것 역시 그의 심정이 한결같지 못하다는 증거이다.

^A 우리의 행동들, 그것은 이어 붙여 놓은 조각들에 불과하니, ^C "쾌락은 경멸해도 고통에는 비굴해지고, 영광은 하찮게 여기나 악평에는 용기가 꺾이며"(키케로),[12] ^A 가짜 깃발을 내걸고 명예를 얻으려 한다. 덕이 원하는 것은 오직 덕 자체를 위한 덕행뿐이다. 가끔 우리가 다른 목적으로 그것의 가면을 빌려 오면 덕은 대번에 우리 얼굴에서 그 가면을 떼어내 버린다. 덕이란 워낙 생생하고 강력한 물감이라 일단 그것에 적셔진 영혼은 거기서 떠나더라도 조금은 그 색깔을 묻히고 갈 수밖에 없다. 바로 그 때문에 한 인간을 판단하려면, 그의 궤적을 오래, 그리고 꼼꼼히 추적해 따라가 보아야 하는 것이다. 거기서 변함없는 원칙에 기반을 둔, ^C 즉 "숙고한 끝에 따르고자 하는 길을 택한 자의"(키케로) 한결같음이 유지되고 있지 않다면, ^A 다양한 상황이 그의 발걸음(내가 말하고자 하는 것은 행로이다. 보조는 상황에 따라 서두를 수도, 늦출 수도 있으니 말이다.)을 바꿔 놓는다면 뛰어가게 내버려 두라. 그는 우리 탈보트[13]의 좌우명처럼 바람 부는 대로 가는 자이니까.

한 고대인[14]은 말했다. 우리를 우연에 맡기고 살고 있으니,

<hr />

11
알렉산드로스의 측근 장수인데, 알렉산드로스가 술기운과 분노로 살해했다고 한다.
12
1595년에 출간된 사후판에는 이 부분이 빠졌다.
13
가스코뉴가 영국 왕의 영토였을 때 그곳에서 활동한 영국의 무장.
14
세네카.

〔 20 〕

에세 2

우연이 우리에게 그토록 큰 위력을 행사해도 놀랄 일이 아니라고. 어떤 확고한 목적에 따라 자기의 전체적인 삶을 구상하지 않은 사람은 자신의 구체적인 행동들을 제어할 수 없다. 전체의 형태를 염두에 두고 있지 않은 사람에게는 부분들을 정돈하는 것이 불가능하다. 뭘 그려야 할지 모르는 사람이 물감을 장만한들 무슨 소용인가? 누구도 자기 인생에 대한 확고한 구상을 세우지 않으며, 조각조각 단편적으로만 인생에 대해 생각한다. 궁수는 무엇보다 먼저 어디를 겨눌지 알아야 하고, 그런 다음에 손, 활, 시위, 화살, 그리고 동작을 거기에 맞춰야 한다. 주소도 목적지도 없으니 우리의 계획은 길을 잃고 헤맨다. 가려는 항구가 없는 자에겐 어떤 바람도 유용하지 않다.

소포클레스의 비극 하나를 보고, 그가 아들의 비난과는 달리 집안일을 다룰 만한 능력이 있었다고 주장하는 사람들의 의견에 나는 동의하지 않는다. [C] 밀레토스를 개혁하기 위해 파견된 파로스인들의 추측도 그들이 내린 결론의 충분한 근거가 된다고 보지 않는다. 섬으로 간 그들은 제일 잘 가꾼 토지들과 가장 잘 관리된 농가들을 눈여겨보고, 그 주인들의 이름을 등록시킨 뒤, 도시에서 시민 의회를 소집하던 방식으로 그들을 새로운 관리와 법관으로 임명했다. 자기 일에 성실하다면 공적 업무에서도 그러리라 생각하고 말이다.

[A] 우리는 모두 조각들로 이루어진 데다 어찌나 종잡을 수 없는 복잡다기한 구조로 되어 있는지 조각들 하나하나가 매 순간 제멋대로 논다. 우리와 우리 자신 사이에는 우리와 남 사이만큼의 차이가 있다. [C] "항상 같은 인간으로 있기란 매우 어려운 일임을 알라."(세네카) [A] 야심이 인간에게 용기, 절제, 자유, 나아가 정의를 가

〔 21 〕

르칠 수도 있고, 탐욕이 응달에서 빈둥대며 자란 상점 점원의 가슴에 자신감을 심어 주어, 정든 집을 떠나 부실한 배에 몸을 신고 파도와 노한 넵투누스 신에게 운을 맡긴 채 그리도 먼 곳을 향해 떠나게 하고, 분별력과 조심성까지 가르칠 수 있으며, 비너스조차 아직 회초리와 훈계 아래 있는 청년에게 결단력과 과감성을 불어 넣기도 하고, 엄마의 치마폭에 싸여 있는 앳된 소녀의 유순한 마음을 전투적으로 만들어 줄 수도 있는 만큼,

> [B] 비너스의 인도 아래 젊은 처자는 잠든 감시자들 사이를
> 재빨리 빠져나가
> 캄캄한 밤에 홀로 애인을 만나러 간다.
> 티불루스

[A] 밖으로 드러난 행동만 가지고 우리를 판단하는 것은 사려 깊은 이해의 방식이 아니다. 속까지 탐사해 보고, 어떤 원동력에 의해 유발된 동요(動搖)인지 봐야 한다. 하지만 그것은 위험하고도 고차원적인 기도(企圖)이니만큼, 그런 일에 나서는 사람들이 좀 줄었으면 싶다.

에세 2

2장
주벽(酒癖)에 관하여

^A 세상은 잡다함과 상이(相異)함 이외에 아무것도 아니다. 악덕[15]은 그것이 어떤 악덕이든 악덕이라는 점에서는 매한가지이고 아마 이것이 스토아주의자들이 악덕을 이해하는 방식일 것이다. 그러나 악덕인 것은 다 같아도 다 같은 급의 악덕은 아니다. 넘어서는 안 되는 경계를 백 보나 넘어간 자가 십 보밖에 넘어가지 않은 자보다 더 나쁘지 않다거나,

거길 넘어가도, 거기에 못 미쳐도, 바른 길은 찾을 수 없으니,

호라티우스

신성모독이 내 집 텃밭에서 양배추 한 포기를 도둑질한 것보다 더 나쁠 것 없다는 것은 터무니 없는 얘기이다.

아니, 맑은 정신으로는 설득하지 못하리라.

15

vice. 여기서 몽테뉴는 'vice(악덕)', 'péché(죄)', 'mal(악)'를 구별해 쓰고 있다. '악덕'은 천성이나 습관에 의해 '악을 만드는 사람의 마음에 새겨진 경향 또는 정념과 행동방식이고, '악'은 악덕이 발휘되어 남긴 결과로, '죄'는 그로 인해 행위자가 안게 되는 책임이라고 볼 수 있다.

〔 23 〕

이웃집 텃밭에서 어린 양배추를 훔치는 것이나
야밤에 신들의 지성소(至聖所)를 약탈하는 것이나 같은 범
죄라고.

호라티우스

다른 일에서와 마찬가지로 여기에도 천차만별이 있다.
^B 죄의 순위와 척도가 혼란스러운 것은 위험한 일이다. 그러
면 살인자, 배신자, 폭군 들이 너무 많은 득을 본다. 다른 누가 게
으르다든지, 호색한이라든지, 신앙이 뜨겁지 못하다고 해서 그런
자들이 양심의 부담을 더는 것은 옳지 못하다. 다들 동무의 잘못¹⁶
은 무겁게 평가하고 자기 것은 축소한다. 내 생각엔 교사들마저도
그것을 잘 분별하지 못하는 것 같다.

^C 소크라테스는 지혜의 주요 기능이 선한 일들과 악한 일들
을 식별하는 것이라고 말했거니와, 기껏 잘해 봤자 악덕이 섞여
있기 마련인 우리는 지식의 주요 기능 역시 악덕들을 분별하는 데
있다고 말해야 한다. 그러지 못하면 덕 있는 자와 고약한 자가 뒤
섞여 알아볼 수 없을 것이다.

^A 그런데 주벽은 다른 무엇보다 거칠고 동물적인 악덕인 것
같다. 다른 악덕에는 정신의 몫이 보다 많이 들어 있다. 그래서 뭐
랄까, 굳이 말하자면 고상한 측면을 지닌 악덕들이 있는 것이다.
악덕 중에는 학식, 근면, 용기, 신중, 재주, 섬세함이 섞여 있는 것
들이 있다. 그런데 주벽만은 순전히 육체적이요 세속적이다. 그러

16
죄(péché)인데 어린 학생의 경우에 맞게 '잘못'으로 번역한다.

〔 24 〕

니 오늘날 존재하는 나라들 중 가장 조야한 나라[17]가 그것을 장려하는 유일한 나라인 것이다. 다른 악덕은 판단력을 변질시키지만, 주벽은 그것을 뒤집어엎고 [B] 몸을 녹초로 만든다.

> 술의 위력이 우리 안에 스며들면,
> 사지는 나른해지고, 다리는 꼬여 비틀거리고,
> 혀는 꼬부라지고, 지력은 흐리멍덩해지고, 눈은 험상궂어진다.
> 그다음엔 고함, 딸꾹질 그리고 싸움질이다.
> 루크레티우스

[C] 인간의 가장 나쁜 상태는 자기 인식과 자기 통제력을 잃었을 때이다.

[A] 그래서 술에 대한 여러 말 중에서도, 포도즙이 항아리 안에서 발효될 때 바닥에 있는 모든 것을 밀어 올리듯, 포도주는 고이 간직했던 가장 내밀한 비밀까지 털어놓게 만든다고 말들 하는 것이다.

> 바로 너로다.
> 바쿠스의 즐거운 착란 상태에서
> 현자들의 근심과 가장 깊은 속생각까지 폭로하는 것은.
> 호라티우스

17
독일을 가리킨다.

^A 요세푸스는 적들이 보낸 사신에게 술을 잔뜩 먹여서 비밀을 캐낸 이야기를 들려준다. 하지만 아우구스투스 황제는 트라키아를 정복한 루키우스 피소에게 자기의 가장 내밀한 일들을 믿고 맡겼지만, 그 때문에 곤란해진 일은 한 번도 없었다. 코수스에게 자기 생각을 모두 털어놓았던 티베리우스도 마찬가지이다. 알다시피 그 두 사람은 술이라면 사족을 못 썼고, 피소도 코수스도 곤드레가 된 상태로,

> 늘 그렇듯, 들이부은 포도주로 혈관이 부풀어
>
> 베르길리우스

원로원에서 떠메고 와야 했던 일이 부지기수였지만 말이다.
^C 또한 그들은 물만 마시는 카시우스에게 털어놓았듯, 자주 술에 취하는 킴베르에게도 카이사르 살해 계획을 소상히 알려 주었다. 그러자 킴베르는 재미있게 대꾸했다. "술도 못 참는 내가 어찌 폭군을 참으랴!" ^A 우리는 독일인들이 술에 절어서도 자기 부대, 암호, 직위를 기억하는 것을 본다.

> ^B 술독에 빠져, 말을 더듬고, 비틀거려도,
> 그런 그들을 이기기는 쉽지 않다.
>
> 유베날리스

^C 역사책에서 다음과 같은 일화를 읽지 않았더라면 나는 의식의 질식사 상태라 할 만큼 심하게 취할 수 있다는 것을 믿지 못했을 것이다. 아탈루스는 단단히 창피를 주려고 파우사니아스를

에세 2

저녁 식사에 초대했다.(파우사니아스는 훗날 이 일로 마케도니아의 왕 필리포스 —— 에파미논다스의 집에서 그와 함께 받은 교육을 증명하듯 훌륭한 자질을 지녔던 그 왕 —— 를 살해한다.) 아탈루스는 파우사니아스에게 술을 잔뜩 먹여, 그가 의식조차 못한 채, 덤불 아래서 매음하는 매춘부처럼, 자기 집 노새 몰이꾼과 비천한 하인들에게 몸을 내맡기게 만들었다.

또한 내가 존경하며 각별히 여기는 한 부인에게 들은 이야기인데, 부인의 집이 있는 보르도 근교 카스트르 쪽 마을에 정숙한 몸가짐으로 이름난 한 과부가 임신 초기 증상을 느꼈다고 한다. 그녀는 자기한테 남편이 있다면 임신한 줄 알겠다고 이웃 여자들에게 말했다. 그런데 날이 갈수록 그렇게 의심할 만한 증상이 늘어가고 마침내 확실한 일이 되어 버리자 그녀는 누구라도 사실을 고백하고 결과를 인정하면 용서할 것이요, 당자만 좋다면 그와 결혼하겠다는 것을 교회의 일요 설교에서 공표하게 했다. 그녀가 부리는 젊은 일꾼 하나가 이 선언에 용기를 내어 고백했다. 어느 축제일에 술을 과하게 마신 그녀가 너무 깊이, 너무 단정치 않은 자세로 난롯가에서 잠들어 있는 것을 보고 그녀를 깨우지 않고서도 재미를 볼 수 있었다는 것이다. 그들은 결혼해서 지금도 함께 살고 있다.

^A 고대가 이 악덕을 그다지 비난하지 않은 것은 분명하다. 여러 철학자들의 글조차 이 문제는 아주 물렁하게 언급하며, 심지어 스토아 학파 중에도 영혼을 이완시키기 위해 때때로 실컷 마시고 취하기를 마다하지 말라고 충고하는 이들이 있다.

^B 이 고상한 내기에서도 승리의 종려나무 가지는

2장 주벽(酒癖)에 관하여

위대한 소크라테스에게 돌아갔다 한다.

위(僞) 갈루스

^C 다른 사람들을 준엄하게 비판하고 견책했던 ^A 카토도 술이
과하다는 비난을 받았다.

^B 사람들이 또 말하기를, 대(大) 카토는 자주
술로 용기를 북돋웠다 한다.

호라티우스

^A 저 이름 높은 왕 키루스는 형인 아르타크세르크세스보다
자기가 낫다는 것을 보이기 위해, 다른 많은 자랑 중에서도 자기
가 술을 훨씬 잘 마신다는 걸 내세웠다. 그리고 가장 질서 있고 개
화된 나라들에서 술 마시기 시합이 성행했다. 나는 파리의 명의
실비우스에게 우리 위장의 기력이 둔해지는 것을 막으려면 한 달
에 한 번 통음으로 깨워 주고 자극해서 마비되지 않게 하는 것이
좋다는 말을 들었다.
  ^B 페르시아인들은 술을 마신 뒤에야 주요 업무를 결정했다고
쓰여 있다.
  ^A 이 악덕을 싫어하는 것은 내 이성보다 내 취향과 체질이다.
왜냐하면 나는 고대인들의 의견이 지닌 권위에 쉬이 나의 신뢰를
바칠 뿐 아니라, 이 악덕이 매우 용렬하고 어리석기는 하지만 공
적인 사회에 더 직접적으로 위해를 가하는 여타 대부분의 악덕들
보다 악의도 덜하고 해도 적다고 생각하기 때문이다. 그리고 사람
들 말마따나 쾌락을 얻으려면 대가를 치러야 하는데, 이 악덕이

〔 28 〕

우리 양심에 요구하는 대가는 다른 악덕들보다 적은 것 같다. 게다가 까다로운 준비도 요구하지 않고 구하기도 어렵지 않다. 이는 무시할 만한 사항이 아니다.

ᶜ 높은 지위에도 오르고 나이도 지긋한 한 사람은 그의 인생에 남은 세 가지 즐거움 가운데 음주를 꼽았다.[18] 하지만 그는 잘못하고 있었다. 술을 즐기려면 너무 까다롭게 굴며 술을 가리지 말아야 한다. 술을 즐겁게 마시는 것에 그대의 즐거움을 둔다면 때로 맛없는 술을 마시는 괴로움을 감수해야 한다. 호주가가 되려면 입천장이 너무 연해서는 안 된다. 독일인들은 아무 술이나 거의 똑같이 즐겁게 마신다. 그들의 목적은 삼키는 것이지 맛보는 게 아니다. 훨씬 싼 값에 그들은 그것을 누린다. 그들의 쾌락은 훨씬 풍성하고 훨씬 얻기 쉽다.

둘째로, 프랑스식으로 두 끼의 식사 때 건강을 생각하며 절제해 가며 마시는 것, 그것은 주신(酒神)의 호의를 너무 제한하는 것이다. 훨씬 더 많은 시간을 꾸준히 투자해야 한다. 고대인들은 이 활동으로 밤을 지새웠고, 자주 낮까지 할애했다. 그러니 더 많이, 더 세게, 일상적으로 마시는 습관을 들여야 한다. 젊었을 때 나는 대단한 군사 작전들을 승리로 이끌어 이름이 난 한 대영주를 알았는데, 그는 통상적인 식사 중에 늘 별로 힘도 들이지 않고 20리터 이상의 술을 마셨고, 그러고 나서도 너무나 신중하고 빈틈없는 모습만 보여 줘 우리 쪽을 기죽게 만들었다.

우리가 살아가는 동안 소중한 것으로 삼고 싶은 쾌락은 인생

18
1595년판에는 "우리의 자연스러운 경향에서가 아니면 어디서 즐거움을 찾겠는가?"가 덧붙여졌다.

에서 더 큰 자리를 차지해야 한다. 상점 점원이나 일꾼들처럼 어느 때고 술 마실 기회를 거절하지 않고, 마시고 싶다는 욕망을 늘 머릿속에 간직하고 있어야 한다. 그런데 우리는 날마다 이 욕망을 줄이고 있는 것 같다. 그리고 내가 어릴 적에 본 바로는 우리네 가정에서 아침, 밤참, 간식을 지금보다 훨씬 자주, 훨씬 일상적으로 먹었다. 어떤 점에선 우리가 나아지고 있는 것일까? 분명 아니다. 그것은 우리가 우리 조상들보다 훨씬 더 많이 색을 탐하기 때문인 것이다. 식욕과 색욕 활동은 서로를 견제한다. 색욕은 우리의 위장을 약하게 하는 한편, 소식(小食)은 사랑 놀이를 할 때 우리를 더 은근하고 섬세하게 만들어 준다.

선친께서 당신 시대의 정숙함에 대해 들려주시던 말씀은 놀랄 만한 것이었다. 매너로나 천성으로나 숙녀들을 대하는 데 능숙하셨으니 그런 이야기에 적격이셨다. 그분은 말수는 적었으나 말을 잘하셨다. 그리고 현대어로 된 책들, 특히 스페인 작가의 책들에 나오는 멋진 말들을 당신 말씀에 잘 섞으셨다. 스페인 책들 중에서도 『마르쿠스 아우렐리우스』[19]라는 책을 늘 가까이 두셨다. 거동에는 공손하면서도 매우 삼가는 부드러운 장중함이 있었다. 걸을 때나 말을 탈 때나 몸가짐과 옷매무새를 정중하고 점잖게 하려고 각별히 신경을 쓰셨다. 당신이 한 말은 괴벽에 가깝도록 엄수했고, 양심과 조심성은 대체로 이성보다는 차라리 미신에 가까울 정도였다. 몸집이 작은 데 비해 활력이 넘치셨고, 곧고도 균형

19
안토니오 데 게바라(Antoine de Guevara)가 쓴 『마르쿠스 아우렐레우스의 황금의 책』으로 스페인에서는 물론 프랑스, 이탈리아, 영국에서 매우 인기 있던 역사적 로맨스이다.

〔 30 〕

잡힌 풍채였다. 보기 좋은 얼굴은 갈색을 띠었다. 모든 고상한 기예(技藝)에 능란하고 뛰어나셨다. 심지어 납으로 속을 채운 지팡이들도 보았는데, 사람들은 그것이 막대 던지기나 돌 던지기, 또는 펜싱을 하기 위해 팔을 단련시키기 위한 것이라고 했다. 달리거나 도약할 때 몸을 가볍게 하기 위해 납 창을 댄 구두도 보았다. 멀리뛰기로는 사람들의 기억에 작은 기적들을 새겨 놓으셨다. 나는 그분이 예순이 넘어서도 모피로 안을 댄 법복을 입은 채 우리가 무색할 만큼 민첩하게 말에 뛰어오르고, 엄지손가락 하나만 짚고 탁자를 넘어가고, 언제나 한 번에 서너 계단씩 뛰어서 당신 방으로 올라가시는 것을 보았다. 내가 말하려던 주제[20]에 관해서는 지역 전체에 평판이 나쁜 귀부인은 하나도 없다고 하시며, 어떤 의혹도 받지 않고 점잖은 부인들과 맺었던 놀랍도록 허물없는 친분 관계, 특히 당신이 맺었던 관계들에 대해 이야기해 주셨다. 그리고 당신에 대해서는 결혼할 때까지 순결을 지켰노라고 엄숙하게 맹세하셨다. 그런데 그분은 산맥 넘어 전쟁[21]에 아주 오랫동안 참전해야 했는데, 공적인 일이건 사적인 일이건 거기서 겪은 일들을 손수 조목조목 쓴 일지를 우리에게 남기셨다. 그래서 꽤 나이가 들어 1528년에 — 그때 연세가 서른셋이었다. — 이탈리아에서 돌아와 결혼하셨다.

우리의 술병 이야기로 돌아가자.

ᴬ 노년에 이르면 몸이 불편해져 의지할 것이나 원기를 북돋

20
아버지에 대한 갑작스런 추억으로 빠지게 한 주제, 즉 아버지 시대의 정숙함.
21
16세기 초 프랑수아 1세의 이탈리아 원정. 산맥은 피레네 산맥을 말한다.

2장 주벽(酒癖)에 관하여

울 것을 필요로 하게 되니, 내가 술이라도 잘 마시고 싶다는 생각을 갖게 된대도 이상할 것은 없다. 세월의 흐름이 우리에게서 앗아 갈 즐거움 중 거의 마지막 즐거움일 테니까. 좋은 친구들이 말하기를 생명의 열기는 맨처음에 발에 자리 잡는다고 한다. 어린 시절 얘기이다. 그 기운은 거기서부터 중간 지대로 올라와 오랫동안 뿌리를 박고서, 내 경우로 보자면 육체적인 삶의 유일하고도 진정한 즐거움을 만들어 낸다. C 그것에 비하면 다른 쾌락들은 졸립기만 하다. A 종국에는 수증기가 위로 올라가면서 발산되는 식으로 식도로 올라와서는 거기에 마지막 거처를 마련한다.

B 하지만 나는 사람들이 마시는 즐거움을 어떻게 갈증 이상으로 늘이는지, 어떻게 공상으로 인위적이고 자연에 위배되는 갈망을 만들어 내는지 이해할 수가 없다. 내 위장은 그 정도까지 가 줄 것 같지 않다. 내 위장은 필요한 것을 완전히 섭취하는 것만으로도 벅차다. C 체질적으로 식후에 마시는 것 말고는 별로 당기지 않는다. 그래서 거의 언제나 이 마지막 잔이 내 최대 주량이다.[22] 아나카르시스는 그리스인들이 식사 끝에 처음보다 큰 잔으로 마시는 것에 놀랐다. 독일인들이 그렇게 하는 것도 같은 이유에서라고 생각한다. 그들은 그때부터 술 마시기 시합을 시작한다.

플라톤은 열여덟 살이 되기 전에는 술 마시는 것을 금하고 마흔 살 이전에는 취하는 것을 금한다. 그러나 마흔이 넘은 사람들에겐 음주를 즐기라고 하면서, 회식 자리에서는 인간에게 쾌활성

1595년판은 이렇게 덧붙인다. "또 나이 들면 감기로 미각이 둔해지거나, 어떤 다른 좋지 못한 조화로 변질되기 때문에, 모공들이 열리고 씻겨야 차차 술맛이 더 좋아지는 것이다. 아무튼 적어도 나는 첫 잔에 술맛이 좋게 느껴진 적이 없다."

을 부여하고 노년에 청춘을 돌려주며, 불이 쇠를 녹이듯 영혼의 정열을 부드럽고 무르게 해 주는 그 착한 신, 디오니소스의 권능을 충분히 빌려 섞으라고 명한다. 또 그의『법률』에서는 그런 음주 모임들을 (무리를 견제하고 통제할 우두머리가 있다면) 유익한 것으로 본다. 취기란 각자의 성격을 시험해 볼 확실하고 훌륭한 기회가 될 뿐 아니라, 나이 든 사람들이 유익하긴 해도 맨정신으로는 엄두를 못 내는 춤과 음악을 즐길 용기를 주기에 적절하기 때문이다. 그는 술이 마음을 누그러뜨리고 몸을 건강하게 해 준다고 보았다. 그렇지만 카르타고인들에게서 일정 부분 차용해 온 다음의 제한들은 그의 마음에 들었다. 전쟁에 나갈 때는 지참하지 말 것, 모든 사법관과 판관은 자기 임무를 수행하거나 공적인 일을 토의할 때는 금주할 것, 다른 일을 봐야 하는 낮 시간은 음주로 허비하지 말고, 아이를 만들기로 한 밤에도 마시지 말 것.

철학자 스틸폰은 노령으로 기운이 쇠하자, 희석하지 않은 생술을 마셔서 고의로 죽음을 재촉했다고 한다. 고의는 아니었으나 나이 탓에 기력이 떨어진 철학자 아르케실라오스도 같은 원인으로 숨을 거두었다.

[A] 그런데도 현자의 영혼이 술의 힘에 질 수 있느냐고 묻는 것은 진부하고 웃기는 질문이다.

> 술이 지혜의 성채(城砦)를 공격할 수 있을까.
> 호라티우스

우리의 허황된 자부심은 얼마나 우리를 지각없게 만드는가! 세상에서 가장 절도 있는 영혼이라도 제 허약함으로 인해 쓰러지지 않도록 조심하며 두 발로 버티고 서 있기도 벅차다. 일평생 단한순간이라도 평온한 마음으로 곧게 서 있어 본 자는 천에 하나도 없고, 인간 본연의 조건을 볼 때 그것이 가능하기라도 할지 의심스럽다. 게다가 곧음과 평온에 항상성까지 결합되어야 마지막 완성의 경지에 이른다. 수천 가지 사건이 그 영혼을 흔들어 놓을 수있는 마당에, 그 무엇에도 흔들리지 않아야 한다는 말이다. 저 위대한 시인 루크레티우스는 철학도 하고 자제도 했지만, 보라, 최음제 한 잔에 바로 정신이 나가 버렸다. 소크라테스는 중풍을 맞아도 짐꾼처럼 넋이 나가진 않으리라고 생각하는가? 혹자는 병의위력에 눌려 자기 이름마저 잊어버렸고, 혹자는 가벼운 부상 때문에 분별력을 잃었다. 아무리 지혜롭다 한들 결국엔 인간이다. 이보다 더 쇠약하고, 가련하고, 허망한 무엇이 있는가? 지혜는 우리본연의 조건들을 이길 수 없다.

> B 바로 그래서 공포가 몰아치면, 우리가 보듯,
> 핏기 가신 온몸에 진땀이 배고, 혀는 굳고, 목은 잠기며,
> 시야가 흐려지며, 귀는 울리고, 사지가 오그라지며,
> 전신이 무너져 내리는 것이다.
> 루크레티우스

A 주먹이 날아오면 눈을 감지 않을 수 없고, 절벽 끝에 세우면 C 어린애처럼 떨지 않을 수 없다. 자연은 이성에게 그것의 필멸성과 우리 인간의 취약성을 가르치려고, 이성도 스토아적인 덕성도무너뜨릴 수 없는 이같이 소소한 증거들을 남겨 자기 권위를 보존하길 원한 것이다. A 공포를 느끼면 하얘지고, 수치를 당하면 벌게

[34]

진다. 예리한 복통이라도 엄습하면 절망적인 고함은 아닐지라도 갈라지고 쉰 목소리로나마 끙끙 앓는다.

> 생각하게 하라, 인간적인 것 어느 하나도 저와 무관하지
> 않음을.
>
> 테렌티우스

^C 뭐든 제 마음대로 꾸며 내는 시인들도 ^A 자기 영웅들에게 하다못해 눈물조차 면제해 주지 못한다.

> 눈물을 흘리며 아이네이스는 그리 말하고,
> 돛을 한껏 펼친 그의 배는 떠난다.
>
> 베르길리우스

고작해야 부여받은 기질들을 억제하고 절제할 뿐, 그것들을 없앨 힘은 그에게 없다. 인간 행동에 대해 그토록 완벽하고 탁월한 판관인 우리의 플루타르코스도 브루투스와 토르콰투스가 자기 자식들을 죽이는 것을 보고 덕성이 거기까지 이르게 했을까, 오히려 이 인물들이 다른 정념에 동요된 것은 아니었을까 하는 의심에 빠진다. 통상적 한계를 벗어나는 모든 행동은 불길한 해석을 면할 수 없다. 우리의 안목은 저보다 낮은 것이나 마찬가지로 저보다 높은 것에도 적응할 수 없기 때문이다.

    ^C 자부심을 터놓고 공표하는 저 다른 학파[23]는 내버려 두자.

23
스토아 학파.

〔 35 〕

그러나 가장 말랑하다고 여겨지는 학파[24]에서조차, "운명이여, 내 너를 미리 알았으니, 운명아, 너는 내 손에 있다, 네가 내게 이르지 못하도록 모든 길을 막아 놓았다."[25]라고 했다는 메트로도루스의 허풍을 들으면, 키프로스의 폭군 니코크레온의 명령으로 아낙사르쿠스를 돌로 된 여물통에 눕혀 놓고 쇠 절굿공이로 찧을 때 아낙사르쿠스가 맞아 죽으면서도 끊임없이 "쳐라, 부숴라, 너희가 짓이기는 것은 아낙사르쿠스가 아니라 그의 껍데기"라고 말하는 것을 들으면, [A] 우리의 순교자들이 화염 한가운데서 폭군에게 "이쪽은 다 구워졌다, 잘라라, 먹어라, 다 익었다, 다른 쪽을 구워라." 라고 소리 지르는 것을 들으면, 요세푸스의 책[26]에 나오는 어린애가 안티오코스에 의해 집게로 온몸이 찢기고 송곳으로 구멍이 뚫리고도 여전히 단호하고 확신에 찬 목소리로 "폭군아, 시간을 낭비하는구나, 나는 아직도 아무렇지도 않다. 네가 위협했던 그 고통이 어디 있니? 그 고문들이 다 어디 있어? 이게 다냐? 네 잔인함으로 내가 느끼는 고통보다 내 꿋꿋함이 네게 주는 고통이 더 크지. 비겁한 부랑자야, 네가 졌어, 나는 힘이 솟는걸. 할 수 있으면, 신음하게 해 봐, 꺾이게 해 봐, 항복하게 해 봐, 네 부하들과 네 도살자들을 격려해. 벌써 마음으로는 진 놈들, 더는 못 하잖니. 무기를 줘, 악에 바치게 해 봐." 하고 소리 지르며 대드는 것을 들으면,

---

24
에피쿠로스 학파.
25
키케로의 『투스쿨라네스』에서 인용.
26
플라비우스 요세푸스(A. D. 37~100.) 유대인 출신 정치가, 역사가. 로마군의 포로가 되었다가 투항해 로마 시민권을 얻어 로마에서 『유대 전쟁사』 등을 썼다.

〔 36 〕

확실히 아무리 거룩한 것일망정 이들의 영혼에 어떤 변질, 어떤 광란이 일고 있음을 인정해야만 한다. ^C 안티스테네스의 금언인 "쾌락을 탐하느니 차라리 미치광이가 되리라." 같은 스토아적인 경구를 접할 때, ^A 쾌락보다는 고통에 찔리는 것이 더 좋다는 섹스티우스의 말을 들을 때, 에피쿠로스가 통풍을 간지럼처럼 여기고, 휴식과 건강을 거부하고, 즐거운 마음으로 병에 도전하며, 가벼운 고통은 경멸하여 그런 따위와는 싸우고 투쟁하는 것조차 업신여기면서, 자기에게 걸맞은 강력하고 예리한 고통들을 바랄 때,

> 양순한 가축들은 팽개쳐 둔 채,
> 거품 뿜는 멧돼지나 혹은 사자라도 산에서 내려와 주기를
> 염원한다.
>
> 베르길리우스

누군들 그것이 제 집 밖으로 튕겨 나온 용맹의 분출이라고 생각지 않을 것인가? 우리의 영혼이 제자리에 앉아서 그토록 높은 경지에 이를 수는 없을 터인즉, 이럴 때는 영혼이 제 집을 떠나 고양되어 재갈을 악물고 제 주인(사람)을 홀려 아주 멀리까지 내끌어 데려가는 것이리라. 자기가 자기 행위에 놀랄 만큼 멀리. 전쟁에서 무훈을 세울 때, 흔히 전투의 열기가 용사들로 하여금 몹시 위험한 행동, 제정신이 돌아오면 누구보다 먼저 그들 자신이 놀라 전율하게 될 행동을 가볍게 해치우게 하는 것처럼. 또 시인들이 자기가 지은 작품에 스스로 놀라며 어떤 훌륭한 과정을 거쳐 그것에 이르렀는지는 더 이상 알아보지 못하는 것처럼. 시적 열정, 시적 광기라고 부르는 것이 바로 그것이다. 침착한 인간은 시

〔 37 〕

(詩)의 문을 두드려 봤자 소용없다고 플라톤이 말한 것처럼, 아리스토텔레스도 탁월한 인간치고 약간의 광기가 없는 자는 없다고 한다. 그리고 우리 고유의 판단력과 이성을 뛰어넘는 모든 열광은 그것이 아무리 상찬할 만한 것일지언정 광기(狂氣)라고 불러 마땅하다. 지혜란 우리 영혼을 흐트러짐 없이 관리하는 것이요, 절도 있고 조화롭게 이끌며 주관하는 것이기 때문이다.

  ^C 플라톤도 이렇게 논증한다. 예언하는 능력은 우리를 초월한다. 따라서 예언을 할 때 우리는 우리 자신 밖에 있는 상태일 수밖에 없다. 고로 우리의 분별력[27]이 잠이나 어떤 병으로 흐려지거나, 아니면 천상의 힘에 홀려 제자리에서 벗어나 들어 올려지는 게 틀림없다고.

<hr>

27
prudence. 지혜라는 뜻으로 쓰였지만 '실천적(pratique)'이라는 형용사를 덧붙여야 명확한 의미가 드러난다. 몽테뉴의 시대에는 주로 정치적인 행동과 관련되어 쓰였지만, 여기서는 오히려 '이성'이나 '판단력'이라는 의미에 가깝다.

〔 38 〕

3장
케아섬[28]의 관습에 관하여

A 사람들 말대로 철학을 한다는 것이 의심을 품는 일이라면, 나처럼 쓸데없는 말이나 늘어 놓으며 공상하는 것은 더욱 의심을 품는 일이어야 한다. 탐구하고 토론하는 것은 배우는 자의 일이요, 해결하는 것은 스승의 일이니까. 나의 스승은 우리를 절대적으로 다스리며 인간들의 헛된 이의(異意) 따위는 초월한 지위에 있는 신적 의지의 권위이다.

필리포스[29]가 손에 무기를 들고 펠로폰네소스로 들어오자, 어떤 이가 다미다스에게, 그에게 자비를 구하며 항복하지 않으면 라케데모니아인들은 큰 고초를 겪을 거라고 말했다. 다미다스가 답했다. "그래, 이 겁보야, 죽음을 두려워하지 않는 자들이 무슨 고초를 겪겠나?" 또한 누군가 아기스에게 어떻게 하면 인간이 자유롭게 살 수 있는가를 물었더니 "죽는 것을 대수롭지 않게 여기면"이라고 답했다.

이런 주장들, 그리고 이 문제에서 의견이 일치하는 수많은 비

28
에게해 키클라데스 군도 중 한 섬으로 아티카 지방과 가장 가까운 섬이다.
29
마케도니아의 왕 필리포스 2세(B.C. 382~336). 알렉산드로스의 아버지. 그리스를 공략해 그리스의 정치적 독립을 종식시켰다(B.C. 338).

숱한 주장들은 분명 죽음이 우리에게 올 때를 그저 참을성 있게 기다리는 것 이상의 무언가를 의미한다. 인생에는 죽음 자체보다 견디기 어려운 사건들이 많이 있기 때문이다. 안티고누스에게 잡혀 노예로 팔린 스파르타의 이 아이가 그 증거이다. 그 아이는 주인이 어떤 비열한 일을 시키려고 압박하자 "네가 누구를 샀는지 보여 주마. 자유가 내 손안에 있는데 노예가 된다는 건 수치이리라."라고 말하며 그 집 꼭대기에서 뛰어내렸다. 안티파트로스가 제 요구를 듣게 하려고 라케데모니아인들을 가혹하게 위협하자, 그들은 이렇게 대꾸했다. "죽음보다 못한 것을 하라고 윽박지르면, 우리는 차라리 죽어 버릴 것이다." [C] 그리고 필리포스가 그들이 어떤 시도를 하든 다 막을 거라고 편지를 보내자, "뭐야! 죽는 것도 막을 텐가?"라고 했다. [A] 현자는 살아야 하는 만큼만 살아야지, 살 수 있는 만큼 살지 아니한다고, 자연이 우리에게 베푼 가장 좋은 선물, 우리 조건에 대한 모든 불평거리를 일소해 버리는 선물은 이 결투장의 열쇠를 우리에게 넘겨주었다는 것이라고 사람들은 말한다. 자연은 삶으로 들어가는 입구는 하나만 지정해 주었으되 출구는 무수히 열어 두었다. [B] 보이오카투스가 로마인들에게 답했듯이, 여기, 살기 위한 땅이 모자랄 수는 있어도 죽을 땅이 부족할 수는 없다. [A] 왜 세상을 불평하는가? 세상은 너를 붙잡지 않는다. 괴롭게 살고 있다면 그것은 네 비겁함 탓이다. 죽으려면 죽을 마음만 먹으면 된다.

죽음은 어디에나 있다. 이는 신이 내린 놀라운 은혜로다.
누구든 인간에게서 삶을 앗아 갈 수 있지만,
아무도 죽음은 빼앗을 수 없다.

〔 40 〕

죽음으로 가는 수많은 길이 우리에게 열려 있다.

세네카

게다가 죽음은 한 가지 병에만 듣는 처방이 아니다. 모든 불행에 대한 처방이다. 그것은 전혀 두려워할 것 없이 자주 찾아볼 만한 아주 든든한 항구이다. 모두가 하나로 귀결된다. 자기 스스로 종지부를 찍든, 고통스럽게 감내하든, 달려가 맞이하든, 기다리든. 어디서 오든 간에 죽음은 언제나 자기 것이다. 어디서 실이 끊어지든, 거기까지가 전부, 거기가 실타래의 끝이다.

가장 자발적인 죽음이 가장 아름다운 죽음이다. 인생은 타인의 의지에 종속되어 있다. 죽음은 우리의 의지에 속한다. 이것보다 더 우리 기질에 맞게 내 뜻대로 할 수 있는 일은 아무것도 없다. 평판 따위는 이 같은 시도와 관계없으니 그것을 고려하는 것은 미친 짓이다. 죽을 자유가 없다면 사는 것 자체가 예속이다.

통상적인 치료 방식은 생명을 축냄으로써 이루어진다. 째고, 지지고, 사지를 절단하고, 섭생을 줄이고, 피를 뽑는다. 한 걸음만 더 나아가면 우리는 완전히 치료된다. 어째서 우리가 중정맥[30]처럼 경정맥[31]을 우리 뜻대로 다루지 못한단 말인가? 가장 심한 병에는 가장 강력한 약을 써야 한다.

문법학자 세르비우스는 통풍을 앓았는데, 독을 써서 다리를 죽여 버리는 것보다 더 나은 해결책을 찾을 수 없었다. [C] 다리들은

30
사혈하기 위해 베는 팔꿈치의 정맥.
31
목의 정맥.

제 맘대로 통풍을 앓든지 말든지 고통만 없으면 그만이지! ᴬ 사는 것이 죽는 것보다 못한 상태에 우리를 두셨을 땐 하느님도 우리에게 죽을 충분한 권리를 주신 것이다. ᶜ 불행에 굴복하는 것은 나약함이다. 그러나 불행을 보듬어 키우는 것은 미친 짓이다.

스토아 학파가 말하기를, 현자에겐 한창 행복을 누리는 중이라도 죽는 것이 시의적절하면 생을 하직하는 것이, 어리석은 자에겐, 대체로 그들이(스토아 학파) 자연에 의해 일어나는 일들이라고 일컫는 일들을 겪으며 산다면, 괴로워도 그냥 사는 것이 천성에 맞게 사는 것이라고 했다.

내가 내 재산을 날리거나 내 지갑을 찢어도 절도죄에 해당하지 않고 내 장작을 태운다고 방화범에 해당하지 않는 것처럼, 내 생명을 내게서 떼어 낸들 살인죄에 해당하진 않는다.

헤게시아스는 삶의 조건이건 죽음의 조건이건 우리가 선택할 수 있어야 한다고 말하곤 했다.

또한 디오게네스는 수종으로 오래 고생하던 철학자 스페우시푸스를 만났을 때, 가마를 타고 가던 스페우시푸스가 그에게 "강녕하시게, 디오게네스."라고 소리치자 이렇게 답했다. "자네는 강녕 못하시게. 그런 상태로 사는 것을 견디고 있으니." 정말로 얼마 후 너무 고통스러운 삶의 조건에 진절머리가 난 스페우시푸스는 스스로 목숨을 끊었다.

ᴬ 이에 대해선 반론이 없지 않다. 많은 이가 우리를 여기에 들여놓은 분의 명백한 명령 없이는 세상이라는 이 주둔지를 떠날 권리가 우리에게 없다고 주장하니 말이다. 하느님은 단지 우리만을 위해서가 아니라 당신의 영광을 위해서, 또 남을 돕게 하려고 우리를 여기 보내신 것이니, 여기서 내보내는 것도 당신이 좋을 때

〔 42 〕

그분께 달린 일이요 우리 마음대로 할 수는 없다, ^C 우리는 자신만을 위해서가 아니라 조국을 위해서 태어났으니 법은 국가의 이익을 위해 우리에게 우리 자신을 청구하며 우리에 대해 살인죄를 묻는다, ^A 우리 마음대로 하면 우리는 제 임무를 저버린 탈주병으로 이승에서나 저승에서나 벌을 받는다고 저들은 말한다.

> 바로 그 가까이 보이는 것은 슬픔에 짓눌린 의인들,
> 그들은 제 손으로 제 목숨을 끊은 자요,
> 빛을 혐오하며 제 영혼을 지옥에 던져 버린 자들이로다.
> 베르길리우스

우리를 묶고 있는 사슬을 부수는 것보다 그 사슬을 이용하는 것이 끈기 있는 일이요, 카토보다 레굴루스가 더 굳세게 시련을 견딘 것이다. 우리의 걸음을 재촉하는 것은 바로 경솔이요 조바심이다. 힘찬 덕성은 어떤 일이 있어도 등 돌리지 않는다. 오히려 불행과 고통을 자신의 양식으로 삼아 구한다. 폭군의 위협, 불구덩이와 형리는 그런 덕성에 활기를 불어넣어 펄펄 살아나게 만든다.

> 비옥한 알기두스의 울창한 숲에서
> 단단한 도끼에 가지를 잘린 떡갈나무처럼,
> 잘리고 상처 입은 것, 자기를 후려치는 쇠붙이에서마저
> 새로운 힘과 용기를 얻는다.
> 호라티우스

그리고 또 다른 이는 말하듯이,

[43]

3장 케아섬의 관습에 관하여

아니요, 아버지, 덕이란 생각하시듯
삶을 두려워하는 데 있지 않고,
역경에 대항하여, 결코 등 돌리지도,
물러서지도 않는 데 있습니다.

세네카

역경 속에서 죽음을 하찮게 여기기는 쉽다.
불행을 견딜 줄 아는 것이 더 용감한 일이다.

마르시알리스

운명의 타격을 피해 구덩이 속이나 거대한 무덤 속으로 들어가
웅크리고 숨는 것은 덕이 아니라 비겁이 하는 짓이다. 덕은 폭풍
을 만났다고 자기 갈 길을 멈추지 않으니,

우주가 부서져 무너져 내리고, 그 폐허 더미가 후려친들
덕은 겁내지 않는다.

호라티우스

가장 흔하게는 다른 불행들을 피하겠다고 한 일이 우리를 죽
음으로 몰아가고, 때로는 죽음을 피하려고 한 일이 죽음으로 치달
게도 하니,

^C 죽는 것이 두려워 죽다니, 미친 짓 아닌가?

마르시알리스

〔 44 〕

에세 2

^A 절벽이 무서워서 제풀에 뛰어내리는 사람처럼 말이다.

> 많은 이로 하여금 크나큰 위험에 몸을 던지게 한 것은
> 불행에 대한 공포, 그것이었다.
> 진정한 용자(勇者)는 위험에 맞설 각오를 하되
> 가능하다면 그것을 피할 줄 아는 자이다.
> 루카누스

> 그뿐인가, 죽음에 대한 공포 때문에,
> 인간은 생명도 광명도 혐오하게 되어,
> 절망의 발작 속에서 스스로 목숨을 끊는다.
> 죽음의 공포 바로 그것이 제 고뇌의 원천임을 망각하고.
> 루크레티우스

^C 플라톤은 『법률』에서, 공공의 비판이나 피치 못할 숙명적인 불행, 도저히 견딜 수 없는 수치 때문에 어쩔 도리가 없었던 것이 아니라 겁이 많아 비열하고 유약한 탓에 자기와 가장 가깝고 가장 친한 자, 즉 자기 자신에게서 생명과 운명의 흐름을 빼앗은 자는 수치스럽게 매장하라고 명한다.

^A 게다가 목숨을 하찮게 여기는 견해는 가소롭다. 왜냐하면 결국 그것이 우리의 존재요 우리의 전부이기 때문이다. 우리보다 고상하고 풍요로운 존재를 지닌 것들은 우리를 비난해도 좋다. 하지만 우리가 우리 자신을 하찮게 여기며 우리를 소홀히 다루는 것은 자연을 거스르는 일이다. 자기를 미워하고 하찮게 여기는 것은 별난 병(病), 다른 피조물에서는 찾아볼 수 없는 병이다. 이 역시

〔 45 〕

3장 케아섬의 관습에 관하여

우리가 아닌 다른 것이 되고자 하는 것과 마찬가지로 유치한 생각이다. 그런 욕망의 결실은 우리와는 아무 관계가 없다. 그런 욕망 자체가 자기모순, 자가당착이니까. 사람에서 천사가 되기를 바라는 사람은 저 자신을 위해선 아무것도 하지 않는 것이다. 그는 천사가 된 것에서 아무 득도 보지 못한다. 그 사람이 더 이상 존재하지 않는 것인데, 누가 자기를 위한 이 변화를 느끼고 즐길 것인가?

> B 한 존재가 불행과 고통을 느낄 수 있으려면,
> 그 불행이 닥치는 그 순간에
> 존재하고 있어야만 하므로.
>
> 루크레티우스

A 우리가 죽음을 대가로 안전, 무통, 평정을 사들이고, 이승의 갖가지 불행에서 벗어나 봤자 우리에겐 득 될 게 없다. 평화를 즐길 수 없다면 전쟁을 피한 것도 다 소용 없는 일이요, 휴식을 맛볼 수 없다면 노고에서 벗어난 것도 아무 소용이 없다.

첫 번째 의견을 가진 사람들[32] 간의 큰 논란거리는 한 사람이 스스로 목숨을 끊겠다는 결심을 하게 만들기에 충분히 합당한 경우란 어떤 것인가 하는 것이다. 그들은 그런 경우를 '합리적 퇴장'[33]이라고 부른다. 우리를 살게 하는 이유들이 별로 강력하지 않으니 때로는 가벼운 이유로도 죽어야 한다고 말은 하면서도, 뭔

32
자살을 옹호하는 사람들.

33
1595년판에는 그리스어로 표기되어 있다. 디오게네스 라에르티오스($\Delta\iota o\gamma\acute\epsilon\nu\eta$ $\Lambda\alpha\acute\epsilon\rho\tau\iota o\varsigma$).

〔 46 〕

가 기준은 있어야 하겠기 때문이다.

개인뿐 아니라 온 국민을 이유 없이 자살로 몰아갔던 망상증도 있었다. 나는 이미 그런 사례를 열거한 바 있다.[34] 그 밖에 밀레토스의 처녀들에 관해서도 책에서 읽을 수 있다. 그 처녀들은 어떤 광폭한 공모에 의해 차례로 목을 매달았다. 당국이 이 문제에 개입해, 그렇게 목매단 채 발견된 처녀들은 모두 발가벗기고 한 줄에 묶어 시내를 끌고 다니라고 명령을 내릴 때까지 말이다.

트레이키온은 클레오메네스에게 상황이 나쁘게 돌아가니 자살하라고 권했다. 방금 패한 전투에서 더 명예롭게 죽을 수 있는 기회를 놓쳤으니, 족히 명예로운 또 다른 죽음을 받아들여, 죽여서든 살려서든 그에게 수치를 안길 수 있는 여지를 적들에게 결코 남기지 말라는 것이었다. 클레오메네스는 라케데모니아인이요 스토아 학파다운 용기로 이 충고를 계집애 같고 비겁한 것이라며 물리쳤다. "그건 내 상비약"이라며 그는 말했다. 그러나 손가락 한 마디만 한 희망이라도 남아 있는 한 써서는 안 되는 약이라고. 때로는 사는 것이 꿋꿋하고 용감한 일이라고. 자기는 자기의 죽음조차 조국에 대한 봉사이기를 바라며, 죽음을 명예와 용덕의 행위로 만들기를 원한다고. 트레이키온은 자기 신조대로 그때 자살했다. 나중에 클레오메네스도 똑같이 했다. 하지만 최후까지 운수를 시험해 보고 나서였다. 모든 불행이 다 죽어서라도 피하고 싶어 할 만한 불행은 아니다. 게다가 인간사에는 갑작스러운 변화가 너무도 많기 때문에 어느 지점이 우리 희망의 끝인지 판단하기란 쉽지 않다.

34
『에세 1』 14장 참조.

3장 케아섬의 관습에 관하여

B 잔인한 투기장 바닥에 뻗어서도, 패배한 검투사는 삶을
희망한다.
위협적인 군중은 엄지를 뒤집어 죽음의 신호를 표하건만.
유스투스 립시우스

옛말에 이르기를 인간은 살아 있는 한 무엇이든 기대할 수 있
다고 했다. 세네카는 응수한다. "그렇지만 왜 내가, 죽을 줄 아는
자에게는 운수가 아무 짓도 할 수 없다는 사실보다 산 자에겐 별
별 일을 다 할 수 있다는 것을 더 염두에 두어야 하는가?" 국민 전
체가 들고 일어나 요세푸스는 너무도 명백하고 위급한 위험에 빠
졌다. 논리적으로는 어떤 희망도 가질 수 없었다. 그렇지만 그의
말마따나 그 순간 자살하라는 한 친구의 충고를 듣고도 고집스럽
게 희망을 품었던 것은 잘한 일이었다. 모든 인간적 추론을 넘어
운수가 이 사건을 역전시켜 아무 해도 입지 않고 거기서 풀려날
수 있었으니 말이다. 반대로 카시우스와 브루투스는 시기와 상황
이 익기도 전에 성급하고 무모하게 자살함으로써 그들이 수호하
던 로마의 자유의 남은 불씨를 끝내 꺼트리고 말았다.[35] C 나는 사
냥개의 이빨로부터 도망치는 토끼를 수없이 보았다. "어떤 자는 자
기의 사형 집행인보다 오래 살았다."(세네카)

B 자주 시간은 변전하는 흐름 속에 갖은 결과를 낳으며

35
1595년판에는 다음과 같은 대목이 이어진다. "체레솔레 전투에서 앙기앵은 잘
풀리지 않는 전운(戰運)에 절망해 두 번이나 자기 목을 찌르려 했지만, 나중엔
하마터면 그렇게 멋진 승리를 즐기지 못할 뻔했다고 생각했다."

[48]

부서진 운명들을 회복시켰고,

자주 운수는 제가 쓰러뜨린 이들에게 돌아와

그들을 안전한 장소로 되돌려 놓는 장난을 친다.

베르길리우스

[A] 플리니우스는 고통에서 벗어나기 위해 자살할 권리가 있는 경우로 세 가지 병을 꼽으며, 그중 가장 지독한 것은 방광 결석으로 요도가 막힐 때라고 했다. [C] 세네카는 정신 기능에 장기간 영향을 미치는 병의 경우에만 그 권리를 인정했다.

[A] 더 나쁜 죽음을 피하기 위해 자기 뜻대로 죽음을 선택해야 한다는 의견을 가진 사람들이 있다. [C] 포로가 되어 로마로 압송된 아이톨리아의 수장 다모크리투스는 어느 날 밤 탈옥에 성공했다. 그러나 간수들이 추격해 오자, 다시 잡히기 전에 칼로 제 몸을 찔렀다.

안티노우스와 테오도투스는 그들의 도시 에피로스가 로마인들에게 밀려 더는 퇴각할 수 없는 지점까지 이르자 모두 자결하자는 의견을 시민들 앞에 내놓았다. 그러나 차라리 항복하자는 의견이 채택되자, 자기를 보호하기 위해서가 아니라 적을 치겠다는 생각에서 죽음을 찾아 적진으로 돌진했다.

몇 년 전 고조섬[36]이 터키인들의 손에 들어갔을 때, 한 시실리아인은 결혼을 바로 앞둔 예쁜 두 딸을 제 손으로 죽이고, 이어 딸들의 죽음을 듣고 달려온 어미도 죽였다. 그런 다음 활과 소총을 들고 집을 나가 자신의 집 문으로 다가오던 두 명의 첫 터키인

36
말타섬 인근의 섬.

3장 케아섬의 관습에 관하여

에게 두 발을 쏘아 죽였다. 그러고는 칼을 뽑아들고 미친 듯이 돌진해 난투에 휩싸여 산산조각이 났다. 식솔들을 먼저 해방시킨 뒤 그렇게 자기를 예속에서 구했던 것이다.

^A 유대의 여인들은 자식들에게 할례를 행한 뒤 함께 절벽으로 가 투신하여 안티오코스[37]의 잔인한 손아귀를 벗어났다.

누군가 해 준 이야기로, 신분 높은 귀인이 죄수가 되어 우리 감옥에 있었는데, 필경 사형 선고를 받으리라는 소식을 들은 그의 부모는 그 같은 죽음의 불명예를 피하게 할 요량으로 석방될 수 있는 최상의 대책을 알려 주도록 한 사제를 보냈다. 그 대책이란 이런저런 서원을 드리며 아무개 성인에게 의탁하고 아무리 기진맥진해지더라도 여드레 동안 음식을 끊는 것이었다. 그는 그 말을 믿었고, 자살하겠다는 뜻도 없이 자살하여 삶과 위험에서 벗어났다.

스크리보니아는 조카인 리보에게 법의 손을 기다리느니 자살하라고 충고하면서, 목숨을 보존해서 사나흘 후 그것을 빼앗으러 올 자들의 손에 넘기는 것은 결국 남 좋은 일을 하는 것이요, 그의 피를 간수했다가 원수들이 나눠 먹게 하는 것은 그들을 위해 봉사하는 것이라고 했다.

성서에 쓰여 있는 바, 하느님의 법을 박해하던 니카노르가 라지스를 체포하라고 호위병들을 보냈다. 라지스는 덕망이 높아 '유다인의 아버지'라 불리는 선량한 노인이었다. 대문이 불타고 적들이 코앞까지 왔는데도 다른 방도를 찾지 못하자, 못된 자들의 손에 떨어져 자기 지위의 명예를 더럽히느니 차라리 용감하게 죽기

37
B. C. 215~164. 셀레우시르 제국의 왕으로 할례 금지령을 내리고 위반자를 사형에 처했다.

〔 50 〕

로 결심한 그는 칼로 자신을 찔렀다. 그러나 서두른 나머지 급소를 빗나가자, 무리를 뚫고 벽으로 달려가 사람들이 흩어져 생긴 빈자리로 곧장 곤두박질쳐 머리를 박았다. 그런데도 아직 숨이 얼마간 붙어 있는 것을 느낀 그는 다시 용기를 북돋워, 피와 상처로 뒤덮인 몸을 가누어 두 발로 서더니, 무리 사이로 길을 터서 깎아지른 듯한 절벽의 바위로 갔다. 더 이상 어쩔 수 없었던 그는 한 상처에서 자기 내장을 꺼내 두 손에 쥐고, 잡아 뜯고 갈라 추격자들에게 던지며, 하느님의 복수가 그들 위에 내리기를 탄원하면서 반드시 그렇게 될 것이라고 확언했다.

양심을 해치는 폭력 중에서도 가장 피해야 할 폭력은 내 생각엔 여자들의 정조에 가하는 폭력이다. 그 폭력은 저절로 어떤 육체적인 쾌감을 불러일으키기 때문에 더 그렇다. 이 때문에 여자의 거부가 충분히 완전하지 못할 수 있고, 그래서 폭력 행위가 뭔가 바라는 듯한 마음과 부합하는 것처럼 여겨질 수 있는 것이다. 펠라기아와 소프로니아는 둘 다 시성(諡聖)되었는데, 전자는 병사들의 완력을 피하기 위해 어머니, 자매들과 함께 강으로 뛰어들었고, 후자 역시 막센티우스 황제의 폭력을 피하기 위해 자살했다. [C] 교회사에는 이런 예로 추앙받는 신심 깊은 인물이 많은데, 그들은 폭군들이 그들의 양심을 해치려고 도모한 모욕에서 자기를 지키려고 스스로 죽음을 택했던 이들이다.

[A] 이 시대의 박식하고, 특히 파리 사람인 한 작가가 우리 세기의 부인들에게 그처럼 절망적이고 끔찍한 계획을 택하는 대신 차라리 무엇이든 다른 것을 해 보라고 애써 설득하고 있는 것이 후대엔 우리의 자랑거리가 될지 모른다. 내가 툴루즈에서 듣게 된 한 여인의 멋진 말을 그가 듣지 못해서 그의 이야기 모음집에 포

〔 51 〕

함시키지 못한 것이 유감이다. 몇몇 병사들의 손아귀를 거치고 난 그녀는 이렇게 말했다. "하느님 감사합니다, 아무튼 난생처음 죄 짓지 않고 포식했으니!"[38]

사실 위와 같이 사납고 극단적인 행동들[39]은 프랑스의 부드러운 기질에는 맞지 않는다. 그 때문에 착한 마로의 법칙[40]에 따라 "그 짓을 하더라도 '네니(안 돼)'라고 말하기만 하면 된다."라는 훌륭한 제언이 공표된 이래, 우리 풍조가 그런 잔인한 풍속으로부터 무한히 정화되고 있는 것은 다행이다.

역사는 수많은 방법으로 고통스러운 삶을 죽음과 바꾼 사람들로 가득 차 있다.

[B] 루키우스 아룬티우스는 미래와 과거를 피하기 위해서라며 자결했다.

[C] 그라니우스 실바누스와 스타티우스 프록시무스는 네로에게 사면을 받은 후, 그런 악인의 은덕으로 사는 것이 싫어서, 또는 네로가 귀족들을 쉽게 의심하고 문죄(問罪)하는 것으로 보아 차후에 또다시 용서를 애걸하고 싶지 않아 자살했다.

토미리스 여왕의 아들인 스파르가피세스는 키루스 대왕의 전쟁 포로가 되었는데, 대왕이 풀어 주자 대왕이 베푼 호의를 자살

38

앙리 에티엔(1528~1598). 이야기 모음집 『헤로도토스를 위한 변론』을 썼다.

39

'자살'을 뜻한다.

40

클레르망 마로(1496~1544). 이탈리아 르네상스를 프랑스에 받아들인 왕 프랑수아 1세의 궁정 시인으로, 종교 개혁을 지지해 투옥되고 스위스, 이탈리아로 추방되었다. 프랑스 최초의 위대한 근대 시인들 중 한 사람이다. 그의 풍자시 「좋아와 안 돼에 관하여(de ouy et nenny)」를 암시한다.

[52]

에세 2

하는 데 이용했다. 포로가 되었던 수치를 저 자신에게 보복하는 것 이외에 자기가 얻은 자유의 다른 결실을 원하지 않았던 것이다.

크세르크세스 왕이 임명한 에이온 총독 보게스는 키몬이 이끄는 아테네 군대에 포위당하자, 전 재산을 챙겨 안전하게 아시아로 돌아가라는 제안을 거절했다. 자기 군주가 그에게 지키라고 맡긴 것을 잃고서 목숨을 연명하는 것은 견딜 수 없었기 때문이다. 그러고는 자기의 도시를 최후까지 방어하다 더 이상 먹을 것이 없자 우선 황금과 적이 전리품으로 차지할 성싶은 모든 것을 스트리몬강에 던져 버렸다. 그런 다음 큰 장작 더미에 불을 붙이고 아내, 자식, 첩, 하인들의 목을 베게 한 뒤 그들을 불에 던지고 자기도 뛰어들었다.

인도의 귀족 니나케투엔은 포르투갈 총독이 아무 이유도 없이 말래카에서 자기가 몸담았던 직책을 빼앗아 캄파르 왕에게 주려 한다는 낌새를 채자 혼자 결심했다. 그는 여러 개의 기둥을 세우고 그 위에 넓이보다는 길이가 긴 대(臺)를 설치한 뒤, 위엄 있게 융단을 깔고 꽃과 향료를 잔뜩 뿌려 치장하게 했다. 그런 다음 값진 보석이 주렁주렁 달린 금실로 짠 옷을 입고 거리로 나가 계단을 따라 대에 올라갔다. 대의 한쪽 끝에는 불붙인 향나뭇단이 타고 있었다. 이 이례적인 준비의 결말을 보려고 사람들이 달려왔다. 니나케투엔은 오만하고 불만에 찬 얼굴로 포르투갈이 자기에게 지켜야 할 도리에 대해 훈계했다. 그는 자기가 얼마나 성실하게 임무를 수행했는지를 말하고, 자기에겐 명예가 목숨보다 훨씬 더 소중하다는 것을 남을 위해 무기를 들고 그토록 자주 증명해 보인 마당에, 나 자신을 위해 명예를 돌보지 않을쏘냐며, 자기 신세는 남이 자기에게 가하려는 모욕에 대항할 방법을 전혀 허락하

〔 53 〕

지 않으나 적어도 자기의 용기는 자기에게, 국민들의 웃음거리가 되고 자기보다 가치 없는 인간들에게 승리를 안겨 주는 괴로움은 벗어 버리라고 명한다고 했다. 이렇게 말하며 그는 불 속으로 뛰어들었다.

[B] 스카우루스의 아내 섹스틸리아와 라베오의 아내 팍세아는 닥쳐오는 위험을 면하라고 남편들을 격려하기 위해, 부부애를 빼면 그 위험과 아무 상관이 없었는데도 막다른 궁지에 이르자 자진해서 목숨을 바쳐 남편들에게 본을 보이고 그들의 동반자가 되었다.

그 여자들이 남편을 위해 한 일을 코케이우스 네르바는 조국을 위해 했다. 효과는 덜했지만 똑같은 애정으로 한 일이었다. 이 위대한 법률가는 건강도 부(富)도 평판도 황제의 신임도 한창때였으니, 로마 정국(政局)의 비참한 상태에 대한 연민 이외에는 달리 자살할 이유가 없었다.

아우구스투스의 친구 풀비우스의 아내의 죽음은 더할 나위 없이 미묘하다. 아우구스투스는 자기가 풀비우스에게 알려 준 비밀이 누설된 것을 알고, 어느 날 아침 자기를 찾아온 그를 쌀쌀맞은 얼굴로 대했다. 풀비우스는 절망에 휩싸여 집으로 돌아왔다. 그러고는 이런 불행에 떨어졌으니 자결하려 한다고 몹시 처량하게 아내에게 말했다. 아내는 조금도 주저없이 말했다. "당연해요. 내 혀가 얼마나 자제력이 없는지 충분히 보고도 전혀 조심하지 않았으니. 놔두세요, 내가 먼저 죽을 테니." 그러고는 말릴 겨를도 없이 자기 몸에 칼을 꽂았다.

[C] 비비우스 비리우스는 로마군에 포위된 자기 도시를 구할 수도 없고 로마군의 자비심을 기대할 수도 없자 절망하여, 원로원 최종 토의에서 이 문제를 놓고 여러 가지 건의를 검토한 다음, 가

〔 54 〕

장 아름다운 방법은 그들 자신의 손으로 운명에서 벗어나는 것이라고 결론지었다. 적들은 그것을 명예롭게 볼 것이요, 한니발은 자기가 얼마나 충실한 친구들을 버렸는지 느끼게 될 것이라면서. 그는 자기 집에 성찬을 차려 놓았으니 자기 생각에 동의하는 사람들은 함께 가자고 청하면서, 거기서 맛있는 식사를 한 뒤 자기가 내놓는 음료를 모두 함께 마시게 될 것이라고 말했다. "이 음료는 우리 육체를 고통에서, 우리 영혼을 모욕에서 해방시켜 줄 것이고, 잔인무도한 정복자에게 패배자가 당해야 할 수많은 비루한 불행을 보고 듣는 고통에서 우리의 눈과 귀를 해방시켜 줄 것"이라며 그가 말했다. "우리가 죽은 다음 우리를 내 집 문 앞에 세운 화장대(火葬臺)에 던져 줄 사람을 대기시키라고 일러두었소." 많은 이가 이 숭고한 결심에 찬성했지만, 그를 따른 자는 많지 않다. 원로원 의원 스물일곱 명이 그를 따라가 이 괴로운 생각을 술로 애써 누른 뒤 그 치명적인 음료로 식사를 마쳤다. 그들은 조국의 불행을 함께 슬퍼하고서 서로 포옹한 뒤, 일부는 자기 집으로 돌아가고, 나머지는 비비우스와 함께 그의 불에 화장되려고 남았다. 술기운이 혈관을 가득 채워 독의 효과를 늦추는 바람에 모두 숨이 끊어지는 데 얼마나 오래 걸렸던지, 더러는 한 시간만 더 지체되었더라면 그다음 날 도시를 점령한 적들을 목도하고, 그렇게 큰 대가를 치르고 피하려던 비참을 겪을 뻔했다.

그곳의 다른 시민 타우레아 주벨리우스는 집정관 풀비우스가 225명의 원로원 의원들에게 행한 수치스러운 살육전을 마치고 돌아갈 때, 경멸 서린 어조로 그를 이름으로 불러 멈춰 세우며 말했다. "명해라. 그 많은 사람들을 학살한 것처럼 나도 죽이라고. 넌 너보다 훨씬 용감한 한 사람을 죽였다고 자랑할 수 있을 게다." 풀

3장 케아섬의 관습에 관하여

비우스가 미친놈으로 치부하려니(또 방금 로마로부터 그의 비인간적인 처형에 반대하는 편지들을 받은 터라 손을 쓰기도 어려웠다.), 주벨리우스가 계속 말했다. "내 나라는 점령되고, 친구들은 죽었고, 이 파멸의 참상을 면해 주려고 처자까지 내 손으로 죽여 버려 내 동포들처럼 죽을 수도 없게 되었으니, 용덕의 힘을 빌려 이 더러운 삶에 복수하리라." 그러더니 감추고 있던 검을 뽑아 자기 가슴을 찌르고는 집정관의 발치에 엎어져 숨을 거두었다.

ᴮ 알렉산드로스는 인도의 한 도시를 포위했다. 도시 안에 있던 자들은 막다른 지경에 몰리자 알렉산드로스의 아량에도 불구하고 그에게 승리의 쾌감을 주지 않기로 단단히 결심하고, 그들 자신이 서로를, 그리고 도시까지 불태웠다. 새로운 전쟁이 시작되었다. 적은 주민들을 살리려고, 주민들은 죽으려고 엉겨 붙었다. 사람들이 목숨을 보전하기 위해 하는 모든 짓을 그들은 확실하게 죽으려고 행했다.

ᶜ 스페인의 도시 아스타파는 로마군을 당해 내기엔 성벽도 방비도 약했다. 그러자 그곳 주민들은 재물과 가구 들을 광장에 쌓아 놓고, 여자들과 아이들을 그 더미 위로 올라가게 했다. 그러고는 그 더미를 나무와 불이 잘 붙는 물건들로 둘러싼 다음 그들의 결정을 실행할 젊은이 쉰 명을 거기에 남겨 두고 출정하여, 이기지 못하면 모두 죽겠다고 한 맹세를 지켰다.

남아 있던 쉰 명은 도시를 샅샅이 털어 살아 있는 것은 모두 죽이고 광장의 더미에 불을 지른 다음, 자기들의 고결한 자유를 고통스럽고 수치스러운 상태에서보다 차라리 무감각한 상태에서 끝장내기 위해 그들 자신도 그 불속에 뛰어들었다. 그럼으로써 그들은 운이 좋았다면 충분히 적에게서 승리를 빼앗을 만한 용기를 지녔다는 것을 증명했을 뿐 아니라 적들의 승리를 헛되고, 실망스럽고, 나아가 어떤 자들에겐 치명적인 것으로 만들 수 있음을 보여 주었다. 적군 중 꽤 많은 자들이 화염 속에서 흘러내리는 황금의 번뜩임에 홀려 달려들었다가, 그들을 따라 몰려온 무리 때문에 물러설 수도 없어 질식하고 불에 타 죽었던 것이다.

필리포스의 공격을 받은 아비도스인들도 같은 결정을 내렸다. 그러나 너무 갑자기 일이 닥치자, 그 결정이 성급히 집행되는 것을 보기가 끔찍했던 왕은 (불에 태우고 강에 처넣기로 한 보물과 가구들을 미리 징발한 뒤) 병사들을 후퇴시켜 사흘간의 말미를 주고 마음대로 서로 죽이게 했다. 그들은 그 사흘을 적군이 행하는 어떤 적대적인 잔인성도 능가하는 피와 살육으로 채워, 제 목숨을 끊을 힘이 있는 자로서 살아남은 자는 하나도 없었다. 이 비슷한 집단적 결단의 예는 헤아릴 수 없을 만큼 많고, 보다 광범위한 결과를 남기는 만큼 더 참혹해 보인다. 하지만 실은 개별적으로 행해질 때보다 덜 참혹하다. 이성은 개개인에게 못할 일을 전체에게는 행한다. 집단의 격정이 개개인의 판단력을 박탈하는 것이다.

^B 티베리우스 시대에는 처형을 앞둔 죄수는 재산을 잃고, 무덤도 쓸 수 없었다. 처형에 앞서 자살한 사람은 매장되고, 유언도 남길 수 있었다.

^A 하지만 우리는 때로 보다 큰 복에 대한 희망 때문에 죽음을 원하기도 한다. 성 바오로는 "나는 예수 그리스도와 함께하기 위해 해체되기를 갈망한다."[41]라면서 "누가 이 속박에서 나를 풀어

41
「필립비서」 1:23. 한글 공동 번역 성경에는 "나는 이 세상을 떠나서 그리스도와 함께 살고 싶습니다." 프랑스어판 『TOB』 성서에는 "나는 세상을 떠나 그리스도와 함께

3장 케아섬의 관습에 관하여

주겠느냐?"[42]라고 말한다. 암브라키아의 클레옴브로토스는 플라톤의 『파에돈』을 읽고 나서 내세의 삶을 몹시 갈망하게 되어, 다른 이유 없이 바다로 가 투신했다. 이런 것을 보면, 이 자발적인 해체를 절망이라고 부르는 것이 얼마나 부적절한 일인지 드러난다. 때로는 뜨거운 희망이, 때로는 평온하고 차분한 사고의 결과가 우리를 거기에 이르게 한다.

A 수아송의 주교 자크 뒤 샤스텔은 루이 성왕(聖王)이 바다를 건너가 벌인 전쟁에서, 왕과 군대가 종교 문제들을 미완으로 남겨 둔 채 프랑스로 회군하는 것을 보고 차라리 천국으로 가 버려야겠다고 결심했다. 그러고는 친구들에게 안녕을 고하고 모두가 보는 가운데 홀로 적진에 뛰어들어 갈갈이 찢기고 말았다.

C 새 땅[43]의 어떤 왕국에서는 엄숙한 행렬이 있는 날이면 그들이 숭배하는 우상을 엄청난 크기의 수레에 싣고 군중이 보는 가운데 행진하는데, 자기의 생살을 베어 그 우상에게 바치는 자도 여럿이요, 광장에 엎드려 조아리고서 수레의 바퀴가 자기를 뭉개부수고 지나가게 하는 자들도 꽤 된다. 그렇게 죽은 뒤 그들에게 주어지는 성성(聖性)으로 추앙을 받기 위함이다.

손에 무기를 들고 죽은, 앞서 말한 주교의 죽음이 더 고결하고, 전투에 대한 열정이 감각의 일부를 사로잡고 있었으니 고통도

있기를 갈망한다."로 되어 있다.

42
「로마서」 7:24. 한글 성경에는 "누가 이 죽음의 육체에서 나를 구해 줄 것입니까?" 프랑스어판 성경에는 "누가 이 죽음에 속한 육신에서 나를 풀어 줄 것입니까?"로 되어 있다.

43
여기서는 중국을 가리킨다. 곤잘베즈 드 밴도자의 『중국사』에 나오는 이야기.

덜 느꼈을 것이다.

　　^A 정부가 나서서 자발적인 죽음이 어떤 경우에 정당하고 적절한 것인지를 규정하려 한 곳도 있다. 예전에 우리 나라 마르세유에서는 일찌감치 생을 마감하려는 자들을 위해 나랏돈을 들여 마련한 독미나리 독약을 간직해 두었다. 자살 지원자는 먼저 상원 의원 600명에게서 자살하려는 이유가 타당하다는 동의를 받아야 했다. 그리고 사법관이 허가하고 적법한 이유가 있어야만 자기 몸에 손댈 수 있었다.

　　그런 법은 다른 곳에도 있었다. 섹스투스 폼페이우스는 아시아로 가다가 네그로폰테의 케아섬을 경유하게 되었다. 그와 동행했던 사람들 중 하나가 우리에게 전해 준 바에 따르면, 그가 그 섬에 있을 때 우연히 다음과 같은 일이 있었다. 매우 지체 높은 한 여인이 왜 자기가 생을 끝내기로 했는지 시민들에게 설명한 후, 폼페이우스에게 자기 죽음에 참관해 자기를 더욱 영광스럽게 해 달라고 간청했다. 그는 그렇게 했다. 그는 자기의 장기인 감탄할 만한 웅변과 온갖 설득으로 그 계획을 철회하게 하려고 오랫동안 애썼지만 허사여서 결국 그녀 뜻대로 하게 내버려 둘 수밖에 없었다. 그녀는 90년 동안 정신과 육체 모두 매우 행복한 상태로 보냈다. 그런데 그때는 평소보다 더 멋있게 장식한 침대에 누워 팔꿈치를 괴고 말하기를 "오 섹스투스 폼페이우스, 나 살아 있을 때 곁에 있어 충고해 주고 죽을 때는 증인이 되어 주니, 제신들, 그리고 내가 만나게 될 사람들보다 내가 두고 가는 이들이 당신에게 고마워해 주기를! 나로 말하자면, 항상 운수의 호의적인 얼굴만 봐 왔으니, 너무 오래 살고 싶어 하다 그 반대의 얼굴을 보게 될까 두려워, 행복한 결말로 내 영혼의 남은 생명과 하직하고, 두 딸과 손자 손녀

[59]

일 군단(群團)을 남겨 두고 갑니다." 그러더니 가족에게 단합하여 평화롭게 살아가라고 당부하면서 재산을 나누어 주고, 가문의 신들을 큰딸에게 맡긴 뒤, 흔들림 없는 손으로 독이 든 잔을 들었다. 그러고는 메르쿠리우스 신[44]을 기리며 저세상의 어떤 좋은 자리로 데려가 달라고 기도를 드리더니 단숨에 그 치명적인 음료를 삼켰다. 그녀는 함께한 사람들과 독의 효과가 진행되는 상황에 대해 대화를 나누며, 자기 신체의 각 부위가 어떻게 차례로 싸늘히 식어 가는지를 말하더니, 마침내 냉기가 심장과 내장에까지 이르렀다며 두 딸을 불러 마지막 시중을 들고 눈을 감겨 달라고 했다.

플리니우스는 어떤 북방 낙토에 대해 이야기한다. 그곳에서는 온화한 기후 덕에 주민들의 명이 보통 그들 스스로가 원하지 않으면 끊어지지 않는다. 그렇지만 오래 살고 난 끝에, 사는 데 물리고 진력이 나면, 한바탕 잘 먹고 난 후 그런 용도로 지정된 어느 바위에 올라가 바다로 뛰어드는 것이 관습이라고 한다.

[C] 참을 수 없는 [B] 고통 그리고 자살보다 못한 죽음의 위협이 내 보기엔 가장 용납할 만한 자살 동기일 것 같다.

44
여행자의 신.

[60]

에세 2

4장
사무는 내일로

A 내가 프랑스 작가 그 누구보다 자크 아미요[45]에게 최고의
영예를 부여하는 것은 지당한 일이라고 생각한다. 다른 모든 작가
를 능가하는 언어의 소박 순수함이나, 그토록 꾸준하고 오랜 작업,
그렇게도 까다롭고 난해한 작가를 그렇게도 잘 전달할 수 있었던
지식의 깊이(왜냐하면 내가 그리스어를 전혀 모른다는 둥 남들이 무
슨 말을 하건, 그의 번역 전체가 너무도 아름답고 맥락과 의미가 너
무도 정연한 것을 보면, 그가 저자의 진의를 명확히 이해했거나, 또
는 오랜 연구를 통해 플루타르코스가 지녔던 영혼의 핵심적이면서
도 전반적인 본상(本像)을 자기 영혼에 생생하게 심어 놓았기 때문
에, 적어도 저자의 생각을 왜곡하거나 반하는 것은 하나도 덧붙이지
않았음이 내 눈에 뚜렷하기 때문이다.) 때문만이 아니라, 특히 이토

45
몽테뉴는 16세기 프랑스 최고의 고전 번역자인 아미요(Jacques Amyot,
1513~1593)에 대한 찬사로 시작하고, 특히 이 에세에서 사용하고 있는 일화들이
실린 플루타르코스의 『윤리론집』을 번역해 준 데 대해 감사한다. 아미요의 활동에
대한 이런 평가를 몽테뉴는 차후 내내 유지하며 그를 비판하는 학자들에 맞서
옹호했다. 몽테뉴는 『에세』 전 권을 통해 플루타르코스를 500번 이상 인용하는데,
이는 플루타르코스가 그의 글쓰기에 얼마나 큰 영향을 끼쳤는지, 두 작가 사이를
이어 준 아미요의 공이 얼마나 지대한지를 보여 준다.

록 훌륭하고 적절한 책[46]을 엄선하여 조국에 선사한 것에 대해 감사하는 것이다. 이 책이 우리를 진흙탕에서 끌어내 주지 않았다면 우리 무식쟁이들은 구제될 수 없었을 것이다. 이 책 덕택에 이 순간 우리는 말하고 써 볼 엄두를 내는 것이다. 부인들도 이 책을 가지고 학교 선생들을 훈계한다. 이 책은 우리의 성무일도서[47]이다. 만일 이 양반이 살아 있다면, 나는 같은 일을 해 달라고 크세노폰을 맡기겠다. 그건 좀 더 쉬운 일이니 그만큼 그분의 노년에 적합할 것이다. 그런데다 그는 어려운 구절들을 매우 신속하고 명쾌하게 풀어 나가긴 하지만, 그래도 왠지 모르게 그의 문체는 난해한 원문에 눌리지 않고 거침없이 굴러갈 때 더 편안하다.

방금 나는 플루타르코스가 자기 자신에 대해 말하는 대목을 읽고 있었다. 로마에서 열린 그의 글 낭독회에 참석한 루스티쿠스가 거기서 황제가 보낸 소포를 받았는데, 낭독이 끝날 때까지 뜯어보기를 미루었다는 것이다. 거기 있던 모두가 그 인물의 진중함을 대단히 칭송했다고 플루타르코스는 말한다. 사실 다루고 있던 주제가 호기심과 새 소식에 대한 열정, 새로 나타난 인물과 이야기해 보려고 너무도 성급하고 경솔하게 다른 모든 일을 팽개치고, 편지를 전달받으면 자리 가림도 못 한 채 즉시 뜯어 보느라 예의범절을 다 잃어버리게 하는 그 악착스럽고 게걸스런 열정이었으니, 플루타르코스가 루스티쿠스의 진중함을 칭송한 것은 당연하다. 또 자기 낭독의 흐름을 끊지 않으려고 배려한 그의 교양과

46
플루타르코스의 『윤리론집』.
47
로마 가톨릭 교회의 라틴 전례에 사용되는 기독교 전례서이다.

매너에 대한 칭찬까지 덧붙일 만도 했다. 그러나 그를 신중하다고 칭송할 수 있을지는 의문이다. 왜냐하면 불시에 편지를, 그것도 황제에게 받았다면 그걸 읽기를 미루는 것은 큰 불찰일 수도 있기 때문이다.

호기심에 반대되는 악덕은 무관심인데, [B] 나 자신의 기질도 명백히 그쪽으로 기울거니와, [A] 그 경향이 아주 심해서 삼사 일 뒤까지도 남이 보낸 편지를 뜯지도 않은 채 주머니에 쑤셔박고 있는 사람도 여럿 보았다.

[B] 나는 남의 편지는 사람들이 내게 위탁한 것뿐 아니라 우연히 내 손에 들어오게 된 것도 결코 열어 보지 않는다. 그리고 어떤 귀인 곁에 있을 때, 그가 읽고 있는 중요한 편지의 내용을 무심코 보게 되면 양심의 가책을 느낀다. 남의 일에 나만큼 관심이 없고 나만큼 캐묻지 않는 사람도 없다.

[A] 선대(先代)에 부티에르 공(公)은 그가 다스리는 토리노시에 대한 모반을 알리는 통지를 받았지만, 친구들과 즐겁게 밤참을 드는 중이라 읽기를 미루다 그 도시를 잃을 뻔했다. 그리고 플루타르코스 자신이 내게 가르쳐 주고 있다. 율리우스 카이사르가 음모자들에게 살해당한 날, 원로원에 나갈 때 전달받은 보고서를 읽었더라면 목숨을 건질 수 있었을 것임을. 그는 또 테베의 폭군 아르키아스의 일화도 전한다. 펠로피다스가 조국의 해방을 위해 그를 죽이려는 계획을 실행하려는 밤, 거사에 앞서 동명의 아테네인 아르키아스가 그를 치려는 움직임을 조목조목 써서 그에게 보냈다는 것이다. 그런데 식사 중에 이 꾸러미가 오자 그는 이후 그리스의 격언이 된 한마디를 뱉으며 그것을 밀어놓았다. "사무는 내일로!"

사려 깊은 사람은, 루스티쿠스가 동석한 사람들을 무례하게 방해하지 않으려 했던 것처럼 남을 배려해서, 또는 다른 중요한 일을 중단하지 않으려고 새로 전달된 소식을 나중으로 미루었다가 들을 수 있다고 본다. 하지만 자기의 개인적 관심사나 쾌락 때문에 미룬다는 것은, 특히 그가 공적인 임무를 맡은 사람이라면 식사 중이거나 나아가 취침 중이라도 용서받지 못할 일이다. 고대에는 총독의 자리라고 부르던 자리가 식탁의 최상석이었는데, 운신하기에도 제일 편하고 불시에 의논하러 오는 사람들이 거기에 앉아 있는 사람에게 접근하기에도 가장 편한 자리였다. 식사 중이라도 다른 사무나 돌발 사건을 전달하는 것을 막지 않았다는 증거이다.

그러나 다 말해 놓고 보니, 인간 행동의 영역에서는 운수가 힘을 못쓸 정도로 딱 맞는 규칙을 이성의 논리로 제시하기란 쉽지 않은 일이다.

〔 64 〕

에세 2

5장
양심에 관하여

^A 내란 중의 어느 날, 라 브루스 영주인 내 아우와 나는 여행하다가 한 점잖은 귀인을 만났다. 그는 우리와 반대 당이었지만, 나는 까맣게 몰랐다. 그가 아닌 척하고 있었기 때문이다. 게다가 이런 전쟁에서 가장 나쁜 점은 카드가 너무 뒤죽박죽 섞여 있고 같은 법, 같은 풍속, 같은 풍토에서 성장하여, 말이건 태도건 눈에 띄는 어떤 표지로도 적과 내가 구별되지 않아 혼란과 무질서를 피할 수 없다는 점이다. 그래서 나 역시 나를 모르는 고장에선 검문을 당하거나 더 나쁜 일이 생길까 봐 우리 편 부대를 만나는 것조차 두려웠다. ^B 전에 한 번 당했던 일⁴⁸처럼 말이다. 나는 그런 착오 때문에 내 사람들과 마필을 잃었는데, 그중 가련하게도 저들이 내가 정성을 다해 키우던 이탈리아 귀족 출신의 시동을 죽여 내게서 앗아 가고, 그 아이에게선 아름답기 그지없고 크나큰 기대를 한 몸에 받던 소년 시대를 절멸시켜 버린 것이다.

^A 한데 그⁴⁹는 정신이 없을 지경으로 겁을 먹은 데다 말 탄

48
이 사건이나 시동에 대해서는 알려진 바가 없다.

49
동생과 여행 중에 만난 귀족.

사람을 만나거나 왕을 지지하는 도시를 지날 때마다 어찌나 죽을 상이 되던지, 결국 나는 그것이 양심의 가책이 보내는 신호라고 짐작하게 되었다. 그 가련한 남자는 자기의 가면과 걸치고 있는 웃옷에 단 십자가들을 뚫고 자기 마음속에 감춰진 생각까지 남들이 죄다 읽을 것 같았던 것이다. 양심의 힘이란 이렇게 놀라운 것이다! 양심은 우리 자신을 드러내고, 우리 자신을 고발하며, 우리 자신과 싸우게 만들어 다른 증인이 없어도 우리 자신을 우리의 반대 증인으로 세운다.

보이지 않는 채찍으로 우리를 때리고, 형리 노릇을 하면서.
유베날리스

아이들의 입에 잘 오르는 이야기가 있다. 파이오니아 사람 베수스는 일부러 참새 둥지를 때려 부수고 새들을 죽였다는 비난을 받자, "그 새 새끼들이 내가 아버지를 죽였다고 줄곧 허튼 비난을 해 댔으니 당연하다."라고 말했다. 그가 자기 아버지를 살해했다는 사실은 그때까지 감춰져 아무도 몰랐다. 그런데 양심에 있는 복수의 신들이 당사자로 하여금 벌을 받아야 할 자가 누구인지 드러내게 만든 것이다.

헤시오도스는 벌은 죄를 바짝 뒤따른다는 플라톤의 말을 수정한다. 고통은 죄와 동시에 그 즉시 태어난다는 것이다. 벌을 예측하는 자는 누구나 이미 그 벌을 받고 있고, 벌받을 짓을 한 자는 누구나 벌을 예측한다. 악행 자체가 스스로를 벌하는 고뇌를 만들어 낸다.

〔 66 〕

악행을 꾀하면 자기가 제일 괴롭다.
아울루스 젤리우스

말벌이 남을 찔러 해치지만 자기 자신을 더 해치는 것과 같다. 왜냐하면 그 때문에 자기의 침과 힘을 영원히 잃어버리니,

제가 만든 상처에 제 생명을 남겨 둔다.
베르길리우스

가뢰라는 곤충은 자연의 이율배반으로, 제 몸의 한 부분이 자기 독을 푸는 해독제로 쓰인다. 마찬가지로 악에서 쾌감을 얻는 바로 그 순간, 양심에는 고통스럽고 불편한 불쾌감이 생겨나, 자나 깨나 갖가지 사념으로 우리를 괴롭힌다.

[B] 왜냐하면 잠꼬대나 병중 헛소리로,
자기 자신을 비난하고, 오래 감춰 온 과오를
폭로하는 죄인이 많은 고로.
루크레티우스

[A] 아폴로도루스는 스키타이인들이 자기 살갗을 벗겨서 솥에 넣어 끓이는데, 자기 마음이 "내가 네게 이 모든 불행을 안겨 주는구나."라고 중얼대는 꿈을 꾸곤 했다. "어떤 은신처도 악인에겐 소용없으니, 양심이 자기에게 저 자신을 폭로하니 숨었다고 확신할 수 없기 때문"이라고 에피쿠로스는 말하곤 했다.

〔 67 〕

죄인에게 제일 큰 벌은, 자신이라는 재판정에서
결코 사면될 수 없다는 것.
유베날리스

양심은 우리를 두려움으로 채우듯, 우리를 확신과 자신감으로도 채워 준다. B 그래서 나는 여러 가지 위험에 처했을 때, 나 자신의 의지와 내 의도의 순수함에 대한 내적 확신이 있을 때 훨씬 더 확고한 걸음으로 걸어왔다고 말할 수 있다.

A 자기 자신에 대한 양심의 증언에 따라,
우리 행동은 우리 마음을 공포로, 또는 희망으로 채운다.
오비디우스

이에 대해서는 수많은 예가 있으나, 동일 인물의 세 가지 예를 드는 것으로 충분하리라.

스키피오는 어느 날, 중대한 고발로 로마 시민 앞에서 피고가 되자, 판관들에게 변명을 하거나 아첨하는 대신 이렇게 말했다. "온 세상을 심판할 권위를 그대들에게 준 사람의 머리를 심판하려 한다는 걸 명심하기 바라오." 그리고 또 한 번은 시민 법정이 그에게 부과한 혐의에 대한 답변으로, 자신의 동기를 변론하는 대신 오직 이렇게만 말했다. "자, 나의 시민들이여, 오늘과 같았던 그날 신들이 카르타고인들에 반(反)하여 내게 준 승리를 감사하러 갑시다." 그러고는 앞장서서 사원을 향해 걸어가기 시작하자, 모든 청중과 그를 고발했던 자들까지 그의 뒤를 따랐다. 또 카토의 사주를 받은 페틸리우스가 안티오크에서 사용한 돈의 계산서를 요구하자, 스키피오는 그 일로 원로원에 와서 품 안에 가져온 장부를 내보이며, 이 책에 수입과 지출이 사실대로 쓰여 있다고 말했다. 그러나 사람들이 그에게 그것을 재판 서기 앞에 제출하라고 하자 그는 자기 자신에게 그런 수치를 주고 싶지 않다며 거부했다. 그러고는 제 손으로 원로들 앞에서 그것을 조각조각 찢어 버렸다. 나는 양심이 찔리는 자가 이런 자신 있는 행동을 흉내 낼 수 있다고 생각하지 않는다. ᶜ 그는 천성적으로 배포가 너무 큰 데다 너무 높은 지위에 익숙해져 있어서 죄인이 되어 자기 결백을 방어하려고 비루하게 몸을 낮출 수는 없는 인물이었다고 티투스 리비우스는 말한다.

ᴬ 고문은 위험한 발명품이다. 그리고 그것은 진실의 시험이라기보다 참을성 시험인 것 같다. ᶜ 고문을 견딜 수 있는 자는 진실을 감추며, 견디지 못하는 자도 마찬가지이다. 고통이 왜 내게 없는 일을 말하게 하기보다 있는 사실을 자백하게 할 거란 말인가? 또 반대로, 고발당한 행위를 하지 않은 자에게 그런 고문을 견뎌 낼 만한 참을성이 있다면, 그 짓을 저지른 자에게는 왜 없을 것인가? 목숨이라는 그렇게 좋은 보상이 걸려 있는데? 내 생각에 이 발명품은 양심의 힘에 대한 고려에 토대를 둔 것 같다. 왜냐하면 죄인에게선 양심이 잘못을 자백하도록 고문을 도와 그를 약해지게 하고, 반대로 무고한 자는 고문에 대해 강해지게 할 것 같으니 말이다. 그러나 사실을 말하자면 그것은 불확실하고 위험천만한 방법이다.

ᴮ 그처럼 극심한 고통을 벗어나기 위해서라면 무슨 말, 무슨 짓인들 못 할까?

〔 69 〕

^C 고통은 무고한 자까지 거짓을 말하게 한다.

푸브릴리우스 시루스

그래서 판사로서는 죄 없이 죽게 하지 않겠다며 고문한 그 사람이 고문당해 죄 없이 죽는 일이 일어나는 것이다. ^B 수없이 많은 사람들이 거짓 자백으로 자기를 고발했다. 알렉산드로스가 필로타스에게 행한 재판[50]의 정황과 그가 당한 고문 과정을 볼 때, 나는 필로타스를 그런 사람들 중 하나로 꼽는다.

^A 하지만 어쨌든 이것은 ^C 사람들 말로는 ^A 인간의 취약성이 생각해 낼 수 있었던 것 중에서 그래도 가장 덜 나쁜 것[51]이란다. ^C 하지만 내 생각에는 참으로 비인간적이요, 너무도 무익한 짓이다! 그리스나 로마가 야만국이라고 부르지만 이 문제에서는 그 두 나라보다 덜 야만적인 여러 나라가, 아직 충분히 확신할 수 없는 죄과 때문에 한 인간을 고문하고 짓이기는 것은 끔찍하고 잔인한 일이라고 여긴다. 당신의 무지를 왜 그가 책임져야 하는가? 이유 없이 죽이지 않겠다고 죽이는 것보다 더한 짓을 하다니, 그런 당신이 부당하지 않은가? 그것이 사실이니, 보라, 처형 자체보다 고통스럽고 너무나 가혹하여 처형 전에 앞당겨 죽여 버리는 일도 자주 일어나는 그 취조 과정을 거치느니 차라리 이유 없이 죽기를

50

필로타스는 알렉산드로스의 가장 가까운 친구들 중 하나였으며 알렉산드로스의 최고위급 장군인 파르메니온의 아들이었다. 페르시아 제국 남단까지 원정하는 것을 반대하다 알렉산드로스의 목숨을 노리는 음모에 연루되어 돌팔매형을 선고받아 사형되었다.

51

1588년 이전 판본에서는 "가장 나은 것"이라고 되어 있다.

〔 70 〕

에세 2

바라는 일이 얼마나 많은가.

어디서 들었는지 생각나지 않지만, 이 이야기는 우리 재판의 양심이란 것이 어떤 것인지를 가감 없이 보여 준다. 한 시골 여자가 대법관인 군사령관 앞에서 한 병사를 고소했다. 그의 군대가 주변 마을들을 싹 쓸어 유린할 때, 어린 자식들을 먹이려고 겨우 남겨 둔 우유죽을 그 병사가 제 아이들에게서 빼앗아 갔다는 것이다. 증거는 전혀 없었다. 장군은 여자에게 만일 거짓말을 하는 것이면 그 고발 때문에 벌을 받을 것이니 잘 생각해서 말하라고 명했다. 그래도 그녀가 고집을 꺾지 않자 그는 진상을 밝히기 위해 그 병사의 배를 가르라고 명했다. 그리고 여자의 말이 맞다는 것이 밝혀졌다. 참 교훈적인 판결이다!

5장 양심에 관하여

6장
수련에 관하여[52]

ᴬ 이성적인 사유나 교훈은 마음으로 기꺼이 다짐한들, 그것만으로 우리를 행동에까지 이끌어 갈 만큼 강력하기는 어렵다. 우리가 가고자 하는 길에 순응하도록 실제 경험을 통해 영혼을 단련해서 조형해 놓지 않으면 말이다. 그렇게 하지 않으면 영혼은 행동해야만 할 때 필경 당황하고 말 것이다. 바로 그 때문에 철학자들 중에서도 보다 탁월한 경지에 이르고자 했던 이들은 은신처에

----

[52] 1573년이나 1574년에 썼을 것으로 추정되는 이 에세에서 몽테뉴는, 초기 에세에서 다룬 죽음과 병에 대한 그 자신의 강박관념, 삶을 위협하는 고난에 대처하기 위해 고대 철학자들이 수행했던 고행을 상기시킨 뒤, 1569년 또는 1570년 초에 겪은 낙마 사고를 구체적으로 서술한다. 그리고 그 체험을 에세 쓰기의 목적, 방법, 의미와 연결시킨다. 제목에 쓰인 'exercitation(연습, 수련, 훈련)'은 고대의 철학 집단과 그리스도교 등의 종교 집단이 진리와 이상에 도달하기 위한 수단으로 삼은 어려운 논전(論戰), 고행 수행 등에 쓰인 옛 단어이다. 몽테뉴는 고대 철학이 설정한 거의 초인적이며 일면 가학적인 수행을 지칭하던 이 단어를 보편적 '인간 조건'을 지닌, '보잘것없고 광채 없는'(『에세 3』 2장) '나'의 인생을 참되고 가치 있게 만들기 위한 '자기 탐구'를 지칭하는 단어로 삼는다. 그 실행이 글쓰기였고, 그 글쓰기의 형태가 곧 '에세'이므로, exercitation, 같은 뜻으로 보다 흔히 쓰인 exercice, exercer, 그리고 essai는 글쓰기라는 하나의 행위 안에서, 구별하기 어려울 만큼 동시에 수행되는 수련이라 하겠다. "이 글은 영광이나 칭송을 바라기 어려운 일종의 수련(exercitation)이요, 이름을 낼 만한 것이 못 되는 일종의 시작(試作, composition)이다."(『에세 2』 17장)

〔 72 〕

가만히 들어앉아 혹독한 운명을 그저 기다리기만 하지 않았다. 운명이 자기를, 싸워 본 경험이 없는 초짜 상태에서 덮칠까 두려워 그들은 앞질러 나아가 스스로 어려운 상황을 찾아 시련에 뛰어들었다. 어떤 이는 자발적 가난으로 자기를 훈련하기 위해 부를 버렸고, 어떤 이들은 불행과 노고에 자신을 단련시키려고 노동과 고행을 찾아 나섰다. 또 어떤 이들은 눈이나 생식 기관같이 자기에게 소중한 신체의 일부분을 잘라 버렸는데, 그것들의 봉사가 너무 즐겁고 달콤한 나머지 자기 영혼의 강고함을 헐겁고 유약하게 만들까 봐 두려웠기 때문이다.

하지만 우리가 치러야 할 가장 큰 일인 죽는 일에서는 수련이 우리를 도와줄 수 없다. 우리는 습관과 경험을 통해 고통, 수치, 빈곤이나 그 비슷한 사건들에 대해 우리를 단련할 수 있다. 그러나 죽음으로 말하자면, 한 번밖에는 경험해 볼(essayer) 수 없다. 옛날에는 시간을 기막히게 잘 활용한 사람들이 있어, 죽음에 임해서조차 그것을 잘 맛보고 음미하려 애쓰며 정신을 바짝 차려 그 이행이 어떤 것인지 살펴보려 했다고 한다. 하지만 그들은 그 소식을 전해 주러 다시 돌아오지 않았다.

> 죽음의 차가운 휴식을 한 번 맛보면 누구도 깨어나지 못한다.
> 루크레티우스

덕성과 굳센 심지가 남달랐던 로마의 귀족 카니우스 율리우스는 저 부랑아 같은 칼리굴라에게 사형 선고를 받았는데, 그가 보여 준 결단력의 여러 놀라운 예들 말고도 다음과 같은 일화가

6장 수련에 관하여

있다. 그가 사형 집행관의 손에 당하려는 찰나에 그의 친구인 한 철학자가 물었다. "그래 카니우스, 지금 그대 영혼의 상태는 어떠한가? 무슨 생각을 하는가?" 그는 대답했다. "전력을 다해 바짝 긴장하고 있을 생각이네, 너무도 짧고 신속한 이 죽음의 순간에 영혼이 옮겨 가는 것을 지각할 수 있는지, 영혼이 빠져나가면서 무슨 섭섭한 감정을 느끼는지 보려 하네. 만일 뭔가 알게 될 시, 할 수만 있다면 나중에 돌아와 친구들에게 알려 주려고 말이야." 이 사람은 죽을 때까지만 철학자였던 게 아니라 죽으면서도 철학자였다. 그토록 중대한 일에 처해서도 자기 죽음을 공부거리로 삼고 타인들을 생각할 여유까지 갖다니, 얼마나 침착한 태도이며, 얼마나 용감한 긍지인가!

B 죽는 순간에도 여전히, 그는 자기 영혼에 대한 지배력을 견지하였다.

루카누스

A 그렇지만 죽음에 익숙해지게 하고 죽음을 어느 정도 실험해(essayer) 볼 수 있는 방법은 있는 것 같다. 전적으로 완벽하게는 아니라도, 적어도 무익하지는 않게, 그리고 우리를 보다 강하게 만들고 안심시키는 방식으로 죽음을 경험해 볼 수는 있다. 죽음에 완전히 도달할 수는 없을지라도 가까이 다가가 답사해 볼 수는 있다. 그러니 죽음의 요새에까지 잠입하진 못해도, 적어도 거기로 가는 주변의 길들은 살펴보고 익숙해져야 한다. 죽음과 닮았으니 잠까지 잘 탐구하라고 가르치는 것도 근거 없는 말이 아니다.

〔 74 〕

^C 얼마나 쉽게 우리는 깨어 있는 상태에서 잠으로 나아가는가! 얼마나 유감없이 우리는 빛과 우리 자신에 대한 인식을 잊어버리는가? 만일 자연이 그것을 통해, 우리를 살게끔 만든 것과 똑같이 죽게끔 만들었다는 것을 가르쳐 주고, 우리가 이승에 온 순간부터 미리 우리를 위해 저승에 마련해 둔 영원한 상태를 알려 줘 거기에 익숙해지게, 두려움을 갖지 않게 해 주려는 것이 아니라면, 아마도 우리에게서 모든 행동과 감정을 앗아가 버리는 잠의 특성은 무용하고 자연에 역행하는 것처럼 보일지 모른다.

^A 하지만 숨이 넘어갈 만큼 심한 사고를 당해 쓰러져 모든 의식을 완전히 잃었던 사람이야말로 내 생각엔 죽음의 진정한 본얼굴을 아주 가까이서 본 것이다. 저승으로 넘어가는 바로 그 순간에는 어떤 느낌을 가질 만한 여유가 없는 만큼, 무슨 고통이나 불쾌감이 있을 거라는 염려는 할 필요가 없으니 말이다. 고통을 느끼려면 시간이 있어야 한다. 그런데 죽는 순간이란 너무 짧고 순식간이라 필연적으로 무감각할 수밖에 없다. 우리가 두려워해야 할 것은 죽음의 언저리이다. 그리고 그 언저리에 발을 디디는 일은 얼마든지 일어날 수 있다.

많은 일들이 실제보다 상상 속에서 더 커 보인다. 나는 내 생애의 대부분을 완벽하고 완전한 건강을 누리며 보냈다. 나는 온전했을 뿐 아니라 쾌활하고 혈기 왕성하기까지 했다. 활력이 넘치고 사는 것이 즐겁다 보니 병이 어찌나 끔찍하게 여겨졌던지, 막상 병을 겪어 보니 두려워했던 것에 비하면 그 고통이 무르고 헐렁한 것 같았다.

^B 내가 매일 체험하는 바로, 폭풍이 불고 폭우가 쏟아지는 밤에 따뜻한 옷을 입고 좋은 방에 있노라면 들판에 있을 사람들 생

각에 안절부절못하며 속을 끓인다. 하지만 나 자신이 그런 상황에 있을 때는 다른 곳이고 뭐고 아무 생각도 나지 않는다.

A 계속해서 방 안에만 갇혀 있는 것, 그것만으로도 나는 견딜 수 없을 것 같다. 그런 내가 갑자기 불안으로 가득 차고 사람이 영 달라진 채, 약해 빠진 몰골로 일주일, 한 달을 방구석에 틀어박혀 있어야만 하는 신세가 되었다. 그러다 알게 되었는데, 정작 나 자신이 앓고 보니 내가 건강했을 때 병자들을 동정했던 것이 지금 앓고 있는 내가 받을 만한 동정보다 지나치게 과했다는 것, 상상의 힘이 사물의 본질과 진실의 거의 반은 더 부풀렸다는 것을 알게 되었다. 죽음도 그와 같이, 나처럼 만반의 준비를 해 두려고 애쓸 것도, 그 고비를 넘기기 위해 나처럼 오만 가지 도움을 미리 청해 둘 필요도 없는 일이기를 바란다. 하지만 알 수 없는 일에 대비하며 지나치게 준비했다는 것은 있을 수 없다.

세 번째인지 두 번째인지 소요[53](잘 기억나지 않는다.)가 있던 어느 날 나는 우리 집에서 십 리가량 떨어진 곳으로 나들이를 갔다. 프랑스 내란이 야기한 혼란의 중심에 놓인 곳이었지만 극히 안전하고 집에서도 아주 가까운 곳이니 더 나은 장비를 갖출 것도 없겠다고 생각한 나는 다루기 쉬운, 그러나 별로 실하지는 않은 말을 탔다. 돌아오는 길에 갑자기 이 말이 평소에 해 본 적이 없는 일을 내게 해 줘야 하는 상황이 벌어졌으니, 키가 크고 힘도 센 내 부하 하나가, 도저히 어찌해 볼 수 없는 사나운 주둥이를 가진 데다 원기 왕성하고 정력적이기까지 한 붉은 일 말을 타고서, 객기

53
내란, 즉 3차(1568~1570) 또는 2차(1567~1568) 또는 종교 전쟁. 프랑스의 종교 전쟁은 1562년에서 1598년까지 총 8차에 걸쳐 일어났다.

[76]

에세 2

를 부리며 동료들을 앞지른답시고 전속력으로 내가 가는 길로 달려들어, 거대한 동상처럼 이 조그만 남자와 작은 말을 덮쳐, 그 무겁고 뻣뻣한 몸으로 벼락을 치면서 우리 둘 다 거꾸로 메다붙였던 것이다. 그 결과 말은 쓰러져 뻗어 버리고, 나는 열두어 발짝 너머에 죽어 널브러져, 얼굴은 온통 멍들고 벗겨졌고, 손에 들었던 검(劍)은 열 걸음 더 떨어진 곳으로 날아갔으며, 허리띠는 조각나고, 움직임도 감각도 없는 것이 나무토막이나 진배없었다. 이날 이때까지 내가 딱 한 번 경험해 본 기절이다. 함께 있던 사람들은 내 정신을 되살리려고 할 수 있는 모든 수단을 강구한 끝에 죽었다고 생각하고는 팔로 안아 무진 애를 쓰며 거기서 오 리 정도 떨어진 내 집으로 운반했다. 도중에, 시체로 여겨진 지 족히 두 시간 이상 지난 후에야 나는 움직이고 숨을 쉬기 시작했다. 배 속에 엄청나게 많은 피가 고여 그것을 토해 내자니 본능적으로 기운을 차릴 수밖에 없었던 것이다. 사람들이 나를 일으켜 세웠고, 나는 생피를 한 동이나 토해 냈다. 돌아오는 동안 여러 번 같은 일을 해야 했다. 그러면서 나는 약간 생기를 되찾았지만, 아주 조금씩 아주 긴 시간을 두고 깨어났기 때문에 나의 첫 느낌들은 삶보다는 죽음에 훨씬 더 가까웠다.

> B 아직도 소생했다는 확신이 들지 않아,
>
> 불안한 영혼은 갈피를 잡지 못하고.
>
> 타소

A 죽음과 관련해 내 마음에 강하게 새겨진 이 추억은 내게 죽음의 너무도 자연스러운 얼굴과 이미지를 보여 주기 때문에, 얼마

〔 77 〕

간 나를 죽음과 친근하게 해 준다.

뭔가 보이기 시작했을 때 내 시력은 아주 약해 거의 죽어 있었으므로 빛 이외에는 아직 아무것도 분간할 수 없었다.

눈을 떴다 감았다 하며, 반쯤 잠들고 반쯤 깬 사람처럼.
타소

영혼의 기능으로 말하자면, 육체의 기능과 같은 과정을 겪으며 소생했다. 피범벅이 된 내가 보였다. 겉저고리가 내가 게운 피로 흥건히 젖어 있었던 것이다. 처음 떠오른 생각은 내가 머리에 총을 맞았구나 하는 것이었다. 사실 그때 우리 주위에서 몇 방의 총성이 들렸다. 생명이 내 입술 끝에 가까스로 매달려 있는 것만 같았다. 나는 그것을 밖으로 밀어내는 데 도움이 될 것 같아 눈을 감고는 축 늘어져서 나 자신을 방기하는 즐거움을 누렸다. 그것은 내 영혼의 표면을 유영(遊泳)하는 공상, 다른 모든 것과 마찬가지로 아주 여리고 아주 희미한 공상에 불과했으나, 사실을 말하자면 전혀 불쾌하지 않았을 뿐 아니라 잠 속으로 미끄러져 들어갈 때와 같은 감미로움마저 섞여 있었다.

임종 시에 기력이 쇠해 실신하는 이들의 상태가 바로 그런 상태라고 나는 생각한다. 그리고 그들이 극심한 고통에 시달리거나 괴로운 생각에 짓눌려 있을 거라고 여기고 불쌍하게 생각하는 것은 괜한 일이라고 본다. 많은 이들, 심지어 에티엔 드 라 보에시의 의견과도 달리 내 생각은 항상 그랬다. 종말을 맞아 그렇게 널브러지고 축 늘어진 사람들, 또는 숙환, 또는 갑작스러운 뇌졸중이나 간질에 짓눌려,

^B 발작을 일으키며 자빠져,

마치 벼락을 맞은 듯 우리 목전에서 쓰러지고,

거품을 입에 물고, 신음하며, 사지는 경련을 일으키고,

헛소리를 하면서 힘줄이 불거지고, 허우적대며 헐떡이고,

혼란스러운 동작으로 기진맥진하고,

루크레티우스

혹은 머리에 부상을 입고 앓는 소리를 내며 때때로 가슴이 에는 듯이 한숨을 몰아쉬는 사람들이 아무리 아직 의식이 남아 있는 것 같은 기미를 보이고 몸을 움직여 보여도, 다시금 말하거니와, 나는 늘 그들의 영혼도 육체도 깊은 잠 속에 빠져 있다고 생각했다.

^B 살아는 있으나, 제 생명을 의식하진 못한다.

오비디우스

^A 그리고 사지가 그렇게 큰 충격을 받고 감각이 그토록 쇠했는데, 영혼이 그 안에서 자기 자신을 인식할 만한 힘을 유지하고 있으리라고는 생각할 수 없었다. 그러니 그들에겐 자기 자신을 괴롭히고, 자기 처지의 비참함을 판단하고 느끼게 해 줄 아무런 사고력이 남아 있지 않고, 따라서 동정받을 이유가 별로 없다고 생각했던 것이다.

나로 말하자면, 내 영혼이 생생한 채로 큰 고통을 받고 있는데 그것을 표현할 방법이 없는 것처럼 견딜 수 없는 상황은 상상할 수도 없다. 굳세고 엄숙한 표정을 동반한 가장 묵묵한 죽음이

6장 수련에 관하여

가장 잘 어울리는 경우라면 모를까, 혀가 잘린 뒤 형장으로 보내지는 사람들, 이 시대의 비열한 망나니 병사들의 손에 떨어져 말도 안 되게 과도한 몸값을 받아 내려고 행하는 온갖 잔인한 처우의 고문을 당하면서도, 생각과 비참함을 표현하고 드러낼 어떤 방법도 찾을 수 없는 조건과 장소에 매여 있는 저 가련한 포로들의 처지가 그러하다.

  A 시인들은 어떤 신들을, 괴로운 죽음을 그렇게 질질 끌고 있는 사람들을 해방시키는 데 호의적인 존재로 묘사했다.

> 명령에 따라, 이 머리털을 뽑아 지옥 신께 제물로 바치고,
> 너를 네 육신에서 풀어주노라.
>
> 베르길리우스

  그들의 귀에 소리를 지르거나 호통을 쳐서 몇 마디 짧고 두서없는 소리나 대답을 듣거나, 사람들의 질문을 알아듣고 동의라도 하는 듯한 동작을 한다고 해서 그들이 살아 있다는, 적어도 온전히 살아 있다는 증거는 아니다. 그와 비슷하게 우리도 잠이 들락 말락할 때에는 우리 주변에서 일어나는 일을 꿈결처럼 느끼면서, 영혼의 가장자리에 겨우 와닿은 혼란스럽고 불확실한 목소리를 따라가기도 하고, 사람들이 우리에게 한 마지막 말에 이어 대답을 하기도 하지만 그 대답이 때마침 나온 것은 의미 있는 것이 아니라 우연일 뿐이다.

  그런데 죽음을 실제로 경험해 본 지금, 나는 내가 그때까지 옳게 판단하고 있었다는 것을 추호도 의심하지 않는다. 왜냐하면 우선 나는 완전히 기절한 상태에서 손톱으로 웃옷(흉갑을 입지 않

〔 80 〕

에세 2

고 있었기 때문에)을 벗으려고 애를 썼지만, 머리로는 나를 아프게 하는 것을 전혀 느끼지 못했다는 것을 알기 때문이다. 우리는 우리 자신의 명령에 의한 것이 아닌 동작도 많이 하니까.

[B] 반쯤 죽어서도 손가락은 부들부들 떨며 칼을 다시 움켜 쥔다.
베르길리우스

[A] 그래서 넘어지는 사람은 넘어지는 쪽으로 두 팔을 내민다. 자연적인 충동이 그의 사지로 하여금 제 할 일을 하게 만들어, [B] 이성과는 관계없이 움직이게 하는 것이다.

큰 낫이 장착된 전차는 어찌나 빨리 사지를 잘라 버리는지,
그 고통이 영혼까지 도달하기도 전에
잘린 토막들이 땅 위에서 꿈틀댄다고 한다.
루크레티우스

[A] 내 배는 응고된 피로 묵직하게 눌려 있었고, 내 손은 가려울 때 우리 의지와 상관없이 그렇게 하듯 스스로 그곳으로 달려갔던 것이다. 많은 짐승들, 심지어 사람까지 죽은 뒤에 근육을 오그리며 움직이는 것을 볼 수 있다. 허락도 받지 않고 떨리고 일어서고 늘어지는 부분들이 있다는 것은 누구나 경험으로 알고 있다. 그런데 우리의 껍데기만 건드리는 이런 움직임은 우리 것이라 할 수 없다. 그것이 우리 것이 되려면 심신이 모두 그것에 결부되어 있어야 한다. 그러니 자는 동안 발이나 손이 느끼는 아픔은 우리 것

〔 81 〕

6장 수련에 관하여

이 아니다.

내가 집 가까이 당도하자, 벌써 낙마 소식을 들은 집안사람들이 그럴 때 으레 그러듯이 울부짖음과 함께 나를 맞이했다. 그때 나는 사람들이 묻는 말에 몇 마디 대답을 할 뿐 아니라, 아내가 울퉁불퉁하고 불편한 길 위에서 쩔쩔매며 잘 걷지 못하는 것을 보고 아내에게 말을 주라고 명령할 생각까지 해내더라는 것이다. 그런 배려는 정신을 차리고 하는 말처럼 들린다. 실은 전혀 그렇지 못했다. 그것은 허망하고 구름 같은 생각들로 눈과 귀의 감각에서 생겨난 것이지 내게서 생긴 것이 아니다. 나는 내가 어디서 왔는지, 어디로 가는지 몰랐고, 사람들이 묻는 말을 헤아릴 수도 새겨볼 수도 없었다. 그 생각들은 습관처럼 감각이 저 스스로 만들어낸 가벼운 효과였다. 정신이 거기에 관여한 것은, 감각의 모호한 인상이 지극히 가볍게, 마치 슬쩍 핥거나 뿌리듯 스쳐간 꿈결 상태에서인 것이다.

사실 그동안 내 상태는 지극히 기분 좋고 편안했다. 남 때문에도 나 때문에도 슬프지 않았다. 그것은 아무 고통도 없는 어떤 무기력, 극도의 쇠약이었다. 나는 내 집을 보고도 알아보지 못했다. 사람들이 나를 눕히자 나는 그 휴식이 무한히 감미로웠다. 흉한 꼴로 사람들에게 끌려온 끝이었으니까. 그 불쌍한 사람들도 그 멀고 험악한 길을 두세 번씩 번갈아 가며 고생스럽게 나를 안아 옮기느라 녹초가 되었다. 사람들이 약을 잔뜩 주었지만, 머리를 다친 것이 확실하다고 생각한 나는 하나도 먹지 않았다. 거짓 없이 말하건대 그것은 아주 행복한 죽음이었을 것이다. 판단력의 저하는 죽음에 대해 아무 생각도 하지 않게, 신체의 쇠약은 아무 느낌도 갖지 않게 나를 보호해 주었으니 말이다. 나는 그보다 덜 힘

에세 2

들게 느껴지는[54] 동작은 없을 만큼 부드럽고 편하게 스르르 널브러졌다. 두세 시간 후 되살아나 기운을 차리기 시작하자,

B 감각이 좀 생기를 되찾기 시작하자,

오비디우스

A 나는 낙마로 인해 부숴진 사지가 짓이겨지는 듯, 일시에 다시 고통에 빠져들었다. 이삼 일 밤낮으로 어찌나 아프던지, 다시 한 번, 그렇지만 훨씬 고통스럽게 다시 죽는 줄 알았다. 아직도 그때 받은 충격의 여파가 느껴진다.

나는 잊고 싶지 않다. 내가 겨우 기억해 낼 수 있었던 것, 그것은 돌발 사고가 있었다는 것뿐이었음을. 나는 그 사건을 인식할 수 있게 될 때까지 사람들에게 내가 어디 갔고, 어디서 돌아왔으며, 그 일이 언제 내게 닥쳤는지를 여러 번 말하게 했다. 사람들은 내가 어떻게 해서 낙마하게 되었는지에 대해서는, 그 원인이 되었던 사람을 생각해서 내게 숨기고 다른 이유를 꾸며 내어 들려주었다. 그러나 오랜 시간이 지난 후 어느 날, 기억이 다시 열려 말이 나를 덮치는 것을 지각한 순간의 내 상태를 되살려 보여 주자 (나는 내 발꿈치에서 그 말을 보고 죽었구나 생각했지만, 너무나 갑작스러운 생각이라 공포조차 거기에 끼어들 여유가 없었다.) 벼락이 내 영혼을 후려친 것 같았고, 마치 딴 세상에서 돌아온 것 같았다.

이렇게 가벼운 사고 이야기는 내가 거기서 나를 위한 교훈을

54
생전판에는 '그렇게 기분 좋은(si plaisante)'이라고 되어 있었으나 보르도본에 지우고 수기로 정정했다.

끌어냈기에 교훈이 되었지 결국 하찮은 이야기이다. 사실 죽음에 익숙해지려면 그것과 친해지는 방법밖에는 없다고 보기 때문이다. 그런데 플리니우스가 말하듯, 자기 자신을 가까이서 들여다볼 수 있는 능력만 있다면 자기 자신은 누구에게나 대단히 훌륭한 공부거리다. 여기서 내가 말하는 것은 나의 학설이 아니라 내 공부이다. 그리고 남에게 주는 교훈이 아니라 나 자신을 위한 교훈이다.

　C 그렇다고 내가 그것을 털어놓는 것을 불쾌하게 생각할 것은 없다. 내게 도움이 되는 것이 우연히 타인에게도 도움이 될 수 있다. 그리고 내가 어리석은 일을 한들 내 힘을 들여 하는 것이니, 남에게 피해가 되진 않는다. 이것이 헛소리라면 나와 함께 죽을 것이요, 아무 결과도 남기지 않을 테니까. 이 길을 천착한 사람으로 우리에게 알려진 이는 고작 두세 명의 고대인뿐이다. 게다가 알려진 것도 그들의 이름뿐이니, 그것이 여기서와 같은 방식이었는지조차 말할 수 없다. 그 후엔 누구도 그들이 간 길에 뛰어들지 않았다. 우리 정신의 행보처럼 정처 없는 행보를 좇는 것, 우리 정신의 내적 주름들의 불투명한 심연 속까지 파고드는 것, 움직이는 정신의 그 미묘한 음조를 고르고 잡아내는 것은 까다로운, 생각보다 훨씬 까다로운 시도이다. 그리고 그것은 새롭고도 놀라운 놀이여서 우리로 하여금 세상의 진부한 일거리들, 그렇다, 가장 대단하다는 일거리들까지 등지게 만든다.

　여러 해 전부터 나는 오로지 나 자신만을 내 사색의 목표로 삼아 오로지 나만을 관찰하고 나만을 연구해 왔다. 또 내가 다른 것을 연구한다면 이는 그것을 내 위에 놓아 보기, 또는 더 적절히 말하자면 내 안에 담아 보기 위해서이다. 그리고 이 일과는 비교할 수 없이 덜 유익한 학문들에서 하듯이 내가 이 공부에서 얻은 것을, 아무리 그 성과가 만족할 만하지 못해도 남과 나누는 것이 잘못은 아니라고 생각한다. 자기 자신을 묘사하는 것만큼 어려운 일도 없고, 분명 그만큼 유익한 일도 없다. 사람들 앞에 나서려면 머리도 좀 더 매만져야 하고, 치장도 더하고 매무새도 더 정돈해야 한다. 그런데 나는 끊임없이 나를 묘사하고 있기에 끊임없이 나를 가다듬고 있다.

관습은 자기에 대해 말하는 것을 악덕으로 여겨 고집스럽게 금한다. 자가 증언(自家 證言)에 언제나 붙어 다니는 듯한 허풍이 미운 것이다.

어린애의 코를 풀어 주어야 하는데, 코를 잡아당기는 격이다.

과오에 대한 두려움이 우리를 범죄로 이끈다.
호라티우스

이 치료법엔 좋은 점보다 나쁜 점이 많다고 나는 생각한다.

어쨌든 사람들에게 자기 이야기를 하려 드는 마음엔 반드시 오만이 들어 있기 마련이라는 게 사실이라 하더라도, 나의 전반적인 계획에 따라, 내 안에 그런 병적인 성향이 있는 이상 그것을 공표하기를 마다할 수 없고, 늘상 행할 뿐 아니라 공표까지 한 그 과오를 감춰서도 안 된다. 그렇지만 내 생각을 말하자면, 위의 관습은 취하는 사람이 많다고 술을 단죄하는 격이다. 우리는 좋은 것만을 남용할 수 있다. 자기 말을 하지 말라는 규범은 우중(愚衆)의 과실에만 관련된다고 생각한다. 그것은 소 같은 멍청이들에게나 합당한 굴레이지, 우리에게 큰 소리로 자기 이야기를 들려주는 성자들, 철학자들, 신학자들이 둘러쓸 굴레는 아니다. 나, 철학자도

〔 85 〕

신학자도 아닌 나도 둘러쓰지 않겠다. 그들은 일부러 자기 이야기를 쓰지는 않지만, 적어도 그래야 할 상황이 생기면 주저없이 길 한복판으로 뛰어든다.

소크라테스가 '자기'[55]보다 더 광범위하게 다룬 것이 무엇인가? 그가 제자들의 화제를 유도할 때, 그들이 책에서 학습한 것이 아닌 그들 자신, 그들 영혼의 상태와 움직임보다 더 자주 말하게 한 것이 무엇인가? 우리는 우리의 이웃 사람들[56]이 대중 앞에서 고백하듯, 하느님과 고해 신부에게 성실하게 우리 자신에 대해 고한다. 하지만 우리는 잘못만 말한다고 사람들은 내게 대꾸하리라. 그래서 우리는 모든 것을 말한다. 우리의 덕성조차 죄에 물들어 있고 참회해야 마땅한 것이니까.

내 직업과 내 기술, 그것은 살아가는 것이다. 나의 관점, 경험, 습성에 따라 그것을 말하는 걸 금하는 사람은 건축가에게 자기가 아니라 옆 사람을 따라, 자기 지식이 아니라 타인의 지식에 의거해 건물들을 논하라고 명령해야 한다. 자기의 가치를 공표하는 것이 헛된 오만이라면 왜 키케로는 호르텐시우스[57]의 웅변을, 호르텐시우스는 키케로의 웅변을 앞세우지 않았을까?

어쩌면 저들의 말은 말로만이 아니라 업적과 행동으로 나 자신을 증명하라는 뜻일 것이다. 하지만 나는 주로 내 사유를 그리

55
soi. 소크라테스 자신이 아니라 '사람 자신'을 의미한다.

56
개신교도들은 공개 고백을 행했다.

57
B. C. 1세기 말 로마에서 키케로와 쌍벽을 이루었던 웅변가요, 변호사이다. 둘은 절친한 친구로, 키케로는 자기의 대화집을 그에게 헌정하기도 했다. 그러나 변호사로서는 서로 대립했고 철학적 입장도 달랐다.

는데, 고정된 형태가 없는 소재라 행동으로 발현될 수가 없다. 내가 할 수 있는 일이란 기껏해야 그것을 목소리라는 이 기체로 된 몸체[58]에 담는 것뿐이다.

^A 가장 지혜로운 사람들과 가장 신심 깊은 사람들은 드러나는 행동을 일절 피하면서 살았다. 행적은 나 자신보다 운수에 대해 더 많이 말해 줄 것이다. 행위와 업적은 제 역할을 증명할 뿐 억측이나 추측이 아니고서는 그것들을 봐 나를 알 수는 없다. 그것들은 특별한 부분만 자랑 삼아 내보이는 견본품들이다. 나는 나를 통째로 펼쳐 놓는다. 이것은 혈관, 근육, 힘줄이 모두 자기 자리에 붙은 채 훤히 보이는 스켈레토스(SKELETOS)[59]이다. 기침이 나면 이 부분이 확실하게, 얼굴이 파래지거나 가슴이 뛰면 저 부분이 다소 모호하게 드러난다.

내가 여기에 쓰는 것은 내 행위가 아니라 나이다. 나의 본질이다. 자기 자신을 판단하는 데는 신중해야 하고, 자기를 증언할 땐 비천하건 고매하건 똑같이 양심적이어야 한다고 생각한다. 내가 착하고 현명하다고 생각하거나 거의 그렇다고 생각하면 나는 목청껏 그렇다고 외칠 것이다. 사실보다 자기를 깎아내려 말하는 것, 그것은 겸손이 아니라 바보짓이다. 아리스토텔레스에 의하면, 자기 자신을 과소평가하는 것은 비굴한 겁쟁이의 행동이다. 어떤 덕성도 거짓을 이용하진 않는다. 그리고 진실은 결코 허물거리일

58
'말'을 뜻한다.
59
'뼈대'라는 뜻의 그리스어. 몽테뉴 시대에 squelette로 프랑스어화했지만, 여기서 몽테뉴는 해부학 교실에서 피부를 벗겨 내부 기관이 보이도록 펼쳐 놓은 신체를 암시하고 있다.

수 없다. 자기 자신을 부풀려 말하는 것, 그것 역시 항상 오만이 아니라 어리석음일 때가 많다. 내 생각에는 자기 자신에 대해 과대망상을 갖고 분별없이 자기 사랑에 빠지는 것이 이 악덕의 실체이다. 그것을 치료하는 가장 좋은 약은, 자기에 대해 말하지 못하게 함으로써 결국 자기에 대해 생각하는 것은 더더욱 못하게 만드는, 저 관습의 명령과 반대로 하는 것이다. 오만은 생각에 깃든다. 혀는 아주 조금만 거들 뿐이다.

자기에게 전념하는 것이 저들에겐 자기 만족에 빠져 있는 것으로 보인다. 자기와 부단히 사귀며 연마하는 것을 지나친 자기애라고 생각한다. 그럴 수도 있다. 그러나 그런 지나침은 자기를 피상적으로 더듬는 자, 자기가 이룬 일에서[60] 자기를 보는 자, 자기에게 관심을 기울이는 것을 몽상 또는 게으름이라고 부르고, 자기를 충실하게 만들고 지어 가는 것을 공중누각을 짓는 일이라고 여기며, 자기를 제삼의 물건인 양 저 자신과 관계없는 것으로 여기는 자들에게서만 생긴다.

누가 자기 아래만 내려다보면서 자기 지식에 도취하거든 지난 세기들을 향해 눈을 들게 하라. 자기를 발아래 뭉갤 이들을 수천이라도 발견하고 뿔을 내리리라.[61] 누가 자기 용맹에 대해 달콤한 자만에 빠지거든 두 스키피오의 인생을, 자기를 한참 뒤에 서

60
원문에는 자기 일거리 다음에 'après leurs affaires'로 되어 있어 애매하다. 영문 번역자 프레임은 "자기 용무를 보고 난 다음에야"로 번역하고 있지만, 그레마스의 『중세와 르네상스 사전』에 의거해 après가 '후에'로도 '…에 따라서'로도 번역될 수 있음을 들어 "자기 일의 성공에 따라"라고 번역한다.

61
뿔은 기고만장의 상징으로, 그것을 내린다는 것은 기가 죽어 버릴 것이라는 뜻.

게 만드는 그 많은 군대, 그 많은 민족을 상기하게 하라. 어떤 특별한 자질도, 자기에게 있는 다른 불완전하고 허약한 성질들, 그리고 결국 인간 조건의 허망함까지 동시에 고려하는 자를 우쭐하게할 수는 없다.

'너 자신을 알라.'라는 자기 신(神)의 가르침을 진지하게 붙들고 늘어진 유일한 사람이었기에, 그리하여 그 공부를 통해 저 자신을 멸시하기에 이르렀기에, 소크라테스는 '현자'라 불릴 만한 유일한 인물로 간주되었다. 누구든 그렇게 자기를 알게 되면, 자기 입으로 담대히 자기를 알리게 하라.

7장
명예포상에 관하여

A 아우구스투스 카이사르의 생애를 기술하는 이들은 그의 군대 통솔법 중에서도, 상을 줄 만한 사람에겐 놀랍도록 후했지만 순전히 명예로울 뿐인 포상에서는 또 그에 못지않게 인색했다는 점을 강조한다. 그런데 그 자신은 전쟁에 나가 보기도 전에 자기 삼촌에게서 군대의 포상이란 포상은 다 받았다.

용덕을 기리고 치하하기 위해 월계수, 떡갈나무, 유칼리 나무 이파리로 만든 관, 특별한 모양의 옷, 마차를 타거나 밤엔 횃불을 들고 시내를 다니는 특전, 공적인 모임에서 배정되는 특별한 자리, 별칭이나 당호, 가문의 문장에 새겨 넣는 특별한 표식 등처럼 헛되고 값없는 표지를 설정하는 것은 아주 훌륭한 고안이요, 세상 대부분의 나라가 받아들인 방법으로, 나라마다 나름의 생각대로 다양하게 시행되었고 지금도 존속한다.

우리와 여러 이웃 나라들로 말하자면, 오직 그런 목적으로 창설된 기사단이 있다. 사실 공공에는 아무 부담을 주지 않고 왕에게도 돈을 쓰게 하는 바 없이, 드물고 뛰어난 인사들의 가치를 인정해 주고, 그들을 기쁘고 만족스럽게 해 줄 방법을 찾아낸 것은 매우 훌륭하고 이로운 관습이다. 그리고 고대의 경험들이 늘 증명해 주고 우리 역시 예전엔 볼 수 있었던 바로, 훌륭한 인물들은 소

[90]

득이나 이익이 있는 보상보다 그런 보상을 더 갈망했는데 거기에는 까닭과 확연히 드러나는 이유가 없지 않다. 순전히 명예에 속하는 가치에 다른 편익이나 재물을 섞으면, 그 혼합은 그것에 대한 평가를 높이는 것이 아니라 오히려 깎아내리는 것이다.

그토록 오랫동안 우리의 신임을 받던 생미셸 기사단[62]은 다른 어떤 이권과도 무관하다는 바로 그 이권 이상의 어떤 이권도 갖고 있지 않았다. 그래서 예전엔 귀족들이 이 기사단만큼 지극한 갈망과 애정으로 원했던 직책이나 신분이 없었고, 이 기사단보다 더 큰 존경과 위엄을 안겨 준 작위도 없었다. 덕은 순수하게 덕 자체에 속하는 보상, 유용하기보다 영광스러운 보상을 반기며 훨씬 기꺼이 열망하기 때문이다.

왜냐하면 사실 다른 포상들이야 온갖 경우에 다 써먹을 수 있으니 그 용도가 그다지 고상하다고는 할 수 없기 때문이다. 재물로는 하인의 시중이나 마부의 근면함, 춤, 광대 짓, 재담이나 우리가 받는 가장 천한 봉사에 대해 값을 치르고 아첨, 뚜쟁이질, 배신까지 살 수 있다. 그러니 덕이 덕에만 합당한 특별한 상, 완전히 고상하고 고매한 보상보다 그처럼 저속한 금전 유의 보상을 받거나 원하는 것을 덜 내켜 한대도 놀라울 것이 없다. 명예란 희귀성에서 핵심적 본질을 끌어내는 특권인 만큼, 아우구스투스가 금전적 보상보다 명예로운 포상을 훨씬 더 아끼고 삼갔던 것은 옳다. 덕 또한 그러하다.

62

이 기사단은 루이 11세에 의해 창설되었다. 1550년 앙리 2세 치하까지는 명망이 높았으나 샤를 9세 때 이 장에서 몽테뉴가 지적하는 이유로 성가를 잃었다. 몽테뉴는 항상 이 기사단에 들어가기를 원했지만 신용이 떨어진 후에야 입단할 수 있었다.

7장 명예포상에 관하여

아무도 나쁘게 보지 않는 자에게, 누가 좋게 보일까?

마르시알리스

어떤 이를 칭송한다면서 그가 제 자식을 잘 가르치려고 애쓴다는 점을 들지 않는다. 그것은 옳은 일이기는 하지만 평범한 행동이기 때문이다. ^C 온통 큰 나무들뿐인 숲에서 어느 나무가 크다고 주목받지 않는 것처럼. ^A 어떤 스파르타 시민도 자기가 용감하다고 뽐내지 않았을 것이다. 그것은 그들 나라에선 통속적인 덕성이었으니까. 신의(信義)도, 부(富)에 대한 경멸도 자랑일 수 없었을 것이다. 아무리 위대한 덕이라도 관례가 되면 표창의 대상이 될 수 없다. 게다가 흔해 빠진 것을 두고 우리가 위대하다는 말을 쓸 것 같지도 않다.

따라서 이런 명예로운 포상은 소수만이 누릴 수 있다는 점 말고는 다른 가치나 평가 기준이 없으므로, 그것을 가치 없게 만들려면 헤프게 베풀기만 하면 된다. 우리 기사단에 합당한 사람들이 옛날보다 많다고 해도 그 가치를 손상시켜서는 안 된다. 그런데 그 가치를 누릴 만한 자는 쉽사리 많아질 수 있으니, 군사적인 용감성만큼 쉽게 확산되는 덕성은 없기 때문이다. 덕에는 더 진실하고 완벽하고 철학적인 덕, 여기서 말하는 덕[63](나는 우리식을 따라 덕이라고 하고 있다.)이 아닌 다른 덕이 있다. 그 덕은 이 덕[64]보다 훨씬 위대하고 훨씬 온전하여, 모든 종류의 우발적인 사건이라는

---

[63]
중세와 몽테뉴 당대까지 'vertu'는 주로 용감성, 용기, 용덕을 뜻했다.

[64]
용덕을 말함. 이하 '여기서 말하고 있는 덕', '이 덕'은 모두 용덕을 말한다.

〔 92 〕

적들을 공히 경멸하는 영혼의 담대함과 힘이다. 그 덕은 한결같고 지조 있는 덕으로, 우리가 덕이라 칭하는 것은 작은 빛줄기 하나에 불과하다. 관례, 교육, 모범, 관습 모두가 여기서 말하고 있는 이 덕을 가치화하는 데 원하는 만큼 얼마든지 영향을 끼칠 수 있고, 그렇게 해서 쉽사리 이 덕을 흔한 것으로 만들 수 있다. 우리의 내란에서 얻은 경험들에서 아주 쉽게 볼 수 있듯이 말이다. [B] 그리고 이 시간, 우리 국민 전체를 하나의 공통된 계획으로 결속시켜 달아오르게만 할 수 있다면, 우리는 예전에 누렸던 군사적 명성을 다시 꽃피울 수 있을 것이다.

[A] 과거에는 기사단의 보상이 용덕만 고려하지 않았음은 확실하다. 그것은 더 멀리 보았다. 그것은 용감한 병사가 아니라 이름 높은 지휘관에게 주는 보상이었다. 복종할 줄 안다는 게 그토록 명예로운 상을 받을 만한 일은 아니었던 것이다. 옛날에는 군인의 가장 위대한 자질 거의 대부분을 포괄하는 보다 광범위한 전투 능력을 요구했다. [C] "병사의 소질과 장군의 소질은 다른 법이니"(티투스 리비우스), [A] 그 능력은 단순한 용덕을 넘어 이처럼 위엄 있는 포상에 걸맞은 지위에 속한 것이기도 해야 했다.

아무튼 다시 말하는데, 이 영예를 누릴 만한 사람들이 옛날보다 많아졌다 하더라도 이 영예를 더 널리 베풀어서는 안 된다. 그리고 우리가 최근에 저지른 과오처럼 이렇게 유용한 고안물을 남용해 영원히 사용할 수 없게 만들어 버리기보다는 차라리 그것을 받을 만한 사람들 모두에게 베풀지 않는 편이 나았을 것이다. 기개 있는 사람 누구도 뭇 사람들과 공유하는 것을 자랑으로 여기지 않는다. 그리고 오늘날 이 상에 가장 어울리지 않는 자들이 이것을 경멸하는 체한다. 그렇게 함으로써 특히 이 명예를 얻을 자격

〔 93 〕

이 있는 사람들, 부당하게 확대 수여해 그 가치를 떨어뜨리는 바람에 침해당한 사람들 사이에 끼어 보려고 말이다.

그런데 이 실추된 명예를 지워 없애 버리고, 비슷한 제도를 새로 만들어 순식간에 신용을 회복시킬 수 있으리라고 기대하는 것은 우리가 살고 있는 이 시절처럼 방종하고 병든 계절에는 적절한 시도가 아니다. 새로 생긴 성령 기사단은 처음부터 생미셸 기사단의 명예를 실추시킨 난점들에 부딪힐 수 있다. 이 새로운 기사단에 권위를 주려면 수여 원칙이 극히 엄격하고 까다로워야 하는데, 시절이 하도 소란스러우니 고삐를 엄하게 바짝 쥘 수가 없다. 그뿐 아니라 사람들이 그것을 신용할 수 있으려면 그에 앞서 먼젓번 것에 대한 기억, 그리고 그것이 받은 멸시에 대한 기억이 뇌리에서 사라져야 한다.

여기서 용감성에 대해, 그리고 이 덕과 다른 덕들의 차이에 대해 고찰해 봄 직하다. 하지만 플루타르코스가 자주 반복해서 이 문제를 다루었던 만큼, 그가 이미 말한 것을 새삼 말하는 것은 부질없는 일이다. 하지만 가치(valeur)라는 말에서 나온 명칭이 보여 주듯 우리나라가 용덕(vaillance)을 덕 중에서도 최고의 덕으로 치는 것은 생각해 볼 문제이다. 우리 관습상 궁정이나 귀족들의 화법에서 '매우 가치 있는 인물'이라거나 '훌륭한 사람'이라고 말할 때, 그것이 다름 아닌 '용감한 사람'을 일컫는 것도 그렇다. 로마에서 하던 것과 같은 식이다. 로마인들은 '덕'이라는 일반적인 명칭을 '힘'이라는 단어에서 끌어왔으니 말이다.

프랑스에서 귀족의 고유하고 유일하고 본질적인 형태는 군사적인 직분이다. 짐작컨대 사람들 사이에서 두드러져 보이고 어떤 자들을 다른 자들보다 유리하게 만든 첫 번째 덕이 바로 용덕이었을 것이고, 그것으로 가장 강하고 용감한 자들이 보다 약한 자들의 지배자가 되어 특별한 지위와 명성을 얻게 되었을 것이다. 그리고 그 때문에 용덕에 이런 언어적인 영예와 위엄이 따라다니게 되었을 것이다. 또는 몹시 호전적인 나라들이 덕들 중에서 자기네에게 가장 익숙한 덕에 가치를 부여하고, 가장 영예로운 호칭을 부여했으리라. 여자들의 정절에 대해 우리가 품은 열렬한 갈망과 열띤 염려 때문에 '좋은 여자', '훌륭한 여자', '명예로운 여자', '덕 있는 여자'가 우리에겐 사실상 오직 정숙한 여자만을 의미하게 된 것과 마찬가지이다. 마치 여자들에게 이 의무만 강제할 수만 있다면 다른 의무들에 대해서는 아랑곳하지 않겠다는 듯이, 이 한 가지만 지킨다면 무슨 짓을 해도 좋다는 듯이 말이다.

8장
자식에 대한 아버지의 사랑에 관하여

데스티삭 부인께[65]

^A 보통 사물의 값어치를 정해 주곤 하는 신기함이나 새로움
이 구해 주지 않으면 나는 도저히 내가 벌인 이 어리석은 일[66]을
체면을 유지하며 해낼 수 없습니다. 하지만 이 시도가 매우 허황
되고 일반적인 글쓰기와 너무 다르니, 그 점이 길을 내 줄지도 모
르지요. 글을 써 볼까 하는 망상을 내 머릿속에 처음 넣어 준 것은
몇 년 전 나 스스로 몸담은 고독의 울적함에서 비롯된 멜랑콜리,
그러니까 나의 타고난 기질과는 상극인 심정이었습니다. 이어 나
는 내가 지닌 게 달리 아무것도 없이 텅 비어 있음을 발견하고 나
는 내게 나 자신을 재료와 주제로 제시했습니다. 이것은 ^C 세상에

65
데스티삭 부인은 데스티삭 경의 두 번째 부인으로 아들 하나 딸 하나를 두었다.
결혼한 지 오 년 만인 1565년에 데스티삭 경이 죽어 부인은 스물일곱 살에
청상과부가 되었고, 이어 부인과 어린 아이들에게 각별히 호의적이었던 경의
유언에 반발한 전처 소생의 두 딸과 긴 소송을 벌여야 했다. 이때 보르도 법원의
사법관이었던 몽테뉴가 그녀의 법률 고문을 맡아 소송을 승리로 이끌었으며, 나중에
이탈리아 여행에 그녀의 아들을 대동하기도 했다.

66
「에세」를 쓰겠다는 시도. 자기 자신에 관해 쓰는 일.

〔 96 〕

단 하나밖에 없는 종류의 책으로, ^A 외골수의 황당무계한 구상에서 나온 것입니다. 그런 만큼 이 작업에서 주목받을 만한 점이라고는 그 괴상함뿐입니다. 세계 제일의 장인(匠人)이라도 이처럼 허황되고 비천한 소재에 값나갈 만한 솜씨를 부려 볼 수는 없을 테니까요.

그런데 부인, 나 자신을 생생하게 그려야 하는 마당에, 부인의 공덕에 대해 내가 늘 품고 있는 경의를 여기서 표현하지 않았다면 중요한 면모를 빼먹고 그린 꼴이 되었을 것입니다. 그리고 내가 특별히 이 장의 첫머리에 그것을 말하고자 한 것은, 부인께서 자제분들에게 보여 주시는 애정이 부인의 여러 미덕 중에서도 으뜸가는 미덕이기 때문입니다.

부군이신 데스티삭 경이 부인을 홀로 두고 가셨을 때의 부인의 연세를 알고, 부인께서, 그만한 지위에 있는 프랑스의 어느 귀부인 못지않게, 훌륭하고 영예로운 청혼들을 받으셨음을 안다면, 그토록 여러 해 동안 모진 역경을 헤치며 프랑스 도처에서 불거지고 아직도 애를 먹이고 있는 자제분의 일들을 도맡아 처리해 오신 그 꿋꿋함과 단호함, 오직 당신의 사리 분별과 행운으로 그 일들을 훌륭하게 이끌어 오신 경위를 안다면 누구라도 나와 함께, 우리 시대에 당신보다 더 훌륭한 모성애의 본보기는 찾을 수 없다고 서슴없이 말할 것입니다.

부인, 나는 모성애가 그토록 잘 쓰인 것에 대해 하느님을 찬양합니다. 왜냐하면 아드님이신 데스티삭 경이 기대해도 좋을 훌륭한 면모를 보이시니, 장성하면 아주 착한 아들로서 부인께 복종과 감사를 드리리라는 것을 충분히 확신할 수 있기 때문입니다. 하지만 너무 어린 탓에 그토록 많은 일에서 아드님을 위해 바친

〔 97 〕

부인의 지극한 헌신을 거의 알아차리지 못할 터이니, 그것을 직접 전해 줄 입도 말도 더 이상 내게 없는 어느 날 이 글이 우연히 아드님의 손에 들어간다면, 온전한 진실로 나의 이 증언을 받아 주기를 바랍니다. 내 증언이란, 하느님께서 원하신다면 아드님 스스로 느끼게 될 좋은 결과들을 통해 훨씬 생생히 증명되겠지만, 프랑스의 귀인들 중 자기보다 더 어머님의 은혜를 입은 이는 없으며, 그런 어머님을 알아보는 것 이상으로 확실한 선덕의 증거를 후세에 남길 수는 없다는 것입니다.

진정 본성에 속하는 어떤 법칙이 있다면, 다시 말해 짐승들에게나 우리에게나 보편적이며 항구적으로(예외가 없는 것은 아니나) 새겨진 어떤 본능이 있다면, 내 생각에, 모든 동물이 지닌 바, 자기를 보존하고 제게 해로운 것을 피하고자 하는 본능 다음으로는 낳은 자가 태어난 자에 대해 갖는 애정이 두 번째 자리를 차지한다고 말할 수 있습니다. 그리고 자연은 제 덩어리 전체를 이루는 부분들을 다음 또 다음으로 연장해 앞으로 나아가게 할 요량으로 우리에게 이 애정을 부여하는 것 같으니, 거슬러 자식에게서 아버지에게로 가는 애정이 그만큼 크지 못하다고 해서 놀랄 일은 아닙니다.

^C 여기에 아리스토텔레스의 다른 고찰을 덧붙일 수 있는데 그 고찰은 이러합니다. 즉 남에게 호의를 베푼 사람은 그에게 사랑받는 것보다 더 많이 그를 사랑하게 됩니다. 베푼 자가 은혜를 입은 자보다 더 많이 사랑하는 것입니다. 작품이 감정을 지녔다고 가정한다면, 작자는 자기 작품을, 그 작품에게서 사랑받을 것보다 더 사랑합니다. 우리는 존재한다는 것을 소중히 여기기에, 그리고 존재한다는 것은 움직이고 행동한다는 것이기에 그렇습니다. 그

에세 2

렇기 때문에 어떤 점에서 각자는 자기가 한 일을 통해 존재합니다. 좋은 일을 한 사람은 훌륭하고 명예로운 행동을 실천한 것인 반면, 받는 자는 오직 실익이 있는 일을 한 것뿐입니다. 실익성이란 명예로움보다 훨씬 덜 사랑스러운 것입니다. 명예는 안정되고 영구적인 것이며, 그것을 행한 사람에게 지속적인 만족을 줍니다. 실익은 쉬 없어지고 달아날 뿐 아니라 그다지 신선하거나 기분 좋은 기억도 남지 않습니다. 우리로 하여금 더 큰 값을 치르게 한 것이 우리에겐 더 소중합니다. 그리고 받는 것보다 주는 것이 더 어렵습니다.

ᴬ 하느님께서 우리에게 얼마간 생각할 수 있는 능력을 주셔서, 짐승처럼 공통의 법칙에 맹목적으로 종속되지 않고 우리의 자발적 판단과 자유를 적용할 수 있게 하셨으니, 우리는 어느 만큼은 자연의 단순한 권위에 따라야 하지만 그렇다고 자연이 폭군처럼 우리를 끌고 가게 내버려 둬서는 안 됩니다. 오직 이성만이 우리의 성향을 인도해야 하는 것입니다.

나로 말하자면, 나는 판단력의 조정이나 중재 없이 우리에게서 생겨난 경향들에 대해서는 이상하리만치 둔감합니다. 지금 이야기하고 있는 주제에서 보자면, 나는 아직 코도 제대로 안 생기고 영혼의 움직임도 없으며 몸의 형태도 뚜렷하지 않은 어린 아이를, 그래서 더 귀여울 수도 있겠지만, 정신없이 끌어안는 따위의 애정은 받아들일 수 없습니다. ꟲ 나는 아이들을 옆에 끼고 키우는 것조차 잘 견디지 못했습니다.

ᴬ 참되고 절도 있는 애정은 자식들이 보여 주는 바에 따라 그 아이들에 대해 알아 가면서 생기고 커져야 합니다. 그리하여 그들이 사랑받을 만하면 본능적 경향과 이성의 보조가 맞으니 진정 아

〔 99 〕

버지다운 정으로 사랑해 줘야 합니다. 그들이 사랑받을 만하지 못하면 그 역시 판단해 본능에 얽매이지 말고 항상 이성을 따라야 합니다. 하지만 정반대로 할 때가 너무 많지요. 우리는 아이들이 완전히 철든 행동을 할 때보다 발을 구르거나 장난질을 하거나 유치한 짓을 할 때 더 감동받는 것이 다반사입니다. 그것은 마치 그들을 심심풀이 삼아, ᶜ 인간이 아니라 원숭이를 귀여워하듯 ᴬ 사랑하는 것이나 같습니다. 또 아이들이 어릴 때는 장난감을 아낌없이 사주던 사람이, 아이들이 성장해서 필요로 할 땐 몇 푼 되지 않는 것조차 인색하게 굽니다. 사실 우리 자신은 세상에서 멀어지려는 즈음에 아이들이 세상에 나가 즐기는 것에 질투가 나서 더 그들에게 쫀쫀하고 인색해지는 것처럼 보이기까지 합니다. ᶜ 우리더러 빨리 나가라는 듯 ᴬ 바짝 쫓아오는 게 화가 나는 거지요. 그렇지만 그것을 두려워할 양이면 아비가 될 생각을 말아야 합니다. 사실상 우리 존재와 삶을 희생시키지 않고서는 그들이 존재할 수도 살 수도 없게끔 되어 있는 것이 사물의 질서이니까요.

나로서는, 아이들이 감당할 만해졌을 때 재산을 공유하고 집안일도 알게 해서 함께 처리하지 않는 것, 그들의 편익을 위해 우리의 편익을 덜어 내고 긴축하지 않는 것은 잔인하고 부당한 일이라고 생각합니다. 그러려고 자식을 낳은 거니까요. 늙어 꼬부라져 반쯤 죽은 것이나 마찬가지인 아버지가 집구석에 웅크리고서 자식 여럿의 발전과 교제에 충분할 재산을 혼자서 누리는 동안, 자식들은 비용을 마련할 수 없어 공공 업무나 사람들과의 교제에 나서지 못한 채 가장 좋은 시절을 허비하도록 팽개쳐 두는 것은 부당한 일입니다. 아이들은 절망에 빠져 부당한 짓을 해서라도 필요에 충당하려고 합니다. 젊었을 때 나는 좋은 집안의 자제로서 도둑질에 빠

〔 100 〕

진 나머지 어떤 벌로도 그 버릇을 고치지 못하는 청년들을 여럿 보았습니다. 그중 하나는 내가 잘 아는 사람이었는데, 매우 점잖고 선량한 귀인인 그의 형님이 간곡히 부탁해서 한번은 그 문제로 그와 이야기를 나누게 되었습니다. 그가 내게 아주 솔직하게 털어놓기를, 아버지의 엄격함과 인색함 때문에 그 못된 짓에 빠져 버릇이 되었는데 이제는 너무 굳어져서 도저히 그만둘 수가 없게 되었고, 최근에는 여러 사람과 함께 어느 부인의 기상 시간에 참례했다가 그 부인의 반지를 훔치는 것을 현장에서 들켰다는 것입니다. 그를 보니 다른 귀족에 대해 들은 이야기가 생각났습니다. 그 귀족은 젊었을 때 이 멋진 짓거리에 어찌나 길이 들고 능숙해졌던지, 자기 재산의 주인이 된 뒤엔 그 짓을 그만두려고 결심했는데도 가게 앞을 지나다가 탐나는 물건을 보면 훔치지 않고는 배길 수가 없었다는 것입니다. 나중에 물건 값을 보내는 수고를 무릅쓰고서라도 말이지요. 그 짓에 너무 길이 들어 친구들 사이에서도 예사로 훔쳤다가 나중에 돌려주는 사람들도 많이 보았습니다.

[B] 나는 가스코뉴 사람입니다. 하지만 도둑질보다 더 나와 맞지 않는 악덕은 없습니다. 이성으로 비판해서보다 기질적으로 더 혐오합니다. 나는 아무리 갖고 싶어도 남에게선 아무것도 빼앗지 못합니다. [A] 이 지방이 사실 이 문제로 인한 악평을 프랑스의 다른 지역보다 좀 많이 듣는 편이지요. 하지만 우리는 우리 시대에 여러 번, 다른 지방 출신 귀족들이 저지른 여러 가지 끔찍한 도둑질이 법의 손에 붙들려 밝혀지는 것을 보았습니다. 이런 탈선에 대해 아비들의 잘못을 탓해야 하는 것은 아닐지 나는 두렵습니다.

사람들은 사리가 밝은 한 영주가 어느 날 했던 말로 내 말을 반박할지 모릅니다. 그분은 당신이 재산을 아끼는 것은 다른 목적

8장 자식에 대한 아버지의 사랑에 관하여

이나 용도가 있어서가 아니라 자식들이 자기를 존경하며 자주 찾게 하기 위한 것일 뿐이라며, 나이가 들어 다른 힘이 다 없어졌으니 그것만이 집안에서 권위를 유지하고 아무에게도 무시나 멸시를 당하지 않기 위해 그에게 남아 있는 유일한 방편이라는 것이었습니다. ᶜ (사실 아리스토텔레스에 의하면, 노쇠뿐만 아니라 모든 허약이 인색을 촉진합니다.) ᴬ 그럴 수도 있겠지요. 하지만 생기지 못하게 했어야 할 병에 대한 약입니다. 자식에게서 도움이 필요해서 바치는 애정밖에 못 받는다면, 그 아비는 참으로 비참한 아비입니다. 그런 것도 애정이라고 부를 수 있다면 말이지요. 덕성과 능력으로 존경받고 선하고 다정한 처사로 사랑받아야지요. 내용이 충실한 물질은 타고 남은 재조차 값이 나갑니다. 그리고 우리는 항용 훌륭한 인물의 유골을 존경하고 숭배하는 마음으로 간직합니다. 자기 인생을 명예롭게 보낸 사람에게는 존경받지 못할 노년, 특히 자기 자식들에게 존경받지 못할 만큼 삭막하고 역겨운 노년이란 있을 수 없습니다. 궁핍이나 필요, 또는 강제와 억압에 의해서가 아니라 도리로 자식들의 마음에 의무를 새겨 주었을 테니까요.

> 애정 위에 세운 권위보다 힘 위에 세운 권위가
> 더 견고하고 확실하다고 생각하는 건
> 내 보기엔, 진실과 아주 먼 생각이다.
> 테렌티우스

ᴮ 나는 어리고 연한 영혼의 교육에서 행사되는 모든 폭력을 규탄합니다. 명예와 자유를 누리는 인간이 되라고 가르치는 것인

〔 102 〕

데 말입니다. 엄격함과 억압에는 뭔가 노예적인 것이 있습니다. 그리고 이성을 통한 교육, 신중하고 노련한 가르침으로 이룰 수 없는 것은 힘으로도 결코 이룰 수 없다고 생각합니다. 나는 그렇게 키워졌습니다. 사람들은 내가 어렸을 때 회초리로 두 번밖에 맞은 일이 없고, 그것도 아주 살살 맞았을 뿐이라고 합니다. 나도 내 아이들에게 그렇게 했을 것인데, 애들은 모두 젖먹이 때 죽었습니다. 하지만 그런 불행을 면한 외동딸 ᶜ 레오노르는 이제 여섯 살이 조금 넘었는데, 자연히 제 어미가 너그럽게 기르게 되어, 버릇을 가르치기 위해서나 유치한 잘못을 벌줄 때나, 말 밖에는, 그것도 아주 부드러운 말밖에는 써 본 일이 없습니다. 만일 그 애가 내 기대에 어긋나더라도, 내가 정당하고 자연스러운 것으로 믿는 교육 방침을 탓하기 전에 나무랄 만한 다른 이유들이 충분히 있을 겁니다. 사내아이들이었다면 이 문제에서 훨씬 더 신중했을 것입니다. 사내아이들은 순종할 필요가 덜하고, 처지가 좀 더 자유로우니까요. 나는 그들에게 솔직하고 거침없는 마음을 키워 주려 했을 것입니다. 매질의 효과라고는 마음을 더 비겁하게 만들거나 더 심술궂은 고집쟁이로 만드는 것밖에 보지 못했습니다.

ᴬ 우리는 자식들에게 사랑받기를 원하나요? 자식들에게 우리가 빨리 죽기를 바랄 구실(어떤 상황에서이건 이런 끔찍한 소원은 옳을 수도, 용서받을 수도 없습니다만. ᶜ "어떤 범죄도 당위성에 기반을 둘 수 없다."(티투스 리비우스))을 주고 싶지 않은가요? ᴬ 그렇다면 힘닿는 대로 도리에 맞게 그들의 삶을 돌봐 주십시다. 그러려면 우리 나이가 자식들의 나이와 거의 혼동될 정도로 어린 나이에 결혼해서는 안 됩니다. 그런 어색한 관계는 우리를 여러 가지 큰 곤경에 빠뜨릴 테니까요. 나는 특히 여유로운 조건에 있고 소

8장 자식에 대한 아버지의 사랑에 관하여

위 지대(地代)만으로 살아가는 귀족에게 말합니다. 일해서 벌어야 하는 다른 신분의 사람들에게는 자식이 많으면 그 애들이 살림살이에 도움이 됩니다. 자식이 늘수록 새 일꾼이 생겨 벌어들이는 수단이 되니까요.

B 나는 서른세 살에 결혼했습니다만, 아리스토텔레스의 의견이라고들 하는 서른다섯 살 적령설에 찬동합니다. C 플라톤은 서른 살 이전에 결혼하는 것을 반대합니다. 그러나 쉰다섯 살이 넘어 자식을 만드는 것은 조롱하며, 그런 자들이 낳은 아이들은 먹여 살릴 가치가 없다고 단죄한 것은 옳습니다.

탈레스가 이 문제에 가장 타당한 지표를 제공했는데, 그는 빨리 결혼하라고 재촉하는 어머니에게 젊어서는 아직 때가 아니라고 했고 나이 들어서는 이미 때가 아니라고 했습니다. 성가신 일을 하는 데 호기가 언제겠습니까, 거절해야지요.

A 고대 골인들은 스무 살 이전에 여자와 관계하는 것을 극히 비난받을 일로 생각했습니다. 특히 전사(戰士)가 되기를 원하는 남자는 여자들과의 통정이 마음을 무르고 흩어지게 하니 상당한 나이가 될 때까지 동정을 지키라고 권면했습니다.

> 그러나 그때 젊은 아내와 하나가 되고
> 아이들을 낳으니 기쁜 나머지,
> 아비와 지아비의 정이 용기를 무르게 했다.
>
> 타소

C 그리스 역사는 타렌툼의 이쿠스, 크뤼손, 아스틸루스, 디오폼푸스 등이 올림픽의 달리기, 레슬링, 기타 경기에서 단단한 몸

[104]

을 유지하기 위해, 훈련 기간 내내 어떤 종류의 사랑 놀이도 삼갔음을 특기하고 있습니다. 카를 5세 황제가 복위시킨 튀니스 왕 물레 하산은 자기 아버지가 전에 아내들을 너무 자주 찾았던 것을 비난하며 그를 헐렁이, 계집애, 아이 제조기라고 불렀습니다.

B 스페인령 인도 제국(諸國) 중 어느 나라에서는 남자에겐 마흔 살이 넘어서야 결혼을 허가하고, 여자애들에겐 열 살이면 허가했습니다.

A 나이 서른다섯의 귀인이라면 스무 살짜리 아들에게 자리를 물려줄 때는 아닙니다. 그 자신이 한창 원정길에, 자기 임금의 궁전에 모습을 나타낼 나이이지요. 그에게는 자기 재산이 필요합니다. 나눠 주기도 해야겠지만, 다른 사람 때문에 자기를 잊어버릴 정도로까지 나눠 줄 수는 없습니다. 그러니 그는 아버지들이 흔히 입에 담는 "나는 자러 가기 전에 옷을 벗고 싶지 않다."라는 대꾸를 당당하게 사용할 만합니다.

그렇지만 나이와 병 때문에 기운이 꺾인 데다 허약해서 건강도 잃고 사람들과 교제할 기회도 없는 아비가 엄청난 재산을 쓸데없이 혼자 알을 품듯 품고 있는 것은 자기 자신에게나 가족에게 할 짓이 아닙니다. 그가 현명하다면 이젠 충분히 잠자리에 들기 위해 옷을 벗고 싶어 해야 할 처지가 된 것입니다. 내복까지 벗을 것은 없지만 너무 두꺼운 저녁용 가운은 벗어야 합니다. 자기가 더 이상 누릴 수도 없는 나머지 호사는 자연의 질서에 따라 그것을 차지할 권리가 있는 사람들에게 기꺼이 양도해야 합니다. 자연이 그에게서 사용권을 앗아 가니, 그들이 사용할 수 있게 해 주는 것이 옳습니다. 그렇게 하지 않는다면 필경 악의와 시기 때문입니다.

카를 5세 황제의 행적 중 가장 아름다운 것은, C 그와 대등한 고대의 위인들을 본받아, 옷이 무겁고 거추장스러워지면 벗고, 다리에 힘이 빠지면 누우라는 이성의 명령을 충분히 알아들을 줄 알았다는 것입니다. 그는 자기에게 영광을 가져다준 업무들을 지휘할 만한 결단과 힘이 쇠퇴해 가는 것을 느끼자 자기의 자산, 즉 지존의 자리와 권력을 아들에게 넘겨주었습니다.

경주 끝에 숨이 차 비틀거리며 조롱당하기 싫거든,
너무 늦지 않게 네 늙은 말의 고삐를 풀어 주어라.
호라티우스

나이가 들면 육체와 그리고 영혼에도 똑같이(영혼이 반 이상을 차지하는 게 아니라면) 닥치게 마련인 무능력과 극도의 손상을 일찌감치 감지하지 못한 실수가 세상의 위인들 대다수의 명성을 땅에 떨어뜨렸습니다. 나는 우리 시대에 대단한 권세를 누린 인물들을 보았고 또 가까이 지냈습니다만, 그들이 전성 시대에 얻은 명성을 들은 바 있어 나도 잘 아는 예전의 능력이 놀랍도록 쇠퇴해 버린 것을 쉬 볼 수 있었습니다. 나는 그들이 그들 자신의 명예를 위해, 그만 물러나 자기 집에서 편히 지내고 더 이상 짊어질 수 없는 공무나 군사상의 직책을 내려놓기를 바라 마지않았습니다.

예전에 나는 독신이 된 매우 연로한 귀인과 가까이 지냈는데, 그분은 늙었어도 아주 정정했습니다. 그분에겐 결혼시켜야 할 딸들이 여럿 있었고, 벌써 세상에 나갈 나이가 된 아들이 하나 있었습니다. 그래서 여러 가지 비용이 들고 손님들이 드나드는 등 집안이 번잡했습니다. 그분은 그것을 그다지 달갑게 여기지 않았는데, 돈을 아껴야 한다는 염려 때문만이 아니라 고령 탓에 우리와는 아

〔 106 〕

주 다른 식으로 생활하고 있어서 더 그랬습니다. 나는 어느 날 평소 습관대로 좀 과감하게 그분에게 말했습니다. 자제분들의 사정상 우리가 끼치는 폐를 피할 길이 달리 없으니, 우리와 떨어져 계시는 게 나을 것 같으니 본가는 아들에게 물려주고(살기 좋고 편리한 집은 그것뿐이었으니까요.) 아무도 당신의 안정을 방해하지 않을 집을 근처에 있는 당신 땅에 마련해 은거하시는 게 더 편하실 거라고요. 그 후 그분은 내 말대로 하셔서 편히 지내셨습니다.

무슨 채무를 이행하듯 다시는 번복할 수 없는 방식으로 주라는 말이 아닙니다. 나 자신이 이런 역할을 할 나이가 되었으니 내 생각을 말하자면, 나는 자식들에게 내 집과 내 재산을 즐길 권리는 주겠지만, 아이들이 하는 것을 봐서 철회할 자유는 가지고 있겠습니다. 재산을 운용하는 것은 이제 내게 쉽지 않을 테니 아이들에게 맡기고, 전체적인 업무에 관한 권한은 내가 원하는 한 가지고 있으렵니다. 일처리를 하는 과정에 몸소 자식들을 참여시키고, 자기 경험에 따라 가르침과 조언을 주면서 그들의 행동을 조절해 줄 수 있다는 것, 그리고 집안의 오랜 명예와 전통을 손수 후계자들의 손에 건네주고, 그럼으로써 자식들의 장래에 거는 기대에 자기 책임을 다하는 것은 늙은 아비에게 크나큰 기쁨이리라 늘 생각해 왔으니까요. 그리고 이 목적을 위해 저는 그들과 어울리는 것을 피하지 않을 것입니다. 나는 그들을 가까이서 지켜보며, 내 나이가 허락하는 대로 그들의 흥겨운 삶과 잔치를 즐기고 싶습니다. 그들과 더불어 살지는 않는다 해도(내 나이의 울적함과 병치레가 그들 모임의 흥을 깨지 않을 수 없고, 또 그즈음에 내가 취해야 할 생활 규칙이나 방식에도 방해가 될 테니까요.), 적어도 그들 곁의 내 집 한구석에서, 가장 호화로운 곳이 아니라 가장 편안한 곳에서 살겠습니다.

 몇 년 전 본 생틸레르 드 푸아티에의 어느 수도원장처럼 하지는 않으렵니다. 그는 우울증으로 얼마나 고독하게 사셨나 하면, 내가 그분 방에 들어갔을 당시 그 방에서 한 발짝도 안 나간지가 스물두 해째였습니다. 그런데 고뿔 때문에 위장이 차서 거북할 뿐 거동은 완전히 자유롭고 수월했습니다. 일주일에 겨우 한 번이나 누가 들어와 보는 것을 허락할까, 내내 방에 홀로 틀어박혀 있었지요. 하인 하나가 하루에 한 번 먹을 것을 들고 들어왔다 나갈 뿐입니다. 그분이 하는 일은 왔다 갔다 하면서 책이나 읽는 것이었습니다.(그는 얼마간 학식이 있었습니다.) 그런 식으로 살다가 죽겠다고 고집을 피우더니 얼마 안 가서 그렇게 되었습니다.

 나는 아이들과 다정한 관계를 가짐으로써 그들의 마음속에 나에 대한 꾸밈없고 생생한 우정과 호의를 길러 주려 애쓸 것입니다. 좋은 성품을 타고난 아이들에게서는 쉽게 얻을 수 있는 것이지요. 만일 아이들이 ᶜ 우리 시대가 양산하는 자들처럼 미친 짐승들 같다면 ᴬ 미워하고 피할 도리밖엔 없습니다.

 ᶜ 자연이 우리에게 부여한 아버지라는 지위만으로는 충분히 권위가 서지 않는다는 듯 자식들에게 아버지라는 호칭을 쓰지 못하게 하고, 더 공손한 호칭이랍시고 다른 이상한 호칭으로 부르게 하는 ᴬ 관습을 나는 좋게 보지 않습니다. ᶜ 우리는 하느님을 전능하신 아버지라 부르면서, 우리 자식들이 우리를 그렇게 부르는 것은 우습게 여깁니다. 아버지와 친근해질 만한 나이가 된 자식들이 가까이 다가오는 것을 금하고, 무서워하고 복종하게 만들려는 생각에서 엄격하고 거만하게 대하는 것 ᴬ 또한 부당하고 어리석은 짓입니다. 그것은 아무짝에도 쓸데없는 광대 짓으로, 자

식들로 하여금 아버지를 지겹게, 더 나쁘게는 우스꽝스럽게 여기게 만듭니다. 젊음과 힘이 그들 손에 있으니 결국 세상 풍조와 호의는 그들의 것입니다. 그러니 심장에도 핏줄에도 더 이상 피가 흐르지 않는 사람, 영락없는 삼대밭 허수아비가 지어 보이는 오만하고 폭군 같은 태도를 어처구니없다고 생각할밖에요. 나는 나를 무서워하게 할 수 있더라도, 그보다는 나를 사랑하게 만들고 싶습니다.

[B] 노년엔 너무 많은 결함이 있고 너무도 무력합니다. 멸시당하기 꼭 알맞은 노년에 얻을 수 있는 최상의 것은 식구들의 애정과 사랑입니다. 명령과 두려움은 더 이상 무기가 되지 못합니다. 나는 젊은 시절에 아주 강압적이던 사람을 본 일이 있습니다. 나이가 들어 그런대로 건강하게 노년을 보내고는 있었지만, 때리고 물어뜯고 욕질하며 [C] 프랑스에서 가장 요란한 가장이 되었습니다. [B] 그는 걱정하고 감시하느라 속을 끓입니다. 그 모든 것이 온 식구가 공모하고 있는 소극(笑劇)에 지나지 않습니다. 다락에서 지하 창고에서, 심지어 그의 지갑에서도 가장 좋은 몫은 다른 자들이 빼먹고 있습니다. 그가 허리 전대에 열쇠들을 자기 눈보다 소중하게 간수하고 있는데도 말이죠. 그가 절약하면서 검소한 식사에 만족하고 있는 동안 방탕의 도가니가 된 집안 이 구석 저 구석에선 잔치판, 놀음판이 벌어지고, 돈이 흘러넘치며, 늙은이의 쓸데없는 역정과 노심초사를 조롱하는 대화가 만발합니다. 모두가 그를 경계합니다. 어쩌다 마음 약한 하인이 그를 따르며 헌신할라치면 그 하인은 즉각 그의 의심을 사고 맙니다. 의심이란 늙은이들이 제풀에 걸려들곤 하는 특성이지요. 그는 자기가 식구들의 고삐를 바짝 죄고 있고, 그래서 한 치의 소홀함도 없는 복종과 존경을 받고

8장 자식에 대한 아버지의 사랑에 관하여

있다고 얼마나 자랑했는지 모릅니다. 자기 일은 너무도 훤히 꿰뚫
어 보고 있다나요.

> 그 혼자만 아무것도 모른다.
> 테렌티우스

타고나야 하는 것이든 배워 익혀야 할 것이든, 통솔력을 견지
하는 데 적합한 자질을 이분보다 더 많이 지닌 사람을 나는 알지
못합니다. 그런데도 이분은 어린아이처럼 실패하고 말았습니다.
그래서 내가 알기에 같은 상황에 빠져 있는 여러 사람 중에서도
이분을 제일 좋은 예로 든 것입니다.

C 이분에게 이대로가 좋을지 달리해야 할지는 스콜라 학파의
논쟁거리가 될 만합니다. 면전에서는 모든 것을 그의 뜻에 따릅니
다. 그가 헛되이 권위를 부리도록 내버려 두고, 아무도 그를 거역
하지 않습니다. 그를 믿어 줍니다. 그를 두려워해 줍니다. 물리도
록 받들어 줍니다. 그가 하인 하나를 내쫓으면 그 하인은 짐을 싸
서 떠납니다. 그렇지만 그분 면전에서만 나가는 겁니다. 노인네
의 걸음은 너무 느리고 감각은 너무 흐릿하니, 같은 집에서 제 일
을 하면서 일 년을 살아도 눈에 띄지 않는 것이지요. 그러고는 적
절한 시기에, 처량하게 애원하며 더 잘하겠다는 약속으로 가득 찬
편지가 먼 데서 오게 하고, 그것으로 용서를 받아 냅니다.

이분이 그들 마음에 안 드는 흥정을 하거나 못마땅한 편지를
보낸다면요? 그들은 그것을 묵살해 버린 뒤, 나중에 갖가지 구실
을 다 만들어 내서 시킨 대로 하지 않은 까닭, 또는 답장이 없는 연
유를 변명합니다. 외부에서 오는 어떤 편지도 그에게 먼저 가져오

〔 110 〕

는 법이 없기 때문에 그가 읽을 수 있는 것은 그가 알아도 좋을 성부른 편지들뿐입니다. 우연히 편지를 직접 받더라도 정해 놓은 사람에게 읽어 달라고 믿고 맡기는 것이 습관인지라 그 사람은 즉석에서 바람직한 내용을 가려 내고, 그리하여 편지에서 노인을 욕하고 있는 사람을 용서를 비는 사람으로 둔갑시켜 버립니다. 결국 그는 그의 근심을 사거나 화를 돋우지 않기 위해 최대한 머리를 써서 그의 마음에 들도록 만들어 낸 가상(假像)을 통해서밖엔 자기 일을 보지 못합니다. 겉보기에는 각양각색인 듯해도, 오래오래, 시종여일, 딱 그 모양으로 돌아가는 집안 꼴을 저는 상당히 많이 봤습니다.

B 여자들은 항상 자기 남편에게 어깃장을 놓는 경향이 있습니다. C 그녀들은 남편에게 반대하려고 양손으로 온갖 구실을 다 그러쥡니다. 작은 핑계라도 있으면 그것으로 자기를 완전히 정당화합니다. 나는 남편의 돈을 잔뜩 훔치던 여자도 봤습니다. 그 여자는 고해사에게 헌금을 더 많이 내기 위해서라고 말하곤 했답니다. 이 경건한 보시를 믿으시오!

남편이 허용해서 하는 일은 무엇이든 충분히 위엄 있는 것으로 여겨지질 않습니다. 어떤 일에 매력과 권위를 부여하려면 계략이나 힘으로, 그것도 항상 부당하게 그걸 찬탈해야 합니다. 내가 말한 이야기에서처럼 그런 짓이 불쌍한 늙은이에게 대항하고 자식들 편을 드는 일이 될 때면, 그것을 구실로 움켜잡아 폼을 잡으면서 자기 감정을 만족시킵니다. C 그러고는 마치 자기가 자식들과 동일한 노예 상태에 있기라도 한 것처럼 자식들과 쉽게 결탁해 늙은 가장의 지배와 통제에 반기를 드는 겁니다. B 그 자식들이 한창때의 건장한 사내라면, 그렇게 결탁한 어미와 자식이 힘을 통해

〔 111 〕

서건 호감을 얻어서건 집사, 재산 관리인, 기타 등등 가리지 않고 모두 손에 넣어 버립니다.

처도 자식도 없는 사람은 그보다는 드물지만 더 가혹하고 부당하게 이런 불행에 떨어집니다. ^C 대 카토는 "하인이 하나 늘면 적이 하나 느는 것"이라고 말했습니다. 그의 시대와 우리 시대 사이에 순수성의 차이가 얼마나 큰지 염두에 두시고, 그가 아내, 자식, 하인의 수만큼 적이 있다고까지는 하지 않은 것을 새겨들으세요. ^B 눈치 없고, 뭐가 뭔지 모르고, 잘 속아 넘어가는 속편한 장점을 갖추는 게 노년에는 아주 득이 됩니다. 물고 늘어져 캐 봤자, 특히 우리의 분쟁을 판결해야 할 재판관들까지 젊고 유리한 것들과 한통속이 되어 있는 판에 우리가 뭘 어쩌겠습니까?

^C 그런 속임수는 내 눈을 벗어나도, 내가 매우 속여 먹기 좋은 사람이라는 것을 나 자신이 모를 수는 없습니다. 이러니 친구가 얼마나 귀한 존재이며, 민법상의 관계들⁶⁷과는 얼마나 다른 것인지 어찌 이루 다 말할 수 있겠습니까? 짐승들에게서 보는 우정의 모습조차 너무나 순수해, 내가 얼마나 경건하게 존경하는지 모릅니다!

남들은 나를 속일지라도, 적어도 나는 내가 그것을 방지할 수 있다고 스스로를 속이거나 방지할 능력을 가지려고 골머리를 썩지는 않습니다. 나는 불안과 동요와 의심이 아니라 차라리 다른 생각이나 결단으로, 내 심정 안에서, 그런 배신 행위들로부터 나 자신을 구합니다. 어떤 이가 당한 일을 들을 때, 내가 관심을 두는 것은 그 사람이 아닙니다. 나는 즉시 나 자신에게로 눈을 돌려, 나

67
친족 관계를 말한다.

〔 112 〕

는 어떤가를 봅니다. 그에 관한 일은 모두 내 일이 됩니다. 그가 겪는 일은 내게 경고가 되어 그 방면에 대해 각성시킵니다. 생각을 밖으로 뻗치는 대신 안으로 돌릴 줄만 안다면 우리 자신에 대해 해야 할 이야기를, 우리는 매일, 매 시간, 남에 대해 합니다.

그리고 많은 작가들이 이런 식으로 경솔하게 적수에게 달려들고, 자기가 맞아 마땅한 화살을 적들에게 날려서 자기 입장을 불리하게 만듭니다.

ᴬ 작고하신 몽뤼크 원수는 마데이라섬에서 참으로 용감한 귀인이요 장래가 크게 촉망되던 아드님이 죽었을 때, 다른 어떤 슬픔보다 자기 마음을 아들에게 한 번도 털어놓지 못했다는 한탄 때문에 가슴이 찢어진다고 몇 번이나 내게 강조했습니다. 아비로서 늘 엄하고 찡그린 모습만 보이느라 아들을 귀애하며 깊이 알아 가는 즐거움을 놓쳤고, 그를 지극히 사랑한다는 것도, 그의 덕성을 높이 평가하고 있다는 것도 말해 주지 못했다는 것이었습니다. 그분은 말했습니다. "그래서 가여운 그 아이는 내게서 차가운 모습, 성에 차지 않아 하는 것 같은 모습만 봤기 때문에 내가 저를 사랑하지도, 알아주지도 않는다는 생각을 품고 갔소. 누구에게 보여주려고 그 애에게 품은 그 남다른 사랑을 속으로만 간직하고 있었단 말이오? 그 사랑을 전적으로 즐기고 알았어야 할 사람은 바로 그 애가 아니오? 나는 괴로우면서도 억지로 그 부질없는 가면을 고집했소. 그러다가 그 애와 사귀는 즐거움도, 그 애의 애정도 잃고 말았소. 내게서 엄하고 무뚝뚝한 대접밖에 못 받았고, 폭군처럼 구는 모습만 보았으니 나에 대해 아주 냉정할 수밖에 없었던 거요." 저는 이 한탄이 매우 진실하고 옳았다고 생각합니다. 왜냐하면 너무도 뚜렷한 경험으로 알거니와, 친구를 잃어 슬픔에 빠졌

〔 113 〕

을 때, 그에게 해야 할 말을 하나도 잊지 않고 다 했으며, 그래서 서로서로 마음을 속속들이 완벽하게 나누었음을 안다는 사실보다 더 따뜻한 위로는 없기 때문입니다.[68]

B 나는 식구들에게 (할 수 있는 한) 내 속을 드러내 보입니다. 그리고 아주 기꺼이, 누구에게나 그러듯 식구들에게 그들에 관한 나의 의향과 판단을 알려 줍니다. 나는 서둘러 나를 밝히고 나를 내어놓습니다. 좋게건 나쁘게건 오해받고 싶지 않으니까요.

A 카이사르의 말에 따르면 옛날 우리 골족이 지닌 특별한 관습 중에도 이런 것이 있었다고 합니다. 자식들은 무기를 들기 시작할 때에야 아버지 앞에 나서며, 또 부자가 함께 사람들 앞에 나서기도 한다는 것입니다. 마치 그제야 아버지가 자식들을 허물없이 친근하게 받아줄 만한 때가 되었다는 듯이 말입니다.

우리 시대의 어떤 아버지들에게서 볼 수 있는 또 다른 잘못은, 그들이 오래 사는 동안 그들의 재산 중에서 자식들이 당연히 누려야 하는 몫을 빼앗는 데 그치지 않고 죽은 다음엔 바로 그 권한을 아내에게 물려줘 전 재산을 마음대로 처분할 수 있게 한다는 것입니다. 우리 왕실의 으뜸가는 무신들 중 하나로 내가 아는 어떤 귀족은 5만 에퀴 이상의 지대를 상속받을 권리가 있는 사람이었지만, 나이 오십이 넘도록 궁핍 속에 살다 빚에 몰려 죽었습니다. 그

68

1595년판에는 다음과 같이 덧붙여져 있다. "오 내 친구여! 그런 나눔을 맛본 것이 좋은 일이었나 아니면 차라리 맛보지 못한 편이 좋았을까? 물론 맛본 것이 좋은 일이었습니다. 그에 대한 그리움이 나의 위안이고 영광입니다. 그를 애도하는 것이 내 삶의 경건하고도 기쁜 의무가 아닐까요? 기쁘다 한들 내가 잃은 것에 비할 수 있을까요?" 보르도본에는 '오 내 친구여!'만 썼다 지운 흔적이 있다. 이 친구는 물론 라 보에시이다. 『에세 1』 28장 「우정에 관하여」 참조.

〔 114 〕

의 어머니는 늙어 꼬부라져서도 아버지의 명에 따라 여전히 전 재산을 누리며 거의 여든까지 살았는데 말입니다. 이런 일은 전혀 합당해 보이지 않습니다.

^B 그렇다고 잘나가는 집안의 남자가 큰 지참금을 안겨 줄 아내를 찾아 돌아다니는 것도 그다지 잘하는 일은 아니라고 봅니다. 밖에서 들어오는 빛 중 이것만큼 집안을 망치는 것은 없습니다. 우리 조상들이 모두 이 충고를 따른 것은 잘한 일이고, 나 역시 그렇게 했습니다. ^C 그러나 부잣집 여자들은 다루기 어렵고 고마움을 모를 거라는 염려에서 돈 많은 아내를 얻지 말라고 충고하는 사람들은 경박한 억측 때문에 실질적인 이득을 잃을 수 있습니다. 지각없는 여자에겐 이런 이치를 봐주건 저런 이치를 봐주건 소용없습니다. 그런 여자들은 자기가 지닌 가장 못된 점을 제일 좋아하니까요. 그런 여자들은 부당한 짓에 군침을 흘립니다. 착한 여자들이 자기의 덕행이 가져다주는 것에 끌리는 것과 매한가지입니다. 착한 여자들은 예쁠수록 더 큰 자부심과 의지로 순결을 지키듯이, 부유할수록 더 너그럽습니다.

^A 자식들이 법률상 재산 관리를 할 수 있는 나이에 이르기 전에는 어머니에게 살림살이를 맡기는 것이 옳습니다. 하지만 여성은 보통 능력이 좀 모자라는 편인데, 아버지가 보기에 자식들이 그 나이가 되어도 제 어미보다 지혜롭게 일을 처리하지 못할 것 같다면 그 아비는 자식들을 영 잘못 기른 것입니다. 그렇더라도 사실 어머니를 자식들의 처분에 맡기는 것은 더더욱 도리에 어긋나는 일입니다. 궁핍과 가난은 남성보다 여성에게 더 적절치 않고 견디기 힘든 것인 만큼, 아내에겐 집안 형편이나 연령에 따라 체통을 유지할 수 있도록 넉넉하게 재산을 분배해야 합니다. 궁핍과

8장 자식에 대한 아버지의 사랑에 관하여

가난은 어머니보다는 차라리 자식이 감당해야 합니다.

^C 일반적으로 죽을 때 재산을 분배하는 가장 건전한 방식은 자기 나라의 관습에 따라 분배하게 두는 것이라고 생각합니다. 이 문제에 대해서는 우리보다 법이 더 잘 생각해 둔 바 있고, 법을 따르다가 일을 그르치는 것이, 무모하게 우리 마음대로 하다가 잘못되는 것보다 낫습니다. 우리의 재산은 완전히 우리 것이라 할 수 없습니다. 민법상의 법령은 우리 의견을 묻지 않고 특정 후계자에게 상속되게 하니까요. 그리고 우리에게 그 법령을 넘어서 행사할 수 있는 얼마간의 재량권이 있다 해도, 신분상 받을 권리가 있고 일반법이 그에게 주라고 한 것을 박탈하려면 중대하고도 명백한 사유가 있어야 하고, 재산 처리의 재량권을 멋대로 경솔하게 사사로이 이용하는 것은 이치에 어긋나는 남용이라고 생각합니다. 내 팔자는 고맙게도 나를 시험에 빠트릴 상황, 내가 감정에 치우쳐 보편적이고 합법적인 규율을 어길 만한 기회를 만들어 주지 않았습니다.

나는 오랫동안 성실하게 보살펴 준 공을 헛수고로 만드는 이들을 보았습니다. 악의가 담긴 은근한 말 한마디가 십 년 봉사를 깡그리 덮어 버리는 것입니다. 마침 숨넘어갈 즈음에 나타나 비위를 맞춰 준 자는 복도 많지요! 막판에 가서 해 준 일이 이기는 겁니다. 더 자주 극진히 돌봐 준 것이 아니라 최근에, 그때 당장 해 준 일이 효과를 보는 거예요. 이런 사람들은 유산에 제 몫이 있다고 생각하는 사람들의 행동 하나하나에 떡을 주거나 매를 때리듯이, 유언을 가지고 상이나 벌을 주는 놀음을 하고 있는 것입니다. 이 일은 그렇게 매 순간 이리 끌리고 저리 끌리고 하기에는 너무도 길게 영향을 미치는 일이요 너무나 중대한 일입니다. 그렇기

에세 2

때문에 현명한 사람들은 양식과 공적인 관습에 준해 단번에 확고하게 결정합니다.

우리는 남계(男系) 상속을 좀 지나치게 중요시합니다. 그러면서 우리 이름의 우스꽝스러운 영속을 꾀하는 거지요. 다 자라지도 않은 아이들의 미래에 관한 허황된 억측들 역시 너무 중하게 생각합니다. 내가 정신 훈련에서건 신체 훈련에서건, 내 형제들뿐 아니라 우리 지방의 모든 아이들 중에서도 가장 무겁고 둔하며 더디고 배우기도 싫어했다고 해서 나를 내 자리에서 내쫓는다면 그것은 부당한 일일 것입니다. 우리를 그토록 자주 오류에 빠뜨리는 예견에 의거해서 그런 식으로 상속자를 정하는 것은 미친 짓입니다. 만일 규칙을 어기고 운명이 정한 상속자를 바꿀 수 있는 것이라면, 차라리 아주 심한 신체적인 결함이 있는지, 도저히 고칠 수 없는 악덕이 있는지, 또는 미(美)의 대단한 감식가를 자처하는 우리가 보기에 몹시 흉한 점이 있는지를 따져 상속자를 바꾸는 편이 더 사리에 맞아 보일 것입니다.

플라톤에 나오는 입법자와 시민들 사이의 재미나는 대화가 이 대목에 빛나는 예증이 되어 줄 듯싶습니다. 죽음이 가까워 옴을 느끼자 시민들이 말합니다. "도대체 왜 우리 것을 우리 마음대로 처리할 수 없단 말이오? 오 신이여, 우리가 아플 때, 우리가 늙었을 때, 우리가 일을 처리할 때, 가솔들이 우리에게 봉사한 공에 따라 우리 마음대로 더 주고 덜 줄 수 없다니 이 무슨 잔인한 법이오!" 이 말에 입법자는 이렇게 답합니다. "여보게들, 자네들은 얼마 안 가 죽을 테고, 델포이 신전의 현판에 쓰인 바[69]에 따르면 그

69
"너 자신을 알라."

8장 자식에 대한 아버지의 사랑에 관하여

대들 자신이 누구인지, 무엇이 그대들의 것인지 알기란 쉽지 않소. 법을 만드는 내가 보기엔 그대들은 그대들의 것이 아니며, 그대들이 누리는 것도 그대들의 것이 아니오. 그대들의 재산과 그대들은 과거에나 미래에나 그대들 가족에게 속한 것이요. 아니 그보다 그대들 가족과 그대들 재산 모두가 국가의 것이오. 그러니 만일 그대들이 늙었을 때, 병들었을 때, 또는 어떤 감정에 사로잡혀 있을 때, 어떤 아첨쟁이가 사리에 맞지 않게 부당한 유언을 하게 만든다면 나는 그것을 막을 거요. 반면 나는 국가의 공동 이익과 그대들 가족의 이익을 고려해서 법을 만들 것이며 개개인의 소망은 공동체를 위해 양보하는 것이 옳다는 걸 알게 해 줄 거요. 인간의 숙명이 부르는 곳으로 순순히, 마음 놓고 떠나시오. 어느 하나를 다른 것보다 중하게 여기지 않으며 공평하게 다루고, 힘닿는 한 전체를 살피면서 그대들이 남기고 가는 재물을 처리하는 것은 나의 일이오."

하던 이야기로 돌아오자면, ^A 이유를 댈 수는 없지만 모자 관계나 타고난 신분 관계를 제외하면, 아무래도 여자에게 남자를 지배할 권한이 주어질 수는 없다고 봅니다. 무슨 열에 들뜬 기분에서 스스로 여자들에게 복종하는 자들에 대한 벌이라면 몰라도 말이지요. 하지만 이 경우는 우리가 여기서 말하는 나이 든 여자들과는 아무 상관이 없지요. 우리가 여자에게는 왕위 계승권을 주지 않는, 이전엔 아무도 본 적 없는 법[70]을 명문화하고 기꺼이 확고한 근거까지 부여한 것은 이런 고찰이 타당했기 때문입니다. 그리

70
중세 초기 프랑크 왕국에서 제정한 '살리카 법전'에서 프랑스의 카페 왕조가 차용한 왕위 계승법. 후자도 일반적으로 '살리카 법'으로 불린다.

고 세상 어느 군주국이건 여기서와 같이 타당한 이유를 들어 권위를 부여하며 이 법을 주장하지 않는 곳은 없습니다. 운에 따라 다른 나라보다 어떤 나라가 더 강력하게 시행하긴 합니다만.

상속 재산을 분배하는 일을 여자들의 판단에 맡기는 것은 위험한 일입니다. 여자들의 판단은 매사에 편파적이고 변덕스럽습니다. 임신 중 생기는 무절제한 욕구와 병적인 취향을 마음속에 늘 지니고 있기 때문이죠. 일반적으로 여자들은 가장 약하고 못난 자식에게 애착을 가지며, 아직 자기 목에 매달려 있는 애가 있으면 그 애에게 집착합니다. 가치 있는 자를 알아보고 선택하기에 충분한 판단력이 전혀 없기 때문에 여자들은 주로 본능에 작용하는 인상이 강한 쪽으로 더 마음이 기우는 것이지요. 젖꼭지에 매달려 있는 동안에만 제 새끼를 알아보는 동물들처럼 말입니다.

게다가 우리가 그토록 대단하게 생각하는 본능적인 애정이란 것도 그 뿌리가 매우 취약하다는 것을 경험으로 쉽게 알 수 있습니다. 정말 하찮은 푼돈을 주고 우리는 날마다 어미들의 품에서 친자식을 떼어 내고 우리 자식들을 돌보게 합니다. 그 여자들의 친자식들은 우리 아이들은 도저히 맡기고 싶지 않은 다른 허약한 젖어미나 염소에게 맡기게 하고요. 굶겨 죽이는 한이 있어도 친자식에겐 젖을 못 물리게 할 뿐 아니라, 우리 아이에게 전심전력을 다하라고 자기 자식에겐 관심조차 갖지 못하게 합니다. 그러면 얼마 안 가, 대부분의 여자들이 습관 때문에 친자식보다 남의 아이에게 더 맹렬한 애착을 갖게 되고, 자기 자식보다 남의 아이를 보호하려고 애쓰는 것을 보게 됩니다.

염소 이야기는 우리 집 근처에서 흔히 보는 일이라 말한 것입니다. 마을 여자들은 자기 젖으로 아이들을 먹일 수 없을 땐 염소

8장 자식에 대한 아버지의 사랑에 관하여

를 불러 도움을 받습니다. 내 집에 있는 하인 둘은 여자의 젖이라고는 딱 일주일밖에 맛보지 못했습니다. 염소들은 언제든 이런 아이들에게 젖을 주러 오게 길이 들어 있어서, 아이들이 울면 목소리를 알아듣고 달려옵니다. 젖을 먹이던 아이가 아닌 다른 아이를 갖다 대면 그 염소는 거부합니다. 아이도 다른 염소의 젖은 먹으려 하지 않습니다. 한번은 이런 아이를 봤습니다. 그 아이에게 젖을 주던 염소는 아비가 옆집에서 빌려 온 염소라 돌려주게 되었습니다. 사람들이 다른 염소를 대 주었지만, 아이는 도무지 젖을 빨려 하지 않다 결국 굶어 죽고 말았습니다. 짐승들도 우리만큼 쉽게 본능적인 애정을 왜곡하고 변조합니다.

ᶜ 헤로도토스가 리비아의 어느 지방에 대해 말한 바에 의하면, 거기서는 아무 여자하고나 무분별하게 관계를 맺는데, 아이가 걸음마를 하게 되면 많은 사람 가운데 데려다 놓고 아이의 첫 걸음이 자연스레 그중 누구를 향하는지를 보고 아버지를 찾는다는데, 자주 틀린다고 합니다.

ᴬ 그런데 우리가 낳았다는 그 이유만으로 자식들을 사랑하며 그들을 '또 다른 나'라고 부르는 것을 생각할 때, 우리에게서 나온 다른 생산물도 자식 못지않은 가치를 지닌다고 봅니다. 왜냐하면 우리가 영혼으로 낳는 것, 우리 정신, 우리 마음과 능력으로 생산하는 것은 육체보다 더 고상한 부분의 산물이요, 육체의 생산품보다 더 우리 것이니까요. 이 생산물에게 우리는 아비이자 동시에 어미입니다. 이것들을 만드는 것이 아이 만들기보다 더 힘들고, 또 거기에 무슨 좋은 점이 있을 땐 우리에게 더 큰 영예를 안겨 줍니다. 왜냐하면 다른 자식들의 가치에는 우리 몫보다는 저희 자신의 몫이 훨씬 많고, 우리가 기여한 바는 아주 미미하기 때문입니

〔 120 〕

다. 하지만 후자[71]에서는 그것이 지닌 모든 아름다움, 모든 우아함과 가치가 다 우리 것입니다. 그렇기 때문에 그것이 자식보다 훨씬 생생하게 우리를 대리하며 우리가 누구인지 알려 줍니다.

^C 플라톤은 이에 더하여, 이것들을 제 아비를 영원히 살게 하는 자식, 나아가 뤼쿠르고스, 솔론, 미노스의 경우처럼 제 아비를 신격화하기까지 하는 불멸의 자식이라고 했습니다.

^A 그런데 역사에는 아비가 자식에게 쏟는 보편적인 사랑에 대한 예가 가득하니, 정신적 자식에 대한 애정의 예도 몇 가지 끄집어내 보는 것도 엉뚱할 건 없을 것 같습니다.

^C 트리키아의 주교 헬리오도루스는 딸[72]을 잃느니 차라리 지위, 이익, 지고한 성직을 잃고자 했습니다. 아직도 살아 있고 아주 사랑스러운 딸이죠. 성직자의 딸치고는 좀 너무 공들여 나긋나긋하게 치장하고 있긴 합니다만.

^A 로마에 라비에누스라는 사람이 있었습니다. 아주 용감하고 권세 있는 인물로 다른 장점도 많았지만 특히 모든 종류의 문장에 뛰어났습니다. 내 생각에는 골 전쟁 때 카이사르를 수행한 최고 사령관이었고, 그 후엔 폼페이우스 편에 투신해 스페인에서 카이사르에 의해 격파될 때까지 너무도 용감하게 자기 신조를 지켰던 위대한 라비에누스의 아들인 것 같습니다. 내가 지금 말하는 그 라비에누스에겐 그의 덕성을 시샘하는 사람이 많았습니다. 짐작할 수 있듯이, 당시 황제들의 궁신이나 총신들은 그가 아버지에게

71
'영혼, 정신, 마음, 능력으로 만든 생산품'을 말한다.
72
그의 작품, 『아에티오피카』(에티오피아 이야기), 또는 『테아게네스와 카리클레이아』라는 제목으로 알려진 3세기경의 고대 그리스 소설을 말한다.

8장 자식에 대한 아버지의 사랑에 관하여

서 물려받아 여전히 간직하여 필경 그의 글과 책에도 배어 있었을 전제정에 대한 반감과 거침없는 솔직성을 미워했습니다. 그의 적들은 로마의 사법 당국에 고발해, 그가 세상에 내놓았던 여러 작품들을 불태우라는 선고를 받아 냈습니다. 차후 로마에서 다른 많은 이들에게로 이어진 형벌, 글과 학식까지 사형시키는 새로운 형태의 형벌이 바로 그에게서 시작되었던 것입니다. 명성이나 정신의 창조물처럼 자연이 감정과 고통을 면제해 준 사물들까지 대상으로 삼지 않으면, 뮤즈의 가르침과 업적에까지 체벌을 적용하지 않으면 잔혹한 짓을 할 방법과 재료가 모자랐던가 봅니다.

그런데 라비에누스는 이 손실을 견딜 수도 없었고, 너무도 소중한 자식들을 잃은 뒤에 더 살 수도 없었습니다. 그는 자기를 조상들의 무덤으로 데려가 산 채로 가두게 해 거기서 일거에 자기를 죽이고 매장했습니다. 이보다 더 열렬한 아버지의 정을 보여 주기란 쉽지 않습니다. 대단한 웅변가로 그와 친했던 카시우스 세베루스는 그의 책들이 불타는 것을 보고, 거기에 담긴 것들이 자기 기억 속에도 간직되어 있으니 같은 선고를 내려 자기도 산 채로 화형에 처해야 한다고 부르짖었습니다.

B 그뢴티우스 코르두스도 그의 저서에서 브루투스와 카시우스를 찬양했다고 고발당해 같은 처벌을 받았습니다. 저 비열하고 비천하고 썩어 빠진 티베리우스보다 더 못된 상전을 모셔도 싼 원로원이 그의 글들을 화형에 처했던 것입니다. 그는 자기 글과 저 승길의 길동무가 되는 것에 만족해 식음을 끊고 자살했습니다.

A 선량한 루카누스는 말년에 망나니 네로의 심판을 받았습니다. 죽으려고 의사에게 끊게 한 팔의 정맥에서 피가 거의 다 흘러나오고, 손끝 발끝을 장악한 냉기가 심장 부위로 접근하기 시작하

〔 122 〕

자, 그가 마지막으로 떠올린 것은 파르살루스 전투에 대해 자기가 쓴 책의 몇 구절이었습니다. 그는 그것을 소리 내어 읊었고, 그 시구(詩句)를 입에 머금은 채 숨을 거두었습니다. 이것이 자기 자식들에게 고하는 애정 넘치는 아버지의 작별 인사, 죽으면서 식구들에게 주는 굳은 포옹과 고별 인사, 이 최후의 순간에 사는 동안 가장 소중했던 것들을 떠올리게 하는 그 본능적인 경향의 표현이 아니고 무엇이겠습니까?

에피쿠로스는 그 자신이 말한 대로 담석증 때문에 심한 고통으로 괴로워하며 죽어 가면서, 오직 자기가 세상에 남기고 가는 학설의 아름다움에서만 위안을 찾았습니다. 아무리 그에게 천성도 훌륭하고 잘 자란 자식들이 있었다 한들, 그처럼 풍부한 저술을 통해 생산한 것에서 느낀 것 같은 만족을 얻었을까요? 또한 만일 천성도 나쁘고 못된 자식과 어리석고 껄렁한 책 중에서 하나만 남기고 가야 했다면 그는, 아니 그뿐 아니라 그와 같은 능력을 가진 사람이라면 누구라도, 후자보다는 차라리 전자의 불행을 감수했을 거라고 생각하지 않습니까?

만일 성 아우구스티누스가 (예를 들어) 우리 종교에 그처럼 위대한 결실을 안겨 준 그의 저작들을 매장하든지 자식이 있으면 자식들을 매장하라는 명을 받았을 때 차라리 자식을 묻으려 하지 않았다면 불경한 일이었겠지요.

B 나 또한 아내와 관계해서 잘난 아이를 낳는 것보다 뮤즈와 관계해 완벽하게 잘 만든 작품 하나를 생산하는 것을 훨씬 더 좋아하진 않을지 모르겠습니다.

C 이 모습 이대로의 이 자식[73]에게 내가 주는 것은 우리가 육신의 자식에게 주듯, 순수하게 그리고 돌이킬 수 없게 주는 것입

〔 123 〕

니다. 내가 이 자식에게 준 얼마 안 되는 자산은 더 이상 내 소관이 아닙니다. 이 책은 이제는 내가 알지 못하는 것들을 아주 많이 알고 있을 수도 있고, 이제는 내가 전혀 기억하지 못하는 것들을 내게서 가져가 담아 두고 있을 수도 있어서, 필요할 때면 마치 남에게서 빌리듯 이 책에서 빌려 와야 할 판입니다. 내가 이 책보다 현명할지 몰라도 이 책이 저보다 부유합니다.

ᴬ 시에 전념하는 사람이라면 로마의 미소년의 아비인 것보다 『아이네이스』[74]의 아비임을 영광으로 여기지 않을 이가 없고, 전자를 잃는 것보다 후자를 잃는 것을 더 괴로워하지 않을 이가 없습니다. ᶜ 아리스토텔레스에 따르면, 모든 제작자들 중에서도 자기 작품을 가장 사랑하는 이가 바로 시인이니까요. ᴬ 언젠가는 아버지를 영광스럽게 할 딸들(스파르타인들을 무찔러 얻은 두 번의 승전을 이르는 말이지요.)을 후손으로 남긴다며 자랑스러워했던 에파미논다스가 그 딸들을 그리스 전체에서 제일 예쁜 소녀들과 바꾸는 데 기꺼이 동의하거나, 알렉산드로스와 카이사르가 단 한 번이라도 자식과 상속자를 둘 수 있는 이점을 위해서라면 전쟁에서 거둔 위대하고 영광된 무훈은 거둬 가도 좋다는 소원을 품었으리라고는 믿기 어렵습니다. 아무리 그 자식들, 상속자들이 완벽하고 완전한 인물들이라고 해도 말입니다. 그뿐만 아니라 피디아스, 또는 다른 탁월한 조각가가 오랫동안 연구하고 노력해서 기술적으로 완벽하게 만든 뛰어난 조각품이 길이 남아 보존되기를 바라

73
『에세』를 말함.
74
로마 건국의 기초를 다진 영웅 아이네이스를 주인공으로 하는 베르길리우스의 대서사시.

〔 124 〕

는 것만큼, 자기가 낳은 아이들이 길이 남아 보존되기를 바랐을지 나는 매우 의심스럽습니다. 그리고 종종 딸들을 향한 아비의 사랑이나 아들들을 향한 어미의 사랑을 달구곤 했던 저 변태적이고 미치광이 같은 정열로 말하자면, 이 다른 종류의 부모 자식 간에서도 같은 예들을 찾아볼 수 있습니다. 피그말리온에 대한 이야기가 그 증거입니다. 그는 특출한 아름다움을 지닌 여인상을 만들었는데, 자기가 만든 작품에 대해 어찌나 광적으로 억누를 수 없는 사랑에 사로잡혀 버렸던지, 신들이 그의 미친 듯한 열정을 배려해서 그 조각상에 생명을 불어넣어 주어야 했다는 것입니다.

> 그가 그 상아를 만지니
> 그것은 단단함을 잃고 부드러워지면서
> 그의 손가락 아래 눌리는 것이었다.
>
> 오비디우스

8장 자식에 대한 아버지의 사랑에 관하여

9장
파르티아인의 무장(武裝)에 관하여

^{A} 우리 시대 귀족들이 무기를 들지 않을 수 없는 막판에 가서야 무기를 들고, 위험이 물러간 작은 기미가 보이기 무섭게 무장을 풀어 놓는 것은 해롭고도 아주 나태한 행습이다. 그 때문에 여러 가지 혼란이 야기된다. 돌격의 순간 저마다 고함을 지르며 무기를 가지러 달려갈 때, 어떤 자들은 아직 갑옷 끈을 묶고 있고, 그 동료들은 벌써 달아나고 있으니 말이다. 우리 조상들은 투구와 창과 쇠사슬 토시는 하인에게 들리지만 임전 중에는 나머지 군장을 벗어 놓는 법이 없었다. 오늘날 우리 군대는 무기 때문에 주인을 쫓아 다녀야 하는 하인들, 짐짝들로 뒤범벅이 되어 완전한 혼란에 빠진다.

^{C} 티투스 리비우스는 우리[75]에 대해 이렇게 말한다. "그들은 피로를 도저히 견딜 수 없어 무기를 어깨에 메고 가는 것도 힘겨워 했다."

^{A} 지금도 많은 나라들이 그렇지만, 예전에는 갑옷을 입지 않고, 또는 별 도움이 안 되는 방어복을 걸치고 전쟁에 나갔다.

75
골족을 말한다.

〔 126 〕

B 코르크나무 껍질을 덮어쓴 자들.
베르길리우스

역사상 가장 대담한 장군인 알렉산드로스는 갑옷을 입는 일
이 극히 드물었다. A 그리고 우리 중에서 갑옷을 대수롭게 여기지
않는 자들도 그 때문에 손해를 보지는 않는다. 갑옷이 없어서 살
해된 자가 있다지만, 갑옷의 무게에 눌려 옴짝달싹 못하거나, 반
동으로 튕겨지거나 다른 이유로 상처를 입고 부러지는 등 불편한
갑옷 때문에 죽는 자도 그보다 적지 않다. 사실 우리 갑옷의 무게
와 두께로 보건대 우리는 방어할 생각밖엔 없는 것 같고, C 그것
으로 몸을 보호하고 있다기보다 짐을 지고 있다는 편이 옳다. A 옥
죄이고 구속되어 그 무게를 감당하기에도 상당한 힘이 드니, 마치
싸움은 그저 갑옷끼리 부딪치는 것이 전부요, 갑옷이 우리를 지켜
줘야 하는 만큼 우리도 갑옷을 보호해야 할 의무가 없기라도 한
것 같다.

B 타키투스는 우리 골족의 옛 전사들을 공격할 수도 공격을
받을 수도 없고 넘어지면 일어날 수도 없게, 오직 뻣뻣이 버티기
위해 무장한 사람으로 우습게 묘사한다. 루쿨루스는 티그라네스
의 군대 선봉에 선 메디아 병사들 중 몇몇이 마치 쇠로 된 감옥에
들어앉은 듯 무겁고 불편하게 무장한 것을 보고, 이자들은 쉽게
격파할 수 있다는 생각이 들어, 그들부터 공격해서 승리를 얻었다.

A 이제는 소총수들이 위세를 떨치고 있으니, 고대인들이 코
끼리에 태워 보냈던 병사들처럼 우리를 총에 맞지 않게 성벽을 둘
러치고 보루에 들어앉혀 전쟁에 끌고 갈 무슨 발명품이 나올 거라
고 나는 생각한다.

〔 127 〕

9장 파르티아인의 무장(武裝)에 관하여

이런 경향은 소(小)스키피오의 기질과는 거리가 아주 멀다. 그는 공략 중인 도시의 병사들이 반격 출동할 만한 지점의 도랑물 밑에 자기 병사들이 마름쇠를 뿌려 놓은 것을 신랄하게 비난하며, 공격하는 자는 해야 할 일을 생각해야지 닥칠 일을 두려워해서는 안 된다고 말했다. C 그는 당연히 그런 예방책이 자기를 방어하려는 병사들의 경계심을 해이하게 만들 것을 염려했던 것이다.

B 그는 또 자기에게 훌륭한 방패를 자랑하는 젊은이에게 말했다. "정말 좋구나, 아들아, 그렇지만 로마 병사라면 왼손보다는 오른손을 더 신뢰할 수 있어야지."

A 그런데 우리가 무장의 무게를 견디지 못하게 된 것은 순전히 습관 탓이다.

> 내가 지금 노래하는 두 전사는
> 등에는 쇠사슬 갑옷을 걸치고 머리엔 투구를 썼네.
> 성 안에 들어온 이래 밤이나 낮이나
> 옷처럼 편히 걸친 그 무장을 한 번도 풀지 않았네.
> 그만큼 그것에 길들어 있었기에.
>
> 아리오스토

C 카라칼라 황제는 완전 무장을 하고 군대를 지휘하며 걸어서 나라를 순방하곤 했다. A 로마의 보병은 투구, 검, 방패만이 아니라(무기로 말하자면 등에 지고 다니는 것에 이골이 나서 그들에겐 자기 팔다리만큼이나 거추장스럽지 않았다고 키케로는 말한다. C "병사의 무기는 그의 사지(四肢)라고 하므로."(키케로)), 보름치 식량과 성벽을 오르는 데 필요한 상당량의 말뚝을 B 거의 60파운드

가까이 지고 다녔다. 마리우스의 병사들은 그렇게 짊어지고 다섯 시간에 오십 리, 급할 땐 육십 리를 가야 했다. ^A 그들의 군사 훈련은 우리보다 훨씬 엄격했고, 그런 만큼 매우 다른 결과를 얻었다. 라케데모니아의 한 병사가 원정 중 어떤 집에 들어가서 잤다고 문책을 당한 것이 이 점에 대한 경탄스러운 일화이다. 그들은 너무나 강인하게 고역에 단련되어 있었기 때문에 날씨 불문하고 하늘 아닌 다른 지붕 밑에서 자는 것은 수치였던 것이다. ^C 소 스키피오는 스페인에서 군대를 재훈련할 때 선 채로 익히지 않은 것만 먹으라고 병사들에게 명했다. ^A 우리 병사들에게 이런 대접을 했다가는 훈련이 얼마 못 가리라.

게다가 전쟁에서 잔뼈가 굵은 마르켈리누스는 파르티아인들이 무장하는 방식을 세심히 관찰하고, 그것이 로마식과 아주 다른 만큼 주의 깊게 눈여겨보았다. 그에 의하면, 파르티아인들은 작은 깃털들을 이어 붙여 만든 것 같은 갑옷을 입었는데, 그것은 몸의 움직임을 전혀 방해하지 않으면서도 어찌나 강했던지 이쪽의 창이 날아가 부딪치면 튕겨 나왔다는 것이다.(그것은 우리 조상들에게도 매우 친숙한 비늘 갑옷이었다.) 그리고 다른 곳에서는 이렇게 말한다. 파르티아인의 말은 억세고 튼튼했고, 두꺼운 가죽을 덮어쓰고 있었다. 파르티아인들 자신도 머리부터 발까지 두꺼운 철판 갑옷을 입고 있었는데, 사지의 관절이 있는 부분은 동작에 따라 늘어나도록 교묘하게 만든 것이었다. 가히 무쇠 인간이라 할 만했다. 왜냐하면 철갑 투구가 머리에 너무나 꼭 맞아, 아주 자연스럽게 얼굴의 형태와 부분들을 재현하고 있어서, 눈 있는 자리에 맞춰 약간의 빛이 통하도록 뚫어 놓은 작은 구멍과 콧마루 부분에 불편하게나마 숨을 쉴 수 있도록 터놓은 틈밖에는 찌를 데가 없었

〔 129 〕

으니 말이다.

> B 낭창낭창한 금속 갑옷은 안에 든 사지의 생명을 받은 듯,
> 무시무시한 광경이로다. 철 동상이 진군하는데,
> 쇠붙이가 숨 쉬는 전사와 하나가 된 것 같다.
> 똑같이 무장한 말들도, 철갑을 쓴 이마로 위협하고,
> 무쇠 옆구리로 움직이니, 어떤 타격에도 끄떡없다.
> 클라우디아누스

A 온통 철갑을 두른 프랑스 병사의 무장 일습에 대한 묘사로도 썩 잘 들어맞는 묘사이다.

플루타르코스는 데메트리우스가 자기 자신과 자기 옆에서 군대를 이끄는 최고 무사 알키누스를 위해 무게 120파운드의 갑옷 일습을 만들게 했다고 한다. 당시 보통 갑옷은 60파운드밖에 나가지 않았는데 말이다.

에세 2

10장
책에 관하여

^A 전문적인 대가들이 더 훌륭하고 분명하게 다룬 것을 내가 말하게 되는 경우가 종종 있다는 것을 나는 추호도 의심하지 않는다. 여기서는 순전히 나의 타고난 기능들을 시험(essai)해 보려는 것이지 알게 된 것을 논하려는 게 전혀 아니다. 그러니 누가 내 무식을 간파한대도 나는 아무렇지도 않다. 내 생각들에 대해 나 자신에게도 답하지 못하며 그것들에 전혀 만족하지도 못하는 내가 남에게 무슨 말을 하겠는가. 학식을 구하는 사람은 학식 있는 곳에 가서 낚으라고 하라. 내가 가장 내세울 생각이 없는 게 그것이다. 이 에세들은 나의 변덕스러운 생각이요, 그것들을 통해 내가 하려는 것은 사물에 대한 지식을 주는 것이 아니라 나에 대해 알게 하려는 것이다. 나도 우연히 어느 날 사물들을 알게 될 수도 있고, 또 예전에 요행히 지식이 밝혀진 곳에 발길이 닿아 알았던 것도 있을 수 있다. 하지만 ^C 이젠 그것이 뭐였는지 생각도 안 난다. 그런 데다 나는 글을 좀 읽은 사람이긴 하나 기억력은 전혀 없는 사람이다. ^A 그러므로 나 자신에 대한 나의 지식이 이 순간 어느 지점까지 이르렀는지를 알려 주는 것 말고는 아무것도 보장할 수 없다. 그러니 내가 다루는 재료가 아니라 내가 거기에 부여하는 형태에 주목하기 바란다.

〔 131 〕

^C 인용한 것에서는 내가 내 주제를 두드러지게 할 수 있는 뭔가를 고를 능력이 있었는지를 볼 일이다. 왜냐하면 나는 때로 내 언어가 약해서, 또는 내 이해력이 약해서 내가 잘 말할 수 없는 것을 남이 말하게 하기 때문이다. 나는 인용문의 수를 세는 게 아니라 그 무게를 잰다. 인용의 수를 가지고 가치를 올릴 양이었으면 곱절은 더 인용했을 것이다. 내가 인용한 이들은 모두 또는 거의 나 없이도 충분히 인구에 회자될 만큼 유명하고 오래된 이름을 갖고 있다. 그리고 내가 내 땅에 옮겨 심어 내 것과 섞어 놓는 논리나 생각들에 대해서는 때론 일부러 원작자를 명시하지 않았다. 온갖 글들에 달려들어, 특히 아직 살아 있는 사람의 최근 글들, 속어[76]로 쓰여 아무나 한마디 할 수 있게 하고, 그래서 착상과 계획조차 속될 성부른 글이면 깊이 읽지도 않고 성급한 선고들을 쏟아 내는 당돌한 자들에게 재갈을 물리기 위함이다. 나는 그들이 내 코를 퉁기려다 플루타르코스의 코를 퉁기게 하고 싶고, 나를 욕하려고 열을 내다 세네카를 욕하게 되기를 바란다. 내 약점을 그 위인들의 권위 아래 숨겨야겠다.

누가 깃털을 다 뽑아 내고 나를 벌거숭이로 만들 수 있다면, 내 말인즉 명징한 판단력과 언술의 힘과 아름다움을 식별하는 능력만으로 그리할 수 있다면 좋겠다. 왜냐하면 기억력이 모자라서 원전에 대한 지식으로 그것들 하나하나를 골라 간추리기엔 역부족인 나는, 내 능력을 헤아려 보건대, 내 땅은 거기 뿌려 놓은 너무도 풍부한 꽃들 중 어느 하나도 피워 낼 능력이 없고, 또한 내 자갈밭의 소출 전부로도 그 씨들의 값을 치를 수 없다는 것을 실감하

76

프랑스어를 말한다. 당대 지식인들이 글쓰기에 사용한 고급 언어는 라틴어였다.

〔 132 〕

고 있기 때문이다.

^A 나는 내 글이 요령부득이어도, 내 사고방식에 허영과 결함이 있어도 그것을 느낄 수 없다고, 또는 나 스스로에게 그것을 제시해서 느낄 능력이 없다고 대답할 수밖에 없다. 흔히 과오는 우리 눈에 띄지 않기 때문이다. 판단력의 병은 남이 우리 과오를 드러내 줬는데도 그것을 알아보지 못하는 데 있다. 판단력이 없어도 학식이나 진실이 우리 안에 깃들 수 있고, 판단력 또한 학식이나 진리가 없어도 우리 안에 깃들 수 있다. 나아가 무지를 인정하는 것은 내가 아는 한 판단력의 가장 아름답고 가장 확실한 증거 중 하나이다.

내겐 내 글들을 질서 있게 정리해 줄 부관(副官)이라고는 행운밖에 없다. 공상이 떠오르는 대로 쌓아 놓을 뿐이다. 때로 그것들은 무더기로 쏟아져 나오고, 때로는 열을 지어 이어진다. 나는 사람들이 자연스럽고 예사로운 내 행보를 있는 그대로, 흐트러진 모습으로 보기를 바란다. 나는 생긴 대로의 나를 드러낸다. 게다가 여기서 다루는 제재들은 모르면 큰일 나거나, 되는대로 가볍게 말하면 안 될 것들도 아니다.

물론 사물들을 보다 완전하게 이해할 수 있다면 좋을 것이다. 하지만 그것을 위해 너무 비싼 값을 치르고 싶지는 않다. 내 계획은 남은 생애를 기분 좋게, 힘들지 않게 넘기는 것이다. 무엇을 위해서도, 설령 학문을 위해서라도 머리를 쥐어짜고 싶지는 않다. 아무리 가치 있는 것이라도 말이다. 나는 책에서 소박한 재미를 느끼며 즐겁게 몰두하는 것 이상을 바라지 않는다. 또는 책을 통해 무슨 공부를 한다쳐도, 거기서 구하는 것이라고는 나 자신을 알게 해 주는 지식, 내게 잘 죽고 잘 사는 방법을 가르쳐 줄 지식뿐이다.

〔 133 〕

^B 그것이 바로 내 말이 땀 흘리며 달려가야 할 목적지.

프로페르티우스

^A 읽다가 어려운 부분을 만나도 나는 손톱을 물어뜯지 않는다. 두세 번 공략해 보다 내버려 두고 간다. ^B 거기에 구애받다가는 갈피를 잃고 시간만 낭비할 것이다. 내 정신은 직감적이기 때문이다. 첫 번째 공략에서 보지 못한 것은 매달려 봤자 더 못 본다. 나는 재미가 없으면 아무것도 못 한다. 끈덕지게 계속한다거나 ^C 너무 바짝 긴장하면 ^B 정신이 멍하고 울적하고 지루해진다. ^C 관찰력이 산만해지고 흐트러진다. ^B 나는 그것을 끄집어내서 다시 흔들어 놓아야 한다. 교직으로 짜인 비단 옷감의 광택을 감정하려면 위에서 굽어보며 갑자기 펼쳤다 접었다 하면서 여러 각도로 두루 살펴보라고 하는 것과 마찬가지이다.

^A 이 책이 싫증 나면 다른 책을 집는다. 그리고 아무것도 하지 않는 게 지루해지기 시작할 때만 거기에 몰두한다. 새로 나온 책들에는 별로 매달리지 않는다. 옛날 책들이 내용이 더 풍부하고 힘찬 것 같아서이다. 그리스 책들도 별로 즐기지 않는데, 아직 배우는 중인 짧은 실력으로는 내 판단력이 제 일을 할 수 없기 때문이다.

순전히 재미로 읽는 책들 가운데 최근의 책들로는 보카치오의 『데카메론』이, 같은 범주에 넣어야 한다면 라블레, 요한네스 세쿤두스의 『키스』도 읽을 만하다. 『아마디스』⁷⁷나 그 비슷한 것들은 어렸을 때조차 내 마음을 사로잡지 못했다. 당돌한 말일지, 아니면 경솔한 일일지, 이 말까지 하고 싶다. 이 늙고 무거운 영혼에

77
16세기 초 스페인에서 출간되어 유럽을 휩쓴 기사도 소설.

〔 134 〕

겐 아리오스토뿐 아니라 그 훌륭한 오비디우스조차 달갑지 않다고 말이다. 전에는 그의 유창함과 기발함에 반했지만, 이제는 거의 내 마음을 끌지 못한다.

나는 모든 것에 대해, 어쩌면 내 능력을 능가하는 것, 내 소관이라고 여기지 않는 것들에 대해서까지 기탄없이 말한다. 그것들에 대해 내 의견을 말하는 것 역시 사물들의 치수가 아니라 내 견해의 치수를 밝히기 위해서이다. 플라톤의 『악시오코스』를 읽다가 그처럼 대단한 저자의 작품치고는 매가리 없는 작품 같아 싫증이 나면 내 판단력은 제 판단을 믿지 못한다. 내 판단력은 ^C 차라리 자기가 지도자요 스승으로 여기는 많은 유구한 평가들과 함께 틀리기를 바라는 바이니, ^A 그 권위에 대립할 만큼 어리석지 않다. 바닥까지 깊이 파고들지 못하고 겉껍데기만 보았다거나 그릇된 빛으로 보았다며 내 판단력은 저 자신을 탓하고 단죄한다. 내 판단력은 혼동과 혼란에 빠지지 않은 것만으로도 만족한다. 자기의 취약성에 대해서라면, 내 판단력은 그것을 인정하고 기꺼이 고백한다. 내 판단력은 자기 앞에 제시된 것이 어떤 모습으로 보이는지 정확하게 전달하고자 한다. 하지만 그 모습들이란 바보 같고 불완전하다. 이솝의 우화는 대부분 여러 가지 의미를 가지고 있고 다양하게 해석할 수 있다. 그것을 허구로 다루는 사람들은 그중에서 이야기 틀에 잘 맞는 어떤 면을 골라 낸다. 그러나 대개는 유치하고 피상적인 면모일 뿐이다. 보다 생생하고, 보다 본질적이며, 보다 속 깊은 다른 면모가 있지만 거기까지는 꿰뚫어 보지 못하는 것이다. 내가 읽는다는 게 바로 그 짝이다.

하지만 나 나름대로 말하자면, 시에서는 베르길리우스, 루크레티우스, 카툴루스, 호라티우스가 월등히 높게, 제일급의 서열을

10장 책에 관하여

차지한다고 늘 생각해 왔다. 특히 전원시에서 베르길리우스가 그렇다. 나는 그의 전원시들이 시 분야에서 가장 완벽한 경지에 이른 작품이라고 생각한다. 전원시들에 비하면, 『아이네이스』는 작가에게 여유가 좀 있었더라면 좀 더 손질을 했으리라 생각되는 곳들이 있음을 쉬이 알 수 있다. [B] 『아이네이스』에서는 5권이 가장 완벽하다고 생각한다. [A] 나는 루카누스도 좋아해서 즐겨 읽는다. 문체보다는[78] 그의 견해와 판단의 고유 가치와 진실함이 좋아서이다. 저 선량한 테렌티우스로 말하자면 그의 라틴어 기교와 우아함은 영혼의 움직임이나 우리 행습의 실태를 생생하게 표현하는 데 감탄스러울 만큼 잘 맞는다고 생각한다. [C] 매 순간 우리가 하는 행동을 보면 그가 생각난다. [A] 아무리 자주 읽어도 그에게선 새로운 아름다움과 우아함을 발견하게 된다.

베르길리우스와 비슷한 시기에 살았던 이들은 사람들이 루크레티우스를 그와 비교한다고 불평했다. 나도 사실 대등할 수는 없다고 생각한다. 하지만 루크레티우스의 어떤 구절에 마음이 끌릴 때면, 그런 생각을 굳게 유지하기 힘들다. 그 두 사람의 비교에 분개한다면 오늘날 아리오스토를 베르길리우스와 비교하는 자들의 어리석고 멍청하고 야만스러운 수작에 대해서는 무슨 말을 할 것인가? 아리오스토 자신은 또 뭐라 말할 것인가?

　　　　오 천박하고 몰취미한 시대여!

　　카툴루스

78
1588년 이전판에는 "왜냐하면 자기 시대의 가식과 미묘함에 너무 경도되어서"라는 구절이 덧붙여 있다.

나는 옛사람들이 루크레티우스를 베르길리우스와 동격으로 보는 것보다 플로티우스를 테렌티우스와 동격으로 보는 것을 (후자가 훨씬 기품이 있다.) 더 불평할 만했다고 본다. 테렌티우스를 높이 평가하고 선호한 데는 로마 웅변의 아버지[79]가 희극 작가들 중에서는 유일하게 자주 그를 입에 올렸다는 사실, 그리고 로마 시인들의 대법관[80]이 자기 동료[81]에 대해 내린 판결의 영향이 크다.

[A] 바로 우리 시대에 그렇듯이, 연극을 해 보려고 하는 자들은 (꽤 성공을 거두고 있는 이탈리아인들처럼) 테렌티우스나 플로티우스의 작품에서 서너 가지 주제를 가져다가 자기네 것으로 만들고 있다는 생각이 자주 든다. 그들은 보카치오의 단편 대여섯 편을 하나의 연극에 쌓아 놓는다. 이처럼 작품을 소재로 잔뜩 채우는 것은 그들이 자기 고유의 솜씨로 작품을 지탱하지 못하기 때문이다. 기댈 언덕을 찾아야 한다는 말이다. 그리고 자기 재주만으로는 우리의 관심을 끌 수 없으니 이야기가 우리를 즐겁게 해 주기를 바라는 것이다. 나의 극작가[82]는 그와 정반대이다. 그의 완벽하고 아름다운 말솜씨는 우리로 하여금 소재에 대한 욕구를 잊게 만든다. 어디서나 호감이 가고 사랑스러운 그의 말투가 우리를 사로잡고, 어디서나 너무 재미있고,

79
키케로.
80
호라티우스.
81
테렌티우스.
82
테렌티우스.

〔 137 〕

10장 책에 관하여

맑기가 흘러가는 투명한 물과도 같다.

호라티우스

그 자신이 지닌 매력들로 우리 가슴을 가득 채우기 때문에 줄거리의 매력은 잊고 만다.

이런 고찰이 나를 한 걸음 더 나아가게 한다. 나는 훌륭한 고대 시인들이 가식과 억지를 피했음을 본다. 스페인인들이나 페트라르카 유(類)의 비현실적인 과장뿐 아니라 후대의 모든 시 작품을 장식했던 보다 부드럽고 조심스러운 재치마저도 말이다. 좋은 비평가치고 그것을 가지고 이 고대 작가들을 흠잡으려는 사람은 하나도 없고, 카툴루스의 풍자시들이 지닌 한결같은 매끈함과 물 흐르듯 부드러운 아름다움을, 마르시알리스가 자기 시의 꼬리를 뾰족하게 벼린 신랄함보다 비할 수 없게 높이 찬미하지 않은 사람도 없다. 그것은 좀 전에[83] 내가 말한 것과 같은 이유에서이다. 마르시알리스가 자기 시를 두고 "그는 큰 노력을 할 필요가 없었다. 주제가 재주의 몫을 하고 있기 때문이다."라고 말한 것처럼.

고대 작가들은 흥분하거나 유난을 떨지 않고도 충분히 감동시킨다. 그들은 어디서나 웃음을 찾아내니 간지럼을 태울 필요가 없다. 후대 작가들은 외부의 도움을 필요로 한다. 재주가 부족할수록 몸통이 더 필요해진다. [B] 자기 다리로만 서자니 위풍이 부족해서 말에 오른다. [A] 우리네 무도회에서 신분 낮은 사람들이, 우리 귀족들의 풍모와 예의범절을 흉내 낼 수 없어서 무도 학교까지 열어 배운 공중 도약이나 다른 야릇한 동작과 광대 짓으로 돋보이

83
직전 문단의 극작가들 비교에서 말한 것이다.

〔 138 〕

려 애쓰는 것과 같다. ᴮ 그리고 부인들도 그저 자연스러운 걸음으로 걸으며 꾸밈없는 자태와 평소의 매력을 보여 주는 퍼레이드 같은 춤에서보다 이리저리 몸을 꼬고 비트는 춤에서 더 값싸게 자기 자태를 보여 줄 수 있다. ᴬ 그것은 내가 본 바, 뛰어난 배우는 평상복에 분장 없는 차림을 하고도 그들의 기술로 줄 수 있는 모든 즐거움을 주는 반면, 공부가 그렇게 높지 못한 풋내기들은 얼굴에 분칠을 하고 괴상한 옷을 걸치고는, 우리를 웃기려고 동작을 거꾸로 하기도 하고 흉칙하게 면상을 찌푸리기도 하는 것과 같다. 이런 내 생각은 다른 어떤 경우보다 『아이네이스』와 『광란의 오를란도』[84]를 비교해 보면 더 잘 이해된다. 전자는 늘 자기 목표를 향해 날개를 활짝 펴고 단호하게 높이 날아오른다. 후자는 자기 날개에 자신이 없어서 아주 짧은 거리 이상은 날지 못하고, 가지에서 가지로 옮겨 다니듯 이야기에서 이야기로 파닥파닥 옮겨 뛰면서, 호흡과 힘이 부칠까 봐 두려워 이야기가 꺾일 때마다 착륙한다.

> 그가 시도하는 것은 단거리 경주.
>
> 베르길리우스

이상이 이 종류의 서적들에서 내가 가장 좋아하는 작가들이다.

다른 종류의 독서로는, 즐거움에 약간의 유익을 더한 독서로, 나는 그것을 통해 내 기분과 입장을 정돈하는 법을 배운다. 여기에 소용되는 책들은 프랑스어로 번역된 플루타르코스와 세네카이다. 두 사람 모두 내가 구하는 지혜들을 따로따로 단편 형태로 다

84
아리오스토의 대표작.

루고 있기에, 내가 할 줄 모르는 진득한 공부를 요구하지 않으므로 내 기질에 특히 잘 맞는다. 플루타르코스의 『소품집』과 세네카의 『서한집』이 그렇다. 『서한집』은 세네카의 작품 중에서 가장 아름답고 유익한 작품이다. 큰맘을 먹지 않아도 읽기 시작할 수 있다. 그리고 언제건 나 좋을 때 책을 덮는다. 그 편지들은 서로 이어지는 바가 전혀 없기 때문이다.

이 두 작가는 유용하고도 진실된 견해에서 대부분 일치한다. 우연히 비슷한 시기에 태어났고, 둘 다 두 명의 로마 황제의 사부였고, 외국 출신[85]에, 모두 부와 권세를 누렸던 것처럼 말이다. 그들의 가르침은 철학의 진수로서, 단순하고도 적절한 방식으로 제시된다. 플루타르코스가 좀 더 단조롭고 한결같다면, 세네카는 좀 더 유동적이고 다양하다. 세네카는 자기를 수양하고 단련해 연약함과 두려움, 그리고 악한 갈망에 맞서도록 덕성을 무장시킨다. 플루타르코스는 그런 노력을 그다지 믿지 않으며, 그래서 자기 발걸음을 재촉하거나 자제하는 것을 대단찮게 생각하는 것 같다. 플루타르코스는 플라톤적이고 유연해서 시민 사회에 적용 가능한 견해들을 지니고 있다. 세네카의 사상은 스토아적이고 에피쿠로스적이라 공공 생활과는 거리가 있지만, 내 생각에 ^C 개인의 수양에는 ^A 더 알맞고 더 견실하다. 세네카에게서는 자기 시대의 황제들의 압박에 양보한 점이 보인다. 카이사르를 암살한 고결한 사람들의 동기를 그가 비난한 것은 외압의 결과임이 확실해 보이기 때문이다. 플루타르코스는 어디서나 자유롭다. 세네카는 재기와 재치로 가득하고, 플루타르코스는 사례로 가득하다. 전자가 더 마음

85
세네카는 스페인의 코르도바, 플루타르코스는 그리스의 카이로네이아 출신이다.

〔 140 〕

을 달구고 감동시킨다면, 후자는 더 뿌듯한 만족감을 준다. ^B 플루 타르코스는 우리를 이끌고, 세네카는 우리를 민다.

^A 키케로로 말하자면, 그의 작품들 중 내 목적에 맞는 것은 특 히 도덕 철학을 다룬 작품들이다. 하지만 과감하게 진실을 말하 자면(후안무치의 경계를 넘고 나면 더 이상 못 할 일이 없는 법이니 까.) 그의 글쓰기며 기타 유사한 방식 모두가 내겐 따분하게 여겨 진다. 서론,[86] 정의(定意), 분류, 어원 등이 그의 책에서 가장 긴 부분을 차지한다. 생기(生氣)와 골수(骨髓)[87]가 들어 있는 부분은 장황한 서론에 질식당해 버린다. 나로서는 상당한 시간인 한 시간 쯤 바쳐 그를 읽고 나서,[88] 거기서 내가 뽑아 낸 즙과 살이 뭘까 되 짚어 보면, 대개는 바람뿐이다. 왜냐하면 그가 여전히 자기가 말 하고자 하는 바에 필요한 논거나, 내가 찾고 있는 요점과 직접 관 련된 설명까지 오지 않았기 때문이다. 더 현명해지기를 바랄 뿐 더 유식해지거나 ^C 웅변가가 될 생각이 없는 나에겐 ^A 이런 논리 학자스럽고 아리스토텔레스적인 절차는 적합하지 않다. 나는 결 론부터 제시하며 시작해 주기를 바란다. 나는 죽음이 무엇인지, 쾌락이 무엇인지 충분히 알고 있다. 그러니 그것들을 해부 분석한 답시고 질질 끌지 마라. 나는 처음부터 그것들의 공격을 견디는 데 지침이 될 진실하고 확고한 이치를 구한다. 문법학자의 까다

86
생전 판본에서는 서론 다음에 '여담(digression)'이 있었는데, 자기 자신도 여담을 많이 첨가했기 때문에 1588년 이후 이 단어를 지워 버린 듯하다.

87
"뼈를 깨트리고 본질적인 골수를 뽑아 먹으라."라는 라블레의 『가르강튀아』 서문을 연상시키는 표현이다.

88
이것은 1579년에 쓴 부분이고, 1588년 이후에는 키케로를 오래 숙독했다.

10장 책에 관하여

로움이나 언어와 논법의 교묘한 짜임 같은 것은 아무 도움이 되지 않는다. 나는 곧장 가장 심각한 난제를 공략하는 논거를 원한다. 키케로의 논술은 변죽만 울리며 질질 끈다. 학교나 재판정이나 설교대에서라면 그렇게 늘어놓아도 좋다. 거기서는 실컷 졸다가 십오 분쯤 뒤에 정신을 차려도 줄거리를 따라잡을 여유가 충분하니까. 옳건 그르건 이기고 싶을 때 재판관 앞에서는, 그리고 ^C 무슨 말을 해야 알아들을지 몰라 일일이 다 말해 줘야 하는 아이들이나 무식꾼들 앞에서는 그렇게 말할 필요가 있다.

^A 나는 주의를 집중시키려고 사령들이 "들으렸다!" 하는 식으로 다섯 번이나 내 귀에 소리 지르는 걸 원치 않는다. ^C 우리 종교에서 "마음을 드높여(Sursum corda)"라고 하는 것을 ^A 로마인들은 자기들 종교에서 "주의하라(Hoc age)"라고 했는데, 내게는 모두 부질없는 말이다. 나는 그걸 집에서 다 준비해 가지고 왔다. 내겐 조미료도 소스도 전혀 필요 없다. 날것으로도 잘 먹는다. 그런 준비와 서곡으로는 내 식욕을 자극하기는커녕 질려서 입맛을 잃게 만든다.

^C 플라톤의 대화들 역시 그처럼 질질 끌며 너무 많은 것을 담고 있어 질린다고 평가한다면, 또 더 훌륭한 주제를 그리도 많이 가진 사람이 쓸데없는 긴 서두 대화에 쓴 시간이 아깝다고 한다면 시대의 방자함이 나의 이 방약무도한 불경함을 변호해 주려나? 차라리 내 무식이 그의 문장의 아름다움을 전혀 보지 못하는 나를 더 변호해 주리라.

나는 보통 학문을 이용하는 책들을 구하지, 학문을 세우는 책은 구하지 않는다.

^A 세네카와 플루타르코스, 플리니우스, 그리고 그 비슷한 이

〔 142 〕

들은 "주의하라."를 외치지 않는다. 그들은 자기들처럼 정신을 바짝 차린 사람들과 상대하고자 한다. 또는 그들에게도 "주의하라."가 있다면, 그것은 알맹이가 있는, 따로 자기 몸을 가진 "주의하라."이다.

나는 키케로의 『아티쿠스에게 보내는 편지들』도 즐겨 읽는데, 그것들이 그의 시대의 역사와 사건들에 대해 폭넓은 가르침을 주기 때문만은 아니다. 그보다는 거기서 그의 개인적 기질들을 발견하는 까닭이 훨씬 크다. 다른 데서도 말했듯이, 내게는 내가 읽는 작가들의 마음과 진솔한 견해를 알고자 하는 유별난 호기심이 있기 때문이다. 그들이 세상이라는 극장에 보란 듯이 진열해 놓은 글들을 보고 그들의 재주를 판단하는 것은 좋지만, 그들의 행습과 사람됨을 판단해서는 안 된다.

나는 브루투스가 덕에 관해 쓴 책이 소실된 것을 천만 번이나 애석해했다. 실천을 잘 아는 이들에게서 이론을 배우는 것은 좋은 일이니까. 하지만 설교와 설교자는 별개인 만큼, 나는 브루투스를 그 자신의 글에서도 보고, 플루타르코스에서도 보고 싶다. 나는 사실 그가 전투 전날 밤 자기 막사에서 측근 중 하나와 나눈 사담(私談)이 이튿날 자기 군대를 향해 한 말보다 더 궁금하고, 그가 자기 집무실이나 방에서 한 일이 광장이나 원로원에서 행한 일보다 더 알고 싶다.

키케로에 대해서는, 나는 그가 학식을 빼면 정신적으로 그다지 탁월할 것이 없다는 일반적인 견해에 동의한다. 그는 성격 좋은 괜찮은 시민이었다. 그처럼 뚱뚱하고 유쾌한 사람들이 흔히 그렇듯이 말이다. 하지만 무척이나 유약하면서도 야심과 허영기가 많았음은 거짓 없는 사실이다. 게다가 자기 시를 세상에 내놓을

〔 143 〕

만하다고 여긴 점에 대해서는 도저히 용서할 방법이 없다. 시를 잘 짓지 못한다는 것은 대단한 결점이 아니지만, 자기 시가 얼마나 자기 명성에 걸맞지 않은지 감지하지 못한 것은 판단력의 결여이다. 웅변이라면 그 누구와도 비할 수 없다. 어떤 사람도 그를 따를 수 없다고 생각한다.

이름밖에는 아비와 닮은 데가 없던 그의 아들 키케로는 아시아에서 군대를 이끌고 있었는데, 하루는 여러 명의 이방인들과 식사를 하게 되었다. 귀인들의 공개 연찬에서 흔히 그렇듯 끼어 앉은 사람들 중 말석에 카이스티우스가 있었다. 키케로는 아랫사람 하나에게 그가 누구인지 물어 이름을 듣게 되었다. 그러나 정신을 딴데 파느라 남의 대답을 잊어버리는 사람이 그렇듯, 아들 키케로는 다시 물었고 그것이 두 번 세 번 계속되었다. 하인은 같은 대답을 자꾸 하는 게 귀찮아서, 부연 설명으로 똑똑히 가르쳐 줄 요량으로 이렇게 말했다. "나리 아버님의 웅변이 자기 웅변과 비교해서 대단할 게 없다고 했다는 그 카이스티우스입니다." 키케로는 그 말에 갑자기 분개해 그 가엾은 카이스티우스를 잡아들이라고 명하고, 자기 앞에서 흠씬 매질하게 했다. 정말 예의 없는 주인이었다.

키케로의 웅변이 어느 모로 보나 비할 바 없다고 인정하는 사람들 중에서도 그것에 있는 흠을 놓치지 않은 이들이 있었다. 그의 친구였던 저 위대한 브루투스도 그중 하나인데, 그는 키케로의 웅변이 "깨지고 허리가 꺾인(fractam et elumbem)" 웅변이라고 말하곤 했다. 그와 비슷한 시대에 살았던 연설가들도 그가 연설의 말미를 상당히 긴 박자로 늘이려고 심혈을 기울이는 것을 꼬집었고, "……한가 싶을 것이다.(esse videatur)"라는 말을 너무 자주 쓴다고 지적했다. 나는 장단격으로 짧게 떨어지는 음률을 더 좋아

〔 144 〕

한다. 그는 때로 음절 수를 거칠게 섞어 버리기도 하는데, 아주 드물기는 하다. 그중 하나, 이 문장이 내 귀에 남아 있다. "나로 말하자면, 늙어 오래 있지 않는 것이 늙기 전에 늙는 것보다 낫다."

역사가들은 내게 딱 맞는 직구(直球)이다.[89] 재미있고 쉽다. 뿐만 아니라 ᶜ 역사에서는 전체적으로 또 세부적으로 파악된 인간의 내적 조건들의 다양함과 진실, 그것들이 하나를 이루는 다양한 방식들, 그를 위협하는 사건 등 내가 알고자 하는 보편적인 인간이 그 어디에서보다 생생하고 완전하게 드러난다.[90] ᴬ 그런데 인물들의 생애를 쓰는 이들 중에서도 그들이 당한 사건보다는 인물들이 의도했던 바에, 밖에서 닥친 일보다는 내면에서 시작된 일에 더 관심을 기울이는 작가가 더 마음에 든다. 바로 그 때문에 모든 점에서 플루타르코스는 내 사람이다.

라에르티오스[91]의 열두어 편이 남아 있지 않은 것, 또는 그의 작품이 더 널리 전파되고 ᶜ 받아들여지지 않은 것이 매우 애석하다. ᴬ 세상의 위대한 스승들의 운명과 생애도 그들의 다양한 견해나 사상 못지않게 흥미롭다고 생각하기 때문이다.

이런 종류의 역사 공부에서는 옛사람이건 현대인이건, 변방어를 쓰건 프랑스 말을 쓰건, 모든 부류의 작가들을 가리지 말고 들춰 봐야 한다. 그들이 사물을 다루는 다양한 방식을 터득하기

89
'자기 마음에 딱 드는 것'이라는 뜻으로, 당시 유행하던 정구(jeu de paume)에서 오른편으로 똑바로 들어와서 라켓 뒷면으로 칠 필요가 없는 공을 뜻한다.

90
생전 판에서는 C문장 대신 "천성과 조건들의 고찰, 여러 나라의 관습 등 역사는 윤리학의 진정한 소재이다."가 있었다.

91
디오게네스 라에르티오스. 『철학자들의 생애』를 구술했다.

〔 145 〕

위해서 말이다. 그렇지만 카이사르는 특히 연구해 볼 만한 가치가 있다고 생각한다. 역사적 사실에 대한 지식 때문만이 아니라 바로 그 자신 때문에 그렇다. 그만큼 그는 다른 누구보다 완벽하고 뛰어나다. 살루스티우스도 그런 축에 들지만. 물론 나는 사람들이 인간의 작품을 읽을 때 갖는 보통의 존경심보다 조금 더 큰 경의를 품고 카이사르를 읽는다. 때로는 그의 행위들과 기적과도 같은 그의 위업에 입각해 그 사람됨을 고찰하면서, 때로는 키케로가 말했듯이 그 어떤 역사가도 능가할 뿐 아니라 ^C 어쩌면 ^A 키케로마저도 능가하는 문장의 순정함, 그 흉내 낼 수 없는 우아미에 감탄하면서. 그의 치명적인 야망에서 나온 비열한 흑심을 감추기 위해 가짜 색깔들을 덧입혀 놓은 경우들을 제외하면, 자기 적들에 관해 쓰면서도 그토록 신실한 판단을 하는 것을 볼 때, 그의 글에서 발견할 수 있는 결점이란 그가 자기 자신에 대해 너무 말을 아꼈다는 것밖엔 없다고 생각한다. 그가 자기 글에서 말한 것보다 훨씬 많은 자질을 쏟아 넣지 않았다면 그토록 많은 위업을 이룩할 수는 없었을 것이니 말이다.

　　나는 아주 단순하거나 아니면 매우 탁월한 역사가들을 좋아한다. 단순한 작가는 자기가 쓰는 책에 섞어 넣을 만한 거리가 없기 때문에, 오직 자기가 알게 된 모든 것을 정성껏 열심히 모아, 고르거나 선별하지 않고 성실하게 기록만 하고, 진실을 가리는 판단은 전적으로 우리에게 맡긴다. 일례로 저 선량한 프루아사르⁹²가

92
장 프루아사르(Jean Froissart, 1337(?)~1410). 1326년에서 1400년까지 영국과 프랑스 간의 백년 전쟁 전반기에 대한 『연대기(Les Chroniques)』를 쓴 연대기 작가.

〔 146 〕

에세 2

그렇다. 그는 어찌나 허심탄회하게 써 내려가는지 틀린 게 있으면 알게 된 즉시 인정하고 그 자리에서 고치는 것을 두려워하지 않을 정도이다. 그리고 떠돌아다니는 잡다한 소문이나 사람들을 통해 들은 각기 다른 정보까지 우리에게 제시한다. 역사의 질료 그 자체, 형태가 부여되지 않은 벌거숭이 질료이다. 각자는 자기가 이해한 만큼 그것을 이용할 수 있다.

탁월한 역사가는 알아 둘 만한 사실을 골라 낼 수 있고, 두 가지 전언 중 더 참다운 하나를 선별할 수 있다. 그는 왕공들의 사정이나 기질을 참작하고 그들의 속마음을 파악해서 그들에게 그들이 했음 직한 말을 부여한다. 탁월한 역사가는 자기가 믿는 바를 우리도 믿게 하는 권위를 가질 만하다. 하지만 그것은 아무나 할 수 있는 일이 아니다.

이 둘 사이에 있는 자들(이 경우가 가장 흔한데), 그들이 우리를 다 망쳐 놓는다. 그들은 우리를 위해 꼭꼭 씹어 주려 든다. 스스로에게 판단의 권리를 부여하고, 그 결과 역사를 자기 생각에 맞춘다. 일단 어느 쪽으로 판단이 기울면 서술을 그 방향으로 굽히고 비틀지 않을 수 없기 때문이다. 그들은 알아 둘 만한 것들을 골라 낸답시고, 우리를 더 잘 깨우쳐 줄 어떤 언행이나 사적인 행동들은 은폐한다. 자기가 이해하지 못하는 일은 믿을 수 없는 것으로 치부해서, 또 어떤 것은 아마도 좋은 라틴어나 프랑스어로 쓸 수가 없어서 빼 버린다. 주제넘은 웅변과 변설을 늘어놓든 판단을 하든 마음대로 하라고 하라. 하지만 우리에게도 판단할 만한 거리는 남겨 놓아야 하고, 재료의 몸통에 속하는 것은 그 무엇도 멋대로 축약하고 추려 내어 변질시키거나 조정하는 일 없이, 그것의 전 차원을 보존하여 있는 그대로, 온전하게 우리에게 전해 줘야

한다.[93]

어느 시대에나 대개, 이 시대엔 특히, 말을 잘할 줄 아는지만 보고 속인들 중에서 사람을 뽑아 이 임무를 맡긴다. 우리가 여기서 문법을 배우려는 줄 아나 보다! 말 잘하는 것 때문에 고용되었고, 팔려고 내놓는 것이 객담뿐이니, 그들이 그 방면에만 공을 들이는 것은 당연하다. 그래서 그들은 미사여구를 잔뜩 써서 도시의 네거리에서 주워 모은 소문들을 멋진 문장으로 요리해 내놓는 것이다.

사건들을 직접 지휘하던 사람이나 사건을 이끌어 가는 데 협력한 사람,[C] 또는 적어도 비슷한 일을 주도해 본 적이 있는 사람의 손으로 쓰인 것만이 좋은 역사라고 할 수 있다.[A] 그리스 로마의 역사서 거의 대부분이 그렇다. 직접 목격한 여러 명의 증인이 같은 일에 대해 썼기 때문에(당시에는 권세 있는 자가 학식도 겸비했으므로), 오류가 있다 해도 극히 미미하고, 아주 모호한 특수 상황에서나 생긴다. 의사가 전쟁을 다루고, 학생이 군주의 의도를 다룬다면 거기서 뭘 기대할 수 있겠는가?

로마인들이 이 점에서 얼마나 조심스러웠는지 알고 싶다면 이 예만으로도 충분하다. 아시니우스 폴리오는 카이사르의 역사에서조차 오류를 발견했다. 자기 군대의 구석구석을 다 살펴볼 수 없었고, 그래서 자주 충분히 입증되지 않은 사실들을 보고한 특정인들의 말을 믿었기 때문이요, 그가 없을 때 부관들이 처리한 일들에 대해 충분히 세밀하게 보고받지 못해서 생긴 오류였다. 이

93
생전판에는 다음이 붙어 있었다. "가장 추천할 만한 역사가는, 자기가 다루는 일에 가담을 했거나, 아니면 그 일을 이끈 사람과 가까워서건, 직접 알고 있는 사람이다."

〔 148 〕

예를 통해 우리는 진실에 관한 이 탐구가 얼마나 까다로운 것인지를 보게 되며, 한 전투에 대해서도, 사법적 심문에서 하는 식으로 목격자들을 대질시켜 각 사건의 세부 증거에 대한 반론을 받아 보지 않고서는, 전투를 지휘한 지휘관이 알고 있는 것이건, 자기 주변에서 일어난 일에 대한 병사들의 증언이건 전적으로 신뢰할 수 없음을 알 수 있다. 사실 우리가 우리 자신의 일에 대해 우리가 알고 있는 것은 그보다도 훨씬 허술하다. 그렇지만 이 문제는 보댕[94]이 충분히 다루었고, 그의 견해는 내 생각과 일치한다.

나는 기억력이 어찌나 부정확하고 부족한지 몇 해 전 정독하고 메모까지 끄적거려 놓은 책을 내가 몰랐던 신간 서적처럼 다시 집어 드는 일이 여러 번 있었다. 그래서 얼마 전부터는 각각의 책 (한 번만 읽기로 한 것들) 끝에 다 읽은 날짜와 그 책에 대한 대강의 판단을 기록해 둔다. 독서 중 내가 느낀 그 작가의 전반적인 기조와 사상이나마 그것을 보고 상기하기 위해서이다. 여기에 그런 주석 몇 가지를 옮겨 보련다.

이것은 한 십 년 전에 내 귀치아르디니[95] 책에 적어 둔 것이다.(어느 나라말로 된 책이든 나는 우리말로 적는다.) "그는 부지런한 사료 편찬가이다. 내 생각엔 그에게서 그 누구에게서보다 정확하게 그의 시대에 일어난 일들의 진실을 알 수 있다. 뿐만 아니라 그 자신이 상당한 지위를 가지고 대부분의 일에서 능동적인 역할을 했다. 그가 증오, 호감 또는 허영 때문에 사실을 왜곡하고 은폐

94
장 보댕(Jean Bodin, 1529~1596). 프랑스의 법철학자. 법과 정치에 관한 근대적인 관점을 저술한 최초의 사상가 중 하나. 『역사 연구 방법론』(1566)을 출간했다.
95
프란체스코 귀치아르디니(1483~1540). 피렌체의 역사가, 철학자, 외교관, 정치가.

한 흔적은 전혀 없다. 그가 세력가들, 특히 교황 클레멘스 7세처럼 자기를 출세시키고 직책을 주었던 사람들에 대해 내리는 거침없는 판단이 그 점을 증명한다.

그가 특별히 자기의 장기(長技)로 내세우고 싶어 하는 듯한 부분인 여담과 견해 표명에 대해 말하자면, 괜찮은 것들, 기지 넘치는 것들이 있다. 하지만 그걸 너무 즐긴다. 너무 빽빽하고 광범위해서 거의 한정이 없는 소재를 가진 터에 하나도 빼지 않고 다 말하려다 보니 지루해진 데다 좀 스콜라 학파의 객담 요설 같은 티가 난다.

또한 그는 자기가 평하는 그 많은 사람들과 사건들, 수많은 움직임과 의도들 중 어느 것 하나도 덕, 도덕적인 근심, 양심과 연결시키지 않는다. 그런 것은 세상에서 모두 사라져 버린 것 같다. 아무리 그 자체로는 훌륭해 보이는 행동이라도 모두 어떤 악덕이나 이익을 얻으려는 동기에서 나온 것으로 돌린다. 그가 다루는 수많은 행동 중에 이성의 길을 따라 이루어진 행동이 하나도 없으리라고 상상할 수는 없다. 어떤 부패인들 단 한 사람도 감염을 피할 수 없을 만큼 그토록 전적으로 모든 인간을 사로잡을 수는 없는 법이다. 이 점에서 나는 그의 성향이 약간 부패한 것이 아닌가 두렵다. 아마도 자기 자신에 비추어 남을 판단한 것은 아닐지."

나의 필리프 드 코민[96]에는 이런 메모가 있다. "여기서 그대는 솔직 담백함에서 나오는 부드럽고 유쾌한 언어를 발견하게 되리라. 자기를 말할 땐 허영이 없고 타인을 말할 땐 애증이 없으니,

---

96
필리프드 코민(Philippe de Comines, 1447~1511). 프랑스어를 사용한 플랑드르의 정치가, 역사가, 회고록 저자.

저자의 진솔함이 의심할 바 없이 빛나는 순정(純正)한 서술이다. 그의 논평과 교훈은 어떤 세련되고 특출한 능력보다 선한 열성과 진실을 동반하고, 하나부터 열까지 권위와 신중함이 수반되어 훌륭한 집안에서 태어나 큰일을 하도록 양육된 그의 인간됨을 드러내 보인다."

뒤 벨레 경[97]의 『회고록』에 붙인 메모. "일을 어떻게 처리해야 하는지를 실제로 체험한 사람이 쓴 글을 통해 사건들을 보는 것은 언제나 재미있다. 하지만 예전에 그들[98]과 같은 부류였던 루이 성왕의 측근 주앵빌 경, 샤를마뉴 대왕의 재상 에지나르 같은 선대의 동류들이나, 보다 최근 사람으로 필리프 드 코민 같은 이에게서 빛을 발했던 글쓰기의 자유로움과 솔직성이 이들 두 양반에겐 크게 부족하다는 것이 빤히 드러나는 걸 부인할 수 없다. 이 책은 역사서라기보다 카를 5세에 대해 프랑수아 1세를 옹호하는 변론이다. 나는 그들이 사실의 큰 줄기를 왜곡했으리라고 생각하고 싶진 않다. 그러나 자주 이치에 맞지 않게, 우리 나라에 유리하도록 사건들을 평가하고, 자기 왕의 생애 중 좀 예민한 부분은 다 빼버리는 짓을 상습적으로 하고 있다. 몽모랑시와 브리옹 경의 실총이 빠진 데다 에스탕프 부인의 이름조차 나오지 않는 것이 그 증거이다.[99]

97
마르탱 뒤 벨레(Martin du Belley, 1495~1559). 프랑스의 정치가, 역사가.
98
마르탱 뒤 벨레는 1513년부터 1547년까지의 『회고록』을 총 열 권으로 엮으면서 형 기욤 뒤 벨레(Guillaume du Bellay, 1491~1543)가 1536년부터 1540년까지 기술한 글을 5, 6, 7권으로 삽입했다. 따라서 주 저자는 마르탱 뒤 벨레이나 실제 기술자는 두 사람이다.
99

〔 151 〕

비밀 행동은 감출 수 있다. 그러나 세상이 다 아는 일이나, 공적으로 그만큼 중대한 결과를 가져온 일에 대해 침묵하는 것은 용서받을 수 없는 결함이다. 어쨌든 프랑수아 왕과 그의 시대에 일어난 일들을 소상히 알려면 다른 데서 알아봐야 한다는 게 내 생각이다. 이 책에서 얻을 것이 있다면, 그것은 이 귀인들이 직접 참여한 전투와 전쟁에 대한 그들의 개인적인 성찰을 통해서이다. 그 시대 모모(某某) 왕공들의 몇 마디 말이나 사적인 행동, 드 랑제 공 주도하의 교섭과 협상 등 알아 둘 만한 사실과 범상치 않은 성찰이 가득 담겨 있다.

브리옹과 몽모랑시는 1540년 왕의 공공연한 정부였던 에스탕프 부인의 영향으로
왕의 총애를 잃었다.

〔 152 〕

11장
잔인성에 관하여

ᴬ 덕이란 우리 안에서 생기는 선(善)의 경향과는 다른, 더 고상한 무엇인 것 같다. 저절로 잘 조절되고 천성이 훌륭한 사람들은 유덕한 사람들과 같은 길을 따르고 행동에서도 같은 면모를 보인다. 하지만 덕에는 축복받은 천성으로 인해 온화하고 평온하게 이성이 이끄는 대로 자기를 맡기는 것보다 뭔가 더 위대하고 더 능동적인 울림이 있는 것 같다. 타고난 온유함으로 모욕을 당해도 대수롭지 않게 여긴다면, 그는 대단히 아름답고 칭찬받을 만한 일을 한 것이리라. 하지만 급소를 찌르는 모욕으로 분이 솟아오를 때, 복수하고 싶은 맹렬한 욕망에 맞서 이성으로 무장하고 크나큰 갈등 끝에 마침내 자기를 제어한 사람은 의심할 나위 없이 훨씬 더 장하리라. 전자는 잘한 것이요, 후자는 덕을 실천한 것이리라. 한 행동은 선이라 불릴 것이고, 다른 하나는 덕행이라 불릴 것이다. 덕이란 명칭은 어려움, 그리고 상반되는 것을 전제로 하며, 적수 없이는 행사될 수 없는 것처럼 보이기 때문이다. 아마도 그래서 우리는 하느님은 선하시고, 강하시고, 자유로우시며 정의롭다고 하지 유덕하시다고 하지는 않는다. 그분이 행하시는 바는 전적으로 자연스러우니, 애써 하시는 것이 아니다.

철학자들은 스토아 학파뿐 아니라 에피쿠로스 학파조차, (그

〔 153 〕

런데 이렇게 등급을 매기는 것은 일반적인 견해를 빌린 표현이다. C 사람들이 아르케실라우스에게 "자네 학파에서 에피쿠로스 학파로 넘어가는 사람은 많지만 그 반대는 없다."라면서 책잡았을 때 그가 "당연하지! 수탉으로 거세한 수탉은 얼마든지 만들지만, 거세한 수탉으로 수탉을 만들 수는 없거든."이라고 대꾸한 것은 재치는 있지만 옳지 않다. A 왜냐하면 사실 사상이나 교훈의 확고함과 엄격성에서 에피쿠로스 학파는 스토아 학파에 결코 지지 않기 때문이다. 에피쿠로스와 싸워 이기려고 그가 생각해 본 적도 없는 것을 그의 말인 양 지어내고, 그의 말을 못되게 왜곡하고, 문법학자의 권위를 휘둘러 그의 화법에서 엉뚱한 의미를 끌어내고, 그의 마음과 행습에 담긴 생각을 자기들도 다 알면서 논증으로 엉뚱한 의미를 부여한 저 논쟁꾼들보다 훨씬 진실하게 분별력을 보인 한 스토아 철학자는 무엇보다 에피쿠로스 학파의 길이 너무 고고하고 도저히 다가갈 수 없는 길이라고 생각해서 그 학파가 되기를 포기했다고 말했다. C "왜냐하면 쾌락의 애호가라고 불리는 저들이 사실은 명예와 정의의 애호가들이며, 모든 덕성을 사랑하고 실천하기 때문이다."(키케로)) 그러니까 스토아 학파와 에피쿠로스 학파, 두 학파의 철학자들 중에는 마음을 덕에 잘 맞도록 조절해 좋은 상태로 두는 것만으로는 충분하지 않다고 생각했던 사람들이 많다. 우리의 결심과 생각을 운명의 모든 시련보다 우위에 두는 것에 만족하지 말고, 거기서 더 나아가 그것을 시련에 처하게 할 기회들을 찾아야한다는 것이다. 그들은 싸우기 위해, 그럼으로써 정신을 활동 상태로 유지하기 위해 고통, 궁핍, 경멸을 찾아 나서고자 한다. C "덕이란 투쟁을 통해 훌쩍 자란다."(세네카) A 이것이 또 다른 학파에 속했던 에파미논다스[100]가 매우 합법적인 경로를 통해 운이 그의

〔 154 〕

손에 쥐여 준 부를 거절한 이유 중 하나이다. 그는 가난에 대해 단단히 무장해야 한다면서 늘 극도의 궁핍 상태를 유지했다. 소크라테스는 고약한 아내를 수련 삼아 견디면서 내 보기엔 그보다 더 심하게 자기를 단련했던 것 같다. 그것은 서슬 퍼런 칼을 받아 내는 시험이니까.

로마의 호민관이던 사투르니누스는 온갖 수단을 동원해 민중에게 유리하게 부당한 법을 통과시키려 하고 있었다. 메텔루스[101]는 로마 원로원 의원 중 유일하게 사투르니누스의 폭압을 덕성의 힘으로 견뎌 보려 작정했고, 그 때문에 사투르니누스가 법안 거부자들을 대상으로 공포한 극형을 받게 되었다. 이런 막다른 상황에서 그를 사형장으로 인도하는 사람들에게 그는 이런 말을 건넸다. "나쁜 짓을 하는 것은 너무도 쉽고 너무도 비열한 일이요, 아무 위험이 없는 곳에서 좋은 일을 하는 것, 그것은 하찮은 일이다. 하지만 위험이 있는 곳에서 옳은 일을 하는 것이야말로 덕 있는 자가 마땅히 해야 할 일이다."

메텔루스의 이 말은 내가 증명하려던 바를 명료하게 보여 준다. 즉 덕은 수월함을 친구로 삼기를 거절하며, 좋은 천성에 의해 조절된 발걸음이 저절로 향하게 되는 쉽고 순한 경사로는 진정한 덕의 길이 아니라는 것 말이다. 진정한 덕은 쓰라린 가시밭길을 요구한다. 덕은 메텔루스가 겪은 것 같은, 그 꿋꿋한 행로를 좌절시키려고 운명이 즐겨 사용하는 외적 난관이나, 아니면 우리 본성

100
에파미논다스는 퓌타고라스 학파였다.
101
B.C. ?~91, 로마의 장군. 누미디아를 정토하여 공을 세우고 감찰관에까지 올랐으나 정쟁에 몰려 사형 집행까지 가지는 않고, 일 년간 아시아로 도피해야 했다.

11장 잔인성에 관하여

의 무질서한 갈망과 불완전성이 야기하는 내적 시련을 원한다.

나는 아주 쉽게 여기까지 왔다. 그런데 말을 하다 보니 불현 듯 내가 아는 한 가장 완벽한 인간인 소크라테스의 영혼은 내 말대로라면 별로 추천할 만하지 않겠다는 생각이 든다. 이 인물에게서 나는 그 어떤 그릇된 욕망도 상정할 수 없기 때문이다. 그가 간 덕의 길에 무슨 난관이나 속박이 있었으리라는 상상을 나는 할 수 없다. 그의 이성은 너무도 강력하고 너무도 자신을 잘 제어하므로 악한 욕망이 생길 여지조차 주지 않았다는 걸 나는 알고 있다. 그처럼 고매한 덕에 맞설 만한 적수를 나는 떠올릴 수 없다. 그의 덕은 당당하고 호기롭게 그 어떤 저지나 방해도 받지 않고 장엄하고도 거침없이 행진하는 것만 같다.

만일 덕이 그것과 반대되는 욕망과 싸워서만 빛날 수 있는 것이라면, 덕은 악덕의 도움 없이 지낼 수 없고 악덕 때문에 신용과 명예를 얻었으니 악덕에게 감사해야 한다고 말해야 할까? 또 덕을 무릎 위에 앉히고 느슨하게 키우면서 수치, 열병, 가난, 죽음, 고문을 장난감으로 주며 재롱을 피우게 하는 저 용감하고 호방한 에피쿠로스의 쾌락은 뭐라고 해야 할까? 만일 완벽한 덕이란 참을성 있게 고통과 싸우고 견딤으로써, 앉은 자리에서 미동도 하지 않고 통풍의 고통을 참아 냄으로써 드러나는 것이라고 가정한다면, 그렇게 쓰라림과 난관을 필수적인 상대로 덕에게 부여한다면, 단지 고통을 경멸할 뿐 아니라 즐기기까지 하면서 쿡쿡 쑤시는 복통을 간지러워할 정도의 경지에 오른 덕은 뭐라고 해야 할까? 에피쿠로스 학파가 목표로 세웠던 덕, 그들 중 여러 명이 행동으로 매우 분명하게 보여 준 덕이 그랬고, 그들이 가르친 계율마저 훌쩍 뛰어 넘어 버린 듯한 다른 많은 이들의 덕이 그랬다.

〔 156 〕

소(小)카토가 그 증거이다. 그가 창자를 가르며 죽어 가는 것을 보면, 나는 그저 그의 영혼에는 전혀 고통과 공포가 없었다는 생각에 그칠 수 없으며, 그 과정에서 그가 마음의 동요 없이 태연히 냉정하게, 단지 스토아 학파의 강령들이 명하는 자세를 견지했다고만 믿을 수 없다. 그것에 그치기엔 이 사람의 덕이 너무 쾌활하고 너무 싱싱한 것 같다. 나는 그가 그처럼 고매한 행동에서 즐거움과 쾌락을 느꼈고 자기 생애의 다른 어떤 행동보다 더 즐겼으리라는 것을 추호도 의심하지 않는다. ^C "자기에게 죽음을 줄 수 있는 동기를 찾은 것을 기뻐하며, 그는 생을 하직하였다."(키케로) ^A 나의 확신은 더욱 멀리까지 나아가, 그렇게 멋진 위업의 기회를 빼앗고 싶었을까 하는 생각이 들 정도이다. 그래서 자기의 안위보다 공공의 안위를 우선시했던 그의 선량함이 나를 제지하지 않았던들, 나는 쉽게 그처럼 멋진 시련에 자기 덕을 시험해 볼 수 있게 해 준 운명, 저 날강도[102]로 하여금 조국의 유구한 자유를 짓밟게 해 준 운명에 감사했으리라는 생각에 빠졌을 것이다. 그 행위는 그의 높고도 고상한 기도와 연관된 것이겠지만, 나는 거기서 뭔지 모를 영혼의 환희, 비상한 쾌감과 남성적인 쾌락의 흥분을 읽을 수 있을 것 같다.

^B 스스로 죽음을 결단하였기에 더욱 자랑스러워.

호라티우스

^A 어떤 이들의 속되고 속 좁은 판단처럼 무슨 영광에 대한 기

102
카이사르를 말한다.

11장 잔인성에 관하여

대로 자극을 받아서가 아니라(그런 생각은 이 용감하고, 자부심 강하며, 강직한 마음에 스치기엔 너무나 천박하니까.), 그 일이 그 자체로서 아름답기에. 그는 죽음을 당겨 오는 방법들을 스스로 조종하고 있었으니, 우리보다 훤히, 완성된 형태로, 죽음을 내다보고 있었던 것이다.

^C 철학은 내게, 그처럼 아름다운 행동이 카토가 아닌 다른 사람의 삶에 있었더라면 전혀 걸맞지 않았을 것이며, 오직 그의 생애만이 그렇게 끝나는 종말을 가질 수 있었다고 판단하는 즐거움을 주었다. 그렇기 때문에 그가 자기 아들과 그를 따르던 원로원 의원들에게는 다른 죽음을 준비하라고 했던 것은 옳았다. "카토는 천성적으로 놀라우리만큼 신중하였고, 변함없는 지조로 더욱 강직한 성격을 갖게 되었으며, 언제나 자기의 원칙을 고수하였다. 그런 카토였으니, 폭군의 낯짝을 보느니 죽을 수밖에 없었던 것이다."(키케로)

모든 죽음은 당사자의 삶에 부합해야 한다. 우리는 죽기 위해 다른 사람이 될 수는 없다. 나는 항상 삶에 비추어 죽음을 해석한다. 그리고 누가 내게 물러 빠진 생애에 강렬해 보이는 죽음이 잇따른 이야기를 들려주면, 나는 그 죽음이 그의 인생에 어울리는 유약한 동기에서 비롯된 것이라고 주장한다.

^A 그러니 이 죽음¹⁰³의 여유로움과, 그가 자기 영혼의 힘으로 얻은 이 수월함이 뭔가 그의 덕의 광채를 감할 수밖에 없다고 말해야 하는가? 그리고 조금이나마 진정한 철학에 물든 두뇌를 가진 사람치고 누가, 소크라테스가 사형 선고를 받고 사슬에 묶여 투옥

103
카토의 죽음.

〔 158 〕

되면서도 단지 두려움과 고통에 초연했다고 생각하고 말 것인가? 누구인들 그의 마지막 말과 행동에서 단호함과 꿋꿋함(이런 것은 그의 예사로운 상태였고)뿐 아니라 뭔지 모를 새로운 만족감과 희열을 알아보지 못할 것인가? ᶜ 쇠사슬이 벗겨지자 다리를 긁으면서 그 쾌감에 부르르 떨 때, 그는 지난날의 고생에서 벗어나 새로운 것들에 대한 앎으로 들어간다는 사실만으로도 자기 마음에 이는 그런 흐뭇함과 기쁨을 드러내지 않는가? ᴬ 부디 카토는 나를 용서하기를. 그의 죽음이 훨씬 비극적이고 긴장된 것이나, 소크라테스의 죽음이 왠지 모르게 더 아름답다. ᶜ 그의 죽음을 통탄하는 사람들에게 아리스티포스는 "신들이 내게도 그런 죽음을 내려 주기를!" 하고 말했다.

이들 두 인물과 그 모방자들(왜냐하면 그런 이들이 또 있었으리라는 것은 매우 의심스러우니까.)의 영혼에서 우리는 너무 완벽해서 체질이 되어 버린 덕의 체화를 본다. 이미 그것은 고생스러운 덕도, 마음을 굳게 먹어야만 지켜 낼 수 있는 이성의 칙령들도 아니다. 그것은 그들 영혼의 본질 자체요, 자연스럽고 일상적인 행보이다. 그들은 아름답고 풍요로운 천성에 더하여, 철학의 계율을 오래 수련함으로써 덕을 그처럼 자기 것으로 만든 것이다. 우리에게서 생겨나는 악한 정념들은 그들에게서는 더 이상 들어갈 곳을 찾지 못한다. 그들 영혼의 힘과 강직함은 삿된 욕망이 꿈틀거리기 시작하자마자 곧바로 눌러 꺼 버린다.

그런데 고고하고 신성한 단호함으로 유혹이 생기는 것을 막고, 악덕의 씨앗 자체가 근절될 만큼 덕에 동화되는 것이, 악덕의 진전을 죽을힘으로 막는 것, 정념의 첫 동요에 사로잡히고 나서야 무기를 들고 머리띠를 두르고 그것이 내달리는 것을 저지해 이겨

11장 잔인성에 관하여

내는 것보다 아름다우며, 이 두 번째 행위는 단순히 안이하고 사람 좋은 천성을 지녀서 자연히 방탕과 악덕을 혐오하는 것보다 더더욱 아름답다는 것에 의문점이 있으리라고 나는 생각하지 않는다. 왜냐하면 마지막 세 번째 태도는 한 사람을 착하게 만들기는 하겠지만 유덕한 인간이 되게 할 수는 없을 듯하기 때문이다. 악행은 면하겠지만 좋은 일을 할 정도는 못 되니까. 게다가 그런 성품은 흐리멍텅함이나 허약함과 너무 가까워서 그 경계를 어떻게 밝혀 구별할지 나는 잘 모르겠다. 그 때문에 '선량'이나 '순진' 같은 단어가 약간 경멸조로 쓰이기도 하는 것이다. 정숙, 검박, 절제 같은 여러 덕은 육체적 쇠퇴로 인해 우리에게 올 수도 있다. 위험 앞에서의 꿋꿋함(이것을 꿋꿋함이라고 부를 수 있다면), 죽음에 대한 경멸, 불행에 대한 인내는 흔히 그런 일들을 잘 판단할 능력이 없거나 사태를 똑똑히 인식하지 못하는 데서 나오기도 한다. 이해력 결핍과 우매함은 때로 그렇게 유덕한 행위를 모방한다. 이래서 내가 자주 보았듯이, 책망받아 마땅한 일로 칭송을 받는 경우가 생기는 것이다.

　한번은 한 이탈리아의 귀인이 내 앞에서 자기 나라에 불리하게도 이런 말을 했다. 이탈리아인들은 너무나 예민하고 민첩한 지각력을 지닌 까닭에 자기들에게 닥칠 수 있는 위험이나 사고를 아주 멀리서도 예견하므로, 그들이 전쟁에서 자주 위험을 알아차리기도 전에 안전책을 마련하는 것을 봐도 놀랄 것이 없고, 우리와 스페인인들은 그렇게 예리하지 못해서 과하게 나가다가 위험을 눈으로 보고 손으로 만지게 해 주어야만 비로소 겁을 내는데, 그때는 우리 역시 자제력을 잃는 반면, 독일인과 스위스인들은 더 둔하고 육중해, 완전히 짓이겨지고 나서야 겨우 다시 생각해 볼 분별력을

〔 160 〕

가질까 말까 하다는 것이었다. 아마 우스갯소리에 불과했으리라. 하지만 전쟁에서 풋내기들이 흔히 아무 생각 없이 위험에 잘 뛰어들고, 혼쭐이 난 후에야 정신을 차린다는 것은 사실이다.

> [B] 한 번도 맛본 적 없는 영광에의 갈증과
> 첫 승리에 대한 달콤한 희망이
> 첫 전투에서 어떤 일을 할 수 있는지 모르지 않으니,
>
> 베르길리우스

[A] 이래서 특정 행위를 판단할 때는 그 행위를 명명하기 전에 여러 상황과 그 일을 한 인간 전체를 헤아려 봐야 한다.

나 자신에 대한 한마디. [B] 나는 가끔 내 친구들이, 내가 운이 좋아서 갖게 된 것을 지혜로움이라 부르고, 판단과 견해로 얻은 것을 용기와 참을성으로 얻었다고 여기며, 때론 유리하게 때론 불리하게 엉뚱한 딱지를 내게 붙이는 것을 보았다. 그렇지만 [A] 나는 덕이 습관이 되어 버린 저 최고로 완벽한 탁월의 단계에 이르기에는 턱없이 부족하고, 두 번째 단계에조차 이르렀다는 증거를 거의 보이지 못했다. 나는 나를 옥죄는 것 같은 욕망들을 억제하기 위해 큰 노력을 기울여야 할 처지에 놓여 보지 않았다. 나의 덕, 그것은 우연히 뜻밖에 얻은 덕, 또는 더 정확히 말하자면 순진성이다. 내가 만일 좀 더 충동적인 기질을 타고났더라면 내 삶은 가련하게 돌아갔을 것 같다. 왜냐하면 나는 조금이나마 격렬한 정념을 경험해 봤다 해도, 그것을 억제하기 위해 마음을 굳게 먹는 노력은 해 본 일이 없으니 말이다. 나는 내 안에서 싸움과 갈등을 키울 줄 모른다. 그러니 내게 여러 가지 악덕이 없다고 해서 나 자신에게 크

게 감사할 것도 없다.

> 아름다운 육체에도 여기저기 무사마귀 몇 개는 있을 수
> 있듯,
> 내가 대체로 곧은 천성에
> 봐줄 만한 결함을 그것도 조금만 가지고 있다면,
> 호라티우스

그것은 나의 이성보다는 운수의 덕이 더 크다. 운수는 나를 올곧기로 이름난 가문의 대단히 선량한 아버지에게서 태어나게 했다. 조상의 기질 일부가 내게 흘러들어 왔는지, 아니면 집안의 본보기와 어린 시절의 좋은 훈육이 알게 모르게 도왔는지, 또는 어떤 다른 이유로 이렇게 태어난 것인지 나는 모른다.

> B 나 태어난 것이 천칭좌 징조 아래건,
> 전갈좌의 무섭게 찌푸린 시선 아래건,
> 헤스페리아해(海)를 폭군처럼 지배하는 염소좌 아래건,
> 호라티우스

A 어쨌거나 대부분의 악덕에 대해 내가 저절로 혐오감을 느끼는 것은 사실이다. C 가장 훌륭한 수련이 무엇이냐는 물음에 "악(惡)을 배우지 않는 것"이라고 한 안티스테네스의 답은 나 같은 사람을 두고 한 말 같다. 다시 말하지만 나는 너무나 자연스럽고 너무나 나답게 악덕을 혐오하기 때문에 젖먹이 때부터 지녀 온 그 본능과 인상을 지금껏 간직하고 있다. 어떤 상황도, 내 특유의

〔 162 〕

사상마저도 내 안에 간직된 그것을 변질시킬 수 없었다. 그렇지 않았다면 어떤 일들에 대해서는 예사로운 길에서 크게 벗어난 내 견해는, 천성적인 성향이 혐오하게 하는 행동들을 거리낌 없이 할 수 있게 허락했으리라. ^B 괴상한 말이지만 그래도 말하겠다. 이런 점에서 나는, 여러 가지 일을 두고 보건대, 내 사상보다 내 행습에 더 절도와 질서가 있고, 내 이성보다 내 정욕이 덜 방탕하다는 것을 알게 된다.

^C 아리스티포스는 쾌락과 부를 옹호하며 너무 대담한 견해를 펼친 나머지 모든 철학 학파가 들고일어나게 만들었다. 하지만 그의 행실을 보자면, 폭군 디오니시우스가 세 명의 소녀를 보여 주며 고르라고 하자 그는 세 명 모두를 택하겠다며, 파리스는 세 동료 여신 중 하나만 골라 곤란에 빠졌다고 대답했다. 하지만 그들을 자기 집으로 데리고 와서는 손도 대지 않고 돌려보냈다. 자기를 따라 나선 하인이 돈을 잔뜩 짊어진 것을 보자, 그는 그 귀찮은 것을 던져 쏟아 버리라고 명했다.

에피쿠로스의 학설은 비종교적이고 안락 지향적[104]이지만, 그 자신은 평생 매우 경건하고 근면하게 살았다. 그는 한 친구에게, 자기는 갈색 빵과 물만으로 산다면서 좀 성대한 식사를 준비하고 싶을 때 쓰게 치즈를 조금만 보내 달라고 편지를 보냈다. 온전히 선하려면 법칙도 이치도 본보기도 필요없는, 불가사의하고 천성적이며 전 인격적인, 저만의 자질을 지녀야 한다는 게 사실일까?

104
몽테뉴는 'delicats-세련된, 섬세한, 우아한, 예민한, 까다로운'을 쓰고 있는데
문맥으로 보아 페르농의 현대 불역판을 참고해 이렇게 번역한다.

A 내가 빠져들었던 탈선들은 고맙게도 최악에 속하지는 않는다. 그리고 그것들에 대해서는 마땅히 책망해야 할 만큼 나 자신을 책망했다. 그 일들이 내 판단력까지 흐려 놓지는 않았던 것이다. 오히려 내 판단력은 같은 일을 저지른 남들보다 나를 더 호되게 꾸짖었다. 하지만 그게 전부이다. 그것들에 저항하려고 크게 애쓰지 않고, 너무 쉽사리 저울의 다른 쪽으로 기울도록 나를 내버려 두니 말이다. 나는 그저 그것들을 조절하고, 다른 악들과 섞이지 못하게 할 뿐이다. 조심하지 않으면 악들은 대부분 서로 얽혀 서로를 끌고 들어간다. 나는 내 악덕들을 내가 할 수 있는 한 가장 단순하고 고립된 것으로 만들기 위해 떼어 내고 제한한다.

B 나는 이제 내 악덕을 사랑하지 않는다.

유베날리스

A 스토아주의자들은 현자가 행동할 땐 그 행동의 성격에 따라 가장 두드러지는 덕이 있더라도 모든 덕들을 합쳐서 행하는 것(이 점에 대해서는 인간의 몸에 빗대어 보면 얼마간 수긍이 갈 것이다. 왜냐하면 분노의 작용이 아무리 우세해도 기분 전체가 거들지 않으면 행사될 수 없으니까.)이라고 말하는데, 만일 여기서 그들이 악인이 악을 행할 땐 모든 악덕들을 합해서 행한다는 식의 결론을 끌어내고자 한다면, 나는 그들의 말을 그렇게 단순하게 믿을 수 없거나, 또는 그들을 이해할 수 없으니, 경험에 의하면 그 반대라고 느끼기 때문이다. C 이런 것들은 철학이 가끔 걸려드는 공허한 말장난이다.

나는 어떤 악덕들은 탐한다. 그러나 어떤 악덕들은 성자 못지

않게 피한다.

페리파토스 학파[105]도 악덕들이 서로 분리할 수 없게 얽혀 붙어 있다는 설을 부인한다. 그래서 아리스토텔레스는 현명하고 정의로운 사람도 무절제하고 방탕할 수 있다고 생각한다.

[A] 소크라테스는 그의 관상에서 악덕의 성향을 알아보는 사람들에게, 사실 그것이 자기가 타고난 천성이었으나 수련을 통해 고쳤노라고 고백했다.

[C] 또한 철학자 스틸폰의 친지들은 그가 술과 여자에게 약한 성질을 타고났지만 수련을 통해 둘 다 매우 삼가게 되었다고 말했다.

[A] 내가 지닌 좋은 점은 그와는 반대로, 그렇게 태어난 덕에 갖게 된 것이다. 나는 그것을 규범이나 훈육이나 수련을 통해 얻은 것이 아니다. [B] 내게 있는 순진성은 둥지 안의 새의 그것과 같은 순진성이다. 별로 힘찬 것도 아니요 전혀 꾸민 것도 아니다. [A] 나는 여러 악덕 가운데에서도 잔인성을 잔인하다 할 만큼 혐오하며, 천성적으로나 판단으로나 악덕의 극치로서 미워한다. 하지만 나는 유약하기가 불쾌감 없이는 닭 모가지를 비트는 것도 보지 못하고 내 개들의 이빨 사이에서 토끼가 내는 신음 소리도 차마 듣지 못할 정도이다. 사냥이 아무리 격렬한 즐거움을 주는 놀이라 하더라도 말이다.

쾌락(volupté)과 싸우려는 자들은 감각적인 쾌락이 온전히 악이요 비이성적이라는 것을 증명하기 위해 다음과 같은 논리를 즐겨 사용한다. 즉 그것이 최고조에 달하면 이성이 간여할 수 없

<hr>

105
아리스토텔레스 학파.

을 정도로 우리를 지배한다는 것이다. 그러고는 여자와의 관계에서 쾌감을 느낄 때의 경험을 증거로 끌어들인다.

> 몸이 먼저 쾌락을 예감하고,
> 비너스가 자기 밭에 파종하려 하는 순간,
> 루크레티우스

쾌감이 너무도 심하게 우리를 흥분시키기 때문에 그럴 땐 이성조차 쾌락에 마비되고 홀려서 제 기능을 발휘하지 못하리라고 보는 것이다. 일이 다르게 진행될 수도 있고, 사람은 때로 자기가 원하면 바로 그 순간에 정신을 다른 생각으로 돌릴 수도 있다는 것을 나는 안다. 하지만 정신을 긴장시키고 부단히 살펴 굳게 다져야 한다. 나는 사람이 이 쾌락의 공략을 제어할 수 있다는 것을 안다. ^C 나도 이 방면에는 꽤 정통한데, 나보다 정숙한 많은 이들의 증언처럼 비너스를 그렇게 강압적인 여신으로 느낀 적은 한 번도 없다. ^A 나는 나바르 왕비가 『엡타메롱』[106](이 책은 내용 면에서 매력적인 책이다.)의 한 콩트에서 말하듯이, 오랫동안 갈망해 오던 애인과 완전히 편안하고 자유로운 상황에서 여러 밤을 지내면서 입맞춤과 가벼운 접촉만으로 만족하겠다는 약속을 지키는 것을 기적이라고도, 극히 어려운 일이라고도 보지 않는다.

이 문제에는 사냥의 예가 더 적절할 것 같다.(쾌감은 덜하지만 넋이 나가고 놀랄 일은 훨씬 많아서 이성을 혼미하게 하므로 정신을

106
인문주의자였던 나바르 왕비는 프랑수아 1세의 누이로, 파리 궁정의 인문주의자
모임을 이끌면서, 보카치오의 『데카메론』을 모델로 『엡타메롱』을 썼다.

〔 166 〕

가다듬어 대처할 여유를 주지 않기 때문이다.) 오랫동안 쫓던 짐승이 갑자기 생각지도 않았던 곳에서 불쑥 나타날 때 말이다. 이때의 경악, 고함과 비명의 열기는 하도 충격적이어서, 이런 유의 추격을 좋아하는 자가 이 순간 생각을 다른 데로 돌리기란 쉬운 일이 아닐 것이다. 그래서 시인들은 다이아나가 큐피드의 불씨와 화살을 이기게 하는 것이다.

> 이 같은 쾌락의 한복판에서 누군들,
> 사랑의 고뇌를 잊어버리지 않으랴?
> 호라티우스

　　나 자신의 이야기로 돌아오자면, 나는 다른 사람의 쓰라린 사정에는 매우 마음 아파한다. 어떤 경우이건 울 수만 있다면 쉽사리 함께 울어 주리라. ^C 눈물만큼 내 눈물을 끌어내는 것은 없다. 진짜 눈물만이 아니라 어떤 눈물이든, 가짜건 그려진 것이건 그렇다. ^A 죽은 자들은 별로 가엾지 않다. 차라리 부러울 지경이다. 하지만 죽어 가는 자들은 너무나 불쌍하다. 미개인들이 죽은 사람의 고기를 구워 먹는 것은 살아 있는 사람을 고문하고 학대하는 자들만큼 내 마음을 상하게 하지 않는다. 사법적인 처형조차, 아무리 합리적인 처형이라도 나는 똑바로 볼 수가 없다.

　　어떤 이는 율리우스 카이사르의 관대함을 증명하려고 이렇게 말했다. "그는 복수하는 데도 너그러웠다. 전에 자기를 사로잡아 몸값을 받아 간 해적들을 정벌한 다음, 미리 그들을 십자가형에 처하겠다고 위협했던 터라 그대로 형을 내렸지만, 먼저 교살하고 나서 집행했다. 자기를 독살하려던 부관 필로몬도 그저 죽이는

11장 잔인성에 관하여

것보다 더 가혹하게 벌하지 않았다." 자기를 해친 사람을 단지 죽이기만 했다는 것을 감히 관대함의 증거로 내세우는 이 라틴어 작가가 누구[107]인지는 말하지 않더라도, 로마의 폭군들에 의해 관행이 된 잔혹한 형벌의 비열하고 끔찍한 예들에 그가 얼마나 충격을 받았는지는 쉬이 간파할 수 있다.

나로 말하자면 법 집행에서조차 단순한 사형 이상의 것은 모두 순전히 잔인한 행위라고 본다. 죽은 자들의 영혼을 좋은 상태로 저세상에 보내 주려고 애써야 하는 우리에겐 더욱 그렇다. 견딜 수 없는 고통으로 충격을 주고 절망시킨 다음 죽게 한다는 것은 말도 안 된다.

^C 며칠 전 포로가 되어 탑에 갇힌 한 병사는 아래 광장에서 목수들이 사형대를 세우기 시작하고 사람들이 모여드는 것을 보자, 자기를 처형하기 위한 준비라고 생각하고 절망에 빠져, 자살할 만한 다른 도구가 없으니 마침 눈에 보이는 수레의 녹슨 못을 뽑아 쥐고 자기 목을 두 번이나 세게 찔렀다. 그래도 멀쩡하게 목숨이 붙어 있자 그는 곧장 다시 배를 찌른 후 실신해 쓰러졌다. 그를 보러 온 간수 하나가 그런 상태의 그를 발견했다. 사람들이 그의 정신을 돌려놓고, 다시 실신하기 전에 짧은 시간을 이용해 재빨리 그를 단두형에 처한다는 판결문을 읽어 주었다. 그러자 그는 말할 수 없이 기뻐하며 안 마시겠다던 포도주를 받아 마셨다. 그러고는 기대하지 못했던 유순한 처벌을 내린 재판관들에게 감사하며 그보다 더 끔찍한 형을 받을까 봐 두려워서 자살할 궁리를

107
수에토니우스(69~130년 이후)는 로마 제국 초창기의 역사가이다. 로마 제국의 초창기 황제 열두 명(율리우스 카이사르~도미티아누스)을 다룬 『황제전』을 썼다.

〔 168 〕

하게 되었다고 말했다. 처형을 준비하는 것을 보자 그 공포가 더욱 커져서…….[108] 죽음보다 더 견딜 수 없는 고통을 피하려 했다는 것이다.

[A] 백성들을 다스리는 수단으로 쓰는 이런 가혹한 본보기들은 죄인들의 시체에 행하라고 권하고 싶다. 그들이 무덤도 갖지 못한 채 시신이 물에 삶기고 사지가 찢기는 것을 보게 하면, 민중에겐 살아 있는 사람에게 행하는 고문과 거의 같은 공포심을 줄 것이기 때문이다. 사실은 거의 또는 전적으로 아무 해도 끼치지 않으면서 말이다. [C] "그들은 육신을 죽이지만, 그 후엔 더 이상 아무 짓도 할 수 없다."[109]라고 하느님도 말씀하시지 않으셨나. 시인들도 유독 그런 광경을 죽음 자체보다 더 끔찍하게 묘사한다.

> 아아, 반은 구워지고 뼈가 발려
> 검은 피를 뚝뚝 흘리는 왕의 시신을
> 무참하게 땅 위로 끌고 다닌다.
>
> 키케로의 엔니우스 인용

[A] 나는 어느 날 로마에서 카테나라는 유명한 도둑을 처형하는 순간을 목격하게 되었다. 사람들이 그를 목매달아 죽였는데 구

108
보르도본에 쓴 이 문장의 3분의 2는 부식되어 읽을 수 없다. 1595년판에서는 이렇게 이어진다. "광장에 만들고 있는 것을 보니 자기에게 무슨 지독한 고문을 하려는 것 같아, 훨씬 모질고 견디기 힘든 죽음을 겪게 될 것이 두려워 자살할 결심을 했다. 그렇게 바꿔치기하면 그 무서운 죽음을 피할 수 있을 것 같아서……"

109
「루가복음」12:4. 공동 번역 성서는 이렇게 번역한다. "육신은 죽어도 그 이상은 어떻게 하지 못하는 자들을 두려워하지 마라."

경꾼들은 전혀 동요하지 않았다. 그러나 사지를 찢으려고 형리가 도끼를 내려치자마자 사람들은 저마다 죽은 살덩이에 자기 감정을 빌려주기라도 하듯 애처로운 소리로 울부짖는 것이었다.

^B 그런 비인간적인 잔혹 행위는 살 껍질에 해야지 살아 있는 몸에 행해서는 안 된다. 그래서 아르타크세르크세스는 거의 비슷한 경우에 페르시아 고대 형벌의 가혹함을 완화해 직책상의 과오를 저지른 제후에게 태형을 가하는 대신 옷을 벗겨 그 옷을 매질하고, 머리털을 뽑는 대신 그들의 뾰족모자만 벗기라고 명했다.

^C 이집트인들은 비할 바 없이 경건했지만, 살아 있는 돼지 대신 돼지 그림을 신들에게 바침으로써 얼마든지 신성한 정의를 만족시킬 수 있다고 생각했다. 절대적 실체인 신을 그림과 그림자로 매수하려 하다니 대담한 생각이다.

^A 나는 내전¹¹⁰으로 인해 고삐가 풀린 이 악덕(잔혹성)의 믿기 어려운 예들이 넘쳐나는 시절을 살고 있다. 고대 역사에서도 찾아볼 수 없는 극도의 잔혹성을 우리는 날마다 겪고 있다. 그래도 나는 그것에 도무지 익숙해질 수가 없다. 단지 죽이는 재미로 살인을 행하고, 남의 사지를 도끼로 치고 칼로 자르며, 미움도 이익이 될 것도 없는데, 오직 고통 속에서 죽어 가는 한 인간의 애처로운 신음과 비명, 가련하게 꿈틀대는 몸부림을 재미나게 구경하자는 단 하나의 목적으로, 전에 없던 고문과 새로운 살인법을 만들어 내려고 머리를 쥐어짜는 괴물 같은 마음씨들이 있다는 게 내 눈으로 보기 전엔 믿어지지 않았다. 그야말로 잔인성이 도달할 수 있는 극치이니 말이다. ^C "분노 때문도, 두려움 때문도 아니고, 단지

110
신구교 간의 전쟁이었던 위그노 전쟁을 말한다.

〔 170 〕

죽는 꼴을 보려고 인간이 인간을 살해하다니······."(세네카)

　^A 나로서는 방어할 힘도 없고 우리에게 아무 해도 끼치지 않은 죄 없는 짐승을 추격해 죽이는 것조차 불쾌감 없이는 볼 수 없다. 그리고 흔히 있는 일로, 숨은 가쁘고 기력은 다해 더 이상 다른 방도가 없다고 느낀 사슴이 저를 쫓던 우리에게 몸을 던져 항복하며 살려 달라고 눈물로 애원하면,

> ^B 피범벅이 된 채 신음하며
> 자비를 간청하는 것만 같아
>
> 베르길리우스

^A 내게 그것은 언제나 아주 언짢은 광경이었다.

　^B 나는 살아 있는 짐승을 잡으면 반드시 들에 놓아준다. 퓌타고라스도 그렇게 하려고 고기잡이나 새잡이에게서 짐승들을 사곤 했다.

> ^A 내 생각에 쇠(鐵)가 처음 더럽혀진 것은
> 바로 들짐승의 피로써다.
>
> 오비디우스

　짐승에게서 유혈과 살생을 즐기는 것은 잔인성으로 기운 천성을 드러내는 것이다.

　^B 로마에서는 사람들이 짐승 죽이는 광경에 익숙해지자, 다음에는 인간과 검투사들 살해하는 광경을 즐기기에 이르렀다. 자연이, 자연 자체가 인간에게 어떤 비인간적인 본능을 붙여 준 게 아

닌가, 나는 그게 두렵다. 아무도 짐승들이 서로 장난치며 애무하는 것을 보고 같이 뛰놀지는 않는다. 그러나 서로 물어뜯고 찢는 것을 보고 좋아서 날뛰지 않는 자는 아무도 없다.

[A] 그런데 내가 짐승들에게 갖는 이런 동정심을 비웃지 못하게 하기 위해, 신학조차 짐승들에 대해 호의를 베풀라고 우리에게 명한다. 그리고 같은 한 주인이 당신을 섬기라고 우리를 이 궁전에서 살게 했고, 짐승들도 우리처럼 그분의 가족임을 생각하면 신학이 우리더러 짐승들을 존중하고 사랑하라고 한 것은 당연한 일이다.

퓌타고라스는 이집트인들에게서 윤회설을 빌려 왔다. 그렇지만 이후 여러 나라가 윤회설을 받아들였고, 특히 옛날 우리 나라의 신관(神官)들이 받아들였다.

> 영혼은 결코 죽지 않는다. 끊임없이 낡은 거처를 떠나
> 새 거처로 가서 거기 깃들어 살 뿐.
> 오비디우스

우리의 선조 골인들은 영혼은 영구적인 것이어서 끊임없이 움직이며 이 몸에서 저 몸으로 자리를 바꾼다고 생각했다. 그리고 이런 생각에 거룩한 정의(正義)에 대한 얼마간의 고려까지 섞어 넣었다. 왜냐하면, 영혼이, 예를 들어 알렉산드로스의 몸 안에 있는 동안 어떻게 살았느냐에 따라, 신은 그 영혼의 상태에 어울리는 다른 몸, 다소 괴로운 몸에 들어가 살라고 명했다고 하니 말이다.

그는 영혼들을 가둔다.

〔172〕

침묵의 감옥인 짐승의 몸속에.

잔인한 영혼은 곰 속, 도둑은 이리 속, 사기꾼은 여우 속에.

이어 긴긴 세월, 수많은 형상들을 통과하게 한 다음,

마침내 망각의 강에서 정화한 뒤,

맨 처음 입었던 인간의 형태를 돌려준다.

클라우디아누스

^A 만일 영혼이 용감했다면 사자의 몸에 들어가고, 방탕했다면 돼지의 몸에, 비겁했다면 사슴이나 토끼의 몸에, 심술궂었다면 여우의 몸에, 이런 식으로 이어져, 그 징벌에 의해 마침내 정화되어 다른 어느 사람의 몸을 취하게 될 때까지 계속된다는 것이다.

나 자신, 아직도 기억하건대, 트로이 전쟁 때 나는

판토오스의 아들 에우포르보스였다.[111]

오비디우스

우리와 짐승들 사이의 이런 친척 관계에 대해 말하자면, 나는 그것을 별로 중요시하지 않는다. 많은 나라, 특히 가장 유서 깊고 가장 고귀한 나라들이 짐승들을 그들 사회에 받아들여 친구로 삼을 뿐 아니라, 때로는 자기네 신들의 총애를 받는 측근으로 여기거나 사람보다 더 받들어 모시고, 또는 짐승들밖에는 다른 신이나 다른 신성을 인정하지 않음으로써 자기들 자신보다 월등히 높은 지위에 둔다는 것도 대수롭게 생각하지 않는다. ^C "야만인들은 짐

111

이것은 오비디우스의 『변신』에서 퓌타고라스가 하는 말이다.

11장 잔인성에 관하여

승들이 가져다주는 이익 때문에 짐승들을 신성시했다."(키케로)

> B 어떤 자들은 악어를 숭배한다.
> 다른 자들은 뱀을 먹고 살찐 따오기를
> 신성한 두려움을 품고 바라본다.
> 여기서는 제단 위에 긴꼬리원숭이의 황금 상이 빛나고
> 저기서는 강의 물고기를 경배한다.
> 또 다른 데서는 바로 개가 온 도시의 경배를 받는다.
> 유베날리스

A 플루타르코스는 이런 오류에 대해 매우 현명한 해석을 내리는데, 그의 해석 자체가 한층 더 짐승들을 영광되게 만든다. 왜냐하면 그는 이집트인들이 예배를 드리는 것은 (예를 들어) 고양이나 소 자체가 아니라 그 짐승들에게서 어떤 신적 능력의 신의 상징을 보고 경배하는 것이라고 했기 때문이다. 소에게선 인내와 유익함을 보고, 고양이에게서는 민첩함을 보거나 C 아니면 우리 이웃인 부르고뉴인들과 독일인들처럼 갇혀 있는 것을 견디지 못하는 고양이의 성질에서 자기들이 다른 어떤 거룩한 자질보다 사랑하고 숭배하는 자유의 표상을 본다든지 등등. A 아무튼 가장 온건한 견해 가운데서도 우리와 짐승들이 얼마나 유사한지, 우리가 누리는 가장 큰 특권들을 짐승들도 얼마나 많이 저들 것으로 차지하고 있는지, 우리를 그것들에 비유하는 것이 얼마나 실감 나는지를 보여 주려 애쓰는 논설들을 만나면, 당연히 나는 우리의 오만을 가차 없이 깎아내리며, 사람들이 우리 인간에게 붙여 준 권리, 다른 피조물들에 대한 저 상상적인 왕권을 기꺼이 포기하게 된다.

〔 174 〕

이 모든 것에 대해 왈가왈부할 거리가 있다 해도, 우리를 단지 생명과 감정이 있는 짐승들뿐 아니라 식물들과도 묶어 놓는 어떤 배려, 인류로서의 어떤 보편적 의무는 여전히 존재한다. 우리는 사람을 정의롭게 대하고, 선한 소질을 지닌 피조물에겐 선의와 온정을 베풀어야 한다. 짐승들과 우리 사이엔 어떤 관계가, 어떤 상호적인 의무가 있다. C 나는 내 집 개가 적절치 않은 때에 반갑다고 법석을 부리거나 장난을 치자고 치근대도 잘 물리치지 못할 정도로 내 천성이 유치하기 짝이 없다고 말하는 게 하나도 두렵지 않다.

터키인들은 B 짐승들에게 시주를 하고 병원을 지어 주었다. A 로마인들은 거위들의 감시로 주피터 신전을 구했다며 거위들을 먹이기 위한 공적인 제도를 만들었다. 아테네 사람들은 헤카톰페돈[112]이라 부르는 신전을 세울 때 일한 암수 노새들에게 자유를 주고, 어디서나 방해받지 않고 풀을 뜯을 수 있게 누라고 명했다.

C 아그리겐툼[113] 사람들에게는 특별한 장점을 가진 말, 개나 유익한 새들처럼 귀한 짐승들, 또는 아이들의 장난감 노릇을 했던 짐승들까지 예를 갖춰 매장해 주는 것이 일반적인 관례였다. 그리고 어떤 일에서나 늘 그랬듯이, 그런 목적으로 세워진 수많은 무덤들의 호사스러운 모습도 웅장하기 짝이 없었는데, 그 무덤들은 이후 열병식을 하듯 늘어서서 수세기를 버텼다. 이집트 인들은 이리, 곰, 악어, 개와 고양이를 신성한 장소에 매장했는데, 시체는 방

112
파르테논 신전의 정식 명칭.
113
시칠리아 지방의 고대 그리스의 식민지.

11장 잔인성에 관하여

부 처리하고 그 죽음을 애도하며 상복을 입었다.

　　A 키몬은 올림픽 경기에서 세 번이나 이기게 해 준 말들에게 영광스러운 무덤을 만들어 주었다. 대(大) 크산티포스는 자기 개를 해안가의 한 곳 위에 매장했는데, 그때부터 그곳은 그 개의 이름으로 불리게 되었다. 또 플루타르코스는 얼마 되지 않는 수익을 얻겠다고, 오랫동안 자기에게 봉사한 소를 팔아 도살장에 보내는 것은 양심에 걸린다고 말했다.

12장
레몽 스봉[114]을 위한 변호[115]

A 사실 학문[116]은 매우 유익하고 위대한 부분이다. 그것을 무

114

Raymond Sebond(1385~1436). 바르셀로나 출신의 신학자로 원 이름은 라몬 시비우다인데, 툴루즈에서 의학을 가르치다 거기서 죽었기 때문에 이런 이름으로 부른다. 1436년에 썼고, 1485년에 재간행된 그의 『자연신학』은 계시 지식인 신학과 자연에 대한 지식을 별개로 구분하여, 전자의 권위에서 벗어난 자유로운 탐구를 허용해야 한다는 주장으로 16세기에 큰 호응을 받았다. 1564년 로마 교회는 이 책의 서문을 금서 목록에 올렸다.

115

몽테뉴는 이 장에서 밝히고 있듯이 1569년에 아버지의 분부로 레몽 스봉의 『자연신학』을 번역해서 간행했고, 1581년에 재간행했다. 번역 당시부터 원서에 대한 로마 교회의 금서 지정을(서문 부분) 감안해 어조를 완화하고 있고, 여기 『에세』에서 가장 긴 이 장에서도 그 사실을 의식하고 있는 것이 느껴진다. 몽테뉴가 레몽 스봉의 사상을 옹호하기보다는, 그의 신학을 논할 자격이 인간에게 있느냐는 질문으로 비판 자체를 봉쇄하는 것도 이 문제를 피해 가는 전략처럼 보이기도 한다. 이를 위해 그가 사용하는 무기는 유명한 그의 좌우명 "내가 무엇을 아는가?"로 요약되는 회의주의, 그리고 고대로부터 추앙받는 철학적 논설들을 서로 맞붙게 해 둘 다 탄핵하는 이이제이식 공략이다. 이런 논법을 통해 「레몽 스봉의 변호」는 레몽 스봉의 사상과 거의 대척점에 있는 몽테뉴 특유의 인간관, 세계관으로 귀결된다. 인간을 창조의 정점으로 보아 모든 피조물들 위에 두는 레몽 스봉과는 반대로 몽테뉴는 자연적 존재로서 인간과 동물 사이의 등급을 부정하며, 모든 인간적 특성과 자질, 심지어 지식까지도 상대화하고 무화하는 것이다. 무정부주의적 태도로 귀결될 수도 있었을 이런 극단적 상대주의는 '실재(réalité)'와 '자아'라는 단단한 반석을 찾음으로써 극복될 것이다. 이렇게 해서 『에세』 전 권의 정중앙에 자리 잡은 「레몽 스봉의 변호」는 몽테뉴의 사상적 변전의 중심축에 서게 된다.

〔 177 〕

시하는 자들은 그것만으로도 자기들의 어리석음을 증명하는 것이다. 하지만 나는 어떤 이들이 극찬하는 것만큼 지식의 가치를 높이 평가하지는 않는다. 철학자 헤릴루스는 지고의 선은 앎에 있으며 그것만이 우리를 행복하게 해 줄 수 있다고 했다. 나는 헤릴루스의 그 말도 믿지 않으며, 다른 이들이 말한 것, 즉 지식이 모든 덕의 어머니요, 모든 악덕은 무지의 소산이라는 것도 믿지 않는다. 설령 이 말이 사실이라 해도 긴 설명이 필요할 것이다.

우리 집안은 오래전부터 학문하는 사람들에게 문을 열어 놓았고, 그 점은 널리 알려져 있다. 우리 집안을 오십 년 이상이나 이끈 내 아버지는 프랑수아 1세가 문예를 신봉하고 권장하던 새로운 열정에 자극받아, 학자들을 마치 신성한 지혜의 특별한 영감을 지닌 거룩한 인물들처럼 맞이하고, 그들의 견해와 말을 신탁처럼 받아들이며, 당신의 선조들과 마찬가지로 문예에 대해서는 아무 지식도 없던 터라 그것을 판단할 수 없었던 만큼 더욱 큰 흠모와 존경의 마음으로, 큰 정성과 많은 비용을 들여 학자들과 친분을 쌓으려고 애쓰셨다. 나 자신은 학자들을 좋아하긴 해도 숭배하지는 않는다.

그들 중 당대에 학식으로 큰 명성을 얻은 피에르 뷔넬은 동료 학자 몇 사람을 데리고 와서 아버지와 함께 몽테뉴에 머물다 떠나면서 아버지에게 『레몽 스봉 선생의 자연 신학 또는 피조물에 관한 책』이라는 제목의 책을 선사했다. 아버지는 이탈리아어와 스페인어에 익숙한 데다, 그 책은 라틴어 어미를 붙인 스페인어로 되

116
몽테뉴는 science, 즉 오늘날 '학문'으로 번역되는 단어를 쓰고 있지만 독자적 분야와 체계를 갖춘 현대적 의미의 학문과 구별되는, 사물에 대한 지적 이해, 인식 및 그에 대한 추구 등 넓은 의미로 쓰고 있으므로 문맥과 문장에 따라 '앎', '지식', '학문'으로 유연하게 번역한다.

어 있으니 조금만 도움을 받아 읽는다면 당신에게 유익할 거라면서, 그 시기에 매우 유용하고 마침한 책으로 추천했던 것이다. 바야흐로 루터의 새로운 주장들이 신용을 얻어 가고, 여러 곳에서 우리의 오랜 신앙을 흔들어 놓기 시작하던 바로 그 무렵이었다. 이 점에서 뷔넬은 이 병의 발단이 쉬이 최악의 무신론으로 변질될 것을 이성적 추론을 통해 훤히 내다보는 예리한 통찰력을 보여 준 것이다. 보통 사람들[117]은 사물을 사물 자체로 판단할 능력이 없고, 우연이나 그럴싸해 보이는 것에 휩쓸려 버리기 때문에, 자기 구원이 걸려 있는 견해들처럼 지극히 외경(畏敬)해 온 견해들을 무시하거나 주무를 수 있는 대담성을 누군가가 그의 손에 쥐여 주고, 또 그의 종교의 어떤 조항들을 의심하거나 저울질하면, 뒤이어 쉽사리 제 믿음의 다른 조항들까지 같은 불확실성 속으로 던져 버린다. 그들에게는 남이 흔들어 놓은 것보다 나머지 것들이 더 권위나 근거가 있는 것도 아니기 때문이다. 그러고는 법의 권위나 오랜 관습에 대한 경의로 받아들였던 모든 사상을 마치 포학한 멍에처럼 뿌리쳐 버리고는,

> B 사람이란 전에 너무도 두려워하던 것들을
> 격렬하게 짓이기는 법이기에
>
> 루크레티우스

A 그때부턴 제 판단을 거쳐 개인적으로 동의한 것이 아니면 도통 받아들이지 않으려 든다.

<hr>

117
생전판에는 "세상 사람 거의 모두가 이 종류인데"가 부연되어 있다.

12장 레몽 스봉을 위한 변호

그런데 아버지는 돌아가시기 며칠 전에, 팽개쳐 둔 서류 더미 아래서 우연히 이 책을 발견하고는 내게 프랑스어로 번역하라고 시키셨다.

이 저자처럼 그대로 옮기기만 하면 되는 작가를 번역하는 것은 즐겁다. 그러나 우아하고 멋스러운 언어를 쓰려고 큰 힘을 기울이는 작가를 번역하려 하는 것은 위험하다. C 표현력이 약한 속어로 옮길 때는 특히 그렇다.

A 그것은 내겐 아주 낯설고 새로운 일거리였다. 그러나 마침 그때 한가했고, 세상에서 가장 좋으신 아버지의 명은 어떤 것이든 거역할 수 없었으므로, 내 힘껏 그 일을 완수했다. 아버지는 크게 기뻐하시며 그것을 인쇄하도록 맡기셨다. 그 일은 그분이 돌아가신 후에 이루어졌다.

이 작가의 사상은 아름답고, 작품 구조는 매우 정연하며, 그의 의도는 신심으로 가득 차 있었다. 많은 이들이, 특히 우리가 더 봉사해야 하는 부인들이 이 책을 탐독하고 있는 까닭에, 나는 이 책이 받는 두 가지 주요 비판을 불식해 그들을 도와주어야 할 처지에 종종 놓이게 되었다. 그의 목표는 대담하고 과감하다. 인간적이고 자연스런 논거들로 무신론자들에 맞서 그리스도교의 모든 조항들을 확립하고 확증하려 하니 말이다. 사실을 말하자면, 그가 이 일을 너무도 확고하고 또 적절하게 수행했으므로, 나는 그가 더 잘할 수도 있었다거나 다른 누군가가 그만큼 해낼 수 있다고는 생각지 않는다. 이름도 별로 알려지지 않았고, 우리가 아는 것이라고는 스페인 사람이라는 것과, 200년쯤 전에 툴루즈에서 의학을 가르쳤다는 것밖에 없는 작가의 것이라기엔 너무나 풍부하고 너무나 아름다운 작품 같아서, 전에 나는 모르는 것이 없는 아드

〔 180 〕

리앵 튀르네브에게 이 책을 뭐라 할 수 있을까 물어보았다. 그는 성 토마스 아퀴나스에게서 뽑아 낸 정수(精髓)라고 생각한다고 대답했다. 사실 무한한 박학다식과 경탄할 만한 섬세 미묘한 사상으로 가득 찬 그와 같은 사람만이 그런 사고를 할 수 있다는 것이었다. 어쨌거나 이 작품 저자요 창조자가(다른 이유 없이 스봉에게서 이 자격을 박탈할 수는 없다.) 어떤 인물이건, 그는 여러가지 훌륭한 자질을 가진 아주 재능 있는 사람이었다.

그의 작품에 대한 첫 번째 비판은, 신앙이란 믿음으로 갖게 되고 신의 은총이 특별히 불어넣어 주는 것인데 그리스도인들이 신앙의 근거를 인간적 이유에 두는 것은 스스로를 해치는 일이라는 것이다. 이런 반론에는 어떤 열렬한 신심이 깃들어 있는 듯하다. 그 때문에 신앙심을 내세우는 이런 사람들을 만족시키려면, 그만큼 더 상대를 존중하며 부드럽게 설득해야 한다. 그 일은 신학에 조예가 깊은 사람이 맡는 것이, 전혀 문외한인 내가 맡는 것보다 나을 것이다.

그렇더라도 나는 이렇게 판단한다. 하느님이 선한 의지로써 기꺼이 우리를 깨우쳐 주시려 한 이 진리처럼 너무도 신성하고 지고하며 인간 지성을 한참이나 초월하는 것으로 말하자면, 우리가 그것을 이해하고 마음속에 품어 가지려면 반드시 하느님께서 놀랍고도 특권적인 은혜로 우리를 도와주셔야 한다고. 그리고 순전히 인간적인 방법들만으로 그것이 가능하다고는 생각하지 않는다. 그것이 가능했다면, 타고난 능력이 너무도 많았던 고대의 그 많은 귀하고 탁월한 인물들이 자신의 이성과 사색을 통해 그 진리에 도달하고야 말았으리라. 우리 종교의 드높은 신비를 생생하고도 확실하게 이해하게 해 주는 것은 오직 신앙뿐이다.

〔 181 〕

12장 레몽 스봉을 위한 변호

그러나 그것이 곧 하느님이 우리에게 주신 자연적이고 인간적인 도구들을 우리 신앙을 위한 봉사에 적용하는 것이 매우 아름답고 매우 칭송할 만한 일이 아니라는 말은 아니다. 그렇게 쓰는 것이 우리가 인간적인 도구들에 부여할 수 있는 가장 영예로운 용도라는 것을 의심해서는 안 된다. 또한 그리스도인으로서 모든 연구와 사색을 바쳐 자기 신앙의 진리를 아름답게 가꾸고 퍼뜨리고 확장하는 것만큼 합당한 활동과 지향은 없다는 것도 의심할 수 없다. 우리는 정신과 영혼으로 하느님을 섬기는 것에 그칠 수 없다. 우리는 몸도 바쳐야 하므로 몸으로도 흠숭한다. 우리는 그분을 공경하는 데 우리 사지까지, 우리의 동작과 외부의 사물들까지 사용한다.

그와 마찬가지로 여기서도 우리는 우리 안에 있는 이성을 다 바쳐서 우리 신앙을 받들어야 한다. 단 우리의 신앙이 우리에게 달렸다거나 우리 노력이나 추론을 통해 그처럼 초자연적이고 신성한 지식에 도달할 수 있다고 생각해서는 안 된다는 유보 조항을 한시도 잊지 말고 말이다.

만일 초자연적인 주입을 통해 우리 안에 들어오는 것이 아니라면, 이성으로, 나아가 다른 인간적인 방법에 의해서까지 우리 안에 들어온다면 신앙은 우리 안에서 그 온전한 위엄과 광휘를 누리지 못할 것이다. 그런데 우리는 오직 그런 식으로만 신앙을 영위하고 있는 것은 아닌지 몹시 두렵다. 만일 우리가 살아 있는 신앙의 중재로 하느님과 연결되어 있다면, 우리가 우리 자신이 아니라 당신에 의해 하느님과 연결되어 있다면, 우리가 그처럼 거룩한 발판과 기반을 갖고 있다면 인간적인 상황들이 이렇게 우리를 흔들어 댈 힘을 가지진 못할 것이다. 우리의 보루가 그렇게 보잘것 없는 공격에 항복하진 않을 것이요, 새 것에 대한 사랑, 군주의 억압, 어느 편이 유리해 보인다는 판단, 지각없고 우발적인 변덕 따위가 우리 믿음을 흔들고 변질시킬 힘을 갖진 못할 것이다. 새로운 논법이든 설득이든, 지금까지 있어 온 그 어떤 수사학이든 우리 믿음을 멋대로 흔들어 대도록 내버려 두지 않을 것이다. 우리는 동요도 굽힘도 없이 굳건하게 그런 풍조들을 견뎌 낼 것이다.

> 거대한 바위가 부딪쳐 오는 격랑을 물리치고,
> 사방을 에워싸고 포효하는 파도들을 흩뜨리듯이.
>
> 베르길리우스, 『아이네이스』 7장의 모작, 작자 미상.

신성의 빛이 우리에게 조금이라도 닿는다면 우리의 어디서나 나타나 보이리라. 우리가 하는 말뿐 아니라 우리의 행동도 그 광채와 광휘를 지니고 있을 것이고, 우리에게서 나오는 모든 것에서 그 고매한 광명의 빛 줄기가 보일 것이다. 인간의 파당들에서조차, 아무리 어렵고 기이한 학설을 가진 학파라도, 조금이라도 행실과 삶을 거기에 일치시킨 추종자가 전무했다면 마땅히 부끄러워해야 할 터인데, 그토록 거룩하고 신성한 가르침을 받은 그리스도인들이 남다른 점이라곤 말뿐이다.

 ^{B} 그 점을 확인하고 싶은가? 우리의 행습을 이슬람교도나 이교도와 비교해 보라. 언제나 그들보다 못할 것이다. 우리 종교의 장점에 비추어 볼 때 우리는 특출하게, 도저히 비교할 수 없을 만큼 훨씬 더 빛나야 할 것이요, 사람들이 "그렇게 정의롭고, 인정 많고, 착한가? 그렇다면 저들은 그리스도 교인들이다."라고 말해야 할 텐데 말이다.

 ^{C} 겉으로 드러나는 것들, 즉 소망, 믿음, 놀라운 사건들, 의식

(儀式), 회개, 순교는 어느 종교에나 있다. 우리 진리만이 갖는 특별한 표지는 우리의 덕성이어야 할 것이다. 덕이야말로 가장 얻기 어려운 천상의 표지요, 진리가 만들어 내는 가장 값진 산물이기 때문이다.

ᴮ 그러므로 그리스도 교인이 된 타타르 왕이 리옹으로 와서 교황의 발에 입맞추고, 우리 행습에 깃들어 있으리라 기대하는 거룩함을 눈으로 확인하고자 했을 때, 우리의 방탕한 생활 방식을 보고 되레 거룩한 그리스도교 신앙을 버리지나 않을까 두려워서 착한 우리 루이 성왕이 극구 만류했던 것은 잘한 일이다. 후일 어떤 다른 사람에게 일어난 일은 그와는 전혀 달랐지만 말이다. 그는 같은 목적으로 로마에 갔는데, 거기서 당시 고위 성직자와 민중의 부패를 목격하고, 그처럼 만연한 부패와 그토록 타락한 자들의 손아귀에서조차 본연의 위엄과 광채를 유지하다니 얼마나 힘 있고 신성한 종교이기에 그럴까 하여, 더욱더 강렬하게 우리 종교를 믿게 되었던 것이다.

ᴬ 우리가 단 한 방울의 신앙이라도 지녔다면 산이라도 옮겨 놓을 것이라는 성경 말씀이 있다. 신성이 이끌며 동행해 준다면 우리 행위들은 단순히 인간적이기만 하지 않을 것이다. 우리 행위는 우리의 신앙처럼 기적적인 무엇인가를 지닐 것이다. ᶜ "믿으면 즉시 선과 행복을 향한 삶을 살게 되리라."(퀸틸리아누스)

어떤 자들은 자기가 믿지 않는 것을 믿고 있는 것처럼 세상 사람들에게 믿게 한다. 더 많은 수의 다른 자들은 믿는다는 것이 무엇인지 깊이 알지 못한 채 자기가 믿고 있다고 스스로에게 믿게 한다.

ᴬ 그런데도 우리는 이 시각 우리 나라를 짓누르고 있는 전쟁에서 사건들이 진부하고 흔해 빠진 방식으로 요동치며 변화하는

〔 184 〕

것을 이상하다고 여긴다. 우리가 이 전쟁에 들이는 품이 오로지 우리에게 속한 것뿐이라 그런 것인데 말이다. 한 당파가 내세우는 정의는 오직 장식이요 덮개일 뿐, 말로만 내세우는 정의이지, 그 당파가 받아들이고, 그 당파에 깃들고, 그 당파와 하나가 된 정의가 아니다. 마치 변호사의 입술 위에 있는 것처럼 있을 뿐이요, 그 당파의 심장과 감정 속에 있는 게 아니다. 하느님은 당신의 놀라운 구원을 믿음과 종교에 베푸시지, 우리의 정념에 베푸시지 않는다. 여기서는 인간들이 판을 좌지우지하며, 거기에 종교를 이용한다. 반대로 해야 할 터인데 말이다.

C 살펴보라. 우리는 우리 손으로 종교를 주물러서 너무도 곧고 견고한 계율에서 마치 밀랍을 주물러 뽑아내듯, 서로 상반되는 너무도 많은 형상들을 끌어내고 있는 것은 아닌지. 그것이 오늘날의 프랑스에서만큼 훤히 보인 적이 있었는가? 종교를 왼쪽에서 보는 자건 오른쪽에서 보는 자건, 그것을 검다고 하는 자건 희다고 하는 자건, 자기들의 폭력적이고 야심 찬 계획에 종교를 끌어들이고, 거기에 방탕이나 불의에 꼭 알맞은 방식을 사용하는 짓들은 서로 너무나 흡사하여, 우리의 생활 방식과 법칙이 걸려 있는 문제에서 저들의 엇갈리는 주장들을 의심스럽게, 믿기 어렵게 만든다. 같은 학파 출신에 같은 수련을 받았다 한들 저보다 더 일치된, 저보다 더 하나같은 행습을 볼 수 있겠는가?

신성한 이치들을 가지고 공놀이하듯 던지고 받고 하는 저 끔찍한 불경을 보라. 이 전 국가적 폭풍우 속에서 운수 때문에 입장이 바뀔 때마다 우리가 얼마나 반종교적으로 신성한 이치를 잡았다 내던졌다 했는지를 보라. "신하가 신앙을 지키기 위해 자기 군주에게 반항하여 무기를 드는 것이 용납되는가?"라는 엄숙한 명제

12장 레몽 스봉을 위한 변호

를 생각해 보라. 지난해, 어떤 입들에서, 그것을 긍정하면 어떤 당파에 대한 지지요, 부정하면 다른 어떤 당파에 대한 지지가 되었던가. 그런데 지금은 찬반의 목소리와 훈령이 어느 쪽에서 들려오는지 들어 보라. 그리고 이쪽 명분을 위한 무기 소리가, 저쪽 명분을 위한 무기 소리보다 덜 시끄러운지 귀 기울여 보라. 진리가 우리네 불가피한 현실에 순응해야 한다고 말하는 자들을 우리는 불태워 죽인다. 그런데 프랑스는 그 말보다 얼마나 더 못된 짓을 하고 있는가!

^A 진실을 고백하자. 군대에서, 합법적이고 중립적인 군대에서조차, 오로지 신앙심의 열성만으로 행군하는 자들, 거기에 오로지 자기 국가의 법을 보호하고 군주를 보필하는 것만을 고려하는 자들까지 추려 내 봐도 아마 그들로는 일개 중대도 꼭 채워 세울 수 없을 것이다. 어째서 우리의 공적 행동에서는 의지와 행보가 한결같은 사람이 그다지도 적으며, 왜 어떤 때는 그들이 걷기만 하고 어떤 때는 고삐를 놓은 채 전속력으로 달려갈까? 또 어째서 같은 인사가 어떤 때는 과도함과 악착스러움으로, 어떤 때는 냉정, 무기력, 둔중한 태도로 우리 일을 망치는 것일까? ^C 우발적이고 ^A 개인적인 동기가 부추기는 대로 수없이 변하는 생각에 따라 움직이는 게 아니라면.

^C 내가 똑똑히 보는 바로, 우리가 신앙을 위해 기꺼이 바치는 것이라곤 우리의 정념을 발라맞추는 봉사뿐이다. 그리스도교의 적개심만큼 드높은 적개심은 없다. 우리의 종교적 열의는 증오, 잔혹, 야심, 탐욕, 중상, 반역으로 기우는 우리의 성향을 거들 때는 놀라운 기적을 이뤄 낸다. 반대로 선량함, 인자함, 절제 등을 향할 때는 기적처럼 희귀한 천성이 보태지지 않는 한 우리의 신앙심엔

〔 186 〕

날개도 발도 달리지 않는다.

우리 종교는 악덕들을 뿌리 뽑기 위해 만들어진 것인데, 도리어 그것을 감싸고, 기르고, 부추긴다.

^A (사람들이 말하듯이) 하느님께 밀 대신 겨를 드려서는 안 된다. 우리가 하느님을 믿는다면, 내 말은 신앙이 아니라 단순한 믿음으로라도 믿는다면, 또는 (참으로 부끄러운 말이지만) 우리가 그분을 다른 어떤 이야기를 믿듯이 믿고, 우리 친구들 중 하나처럼 알기라도 한다면, 그분에게서 빛나는 무한한 선(善)과 미(美) 때문에 우리는 다른 어떤 것보다 그분을 사랑할 것이다. 그러면 적어도 그분은 우리가 애호하는 것들 중에서 부, 쾌락, 영광, 친구들과 나란히 가실 것 아닌가.

^C 우리 중 가장 나은 자조차 그분을 모욕하기를 자기 이웃, 부모, 선생을 모욕하는 것만큼도 두려워하지 않는다. 한쪽엔 우리의 악한 쾌락들이 좇는 목적이 있고, 다른 한쪽엔 같은 비중으로 불멸의 영광 상태에 대한 지식과 신념이 있다면 그중 하나를 다른 하나와 교환하겠다고 나설 아둔한 자가 있겠는가? 그런데도 우리는 그저 깔보며 건방떠는 맛에 자주 불멸의 영광을 포기한다. 모욕하는 재미가 아니면 무엇 때문에 신성모독에 끌린단 말인가.

사람들이 철학자 안티스테네스를 오르페우스교의 비의(秘儀)로 이끌 때, 사제가 그 종교에 헌신한 사람들은 죽은 뒤에 영원하고 완전한 행복을 누리게 된다고 말하자, 안티스테네스는 이렇게 대꾸했다. "그렇다면 왜 그대 자신부터 죽지 않는가?"

디오게네스는 저 세상의 복락을 얻으려면 자기 종단에 들어오라고 설교하는 사제에게, 그의 버릇대로 더 거칠게, 그리고 우리 주제를 벗어나 딴청을 피우며 이렇게 대꾸했다. "아게실라우스

〔 187 〕

12장 레몽 스봉을 위한 변호

와 에파미논다스 같은 위인들이 불행해지고, 기껏해야 송아지에 불과한 자네가 사제라서 훨씬 행복해질 거라고 믿으란 말인가?"

　　A 영원한 지복에 대한 저 위대한 약속들을 철학적인 가르침만큼 권위 있는 것으로 받아들인다면, 우리는 우리가 그렇게 무서워하는 죽음도 무서워하지 않게 될 것이다.

> 그때, 죽는 자는 자기가 부패할 것을 더는 슬퍼하지 않을 것이요,
> 뱀이 허물을 벗고, 늙은 사슴이 너무 긴 뿔을 벗어 버리듯,
> 유해를 남기고 홀홀 떠나는 것을 오히려 기뻐하리라.
> 루크레티우스

　　A "나는 해체되어 예수 그리스도와 함께 있기를 바란다."[118]라고 우리는 말할 것이다. 영혼의 불멸성에 대한 플라톤 사상의 힘은 그의 제자 중 어떤 이들을 죽음으로 향하게 했다. 플라톤이 심어 준 희망을 더 빨리 누리기 위해서 말이다.

　　이 모든 것은, 다른 종교와 하등 다를 바 없이 우리 역시 그저 우리 식으로, 그리고 우리 손으로 우리 종교를 받아들이고 있다는 매우 분명한 증거이다. 우리는 우리 종교가 통용되는 나라에서 우연히 태어났거나, 또는 우리 종교의 오랜 역사나 그것을 옹호했던 사람들의 권위를 존중하는 것뿐이거나, 또는 불신자들에게 가하는 위협이 무섭거나, 또는 그것이 주는 약속을 기대하기 때문에

118
「필립비서」 1:23. 공동 번역 성서에는 "나는… 이 세상을 떠나 그리스도와 함께 살고 싶습니다."로 되어 있다.

〔 188 〕

추종하는 것이다. 그런 동기들도 우리 신앙을 위해 쓰여야 하되 보조적인 것으로만 쓰여야 한다. 그런 것들은 인간적인 연결 고리일 뿐이다. 다른 지역, 다른 증언, 비슷한 약속과 위협이 동일한 방법으로 정반대의 신앙을 우리에게 심어 줄 수도 있는 것이다.

[B] 우리는 페리고르인이나 독일인이라는 것과 마찬가지 명목으로 그리스도 교인인 것이다.

[A] 플라톤이 말한 바, 절박한 위험이 들이닥칠 때 신의 힘을 인정하지 않을 만큼 굳건하게 무신론을 견지할 사람은 거의 없다는 공식은 진정한 그리스도인에게는 전혀 해당되지 않는다. 인간적인 방법을 이용해 신심을 얻으려는 것은 소멸되기 마련인 인간적인 종교들이나 할 짓이다. 비겁하고[119] 허약한 마음이 우리 안에 심고 키우는 신심이 어떤 신심이겠는가? [C] 믿지 않을 용기가 없다는 그 이유 하나 때문에 믿는다니, 참으로 웃기는 신앙이다! [A] 줏대 없음이나 두려움 같은 결함이 우리 영혼에 그 어떤 견실한 것을 만들어 낼 수 있겠는가?

[C] 플라톤은 말한다. 저들은 이성으로 판단해 지옥이나 사후 징벌에 대한 이야기들이 거짓이라는 견해를 세운다고. 그러나 노쇠나 병으로 죽을 날이 가까워져서 그것을 시험해 볼 때가 오면, 죽음에 대한 두려움이 차후에 닥칠 상황에 대한 공포를 불러일으키고, 그 공포가 그들의 마음을 새로운 신앙심으로 가득 채운다는 것이다. 그리고 그런 상념이 남기는 인상들이 사람의 마음을 나약하게 만들기 때문에, 『법률』에서 그는 그런 종류의 위협들을 가르치거나, 인간의 더 큰 복락이나 치유 효과를 위해서가 아닌 어떤

119
'지옥을 겁내는'이라는 뜻.

12장 레몽 스봉을 위한 변호

불행을 신들이 인간에게 내릴 수 있다고 설파하는 것을 모두 금한다. 사람들이 비온[120]에 대해 말하기를, 그는 헤로도토스의 무신론에 감염되어 오랫동안 신심을 지닌 사람들을 조롱하더니 갑자기 죽음이 닥치자, 마치 자기 사정에 따라 신들이 해고됐다 복직됐다 하는 것처럼 더 이상 심할 수 없을 만큼 미신적이 되었다고 한다.

플라톤의 말이나 이런 예들은 우리가 사랑 때문에건[121] 어쩔 수 없어서건 결국 하느님을 믿게 된다는 결론으로 이끈다. 무신론은 타락하고 해괴한 주장이며, 인간의 정신에 수립하기 힘들기도 하거니와 궁색한 제안이다. 아무리 인간 정신이 건방지고 제멋대로라고 해도 말이다. 그 때문에 평범하지 않은 생각, 세상을 바꿀 견해를 가졌다는 허영과 자부심에서 그것을 주장하는 척하는 자들이 상당히 많지만, 그들은 상당히 미치기는 했을망정 자기 양심에까지 그런 생각을 심어 두기에 상당할 만큼 강하지는 않다. 가슴에 한 방 세게 칼을 맞으면 바로 하늘을 우러러 합장하지 않고는 못 배길 것이다. 두려움이나 병이 이 변덕스러운 성미의 방자한 열정을 무너뜨리면 곧장 일반인들의 신앙으로 돌아와 보통 사람들이 하는 대로 매우 조심스럽게 행동하지 않고는 못 배길 것이다.

진지하게 곱씹어 자기 것으로 만든 사상은 별개의 문제이다. 비틀거리는 정신의 방종에서 생겨나서 확신도 없으면서 지각없이 상상 속을 헤엄치는 저 표피적인 견해들은 그런 사상이 아니다.

120
B. C. 3세기의 스키타이인 견유철학자. 헤로도토스와 함께 아프리카 북부 키레네에서 학교를 열었다.

121
생전판과 1595년판에는 "이성의 추론에 의해서건"이라고 되어 있다. 보르도본에만 '이성' 대신 '사랑'이 쓰였다.

〔 190 〕

자기 주제 이상으로 더 못돼지겠다고 애쓰는 인간들이여, 참으로 한심하고 정신 나간 자들이로다!

 B 이교의 오류와 우리의 거룩한 진리에 대한 무지가 저 위대한(하지만 인간적으로만 위대한) 플라톤의 영혼을 그 비슷한 또 다른 오류에 빠뜨렸다. 마치 종교가 우리의 어리석음에서 생기고 거기서 신뢰를 얻기라도 하는 듯, 어린아이들과 노인들이 더 종교를 믿기 쉽다는 생각이 그것이다.

 A 우리의 판단과 의지를 묶어 주고 우리의 영혼을 껴안아 우리 창조주와 결합시켜 줄 매듭은, 그 얽어 묶는 힘을 우리의 생각, 우리의 이성이나 정념이 아닌 신적이고 초자연적인 포옹에서 얻는 매듭, 하느님의 권위와 은총이라는 단 하나의 형태 단 하나의 얼굴과 광휘만을 갖는 매듭이어야 할 것이다. 그럴 때 우리의 마음과 우리의 영혼은 신앙의 지배와 명령을 받게 되므로, 신앙이 우리의 다른 기능들을 그 능력에 따라 신앙의 목적에 봉사하도록 이끄는 것은 당연하다. 그러므로 이 기계(우주) 전체가 저 위대한 건축가의 손이 찍어 놓은 어떤 표적을 갖고 있지 않다거나, 세상의 사물들에 그것을 짓고 만든 이와 닮은 모습이 없다는 것은 믿을 수 없는 일이다. 그분은 이 고매한 작품들에 당신 신성의 특징을 남겨 놓았다. 그러니 우리가 그것을 발견하지 못하는 것은 오직 우리의 어리석음 탓이다. 그분 자신이 이 점을 우리에게 말씀하신다. 당신의 보이지 않는 활동, 그것을 보이는 것들을 통해 우리에게 드러내신다고.

스봉은 이 훌륭한 연구에 진력하여, 세상의 어느 한 조각도 저를 만든 제조자를 부정하지 않는다는 것을 우리에게 보여 준다. 우주가 우리의 믿음에 부응하지 않는다면 신의 선의를 훼손하는

12장 레몽 스봉을 위한 변호

일일 것이다. 하늘, 땅, 원소들, 우리 육신과 영혼 등 모든 것이 우리의 신앙에 협력한다. 그것들을 사용하는 방법만 알아내면 된다. 우리가 들을 줄만 안다면 그것들이 우리를 가르친다. [B] 이 세상은 지극히 거룩한 사원이요, 인간은 태양, 별들, 물과 땅 등의 조상(彫像)들을 보고 명상하라고 이 사원 안으로 인도되었기 때문이다. 그것들은 우리에게 관념적인 것들을 표상해 주려고, 필멸자의 손이 아니라 신적 사유가 가시적인 것으로 만든 것들이다. [A] 하느님의 영원한 지혜와 신성을 그분의 작품들을 통해 숙고하면, 보이지 않는 하느님의 일들이 천지창조를 통해 나타나 보인다[122]고 성 바오로는 말한다.

> 신은 땅이 하늘을 보는 것을 막지 않으신다.
> 우리의 머리 위에서 하늘을 끊임없이 돌리시어
> 당신의 얼굴과 형체를 드러내신다.
> 당신을 잘 알 수 있도록,
> 또한 당신의 걸음을 묵상하며
> 당신의 율법에 주의를 집중하도록 가르치기 위해
> 당신 자신을 우리에게 다 내보이고 우리 마음에 새겨 주신다.
>
> 마닐리우스

122
「로마서」 1:20. "하느님께서는 세상을 창조하신 때부터 창조물을 통하여 당신의 영원한 능력과 신성과 같은 보이지 않는 특성을 나타내 보이셔서 인간이 보고 깨달을 수 있게 하셨습니다."

〔 192 〕

그런데 우리의 인간적인 이성과 사고는 마치 둔중하고도 메마른 질료와 같다. 그것에 형상을 부여하는 것이 바로 하느님의 은총이요, 바로 그 은총이 인간 이성을 가다듬어 가치 있게 만드는 것이다. 소크라테스와 카토의 덕행이 궁극적인 목적을 갖지 못했고, 만물의 진정한 창조주에 대한 사랑과 복종을 마음에 두지 않았으며 하느님을 알지 못했기에 헛되고 무가치한 것으로 남아 있는 것과 꼭 같이, 우리의 생각과 사유도 그러하니, 그것들은 무슨 몸체가 있어도 신앙과 하느님의 은총이 그것에 깃들지 않으면 형상도 광명도 없는 무정형의 덩어리에 지나지 않는다. 스봉의 논지에 스며들어 색깔과 광채를 주는 신심, 그 신심이 그것을 견실하고 확고하게 만든다. 그래서 그것은 초심자들을 신앙의 길로 이끄는 초보적인 길잡이 역할을 할 수 있다. 그것이 초심자를 얼마간 다듬어서 하느님의 은총을 받을 수 있게 해 주고, 은총에 의해 우리 신앙은 완성되고 완벽해진다. 나는 인문적 교양도 높고 영향력 있는 한 사람을 알고 있는데, 그는 스봉의 논증 덕분에 불신앙의 오류에서 되돌아왔다고 내게 고백했다. 그뿐 아니라 끔찍하고 혐오스러운 불신앙의 암흑 속으로 뛰어내리는 자들을 공박하기 위해, 문장의 장식이나 신심의 지원과 확증을 떼어 내고 순전히 인간적인 사상으로만 취하더라도, 여전히 스봉의 논지는 같은 조건으로 불신자들을 논박하기 위해 쓸 수 있는 그 어떤 논지보다 확고하고 견실할 것이다. 우리의 적수에게,

더 나은 논거가 있거든 내놓아 보시오, 아니면 승복하시오.
호라티우스

〔 193 〕

라고 말하며, 우리가 내민 증거들의 힘에 승복하든지, 아니면 다른 데서, 다른 주제로 더 잘 찾고 더 잘 짠 논거를 내놓아 보라고 호언할 수 있을 정도로.

생각지도 않은 차에 벌써 나는 스봉 편에서 응수하겠다고 한 두 번째 반론 속으로 반이나 들어와 버렸다.

어떤 자들은 스봉의 논지는 그가 입증하려는 바를 입증하기에 허약하고 부적절하다며 손쉽게 그것을 공박하려 든다. 이런 자들은 좀 더 호되게 다뤄야 한다. 이들은 첫 번째 적수들보다 더 위험하고 더 악의적이기 때문이다. ᶜ 사람들은 보통 남의 글의 의미를 속단해 제 견해에 갖다 맞춘다. 그래서 무신론자는 우쭐거리며 모든 저자를 무신론으로 귀결시킨다. 실은 바로 제 독으로 죄 없는 대상을 오염시키면서 말이다. ᴬ 이런 자들은 어떤 선입견을 갖고 있고, 그 선입견 때문에 스봉의 논지가 뻔하다고 느낀다. 게다가 그들은 권위와 계율로 가득 찬 장엄성 자체 안에서는 감히 공격할 수 없을 우리 종교를, 순전히 인간적인 무기로 자유로이 논박해 볼 멋진 기회가 왔다고 여긴다.

이런 광란을 꺾어 누르기 위해 내가 쓰는 방법, 내가 보기에 가장 적절한 방법은 인간의 오만과 자부심을 발로 짓밟아 뭉개는 것이다. 그들로 하여금 인간의 부질없음, 허영 그리고 허망함을 느끼게 하기. 그들에게서 이성이라는 보잘것없는 무기를 박탈하기. 존엄한 신성의 권위와 숭엄 아래 고개 숙이고 흙을 삼키게 하기. 지식과 지혜는 오로지 신성에 속한다. 사물의 가치를 평가할 수 있는 것은 오직 신성뿐, 그러니 우리가 우리 자신에게 매기는 가치와 평가는 그분에게서 훔쳐온 것이다.

〔 194 〕

신은 당신 아닌 다른 자가

거만하게 뽐내는 것을 허락지 않기 때문이다.

헤로도토스

^C 악령의 포악한 지배력의 첫째 기반인 이 오만을 때려 부수자. "하느님은 오만한 자들을 물리치고, 겸손한 자들에게 은총을 베푸신다."[123] 지혜는 모든 신들에게, 그리고 극소수의 인간에게만 있다고 플라톤은 말한다.

^A 그렇지만 죽기 마련이고 허약해 빠진 것들이나마 우리가 가진 기능들이 우리의 거룩하고 신성한 신앙에는 아주 안성맞춤이어서, 천성적으로 죽기 마련이요 허약한 대상에 그것들을 사용하면 더없이 적합하다는 점은 그리스도인에게 큰 위안이 된다. 그러니 스봉의 논지보다 더 강력한 다른 논지를 인간이 보유할 힘이 있는지, 나아가 논증이나 추론을 통해 무슨 확실성에 도달할 힘이 인간에게 있는지 알아보자. ^C 성 아우구스티누스가 이런 자들을 논박할 때, 우리 이성이 입증하지 못하는 신앙의 부분들을 허위라고 주장하는 바로 그 점을 들어 그들의 부당성을 비난하고 있으니 말이다. 우리의 추론으로 본질과 원인을 입증할 수 없는 상당히 많은 사실들이 있을 수 있거나 있었던 것을 증명하기 위해, 그는 인간이 전혀 알 수 없다고 자인한, 널리 알려지고 의심할 여지 없는 몇가지 경험들을 그들 앞에 제시하고, 그것을 다른 것들과 마찬가지로 주의 깊고 솜씨 있게 탐구한다. 그보다 더

123
「베드로 전서」 5:5. "하느님께서는 교만한 자를 물리치시고 겸손한 사람에게 은총을 베푸십니다."

〔 195 〕

해야 한다. 저들 논리의 허약성을 납득시키려면 희귀한 예들을 추려 내려고 애쓸 필요도 없다는 것, 이성이 하도 결함투성이에 장님이라 이성에게 충분히 명백할 만큼 뻔하고 만만한 것이라곤 아무것도 없다는 것, 뻔하거나 난해하거나 이성에겐 매한가지요 모든 것이 마찬가지여서 자연은 대체로 이성의 판결이나 중재를 인정하지 않는다는 것을 가르쳐 줘야 한다.

A 세속적 철학을 피하라고, 우리의 지혜란 하느님 앞에서는 어리석음에 불과하다고, 모든 허무 가운데 가장 헛된 것이 인간이라고, 자기 지식을 뽐내는 인간은 아직 안다는 게 무엇인지 모르는 자라고, 아무것도 아닌 인간이 제가 무엇이라도 되는 줄 안다면 저를 속이고 기만하는 것이라고 귀가 닳도록 설명할 때, 진리가 우리에게 가르치는 것이 무엇인가? 성령의 이 말씀들[124]은 내가 주장하려는 바를 너무도 분명하고 생생하게 설명하고 있으니 그 권위 앞에 완전히 무릎 꿇고 복종하고야 말 자들에게 다른 무슨 증거가 필요하랴. 하지만 이자들은 아플지언정 매를 맞으려 들며, 자기네 이성을 공격하려면 오직 이성만 가지고 덤비라고 한다.

그러므로 우선은 외부로부터 아무 도움도 받지 않고 오직 자기 무기로만 무장한 인간, 그의 영광의 전부요 그의 힘이며 존재의 기반인 하느님의 은혜도 하느님의 지혜도 배제한 인간 하나만 고찰해 보자. 그의 대단한 장비에 쓸 만한 것이 얼마나 있나 보자. 그의 이성을 동원해서, 무슨 근거로 자기가 다른 피조물들보다 훨씬 우월하다고 생각하는지 내게 납득시켜 보라고 하라.

124
성령이 성 바오로에게 불러 준 위의 말씀들. 「골로사이서」 2:8, 「고린도 1서」 3:19, 8:2, 「갈라디아서」 6:2 참조.

〔 196 〕

천상궁륭의 저 경탄스러운 운행, 그의 머리 위로 저토록 고고하게 회전하는 횃불들의 영원한 빛, 저 무한한 대양의 가공할 움직임들이 그의 편익을 위해, 그에게 봉사하기 위해 세워져서 그토록 오래 계속되고 있다고 누가 그에게 가르쳤는가? 자기 하나도 다스리지 못하며, 온갖 것들에 의해 해를 입을 수 있는 이 가련하고 초라한 피조물이 우주의 주인이요 제왕이라고 자처하는 것보다 더 가소로운 일을 상상할 수 있을까? 우주를 지배하기는커녕 우주의 가장 작은 부분조차 해득할 능력이 없는 자가 말이다. 이 세상에서 저만 이 위대한 건축물의 아름다움을 느끼고 그 부분들을 알아볼 수 있으며, 저만 그것을 지은 이에게 감사할 수 있고, 세상에서 들고 나는 것들을 셈할 수 있다고 주장하는 특권, 누가 그 특권장에 도장을 찍어 주었단 말인가? 그 훌륭하고 위대한 임무의 사령장을 우리에게 보여 다오.

^C 그 사령장은 현자들에게만 발부되었나? 일반인들과는 거의 관계가 없으니. 미치광이나 고약한 자들이 그렇게 놀라운 호의를 입을 자격이 있을까? 세상의 가장 나쁜 조각이면서 다른 피조물보다 총애를 받는 게 합당한가?

이 말을 믿어야 할까? "세상이 누구를 위해 만들어졌다고 말할 것인가? 아마도 이성을 사용하는 존재들, 분명 모든 존재들 중 가장 완벽한 존재인 신들과 인간들을 위해서일 것이다."(키케로) 신과 인간을 짝짓는 이런 파렴치는 아무리 조롱해 줘도 충분치 않을 것이다.

^A 한데 이 가련한 자에게 그런 특권을 누릴 만한 점이 있는가? 천체들의 부패하지 않는 생명, 그것들의 아름다움, 위대함, 너무나 정확한 규칙에 따라 계속되는 끝없는 운동을 생각할 때,

[197]

눈을 들어 우리 머리 위 광대한 우주의 천궁과
거기 박혀 있는 빛나는 별들을 바라볼 때,
해와 달의 회전을 생각해 볼 때
루크레티우스

그리고 이 천체들이 우리의 삶과 우리 운명의 조건들을 지배할
뿐 아니라,

그는 인간의 행동과 생명을 별들에게 맡겼으므로
마닐리우스

우리의 이성이 알게 되고 발견한 바를 따르자면, 우리의 기질, 우
리의 사고, 우리의 의지에까지 작용해 통제하고 떠밀고 흔들어
대며 지배하는 것을 생각할 때,

이성은 안다, 저 먼 별들이
숨겨진 법칙에 따라 우리 땅을 지배하며
전 우주가 규칙적 운행을 하고 있음을.
그것들이 보여 주는 표징에 우리 운명 또한 달려 있음을.
마닐리우스

한 인간, 한 임금뿐 아니라 왕국들, 제국들, 나아가 이 세상 전체
가 천상의 미세한 움직임에도 동요하는 것을 볼 때,

가장 작은 움직임도 얼마나 엄청난 결과를 낳으며,

〔 198 〕

왕들까지 호령하는 그 힘은 얼마나 큰지.

마닐리우스

우리의 덕성, 우리의 악덕, 우리의 능력과 지식, 그리고 천체의 힘에 대해 우리가 하는 이런 생각 자체, 그리고 그것들과 우리를 두고 하는 이 비교까지도, 우리의 이성이 판단하듯 그것들의 힘과 호의에서 비롯되는 것이라면,

어떤 자는 사랑에 미쳐 트로이를 치려 바다를 건너고,
어떤 자는 법을 제정해야 하는 운명을 가졌고,
여기서는 자식이 아비를 죽이고,
저기서는 부모가 자식을 죽인다.
형제끼리 대적하여 무기를 들고 서로를 죽인다.
이 살육의 책임자는 우리가 아니다.
운명이 저 불행한 자들더러 모든 것을 그렇게 뒤엎으라고
자기들 손으로 서로 징벌하고 서로 짓찢게 한다……
그리고 내가 운명을 이렇게 말하는 것 또한 운명 탓이로다.

마닐리우스

하늘이 나눠 줘서 우리 몫의 이성을 받은 것이라면, 그 이성이 어떻게 우리를 하늘과 동등하게 만들어 주겠는가? 어떻게 하늘의 본질과 조건들을 우리의 지식에 굴복시킬 것인가? 천체에서 보는 모든 것이 우리를 놀라게 한다. ^C "이처럼 거대한 작품을 만들기 위해 사용된 동력과 도구와 지레와 기계와 일꾼들은 대체 어떠했을까?"(키케로)

〔 199 〕

12장 레몽 스봉을 위한 변호

무슨 근거로 우리는 그것들에게 영혼, 생명, 이성이 없다고 하는가? 그저 복종할 뿐 다른 교류가 없는 주제에, 그것들에게서 움직임도 없고 무감각한, 멍청함이 눈에 띄던가? ^C 인간 이외의 다른 피조물이 이성적인 영혼을 사용하는 것은 보지 못했다고 말하려는가? 아니 뭐라고! 우리는 해와 비슷한 것을 본 적이 있는가? 우리가 해와 비슷한 것을 못 보았다고 해가 존재할 수 없는가? 해의 운행과 같은 것이 전무하다고 해의 운행이 있을 수 없단 말인가? 우리가 못 본 것은 존재하지 않는 것이라면, 우리의 지식은 엄청나게 짧아질 것이다. "우리 정신의 범위는 그리도 좁다!"(키케로) ^A 아낙사고라스처럼 달을 하늘에 있는 땅으로 여겨서 ^C 그곳의 산과 골짜기들을 상상하는 것, ^A 플라톤과 플루타르코스처럼 우리의 편익을 위해 달에다 인간을 위한 거주지와 거처를 만들고 식민지를 세우고 우리 땅은 그것을 비추는 빛나는 별로 만든다는 것은 인간의 허영심이 만들어 낸 망상이 아닌가? ^C "죽을 수밖에 없는 우리 인간의 본성이 지닌 다른 결함 중 하나는, 오류를 범하게 할 뿐 아니라, 자기 오류를 애지중지하게까지 하는 영혼의 맹목성이다."(세네카) "썩어 없어질 육신이 영혼을 무겁게 하고, 흙으로 된 이 몸뚱이가 만 가지 생각을 일으켜 정신을 짓누른다."[125]

^A 자만심은 우리의 본성적이고 본원적인 병이다. 모든 피조물 가운데 가장 상처 입기 쉽고 취약한 것이 인간이요, 동시에 가장 오만한 것도 인간이다. 인간은 자기가 세상의 진창과 똥 가운데 살며, 우주에서 가장 활기 없고 무기력한 가장 나쁜 부분에 매여 못 박혀 있고, 하늘의 궁륭에서 가장 멀리 떨어진 마지막 계단에서

125
성 아우구스티누스가 인용한 「지혜서」 9:15.

세 가지 조건[126] 중 가장 나쁜 조건을 가진 동물들과 함께 살고 있음을 지각하고 안다. 그러면서도 상상으로 자기를 달의 궤도에 올려놓고, 하늘을 자기 발밑으로 끌어내리려 한다. 바로 그 상상력의 허영으로 인간은 자기를 하느님과 동등하게 여기고, 자신에게 신성한 조건들을 부여하며, 자기만 따로 떼어 다른 피조물의 무리에서 분리시키고, 자기의 동료요 동무인 동물들에게 돌아가는 몫은 잘라서 좋을 성부른 대로 이런저런 기능과 능력을 분배하는 것이다. 어떻게 인간이 자기 머리로 동물들의 감춰진 속내의 움직임을 안단 말인가? 그는 어떻게 동물들과 우리를 비교해서 동물들이 어리석다고 단정 짓는가? ^C 내가 고양이와 놀 때, 내가 고양이를 데리고 소일하는지 고양이가 날 데리고 소일하는지 누가 아는가?[127] 플라톤은 사투르누스 치하의 황금 시대를 묘사하며, 당시 인간이 지녔던 주요 장점 중 하나로 짐승들과 소통할 수 있는 능력을 꼽는다. 인간은 짐승들에게 문의하고 배워서 짐승들 각각의 진정한 자질과 차이를 알았고, 그럼으로써 매우 완벽한 이해력과 판단력을 얻어 우리가 따라갈 수 없을 만큼 오래, 행복하게 삶을 영위했다는 것이다. 짐승에 대한 인간의 무례를 재판하는 데 이보다 나은 증거가 필요한가? 이 위대한 저자는 자연이 짐승들에게 부여한 신체 형태 대부분은 나중에, 그의 시대에 그렇듯이, 사람들이 그 형태들에서 예언을 끌어내는 데 쓸 것만 고려했다는 의견을 피력한다.

    ^A 짐승과 우리 사이의 소통을 가로막는 결함이 어째서 짐승

126
공중, 수중, 지상에서 사는 조건.

127
1595년판에는 다음 구절이 덧붙여졌다. "우리는 서로 원숭이 짓을 주고받는다. 내가 장난을 시작하거나 거절할 때가 있는 것처럼 고양이도 그렇다."

〔 201 〕

들만의 결함이고 우리 결함은 아니란 말인가? 우리가 서로 소통하지 못하는 게 누구 책임인지는 따져 봐야 할 일이다. 짐승들이 우리를 이해하지 못하는 것처럼 우리도 짐승들을 이해하지 못하니까. 바로 이 이유로 우리가 저들을 짐승으로 여기는 만큼, 저들도 똑같은 이유로 우리를 짐승으로 여길 수 있다. 우리가 저들을 이해하지 못하는 것은 별로 희한한 일이 아니다. 우리는 바스크인이나 혈거인도 이해하지 못한다. 하지만 티아나의 아폴로니우스, [B] 멜람푸스, 티레시아스, 탈레스 [A] 등 어떤 자들은 짐승의 말을 알아듣는다고 자랑했다. [B] 나아가 우주형상지 학자들이 말하듯 개를 왕으로 삼는 나라들도 있다고 하니, 그런 나라 사람들은 개의 목소리와 동작에 어떤 해석을 부여하는 게 틀림없다. [A] 우리는 우리와 짐승들 사이의 대등성을 주목해야 한다. 우리는 짐승들이 알리려 하는 것을 반쯤 알아듣는다. 짐승들 역시 우리 뜻을 대략 같은 정도로 알아듣는다. 짐승들은 우리에게 꼬리치고, 위협하고, 요구한다. 그리고 우리도 짐승들에게 그렇게 한다. 게다가 우리는 짐승들이 서로 완벽하게 소통하며, 같은 종들끼리만이 아니라 다른 종들과도 서로 이해한다는 것을 명백히 보게 된다.

> [B] 말 못하는 가축이나 야수들조차
> 공포나 고통이나 기쁨을 느끼면
> 여러가지 다양한 외침을 들려준다.
>
> 루크레티우스

[A] 개가 짖는 소리만 듣고도 말은 그 개가 화났다는 것을 알아차린다. 다르게 짖으면 전혀 겁먹지 않는다. 목소리를 낼 줄도 모

르는 짐승조차 서로 도우며 모여 사는 것을 보면 어떤 의사소통 방식을 갖고 있음을 쉽게 유추할 수 있다. ᶜ 동작으로 표현하고 의견을 말하는 것이다.

> ᶜ 어린애들이 혀가 짧고 말이 서툴러
> 말에다 몸짓을 붙이는 바로 그 식으로
> 루크레티우스

ᴬ 왜 못하겠는가? 벙어리들이 수화로 토론하고 따지고 이야기하는 것과 똑같이 말이다. 수화에 어찌나 능수능란한지 사실상 자기 생각을 완벽하게 납득시키는 데 아무 문제가 없는 사람들도 봤다. 애인들끼리는 화내고, 화해하고, 간청하고, 감사하고, 약속을 잡고, 그리고 결국 모든 것을 눈으로 한다.

> 침묵도 소망과
> 생각을 알릴 수 있다.
> 타소

ᶜ 손으로는 어떤가? 요구하고, 약속하고, 부르고, 내보내고, 위협하고, 기원하고, 애원하고, 부정하고, 거절하고, 묻고, 감탄하고, 셈하고, 고백하고, 후회하고, 겁내고, 부끄러워하고, 의심하고, 가르치고, 명령하고, 자극하고, 격려하고, 맹세하고, 증언하고, 비난하고, 단죄하고, 사면하고, 욕하고, 무시하고, 도전하고, 분개하고, 아부하고, 칭찬하고, 축복하고, 경멸하고, 조롱하고, 화해하고, 권하고, 흥분시키고, 축하하고, 즐기고, 동정하고, 슬프게 하고, 낙

〔 203 〕

담시키고, 놀래고, 고함 지르고, 입 다물고, 또 무엇인들 못할까, 혀가 샘낼 지경으로 다양하고 다채롭게 구사한다. 머리를 보자면, 권하고, 돌려보내고, 자백하고, 부인하고, 반박하고, 환영하고, 존경을 표하고, 떠받들고, 멸시하고, 요구하고, 퇴짜 놓고, 흥겹게 하고, 괴롭히고, 쓰다듬고, 꾸짖고, 굴복시키고, 맞서고, 훈계하고, 위협하고, 안심시키고, 캐묻는다. 눈썹은 어떤가? 어깨는? 배우지 않고도 이해할 수 있는 언어, 만인 공유의 언어를 말하지 않는 동작이란 없다. 언어들이 가지각색인 데다 용법도 제각각인 것을 보면 차라리 이 몸짓 언어야말로 인간 본유의 언어라고 판단해야 할 것이다. 특히 급할 때 필요가 순식간에 가르쳐 주는 언어와 손가락 알파벳과 몸짓 문법, 그리고 그런 것들로만 실행되고 표현되는 학문들은 제쳐 둔다. 또 이런 언어들 말고는 다른 언어가 없다고 플리니우스가 말한 나라들도 언급하지 않겠다.

B 아브데라시의 대사가 스파르타의 왕 아기스에게 길게 말하고 나서 물었다. "자, 전하, 제가 저희 시민들에게 무슨 답을 들고 가면 좋을까요?" "짐이 한마디도 하지 않고, 그대가 원하는 모든 것을 그대가 원하는 만큼 말하도록 내버려 두었다고 하게." 이것이야말로 매우 알아듣기 쉬운 웅변적인 침묵이 아닌가?

A 게다가 우리가 가진 것 중 어떤 능력을 동물들의 행동에서 찾아볼 수 없단 말인가? 꿀벌의 사회보다 더 질서 있고, 다양한 직책으로 세분되어 일사불란하게 유지되는 체제가 있는가? 이성과 통찰력 없이 여러 활동과 기능을 그토록 정연하게 배분할 수 있는가?

이런 표징과 예들을 보고, 혹자는

〔 204 〕

신성한 영혼과 하늘의 정기 일부를
꿀벌들이 받은 것이라고 말했다.

베르길리우스

　봄이 오면 돌아와서 우리 집 구석구석을 뒤지고 다니는 제비들은 많고 많은 자리 중에서 제가 살기 가장 편한 곳을 판단력도 없이 찾고 분별력도 없이 고를까? 멋지고도 감탄스러운 구조의 건축물을 만드는 새들은 그 조건과 효과를 모르면서 둥근 것보다는 네모난 형태를 택하고, 직각보다는 둔각을 사용할까? 딱딱한 것을 적시면 부드러워진다는 판단도 없이 어느 땐 물을, 어느 땐 진흙을 물어 올까? 새끼들의 연한 사지에 더 부드럽고 편할 거라는 예상을 하지 않고서 제 궁전에 이끼나 솜털을 깔까? 풍향에 따라 서로 다른 바람의 성질을 알지 못하고, 그중 어느 하나가 다른 것보다 자기에게 낫다는 고려도 없이, 그것들이 동향으로 집을 지어 비바람을 가릴까? 왜 거미는 어떤 데서는 그물을 촘촘히 짜고, 다른 데서는 느슨하게 짤까? 숙고하고 추론하고 결정하는 능력이 없다면 왜 이때는 이런 매듭, 저때는 저런 매듭을 사용할까? 우리는 동물들이 만든 대부분의 작품에서, 그것들이 우리보다 얼마나 뛰어나며 그것들을 따라가기엔 우리 기술이 얼마나 모자라는지를 충분히 확인한다. 그럼에도 불구하고 우리는 그보다 더 조잡한 우리의 작품에서 우리가 거기에 쏟은 재능들을 알아보며, 우리 영혼이 거기에 전력을 다하는 것을 알아본다. 왜 동물들도 그럴 거라고 생각하지 않는가? 본능으로건 기술로건 우리의 역량을 훌쩍 뛰어넘는 짐승들의 작품을, 왜 우리는 자연적이고 맹목적인 알 수 없는 선천적 경향의 덕으로 돌리는가? 자연이 모성애를 품고 짐승

〔 205 〕

들을 따라다니며 그것들이 사는 데 필요한 행동과 편리한 것들을 마치 손으로 이끌듯 일일이 일러 주고, 우리는 자기 보존에 필요한 것들을 능력껏 찾으라고 우연과 운수에 맡겨 버린 채, 교육이나 정신의 훈련으로도 짐승들이 본능적으로 지닌 솜씨에 도달할 수조차 없게 하다니, 이 점에서 우리는 우리도 모르게 짐승들에게 우리보다 훨씬 큰 우월성을 부여하고 있는 셈이다. 모든 편리성에서 볼 때, 짐승들의 멍청함이 우리의 거룩한 지성이 할 수 있는 모든 것을 능가한다는 식으로 말이다.

그렇다면 정말이지 우리는 자연을 매우 불공정한 계모라고 불러야 할 것이다. 그러나 전혀 그렇지 않다. 우리 우주의 질서는 그렇게 기형적이고 무질서하지 않다. 자연은 모든 피조물을 하나도 빠짐없이 품어 주었다. 그리고 생존하는 데 필요한 모든 수단을 넉넉히 갖춰 주지 않은 피조물은 그중 하나도 없다. 왜냐하면 사람들에게서 듣는 불평들(인간의 방자한 견해는 인간 자신을 구름 위에 올려놓았다 땅 밑으로 처박았다 한다.), 즉 다른 피조물들에게는 자연이 조개껍데기, 깍지, 껍질, 털, 모사, 가시, 가죽, 솜털, 깃털, 비늘, 보드라운 털, 뻣뻣한 털 등 생존에 필요한 대로 옷을 입혀 주고, 발톱, 이빨, 뿔로 무장시켜 공격하고 방어하게 해 준 반면, 우리는 헐벗은 땅에 묶이고 예속된 발가벗은 상태로 내던져진 유일한 동물이요, 남이 벗어 놓은 껍질밖에는 무장할 것도 덮을 것도 없고, 짐승들에게는 자연 자신이 헤엄치기, 달리기, 날기, 노래하기 등 알맞은 일을 가르쳐 주었는데, 인간은 우는 것을 빼면 배우지 않고서는 길 가기, 말하기, 밥 먹기도 모른다는 둥,

B 그러자 빛의 세계에 나오게 하려고

〔 206 〕

자연이 애써 어미의 배 속에서 아이를 끄집어낸 순간,

아이는 사나운 물결이 강기슭에 던져 놓은 뱃사람처럼,

사는 데 필요한 그 무엇도 없이

말도 할 줄 모르는 발가숭이로 땅에 널브러져 있다.

아이는 애처로운 울음으로 자기가 태어난 장소를 채운다.

우는 것이 옳으리라,

그에게는 사는 동안 겪어야 할 수많은 불행이 앞에 있으니.

반면 무릇 모든 짐승은 작건 크건, 가축이건,

야수이건, 힘 안 들이고 자라고,

소리 나는 딸랑이도, 자상한 유모가 어르는 말도 필요 없다.

철따라 다른 옷을 갖춰 줄 필요도,

재산을 안전하게 보호할 무기도, 높다란 성벽도 필요 없다.

대지가, 부지런한 자연이 그것들이 필요로 하는 모든 것을

넘치도록 제공해 준다.

루크레티우스

[A] 는 둥, 이런 불평들은 틀린 말이기 때문이다. 세상의 질서에는 더 큰 평등과 더 동질적인 유연성(類緣性)이 있다. 우리 피부는 짐승들의 것만큼 추위와 더위를 충분히 견딜 수 있다. 그 증거로 아직도 옷이란 걸 걸쳐 보지 않은 나라들이 많다. [B] 우리 선조인 골족은 거의 옷을 입지 않았다. 저리도 차가운 하늘 아래 사는 우리 이웃, 아일랜드 사람들도 마찬가지이다. [A] 하지만 우리 자신을 통해 그것을 더 잘 판단할 수 있다. 왜냐하면 우리가 한데 내놓아도 좋은 신체 부위들은 모두 바람과 공기를 견디기에 적합하니 말이다. 우리는 관습이 시키는 대로 얼굴, 발, 손, 다리,

〔 207 〕

어깨, 머리를 내놓고 다닌다. 우리에게 찬 것을 꺼려야 할 것 같은 약한 부분이 있다면, 그것은 소화가 이루어지는 배일 것이다. 그런데 우리 선조들은 배를 내놓고 다녔다. 그리고 우리 부인네들은 그렇게 부드럽고 섬세한 몸으로 때로는 배꼽까지 드러내고 다닌다. 어린애를 싸고 동여매는 것 역시 꼭 필요한 것은 아니다. 라케데모니아 여자들은 아이를 동이거나 싸매지 않고 사지를 마음대로 움직이게 둔 채로 키웠다. 우리가 태어날 때 우는 것도 다른 대부분의 동물들과 같아서, 태어난 후 오랫동안 울고 신음하지 않는 동물은 거의 없다. 그것이 그것들 스스로 느끼는 허약함에 아주 잘 어울리는 태도인 만큼 그럴밖에. 먹는 버릇으로 말하자면, 그들에게 그렇듯 우리에게도 가르칠 필요 없이 타고났다.

> B 모든 존재는 자기가 할 수 있는 것을 알고 있다.

루크레티우스

A 어린아이가 스스로 먹을 줄 알게 되면 저 먹을 것을 찾으러 나설 줄도 알게 된다는 것을 누가 의심하는가? 그리고 달리 재배하거나 경작하지 않아도 땅이 먹을 것을 생산해 그에게 필요한 만큼 제공한다는 것을 누가 의심하는가? 항시 그렇게 하진 않는다 해도 그것은 동물들에게도 마찬가지이다. 그 증거로 우리는 개미나 다른 동물들이 소출 없는 계절에 대비해 먹을 것을 비축하는 것을 본다. 우리가 최근에 발견한 나라들[128]은 별 수고나 노동

128
아메리카 신대륙의 나라들을 말한다.

〔 208 〕

을 하지 않고도 식량과 음료를 풍부하게 얻을 수 있음을, 빵이 우리의 유일한 양식이 아니며, 농사를 짓지 않아도 우리의 어머니인 자연이 우리가 필요로 하는 것을 풍족하게 마련해 주었음을 가르쳐 주었다. 나아가 틀림없이 우리의 기술을 섞어 넣은 오늘날보다 더 충분하고 더 풍부하게 마련해 주었을 것이다.

> 처음에 대지는 필멸의 존재들을 위해
> 스스로 풍성한 수확과 풍부한 포도를 내었다.
> 땅은 스스로 단 과일과 기름진 목초를 제공하였다.
> 그런데 지금은 이 모든 것이
> 우리가 일해야만 겨우 생산되며,
> 그러느라 우리 소와 농사꾼들의 기운이 다 빠지니,
> 루크레티우스

절제 없고 방탕한 우리의 욕망이, 그것을 채워 주려고 우리가 애써 고안하는 모든 방법을 추월하기 때문이다.

무기로 말하자면, 우리는 대부분의 다른 동물들보다 더 자연스러운 무기들을 지녔고, 사지의 움직임도 더 다양하며, 배우지 않고도 저절로 더 유용하게 그것들을 사용한다. 우리는 맨몸으로 싸워야 하는 동물들이 우리가 부딪히는 위험에 몸을 던지는 것을 본다. 이럴 때 몇몇 짐승은 우리를 능가하지만, 우리는 많은 짐승을 능가한다. 뭔가를 더하는 방식으로 우리가 몸을 강화하고 보호하는 기술을 습득한 것도 자연의 가르침과 본능 덕이다. 그 증거로 코끼리는 이빨을 갈고 벼려서 싸울 때 쓴다.(코끼리에겐 이 용도를 위해 아껴 두고 다른 용도로는 아예 쓰지 않는 이빨들이 있다.)

〔 209 〕

황소가 싸움에 임할 땐 주변에 흙먼지를 퍼뜨려 뿌린다. 멧돼지는 엄니를 갈아 둔다. 이집트산 몽구스는 악어와 한판 붙어야 할 땐 잘 반죽한 단단한 진흙을 이겨 몸 전체에 꼼꼼히 발라 껍질을 씌워 갑옷인 양 무장한다. 우리가 나무나 쇠로 무장하는 것 역시 타고난 것이라고 왜 말하지 못할 것인가?

　말하기를 보자면, 타고난 것이 아니면 필수 불가결한 것 또한 아님은 확실하다. 하지만 어린아이를 완전히 격리된 상태에서 그 어떤 접촉도 없이 키우더라도(그렇게 한다는 건 쉽지 않겠지만) 자기 생각을 표현하는 일종의 말을 소유하리라고 나는 믿는다. 그리고 자연이 다른 많은 동물들에게 부여한 이 수단을 우리에게만 주지 않았다는 것은 믿을 수 없는 일이다. 우리가 보는 바, 짐승들이 제 목소리를 사용해 불평하고 기뻐하고 도와 달라고 서로 부르고 사랑을 호소하는 그 기능, 그것이 말하는 게 아니고 무엇이란 말인가?^B 어떻게 그것들이 서로 말하지 않을 거란 말인가? 그것들은 우리에게도 잘 말하고, 우리도 그것들에게 말한다. 우리는 우리 개들에게 얼마나 많은 말을 하는가? 그러면 개들은 우리에게 답한다. 우리는 개와 말하거나 개를 부를 때 새, 돼지, 소, 말에게 하는 말과 다른 언어, 다른 호칭을 사용한다. 우리는 동물의 종류에 따라 용어를 바꾼다.

　^A 그렇게, 저희의 흑색 부대 한복판에서,
　개미들 서로서로 다가가 말을 나누는데,
　아마도 갈 길과 노획물에 대해 알아보는 듯.
　단테

〔 210 〕

에세 2

락탄티우스는 짐승들에게 말뿐 아니라 웃는 능력도 있다고
보는 것 같다. 그리고 우리에게서 보듯 나라에 따라 언어가 달라
지는 예는 같은 종류의 짐승들에게서도 발견된다. 아리스토텔레
스는 이 점에 대해 장소의 여건에 따라 자고새의 울음소리가 다르
다고 주장한다.

> B 많은 종류의 새들이
> 시각에 따라 아주 다른 억양을 사용하며,
> 개중엔 환경의 변화에 맞춰 거친 음조를 조정하는 것도
> 있다.
> 루크레티우스

A 그러나 완전히 격리되어 자란 그 아이가 어떤 언어로 말할
지는 아직 알 수가 없다. 그리고 이에 대해 사람들이 짐작으로 말
하는 것엔 그다지 신빙성이 없다. 내 의견에 반대해서 선천적인
농아는 전혀 말을 못 한다고 주장한다면, 나는 그것이 귀를 통해
언어를 배우지 못해서만이 아니라, 오히려 그가 갖고 있지 않은
청각 기관의 감각이 말하는 감각과 서로 연결되어 있어서 선천적
으로 이어진 한 덩어리를 이루기 때문이라고 답하겠다. 말을 하려
면 남에게 말하고자 하는 것을 내보내기 전에 우선 우리 자신에게
말해 우리 자신의 귀 안쪽을 울려야 하도록 말이다.

나는 인간적 사실들에서 발견되는 동물과의 유사성을 강조하
려고, 그리하여 우리를 피조물 전체로 데려가 합류시키려고 이 모
든 이야기를 했다. 우리는 다른 것들보다 높지도 낮지도 않다. 하
늘 아래 있는 것들은 모두 같은 법과 운을 따른다고 현자는[129] 말

〔 211 〕

12장 레몽 스봉을 위한 변호

했다. ^B 모든 것이 다 자기 운명의 사슬에 묶여 있다.

루크레티우스

^A 약간의 차이는 있다. 순서도 등급도 있다. 그러나 그것은 동일한 본성의 얼굴 아래의 일이다.

^B 모든 사물이 각각 자기 길을 가되
확고부동한 자연의 법칙이 정한 차이를 간직하고 있다.

루크레티우스

^A 인간을 이 질서의 울타리 안에 붙잡아 둬야 한다. 이 가련한 자는 막상 그 울타리를 넘어갈 배짱도 없다. 그는 족쇄에 채워져 묶여 있다. 그는 같은 서열의 다른 피조물들과 같은 의무에 묶여 있고, 확실하고 본질적인 탁월성이나 특권을 가진 바 없이 그저 매우 평범한 조건을 타고났다. 그가 제 생각과 공상으로 스스로에게 부여하는 특권은 실체도 없고, 맛도 없다. 모든 동물 중에서 인간만이 사유의 번다하고 무절제한 자유를 가져서, 있는 것, 없는 것, 원하는 것, 그른 것, 그럼직한 것 등을 그에게 죄다 떠올려 준들, 그것은 너무 비싸게 얻은 장점이고, 별로 자랑거리가 되지 못한다. 왜냐하면 죄, 병, 변덕, 번민, 절망 등 그를 짓누르는 불행의 주된 원천이 거기서 생겨나기 때문이다.

그런 고로 다시 내 주제로 돌아와서, 우리가 자의(自意)와 재주로 하는 일을 짐승들은 부득이한 선천적 성향으로 한다고 볼 명

129
「전도서」 9:2 참조.

〔 212 〕

백한 근거가 전혀 없다고 나는 말한다. 같은 결과는 동일한 능력에 기인한다고 결론지어야 하며, 따라서 우리가 행동할 때 쓰는 바로 그 사고력과 방법이 동물들의 것이기도 함을 인정해야 한다. 우리는 전혀 본성적 제약을 못 느끼면서 왜 그들에게만 그런 선천적 제약이 있다고 상상하는가? 게다가 본성적이고 불가피한 조건이 이끄는 대로 그 규범에 맞게 행동하는 것이 무모하고 경솔한 자유에 따라 행동하는 것보다 더 명예롭고 신의 뜻에 더 가까운 일이요, 우리 자신보다는 자연에게 우리 행동을 이끌도록 맡겨 두는 것이 더 확실한 일이거늘.

오만에서 나온 허영심 때문에 우리는 우리 능력이 자연의 관대함보다 우리가 지닌 힘 덕분이라고 생각하고 싶어 한다. 그래서 습득한 자질들을 내세워 우리를 영광되고 고귀하게 만들려고, 천성적인 자질들은 다른 동물들에게 풍성하게 부여하며 양보한다. 하지만 그것은 내가 보기에 아주 단순한 생각이다. 왜냐하면 나는 남에게 구걸하거나 배워서 얻은 것들과 똑같이, 순전히 내 것이요 천성적인 장점들도 소중히 여길 것이기 때문이다. 우리 힘으로는 하느님과 자연의 은혜로 받는 것보다 더 훌륭하고 바람직한 것을 얻을 수 없다.

일례로 트라키아의 주민들이 부리던 여우가 있다. 트라키아 주민들은 얼어붙은 강을 건너려 할 때면 여우를 느슨하게 풀어 주며 앞세운다. 여우는 강가에서 귀를 얼음에 바짝 갖다 대고 얼음 밑을 흐르는 물소리가 멀리서 들리는지 가까이서 들리는지를 들어 보고 얼음의 두께가 더하고 덜한 것을 알아낸 다음 그에 따라 물러서고 나아간다. 이런 모습을 본다면, 여우의 머릿속에서 우리 머릿속과 같은 생각이 지나가고 있고, 그 생각은 타고난 분별력에

12장 레몽 스봉을 위한 변호

서 끌어낸 추리, 곧 '소리를 내는 것은 움직이는 것이요, 움직이는 것은 얼지 않은 것이며, 얼지 않은 것은 액체이고, 무거운 것은 액체 속으로 빠진다.'는 추론이요 결론이라고 판단해야 옳지 않겠는가? 그것을 예리한 청력 덕으로만 여기고 여우에게 사고력도 추리력도 없다고 하는 것은 망상이며, 상상할 수도 없는 일이다. 짐승들이 우리의 공격을 받을 때 자신을 보호하기 위해 쓰는 많고도 많은 계략과 술책 또한 마찬가지로 생각해야 할 것이다.

또 만일 우리가 마음대로 짐승들을 잡고, 우리 뜻대로 사용한다는 바로 그 점에서 우리의 우월성을 보고자 한다면, 그것은 우리 서로 간에 존재하는 우월성과 다르지 않다. 그런 조건에서 우리는 노예를 소유한다. ^B 클리마키드들, 그들은 귀부인들이 마차에 오를 때 네 발로 엎드려 발판과 층계 노릇을 하던 시리아 여자들이 아닌가? ^A 그리고 대다수의 자유인이 아주 하찮은 이득을 위해 타인의 권력에 자신의 삶과 존재를 내어준다. ^C 트라키아 인의 처첩들은 남편의 묘에서 죽여 합장할 아내로 뽑히려고 저마다 나서서 서로 다툰다. ^A 폭군들이 자기에게 충성할 자들을 충분히 찾아내는 데 실패한 적이 있었던가, 개중에 어떤 자는 살았을 때처럼 죽을 때도 자기를 따라야 한다는 조건까지 붙였는데도? ^B 군대들 전체가 우두머리에게 그렇게 하기로 되어 있다. 죽을 때까지 싸우는 검투사를 양성하는 저 거친 학교의 맹세 문구에는 이런 약속이 담겨 있다. "우리는 쇠사슬로 묶거나, 불살라 죽이거나, 때리거나, 칼로 찔러 죽이거나, 처분대로 따를 것이며 정식 검투사들이 스승에게서 감수하는 모든 것을 감수하겠습니다. 더할 수 없이 경건하게 스승을 위해 몸과 마음을 바치면서."

〔 214 〕

원한다면 불태워라, 내 머리를.
검으로 내 몸을 찌르든지
채찍으로 내 등을 찢어라.

티불루스

그것은 진정한 맹세였다. 그래서 어느 해에는 그 학교에 들어
갔다 죽은 자가 1만 명이나 되었다.

[C] 스키타이인들은 자기네 왕을 매장할 때, 그가 제일 총애한
후궁과 술 따르는 하인, 마부, 시종, 방문지기, 요리사를 교살해 그
의 시신 위에 묻었다. 그리고 그의 기일에는 쉰 필의 말을 죽이고,
등에서부터 목구멍까지 꼬챙이를 박아 죽인 쉰 명의 시동을 태워
그의 무덤 둘레에 세워 전시했다.

[A] 우리를 섬기는 인간들은 우리가 새, 말, 개 들에게 해 주는
배려보다 못한 불리한 대접을 받으며 더 싼 값으로 봉사한다.

[C] 그것들을 편하게 해 주려고 우리가 허리를 굽혀 하지 않는
일이 무엇인가? 내 보기엔 가장 비천한 종도 자기 주인을 위해, 왕
공들이 자기 짐승들을 위해 자랑 삼아 해 주는 짓을 기꺼이 하지
는 않을 것 같다.

디오게네스는 자기 부모가 자기를 종의 신분에서 풀어 주려
고 애쓰는 것을 보고 말하곤 했다. "저분들은 돌았어. 나를 부양하
고 먹이는 자가 나를 섬기는 자인데." 그러니 짐승들을 키우는 자
들은 짐승들의 봉사를 받는다기보다 짐승들을 섬기고 있다고 해
야 옳다.

[A] 게다가 짐승들에게는 더 고결한 면이 있으니, 용기가 부족
한 탓으로 사자가 다른 사자의 노예가 되거나, 말이 다른 말에게

〔 215 〕

복종하는 일은 결코 없다. 우리가 짐승들을 사냥하러 가는 것처럼 호랑이와 사자들은 인간을 사냥하러 간다. 짐승들 간에도 같은 일이 벌어진다. 개는 토끼를 쫓고, 메기는 잉어를 쫓고, 제비는 매미를, 매는 티티새와 종달새를 쫓는 것이다.

> B 외진 곳에서 찾아낸 뱀이나 도마뱀으로
> 황새는 제 새끼들을 먹이고,
> 주피터의 사절인 고귀한 새들[130]도
> 숲에서 토끼와 노루를 사냥한다.
>
> 유베날리스

우리는 고생과 기술을 함께 나누듯, 사냥에서 얻은 것도 우리의 개들, 새들과 함께 나눈다. 트라키아에 있는 암피폴리스 북쪽에서는 사냥꾼들과 야생 매들이 전리품을 정확히 반씩 나눈다. 아조프해의 늪가에서 어부들이 잡은 것의 반을 먼저 늑대들 몫으로 남겨 놓지 않으면 늑대들이 즉시 그물을 찢으러 오는 것처럼.

A 우리가 올가미, 낚싯줄, 낚싯바늘 등 힘보다는 재간을 써서 사냥하는 것처럼 짐승들 간에서도 동일한 예들을 볼 수 있다. 아리스토텔레스는 갑오징어가 목에서 긴 창자를 꺼내 마치 낚싯줄처럼 던져 느슨하게 멀리 뻗쳐 두었다가 때가 됐다 싶으면 끌어당긴다고 한다. 작은 물고기들이 다가오는 것이 보이면, 모래나 뻘 안에 몸을 숨기고 창자를 뻗어 물고기들이 창자의 끝을 물게 두었다가 조금씩 끌어당겨 물고기가 아주 가까이 오면 팔짝 뛰어 잡아

130
독수리.

〔 216 〕

버리는 것이다.

　힘으로 말하자면 인간만큼 공격당하기 쉬운 동물은 이 세상에 없다. 단 한 놈만 나서도 엄청난 수의 사람을 죽일 수 있는 고래나 코끼리나 악어나 그 비슷한 다른 동물들을 예로 들 필요도 없다. 이(蝨)만으로도 술라의 전제 정치를 무너뜨리기에 충분하고, 위대한 백승(百勝) 황제의 심장과 생명도 작은 구더기 한 마리의 아침밥이다.

　생존과 병 치료에 좋은 것과 그렇지 못한 것을 분별해 내는 것, 대황과 지네의 효력을 아는 것을 두고 왜 우리는 인간의 경우에만 기술과 이성으로 수립한 학문과 지식이라고 하는가. 칸디아의 염소들이 화살을 맞으면 수없이 많은 종류의 풀들 사이에서 꿀풀을 찾아 치료하고, 거북이가 독사를 먹으면 바로 화박하를 찾아서 속을 비우고, 도마뱀은 회향으로 눈을 비벼 밝게 하고, 고니는 저 혼자 바닷물로 관장을 하고, 코끼리는 저나 제 동료 코끼리뿐 아니라 주인의 몸에서까지 전투에서 맞은 창이나 작살을 뽑아내는데(알렉산드로스에게 패한 포로스 왕의 코끼리가 그 증거이다.), 우리로서는 할 수 없을 만큼 고통 없이 능숙하게 뽑아내는 것을 볼 때, 왜 우리는 똑같이 그것이 학문이요 지혜라고 말하지 않는가? 동물들을 얕보려고 동물들이 그런 것을 아는 것은 단지 자연의 지도 편달 덕분이라고 강변하는 것은 동물에게서 학문과 지혜의 자격을 박탈하는 것이 아니라, 오히려 그토록 확실한 스승(자연)의 영광에 의해 우리보다 더 강력한 근거로 동물들에게 학자의 자격을 부여하는 일이다.

　크리시푸스는 다른 모든 일에서는 여타의 철학자들만큼 동물들의 조건을 깔보았다. 그런 그도, 개가 잃어버린 주인을 찾거나 제 앞으로 달아난 어떤 짐승을 추격하다 세 갈래 길을 만나면 차례로 한 길, 또 한 길을 살펴본 뒤 그 두 길에 제가 찾는 것의 자취가 없는 게 확실해지면 주저 없이 세 번째 길로 달려 나가는 것을 보자니, 개에게서 '나는 이 갈래 길까지 주인의 자취를 따라왔다. 주인은 이 세 길 중 하나로 간 게 틀림없다. 이 길도 아니고 저 길도 아니다. 그러니 필히 이 길로 갔을 수밖에 없다.'라는 추리가 진행되는 것을, 그 추론과 결론에서 확신을 얻자 세 번째 길에서는 더 이상 후각을 사용해서 탐색할 것도 없이 이성의 힘이 몰아치는 대로 달려 나간다는 것을 인정하지 않을 수 없었다. 이 순전한 변증법, 분석하고 종합해 본 전제들과 각 단계의 빈틈없는 매거법(枚擧法)은 개가 저 스스로 배웠건 트레비종드[131]에게서 배웠건 매한가지 아닌가.

그렇다고 짐승들이 우리 식으로 배우지 못하는 것도 아니다. 찌르레기, 까마귀, 까치, 앵무새 등에게 우리는 말하는 것을 가르친다. 우리가 인정하는 바로, 그 새들은 매우 유연하고 다루기 쉬운 목소리와 호흡을 우리에게 척척 제공해 일정한 수의 글자와 음절에 맞게 가르칠 수 있게 해 준다. 이런 능숙함은 그것들의 내부에 사고력이 있다는 것을 증거한다. 그 사고력이 그것들을 그렇게 훈련 가능하게, 자발적으로 배우려 하게 만드는 것이다. 곡예사가 개들에게 가르친 별의별 재주들은 물리도록 봤을 것이다. 들려오는 음악의 박자 하나 놓치지 않는 춤이며, 곡예사의 명령에 따라 해 보이는 여러가지 동작과 도약하며. 하지만 내가 더 놀랍게 보

131
몽테뉴 시대 학교에서 쓰이던 그리스 문법 책의 저자(1395~1484).
트레비종스라고도 부른다.

[218]

는 것은, 아주 흔한 일이지만 들에서 또 도시에서 맹인들을 인도하는 개들의 행동이다. 주의해서 보니 그 개들은 늘 동냥을 주는 집의 문 앞에서 멈추고, 마차나 수레를 만나면 제가 지나갈 만한 공간이 충분할 때조차 멀찌감치 피한다. 나는 도시의 도랑 옆으로 가면서 주인이 도랑에 빠질까 봐 평평하고 곧은 길을 버리고 나쁜 길을 택하는 개도 보았다. 오직 주인의 안전만을 고려하고 주인을 섬기기 위해 저 자신의 안락을 무시하는 것이 제 임무라는 것을 어떻게 그 개에게 납득시켰을까? 자기에게는 충분히 넓은 길이 맹인에게는 그렇지 못하리라는 것을 그 개는 어떻게 알았을까? 이 모든 것이 생각과 추론 없이 이해될 수 있는 일인가?

플루타르코스가 로마의 마르셀루스 극장에서 베스파시아누스 부(父)황제와 함께 본 개에 대한 이야기도 빼놓을 수 없다. 그 개는 여러 장면으로 구성된 이야기에서 여러 인물을 연기하는 한 곡예사의 보조로 그 극에 출연하고 있었다. 여러 가지 연기 중 그 개는 독약을 먹고 죽어 있는 시체 시늉을 해야 했다. 독약이라고 되어 있는 빵을 삼킨 그 개는 곧 정신이 나간 듯이 몸을 덜덜 떨며 흔들기 시작했다. 그러다가 마침내 죽은 것처럼 몸을 쭉 뻗고 뻣뻣해지더니 극의 내용에 따라 이리저리 끌려다녀도 가만히 있었다. 그런 다음 얼마 지나 시간이 되었다는 것을 알고, 마치 깊은 잠에서 깨기라도 한 것처럼 우선 아주 부드럽게 몸을 움직이더니 머리를 들어 관객 모두 감탄하지 않을 수 없는 방식으로 이쪽저쪽을 바라보더라는 것이다.

수산[132]의 왕실 정원에 물 주는 일에 부리던 황소들은 두레박

132
현재 이란의 동서부에 위치한 고대 페르시아 제국의 한 도시.

이 달린 커다란 물레방아 바퀴 같은 것(랑그도크 지방에서 많이 볼 수 있는)을 돌렸는데, 한 마리당 하루에 100번씩 돌려야 했다. 소들이 이 숫자에 어찌나 길이 들어 있던지, 어떤 강제 수단으로도 단 한 바퀴조차 더 돌리게 하지 못했다. 황소들은 제 임무를 마치면 딱 멈추는 것이었다. 우리는 100까지 셀 수 있게 되기도 전에 청년이 되어 버리는 데다 최근엔 수에 대한 지식이 아예 없는 나라들을 발견했다.

배우는 것보다 가르치는 데 더 높은 지력이 필요하다. 그런데 데모크리투스는 우리가 가진 기술 대부분이 짐승들이 가르쳐 준 것이라 생각하고 증거를 들었다. 거미는 실을 짜고 꿰매는 것을, 제비는 집 짓는 것을, 고니와 꾀꼬리는 음악을, 그리고 많은 동물들이 그네들의 치료법을 따라 하도록 가르쳤다는 것이다. 이런 예는 제쳐 두더라도, 아리스토텔레스는 꾀꼬리들이 시간과 정성을 기울여 제 새끼들에게 노래를 가르친다고 생각한다. 그래서 종종 우리가 초롱에서 길러서 제 부모 밑에서 공부할 기회를 전혀 갖지 못한 꾀꼬리들의 노래는 아취(雅趣)가 많이 떨어진다는 것이다. B 우리는 이것으로 꾀꼬리가 훈련과 공부로 나아진다고 판단할 수 있다. 그리고 자유로운 꾀꼬리라고 다 같은 것이 아니라 각자 자기 능력에 따라 배우며, 공부에 집착한 나머지 지나치게 경쟁하며 싸우다 때로는 목소리보다 숨이 모자라서 그 싸움에서 진 놈이 죽기도 한다. 가장 어린 놈들은 골똘하게 되새기며 노래의 어떤 구절을 뽑아 흉내낸다. 학생은 선생의 가르침을 듣고 조심스럽게 암송한다. 어떤 때는 이놈이 어떤 때는 저놈이 입을 다문다. 틀린 곳을 고쳐 주는 소리가 들리고, 가끔 선생의 책망 같은 소리도 들려온다.

아리우스는 말한다. "예전에 한 코끼리가 양쪽 허벅다리와 코

〔 220 〕

에 쟁과리를 매달고 치면, 그 소리에 따라 다른 코끼리들이 둥글게 춤을 추며 악기가 이끄는 대로 박자에 맞춰 몸을 세웠다 굽혔다 하는데, 그 화음을 듣는 것이 아주 즐거웠다." [A] 로마에서 공연된 구경거리에서는 복잡하게 얽히고 끊기는 스텝과 배우기 매우 힘든 다양한 박자로 이루어진 동작을 하며, 목소리의 음에 맞춰 춤추도록 훈련받은 코끼리들을 흔히 볼 수 있었다. 그중에는 혼자서 배운 것을 되새기며, 선생에게 꾸중 듣고 매 맞지 않으려고 정성스레 열심히 연습하는 놈들도 있었다.

그렇지만 플루타르코스가 보증을 서며 말하는 까치 이야기는 기이하기까지 하다. 그 까치는 로마의 한 이발관에 있었는데, 자기가 듣는 것은 뭐든 목소리로 흉내 내어 사람들을 놀라게 했다. 하루는 몇 명의 나팔수가 그 이발관 앞에서 오랫동안 나팔을 불게 되었다. 그때부터 그다음 날까지 내내 그 까치가 생각에 잠겨 입을 다문 채 우울해서 사람들은 놀라워하며 나팔 소리에 넋이 빠지고 귀가 먹었고, 청력과 함께 목소리까지 사라져 버린 것이라고 생각했다. 그런데 알고 보니 그것은 깊은 연구와 자기 재훈련 때문이었다. 까치는 정신을 가다듬어 나팔 소리를 낼 수 있도록 제 목소리를 고르고 있었던 것이다. 그 까치가 그 뒤 처음으로 낸 소리는 나팔수들 연주의 반복, 고저, 변주까지 완벽하게 표현하는 그런 소리였으니 말이다. 이 새로운 학습과 더불어 까치는 자기가 전에 할 줄 알았던 모든 것을 버리고 경멸하게 되었던 것이다.

역시 플루타르코스가 배를 타고 가다 보았다는 다른 개의 이야기도 빼놓고 싶지 않다.(순서를 따지자면 전후가 바뀌었다는 것을 잘 알지만, 나는 이 글의 다른 데서도 예들의 순서를 지키지 않았다.) 그 개는 항아리 속에 있는 기름을 먹으려고 애를 쓰다 항아리의 주

12장 레몽 스봉을 위한 변호

둥이가 좁아 혀가 닿지 않자 조약돌을 가져다가 제 주둥이가 닿을 만큼 기름이 올라올 때까지 항아리에 집어넣었다. 그것이 매우 치밀한 정신의 작용이 아니고 무엇일까? 바르바리[133]의 까마귀들도 마시고 싶은 물이 너무 깊숙한 곳에 있으면 똑같이 한다고 한다.

그런 행동은 코끼리들이 사는 나라[134]의 왕 주바가 코끼리들에 대해 한 이야기와 약간 비슷하다. 코끼리 사냥꾼들은 깊은 구덩이를 파고 속임수로 잔 나뭇가지들로 덮어 놓는다. 코끼리 한 놈이 그 꾀에 속아 구덩이에 빠지면, 빠져나오는 데 도움이 되도록 동료 코끼리들이 서둘러 돌과 나뭇가지를 잔뜩 가져다가 구덩이에 집어넣는다. 하지만 이 동물은 다른 수많은 행동에서도 인간의 능력에 근접하기 때문에 경험으로 알게 된 것을 세세히 꼽아 본다면, 사람과 사람 사이의 차이가 사람과 동물 사이의 차이보다 더 크다는 평소의 내 주장이 쉽게 이길 것이다.

시리아에 있는 한 개인 집의 코끼리 조련사는 매끼마다 코끼리에게 주라는 식사의 반을 가로챘다. 하루는 주인이 몸소 먹이를 주고자 자기가 코끼리 먹이로 명령했던 정확한 양의 보리를 코끼리의 밥통에 부어 주었다. 코끼리는 조련사를 언짢은 눈길로 쳐다보며, 코로 반을 갈라 내놓으며 자기가 당한 부당한 처사를 공표했다. 또 하루는 조련사가 무게를 늘리려고 제 먹이 속에 돌을 섞어 놓자, 코끼리는 조련사가 먹으려고 끓이는 고깃국 냄비에 다가가 재를 가득 채워 넣었다. 이런 것들은 특별한 예이다. 그러나 세

133
베르베르인들이 거주하던 아프리카 북부의 옛 지명.
134
인도를 가리킨다. 앙리 4세는 1591년 인도에서 보낸 코끼리를 받으며, 프랑스에서는 코끼리를 한 번도 본 적이 없다고 했다.

〔 222 〕

상 사람들이 모두 봤고 알고 있는 바로, 동방의 나라들이 이끄는 모든 군대들 중 가장 강력한 부대 중 하나가 코끼리들로 편성되었으며, 이 부대를 통해 얻은 성과는 오늘날 정규 전투에서 코끼리 부대와 거의 비슷한 역할을 하는 우리 포병대의 성과와는 비교도 안 될 만큼 큰 것이었다.(고대 역사를 아는 사람이라면 판단하기 쉬운 일이다.)

> B 그들(코끼리)의 조상은 카르타고인 한니발을 모셨고,
> 로마의 장군들과 에피로스의 왕을 모셨다.
> 보병 부대, 전투 부대를 등에 실어 나르고
> 전투에서 한몫을 해내었다.
> 유베날리스

A 코끼리들에게 부대의 선봉을 맡겼다면, 마땅히 그 짐승을 진심으로 믿고 그 판단력을 신뢰했다는 뜻이다. 그것들이 잠깐이나마 머뭇대든지, 조금이라도 놀라 자기편으로 머리를 돌렸다면, 그 크고 육중한 몸 탓에 모든 것을 잃고 말았을 전투에서 말이다. 그런데 우리 자신이 서로에게 덤벼들어 깨어진 예는 있어도 코끼리들이 자기 부대에 달려든 예는 좀처럼 찾아볼 수 없다. 사람들은 코끼리에게 단순한 동작이 아니라 전투의 다양한 여러 임무를 맡겼다. B 스페인 사람들이 서인도를 새롭게 정복할 때 개들에게 여러 직책을 맡긴 것처럼 말이다. 스페인 사람들은 개에게 급료를 주고 전리품을 나눠 주었고, 개들은 승리를 좇을 때와 기다릴 때를 가리고, 상황에 따라 돌격할 것인지 후퇴할 것인지를 결정하며, 적군과 아군을 식별해 내는 데 열성과 맹렬함 못지않은 재주와 판

[223]

12장 레몽 스봉을 위한 변호

단력을 보여 주었다.

^A 우리는 평범한 일보다 기이한 일에 더 감탄하며 높이 평가한다. 그렇지 않다면 내가 이렇게 시간을 끌며 길게 늘어놓지 않았을 것이다. 왜냐하면, 내 생각엔, 누구라도 우리와 함께 사는 동물들에게서 일상적으로 보는 것을 가까이서 관찰하면 다른 나라 다른 세기에서 수집할 수 있는 것만큼이나 많은 놀라운 일들을 보게 될 것이기 때문이다. ^C 자연의 운행은 언제 어디서나 여일하다. 그것의 현 상태를 충분히 이해한 사람은 모든 미래, 모든 과거에 어떠할지도 적확하게 결론지을 수 있을 것이다.

^A 나는 전에 바다 건너 먼 나라에서 데려온 사람들을 본 적이 있다. 우리는 그들의 언어를 전혀 이해할 수 없었고, 그들의 행동, 심지어 생김새나 옷차림도 우리와 확연히 달랐다. 우리 중 그런 그들을 원시적이고 야만적이라고 여기지 않은 사람이 누가 있었던가? 묵묵히 입 다물고 있는 그들을 바보 멍청이로 여기지 않은 사람이 누가 있었던가? 프랑스어도 모르고, 손에 입 맞추는 우리 예법, 온몸을 꼬며 인사하는 우리 인사법, 우리의 자세와 몸가짐, 모든 인류가 어김없이 따라야 할 모범인 그런 것들도 모르는데?

우리는 우리에게 이상해 보이는 것, 우리가 이해할 수 없는 것은 모두 헐뜯는다. 짐승들에 대해 판단할 때 그러듯이. 짐승들은 우리와 비슷한 성질을 많이 가지고 있다. 그것들을 참고해서 우리는 어떤 추측을 할 수 있다. 그러나 짐승들만이 가진 특별한 것에 대해 우리가 뭘 아는가? 말, 개, 소, 양, 새 등 우리와 같이 사는 대부분의 동물들은 우리 목소리를 알아듣고 그 지시를 따른다. 크라수스의 곰치도 그가 부르면 그에게로 오곤 했다. 아레투사의 샘에 있는 뱀장어들도 그렇게 한다. ^B 그리고 나는 양어장에서, 양

에세 2

육사가 정해진 고함을 지르면 물고기들이 먹이를 먹으려고 달려
오는 것을 많이 보았다.

> 놈들은 각자 이름을 갖고 있어서
> 저마다 주인이 부르면 달려온다.
> 마르시알리스

그것으로 우리는 판단할 수 있다. 코끼리들이 교육을 받거나
교훈을 들은 바도 없이 고유의 성향으로, 여러 번 목욕재계해 몸
을 깨끗이 한 후, 코를 마치 손처럼 들어 올리고 떠오르는 태양을
우러러보며, 하루의 어떤 시간에 명상과 사색에 잠겨 오랫동안
미동도 않고 서 있는 것을 보면, 우리는 코끼리들이 얼마간 종교
관념을 갖고 있다고 말할 수 있다. 하지만 다른 동물들에게서 그
런 모습을 볼 수 없다고 해서 그들에겐 종교가 없다고 단언할 수
는 없다. 우리는 우리에게 숨겨진 일을 이렇다 저렇다 상상할 수
없다.

철학자 클레안테스가 관찰한 행동에서는 뭔가 알아볼 수 있
는데, 거기엔 우리 행동과 비슷한 점이 있기 때문이다. 그는 개미
들이 죽은 개미 한 마리를 떠메고 개미집에서 나와 다른 개미집을
향해 가는 것을 보았다. 다른 집 개미들이 그 집에서 나와 마치 담
판을 지으려는 듯 그 개미들에게로 왔다. 그것들은 한동안 함께
있더니, 나중 개미들은 동포들과 상의하려는지 집으로 돌아갔다.
협상이 까다로웠던지 그렇게 두세 번을 왔다 갔다 하더니 마침
내 나중 개미들은 자기네 굴에서 벌레 한 마리를 가지고 나와 죽
은 개미의 몸값으로 먼저 개미들에게 주었고, 먼저 개미들은 죽은

12장 레몽 스봉을 위한 변호

개미의 시체를 내려놓고, 벌레를 등에 지고 자기들 집으로 돌아가 더라는 것이다. 이것이 자기가 본 광경에 클레안테스가 붙인 해석 이다. 이 이야기로 그는 목소리를 내지 못하는 개미들이라고 상호 소통을 실행하지 않는 것은 아님을 증명한다. 우리가 거기에 끼지 못한다면 그것은 우리 능력이 모자라서이니, 이 문제에 관해서 무 슨 의견을 말하려 드는 것은 어리석은 일이다.

그런데 짐승들은 우리 능력을 훨씬 넘어서는 다른 행동들, 우 리가 도저히 흉내 낼 수도 없거니와 상상으로라도 그럴 생각을 품 기 어려운 행동도 한다. 많은 이들이 안토니우스가 아우구스투스에 게 패한 마지막 해전에서 그의 기함(旗艦)을 항로 한복판에서 꼼짝 못하게 만든 것은 로마인들이 레모라[135]라고 이름 붙인 작은 물고 기였다고 생각한다. 한번 들러붙으면 어떤 종류의 배건 멈춰 서게 만드는 성질 때문에 그런 이름을 붙인 것이다. 칼리굴라 황제가 대 함대를 이끌고 루마니아 해안을 항해할 때에도 바로 그 물고기에게 걸려 그가 탄 배만 딱 멈춰 섰다. 그는 자기 배 밑창에 붙어 있는 그 물고기를 잡아 오게 했다. 그 작은 생물 하나가 자기 배에 주둥이를 붙이고 있는 것(그것은 조개껍질로 덮인 작은 물고기였다.)[136]만으 로 바다, 바람, 게다가 모든 노의 힘을 제압할 수 있었다는 것에 그 는 부아가 났고, 그놈을 배 안에 갖다 놓으니 배 밖에서 보여 줬던 그 힘을 더 이상 쓰지 못하는 데 더욱 놀라지 않을 수 없었다.

135
빨판 상어.
136
몽테뉴는 빨판 상어의 '주둥이', '조개껍데기' 등의 단어를 쓰고 있는데 다른 물고기와 혼동한 듯하다. 빨판 상어는 머리에 강력한 흡반이 있다.

〔 226 〕

예전에 키지코스[137]의 한 주민은 고슴도치의 행태를 연구해 용한 일기 예보자라는 명성을 얻었다. 고슴도치는 여러 군데가 뚫려 사방으로 바람이 통하는 굴에 사는데, 어떤 바람이 불지를 예측해서 그쪽 구멍으로 가서 틀어막는다. 문제의 주민은 그것을 관찰해서 바람 길을 자기 도시에 정확하게 예보할 수 있었다.

카멜레온은 제가 앉은 자리의 색깔로 변한다. 문어는 제가 무서워하는 것에게서 몸을 감추거나, 제가 쫓는 것을 잡기 위해 상황에 따라 자유자재로 색깔을 바꾼다. 카멜레온의 변화는 외부의 영향을 받은 변화이지만, 문어의 경우는 능동적 변화이다. 우리에게도 몇 가지 색깔 변화가 일어난다. 두려움, 분노, 수치, 그 밖의 여러 감정에 따라 얼굴색이 변한다. 그러나 그것은 카멜레온의 경우처럼 수동적으로 당한 결과이다. 우리를 노랗게 만드는 황달이 있지만 그것 역시 우리 의사에 달린 것이 아니다. 그런데 이 같은 현상이 우리에게보다 다른 동물들에게 훨씬 뚜렷하게 나타나는 것을 볼 때, 우리가 알 수 없는 보다 특출한 어떤 기능이 짐승들에게 있음이 확실하다. 아울러 그것들이 [C] 우리로서는 알아볼 수 없는[A] 여러 다른 조건과 능력을 지니고 있음을 증명한다.

과거에 행하던 예언 중에서 가장 오래되고 가장 확실한 것은 새가 나는 모습을 보고 내리는 예언이었다. 우리에겐 그 비슷한 것, 그렇게 경탄스러운 것이 하나도 없다. 새들이 날개를 흔드는 그 규칙, 그 순서에서 우리는 앞으로 닥칠 일의 결과를 점치는데, 그처럼 위엄 있는 효력을 발휘하려면 새의 날갯짓이 뭔가 탁월한 방식으로 수행되어야 한다. 그런 대단한 효험이 그것을 만들

137
프리기아의 고대 그리스 도시.

12장 레몽 스봉을 위한 변호

어 낸 동물의 지력, 의지, 판단력 없이 오로지 자연의 어떤 명령에서 비롯된 것으로 여기는 것은 어불성설이요, 틀린 견해이니 말이다. 그 증거는 이렇다. 시끈(전기)가오리는 저를 건드리는 사람의 손발을 마비시킬 뿐 아니라, 저리게 하고 마비시키는 그 힘을 그물 망을 통해 그것을 뒤적이며 다루고 있는 사람에게까지 보낸다. 심지어 그 위에 물을 부으면 이 힘이 물을 지나 손까지 올라와 촉각을 마비시킨다고 한다. 그 힘은 불가사의하지만 시끈가오리에게 불필요한 힘이 아니다. 시끈가오리는 그것을 의식하고 사용한다. 먹이를 잡으려고 진흙 속에 웅크리고 있는 것을 보면 그렇다. 다른 물고기들이 위로 지나가다 자기가 뿜어 내는 냉기를 쐬고 마비되어 제 힘 안에 떨어지게 하려는 것이다.

두루미, 제비, 그리고 다른 철새들은 철따라 집을 옮김으로써 자신의 예지 능력을 인식하고 있음을 충분히 드러내며 그 능력을 활용한다.

여러 마리의 강아지 중에서 가장 나은 놈을 골라 남겨 두려면, 제 어미가 스스로 골라 내지 않을 수 없는 상황을 만들어 주면 된다고 사냥꾼들은 장담한다. 가령 개집에서 새끼들을 끄집어 내놓으면, 어미가 맨 먼저 다시 들여놓는 것이 항상 가장 나은 놈이고, 개집 주변 사방에 불을 놓는 척하면 어미가 제일 먼저 구하려고 달려드는 놈이 가장 좋은 강아지라는 것이다. 이것을 볼 때 동물들은 우리에게 없는 예지력을 사용하고 있거나, 새끼들을 판단하는 데 우리와는 다른 능력, 우리보다 훨씬 강력한 어떤 능력을 가지고 있음이 확연하다.

짐승들이 태어나고, 새끼 치고, 기르고, 행동하고, 움직이고, 살고, 죽는 방식이 우리와 너무나 흡사한데, 짐승들의 행동 동기

〔 228 〕

에서 빼 버린 것들을 모두 우리의 조건엔 덧붙여서 우리가 우월하다고 하는 것은 이성적 판단에서 나온 것일 수 없다. 의사들은 건강 수칙으로 짐승들이 사는 방식과 행동을 제시한다. 다음과 같은 말이 항상 인구에 회자되니 말이다.

> 발과 머리는 따뜻하게,
> 나머지는 짐승처럼 사시오.

생식(生殖)은 본능적인 행위 가운데서도 가장 중요한 행위이다. 우리는 이를 위해 우리에게 더 잘 맞는 체위를 갖고 있다. 하지만 의사들은 더 효과적이라며 짐승들의 자세와 체위를 따르라고 명한다.

> 여자가 아이를 갖기에 가장 좋은 자세는
> 네발짐승의 자세인 것 같다.
> 그러면 허리는 들리고 가슴은 낮아서
> 정자가 자연스럽게 제 길을 찾아내기 때문이다.
> 루크레티우스

그리고 여자들이 노골적으로 참섭해 섞어 넣는 부적절하고 뻔뻔스러운 동작들은 해로운 것으로 물리치며, 보다 겸손하고 차분한 짐승들의 암컷을 보고 따르라고 한다.

> 여자가 열락에 취해
> 남자의 창자를 다 뽑아낼 듯

〔 229 〕

몸을 뒤틀면서 남자의 쾌락을 자극하면
스스로 잉태를 막는 것이다.
그러면 쟁기가 밭이랑을 벗어나고,
씨앗이 제자리를 벗어난다.
루크레티우스

받은 만큼 갚는 것을 정의라고 한다면, 짐승들이 은인을 섬기고, 따르고, 보호하며, 모르는 타인이나 제 주인에게 해를 끼친 자를 쫓고 공격하는 것은 우리 정의와 닮은 모습을 보여 준다. 새끼들에게 제가 가진 것을 분배할 때 지극히 공평한 것도 그렇다. 우정으로 말하자면 짐승들은 인간보다 훨씬 강렬하고 훨씬 한결같은 우정을 지킨다. 리시마코스 왕의 개 히르카노스는 왕이 죽자 먹지도 마시지도 않고 주인의 침대 옆을 고집스레 지켰다. 그러더니 왕의 시체를 태우는 날 뛰쳐나와 불속에 뛰어들어 타 죽었다. 피로스라는 이름의 개도 그렇게 했다. 그 개는 주인이 죽자 그때부터 주인의 침대 밑에서 꼼짝 않더니, 시체를 옮길 때 같이 실려 가서 결국 주인의 시신을 태우는 장작더미로 뛰어들었다.

이성의 충고 없이 우리 마음에서 생겨나는 어떤 감정의 움직임이 있다. 어떤 이들은 공감이라고 부르는, 이유 없는 애정이다. 짐승들도 우리처럼 그것이 가능하다. 우리는 말들이 서로 친해져서 결국 따로 키우거나 따로 여행시키기가 괴로울 지경이 되는 것을 본다. 우리가 어떤 특정한 얼굴형에 끌리듯, 말들도 특정한 색깔의 털을 가진 동료에게 정을 붙이는 것을 보게 된다. 말들은 우연히 그 색깔을 만나면 즉시 환호작약하며 다가가 요란스레 환영의 뜻을 표하고, 반대의 경우엔 마음에 들지 않아 미워한다. 짐승들도 우리처럼 사랑하는 대상을 선택하고, 암컷들을 선별하는 기준을 갖고 있다. 우리처럼 짐승들도 진정시킬 수 없는 극도의 질투와 미움에 사로잡힌다.

욕망에는 마시는 것이나 먹는 것처럼 자연스럽고 필수적인 것이 있고, 여성과의 관계처럼 자연스럽지만 필수적이지는 않은 것도 있다. 또 자연스럽지도 필수적이지도 않은 것도 있다. 인간의 욕망은 거의 모두 이 마지막 종류에 속한다. 그것들은 모두 필요 이상의 것이요, 작위적인 것들이다. 자연(본성)이 만족을 위해 필요로 하는 것이 얼마나 적고, 자연(본성)이 우리에게 욕망할 거리로 준 것도 얼마나 적은지 놀라울 따름이니 말이다. 우리네 부엌에서 차려 내는 요리들은 자연의 명령에 부응하는 게 아니다. 스토아 학파는 한 사람이 생존하는 데 하루에 올리브 한 알이면 충분하다고 했다. 우리가 포도주 맛을 까다롭게 따지는 것은 자연의 가르침과 상관없고, 사랑의 욕망에 덧붙이는 조건들도 마찬가지이다.

> 자연은 사랑을 위해 대(大)집정관의 딸을 필요로 하지 않는다.
>
> 호라티우스

행복에 대한 무지와 그릇된 견해가 우리 안에 불어넣은, 본성과 상관없는 이런 욕망들이 너무 많다 보니 본성적인 욕망을 거의 전부 몰아내 버린다. 더도 덜도 아니고, 한 도시에 너무 많은 외국인이 들어와 원래의 주민들을 도시 밖으로 밀어내거나, 또는 권력을 완전히 찬탈해서 장악하고 원래 주민들이 지녔던 권리와 권한을 소멸시켜 버리는 것과 꼭 같다.

〔 231 〕

12장 레몽 스봉을 위한 변호

동물들은 우리보다 훨씬 규율이 잡혀 있어서 자연이 명하는 한계 안에서 더 절도 있게 처신한다. 하지만 우리의 무절제와 닮은 점이 하나도 없을 만큼 완벽하게는 아니다. 그래서 인간으로 하여금 짐승들을 사랑하도록 충동질하는 광적인 욕망이 있는 것처럼, 짐승들도 때로 우리 인간에 대한 사랑에 사로잡히거나 서로 다른 종(種)끼리 자연에 위배되는 애정을 품게 되는 수가 있다. 일례로 알렉산드리아 시내에서 꽃을 파는 젊은 아가씨를 놓고 문법학자 아리스토파네스와 경쟁했던 코끼리가 있다. 이 코끼리는 열렬한 추종자의 봉사 중 어느 한 가지도 문법학자에게 양보하지 않았다. 과일 파는 시장을 돌아다니면서 코로 과일을 집어다가 소녀에게 갖다 주고, 어쩔 수 없을 때가 아니면 그녀를 시야에서 놓치지 않았고, 가끔씩 그녀의 옷깃 밑으로 코를 넣어 젖가슴을 만져 보곤 했다.

또 한 소녀를 사랑한 용 이야기도 있고, 아소포스시의 한 아이를 사랑하게 된 거위, 여자 악사 글라우키아에게 사랑을 바친 양 이야기도 있다. 붉은털원숭이들이 여자들을 열렬히 연모하는 것은 매일 보는 일이다. 어떤 짐승들은 수컷들끼리의 사랑에 탐닉하는 것을 보게 된다. 오피아누스, 그리고 다른 사람들도 짐승들이 결혼할 때 친척 관계를 고려하는 것을 보여 주기 위해 몇 가지 예를 들고 있다. 하지만 경험으로는 반대의 예를 보게 되는 수가 훨씬 더 많다.

암송아지는 거리낌 없이 부친에게 제 몸을 주고,
암말은 저를 낳은 아비에게 몸을 맡긴다.
숫양은 제가 낳은 암양들과 붙고

〔 232 〕

에세 2

새는 저에게 생명을 준 새를 통해 번식한다.

오비디우스

얍삽한 꾀로는 탈레스의 수노새보다 더 똑똑한 놈이 있을까? 그놈은 소금 짐을 지고 강을 건너게 되었는데, 우연히 발을 헛디디는 바람에 등에 진 소금이 모두 젖었다. 그런 식으로 소금이 녹으면 짐이 훨씬 가벼워진다는 것을 알게 되자 그 뒤 노새는 도랑이라도 만날라치면 어김없이 즉각 짐을 진 채 물속으로 뛰어드는 것이었다. 마침내 주인이 노새의 꾀를 알아채고, 노새에게 양털을 지우라고 명령했다. 이 일로 자기의 오산을 깨달은 노새는 더 이상 약은 꾀를 부리지 않게 되었다.

동물들 중엔 우리가 지닌 인색의 얼굴을 순진하게 다 드러내는 것도 많다. 전혀 쓰지 않을 것들인데도 엄청나게 공을 들여 가능한 한 무엇이든 집어다가 조심스럽게 숨겨 두는 놈들을 볼 수 있으니 말이다.

살림살이로 말하자면, 짐승들은 앞날을 위해 비축하고 절약하는 선견지명에서 우리를 능가할 뿐 아니라 살림에 필요한 다양한 지식도 갖고 있다. 개미들은 곡식이나 씨앗에 곰팡이가 피고 쉰내가 나기 시작하면 상해서 썩어 버릴까 봐 집 바깥 마당에 펼쳐 널어 거풍해서 신선하게 말린다. 그런데 개미들이 밀알을 쏠때 기울이는 주의와 조심성은 인간의 조심성이 상상할 수 있는 한도를 초월한다. 밀알은 언제까지나 건조하고 싱싱한 상태로 있지 않고 물러지고 풀어져서 우유같이 녹아 싹이 터 버린다. 그래서 행여 씨앗이 되어 식량 비축품으로서의 성질과 특성을 잃어버릴까 봐 싹이 나오는 끝 부분을 갉아 먹어 두는 것이다.

〔 233 〕

인간의 행위 중 가장 크고 웅대한 행동인 전쟁으로 말하자면, 그것을 우리의 특권으로 내세울 것인지, 아니면 반대로 우리의 어리석음과 불완전함의 증거로 삼을 것인지 참으로 알고 싶은 바이다. 사실 서로 해치고 서로 살해하고 파괴하며 동족을 없애는 것인 우리의 이 지식은 그런 지식이 없는 짐승들에게 별로 탐낼 만한 것이 못 되리라.

> [B] 사자가 언제 덜 용감한 사자의 목숨을 빼앗던가?
> 어느 숲 멧돼지가 더 힘센 멧돼지의 이빨에
> 목숨을 잃었던가?
> 유베날리스

[A] 하지만 짐승들이 이런 일에서 전적으로 벗어나 있는 것은 아닌 것이, 꿀벌 떼의 맹렬한 충돌, 대립하는 두 진영 수장들 간의 격투가 그 증거이다.

> 자주 두 여왕벌 사이에서 분쟁이 일어나
> 크나큰 소요가 발생한다.
> 이때 그 백성들을 온통 흥분시키는 전사의 열정과
> 폭발하는 전투욕을 상상해 보라!
> 베르길리우스

나는 이 숭고한 묘사를 읽노라면 늘 인간의 어리석음과 허영을 그리고 있다는 생각이 든다. 왜냐하면 공포와 경악으로 우리의 혼을 빼앗는 저 전투적인 움직임, 소리와 외침의 저 폭풍,

[234]

B 번쩍이는 검광(劍光)은 하늘로 치솟고,

주변 대지는 청동이 부딪치는 섬광을 반사하고,

병사들의 발걸음에 땅이 진동하며,

산들은 함성의 메아리를 천궁의 성좌까지 올려 보낸다.

루크레티우스

A 수천 명의 무장한 인간들이 정렬한 저 가공할 군단, 엄청난 격노, 열정, 용맹, 이런 것들이 얼마나 하잘것없는 이유로 불붙고, 얼마나 하찮은 연유로 꺼져 버리는지 들여다보면 우습기만 하다.

순전히 파리스가 남의 아내를 사랑했다는 이유로

그리스인과 야만인들이 치명적인 전쟁[138]으로 붙었다 한다.

호라티우스

아시아 전체가 파리스의 오입질 때문에 불타 사라져 버린 것이다. 단 한 사람의 욕심, 울분, 쾌락, 가족 간의 질투 — 청어 장수 여편네들도 서로 쥐어뜯게 할 수도 없을 이유들, 그것이 이 모든 거창한 소동의 핵심이요 동기인 것이다.

그런 전쟁을 일으킨 장본인이자 중심 인물이었던 자들의 말이면 믿을 수 있을까? 그렇다면 역사상 가장 위대하고 가장 많은 승리를 거두었으며 가장 강력했던 황제[139]가 바다와 육지에서 벌

138

트로이의 왕자 파리스가 스파르타의 메넬라오스왕의 비(妃) 헬레네를 빼앗아 달아난 것을 기화로 일어난 트로이 전쟁을 말한다.

139

아우구스투스 황제를 말한다.

12장 레몽 스봉을 위한 변호

인 여러 전투, 자기 운을 따르다가 죽은 50만 명의 목숨과 피, 자기의 공격을 돕느라 탕진한 두 나라의 힘과 부를, 아주 재미있고 썩 솜씨 있게, 장난치며 농담 삼아 들려주는 이야기를 들어 보자.

> 안토니우스가 글라피라와 동침했으니,
> 풀비아가 내게 강요하네, 자기와 동침하라고.
> 풀비아와 동침을 해?
> 마니우스가 그러자면 그와도 자야 하나?
> 정신 똑바로 박히고서야 아니지.
> 그녀가 말하네, "동침하든지, 전쟁을 하든지."
> 내 남근이 내 목숨보다 중하다면?
> 전투 나팔을 울려라!
> 마르시알리스의 풍자시에 인용된 시로, 아우구스투스의 것으로 추정

(공주님[140]께서 허락해 주신 바 있으니, 아무 거리낌 없이 제 라틴어를 썼습니다.) 그런데 이 수많은 얼굴들과 동작들, 하늘과 땅을 위협하는 듯한 이 거창한 부대를 보자.

> 혈기 왕성한 오리온이 겨울 바다의 큰 물결로 뛰어들 때
> 리비아의 바다로 굽이쳐 들어가는 수많은 파도처럼,
> 여름이면 헤르무스의 평원이나 리키아의 벌판에서
> 햇볕에 이글이글 타는 빽빽한 이삭들처럼,

140
나중에 앙리 드 나바르(후일의 앙리 4세)와 결혼해 마르고 왕비로 부르게 될 마르그리트 드 발루아로 추정된다.

〔 236 〕

방패들이 부딪는 소리 온 천지에 가득하고
병사들의 발걸음 아래 대지는 진동한다.
베르길리우스

　팔도 많고 대가리도 많은 그 사나운 괴물, 그것은 여전히 인간, 나약하고 비참하고 가련한 인간일 뿐이다. 들쑤셔서 흥분시킨 개미집일 뿐이다.

　　새까만 전투 부대가 평원으로 나아간다.
베르길리우스

　역풍(逆風) 한 자락, 까마귀가 날며 우는 소리, 말 한 마리의 헛디딤, 우연히 지나가는 독수리, 꿈 하나, 말 한 마디, 징조 하나, 아침 안개 한 자락도 능히 그 괴물을 넘어뜨려 고꾸라지게 할 수 있다. 햇빛 한 줄기만 그것의 얼굴에 쏘여 보라, 바로 녹아 꺼져 버리리라. 우리의 시인이 꿀벌에게 하듯,[141] 그 눈에 먼지 조금만 불어넣어 보라. 우리의 군기(軍旗)며 군단, 그들 선두의 저 위대한 폼페이우스까지 꺾여 부서진다. 내 기억에,[142] 세르토리우스가 그런 멋진 무기들로 스페인에서 대파한 것이 바로 그 폼페이우스였던 것 같으니 말이다.ᴮ 그 방법은 에우메네스가 안티고누스에게, 수레나가 크라수스에게 썼듯이, 다른 자들도 써먹은 것이다.

141
아래 베르길리우스의 시의 내용을 뜻한다.
142
몽테뉴가 착각하고 있다. 세르토리우스가 히스파니아에서 폼페이우스를 대파한
것은 맞으나, 이 전략으로 이기지는 않았다.

〔 237 〕

12장 레몽 스봉을 위한 변호

^A 저 맹렬한 격분, 저 대단한 전투들도

한 줌의 먼지면 잠재우리라.

베르길리우스

^C 벌 떼를 풀어 쫓게 해 보라. 그 괴물을 흩어트릴 만큼 강하고 용감하리라. 최근의 일로, 포르투갈인들이 크시아티므¹⁴³ 영토에서 탐리시를 공략할 때, 그 도시의 주민들은 갖고 있던 벌통들을 성벽 위로 잔뜩 가져갔다. 그러고는 불을 피워 벌 떼를 적들에게 맹렬히 몰아 대자, 포르투갈군은 벌들이 달려들어 침을 쏘아 대는 것을 견디지 못하고 패주했다. 그리하여 그 새로운 원군 덕에 승리와 자유가 그들의 도시에 머물렀고, 운이 어찌나 좋았던지 전투 결과 단 한 마리 벌의 손실도 보고되지 않았다.

^A 황제의 영혼이나 구두 수선공의 영혼이나 같은 틀에 부어 만든 것이다. 왕공들이 하는 행위의 중요성이나 그 무게를 보고 우리는 그것이 그만큼 무게 있고 중요한 어떤 이유로 행해졌으리라 여긴다. 틀린 생각이다. 그들도 우리를 움직이는 것과 같은 동기로 오락가락한다. 우리가 이웃과 말다툼하는 것과 똑같은 이유로 왕들은 전쟁을 일으킨다. 우리로 하여금 하인을 매질하게 만드는 이유가 왕에게 떨어지면 그는 한 지방을 쓸어 버린다. ^B 왕들이 바라는 것도 우리만큼 경박하지만, 그들은 더 큰 일을 벌일 수 있는 것이다. ^A 같은 욕망이 진드기도 코끼리도 움직인다.

충직함을 보자면, 세상에 인간에 견줄 만한 배신자는 없다. 우리 이야기책들엔 개들이 자기 주인을 죽인 자를 맹렬히 추격하는

143

혹자는 인도, 혹자는 마록(모로코)에 있는 지역이라는데 분명치 않다.

〔 238 〕

이야기가 나온다. 피루스 왕은 죽은 사람을 지키고 있는 어떤 개를 보았는데, 그 개가 그러고 있은 지 사흘이 되었다는 말을 듣고는 시체를 묻으라고 명한 뒤 그 개를 데리고 왔다. 그가 자기 군대의 총사열식에 참석한 어느 날, 자기 주인을 살해한 자들을 알아본 그 개는 분에 북받쳐 큰 소리로 짖으며 달려들었다. 그 개는 그렇게 주인의 살해에 대한 첫 번째 단서를 주었고, 이어 신속히 재판을 통해 보복이 이루어졌다. 마찬가지로 현자 헤시오도스의 개도 자기 주인을 죽인 나우팍토스인 가니스토르의 자식들이 범한 살해 행위를 들춰 내 복수했다. 아테네에 있는 한 사원을 지키던 개는 불경한 좀도둑이 사원에서 가장 아름다운 보석들을 훔쳐 가려는 것을 알고, 최대한 큰 소리로 그를 향해 짖어 댔다. 그래도 관리인들이 잠을 깨지 않자 도둑을 따라갔다. 다음 날 동이 트자, 도둑놈과 조금 더 거리를 두었지만 결코 그에게서 눈을 떼지는 않았다. 그가 먹을 것을 줘도 개는 먹으려 하지 않았다. 그러면서도 가는 길에 마주친 다른 통행자들에게는 반갑게 꼬리를 흔들고, 그들의 손으로 주는 것은 받아먹었다. 도둑이 자려고 멈추면, 개도 같은 곳에서 멈춰 섰다. 개의 소식이 사원 관리인들의 귀에 들어가자 관리인들이 개의 터럭을 추적해 그 자취를 따라가기 시작했다. 결국 그들은 크로미온시에서 개를 만났고, 도둑놈 역시 잡아 아테네시로 데려와 벌을 주었다. 재판관들은 이 훌륭한 봉사를 치하하여, 공금으로 이 개를 먹이기 위한 상당량의 밀을 부담하게 하고, 사제들에게는 이 개를 보살펴 주라고 명령했다. 플루타르코스는 이 이야기가 그의 시대에 일어난 틀림없는 사실이라고 증언한다.

보은(우리는 이 말의 가치를 되새길 필요가 있다고 생각되므로)으로 말하자면, 아피온이 직접 봤다고 하는 다음의 예 하나만

12장 레몽 스봉을 위한 변호

으로 충분할 것이다. 하루는 로마에서 시민들의 오락거리로 여러 신기한 동물들 간의 싸움을 보여 주었다. 주로 여간해선 보기 어려운 거대한 사자들이 등장했는데, 그중 사나운 풍모, 억세고 굵은 사지, 거만하고도 무시무시한 포효로 모든 관중의 시선을 한 몸에 받는 놈이 하나 있었다. 이 짐승들과 싸우도록 시민들 앞에 내세운 노예들 중에 다키아 출신의 안드로두스라는 자가 있었다. 그는 집정관 자리에 있는 로마 귀족의 노예였다. 그 사자는 멀리서 그를 보고는 먼저 깜짝 놀란 것처럼 딱 멈춰 섰다. 그러더니 부드럽고 평화로운 태도로 마치 그와 안면을 확인하려는 듯 아주 천천히 다가가는 것이었다. 그러더니 자기가 알아보려던 것을 확인하고서 주인에게 알랑거리는 개들이 하는 식으로 꼬리를 흔들며 하얗게 질려 정신이 나가 버린 그 가련한 자의 손과 엉덩이와 입에 주둥이를 맞추며 핥기 시작했다. 사자의 순한 태도에 정신을 차리고 똑바로 보게 된 안드로두스는 찬찬히 살피다가 드디어 사자를 알아보았다. 그들이 서로 비벼 대며 기뻐하는 모습을 보는 것은 색다른 즐거움이었다. 시민들은 기쁨의 환호성을 올렸고, 황제는 그 노예를 불러 그렇게 희한한 일이 일어난 이유를 물었다. 그는 황제에게 전대미문의 놀라운 이야기를 들려주었다.

그는 말했다. "제 주인은 아프리카의 총독이었는데, 저를 잔인하고 혹독하게 다루며 매일같이 매질을 해 대는 통에 달아나지 않을 수 없었습니다. 그 지방에서 그토록 권세 있는 인물을 피해 확실하게 몸을 숨기려고 저는 지름길을 잡아 사람이 살 수 없는 외딴 사막으로 갔습니다. 먹고살 방법을 찾지 못하면 자살할 방도를 강구할 결심이었지요. 한낮이 되자 해는 더할 수 없이 따갑고 더위는 견딜 수 없이 심해, 밖에서는 잘 보이지 않고 접근하기 어려

〔 240 〕

운 동굴을 보자 저는 그 안으로 몸을 던졌습니다. 곧이어 이 사자가 불쑥 들어오더군요. 사자는 한쪽 다리에 상처를 입어 피를 흘리고 있었는데, 다친 데가 아파서 절절매며 신음하고 있었습니다. 사자가 들어왔을 때 저는 너무나 무서웠습니다. 하지만 사자는 자기 집 한구석에 웅크리고 있는 저를 보더니 가만히 다가와 도움을 청하는 듯 다친 발을 제게 내밀었습니다. 그래서 저는 사자의 발에 박혀 있던 커다란 나뭇조각을 뽑아 내고, 사자와 조금 더 친숙해진 뒤에 상처를 눌러 그 속에 차 있던 고름을 짠 다음 할 수 있는 한 깨끗하게 닦아 내고 씻어 주었습니다. 상처가 좀 낫고 아픔이 가셨는지 사자는 발을 제 손에 맡긴 채 누워 잠이 들었습니다.

그때부터 사자와 저는 그 동굴에서 같은 고기를 먹으며 삼 년을 함께 살았습니다. 사자는 사냥을 나가 잡아 온 짐승의 가장 좋은 부위를 제게 가져왔고, 불이 없으니 저는 그것을 햇볕에 익혀 먹으며 살았지요. 결국 그런 야생적이고 야만적인 생활에 싫증이 나서, 사자가 늘 하던 대로 사냥을 나간 어느 날 저는 그 동굴에서 나왔고, 사흘째 되는 날에 잡히고 말았습니다. 저를 잡은 병사들은 저를 아프리카에서 제 주인이 있는 이 도시로 데려왔고, 주인은 즉각 저를 사형에 처해 짐승들에게 던져 주라고 한 것입니다. 아마 이 사자도 곧이어 잡힌 모양인데 제가 자기 상처를 치료해 준 은혜를 지금 갚고 싶은가 봅니다.”

이것이 안드로두스가 황제에게 말한 이야기로, 이 이야기는 입에서 입으로 전해져 시민들에게 알려졌다. 그리하여 모두의 요청에 따라 그는 사면을 받아 자유를 얻었고, 시민들의 결정으로 그 사자까지 갖게 되었다. 아피온은 말한다. “그날 이후, 우리는 안드로두스가 그 사자를 짧은 끈에 매어 데리고 다니는 걸 볼 수

12장 레몽 스봉을 위한 변호

있었다. 그는 로마의 선술집들을 돌아다니며 돈을 받았고, 사자는 사람들이 던져 준 꽃으로 덮여 있었다. 그들을 만나면 누구나 이렇게 말했다. '사람을 손님으로 대접한 사자로구나, 사자에게 의사가 되어 준 사람이구나!'"

[B] 우리는 종종 사랑하던 짐승을 잃고 눈물을 흘리는데, 짐승들도 우리가 죽으면 그렇게 한다.

> 이어 장식을 다 떼어 낸 그의 군마 에톤이 와서 울며,
> 굵은 눈물로 그의 얼굴을 적신다.
>
> 베르길리우스

어떤 나라에서는 여자를 공유하고 어떤 나라에서는 각자 자기 여자를 갖는 것처럼 짐승들도 그러지 않는가? 그러면서 우리보다 결혼을 더 잘 유지하는 것을 보지 않는가?

[A] 짐승들이 함께 뭉쳐 서로 돕기 위해 일으키는 결사(結社)나 동맹으로 말하자면, 황소, 돼지, 그리고 다른 동물들도 한 놈이 공격을 받고 울부짖으면 그놈을 도우려고 떼로 달려와 연합해서 방어하는 것을 볼 수 있다. 파랑비늘돔이라는 물고기가 낚싯바늘을 물면 친구들이 한꺼번에 몰려들어 낚싯줄을 물어뜯는다. 어쩌다한 놈이 통발에 갇히면 다른 놈들이 밖에서 꼬리를 들이민다. 안에 있는 놈이 온 힘을 다해 이빨로 그 꼬리를 물면 다른 놈들이 잡아당겨서 밖으로 끌어내는 것이다. 돌잉어들은 제 동료 하나가 낚싯줄에 걸리면 그 줄에 등을 댄 뒤 톱니처럼 생긴 가시를 세워 톱질해서 끊어 버린다.

우리가 살아가면서 서로 주고받는 특수한 봉사로 말하자면,

〔 242 〕

짐승들에게서도 비슷한 경우를 많이 볼 수 있다. 고래는 바다모래 무지 비슷한 작은 물고기를 앞세우지 않고서는 결코 앞으로 나아가지 않는다고 한다. 그 때문에 그 물고기는 '길잡이'라는 이름을 갖게 되었다. 고래는 그 물고기를 따르기만 하는데, 마치 키가 배의 방향을 틀듯 물고기가 쉬이 자기를 이끌게 한다. 이에 대한 보상으로, 짐승이며 배며 다른 모든 것은 이 괴물의 입이라는 가공할 혼돈 속으로 들어가면 즉시 죽거나 삼켜지고 말지만, 이 작은 물고기만은 아주 안전하게 그 속으로 피신해서 거기서 잠을 자며, 물고기가 자는 동안엔 고래도 움직이지 않는다. 그러다가도 물고기가 입 밖으로 나오면 즉시 고래는 쉬지 않고 그 물고기를 따라간다. 어쩌다 물고기와 떨어지면, 고래는 이리저리 헤매다가 마치 키 없는 배처럼 바위에 부딪쳐 상처를 입곤 한다. 플루타르코스가 안티퀴라섬에서 직접 본 일이라고 증언한 것이다.

사람들이 악어새라는 이름을 붙여 준 작은 새와 악어의 관계도 그와 비슷하다. 악어새는 이 큰 짐승의 파수꾼 노릇을 한다. 악어의 적인 망구스가 그를 공격하러 오면 이 작은 새는 악어가 잠든 채 기습당할까 봐, 지저귀고, 부리로 쪼고 하면서 악어를 깨워 위험을 알려 준다. 이 새는 악어가 남긴 찌꺼기를 먹고 사는데, 그 괴물은 새를 자기 입속에 정답게 받아들여, 새가 턱과 이 사이를 쪼아 거기 끼어 있던 고기 조각을 거둬 먹게 한다. 아가리를 다물고 싶어지면 새를 깨물거나 다치게 하는 법 없이 조금씩 조금씩 다물어서 우선 새에게 나가라고 알려 준다.

진주모라고 부르는 조개도 속살이게와 그렇게 산다. 게 종류의 작은 동물인 속살이게는 조개의 벌어진 부분에 앉아 경비원 겸 문지기 노릇을 하면서 저희가 잡을 만한 작은 물고기가 들어오는

[243]

12장 레몽 스봉을 위한 변호

게 보일 때까지 늘 그것이 빠끔히 열려 있게 유지한다. 그러다가 물고기가 진주모 속으로 들어오면, 조개의 살을 꼬집어 껍데기를 닫게 만들고, 둘이 함께 자기들의 요새에 갇힌 포획물을 먹는다.

다랑어가 사는 방식에서는 수학의 세 분야에 관한 특출한 지식이 두드러진다. 천문학으로 말하면, 그것들이 우리를 가르친다. 다랑어들은 동지를 맞게 된 그 자리에서 멈춰 다음 춘분 때까지 움직이지 않는다. 그 때문에 아리스토텔레스는 이 학문을 그것들에게 양보했다. 지리학과 대수학으로 말하자면, 그것들은 언제 어디서 봐도 정사각형인 육면체의 떼를 이루어 사방을 동일한 여섯 면으로 둘러 친 물샐 틈 없이 견고한 전투 대형을 만든다. 그런 다음 앞이나 뒤나 너비가 같은 그 정육면체 대형으로 헤엄을 치는데, 높이의 수가 너비의 수와 같고 너비가 길이와 같은 만큼 누구라도 그것을 보고 한 줄만 세어 보면 그 부대 전체의 수효를 쉽게 알 수 있다.

배포로 말하자면, 인도에서 알렉산드로스 대왕에게 보낸 그 위대한 개의 일화보다 더 두둑한 배포를 보기 어렵다. 사람들이 이 개에게 싸워 보라고 사슴을, 이어 멧돼지를 내놓았더니 그 개는 본체만체하며 제자리에서 움직이려고도 하지 않았다. 그러나 사자를 보자 이놈은 자기와 싸울 만하다고 역력히 선포하면서 즉시 두 발로 꼿꼿이 일어서는 것이었다.

B 잘못을 인정하고 후회하는 일에 관해서는 한 코끼리의 이야기가 있다. 그 코끼리는 지독히 화가 나 자기 조련사를 죽이고 말았는데, 너무 심하게 괴로워한 나머지 그날 이후로 먹을 생각을 않고 그대로 죽어 버렸다는 것이다.

A 관대함으로 말하자면, 짐승들 중에서도 가장 잔인한 짐승이라는 호랑이 한 놈이 인구에 회자된다. 이 호랑이는 새끼 염소

한 마리를 줬더니 그것을 해칠 생각을 않고 이틀 동안 배고픔을 참더니 사흘째엔 다른 먹잇감을 구하러 나가려고 갇혀 있던 우리를 부쉈다. 자기와 친해진, 자기 손님인 새끼 염소에게 덤벼들고 싶지 않았던 것이다.

서로 교제하는 가운데 수립되는 친근함과 어울림의 도리로 말하자면, 우리가 고양이, 개, 토끼를 함께 길들일 때 흔히 보는 일이다.

그러나 바다, 특히 시칠리아 바다를 항해하는 사람들이 경험을 통해 물총새의 특성에 대해 알게 된 바는 인간의 상상을 초월한다. 자연이 어떤 종류의 동물들의 잉태, 해산, 탄생을 그처럼 영광되게 한 적이 있었는가? 전에는 유일하게 떠다니는 섬이었던 델로스가 굳어진 것이 라토나[144]의 해산을 위해 이전에는 떠다녔던 유일함 섬 델로스가 굳어졌다고 시인들은 잘도 말하지만, 하느님은 일 년 중 낮이 가장 짧은 날인 동지 무렵, 물총새가 새끼를 낳을 때는, 온 바다가 멈추고, 굳어지고 평평해지고, 파도도, 바람도, 비도 없기를 이러저러하게 배려하셨으니 말이다. 그래서 물총새의 그 특권 덕에 우리는 한겨울에 위험 없이 항해할 수 있는 이레 날 이레 밤을 갖게 된 것이다. 물총새의 암컷은 자기 짝 이외의 다른 수컷을 모르며, 한평생 버리지 않고 보살핀다. 수놈이 늙어 허약해지면 어깨에 떠메고 사방으로 데리고 다니며 죽을 때까지 섬긴다.

그러나 물총새가 자기 새끼들을 위해 만드는 둥지의 그 경이

144
그리스명으로는 레토. 제우스의 사랑을 받아 아폴론과 아르테미스를 임신했는데, 헤라의 방해로 낳을 곳을 찾지 못해 고생하다 포세이돈이 떠올려 준 섬에서 해산했다는 이방(異邦)의 여신.

12장 레몽 스봉을 위한 변호

로운 구조와 재료는 아직 아무도 알아낼 재간이 없었다.

　그 둥지를 여러 개 봤고 직접 손으로 조작해 보기도 한 플루타르코스는 그것이 어떤 물고기의 뼈를 덧대고 이어서 씨줄과 날줄로 엮고 물에 떠다닐 수 있는 둥근 배 모양이 되게 곡선과 곡면을 가미한 것이라고 생각한다. 둥지를 다 지으면 바다의 물결 위에 가져다 놓는데, 그러면 바다는 아주 부드럽게 물결치면서 잘 엮이지 않아서 한 번 더 이어 주어야 할 곳, 바닷물이 철썩이면 풀리고 느슨해져서 더 강화할 필요가 있는 부분들을 가르쳐 준다. 반대로 잘 엮인 곳은 물결로 쳐서 더 촘촘하게 죄어 주어, 부서지거나 풀리지 않고, 여간해서는 돌이나 쇠로 쳐도 손상되지 않게 만들어 준다. 더욱 감탄할 것은 오목한 내부의 크기와 모양이니, 그걸 만든 새밖에는 다른 것을 받아들일 수도 들어올 수도 없게끔 꼭 맞게 만들어져 있다. 다른 것은 일체 침투 불가, 비단 바닷물뿐 아니라 아무것도 들어갈 수 없게 막히고 닫혀 있다. 이것이 바로 이 건축물에 대한 매우 명료한 묘사로, 훌륭한 출처[145]에서 가져온 것이다. 그렇지만 내겐 이 묘사도 이 건축술의 복잡다단함을 충분히 말해 주지는 못하는 것 같다. 그런데 우리 안엔 대체 어떤 허영심이 들어 있길래 우리가 흉내 낼 수도 이해할 수도 없는 일들을 우리 아래로 낮춰 보며 경멸조로 해석하는가?

　우리와 동물들이 다를 것 없고 피차 상통한다는 것에 대해 좀 더 이어가 보자. 우리의 영혼이 자랑스럽게 여기는 특권, 즉 제가 생각한 것은 모두 자기 고유의 본성으로 돌리고, 제게 주어진 모든 것에서는 덧없고 육체적인 성질을 다 떼어 버리며, 제가 받아

145

아미요가 불역한 플루타르코스의 『도덕론』 중 「몇몇 동물들」.

들일 만하다고 생각하는 것들에겐 영혼 자신의 영원불멸하며 영
적인 본성에 알맞도록, 그것들이 지닌 부패하기 쉬운 고유성을 다
벗고 떼어 내라고, 두께, 길이, 깊이, 무게, 색깔, 냄새, 거칠음, 매
끈함, 단단함, 물렁함 등 모든 감각적인 것은 불필요하고 쓸잘 데
없는 외피인 양 치워 버리라고 강요하는 그 특권이 짐승들에게도
있는 것 같다. 내가 내 마음에 간직한 로마나 파리, 내 상상 속 파
리를 떠올릴 때, 면적도 돌멩이도 회반죽도 나무도 없는 도시를
떠올리고도 그것을 수긍하는 식으로 말이다. 전투 나팔, 소총, 전
투에 길든 말이 마굿간 건초 위에 누워 자면서도 마치 한창 전투
중인 것처럼 몸을 비틀고 부르르 떠는 것을 보면, 분명 소리 없는
북소리, 무기도 부대도 없는 군대를 제 영혼 속에서 떠올리고 있
는 게 확실하니 말이다.

> 그대는 실제로 보게 되리라, 누워 잠든 원기 왕성한 말들이
> 몽중에도 땀범벅이 되어 쉼 없이 헐떡이며
> 우승상을 차지하려 온 힘을 모으는 것을.
> 루크레티우스

　　자면서 헐떡이고 꼬리를 뻗치고 오금을 흔들며 우리에게 완
벽하게 달리는 모습을 보여 주는 사냥개가 꿈속에서 상상하고 있
는 토끼, 그것은 털도 뼈도 없는 토끼이다.

> 나른하게 누워 자던 사냥개들이
> 갑자기 다리를 떨며 낑낑대고
> 드디어 찾아낸 야생 동물의 자취에다 하듯,

〔 247 〕

12장 레몽 스봉을 위한 변호

쿵쿵거리며 냄새를 맡는다. 흔히는 잠 깨서도,
환상이 흩어져 제정신으로 돌아올 때까지
허깨비 사슴을 쫓으며, 그것이 달아나는 것을 본다.
루크레티우스

우리는 집 지키는 개들이 낯선 사람이라도 본 것처럼 꿈속에서 으르렁거리다가 진짜로 짖으며 소스라쳐 깨어나는 것을 자주 본다. 개의 영혼이 본 그 낯선 사람, 그는 크기도 색깔도 존재도 없는 인간, 만질 수도 느낄 수도 없는 비물질적 인간이다.

우리 집에서 옆에 끼고 귀여워하는 강아지들도
낯선 이의 모르는 얼굴을 본 줄 알고
깜짝 놀라 일어나 불안해한다.
루크레티우스

신체의 아름다움으로 말하자면, 더 깊은 이야기로 들어가기 전에 우선 우리가 그것을 정의하는 데 의견이 일치하는지부터 알아야 할 것이다. 아무래도 우리는 본질적이고 보편적인 미(美)가 무엇인지 모르는 게 사실인 것 같다. ^C 미의 무슨 본래적 형태가 있다면 불이 뜨겁다는 것과 마찬가지로 미에 대한 공통적인 인식이 가능할 터인데, 우리는 우리 인간의 아름다움에도 가지각색의 형태를 상정하고 있으니 말이다. 우리는 우리 멋대로 아름다운 모습을 상상한다.

^B 벨기에인의 안색은 로마인의 얼굴에는 추하다.

〔 248 〕

에세 2

^A 인도 사람들이 미인을 그릴 때는 검게 그을린 피부에, 입술은 두툼하게 부풀고, 코는 납작하고 평퍼짐하게 묘사한다. ^B 두 콧구멍 사이의 연골엔 커다란 고리를 끼워 똑바로 입술 위로 늘어뜨리고, 아랫입술에도 보석들이 박힌 큼직한 고리들을 꿰어 입술이 턱 위로 늘어지게 한다. 그리고 이를 잇몸까지 다 드러내는 것을 우아하다고 여긴다. 페루에서는 귀가 가장 큰 사람이 최고의 미인이어서 어떻게든 인위적으로 귀를 늘인다. ^C 그리고 우리 시대의 어떤 이는 동양의 어느 나라에선 귀를 키우는 데 어찌나 열심인지 귀에다 무거운 보석들을 주렁주렁 달고 다니는 것을 보았다면서, 언제든 소매를 걷지 않고 자기 팔을 그들의 귀에 난 구멍에 넣을 수 있었다고 한다.

^B 큰 정성을 들여 이를 검게 물들이며, 흰 이를 보면 경멸하는 나라가 있다. 또 다른 데서는 이를 붉게 물들인다.

^C 바스크 지방에서만 여자들이 삭발하는 것이 더 예쁘다고 생각하는 게 아니다. 다른 많은 곳에서도 그렇게 여기며, 플리니우스가 말하듯이 몇몇 혹한 지방에서 더 그렇게 생각한다. ^B 멕시코 여자들은 좁은 이마를 미의 조건 중 하나로 꼽고 몸의 다른 부분은 죄 면도를 하면서도 이마의 털은 기술적으로 기르고 늘인다. 그리고 젖이 큰 것을 대단히 중하게 여겨서 그것을 어깨 너머로 넘겨 아이들을 먹일 수 있기를 갈망한다. ^A 그러면 우리는 추하다고 할 것이다. 이탈리아인들은 미인을 통통하고 덩치 크게 만들고, 스페인인들은 가냘프고 수척하게 한다. 우리 사이에선 누구는 흰 것을, 누구는 갈색을 미색(美色)으로 친다. 누구는 나긋나긋하고

〔 249 〕

12장 레몽 스봉을 위한 변호

섬세한 것을, 누구는 강하고 힘 있고 활기찬 것을 아름답다고 여긴다. 어떤 이는 우아함과 상냥함을 요구하고, 어떤 이는 오만함과 위엄을 요구한다.

C 최상의 미를 플라톤은 구형에 주었지만, 에피쿠로스 학파는 그것을 차라리 피라미드형 아니면 사각형에 부여한다. 공 모양의 신이란 도저히 받아들일 수 없다는 것이다.

A 하지만 어쨌거나 여기서도 자연은 자신의 보편 법칙을 넘어 우리에게 특전을 베풀진 않았다. 우리 자신을 잘 판단해 보면, 이 문제에서 우리보다 혜택을 덜 받은 몇몇 동물들이 있다 해도 혜택을 더 받은 다른 동물이 아주 많다는 것을 알게 된다. C "많은 동물들이 우리보다 아름답다."(세네카) 우리의 동포인 땅 짐승들까지도 우리보다 낫다. 바다 동물들로 말하자면(너무 달라서 비교할 수 없는 모양은 논외로 하고) 빛깔, 광채, 윤기, 날램, 우리가 그들에게 많이 밀리고, 날짐승에 대해서도 모든 자질에서 그러하다. 그리고 A 시인들이 찬미한 특권, 즉 제 근원을 향해 하늘을 우러르는 직립 자세의 특권,

다른 동물들은 머리를 숙이고 땅을 보는데,
신은 인간의 이마를 세워 주며 명하였다.
고개를 들어 하늘을 응시하고,
시선을 돌려 성좌를 바라보라고.

오비디우스

이것은 그야말로 순전히 시적이다. 완전히 뒤집혀 시선을 하늘로 향하고 있는 곤충들도 많으니까. 게다가 낙타와 타조의 목은

우리 것보다 훨씬 높고 곧거늘.

^{C} 어떤 동물이 우리처럼 얼굴을 위쪽에 그리고 앞쪽에 갖고 있지 않고, 앞을 향하지 않으며, 보통 자세로 있을 때 우리가 보는 만큼의 하늘과 땅을 보지 못한단 말인가?

플라톤과 키케로가 말한 우리 신체 구조의 어떤 자질들이 수천 가지 짐승들에게 적용될 수 없단 말인가?

^{A} 우리와 가장 많이 닮은 짐승들은 모든 짐승 중에서 가장 추하고 비천한 짐승들이다. 외모와 얼굴로 말하자면 그건 원숭이들이고,

^{C} 가장 못난 짐승인 저 원숭이, 어찌 그리 우리를 닮았는지!
엔니우스

^{A} 내부나 생명과 관련된 부분으로 보면 돼지이다. 명백히 발가벗은 인간(미의 가장 큰 몫을 차지하는 것으로 보이는 성(性)에서조차), 그의 결함, 타고난 제약과 불완전성을 생각하면 우리에겐 몸을 가려야 할 이유가 다른 어떤 짐승들보다 많았다는 것을 알게 된다. 이 점에서, 우리가 우리보다 자연의 혜택을 많이 받은 짐승들의 것을 빌려다가 그것들의 미(美)로 우리를 치장하고, 그것들에게서 약탈한 털실, 깃털, 터럭, 명주실로 우리를 덮어 가린 것은 너그러이 봐줄 만한 일이었다.

게다가 우리는 벗고 있으면 자기 짝까지 불쾌하게 만드는 유일한 동물이요, 우리의 본능적인 행위를 동족에게 감춰야 하는 유일한 동물이라는 점을 주목하자. 이 방면의 대가들이 사랑의 열병에 대한 치료제로서, 갈구하는 대상의 몸을 샅샅이 맘껏 보라고

12장 레몽 스봉을 위한 변호

처방하는 것, 애착을 냉각시키려면 사랑하는 것을 실컷 보기만 하면 된다는 것은 진실로 새겨 볼 가치가 있는 사실이다.

> 애인의 벌거벗은 음부가 눈에 들어오자
> 극도로 흥분했던 남자의 정열이 즉각 얼어붙었다.
> 오비디우스.

그런데 이 처방은 결국 좀 까다롭고 냉정해진 마음에서 나온 것일 수도 있지만, 습관이 들고 잘 알게 되면 서로 싫증을 느낀다는, 우리가 지닌 결함의 두드러진 징후이기도 하다. ^B 사람들 앞에 나설 만하게 분칠과 화장을 마치기 전엔 자기들 방에 들어오지 못하게 하려고 우리 마님들이 그리도 신경을 쓰는 것은 수줍어서라기보다는 계책이요, 조심이다.

> 우리의 비너스들은 그것을 잘 안다.
> 그래서 사랑의 사슬로 꽁꽁 묶어 두려는 남자에겐
> 자기 삶의 이면을 숨겨 두려고 아주 조심한다.
> 루크레티우스

짐승들의 경우, 그것들에게 있는 것으로서 우리가 좋아하지 않거나 우리에게 쾌감을 주지 않는 것은 하나도 없어서, 배설물과 분비물에서조차 맛 좋은 별미(別味)뿐 아니라 값비싼 장신구와 향료까지 뽑아다 쓰는 짐승이 수두룩한데 말이다.

이런 고찰은 어디까지나 우리 일반에 관한 것으로, 육적이고 지상적인 너울을 쓴 별인 양 종종 우리 사이에서 빛을 발하는 신

[252]

성하고 초자연적이며 경이로운 미인들까지 거기에 포함시킬 정도로 신성모독적인 고찰은 아니다.

결국 우리 딴의 생각에서 우리가 동물들 몫으로 돌리는 자연의 혜택들 자체가 동물들을 우리보다 아주 유리하게 만든다. 우리가 우리 것으로 여기는 자산이란 공상적이고 허황된 것, 지금은 없는 미래의 것으로, 인간의 능력만으로는 장담할 수 없는 것들이거나, 이성, 지혜, 명예처럼 사실과 달리 우리 멋대로 스스로에게 부여한 것들이다. 그러고서 우리는 실제적이고, 사용 가능하고, 구체적인 장점은 동물들 몫으로 돌린다. 평화, 평안, 안전, 순진, 건강, 그렇다, 자연이 우리에게 베풀 수 있는 가장 아름답고 가장 값진 선물인 건강을 말이다. 오죽하면 철학이, 스토아주의까지도, 헤라클레이토스와 페레키데스가 지혜를 건강과 맞바꿔서 전자는 종기가, 후자는 이(虱)가 들끓는 병이 나을 수만 있었다면 얼마든지 그렇게 했을 것이라고 할 정도이다. 여기서는 그나마 지혜를 건강과 비교하며 저울질함으로써 여전히 지혜에 보다 큰 가치를 부여하고 있다. 같은 이들이 다음에서 주장한 것보다는 말이다. 그들은 키르케[146]가 오디세우스에게, 미치광이를 현자로 만드는 음료와 현자를 미치광이로 만드는 두 가지 음료를 내놓으며, 현자로 만드는 술을 마시려면 짐승의 형상을 가져야 한다고 했다면, 오디세우스는 키르케가 자기의 사람 모습을 짐승의 그것으로 바꾸는 것에 동의하기보다는 차라리 미치광이로 만드는 음료를 마

146
여러 독약을 사용해 사람을 동물로 바꾸는 그리스 신화 속 마녀. 오디세우스 귀환 길에 그의 부하들을 돼지로 변하게 하고, 일 년간 그와 동거하여 아들 텔레고노스를 낳았다.

셨을 것이라고 말한다. 그리고 바로 지혜가 "나를 내버려 두라, 나를 당나귀의 형상과 육신 속에 집어넣느니 차라리 이대로 두라."는 식으로 말하게 했을 것이라고 한다. 뭐라고? 그 위대하고 거룩한 지혜를 철학자들이 지상적이고 물질적인 이 거죽 때문에 저버린다고? 그렇다면 그렇다면 결국 우리가 짐승들보다 탁월한 것은 이성, 판단력, 정신 때문이 아니라, 우리의 미, 우리의 고운 안색, 우리의 근사한 사지 때문이라는 것이요, 그것을 위해 우리의 지성과 지혜와 그 밖에 다른 모든 것을 팽개쳐야 한다는 말이다.

그런데 나는 이 꾸밈없고 솔직한 고백을 받아들인다. 분명 그들은 우리가 그토록 요란스럽게 자랑하는 그 자질들이 헛된 공상에 지나지 않는다는 것을 알고 있었다. 짐승들이 제아무리 스토아적 덕성, 지식, 지혜, 평정을 다 지니고 있다 한들 ^C 여전히 짐승일 것이요, 가련하고 고약하고 미친 인간에게도 견줄 수 없을 것이다. ^C 결국 우리와 같지 않은 것은 무엇이건 아무 가치가 없다는 말이요, 앞으로 다룰 것이지만, 신마저도 가치 있으려면 인간을 닮아야 한다는 것이다. 여기서 우리는 우리가 다른 동물보다 우리 자신이 더 낫다고 보며, 짐승들의 조건과 그 무리로부터 우리를 분리시키는 것이, 참된 판단이 아니라 미치광이 같은 오만과 완고함의 소산임을 알게 된다.

하던 이야기로 돌아오자면, 우리는 우리 몫으로 불안정, 우유부단, 불확실, 고통, 미신, 죽은 다음까지 포함해 닥쳐올 일들에 대한 불안, 야심, 인색, 질투, 시기, 무절제하고 광포하고 길들일 수 없는 욕망, 전쟁, 거짓, 배신, 비방 그리고 호기심을 갖는다. 끊임없이 우리를 사로잡는 이 헤아릴 수 없는 격정들을 대가로 치르고서 우리가 자랑해 마지않는 이 대단한 이성, 판단하고 인식하는 이 능력을 산 것이라면 정녕 우리는 이상하리만치 과한 값을 치른 것이다. ^B 소크라테스[147]가 그랬듯이, 짐승들에 대해 우리가 가진 저 현저한 특권, 자연이 짐승들에게는 일정한 시기와 한계를 정해 성애의 쾌락을 허용한 반면 우리에겐 아무 때나 어떤 상황에서나 완전히 고삐를 풀어 주었다는 특권까지 기꺼이 값을 쳐준다면 몰라도.

^C "술이 환자에게 좋은 법은 드물고 해로운 경우는 아주 많다. 그러니 확실치 않은 치료를 기대하며 명백한 위험을 무릅쓰게 하기보다는 아예 술을 주지 않는 것이 낫다. 마찬가지로 자연은 우리에게 그토록 관대하고 넉넉하게 베풀어 준, 우리가 이성이라고 부르는 그 사고 활동, 그 혜안, 그 통찰력을 아예 주지 않았던 편이 나았을지 모른다. 왜냐하면 이 능력은 많은 사람에게 치명적이요, 극히 소수에게만 유익하기 때문이다."(키케로)

^A 그 많은 것들을 알아서 바로와 아리스토텔레스에게 어떤 유익이 있었을까? 인간이 겪는 고통을 면제해 주었는가? 짐꾼이 당하는 변고를 면했는가? 논리학에서 통풍병에 대한 무슨 위안이라도 찾았는가? 그 병증이 어떻게 관절에 자리 잡는지 알았다고 해서 덜 아팠단 말인가? 어떤 나라에선 죽음을 기뻐한다는 것을 알았기에 죽음에 순응할 수 있었고, 어떤 지방에선 여자를 공유한다는 것을 알아서 아내의 서방질을 받아들일 수 있었는가? 한 사람은 로마인들 중에서, 다른 한 사람은 그리스인들 중에서, 학문이 가장 융성했던 시기에 학식에서 일급에 속한 사람들이다. 하지만 그들의 인생에 남달리 탁월한 점이 있었다는 이야기는 듣지 못했다. 사실 이 그리스인은 자기 인생의 작지 않은 오점들을 털어

147
생전판에는 '소크라테스' 대신 '철학'으로 되어 있었다. 보르도본에 수기로 수정했다.

12장 레몽 스봉을 위한 변호

버리느라 꽤 애를 먹었다.

^A 점성학과 문법학을 알아서 쾌락과 건강이 더 달콤하던가?

일자무식이라서 연장이 덜 뻣뻣이 서던가?

호라티우스

수치와 가난은 덜 거북하고?

아마도 그러면 병도 노쇠도 면하고
슬픔도 근심도 모를 것이며
장수하며 더 나은 운명을 누릴 것이다.

유베날리스

나는 사는 동안 대학 총장들보다 더 현명하고 더 행복한 장인들, 농부들을 수백 명이나 보았으니, 차라리 나는 그들을 닮고 싶다. 학문이란 영광, 가문, 위엄처럼, ^C 아니면 기껏해야 미모, 부유함, ^A 또는 그 비슷한 자질들처럼, 사실상 삶에 기여하기는 하지만 현실과 멀리 떨어져, 본래적이라기보다는 좀 공상적으로 삶에 필요한 것들 중에 끼어 있을 뿐이라는 것이 내 생각이다.

^C 우리는 우리 동아리 안에서 살아가기 위해, 두루미나 개미의 집단 생활에 필요한 직책과 규칙과 법률 이상을 필요로 하지 않는다. 두루미나 개미들에겐 그런 것들이 훨씬 적지만, 배움이 없이도 매우 질서 정연하게 처신하며 어울려 살아가는 것을 우리는 본다. 만일 인간이 현명하다면 자기 삶에 유용하고 적합한 바

〔 256 〕

에 따라 각 사물의 진정한 가치를 매기리라.

^A 행동과 처신을 기준으로 꼽는다면 학자들보다는 무식한 사람들 가운데서 더 많은 수의 탁월한 인물들이 발견될 것이다. 모든 종류의 덕성에서 말이다. 내 생각엔 평화 시에건 전시에건, 상고 시대 로마가 후일 저절로 자멸한 저 박식한 로마보다 훨씬 더 위대한 인물들을 배출했던 것 같다. 다른 것은 같았다고 해도 적어도 진실성과 순수함은 상고대 편에 속할 것이다. 그런 덕성은 단순함과만 함께할 수 있기 때문이다.

하지만 이 주제는 나를 내 의도보다 멀리 끌고 갈 것 같으니 여기서 내려놓겠다. 이 한 가지만 더 말하겠는데, 오직 겸손과 순복(順服)¹⁴⁸만이 훌륭한 인간을 만든다는 것이다. 의무에 대한 인식을 각자의 판단에 맡기거나 각자의 생각에 따라 선택하게 해서는 안 된다. 한 사람 한 사람에게 지정해 줘야 한다. 그렇게 하지 않으면 에피쿠로스의 말처럼 무한히 다양하고 어리석은 우리의 사고와 견해에 휘둘리다 종국에는 우리끼리 서로 잡아먹게 하는 의무까지 만들어 낼 것이다.

하느님이 인간에게 주신 첫 번째 율법은 완전히 복종하라는 것이었다. 그것은 인간이 알아볼 것도 따져 볼 것도 없는 적나라하고 단순한 명령이었다. ^C 그런 만큼 복종한다는 것은 은혜를 베푸시는 천상존자를 인정하는 합리적인 영혼의 첫 번째 의무이다. 복종과 순명(順命)에서 다른 모든 덕성이 나온다. 오만에서 모든

148

생전판에는 'humilité(겸손)'와 'submission(항복, 굴복, 순종)' 대신 'obéissance (복종, 준수)' 한 단어만 있었다. 뒤의 두 단어의 동사형 soumettre와 obéir를 생각해 보면 몽테뉴는 보르도본에서, 하잘것없는 존재로서 인간이 취해야 할 '겸손한' 복종을 이중으로 강조하고 있다.

죄가 나오듯이. ^B 또한 역으로 악마 쪽에서 인간 본성에 행한 첫 번째 유혹, 그 첫 번째 독은 우리에게 지식과 분별력을 주겠다는 약속으로 우리 안에 스며들었다. "너희는 하느님처럼 되어 선과 악을 알게 되리라."¹⁴⁹ ^C 그리고 호메로스에서는 세이렌들이 오디세우스를 속여 파멸을 향한 치명적인 함정에 끌어들이려고 그에게 지식을 선물한다. ^A 인간의 역병은 알고 있다는 생각이다. 바로 이 때문에 우리 종교는 신앙과 복종에 적합한 자질로서 무지를 그토록이나 우리에게 권장하는 것이다. ^C "아무도 세상을 속이는 헛된 철학으로 여러분을 사로잡지 못하게 조심하십시오."¹⁵⁰

^A 이 점에 관해서는 모든 철학자들 간에 전반적인 합의를 본 것이 있다. 지고의 행복은 바로 영혼과 육체의 평안에 있다는 것이다. ^B 그런데 그 평안을 어디서 찾을 수 있을까?

> ^A 요컨대 그 현자 위엔 주피터밖에 없다.
> 부유하고 자유롭고 명예롭고 잘생기고
> 무엇보다 건강도 왕성하여 왕 중의 왕인데
> 다만 콧물이 나와서 괴로워하니 탈이다.
>
> 호라티우스

사실 우리의 비참하고 가련한 상태를 위로하기 위해 자연이 우리에게 나누어 준 것은 오만밖에 없는 것 같다. 에픽테토스가

149
「창세기」 3:5.
150
「콜로새」 2:8.

〔 258 〕

말한 것이 바로 그것이다. "인간에겐 제 의견을 사용하는 것 말고 내 것이라 할 만한 것이 없다." 우리 몫으로 가진 것이라고는 바람과 연기뿐이다. ^B 철학은 말한다. 신들은 건강은 실제로 지니고 병은 상상으로만 앓는데, 인간은 그와 반대로 장점들은 공상으로, 결함들은 실제로 가지고 있다고. ^A 우리의 장점이 모두 꿈에 지나지 않으니 우리가 우리 상상력을 높이 평가하는 것도 당연하다.

이 가련하고 참담한 동물이 허풍을 떠는 것을 들어 보라. 키케로는 말한다. "문필업, 내 말인즉, 무한한 사물들, 자연의 광대한 위대성, 이 세상의 하늘, 땅, 바다들을 우리에게 밝혀 주는 방편인 이런 글들을 쓰는 직업만큼 근사한 일은 없다. 우리에게 종교, 절제, 용기의 위대성을 가르쳐 주는 것도 글이요, 우리의 영혼을 암흑에서 떼어 내어 높고, 낮고, 첫째, 마지막, 중간의 모든 사물들을 보게 해 주는 것도 글이다. 잘 살고 행복하게 사는 방법을 알려 주고, 괴로움도 고통도 없이 우리의 세월을 통과하게 이끌어 주는 것도 글이다." 마치 영원히 살아 계시고 전능하신 하느님의 입장에서 말하고 있는 것 같지 않은가? 그런데 실은 보잘것없는 수많은 여자들이 촌구석에서 그의 생애보다 더 고르고 더 순탄하고 더 안정된 삶을 살았다.

> 그는 신이었다, 그렇다, 신이었다.
> 고명한 멤미우스여 그는,
> 오늘날 지혜라는 이름으로 부르는 삶의 방식을
> 처음 구상한 이,
> 자기 솜씨로 우리 인생을
> 그 심한 폭풍과 그 깊은 어둠에서 떼어 내어

〔 259 〕

고요한 안식처와 순수한 빛 속에 세운 사람.

루크레티우스

참으로 휘황하고 멋진 말이다. 그러나 이 스승-신(神)[151]과
그 거룩한 지혜에도 불구하고, 아주 가벼운 사고가 이것을 쓴 사
람[152]의 이성을 가장 보잘것없는 양치기의 이성보다 못한 상태에
빠트렸다. C "나는 모든 것에 대해 말하련다."라던 데모크리토스
의 선언, 아리스토텔레스가 우리에게 준 '필사의 신'이라는 어리석
은 칭호, A "디온은 신만큼 유덕하다."라는 크리시푸스의 평가, 이
모든 것이 위의 시처럼 건방지다. 그리고 나의 세네카는 신이 자
기에게 삶을 준 것은 인정하지만, 그것을 잘 산 것은 자기 자신이
라고 한다. C 이 말은 "우리가 우리의 덕을 찬양하는 것은 옳다. 우
리가 덕을 우리 자신이 아니라 신에게서 받았다면 찬양할 수 없을
것"(키케로)이라는 말과 일맥상통한다.

"현자는 신과 같은 용기를 지녔다. 그러나 그 용기는 인간적
인 나약함 속에 깃든 용기이다. 그러니 그는 신을 능가한다."라는
것도 세네카의 말이다.

A 이런 방자한 언사보다 더 흔한 것은 없다. 자기를 동물의 수
준으로 폄하하면 분개할 것처럼 자기를 그토록 빈번히 신과 대등
하게 놓는다고 분개할 자는 우리 중에 아무도 없다. 그만큼 우리

151
에피쿠로스.
152
루크레티우스. 루크레티우스는 아내가 잘못 준 음료에 든 독 때문에 광인이 되었고,
정신이 돌아왔을 때에만 시를 써서 「사물의 본성에 관하여」를 쓴 뒤 자살했다는
설이 전해진다.

〔 260 〕

는 우리의 창조주보다는 우리 자신을 더 중히 여기는 것이다.

하지만 이런 어리석은 허영은 발밑에 던져 버리고, 그런 그릇된 견해들을 세워 놓은 가소로운 기반을 통절히, 과감하게 흔들어야 한다. 저 스스로 무슨 방편과 힘을 가졌다고 생각하는 한, 인간은 결코 자기 주인의 은혜를 인정하지 않을 것이다. 사람들이 말하듯, 그는 늘 자기 달걀들을 닭으로 여길 것이다. 그러니 그를 벌거벗겨야 한다.

그의 철학의 효력이 어느 정도인지 현저한 예 몇 가지를 보자.

포시도니오스는 팔을 꼬고 이를 갈 만큼 고통스러운 병에 짓눌리자 병에다 대고 "네가 아무리 해 봐도, 난 너를 고통이라고 부르지 않을 거다."라고 소리 지르는 것으로 고통을 경멸할 수 있다고 생각했다. 내 하인이 느끼는 만큼 고통을 느끼면서 말만은 자기 학파의 교리를 따르고 있다고 뽐내는 것이다. ^C "실제로는 죽을 지경이면서 말로만 용감한 체해 봐야 소용없다."(키케로)

아르케실라오스는 통풍을 앓고 있었다. 카르네아데스가 찾아왔다가 대단히 민망해하며 돌아서려는데, 아르케실라오스는 그를 다시 불러들여 자기 발과 가슴을 가리키며 말했다. "여기 있는 것이 여기까진 오지 않네." 이 사람은 그래도 좀 보기 좋다. 고통을 느끼며 거기서 벗어나길 원하지만 그 때문에 기가 꺾이고 심약해지지는 않았다는 것이니까. 포시도니오스는 실제보다 말로 버티고 있는 것이 아닌지 염려되는 바이다. 헤라클레아의 디오니시오스는 두 눈이 타 버릴 것처럼 아파서 스토아적 결심을 포기하지 않을 수 없었다.

^A 게다가 그들 말처럼 학문이 우리를 쫓아다니는 불행의 쓰라림을 실제로 둔화하고 경감한다고 해도, 무지가 훨씬 더 완전하

12장 레몽 스봉을 위한 변호

고 확실하게 해 주는 것 말고 해 주는 게 무엇인가? 철학자 퓌론은 난바다에서 심한 풍랑을 만나자 함께 있던 이들에게 본보기로 제시할 것이 같은 배를 타고 있는데도 아무 두려움 없이 풍랑을 바라보는 태평한 돼지밖에 없었다. 철학의 가르침은 결국 운동선수나 노새꾼을 닮으라는 것으로 귀결된다. 고생을 타고나 저절로 인내심을 기른 자가 아닌 책상물림이 학문을 통해 얻을 수 있는 것보다 그들이 죽음, 고통, 그 밖의 불행에 훨씬 둔감하며, 훨씬 굳센 마음을 지니고 있음을 우리는 흔히 본다.[153]

어린아이의 연한 사지를 우리의 사지보다 더 쉽게 베고 자를 수 있게 하는 것이 무지 아니면 무엇인가?[C] 말의 몸은?[A] 얼마나 많은 사람들이 오로지 상상력 때문에 병에 걸리는가? 오직 상상으로만 아픈 병을 치료하기 위해 피를 뽑고, 속을 훑어 내고, 약을 쓰는 사람들을 우리는 흔히 본다. 진짜 병이 모자랄 땐 아는 것이 병을 마련해 준다. 이 혈색, 이 안색은 무슨 염증 충혈의 징조요, 이런 더운 계절엔 무슨 열병에 걸릴 위험이 있고, 그대의 왼손바닥 생명선이 이렇게 끊긴 것은 곧 무슨 중병에 걸릴 현저한 징조이다. 그뿐인가, 마침내는 건강 자체까지 내놓고 참견한다. 청춘의 왕성한 활기는 늘 그대로 유지될 수 없다. 그것이 그대에게 해롭게 작용할까 염려되니 피를 뽑아 힘을 줄여 놓아야 한다.

이런 따위의 상상에 노예가 된 한 인간의 삶을 농부의 삶과 비교해 보라. 농부는 본능적인 욕구에 순응하면서 지식이니 예측 같은 것 없이 오직 당장 느끼는 감각으로 사물을 판단하고, 정말

153
생전판에는 "앎은 고통에 대한 감각을 완화하기보다는 오히려 날카롭게 만든다."가
붙어 있었다.

병에 걸렸을 때만 앓는다. 반면 전자는 신장이 아니라 마음에 담석을 가진 경우가 많다. 병에 걸리고 나서 아프면 너무 늦다는 듯 그는 상상으로 앞당겨 앓으면서, 병을 맞이하러 달려 나간다.

내가 의학에 관해 말한 것은 모든 학문에 일반적인 예로 적용될 수 있다. 바로 그 때문에 우리 판단력의 허약성을 인정하는 것이 최고의 지혜라고 한 고대 철학 사상이 생겨난 것이다. 나의 무지는 공포만큼 희망의 계기도 제공한다. 다른 사람의 예, 또는 같은 경우 남에게서 일어나는 일 아니면 내 건강을 측정할 척도가 없는데, 그것이 하도 가지각색이라 나는 비교해 보고 내게 가장 유리하게 근접한 것을 기준으로 삼는다.

나는 자유롭고, 충만하고, 완전한 건강을 두 팔 벌려 환영한다. 그리고 그것을 더 잘 즐기려고 내 욕구를 연마한다. 요즘은 그런 건강이 내게 덜 일상적이고 더 귀한 것이 되고 보니 더더욱 그렇다. 새삼스럽게 생활 방식을 억압적으로 바꾸어 그 불편함으로 내 건강의 안정과 편안함을 흩뜨리다니 어림없는 일이다. 정신의 동요가 얼마나 많은 병을 유발하는지는 짐승들의 경우가 충분히 보여 준다.

C 브라질 사람들은 늙어서만 죽고, 그것은 그들이 고요하고 평온한 환경에서 살아서라고들 하는데, 나는 오히려 그들의 마음이 평온하고 고요해서라고 본다. 문자도 법도 왕도 없이, 그 무슨 종교 같은 것도 없이, 감탄스러운 단순성과 무지 속에 평생을 보내는 사람들이라, 긴장을 주거나 불쾌하게 만드는 감정, 사고, 의무 따위를 짐 지지 않은 탓에 말이다.

A 우리가 경험을 통해 알게 되는 일로, 가장 천하고 둔중한 자들이 사랑의 행위에는 더 견실하고 바람직하며, 노새꾼의 사랑이

〔 263 〕

12장 레몽 스봉을 위한 변호

흔히 한량의 사랑보다 더 기분 좋은 것은, 후자에게선 마음의 동요가 육체의 힘을 교란해 꺾고 지치게 하기 때문이 아니면 무엇이겠는가? 마음이 늘 마음 자체를 지치게 하고 혼란스럽게 하듯이 말이다. 마음 자체의 기민하고 예리하고 유연한 성질, 결국 마음 자체의 힘 말고 무엇이 마음을 흩뜨리며 습관처럼 미친 생각에 빠뜨리겠는가? B 가장 교묘한 망상이 가장 교묘한 지혜 아닌 무엇으로 만들어지겠는가? 가장 깊은 우정에서 가장 큰 적의가 나오고, 정력적인 건강에서 치명적인 병이 나오는 것처럼, 우리 영혼의 가장 희귀하고 활발한 움직임에서 가장 엉뚱하고 일그러진 광상이 나온다. 이쪽에서 저쪽으로 가려면 나사를 반 바퀴만 돌리면 된다.

A 미친 사람의 행동에서 우리는 광증이 우리 정신의 가장 강력한 작용들과 얼마나 딱 들어맞는지를 본다. 광증이 자유로운 영혼의 힘찬 도약이나 놀랍고 고매한 덕성의 실천과 구별하기 어려울 만큼 가깝다는 것을 누가 모르는가? 플라톤은 우울증에 걸린 사람이 제일 가르치기 쉬운 좋은 학생이지만, 그렇기 때문에 또 그보다 더 미치기 쉬운 자도 없다고 했다.

헤아릴 수 없는 정신이 그들 자신의 힘과 기민성 때문에 파멸한다. 바로 정신의 그 쉴 새 없는 동요로 인하여, 가장 분별 있고 능숙한 시인 중 하나요 오랫동안 다른 이탈리아 시인들보다 훨씬 원숙하게 저 고대풍의 순수시를 썼던 시인[154]이 최근에 어떤 상태에 떨어졌는가? 자기를 망가뜨린 그 정신의 활발함에 그가 감사해야 할 점이 없을까? 그를 눈멀게 한 그 빛에는? 자기에게서 이성을

154
이탈리아 르네상스의 시인 타소(1544-1595)를 말한다. 그는 여러 해 동안 정신병을 앓았다.

[264]

빼앗아 간 그 정확하고 팽팽한 지성에는? 그를 바보가 되게 한 그 근면하고 세심한 학문 탐구에는? 자기를 활동도 정신도 없는 상태에 빠뜨린 그 희귀한 정신 활동 능력에는? 나는 페라라에서 너무도 비참한 상태에 있는 그를 보고 동정보다는 울분을 느꼈다. 사람들이 교정도 보지 않고 형태를 갖추지도 않은 그의 작품들을 그 자신도 모르게, 하지만 그의 눈앞에서 버젓이 출판했건만, 그는 자기 자신도 자기 작품도 알아보지 못한 채 저 자신보다 오래 살아 연명하고 있었다.

그대는 한 인간이 건전하길 바라는가? 그가 균형 있고, 견실하고 확고한 태도를 갖고 있기를 바라는가? 그에게 무지와 한가함과 둔중함을 입혀라. ^C 우리를 현명하게 만들려면 바보로 만들고, 우리를 이끌어 가려면 장님으로 만들어야 한다.

^A 고통과 불행에 대해 냉정하고 둔한 감각을 갖는 것의 편리함이 결과적으로 즐거움, 행복, 쾌락에 대한 감각을 덜 예민하고 무덤덤하게 만드는 불편함으로 이어진다고 말한다면, 그것은 옳은 말이다. 하지만 우리의 비참한 조건에는 즐길 것보다는 피할 것이 더 많고, 우리는 최상의 열락이라도 가벼운 고통만큼 깊이 느끼지 못한다. ^C "사람들은 고통보다 쾌감을 덜 느낀다."(티투스 리비우스) ^A 우리는 완전한 건강을 가장 가벼운 병만큼도 못 느낀다.

> 우리는 살갗이 조금만 긁혀도 아파하면서,
> 건강은 거의 느끼지 못한다.
> 나는 늑막염이나 통풍을 앓지 않는 것이 기쁘지만
> 그뿐, 건강하고 튼튼하다는 것은 거의 느끼지 못한다.
> 라 보에시

〔 265 〕

12장 레몽 스봉을 위한 변호

우리의 행복이란 불행이 없는 것에 불과하다. 바로 그 때문에 쾌락을 최상의 가치로 삼은 철학 학파조차 행복을 단지 고통 없는 상태라고만 정의했다. 불행하지 않은 것, 그것이 인간이 바랄 수 있는 최상의 행복이다. ^C 엔니우스는 말하곤 했다.

> 불행을 갖지 않았다는 것은 분에 넘친 행복을 가졌다는 것이다.
> 키케로가 인용한 엔니우스

^A 우리가 어떤 쾌락들에서 일순간 마주치는 쾌감, 우리를 단순한 건강이나 무통(無痛) 상태 이상으로 끌어올리는 것 같은 그 간지럽고도 찌르는 듯한 쾌감, 그 활기차고 생동하며, 뭐랄까, 불로 지지고 물어뜯는 것 같은 열락조차 목표는 하나, 고통 없는 상태인 것이다. 여자와 관계하도록 우리를 몰아치는 갈망, 그것이 바라는 것은 애오라지 타는 듯 맹렬한 욕망이 우리에게 안겨준 고통을 없애는 것이요, 그것이 요구하는 것은 애오라지 어서 그 욕망을 채워 열병 없는 휴식 상태로 돌려놓으라는 것이다. 다른 것들도 마찬가지이다.

그래서 나는 말한다. 단순함이 우리를 불행 없는 곳으로 이끄는 것이라면, 우리 조건으로는 최상의 행복 상태로 이끄는 것이기도 하다고. ^C 그렇지만 그 단순성을 아무것도 느끼지 못할 만큼 둔중한 것으로 상상해선 안 된다. 만일 에피쿠로스의 무감각 상태[155]

155
에피쿠로스가 최고의 행복으로 제시한 아타락시아는 마음과 몸의 고통 없는 상태를 전제로 한다. 무감각 상태(indolence)란 그중에서도 신체적 고통의 부재 상태인

를 불행이 다가오거나 생기지도 않을 만큼 뿌리 깊은 것으로 본다면, 크란토르[156]가 그것을 논박한 것은 당연하니 말이다. 나는 가능하지도 바람직하지도 않은 이 무감각 상태를 전혀 찬양하지 않는다. 나는 병에 걸리지 않은 것에 만족한다. 그러나 만일 병에 걸렸다면 병에 걸렸다는 것을 알고 싶다. 또한 누가 내 살을 지지고 찢으면 그것을 느끼기를 원한다. 사실 고통에 대한 인식을 뿌리 뽑는 자는 쾌락에 대한 인식 또한 뽑아 버릴 것이요 결국 인간 자체를 무화할 것이다. "그런 무감각은 비싼 값을 치러야만 얻을 수 있다. 정신의 둔화와 육신의 마비라는 대가 말이다."(키케로)

불행도 인간에게 약이 된다. 고통이라고 항상 피할 것이 아니요, 쾌락이라고 항상 쫓을 것이 아니다.

^A 학문이 불행에 저항할 힘을 우리에게 줄 수 없을 때 학문 자체가 우리를 무지의 품 안으로 던져 넣는다는 것은 무지의 영광을 위해서는 크나큰 이득이다. 학문은 우리 고삐를 풀어 주며 무지의 슬하로 도망치라고 허락하고, 운명의 타격과 훼손을 막아 줄 무지의 호의에 우리를 맡긴다. ^C 잃어버린 쾌락들을 떠올려서 지금 우리를 사로잡고 있는 불행에 대한 생각을 흩뜨려 버리고, ^A 행복했던 과거에 대한 추억으로 현재 당하는 불행의 위안으로 삼고, 흔적 없이 사라진 지난날의 만족에게 도움을 청해서 지금 우리를 짓누르는 것에 대항하게 하라는 설교가 그 말 아니고 무엇인가? ^C "그[157]에 의하면, 괴로움을 덜기 위해 따라야 할 방법은 우리

무통 상태(aponia)를 말한다.

156

B. C. 3세기 아카데메이아파(플라톤의 사후 그가 아카데메이아에 세운 학교를 중심으로 활동한 사상가들을 일컫는다.) 철학자.

157

의 생각을 모든 불쾌한 사념에서 돌이켜 유쾌한 추억들을 명상하는 것이다."(키케로) ^A 힘이 달리면 계략을 쓰겠다는 것이요, 육신과 팔의 힘이 부족하면 약삭빠르게 다리로 감아 넘기겠다는 게 아니고 무엇인가. 그래, 철학자가 아니라 단순히 사려 깊은 사람에게라도 실제로 열이 펄펄 나서 끙끙 앓는데 그리스 포도주의 달콤함을 떠올리는 것이 고통을 변상할 화폐가 되겠는가? ^B 그것은 오히려 흥정을 악화시키는 일일 것이다.

> 지나간 행복의 기억은 고통을 배가하기에.
> 단테의 원용

^A 과거의 행복만 기억에 간직하고 괴로웠던 일은 지워 버리라는 철학의 또 다른 충고도 마찬가지이다. 마치 우리에게 마음대로 잊을 수 있는 기술이라도 있는 것처럼 말이다. ^C 여기 우리를 더 못나게 만드는 충고가 있다.

> 과거의 불행을 추억함은 감미롭도다.
> 키케로

^A 아니, 불운에 맞설 무기를 내 손에 쥐어 줘야 할 철학이, 인간의 역경을 모두 짓밟아 뭉개 버리도록 내 마음을 굳세게 만들어 줘야 할 철학이, 어떻게 이런 약한 꼴을 보이며 나더러 이처럼 비겁하고 말도 안 되는 술수를 써서 도망치라고 한단 말인가? 기억

> 에피쿠로스를 말한다.
> 〔 268 〕

이란 우리가 택한 것이 아니라 제 맘에 드는 것을 보여 주는 것이 니 말이다. 게다가 어떤 일을 잊어버리고 싶다는 욕망만큼 그 일을 우리 기억에 생생하게 새겨 넣는 것은 없다. 우리 마음더러 제발 잊어버리라고 간청하는 것은 그 일을 마음에 단단히 새겨 보존하는 좋은 방법이다. ^C 그래서 "우리 불행들을 영원한 망각 속에 파묻는 것도, 좋았던 시절의 감미로운 추억을 일깨우는 것도 우리 능력 안에 있는 일이다."[158]라는 말은 거짓이다. "나는 기억하고 싶지 않은 기억들을 간직하며 잊고 싶어도 잊을 수가 없다."(키케로)는 것이 진실이다. ^A 게다가 누구의 충고인가? ^C "감히 스스로가 현명하다고 주장한 유일한 자"[159](키케로)의 충고이다.

> ^A 태양이 떠올라 별들을 사라지게 하듯,
> 자기의 천재로 인류를 초월하여 모든 인간을 지워 버린 자.
> 루크레티우스

기억을 지우고 없애는 것이야말로 무지로 가기에 딱 맞는 길이 아닌가? ^C "무지란 우리 병에 대한 효력 없는 약이다."(세네카) ^A 생생하고 강력한 이성의 힘이 달리는 경우, 우리에게 만족과 위로를 줄 수 있는 것이면 속인들의 경박한 생각을 빌려다 써도 좋다는 이 같은 가르침을 우리는 많이 본다. 상처를 치료할 수 없으면 그것을 잠재워 완화시키는 것으로 족하다는 것이다. 저들은 부

158
키케로가 인용한 에피쿠로스의 말.
159
에피쿠로스를 말한다.

인하지 않을 것이다. 허약하거나 병적인 판단력으로라도 인간의 삶에 질서와 안정을 부여해 즐겁고 평안하게 유지할 수만 있다면 저들은 그것을 받아들일 것임을.

> 나는 술이나 마시고 꽃이나 뿌리련다.
> 남들이 나를 미치광이로 보건 말건.
> 호라티우스

철학자들 중에는 리카스와 같은 생각을 가진 자들이 많을 것이다. 그는 대체로 행동이 착실하고, 집안에서는 고요하고 평화롭게 지내며 가족이나 타인에 대한 의무를 이행하는 데도 모자람이 없고, 해로운 일들을 아주 잘 피하고 있었으나, 모종의 지각 손상으로 말미암아 한 가지 망상을 머릿속에 품고 있었다. 즉 자기는 계속 극장에 있는 것이며, 거기서 심심풀이와 연극들, 그리고 세상에서 가장 멋진 희극을 보고 있다는 것이다. 의사들이 그 병적인 기분을 고쳐 병이 낫자, 그는 그 달콤한 상상의 상태로 자기를 회복시켜 놓으라고 소송까지 할 뻔했다.

> 아아, 친구들이여, 그대들은 나를 죽였다.
> 나를 낫게 한 게 아니라, 내 행복을 빼앗고,
> 내 기쁨의 전부였던 환상을 박탈한 것이다.
> 호라티우스

그것은 피토도로스의 아들 트라실라오스의 망상과 같은 꿈이었다. 트라실라오스는 피라이오스 항구에 기항하거나 정박한 모든 선박이 오직 자기를 섬기기 위해 일하고 있다고 생각하고, 배들이 항해에서 큰 행운을 얻어 돌아오면 기뻐하며 반가이 맞이했다. 그의 형 크리토가 치료를 받게 해서 맑은 정신으로 돌아오자, 그는 아무 근심 없이 기쁨으로 가득 차서 살던 상태를 몹시 그리워했다. 이것이 바로 너무 똑똑하지 않은 것이 큰 이익이라는 그리스의 옛 시구가 말하고자 하는 바이다.

> 생각하지 않으면 인생이 즐겁다.
> 소포클레스

또 「전도서」는 "지혜가 많으면 슬픔도 많고", "지식을 얻는 자는 노고와 고뇌를 얻는다."[160]라고 한다.

모든 종류의 어려움에 대한 마지막 해결책으로, 감당할 수 없으면 생을 끝장내라고 하는 점에서는 대부분의 철학 사상이 일치한다. "좋은가? 감내하라. 싫은가? 떠나고 싶거든 떠나라."(세네카) "고통이 쓰라린가? 고통이 그대를 고문한다고 치자. 그대가 알몸뚱이거든 목을 내밀어라. 하지만 그대가 불카누스의 갑옷을 입었거든 저항하라."(키케로) 그리고 그리스인들이 향연에서 하던 말, "마시든지 떠나든지"(키케로의 혀보다는 B를 기꺼이 V로 바꿀 가스코뉴인의 혀에서 더 적절히 올리는 말),[161]

160
1:18.
161
'마시든지 나가든지(Aut bibat, aut abeat)'에서 bibat를 vivat로 바꾸면 '살든지 떠나든지'가 된다.

12장 레몽 스봉을 위한 변호

^A 잘살 수 없거든 잘살 줄 아는 자들에게 자리를 내어주라.
너는 충분히 놀았고, 먹었고, 마셨도다.
이젠 물러갈 시간이니, 그러지 않으면 과음하여
혈기 방자한 청춘이 너를 놀리며 쫓아낼까 두렵다.

호라티우스

이것이 철학이 자기의 무능을 실토하는 것이 아니고 무엇이며,
무지뿐 아니라 순전한 어리석음 자체, 무감각과 무존재로까지
후퇴해 숨겠다는 뜻이 아니고 무엇인가?

데모크리토스는 나이가 들수록
기억력도 줄고 몸의 기능도 쇠퇴함을 깨닫고
스스로 몸을 움직여 운명에게 목을 바쳤다.

루크레티우스

이것이 안티스테네스가 "이해하려거든 판단력을, 목매달려거
든 밧줄을 준비하라."라며 했던 말이요, 크리시푸스가 튀르타이오
스의 시구를 인용한 바이다.

덕이 아니면 죽음을 끌어당겨라.

플루타르코스

^C 그리고 크라테스는 사랑은 시간으로 못 고치면 굶주림으로
고치고, 두 방법 다 마음에 들지 않는 자에겐 밧줄이 있다고 했다.
^B 세네카와 플루타르코스가 그토록 칭찬해 마지않던 그 섹스

〔 272 〕

티우스는 모든 것을 버리고 철학 공부에 몰두하더니, 자기 공부가 너무 느리고 지지부진한 것을 보고 바다에 투신하기로 결심했다. 지식이 모자라서 죽음으로 뛰어든 것이다. 이 문제에 대한 율법[162]의 말씀은 이렇다. "어쩌다 큰 불행이 닥쳐 손써 볼 방법이 없다면, 항구는 가까이에 있다. 물이 찬 쪽배에서 빠져나오듯, 우리는 몸 밖으로 도망칠 수 있다. 살려고 애쓰는 바보를 육신에 매어 두는 것은 살고자 하는 욕망이 아니라 죽는 것에 대한 두려움이니."

^A 내가 아까부터 말하기 시작했듯이, 단순하면 인생이 더 즐거워질 뿐 아니라 더 순수하고 나아진다. 바오로 성인[163]은 말한다. "단순한 사람들, 그리고 무식한 사람들이 하늘로 올라가 하늘을 차지한다. 그런데 우리는 우리의 지식을 가지고 지옥의 구렁텅이에 빠진다." 둘 다 로마 황제로서, 학문과 문예를 모든 정치 체제의 독이요 페스트라고 부르며 공공연히 적대시했던 발렌티안[164]이나 리키니우스, ^C 듣자하니 ^A 자기 국민들에게 학문을 금했다는 무함마드에 대해서는 길게 말하지 않겠다. 그러나 저 위대한 뤼쿠르고스가 남겨 준 본보기와 그의 권위는 의당 큰 무게를 갖지 않을 수 없다. 또 학문을 전혀 가르치거나 실행하지 않고도, 덕성으로나 행복으로나 그토록 위대하고 감탄스럽게, 그토록 오랫동안 번영했던 라케데모니아의 거룩한 통치 체제 역시 깊이 존경하지

---

¹⁶²
어떤 법인지, 어떤 경전, 또는 성경에서 나온 계율인지 몽테뉴는 밝히지 않았다.
¹⁶³
실은 16세기 철학자 코르네유 아그리파의 「불확실에 관하여」에서 인용한 것이다.
¹⁶⁴
통상 발렌스(328~378)로 부르는 로마 황제. 몽테뉴는 코르네유 아그리파를 따라 이렇게 쓰고 있다.

12장 레몽 스봉을 위한 변호

않을 수 없다. 선대(先代)에 스페인인들이 발견한 신세계에 갔다 온 사람들은 법관도 법도 없는 그곳 나라 사람들이, 보통 사람보다 법관이 많고 행위의 수보다 법 조항이 더 많은 우리보다 얼마나 더 합당하고 규율 있게 살아가고 있는지 증언해 준다.

> 소환장, 탄원서, 조서, 소송 신청서,
> 그들의 손과 호주머니는 이런 것들로 불룩하고,
> 비방과 소송 상담 뭉치, 소송 서류들로 가득하다.
> 이런 작자들 때문에
> 불행한 이들은 한시도 마음 놓고 살 수가 없으니
> 공증인, 검사, 변호사들로
> 사방에서 포위당하고 있다.
>
> 아리오스토

로마 제국 말기의 한 원로원 의원이 말하기를, 조상님들은 마늘 냄새를 풍겼지만 배 속은 양심으로 향기로웠는데 근자의 사람들은 밖으로는 향내를 풍기지만 속으로는 온갖 악덕의 악취를 풍긴다고 했다. 그 말은 내 생각에 지식과 능력은 많았지만 진실성은 매우 부족했다는 뜻이다. 무례, 무식, 단순, 투박은 기꺼이 순수를 동반한다. 호기심, 능란, 지식은 악의를 뒤에 끌고 다닌다. 겸손, 외경심, 복종, 선량함(이런 것들이 인간 사회를 보존하는 주요 자질이다.)은 순수하고 온순한, 자기를 별로 내세우지 않는 영혼을 요구한다.

그리스도교인들은 호기심이 얼마나 인간 본연의 근원적인 악인가를 특히 잘 알고 있다. 더 지혜로워지고 더 많이 알려는 욕구가 인류 추락의 첫걸음이었다. 바로 그 길을 통해 인류는 영벌에 떨어졌다. 오만이 인류의 파멸과 부패의 원인이다. 바로 오만이 인간을 보편의 길 밖으로 내던지고, 새것들을 신봉하게 만든다. 또 타인의 손에 이끌려 이미 다져진 올바른 길로 인도되는 진리 학교의 학생이 되기보다는 파멸의 오솔길에서 길을 잃고 방황하는 집단의 우두머리가 되기를, 오류와 거짓의 옹호자요 교사가 되기를 더 좋아하게 만든다. 아마도 그리스 옛말에 "미신은 오만을 따르며 마치 아버지에게 하듯 그것에 복종한다."(소크라테스)[165]라는 것이 바로 이 말이리라.

  C 오, 오만이여! 너는 얼마나 우리를 구속하는가! 소크라테스는 지혜의 신이 자기에게 현자라는 별칭을 부여한 것을 알고 놀랐다. 아무리 자신을 살펴보고 사방을 털어 봐도 그 거룩한 호칭을 받을 만한 아무 근거도 찾을 수 없었다. 그는 자기만큼 정의롭고, 절도 있고, 용감하고, 박식한 사람들과 자기보다 더 말 잘하고, 잘생기고, 나라에도 더 유용한 인물들을 알고 있었다. 마침내 그는 자기가 다른 자들과 다르고 현명하다면 그것은 오직 현자연하지 않는 점뿐이고, 따라서 그의 신은 학문과 지혜에 대해 인간이 가진 견해를 인간에게만 있는 특이한 어리석음으로 여긴다는 것, 자기의 최고 지식은 무지라는 지식이요, 자기의 최고 지혜는 단순성이라는 결론에 도달했다.

  A 우리 중에서 자기를 높이 평가하는 자들은 가련하다고 성경은 선언한다. 그들에게 성경은 말한다. "진흙과 재여, 네가 자랑

165

몽테뉴는 본문에서 소크라테스의 이 말을 번역한 뒤 다시 그리스어 원문을 덧붙였다.

할 무엇을 가졌느냐?"[166] 또 다른 데서는 "하느님은 인간을 그림자 비슷하게 만드셨다. 빛이 멀어져 그림자가 사라지면 누가 그것을 판단하랴?"[167]라고 했다. 실로 우리는 아무것도 아니다. 우리 힘으로 신의 숭고함을 알아보기란 어림없는 일이다. 우리 창조주의 작품들 중에서도 우리가 가장 이해하지 못하는 것들이 그분의 특징을 가장 잘 지니고 있으며 가장 확실하게 그분에게 속한 것들이다. 믿을 수 없는 무엇과 만나는 것, 그리스도인들에겐 그것이 바로 믿어야 하는 이유가 된다. 그것이 인간의 이성에 위배될수록 그만큼 더 이치에 맞는 것이다. B 이성에 합치되는 것이라면 이미 기적이 아니니까. 또 전례가 있는 일이라면 이미 특별한 일이 아니니까. C "무지를 통해 우리는 하느님을 더 잘 알게 된다."라고 아우구스티누스 성인은 말한다. 타키투스도 "신들의 행동에 대해서는 알기보다 믿는 것이 더 거룩하고 경건한 일"이라고 한다.

플라톤도 신과 세상과 사물의 근본 원리를 너무 세세히 알려 드는 것에는 얼마간 불경의 악덕이 들어 있다고 본다.

"사실 우주의 아버지를 알기란 어려운 일이며, 설사 알게 된다 해도 그것을 범인에게 알려 주는 것은 불경한 일"이라고 키케로는 말한다.

A 우리는 권능, 진리, 정의라는 말을 곧잘 한다. 그것은 위대한 어떤 것을 의미하는 낱말들이다. 그러나 그 어떤 것을 우리는 전혀 볼 수도 생각할 수도 없다. B 우리는 하느님이 염려하고, 하

166
「지혜서」 15장 참조.
167
「지혜서」 7장 참조.

〔 276 〕

느님이 노여워하고, 하느님이 사랑하신다고 말한다.

> 불멸의 것들을 필멸의 어휘들로 표현하며.
>
> 루크레티우스

그런 것은 우리 식으로 하느님 안에 깃들 수 없는 동요요 정서이다. 우리 또한 하느님 식으로 그런 감정 상태를 상상할 수 없다. ^A 오직 하느님만이 당신 자신을 아시고 당신 작품들을 설명하실 수 있다. ^C 그리고 땅에 붙어 엎어져 있는 우리에게까지 몸을 낮추어 내려오시기 위해서, 우리의 언어로, 불완전하게, 설명해 주시는 것이다.

지혜란 선과 악 사이에서 선택하는 것인데, 지혜가 어떻게 어떤 악도 가 닿을 수 없는 그분과 어울리겠는가? 하느님에게 희미한 것이란 존재하지 않는데, 우리가 희미한 것들을 명백하게 보기 위해 사용하는 이성과 지성이 무슨 소용이겠는가? 정의란 각자에게 속한 것을 각자에게 나누어 주는 것으로 사회와 인간 집단을 위해 생겨난 것인데, 그것이 어찌 하느님 안에 있겠는가? 절제가 어떻게? 그것은 하느님의 신성 안에 결코 비집고 들어갈 수 없는 육체적 쾌락의 조절인데? 고통, 노고, 위험을 견디기 위한 용기 역시 이 세 가지가 범접할 수 없는 하느님과는 거의 무관하다.[168] 그래서 아리스토텔레스는 신은 덕에도 악덕에도 똑같이 구애를 받지 않는다고 본다.

168
"지혜란……"으로 시작한 문장에서 "……거의 무관하다."까지는 키케로의 『제신의 본질』에서 따온 것이다.

〔 277 〕

"신은 호의도 분노도 모른다. 그런 정념은 허약한 존재들에게나 있기 때문이다."(키케로)

우리가 진리의 인식에 참여하는 것은 그 진리가 무엇이건, 우리 자신의 힘에 의해서가 아니다. 신분이 낮은 단순하고 무식한 이들 가운데서 선택한 증인[169]들을 통해 하느님은 이 점을 충분히 가르쳐 주셨다. 신앙은 우리가 얻어 낸 것이 아니라 순전히 다른 이의 너그러운 선물이다. 우리가 우리 신앙을 받아들인 것은 우리의 추론이나 이해력에 의한 것이 아니라 밖에서 부과된 권위와 명령에 의한 것이다. 신앙을 받아들이는 것에는 우리 판단력의 힘보다는 허약성이, 우리의 통찰력보다는 우리의 맹목성이 도움이 된다. 우리의 지식보다 우리 무지의 중개로 우리는 이 거룩한 학문의 학자가 된다. 우리의 자연적이고 지상적인 수단들로 이 초자연적인 천상의 지식을 이해할 수 없는 것은 놀라운 일이 아니다. 그러니 우리는 다만 복종과 순종을 바치자. 성서에도 이렇게 쓰여 있으므로. "'나는 지혜롭다는 자들의 지혜를 없애 버리고 똑똑하다는 자들의 식견을 물리치리라.'라는 말씀이 있지 않습니까? 그러니 이제 지혜로운 자가 어디 있고 학자가 어디 있습니까? 또 이 세상의 이론가가 어디 있습니까? 하느님께서 이 세상의 지혜가 어리석다는 것을 보여 주시지 않았습니까? 세상이 자기 지혜로는 하느님을 전혀 알 수 없으므로, 하느님께서는 소위 어리석다[170]는 복음을 통해서 믿는 사람들을 구원하시기로 작

169
사도(apôtres).
170
2005년판 가톨릭 성경은 '복음 선포의 어리석음을 통하여'로 번역하고 있다.
16세기의 불어 판 성경들도 모두 '선포의 어리석음(folie de la prédication)'으로

〔 278 〕

정하셨습니다."[171]

　내가 알아봐야 할 것은 결국 인간에게 그가 찾는 것을 발견할 힘이 있는가, 그토록 오랜 세기를 두고 거기에 바친 탐구의 결과로 인간이 어떤 새로운 능력이나 견고한 진리를 얻어 부유해졌는가 하는 것이다. 만일 그가 양심적으로 말한다면, 그렇게 오랜 추구에서 얻어 낸 것이라고는 자신의 연약함을 인정할 줄 알게 된 것뿐임을 고백하리라고 나는 믿는다. 우리 안에 본래적으로 있는 무지, 그것을 우리는 오랜 연구로 확인하고 증명했다.

　진정으로 박식한 이에게는 곡식의 이삭에 일어나는 일이 일어난다. 곡식들은 속이 빈 동안에는 머리를 똑바로 쳐들고 오만하게 일어서고 높아지려 하지만 성숙해서 알이 꽉 차고 커진 다음엔 겸손해져서 고개를 숙이기 시작한다. 마찬가지로 사람들은 모든 것을 시험하고 탐색해 본 뒤, 엄청나게 다양한 사물들의 축적과 지식 더미 속에서 허망 이외에 어떤 견고한 것도 발견하지 못하자 오만을 버리고 자기 본래의 조건을 인정하게 되었다.

　C 이것이 바로 벨레이우스가 코타와 키케로에게 주지시킨 것이니, 즉 그들은 필론[172]에게서 "아무것도 배운 바 없다."라는 것

되어 있는데 『에세』의 생전 판은 '선포의 허황됨'으로 번역할 수 있는 'vanité de la prédication'이어서 논란의 대상이 되었다. 혹자는 'vanité'가 'vérité-진리'의 오자로 생각하기도 했고, 빌레-소니에 판의 주석은 '단순한 이들의 선포'로 해석했다. 『공동 번역 성서』는 여기에 쓰인 단어가 인간적 관점에 의한 것임을 강조하고 있으므로 ('소위') 두 단어 모두에 무리 없이 적용될 수 있다고 본다.

171
「코린트 1」 1:10. 몽테뉴의 번역으로 현대 공동번역 성경의 번역과는 약간의 차이가 있다.

172
라리사의 필론(B. C. 145-79). 키케로의 스승이었던 신플라톤 학파 철학자.

〔 279 〕

12장 레몽 스봉을 위한 변호

을 배웠다는 것이다.

그리스 칠현(七賢) 중 하나인 페레키데스는 죽을 때 탈레스에게 쓴 편지에서 이렇게 말한다. "내 친지들에게 나를 매장한 후 내 글들을 그대에게 보내라고 명했소. 그 글들이 그대와 다른 현자들 마음에 들면 출판하시오. 아니면 없애 버리시오. 거기엔 나 자신을 만족시킬 만한 어떤 확실성도 들어 있지 않소. 그러므로 나는 내가 진리를 알았다거나 진리에 도달했다고 주장하지 않는 바요. 나는 사물들을 알아낸다기(decouvrir)보다 열어 보는 것이요(ouvrir)."[173] A 지금까지 존재했던 인간들 중 가장 현명한 사람[174]은 무엇을 아느냐는 질문을 받자 아무것도 모른다는 것을 안다고 대답했다. 그는 우리가 아는 것의 최대 부분이 우리가 모르는 것들의 최소 부분이라는 것, 즉 우리가 안다고 생각하는 바로 그것이 우리 무지의 일부분, 그것도 극히 적은 일부분임을 확언한 것이다. C 우리는 사물들을 몽상으로 알고 진실로는 모른다고 플라톤은 말한다.

"거의 모든 고대인이 우리가 아무것도 인식할 수 없고 아무것도 이해할 수 없으며 아무것도 알 수 없다고 했다. 우리의 감각은 제한되고, 우리의 지력은 약하며, 인생은 짧다는 것이다."(키케로)

A 학식 하나로 입신양명한 키케로조차 늙어 가며 학문을 대단찮게 여기기 시작했다고 발레리우스는 말한다. C 그리고 학문을 다룰 땐 어떤 파에건 구애되지 않고, 자기에게 그럼 직해 보이는

173
decouvrir는 '발견하다, 드러나게 하다, 폭로하다'이고 ouvrir는 '열다'라는 뜻이다. 전자는 '알다'에 후자는 '본다'에 연결된다.
174
소크라테스를 말한다.

〔 280 〕

바에 따라 때로는 이 파, 때로는 저 파의 입장에서 다루며, 언제나 모든 것을 의심하는 아카데메이아파[175]의 태도를 견지했다.

"나는 말하리라, 그러나 아무것도 확언하지 않으리라. 늘 탐구하되 할 수 있는 데까지 의심하고, 나 자신을 경계하리라."(키케로)

A 내가 만일 인간을 공통된 면모를 통해 대략적으로 고찰하고 싶은 것이라면 일이 너무 쉬울 테고, 의견 자체의 무게가 아니라 동조자의 수를 보고 진리를 판가름하는 인간 고유의 척도를 쓰기만 하면 될 것이다. 일반인들,

> 잠 깨고도 자는 자, 살아서 눈 뜨고도
> 죽은 것이나 진배없는 자,
>
> 루크레티우스

자기 자신에 대한 의식도 판단도 없고, 타고난 기능의 대부분을 한가롭게 방치하고 있는 무리들은 그 정도에 두자.

나는 인간을 그의 가장 높은 경지에서 파악하고 싶다. 훌륭하고 특별한 능력을 타고나 성의와 연구, 기술로 더욱 견고하게 갈고닦아 그것이 도달할 수 있는 지혜의 가장 높은 지점까지 올려 보낸 드물고 탁월한 소수의 인물들을 통해 인간을 고찰해 보자. 그들은 모든 방면, 모든 방법으로 자신의 영혼을 매만지고, 외부로부터 적합한 도움을 모두 받아들여 영혼을 받치고 고여 주며, 세상의 안과 밖으로부터 영혼의 편익을 위해 빌려 올 수 있는 것은 모두 가져다 풍요롭게 하고 아름답게 장식했다. 인간 본성의

175
여기서는 회의주의 경향을 띤 중기 아카데미 학파를 말한다.

가장 드높은 경지는 이들 안에 깃들어 있다. 그들은 통치 기구와 법률로 세상을 조정했고, 기술과 학문으로 세상을 가르쳤을 뿐 아니라 그들 자신의 탄복할 만큼 모범적인 행실로도 세상을 가르쳤다. 나는 그런 인물들, 그들의 증언과 경험만을 고려하고자 한다. 그들이 어디까지 갔으며 어디서 멈췄는지를 보자. 이런 위인들의 모임에서 병폐와 결함을 발견한다면 사람들은 그것을 자신의 병폐요 결함으로 주저 없이 자인할 수 있을 것이다.

뭔가를 찾는 사람은 그것을 찾았다거나, 그것이 찾아지지 않는다거나, 또는 아직도 찾는 중이라고 말할 수 있는 지점에 도달한다. 모든 철학은 이 세 종류로 나뉜다. 철학의 목표는 진리, 지식, 확실성을 찾아내는 것이다. 아리스토텔레스파, 에피쿠로스파, 스토아파 등은 그것을 찾았다고 생각했다. 이들은 지금 우리가 아는 학문들을 세우고 그것을 확실한 지식으로 다루었다. 클리토마쿠스파, 카르네아데스파, 그리고 아카데메이아파 철학자들은 자기들의 탐구에 절망해 진리란 우리가 가진 수단으로는 파악할 수 없는 것이라고 판단했다. 그들의 결론, 그것은 인간의 허약함이요 무지이다. 이 파는 가장 많은 신봉자, 가장 고상한 신봉자들을 거느렸다.

퓌론과 다른 회의주의자들 또는 신중론자들[176] — C 많은 고대의 저자들은 이들의 학설이 호메로스, 칠현, 아르킬로코스, 에우리피데스에게서 나온 것으로 보며, 거기에 제논, 데모크리투스, 크세노파네스도 연결시킨다 — 은 A 아직 진리를 찾는 중이라고 말

176
épechiste, '판단을 유보한다'는 동사에서 나온 명칭으로, '회의주의자'와 같은 뜻으로 통한다.

한다. 이들은 진리를 찾았다고 생각하는 이들이 무한히 잘못 생각하고 있다고 본다. 또한 인간의 힘으로는 거기에 도달할 수 없다고 확언하는 두 번째 단계에도 역시 건방진 허영이 있다고 판단한다. 우리 역량의 척도를 세우고 사물의 난제를 알고 판단하는 것, 그것 자체가 대단한, 최고의 지식인데 인간에게 그것이 가능할지 의심하는 것이다.

> 아무것도 알 수 없다고 생각하는 자는
> 아무것도 모른다고 확언할 수 있을지도 알지 못한다.
> 루크레티우스

 자기를 알고, 자기를 판단하고, 자기가 무지하다고 판결할 수 있는 무지는 완전한 무지가 아니다. 완전한 무지이려면 무지 자체도 몰라야 한다. 그래서 퓌론파는 망설이고, 의심하고, 묻고, 아무것도 확신하지 않으며, 아무것도 확언하지 않는다. 정신의 세 가지 기능, 즉 인지력, 감지력, 판단력[177] 중에서 처음 두 가지는 용인하지만 마지막 것은 보류하고 애매한 상태를 유지하는 것이다. 아무리 가벼운 일이라도 이쪽이건 저쪽이건 어느 한편으로 기울거나 동의하지 않고 말이다.
 ^C 제논은 그렇게 구분된 정신 기능을 자기가 어떻게 생각하

177
l'imaginative, l'appetitive, la consentance. 페르농은 이해력(l'intelligence), 감수성(la sensibilté), 판단력(le jugement)으로, 프레임은 사고력(the imaginative, 아마도 추상적 사고력을 뜻하는 듯하다. 영어에는 없는 단어이다), 욕구하는 기능(the appetitive), 그리고 동의 기능(the consenting)으로 번역한다. 프레임의 경우는 몽테뉴의 단어를 그대로 옮겨 번역의 난처함을 피한 것 같다.

12장 레몽 스봉을 위한 변호

는지 몸짓으로 표현하곤 했다. 활짝 편 손은 그럼직함을, 반쯤 오므린 손과 약간 구부린 손가락은 동의를, 꽉 쥔 주먹은 이해를 뜻했고, 왼주먹을 더 꼭 오므려 쥘 땐 앎을 의미했다.

^A 자신의 판단에 대한 퓌론파의 이런 입장, 즉 판단도 동의도 없이 모든 사물을 받아들이는 곧고도 단호한 태도는 그들을 아타락시아(평정)로 이끈다. 이 아타락시아는 우리가 사물에 대해 안다고 생각하는 견해와 지식이 주는 인상이 우리에게 야기하는 동요에서 벗어난, 평화롭고 고요한 생활의 조건이다. 그 동요에서 두려움, 인색, 시기심, 무절제한 욕망, 야심, 오만, 미신, 새것에 대한 애호, 모반, 불복종, 고집, 그리고 육체적인 악이 대부분 나온다. 그리고 그들은 이런 입장 때문에 그들의 학설이 불러일으킬 경쟁심에서도 벗어난다. 그들은 아주 물렁한 방식으로 논쟁하기 때문이다.

그들은 논쟁에서 반격당하는 것을 전혀 걱정하지 않는다. 그들이 무거운 것은 아래로 내려간다고 말할 때 사람들이 그들의 말을 믿으면, 매우 유감스럽게 생각하며 자기들을 반박하게 만들려고 애쓸 것이다. 의심을 불러일으키고 판단을 유보하게 만들기 위해서 말이다. 그것이 그들의 목적이다.

그들은 우리가 신봉한다고 생각되는 견해들을 깨부수기 위해서만 의견을 제시한다. 만일 누가 그들의 주장을 취하면 그들은 기꺼이 반대 주장을 지지할 것이다. 모든 것이 그들에겐 똑같다. 그들은 아무것도 선호하지 않는다. 그대가 눈이 검다는 걸 증명하면 그들은 반대로 희다는 걸 논증한다. 희지도 검지도 않다고 하면 그들은 희기도 하고 검기도 하다고 주장할 것이다. 그대가 단

〔 284 〕

정적인 판단으로 나는 아무것도 모른다고 하면 그들은 그대가 그 사실을 안다고 주장할 것이다. 단정적인 명제로 그대가 그것을 의심하고 있다고 확언하면 그들은 그대가 그것을 의심하고 있지 않다거나, 의심하고 있음을 판단하거나 입증할 수 없다고 반박하려 할 것이다. 그리고 그들 자신의 근거까지 뒤흔드는 바로 그 극단적인 의심 때문에 그들은 의심과 무지의 갖가지 방식을 지지하는 의견들을 포함한 갖가지 견해로 나뉘고 갈린다.

　　B 그들은 말한다. 독단론자들은 학설에 따라 누구는 파랗다 하고 누구는 노랗다 하는데, 자기들에겐 왜 의심할 권리가 없겠는가? 받아들이거나 거부할 수는 있지만 애매한 것으로 생각해서는 안 될 일이란 게 있는가? 그리고 다른 자들은 자기 나라의 관습 또는 부모의 교육에 의해, 또는 판단이나 선택할 겨를도 없이, 아니 대개는 분별력도 생기기 전에, 폭풍에 휩쓸리듯 우연히 이런저런 의견을 갖게 되고, 스토아파 또는 에피쿠로스파가 되어, 낚시에 걸리듯 거기에 볼모로 잡히고 예속되어 붙어 버려, C "마치 폭풍이 패대기친 조난자가 바위에 매달리듯 아무 학설에나 들러붙어 있는."(키케로) 판에, B 왜 자기네에게는 자신의 자유를 견지하며 의무도 속박도 없이, C "아무것도 그들의 판단력을 제한하지 않는 만큼 더욱더 자유롭고 독립적으로"(키케로) 사물을 고찰하는 것이 허용되지 않을 것인가?

　　다른 자들을 구속하는 불가피성(nécessité)에서 벗어나 있다는 것만도 장점이 아닌가? B 인간의 망상이 만들어 낸 수많은 오류에 얽히는 것보다는 유보 상태에 머무르는 것이 낫지 않은가? 선동적인 분파들이 벌이는 싸움질에 가담하는 것보다는 신념을 보류하는 것이 낫지 않은가? C 무엇을 선택할 것인가? 그대 좋을대

〔 285 〕

로, 어차피 선택하는 것은 그대이니까! 어리석은 답변이다. 하지만 모든 독단론은 우리가 모르는 것을 모를 권리를 인정하지 않는만큼 이 답변으로 귀결될 수밖에 없을 것 같다.

B 가장 유명한 학파를 택해 보라. 수백 개의 반대 학파를 공격하지 않아도 그 학파를 옹호할 수 있을 만큼 그렇게 확실한 학파일 리 없을 것이다. 이 싸움판 밖에 있는 편이 낫지 않을까? 그대는 그대의 명예, 그대의 생명처럼 영혼 불멸에 대한 아리스토텔레스의 신념을 신봉하고 이 문제에 관해 플라톤을 반박하고 비난할수 있다. 그런데 그들은 그 학설을 의심해선 안 된단 말인가? C 스토아파가 전혀 의심하지 않는 제물의 내장 점, 꿈, 신탁, 예언 등에대해 파나이티오스는 자유롭게 판단을 유보한다. 그렇다면 스토아파의 일원이며 열렬한 지지자인 그가 자기 스승들에게 배웠고자기 학파 전체가 동의해서 수립한 학설에 대해 감히 행하는 유보를, 왜 현자가 모든 일에 대해 감행하지 않을 것인가?

B 판단하는 자가 어린애라면 뭐가 뭔지 모를 것이요, 뭘 좀 아는 자라면 선입관을 갖고 있다. 퓌론파는 자기를 방어할 필요가없으므로 이 싸움에 대단히 유리하다. 남들이 자기들을 치는 것은 상관없다. 자기들도 치면 된다. 그러고는 모든 것을 자기네에게 유리하게 만든다. 그들이 이기면 그대의 주장이 부실한 것이고, 그대가 이기면 그들의 주장이 부실한 것이다. 그들이 지면 그들이무지를 증명한 것이고, 그대가 지면 그대가 무지를 증명한 것이다. 아무것도 알 수 없다는 것을 그들이 증명해 내면 그대로 좋고, 그들이 그것을 증명할 수 없으면 그 역시 좋다. C "같은 주제에 대해찬성과 반대에 똑같이 좋은 이유들을 찾아내면 양편 모두에 대해 판단을 유보하기가 더욱 쉬워지니까."(키케로)

〔 286 〕

에세 2

또 그들은 어떤 것이 왜 참인가보다는 왜 거짓인가를, 그것이 그러한 바보다는 그렇지 않은 바를, 그들이 믿는 바보다는 믿지 않는 바를 찾아내는 것이 훨씬 쉽다는 사실을 중시한다.

A 그들이 말하는 방식은 이렇다. "나는 아무것도 확언하지 않는다. 이렇기도 하고 저렇기도 하다. 또는 그렇지도 이렇지도 않다. 나는 그것을 이해하지 못한다. 어디서나 다 똑같다. 맞다고 하건 아니라고 하건 매일반이다. 참처럼 보이는 것치고 거짓으로 보일 수 없는 것은 아무것도 없다."[178]

A 그들의 금과옥조는 '에포케($\epsilon\pi\acute{\epsilon}\chi\omega$)',[179] 즉 '나는 유보한다, 움직이지 않는다.'이다. 이것, 그리고 같은 내용의 말들이 그들의 후렴구이다. 그들의 목표는 순수하고 완전 완벽한 판단 정지, 판단 유보이다. 그들은 그들의 이성을, 확정하고 선택하기 위해서가 아니라 질문하고 논박하기 위해서 사용한다. 어떤 경우에나, 끊임없이 무지를 고백하고, 기울거나 쏠림도 없이 판단하려는 입장을 상상해 보면 누구나 퓌론주의를 이해할 수 있다. 내가 내 역량껏 이 사상을 설명하는 것은 많은 사람들이 그것을 이해하기 힘든 것으로 여기고, 이 학파의 저자들 또한 좀 모호하고 번잡스레 제시하고 있기 때문이다.

일상생활에서의 행동으로 말하자면 퓌론주의자들은 일반적인 방식을 따른다. 그들은 본성적인 성향들, 정념의 충동과 억제, 법률과 관습의 체계, 기예의 전통에 적응하고 자기를 맞춘다.

178
몽테뉴는 섹스투스 엠피리쿠스에게서 나온 이 문구들의 대부분을 자기 서재의 천장 들보에 그리스어로 새겨 놓았다. 오늘날도 그 일부를 볼 수 있다.

179
이 단어 역시 몽테뉴의 서재 들보에 새겨져 있다.

C "신은 우리가 이런 일들에 대한 지식이 아니라 사용법만 알기를 원했기 때문이다."(키케로) A 그들은 어떤 판단이나 견해도 갖지 않고 그런 것들이 자기들의 일상적인 행동들을 이끌어 가도록 내버려 둔다. 그래서 나는 그들의 이런 원칙에 사람들이 퓌론에 대해 하는 말을 잘 일치시킬 수가 없다. 저들은 퓌론을 바보 같고 둔하며, 거칠고 비사교적인 생활을 하고 수레가 달려와도 피하지 않고 부딪히길 기다리며, 절벽에도 무작정 다가가고, 법도 지키지 않는 사람으로 묘사한다. 그것은 그의 학설을 과장하는 말이다. 그는 돌멩이나 나무 토막이 되려는 게 아니었다. 그는 성찰하고 추론하고, 자연이 부여한 모든 쾌락과 편익을 즐기며, 육체와 정신의 모든 기능을 C 올바르고 유용하게 A 사용하는 살아 있는 인간이고자 했다. 진리를 좌지우지하고 포고하고 수립한다는, 인간이 멋대로 스스로에게 부여한 그 망상적이고 공상적인 가짜 특권, 그것을 그는 진심으로 포기하고 버렸을 뿐이다.

C 그뿐 아니라 세상 어느 학파라도, 자기네 현자가 수긍하거나 지각하거나 동의한 바 없는 많은 일에 순응하는 것을 허용하지 않을 수 없다. 그가 살고자 한다면 말이다. 바닷길을 나설 때 그는 자기에게 좋을지 어떨지도 모르면서 그 계획을 따르며 배가 좋고, 키잡이가 경험이 많고, 계절이 적합하다는 등의 가정에 불과한 상황에 순응한다. 그런 것들에 의지해서 자기 계획에 뚜렷하게 반하는 것만 없으면 겉으로 보이는 것들이 자기를 움직여 가게 맡겨 두는 수밖에 없다. 그에게는 몸이 있다. 영혼이 있다. 감각이 그를 자극하고, 정신이 그를 흔든다. 사물을 판단할 권한을 주는 저 고유하고 독보적인 인증 마크를 자기에게서 발견할 수 없더라도, 거짓이 참을 닮을 수도 있는 이상 남의 판단에 동의해서는 안 된다

〔 288 〕

고 인지하더라도, 그는 계속 자기 생명의 기능들을 충만하고 쾌적하게 주관한다.

지적 활동 중에는 지식보다 가정에 의지한다고 공언하는 것, 옳으냐 그르냐를 결정짓지 않고 그저 그럴 것 같은 것을 따르는 것들이 얼마나 많은가? 퓌론주의자들은 말한다. 세상엔 참과 거짓이 있고, 우리에겐 그것을 탐구할 능력은 있지만 그것들을 판정할 시금석 같은 것은 없다고. 따지고 들 것 없이 세상의 질서가 이끄는 대로 자신을 맡겨 두는 편이 우리에겐 더 낫다. 편견에서 벗어난 마음을 가진다는 것은 평정을 향해 놀라운 진전을 이룬 것이다. 자기의 판관들을 판단하고 검사하는 사람들은 결코 제대로 순응하는 법이 없다. 종교의 율법에서나 정치적인 법률에서나, 거룩한 명분이며 인간적인 명분을 감찰하며 교사연하는 사람들보다는 단순하고 호기심 없는 사람들이 얼마나 더 순하고 이끌기 쉬운가!

^A 인간이 생각해 낸 것 중에서 퓌론주의만큼 진실해 보이고 유익한 것은 없다. 이 학파는 벌거벗고 비어 있는 인간을 제시한다. 그 인간은 자기 본연의 허약함을 인정하며, 위로부터 주어지는 어떤 외적인 힘을 받아들이기에 적합하고, 인간적인 지식을 벗어던져 버린 존재, 신앙에 더 많은 자리를 내주기 위해 자기 판단을 없애 버렸기에 그만큼 더 신성을 받아들이기에 적합한 존재이다. ^C 그는 불신자도 아니고, 일반이 지키는 계율에 반하는 어떤 교리도 세우지 않으며, 겸손하고, 순종하며, 규율을 받아들이고, 열심이며, 이단은 결연히 배척하고, 따라서 그릇된 분파들이 퍼뜨리는 허황되고 반종교적인 견해에 물들지 않는다. ^B 그 인간은 하느님의 손가락이 그리고 싶은 그대로의 형태를 갖도록 준비된 백지장이다. 하느님에게 우리를 맡기고 의지하며 우리 자신을 포기

12장 레몽 스봉을 위한 변호

할수록 우리에겐 더 좋다. ^A「전도서」는 말한다. "나날이 네게 주어지는 것들을 그 모습 그대로, 그 맛 그대로 좋게 받아들여라. 그 나머지는 네가 알 수 있는 것이 아니다."[180] ^C "주님은 사람의 생각을 아시고, 그것이 허망함을 아신다."[181]

^A 이것이 철학의 세 학파 중 두 학파가 의심과 무지를 명백히 주장하는 방식이다. 세 번째는 독단론자들의 학파인데, 그들 대부분이 오로지 조금 더 예뻐 보일 요량으로 확신에 찬 얼굴을 해 보였다는 것을 쉽게 간파할 수 있다. 그들은 우리에게 어떤 확실성을 세워 주려 하기보다 자기네가 진리의 추구에서 어디까지 나아갔는지를 보여 주는 데 급급하다. ^C "학자들은 안다기보다 추측한다."(티투스 리비우스)

티마이오스는 소크라테스에게 신들, 세상, 인간에 대해 자기가 아는 바를 가르쳐 주게 되자, 보통 사람이 다른 사람에게 말하듯 말하겠다며, 자기 설명이 다른 사람의 설명만큼만 개연성이 있으면 그것으로 충분하다고 했다. 정확한 설명은 자기도, 그 어떤 필멸자도 할 수 없는 일이라는 것이다. 그의 추종자 중 한 사람은 이 말을 이렇게 모방했다. "나는 내 능력껏 설명할 것이다. 내 말은 델포이 신전 무녀가 아폴론에게서 받은 확실하고 명백한 신탁이 아니다. 나약하고 죽을 수밖에 없는 나는 추측으로 진실임 직한 것을 발견해 내려 애쓴다."(키케로). 그런데 이 말은 누구라도 생각할 수 있는 자연스러운 주제, 즉 죽음에 대한 경멸을 두고 한 말이었다.

180
3:22, 또는 5:17 참조.
181
「시편」94:11.

〔 290 〕

다른 데서 그는 플라톤의 말을 그대로 취해서 번역했다. "신들의 본성과 세상의 기원에 대해 추론하다 내가 정한 목표에 도달하지 못하더라도 놀라지 마라. 말하는 나나 판단하는 그대들이나, 우리가 인간에 불과하다는 것을 기억해야 한다. 고로 내가 추측한 것들만 말해도 그 이상 아무것도 요구해선 안 된다."(키케로)

ᴬ 아리스토텔레스는 대체로 수많은 다른 의견과 다른 신념을 우리 앞에 쌓아 놓는다. 자기 의견을 그것들과 비교해 보고 자신이 얼마나 더 멀리 나아갔고 얼마나 더 가까이 진실에 다가갔는지를 보여 주기 위해서이다. 사실 진리는 타인의 권위나 증언으로 판단할 수 없다. ᶜ 그래서 에피쿠로스는 자기 글에서 자기와 다른 의견들을 인용하는 것을 조심스럽게 피한다. ᴬ 아리스토텔레스는 독단론의 왕자이다. 하지만 우리는 많이 알수록 의문을 품을 거리가 더 많아진다는 것을 그에게서 배운다. 우리는 그가 일부러 도저히 뚫고 들어갈 수 없는 두터운 모호성으로 자기를 감싸서 자신의 의견이 무엇인지 간파할 수 없게 하는 것을 본다. 그것은 사실상 단정적인 형태로 포장한 퓌론주의이다.

ᶜ 키케로의 항의를 들어 보라. 그는 자기 견해로 남의 견해를 설명하고 있다. "각각의 사안마다 우리가 개인적으로 어떤 생각을 하는지 알고 싶어 하는 자들은 호기심이 지나친 것이다. 소크라테스가 세우고, 아르케실라오스가 전수하고, 카르네아데스가 확립한 원칙, 그 무엇에 대해서도 결론을 내리지 않고 모든 것에 대해 논한다는 철학의 원칙은 우리 시대에도 번성하고 있다. 우리는 어디에나 거짓이 참과 섞여 있고 참과 너무 유사하므로 어떤 척도로도 확신을 가지고 판단하고 결론지을 수 없다고 말하는 학파에 속한다."(키케로)

ᴮ 허황된 주제를 대단한 척 부풀리고, 살점도 안 붙은 속 빈

12장 레몽 스봉을 위한 변호

뼈다귀나 갉아 먹으라고 우리 정신의 먹이로 던져 줘, 호기심을 자극하려는 게 아니라면, 아리스토텔레스뿐 아니라 철학자들 대부분이 난해한 문제를 탐하는 까닭이 무엇이겠는가? ^C 클리토마 코스는 카르네아데스의 글을 읽고 그가 어떤 의견을 가졌는지 알 수 있었던 적이 한 번도 없다고 단언한다. ^B 왜 에피쿠로스는 그의 글에서 명료함을 피하고, 헤라클레이토스는 같은 이유로 '컴컴한 자'라는 별명을 얻었나. 난해성은 ^C 학자들이 마술사들이 하듯 자기 기술의 허황됨을 감추기 위해 사용하는 주화이다. ^B 그리고 인간의 어리석음은 거기에 잘도 속아 넘어간다.

> 그[182]는 아리송한 말로 명성을 얻었도다, 특히 바보들에게서.
> 실로 바보들은 난해한 어법으로 포장한 사상들을 선호하며 수수께끼 같은 말을 간파했다고 생각하길 좋아하기 때문이다.
>
> 루크레티우스

^C 키케로는 친구 몇몇이 점성술, 법률, 변증법, 기하학에 필요 이상으로 시간을 바치는 것을 나무라며, 그 때문에 더 유용하고도 타당한 삶의 의무를 소홀히 한다고 책망한다. 키레나이카 학파의 철학자들은 물리학과 변증법도 경멸한다. 제논은 그의 『국가론』 첫머리에서 자유학과[183] 전부를 쓸모없는 것으로 선언한다.

182
헤라클레이토스.
183

〔 292 〕

^A 크리시포스는 플라톤과 아리스토텔레스가 논리학에 관해 쓴 글들은 연습 삼아 장난으로 쓴 것이라면서, 그들이 그처럼 쓸데없는 문제를 진지하게 말했으리라고는 믿지 못했다. ^C 플루타르코스는 형이상학에 대해 같은 말을 한다. ^A 에피쿠로스라면 수사학, 문학에 대해, ^C 시, 수학에 대해, 그리고 물리학을 제외한 모든 학문에 대해 그렇게 말했으리라. ^A 소크라테스 역시 단 하나, 행습과 삶에 관해 다루는 학문만 빼고 다른 모든 것에 대해 같은 말을 했을 것이다. ^C 누가 어떤 일에 관해 물으면, 그는 언제나 우선 질문자에게 질문을 되던져 질문자의 현재와 과거의 삶을 돌아보게 해 그것을 검토하고 판단했다. 다른 공부는 부차적인 것이요, 곁다리로 보았던 것이다.

"배워 봤자 사람을 더 고결하게 만드는 데 도움이 되지 않는 이런 공부들은 하찮게 여기련다"(살루스티우스) ^A 대부분의 학문 분야가 이렇게 학자들 자신에게 멸시를 받았다. 그러나 그들은 유익한 확고성이라고는 조금도 없는 것들이라도 거기서 정신을 훈련하며 즐기는 것을 당치 않은 일이라고 생각하지는 않았다.

그뿐 아니라 어떤 자들은 플라톤을 독단론자로 보고, 어떤 자들은 회의주의자로 보며, 또 다른 자들은 어떤 점에서는 독단론자, 다른 점에서는 회의주의자로 보았다.

^C「대화」편의 주도자인 소크라테스는 항상 토론을 자극하며 질문을 멈추지 않는다. 결코 결론을 내리거나 결정적인 답을 내놓지 않는다. 그러면서 자기에게는 반박하는 지식 말고 다른 지식이 없다고 말한다. 그들의 시조인 호메로스는 우리가 어느 쪽으로

서양 고대에 자유 시민의 교육 과목 중 직업과 기술에 연결되지 않는 학문, 문법, 웅변, 변증법, 산술, 기하학, 음악, 천문학을 말한다.

12장 레몽 스봉을 위한 변호

가건 상관없다는 것을 보여 주기 위해 공평하게 모든 학파의 초석을 놓아 주었다. 플라톤에게서는 열 개의 학파가 나왔다고 사람들은 말한다. 내 생각엔 플라톤의 가르침만큼 갈짓자로 걷는 가르침, 아무것도 확인하지 않는 가르침도 없다.

조산부(助産婦)[184]는 남이 애를 낳게 해 주는 직업을 가지면서 자신이 애를 낳는 직업은 버린다고 소크라테스는 말한다. 그리고 자기도 신들이 부여한 조산부(助産夫)[185]라는 자격으로 자기의 남성적이고 정신적인 사랑 중에서 아이를 만드는 기능은 버렸다고, 그래서 남의 위험과 운에 자신의 정신을 적용하고 부리면서, 다른 사람들이 아이 낳는 것을 도와주고, 아이가 나오는 곳을 열어 주며, 산도에 기름칠을 해 주고, 해산을 수월하게 해 주고, 아이의 상태를 판단해 주고, 이름을 붙이고, 먹이고, 강하게 하고, 강보에 싸고, 탯줄을 끊어 주는 것으로 만족한다는 것이다.

[A] 세 번째 부류, 즉 독단론파 저자들 대부분이 그렇다. [B] 고대인들은 아낙사고라스, 데모크리토스, 파르메니데스, 크세노파네스 등에게서 그 점을 알아보았다. [A] 독단론의 가락을 담은 문체를 여기저기 뿌려 놓긴 했지만, 그들의 글쓰기는 본질적으로 회의적인 형식을 취하며 가르치기보다 물어보려는 의도를 담고 있다. [C] 세네카[186]와 [A] 플루타르코스에게서도 그것이 보이지 않은가? [C] 가까이 들여다보면 독단론자들이 얼마나 이럴 땐 이 얼굴, 저럴

184
'산파'를 뜻하는 프랑스어 sage-femme는 '현명한 여자'라는 뜻이기도 하다.
185
sage-femme를 남성(sage homme)으로 바꾸어 표현하고 있다.
186
몽테뉴 생전에 나온 판본들에서는 세네카를 언급하지 않았다.

〔 294 〕

땐 저 얼굴로 말하는가! 이 법률가들을 중재하려는 사람은 우선 그들 각자부터 저 자신과 화해시켜야 할 것이다.

플라톤이 대화를 통해 철학하는 방식을 좋아했던 것도, 알고 보면 그 자신의 다양하고 종잡을 수 없는 사유를 여러 사람의 입을 통해 제시하는 것이 더 수월했기 때문인 것 같다.

사유의 대상들을 다양한 각도로 다루는 것은 단일한 시각으로 다루는 것과 마찬가지로 좋고, 오히려 더 좋기까지 하다. 더 풍부하고 유용하게 다루는 것이니까. 우리 자신을 예로 들어 보자. 판결문은 독단적이고 결정적인 어법의 궁극점이다. 우리 재판소들은 가장 모범적인 판결문들, 주로 재판하는 인물들의 능력에 달린 재판소의 권위에 대해 백성들이 마땅히 품어야 할 경의를 키워 주기 적합한 판결문들을 사람들 앞에 제시한다. 그런데 그 판결문들의 진미(眞美)는, 판사들에겐 진부한 일이어서 누구라도 내릴 수 있는 판결 자체보다, 온갖 상반된 추론들이 부딪히는, 사법 분야가 허용하는 토론과 동요에서 나온다.

그리고 한 학파가 다른 학파를 상대로 싸울 때 가장 많은 비난거리를 제공하는 것은 양쪽 모두 제각기 발목이 잡혀 있는 모순과 의견의 불일치들이다. 어떤 문제를 다루건 인간 정신은 오락가락한다는 것을 보여 주려고 일부러 들추어서건, 아니면 저도 모르게 사물의 근본적인 유동성과 모호성에 몰려서건 말이다.

A "미끄럽고 유동(流動)하는 자리에선 우리의 신념을 유예하자."라는 후렴[187]은 무엇을 의미하는가? 에우리피데스가

187
플루타르코스의 후렴.

〔 295 〕

> 신의 활동은 다양한 방식으로
> 우리를 곤란에 빠뜨린다.
>
> 아미오가 번역한 플루타르코스의 인용

^B 고 했듯이, 엠페도클레스가 그의 책에서 자주 거룩한 분노에 뒤흔들리고 진리에 승복한 듯, "아니, 아니, 우리는 아무것도 느끼지 못하고 아무것도 보지 못한다. 모든 것이 우리에겐 불가사의요, '이것은 무엇이다'라고 확언할 수 있는 게 아무것도 없다." 라고 했던 것처럼, 그 후렴은 "인간의 생각은 애매하고, 그의 예견과 고안은 불확실하다."¹⁸⁸는 성서의 말씀으로 돌아온다.

^A 무엇을 포착할 수 있다는 희망이 없으면서도 계속 탐구를 즐겼다는 것을 이상하게 여길 필요는 없다. 연구는 그 자체로 재미있는 일이며, 하도 재미있어서 스토아주의자들은 여러 가지 쾌락 가운데 정신의 흥분에서 나오는 쾌락도 금지하며 거기에 굴레를 씌우려 했고, ^C 너무 알려고 하는 것에도 과욕이 있다고 보았다.

^A 데모크리토스는 식탁에서 꿀맛이 느껴지는 무화과를 먹고 나서 불현듯 어째서 전에 없던 단맛이 나는지 궁금해졌다. 궁금증을 해결하려고 그는 식탁에서 일어나 그 무화과를 딴 자리를 살펴보러 갔다. 하녀는 그가 그렇게 소란을 떠는 이유를 듣고 웃으면서 그걸 가지고 더 이상 고심할 것 없다고 했다. 바로 그녀가 그 열매들을 꿀단지에 담아 두었던 것이다. 그는 탐구해 볼 기회를 박탈당하고 호기심 거리를 빼앗긴 것에 분통이 터졌다. "물러가라, 꼴 보기 싫다. 그래도 난 그것이 본래 그런 것처럼 여기고 원인을

188
「지혜서」9:14.

〔 296 〕

찾아볼 테다." ^C 그리고 이 그릇된 가정 위에 세운 가짜 현상의 다소 그럴싸한 원인을 기어이 찾아냈다.

^A 이 유명하고도 위대한 철학자의 이야기는 우리로 하여금 알아낼 가망도 없는 것들의 탐구에 재미를 느끼게 하는 그 학구열을 아주 분명하게 보여 준다. 플루타르코스도 비슷한 예를 든다. 어떤 자는 탐구하는 재미를 잃을까 봐 자기가 의문을 품은 일이 해명되기를 바라지 않더라는 것이다. 또 어떤 자는 물을 마셔서 열을 내리는 쾌감을 잃고 싶지 않아서, 의사가 열 때문에 생긴 병변을 치료하는 것을 원치 않더라는 것이다. ^C "아무것도 배우지 않는 것보다는 쓸데없는 것이라도 배우는 게 낫다."(세네카)

마찬가지로 음식을 먹는 것 역시 오직 쾌락 때문일 때가 많다. 그리고 우리가 먹는 맛있는 것이 모두 늘 영양가 있고 건강에 좋은 것은 아니다. 그와 꼭 같이 학문에서 우리의 정신이 끌어내는 것은, 그것이 비록 자양분이나 유익함은 없을망정 여전히 쾌락은 준다.

^B 저들이 하는 말은 이렇다. "자연에 대한 고찰은 우리 정신에 적절한 양분이다. 그것은 우리를 고양시키고 부풀려서 천상의 우월한 것들과 비교해서 지상의 저속한 것들을 경멸하게 해 준다. 비밀스럽고 위대한 일들을 탐구하는 것은, 거기서 경외심밖엔 얻지 못하고 감히 판단하기를 두려워하는 자에게조차 매우 즐거운 일이다." 바로 이것이 저들의 신념을 표현한 말이다.

이런 병적인 호기심의 망상은 그들이 존경심에서 빈번히 입에 올리는 다른 예에서 더 명백하게 드러난다. 에우독소스는 순식간에 타 죽는 벌을 받을지라도 한번 태양을 가까이서 보고, 그 형태, 크기, 아름다움을 알아볼 수 있기를 소원하며 신들에게 기도

〔 297 〕

12장 레몽 스봉을 위한 변호

하곤 했다. 그는 자기 목숨을 걸고서, 얻는 순간 써먹을 수도 소유할 수도 없게 될 지식을 얻길 원하며, 그 순간적이고 허망한 지식을 갖기 위해 그가 현재 가지고 있고 장차 얻을 수 있는 모든 지식을 잃어버려도 좋다고 하는 것이다.

^A 나는 에피쿠로스, 플라톤, 퓌타고라스가 그들이 말하는 원자니 이데아니 수니 하는 것을 즉석에서 통용되는 현금처럼 우리에게 주었다고는 쉽사리 믿을 수 없다. 그토록 불확실하고 논쟁거리가 되는 것들을 믿어야 할 항목으로 제시하기에 그들은 너무 현명했다. 그러나 이 위대한 인물들 각자는 이 모호하고 알 수 없는 세상에 나름대로 광명 비슷한 것을 던져 보려고 노력했던 것이고, 적어도 얼마간 재미있고 미묘한 설명을 해 보려고 머리를 굴렸던 것이다. ^C 완전히 지어낸 것일지언정 반대 의견에 버틸 수만 있다면 말이다. "이 체계들은 각 철학자의 천재성이 만들어 낸 허구이지, 그들이 발견한 결과는 아니다."(세네카) ^A 철학 합네 하면서 정작 견해를 내놓을 땐 별로 철학적이지도 않다고 비난받은 한 고대인은 그게 바로 철학하는 일이라고 대꾸했다. 그들은 모든 것을 고찰하고 모든 것을 재어 보려 했다. 그러고는 이런 관심이 우리의 천성적인 호기심에 적합한 일거리라는 것을 알았다. 그들은 공공 사회의 필요에 부응해서 어떤 것들, 예를 들어 종교 같은 것들에 대해 썼다.¹⁸⁹ 그리고 그런 관점에서 볼 때 그들이, 나라의 법과 관습을 따르는 데 혼란을 야기하지 않기 위해, 일반적인 통념들을 낱낱이 까발리지 않은 것은 잘한 일이다.

189
보르도본에 몽테뉴는 다음과 같이 덧붙여 썼다가 지웠다. "왜냐하면 우리의 유익을 위해 필요하다면 거짓말도 이용할 수 있기 때문이다."

〔 298 〕

C 플라톤은 자기 패를 충분히 보여 주며 이 신비로운 일[190]을 다룬다. 그가 자기 생각을 쓰는 곳에선 그 무엇도 확실하게 규정하지 않으니 말이다. 그가 입법자 노릇을 할 땐 권위적이고 단정적인 문체를 사용하며, 그럴 땐 과감하게 자기의 생각 중에서도 가장 공상적인 것들, 자기 자신을 설복하기엔 우스꽝스럽지만 그만큼 대중을 설득하기엔 유용한 것들을 섞어 놓는다. 우리가 온갖 견해를, 특히 가장 괴상하고 비정상적인 견해를 얼마나 잘 받아들이게 되어 있는지를 잘 알고 있었기 때문이다.

그래서 『법률』에서 그는 아주 세심하게, 공중 앞에서는 유익한 목적을 위해 지어낸 이야기들로 된 시가(詩歌)만 읊도록 마음을 쓴다. 인간의 정신에는 어떤 허깨비든 들어가 박히기 쉬우므로, 쓸모없고 해로운 거짓말보다는 차라리 유익한 거짓말로 양분을 줘 키워 가는 편이 낫다는 것이다. 『국가』에서는 사람들의 이익을 위해 그들을 속여야 할 때가 자주 있다고 터놓고 말한다.

이 학파는 진리를, 저 학파는 효용성을 더 추구했음을 분간하는 것은 어렵지 않은 일이다. 그리고 더 명성을 누리는 쪽은 후자이다. 인간 조건의 골칫거리는 흔히 우리 생각에 가장 진실한 것으로 보이는 것이 우리 삶에 가장 유용한 것으로 보이지는 않는다는 사실이다. 가장 대담한 학파들, 에피쿠로스파, 퓌론파, 신아카데미아파도 종국에는 국가의 법에 허리를 굽히지 않을 수 없다.

A 누구는 왼쪽으로 누구는 오른쪽으로, 그들이 키질하듯 까부르는 다른 문제들도 있는데, 저마다 옳건 그르건 무슨 모양새를 주어 보려고 애쓰고 있다. 말해 주고 싶지 않을 만큼 비밀스러운

190

앞의 A문단에서 말한 불확실한 논쟁거리들.

〔 299 〕

것은 아무것도 발견하지 못했기 때문에 신통찮고 어리석은 억측들을 꾸며 내지 않을 수 없는 것인데, 그들 자신도 그 억측을 토대 삼아 어떤 진리를 세워 보려는 게 아니라 다만 그들 공부의 훈련 삼아 하는 일이다. ^C "그들은 확신이 있어서라기보다 주제의 난해함을 이용해 자기 정신을 훈련시키려고 글을 썼던 것 같다."(쿠인틸리아누스)

^A 그렇게 생각하지 않으면, 이 감탄스럽고 뛰어난 인물들이 생산한 견해가 이토록 일관성 없고, 잡다하고, 허황된 것을 우리가 어떻게 덮어 줄 것인가? 일례로 신을 우리의 유추와 추측으로 짐작하고, 신의 세계를 우리 능력과 우리의 법에 맞춰 재단하며, 신이 우리의 본성적 조건에 기쁘게 나눠 주신 이 보잘것없는 능력의 잣대를 신성을 침해하며 사용하는 것보다 더 허황된 일이 있는가? 신의 영광스러운 옥좌에까지 우리의 시선을 뻗치지 못한다고 신을 여기, 부패하고 비참한 우리 자리까지 끌어내리다니?

종교에 관한 고대인들의 사상 중에서 내게 가장 그럼직하고 수긍할 만해 보이는 것은, 신을 모든 사물, 모든 선, 모든 완전함의 근원이며 또한 그것들의 보존자요, 어떤 얼굴, 어떤 이름, 어떤 방식으로 바치건 인간이 바치는 존경과 경의를 받아들이며 좋게 여기는 불가사의한 힘으로 인정하는 사상이다.

> ^C 세상의 어버이요, 제왕과 제신의 어버이이신
> 전능한 주피터.
> 발레리우스 소라누스, 아우구스티누스의 『신국』에서 인용.

하늘은 이 보편적인 열성을 좋은 눈으로 보아 주었다. 모든

사회는 그들의 신심에서 열매를 거두었다. 불경건한 인간이나 행동은 어디서나 마땅한 응징을 받았다. 이교도의 역사는 자기들이 지어 낸 종교적 설화에서 존엄성, 질서, 정의의 개념을 발견하고, 그들을 이롭게 하고 가르치기 위해 사용된 기적과 신탁들을 되새긴다. 아마도 하느님은 그 자비심으로, 천부적 이성이 우리 몽상의 그릇된 영상들을 통해 우리에게 알려 주는, 당신에 대한 거칠고 연약한 지식의 싹들을 그런 세속적인 이득을 통해 어떻게든 길러 보려 하셨던 것이리라.

인간이 머릿속에서 만들어 낸 영상들은 그릇될 뿐 아니라 불경건하고 욕되기까지 하지만 말이다.

^A 그래서 바오로 성인에겐 그가 본 바, 아테네에서 신용을 얻고 있는 모든 종교들 가운데 숨어 있어서 알려지지 않은 신에게 바치는 신앙이 그중 용서받을 만한 것으로 보였다.

^C 퓌타고라스는 보다 진실에 가깝게 표명하기를, 존재 중의 존재인 존재의 제1원리(신을 말함)에 대한 인식은 정의할 수도 없고 언명할 길도 없이 불확정적인 상태에 머물 수밖에 없고, 다만 각자의 능력에 따라 사고를 확장하면서 완벽을 향해 가는 사유의 극단적 노력일 뿐이라고 보았다. 하지만 누마가 자기 백성들의 신심을 이 노력에 맞추려고 마음먹고, 한정된 대상도 없고 물질적인 것도 섞이지 않은 순전히 정신적인 종교를 믿게 하려 했을 때, 그는 전혀 쓸데없는 일을 구상한 것이다. 인간 정신은 그 무한한, 형체 없는 관념들 속을 계속 떠다니며 유지될 수 없다. 형체 없는 생각들은 인간 자신을 견본 삼아 어떤 형상으로 정리해 줘야 한다. 그리하여 하느님의 존엄성은, 어떤 점에선 우리를 위해, 끊임없이 형상적 한계 안에 한정되어 왔다. 그의 초자연적인 천상 성사(聖

事)에는 우리의 지상적인 조건들의 표지가 붙여졌다. 하느님에 대한 숭배는 보고 들을 수 있는 예배와 언어로 표현된다. 왜냐하면 믿고 기도하는 자가 인간이기 때문이다.

이 문제를 다루는 다른 논리들은 제쳐 둔다. 하지만 십자고상이나 그 수난의 모습을 보여 주는 그림들, 우리 교회의 장식들이나 전례 절차들, 우리 머릿속 신심에 맞춰진 성가, 감각을 통해 일어나는 그런 감동이, 매우 바람직한 종교적 열정으로 사람들의 마음을 뜨겁게 달아오르게 하지 않는다고 나를 설득하기란 매우 힘들 것이다.

ᴬ 세상 전체가 맹목의 상태에 있을 때[191] 인간의 필요에 따라 형체를 부여받은 신성들 중에서 고르라면, 나는 태양을 숭배한 사람들에게 더 기꺼이 가담했을 것 같다.

> 만상의 빛, 우주의 눈.
> 만일 신의 머리에 눈이 있다면,
> 태양의 광선들이 그의 빛나는 눈이니,
> 만물에 생명을 주고 우리를 보존하고 지켜 주며,
> 사람들이 세상에서 행하는 바를 굽어본다.
> 저 아름다운, 저 위대한 태양은
> 그의 12궁을 들고 나며
> 우리에게 계절을 지어 주고,
> 널리 알려진 그의 덕성들로 온 우주를 채우며,
> 눈길 한 번으로 구름을 흩뜨린다.

191
그리스도교가 있기 전에는.

〔 302 〕

뜨겁게 불타는 우주의 정신, 우주의 마음,

하루를 달리는 동안 온 하늘을 돌고,

둥글고, 방랑하되 견고한,

거대한 위대함으로 충만하여

자기 아래 온 세상을 자신의 경계로 삼아

쉼 없이 쉬고, 한가롭지만 머무름이 없으니

그는 자연의 맏아들, 날의 아버지.

롱사르

이런 위대성과 아름다움 외에도 태양은 이 기계[192] 중에서 우리에게서 가장 멀리 떨어져 있는 부분이요, 그래서 너무도 알려진 바가 없는 만큼, 그들이 태양을 숭배하고 공경한 것은 용서받을 만한 일이었으니 말이다.

[C] 이 문제를 처음으로 탐구했던 탈레스는 하느님을 물로 만물을 만든 어떤 영(靈)이라 보았다.

아낙시만드로스는 신들을 이러저러한 시기에 죽고 또 태어나는 무한 수의 세계로 보았다.

아낙시메네스는 공기가 신이라고, 신은 창조되었고 무한하고 항상 움직인다고 했다.

아낙사고라스는 최초로 만물의 형태와 양태가 무한한 정신의 힘과 이성에 의해 인도된다고 보았다.

알크마이온은 해, 달, 별과 영혼에 신성을 부여했다.

퓌타고라스는 신을 자연에 의해 만물에 흘러든 영으로 보았

192
우주를 말한다.

12장 레몽 스봉을 위한 변호

고, 거기서 우리의 영혼들도 나왔다고 했다.

파르메니데스는 신이 하늘을 감싸고 있는 원이며, 빛의 열로 세상을 유지시킨다고 했다.

엠페도클레스는 만물을 만드는 4원소가 신이라 했다.

프로타고라스는 할 말이 없다며 신이 있는지 없는지, 어떤 존재인지 알 수 없다고 한다.

데모크리토스는 어떤 때는 영상들과 그것의 순환적 운동을 신이라고 했다가, 어떤 때는 그 영상들을 만들어 내는 자연을, 그 다음엔 우리의 지식과 지성을 신이라고 한다.

플라톤은 자기 생각을 여러 가지 면모로 흩어 놓는다. 『티마이오스』에서는 우주의 아버지에겐 이름을 붙일 수 없다고 하고, 『법률』에서는 신의 존재를 파고들면 안 된다고 한다. 그러더니 같은 책의 다른 곳에서는 우주, 하늘, 별, 땅, 그리고 우리의 영혼을 신이라 하고, 그 외 각 도시 국가에서 오랜 관습으로 받아들인 신들을 신으로 인정한다.

크세노폰도 소크라테스의 가르침을 전하며 동일한 혼란을 드러낸다. 소크라테스가 신의 형상을 알려고 해선 안 된다고 했다가, 이어 태양이 신이라고 하고는, 또 영혼이 신임을 주장하고, 어떤 때는 신이 하나라고 했다가 어떤 때는 다수라고 한 것으로 말이다.

플라톤의 조카인 스페우시포스는 신은 사물을 주관하는 어떤 힘이며, 생명을 지닌 힘이라고 한다.

아리스토텔레스는 신을 어떤 때는 영, 어떤 때는 우주라고 한다. 어떤 때는 이 우주에 또 다른 주인을 주기도 하고, 어떤 때는 신이 하늘의 열기라고 한다.

〔 304 〕

크세노크라테스는 신이 여덟이라는데, 다섯째까지는 행성들 중에서 임명하고, 여섯째는 모든 붙박이별들로 이루어졌고, 일곱째와 여덟째는 태양과 달이다.

폰토스의 헤라클리데스는 이 의견 저 의견 사이를 헤매기만 하다가 결국 신에겐 감정이 없다고 하고, 이 형상에서 저 형상으로 변모시키더니 신은 하늘과 땅이라고 한다.

테오프라스토스도 역시 결론을 내리지 못한 채 온갖 공상들 사이를 오락가락하면서 우주를 주재하는 힘을 때로는 오성에, 때로는 하늘에, 때로는 별들에 부여한다.

스트라톤은 형체도 감정도 없이 생식하고 증가하고 감소하는 힘을 지닌 자연이라고 한다.

제논은 신이란 선을 명하고 악을 금하는 자연 법칙이요, 그 법칙은 생명을 지닌 존재라면서 제우스, 유노, 베스타 등 친숙한 신들은 지워 버린다.

아폴로니아의 디오게네스는 신이 나이[193]라고 한다.

크세노파네스는 신이 둥글고, 보고 들으나 숨은 쉬지 않으며, 인간의 본성과는 아무 공통점이 없다고 한다.

아리스톤은 신의 형체는 파악할 수 없는 것이라며, 감각은 없고, 생명을 가졌는지 아니면 다른 어떤 것인지 알 수 없다고 한다.

클레안테스는 어떤 때는 이성, 어떤 때는 우주, 어떤 때는 자연의 영혼, 어떤 때는 만상을 둘러서 감싸고 있는 지고의 열기라

193
정확히는 '시간'이다. 키케로에게서 'air'로 되어 있는 것을 몽테뉴가 잘못 옮긴 듯하다.

〔 305 〕

고 한다.

제논의 제자 페르세우스는 인간의 삶에 큰 기여를 한 이들, 그리고 유익한 사물에게까지 사람들이 신이라는 이름을 붙여 준 것으로 보았다.

크리시포스는 앞서 말한 의견들을 모두 뭉뚱그려 놓고서, 자기가 만든 수천 가지 신의 모습 가운데 불멸을 얻은 인간들까지 포함시켰다.

디아고라스와 헤로도토스는 신들이 존재한다는 것을 딱 잘라 부정한다.

에피쿠로스는 신들을 빛나고, 투명하고, 공기가 투과하는 존재로 묘사하며, 두 요새 사이에 있는 것처럼 충격에서 보호된 채 두 세상 사이에 거하면서, 인간의 형상을 취해 우리 같은 사지를 가졌지만 그것들을 쓸 필요는 없다고 한다.

　　신들이 존재한다고 나는 늘 생각했고, 앞으로도 부단히 주
　　장하리라.
　　하지만 인간이 뭘 하건 그들이 마음을 쓸 것 같진 않다.
　　엔니우스

그대의 철학을 믿어라. 이같이 많은 철학적 두뇌들이 소란을 떨어 대는 것을 보며, 케이크에서 콩을 찾았다고[194] 뽐내 보아라!

194
그리스도가 세상에 자신을 드러낸 날로 기념하는 서방 교회의 축일인
주공현절날(1월 6일) 밤, 케이크를 먹으면서 그 속에서 콩을 찾은 사람이 그날 밤의
왕이 된다.

〔 306 〕

에세 2

세상의 풍속과 관례들이 하도 혼잡하고 보니, 우리 것과 다른 가지각색의 풍습과 사고방식도 내게는 불쾌하기보다는 교훈이 된다. 그것들을 비교해 보며 나는 오만해지기보다는 겸손해진다. 내게는 하느님의 손에서 직접 나온 것이 아닌 선택은 어떤 것이든 특별히 우월할 것이 없는 선택으로 보인다. 본성에 반하는 해괴한 생활 양식은 논외로 하고 하는 말이다. 세상의 나라들의 통치 방식은 이 문제에서 철학 학파들 못지않게 상반된다. 여기서 우리는 운수조차 우리의 이성보다 더 잡다하고 가변적이지 않으며, 더 몽매하고 분별없지도 않음을 알 수 있다.

  [A] 가장 모르는 것들이 가장 신격화되기 쉽다. [C] 그러니 [A] 고대에 그랬듯 [C] 우리를 신으로 만드는 것은 [A] 어리석음의 극치를 넘어선다. 나라면 차라리 뱀, 개, 소를 숭배했던 사람들을 따랐을 것이다. 그것들의 본성과 양태는 우리에게 덜 알려졌고, 그러니 그 짐승들에 대해 우리 좋을 대로 상상해서 놀라운 능력을 붙여줄 여지가 있다. 하지만 우리가 불완전하다는 것은 다 알 텐데도, 인간 조건을 지닌 신들을 만들어 욕망, 분노, 복수, 결혼, 생식, 혈연 관계, 사랑과 질투를 부여하고, 우리의 사지와 뼈, 우리의 열병과 쾌락, [C] 우리의 죽음, 우리의 무덤 등을 주는 것은 [A] 인간 오성의 놀라운 자기 도취에서 나온 것이 아닐 수 없다.

> [B] 신성과는 거리가 먼 물건이요
> 신들의 수에 넣기엔 당치 않은 것들이다.
> 루크레티우스

  [C] "사람들은 신들의 얼굴, 나이, 입성, 치장을 잘 안다. 그들의

12장 레몽 스봉을 위한 변호

혈통, 결혼, 동맹 등 모든 것이 인간의 결함을 모델로 해서 제시된 다. 신들에게 마음의 혼란까지 부여하니 말이다. 사람들은 우리에 게 신들의 열정, 비탄, 분노 따위를 이야기해 준다."(키케로. 아우구스 티누스의 『신국』의 인용) ^C 성실, 미덕, 명예, 조화, 자유, 승리, 경건뿐 아니라 쾌락, 기만, 죽음, 시기, 노쇠, 가난, ^A 공포, 열병, 불운과 덧없이 쇠망하는 우리 인생의 온갖 풍상에까지 신성을 갖다 붙였 듯이.

> ^B 우리 행습을 예배당에 끌어들이면 무슨 소용이 있나?
> 오, 땅을 향해 휘어져 거룩한 감정은 한 톨도 없는 영혼들 이여!
> 페르시우스

이집트인들은 말하자면 신중치 못한 신중함으로 금하기를, 그들의 신 세라피스와 이시스가 한때 인간이었다는 것을 말하는 자는 교수형에 처한다고 했다. 그런데 그들이 사람이었다는 것을 모르는 자는 하나도 없었다. 손가락을 입에 댄 모습으로 만들어진 그들의 조상(彫像)은, 자기들이 죽을 운명의 사람으로 태어났다 는 것이 알려지면 필연적으로 자기들을 향한 숭배가 사라져 버릴 테니 함구하라고, 저희 제관들에게 내린 비밀스러운 명령을 의미 한다고 바로는 말한다.

^A 인간이 그토록 신과 동격이 되고 싶어 한다면, 신성한 자질 들을 제 것으로 삼아 여기 이 세상으로 끌어내리는 편이, 제 부패 와 비참을 저 위로 가져가는 것보다는 나았을 것이라고 키케로는 말한다. 그렇지만 잘 생각해 보면, 인간은 늘 똑같이 허황된 생각

〔 308 〕

에세 2

에서, 갖은 방식으로 두 가지를 다 행했다.

　철학자들이 자기네 신들의 서열을 까발리고 저들의 혈연 관계, 직무, 능력을 구별하려고 열을 낼 때 나는 그들이 진지하게 말하고 있다고 생각할 수 없다. 플라톤이 플루토[195]의 과수원이나, 우리 육신이 파괴되어 사라진 뒤에도 우리를 기다리고 있는 육체적 안락 또는 고통을 설파하고, 또 그것을 마치 우리가 이승에서 느끼는 방식으로 묘사하는 것을 보면,

> 그들이 외딴 샛길로 숨어들자 도금양 숲이 그들을 에워싼다.
> 죽어서도 근심은 그들을 떠나지 않는다.
> 베르길리우스

C 또 무함마드가 자기를 따르는 사람들에게 카펫이 깔려 있고 황금과 보석으로 치장한 천국, 절세미녀들이 가득하고 진기한 음식과 술이 넘쳐나는 천국을 약속하는 것을 보면, 나는 그것이 죽을 운명인 우리의 갈망에 걸맞은 생각과 희망으로 달콤하게 유인하려고 우리 어리석음에 눈높이를 맞춘 농담이라는 것을 쉽사리 알 수 있다. C 우리 중 어떤 자들도 똑같은 오류에 빠져, 부활한 뒤에 모든 종류의 세속적 쾌락과 안락이 수반되는 이승의 현세적 삶이 이어질 것이라고 기대한다. A 너무도 거룩한 관념을 소유했고 너무도 신성에 가까워서 '거룩한 플라톤'이라는 별명까지 얻은 플라톤이, 가련한 피조물인 인간에게 신성의 불가지한 권능에 걸맞은 뭔가 있다고 생각했을 것 같은가? 또한 우리의 시

195
명부(冥府)의 신.

원찮은 이해력이 영원한 지복이나 영벌을 이해할 수 있고, 우리 감각의 힘이 그것들을 감당할 만큼 강하다고 생각했을 것 같은가? 그랬다면 인간 이성의 편에서 그에게 이렇게 말해야 할 것이다. "그대가 우리에게 약속하는 쾌락이 내가 이승에서 느낀 그런 것들이라면, 그것은 무한과는 아무 공통점이 없는 것이다. 나의 타고난 오감 전부가 환희로 가득하고 내 영혼이 바라고 갈망할 수 있는 최대의 만족감에 사로잡힌다 해도 우리는 안다. 그 역시 아무것도 아닌, 무(無)라는 것을. 내 것인 뭔가가 있다 해도 거기에 거룩한 것은 아무것도 없다. 현재 우리가 지닌 조건으로 얻을 수 있는 것과 다를 것이 없다면 그것은 고려할 가치가 없다. ^C 멸할 인간의 모든 만족은 멸할 수밖에 없다. ^A 저승에서 부모, 자식, 친구들을 알아보고, 그것이 우리에게 감동과 즐거움을 줄 수 있다면, 저승에서도 우리가 여전히 그런 기쁨에 집착한다면 우리는 지상적이고 유한한 즐거움 속에 있는 것이다. 저 지고하고 거룩한 약속들을 어떻게든 상상해 볼 수는 있더라도, 그 위대성에 합당하게 생각할 수는 없다. 그것들을 합당하게 상상해 보려면, 상상할 수 없고 말할 수 없고 이해할 수 없는 것으로, ^C 우리의 초라한 경험에서 나온 기대와는 완전히 다른 것으로 상상해야 한다."

^A 하느님이 당신 백성을 위해 준비하신 행복은 눈으로 볼 수도 없고, 사람의 마음에 들어갈 수도 없다고 성 바오로는 말한다.[196] 그럴 수 있게 해 주려고 누가 우리의 존재를 변화시킨다면 (플라톤이여, 그대가 말하는 그 '정화'를 통해), 그것은 너무도 극단

196
「코린트 I」 2:9.

〔 310 〕

적이고 총체적인 변화일 것이므로, 자연학의 학설을 따르자면 더 이상 우리가 아닐 것이다.

> B 격전의 한복판에서 싸우던 것은 헥토르였다.
> 그러나 아킬레스의 말에 끌려다닌 그 시신,
> 그것은 더 이상 헥토르가 아니었다.
>
> 오비디우스

A 하느님이 준비하신 보상을 받는 것은 우리와는 다른 무엇일 것이니,

> B 변화가 일어날 땐 해체, 따라서 죽음이 있다.
> 각 부분은 이탈하여 원래 자리에서 옮겨진다.
>
> 루크레티우스

A 퓌타고라스의 윤회와 그가 생각했던 영혼들의 주거 이동을 받아들인다면, 카이사르의 영혼이 들어간 사자가 카이사르를 흔들었던 감정과 똑같은 감정을 느끼리라고 생각할 것인가? C 또는 그 사자를 카이사르라고 할 것인가? 만일 그 사자가 여전히 카이사르라고 한다면, 아들이 당나귀의 몸을 입은 자기 어머니를 타고 다닐 수도 있고, 그 비슷한 엉뚱한 이야기도 가능하다는 것을 들어 플라톤의 의견을 논박한 사람들이 옳을 것이다. 그리고 같은 종류 짐승의 다른 몸으로 바꿔 태어나면, 새로 태어난 것이 다름 아닌 제 조상이라고 생각할 것인가? 피닉스의 재에서 애벌레가 생겨나 새로운 피닉스가 된다고 사람들은 말한다. 이 두 번째

〔 311 〕

12장 레몽 스봉을 위한 변호

피닉스가 바로 첫 번째 피닉스라고 누가 생각할 수 있겠는가? 우리에게 비단을 만들어 주는 벌레는 죽어서 말라비틀어지는 것 같고, 바로 그 시체에서 나방이 나오고 그 나방에서 다른 벌레가 나오는데, 그 벌레를 여전히 처음의 그 벌레로 여기는 것은 터무니없는 일일 것이다. 일단 존재하기를 멈춘 것은 더 이상 존재하지 않는다.

> 우리가 죽은 후에 시간이
> 우리를 형성했던 질료를 다시 모아
> 오늘의 상태로 복원해 주고,
> 우리에게 생명의 빛을 돌려준다 해도,
> 한번 기억의 실이 끊어진 다음엔
> 그조차 우리와 전혀 관계없을 것이다.
> 루크레티우스

　　그리고 플라톤이여, 그대가 어디선가, 내세의 보상을 향유할 것은 바로 인간의 영적인 부분이라고 할 때, 그 역시 거의 신빙성 없는 말을 하고 있는 것이다.

> [B] 이처럼, 눈구멍에서 뽑혀 몸에서 분리된 눈은
> 그 어떤 사물도 볼 수가 없다.
> 루크레티우스

[A] 왜냐하면 이런 점에서 볼 때, 내세의 보상을 향유할 자는 더 이상 인간이 아닐 것이고, 따라서 우리 자신이 아닐 테니까. 우리는

본질적인 두 주요 부분으로 만들어졌고, 그 두 부분의 분리는 우리 존재의 죽음이요 파괴이니까.

> B 생명은 끊기고, 사지는 되는대로 움직여
> 아무 감각도 느끼지 못한다.
> 루크레티우스

A 살았을 때 사용했고 죽어서 흙에 묻힌 사지를 벌레가 갉아 먹을 때, 우리는 인간이 고통받고 있다고 말하지 않는다.

> 그것은 우리와 아무 관계 없다.
> 우리는 영육이 결합하여 이루어진 단일체이기에
> 루크레티우스

게다가 선하고 유덕한 행위들이 인간에게서 나오도록 이끈 것이 바로 신들인데, 신들이 그들 재판의 기준을 어디에 두고 인간의 선행과 덕행을 인정하여 보상해 줄 것인가? 또한 그릇된 조건 속에 인간을 만들어 놓은 것이 바로 신들 자신이요, 털끝만큼이라도 의지가 있으면 인간이 실수하는 것을 막을 수 있는 터에, 왜 신들이 악행에 대해 화를 내며 인간에게 보복한단 말인가? A 에피쿠로스라면 인간의 이성을 당당하게 내세우며 이렇게 플라톤을 반박하지 않겠는가. C 그가 자주 하듯 "죽을 인간이 불멸하는 것의 본성에 대해 확실한 무언가를 밝히기란 불가능하다."라는 말로 숨어 버리지만 않는다면 말이다.

A 인간의 이성은 어디서나 헤매지만 신성한 것들에 간섭할

〔 313 〕

12장 레몽 스봉을 위한 변호

때 특히 그렇다. 우리 자신 말고 누가 그걸 더 분명하게 느끼겠는가? 이성에 아무리 분명하고 틀림없는 원칙을 부과해도, 아무리 하느님께서 우리에게 기꺼이 전해 주시는 거룩한 진리의 등불로 비춰 주어도, 조금만 통상적인 길에서 벗어나면, 교회가 내서 다져 준 길에서 조금만 빗나가거나 멀어지면, 이 이성이 얼마나 창졸지간에 길을 잃고 어찌할 줄을 몰라 쩔쩔매며, 고삐도 목표도 없이, 인간의 견해들이 혼탁하게 출렁대는 광대한 바다를 맴돌며 떠다니는지를 우리는 날마다 목도한다. 함께 가는 그 대로(大路)를 놓치는 즉시 인간의 이성은 수천 갈래의 서로 다른 길로 찢기어 흩어진다.

인간은 저 자신 이외의 것이 될 수 없고, 자기 능력에 준해서만 상상할 수 있다. [B] 인간일 뿐인 자들이 신들이나 반신들에 대해 말하고 추론하려 드는 것은 음악에 대해 무지한 자, 또는 전투에 한 번도 나가 본 일이 없는 자가 섣부른 추측으로 제 지식 밖의 기술의 실제를 안다고 착각해서, 노래하는 사람들을 평가하려 들거나 무기나 전쟁에 대해 토론하려 드는 것보다 더 큰 오만이라고 플루타르코스는 말한다.

[A] 고대 사람들은 신을 인간과 닮게 만들고, 신에게 인간의 능력을 부여하며, 인간의 그 잘난 자질들이며, [C] 인간의 가장 수치스러운 온갖 욕구들까지 [A] 갖춰 주는 것이 신의 위대성에 뭔가 보태 주는 것이라고 생각했던 것 같다. 우리 음식을 바치고 [C] 춤, 가면극, 희극으로 기쁘게 하며 [A] 우리 옷을 걸쳐 주고, 집을 지어 주고, 분향과 음악 소리, 꽃줄 장식, 꽃다발 등으로 비위를 맞추고, [C] 신을 우리의 사악한 정념들에 맞추려고 끔찍한 복수로 신의 정의를 오도하고, 신들 자신이 창조하고 보존해 온 것들을 파괴해 흩어

〔 314 〕

버리는 것(티베리우스 셈프로니우스는 불카누스 신에 대한 제사로 사르디니아 전투에서 얻은 많은 전리품과 무기들을 불태우게 했고, 아이밀리우스 파울루스는 마케도니아에서 얻은 전리품들을 마르스 신과 미네르바 신에게 바쳤다. 또 알렉산드로스는 인도양에 이르러 테티스 신을 위해 커다란 금 항아리 여러 개를 바다에 던져 넣었다.) 으로 즐겁게 해 주면서 말이다. 거기에 더하여, 죄 없는 짐승들뿐 아니라 인간까지 도살해 제단에 올렸으니, [A] 많은 나라들이, 그중 우리나라도 그런 짓을 통상적으로 행했다. 그리고 그것을 시도해 보지 않은 나라는 하나도 없는 것 같다.

> [B] 아이네이스는 술모시의 장정 네 명과,
> 우펜시 강가에서 자란 다른 네 명을
> 명부의 망령들에게 산 채로 바쳤다.
> 베르길리우스

   [C] 게타이인들은 자기들이 영생불멸하며, 죽는 것은 그들의 신 자몰크시스를 향해 나아가는 것일 뿐이라고 생각한다. 오 년마다 그들은 필요한 것을 요청하려고 자기들 중 한 사람을 그 신에게 보낸다. 이 사절은 제비로 뽑는다. 사절의 임무를 입으로 일러 준 다음 그를 보내는 방법은 이렇다. 참관하는 사람들 중 세 명이 같은 수의 긴 투창을 곧게 잡고 있으면 다른 자들이 그를 쳐들어 그 창 위로 던지는 것이다. 만일 그가 치명적인 부위에 창이 박혀 즉사하면 신이 호의를 보인다는 분명한 증거이다. 만일 그가 죽지 않으면 고약하고 혐오스러운 것으로 간주되어, 같은 식으로 다른 자를 뽑아 다시 보낸다.

12장 레몽 스봉을 위한 변호

크세르크세스의 어머니 아메스트리스는 나이가 들자 페르시아의 종교에 따라 그 나라에서 가장 훌륭한 가문의 청년을 골라 한 번에 열네 명씩 생매장해 지하의 어떤 신에게 바쳤다.

오늘날에도 테미스티탄[197]의 우상들은 어린아이들의 피로 칠갑을 하고 있는데, 그렇게 어리고 순진한 어린 영혼들의 희생만을 즐긴다.

종교는 참으로 많은 범죄에 영감을 주었다!

루크레티우스

카르타고 사람들은 제 자식들을 죽여서 사투르누스 신에게 바쳤다. 아이가 없는 자는 사서 바쳤는데, 그래도 아이의 아비와 어미는 즐겁고 만족스러운 표정으로 그 의식에 참석해야 했다.

[A] 우리의 비탄으로 신의 호의를 사려 하다니, 참으로 이상한 생각이었다. 라케데모니아인들이 디(다이)아나신에게 아부하려고 젊은 청년들을 때려 가며 고문해 자주 죽이기까지 했던 것처럼 말이다. 건축가를 즐겁게 하려고 그가 지은 건물을 무너뜨리고, 죄 없는 자를 벌하여 죄 지은 자 때문에 내릴 벌을 면하려 하다니 참으로 야만적인 생각이다. 가련한 이피게네이아가 아울리스 항구에서 죽어 제물이 되어 그리스군이 신에게 저지른 죄과를 속죄하고,

---

197
몽테뉴는 'Themistitan'으로 쓰고 있는데 멕시코의 고대 도시
'테노치티틀란(Tenochtitlan)'으로 추정된다.

〔 316 〕

그리하여 그 순결하고 불행한 처녀는

바로 자기의 혼인날

아비의 죄 많은 손에 제물이 되었다.

루크레티우스

C 데키우스 부자, 아름답고 용감한 영혼을 지닌 그 두 사람이 로마의 승리를 위해 신의 호의를 얻으려고 죽기 살기로 적진 한복판으로 뛰어들었던 것 역시 야만적이다.[198] "그 같은 인물의 목숨을 희생시켜야만 로마인들을 봐주다니, 신들이 그 정도로 불의하단 말인가?"(키케로) A 게다가 언제 어떻게 매질당할지는 죄인이 결정할 바가 아님도 덧붙이자. 그것을 정하는 것은 재판관이고, B 재판관은 자기가 명하는 고통만을 형벌로 친다. C 벌받을 자가 제 마음대로 집행하는 형을 재판관이 벌에 속한다고 여길 리 없다. 신의 보복은 그의 정의와 우리의 고통, 그 모두에 우리가 동의하지 않아야만 성립된다.

　　B 그러므로 사모스의 참주 폴리크라테스가 계속되는 행복의 흐름을 중단시키고 그 행복을 보상하기 위해, 자기가 제일 좋아하는 가장 값진 보석을 바다에 던진 것은 웃기는 일이다. 그는 이 인위적인 불행으로 운수의 변덕과 역전을 미리 충족시킬 수 있다고 생각했던 것이다. C 그런데 운수는 그의 어리석음을 비웃으며 그 보석이 물고기 배 속에 들어가 다시 그의 손으로 돌아가게 했

198

몽테뉴 생전에 출판된 판본에서는 "데키우스 부자는 로마의 승리를 위해 신의 호의를 얻으려고 두 진영 사이에서 자기들을 태워 번제를 드리게 했다."로 되어 있다.

〔 317 〕

다. ^A 또 ^C 코뤼반테스나 마이나데스들이[199] 제몸을 찢고 사지를 자른다든지, 우리 시대에 마호메트 교도들이 그들의 예언자를 기쁘게 하기 위해 얼굴, 가슴, 사지에 상처를 내는 것이 무슨 소용이란 말인가? 죄는 가슴이나 눈, 생식기, 살집, ^A 어깨, 목구멍이 아니라 의지에서 비롯된 것이거늘. ^C "혼탁하고 정신 나간 그들 영혼의 광기가 어찌나 깊은지, 인간의 그 어떤 잔혹 행위도 능가하는 소행으로 신들을 진정시킬 수 있다고 생각한다."(아우구스티누스, 『신국』 6권 10장)

이 천부적 구조물[200]은 우리 자신에게만이 아니라, 그것의 쓰임을 통해 하느님과 타인을 섬기는 데도 관여한다. 어떤 이유로건 그것을 고의로 괴롭히는 것은 우리를 죽이는 것만큼이나 부당한 일이다. 아둔하고 종속적인 몸의 기능들을 이성에 따라 이끄는 정신의 수고를 덜어 주려고, 그것들을 학대하고 망가뜨리는 것은 크나큰 비열함이요 배반 행위일 것이다. "이렇게 해서 신들을 진정시킨다고 생각하는 자들은 신들이 무엇에 분노한다고 생각하는 것인가?……. 사람들은 왕들의 쾌락을 위해 거세되었다. 하지만 지배자가 명령해도 제 손으로 자기를 거세한 자는 하나도 없었다."(아우구스티누스, 『신국』 6권 10장)

^A 이렇게 인간은 자기네 종교를 수많은 구역질 나는 행위로 채웠다.

199
고대 그리스의 제관들.
200
사람의 몸을 말한다.

과거에는 아주 흔히,

종교가 범죄적이고 불경한 행동을 부추겼다.

루크레티우스

　이처럼 우리가 지닌 그 무엇도, 신의 본성에 그 숱한 결함 만큼의 얼룩과 자국을 남기지 않고는, 어떤 식으로든 신의 본성에 비유될 수도 비교될 수도 없다. 그 무한한 미(美), 권능과 선(善)이 그 거룩한 위대성에 극도의 손실과 손해를 입지 않고, 어떻게 우리처럼 심히 비천한 존재와 관계를 맺거나 비슷해지는 것을 허용할 수 있겠는가?

　C "하느님의 약함은 인간의 강함보다 강하고, 하느님의 어리석음은 인간의 지혜보다 지혜롭다."[201] 철학자 스틸폰은 우리가 바치는 찬양과 희생을 신들이 즐기느냐는 물음에 이렇게 대답했다. "경솔하구려, 그 문제에 대해 말하고 싶으면 따로 다른 데로 갑시다."

　A 그런데도 우리는 신에게 한계를 정해 주고, 신의 권능을 우리의 이성(광인과 악인도 이성에 의해 광기에 빠지는데 이때의 이성은 특별한 형태의 이성이라고 말하는 철학의 양해 아래, 여기서 나는 우리의 몽상과 공상을 이성이라 부른다.)으로 포위한다. 우리는 신을, 우리 자신과 우리의 인식을 만든 그분을, 우리 오성이 파악한 헛되고 취약한 사실들에 종속시키려 한다. "그 무엇도 무에서 나올 수 없으니, 신이 재료 없이 세상을 만들 수 없었을 것이다." 뭐라고! 하느님이 그분 권능의 궁극적 원동력과 비결들을 우

201
「코린트 1」 1:25.

리 손에 넘겨 주셨다는 말인가? 그분이 우리 지식의 경계를 넘지 말아야 할 의무라도 지셨다는 말인가?

오 인간이여, 그대가 여기 이승에서 그분 활동의 몇몇 자취를 알아볼 수 있었다 치자. 그대는 그분이 당신의 능력 전부를 거기에 사용했고, 당신이 구상한 모든 형태와 당신의 사상 전부를 이 작품[202]에 담아 놓았다고 생각하는가? 설령 그대가 볼 수 있다 한들 그대가 살고 있는 이 작은 동굴의 구조와 질서를 볼 수 있을 뿐이다. 그러나 그분의 신성이 관할하는 재판소는 그것을 훌쩍 넘어 무한히 펼쳐져 있다. 그 전체에 비하면 이 작은 조각은 아무것도 아니다.

하늘, 땅, 바다, 그리고 만물, 이 모든 것도
저 거대한 전체의 광대함에 비하면 아무것도 아니다.
루크레티우스

그대가 내세우는 것은 지방법에 불과하니, 그대는 보편법이 무엇인지 모른다. 그대는 그대가 속한 것에 전념하라, 하느님 일에 참섭하지 말고. 하느님은 그대의 동업자도 동포도 동료도 아니다. 하느님이 조금이라도 그대와 소통하는 것은 그대의 왜소함에 삼켜지기 위해서도, 그대에게 당신의 능력을 관장하게 하기 위해서도 아니다. 인간의 몸은 구름 위까지 날아갈 수 없다. 그것이 그대에게 적용되는 법이다. 태양은 쉬지 않고 정해진 궤도를 달린다. 대양과 육지의 경계는 섞이지 않는다. 물은 유동적이고 견고하지

202
이 세상을 뜻한다.

〔 320 〕

에세 2

않다. 틈이 없는 벽으로는 단단한 물체가 통과할 수 없다. 인간은 불길 속에서 생명을 보존할 수 없다. 인간은 육체적으로 한꺼번에 하늘과 땅, 그리고 수많은 장소에 있을 수 없다. 하느님은 그대를 위해 그런 규칙을 제정했다. 그 규칙들은 바로 그대에게 부과된 것이다. 그분은 당신이 원하면 그런 규칙 모두를 뛰어넘으신다는 것을 그리스도인들에게 보여 주셨다. 사실 무엇 때문에 그분처럼 전능하신 분이 당신의 능력을 어떤 기준에 매어 두셨겠는가? 누구를 위해 당신의 특권을 포기하셨겠는가? 다른 어떤 일에서도 그대의 이성은, 세상이 하나가 아니라 여럿임을 그대에게 납득시킬 때 이상으로 참되고 견실할 수 없다.

> 땅, 태양, 달, 바다, 그리고 존재하는 모든 것이
> 유일하기는커녕 무한수로 존재한다.
> 루크레티우스

A 과거의 가장 유명한 인물들이 그렇게 생각했고, 우리 시대의 어떤 이들도 인간 이성으로 볼 때 그래 보이므로 그렇게 생각한다. 우리 눈으로 보는 이 건축물에는 유일하고 하나인 것이 하나도 없고,

> B 사물 전체 안에 자기 종의 유일자로 존재하는 것,
> 단독으로 태어나 단독으로 자라는 것은 아무것도 없어,
> 루크레티우스

A 모든 종(種)이 수적으로 불어나는 만큼, 하느님이 오직 이 작

품만을 짝 없이 만들었고, 이 형태를 만든 재료가 오직 이 하나의 개체로 모두 소진되어 버렸을 것 같지 않은 것이다.

> B 그러므로 거듭 말하거니와,
> 에테르가 단단히 부여안고 있는 이 세계와
> 같은 질료로 된 다른 덩어리들이
> 어딘가에서 생기고 있음을 그대는 인정해야 한다.
> 루크레티우스

A 특히 그것이 생명을 가진 존재라면, 그 운동으로 보아 이런 생각이 너무도 그럴싸하므로 C 플라톤이 그렇게 확언했고, 우리 시대의 많은 이들도 그것을 확신하거나 또는 감히 부인하지 못한다. 그들은 하늘, 별들, 그리고 이 세상의 다른 구성 요소들도 신체와 영혼으로 구성된 피조물로 조립된 것으로 보면 멸할 것들이지만, 조물주의 결정에 의해 불멸한다는 고대의 견해도 부인하지 못한다. A 그런데 만일 C 데모크리투스, A 에피쿠로스 등 거의 모든 철학자들이 생각했듯이 세상이 여럿이라면, 우리 세상의 원칙과 규칙들이 다른 세상에도 똑같이 적용될 수 있을지 우리가 어떻게 알겠는가? 어쩌면 그것들은 다른 모습과 다른 제도를 가졌을 것이다. C 에피쿠로스는 그것들이 비슷할 수도 다를 수도 있다고 생각한다. A 우리는 거리만 떨어져 있어도 무한한 차이와 다양성이 있음을 바로 이 세상에서 본다. 우리 선조들이 발견한 신세계에서는 밀도 포도나무도 볼 수 없고, 우리 고장에 있는 동물들도 전혀 없다. 거기서는 모든 것이 다르다. C 또 옛날에는 이 세상의 얼마나 많은 곳에서 바쿠스도 케레스[203]도 알지 못했던가.

〔 322 〕

^A 플리니우스와 ^C 헤로도토스를 ^A 믿자면, 어떤 고장에는 우리와는 거의 닮지 않은 인종들이 존재한다. ^B 사람과 짐승의 중간쯤 되는 애매하고 혼성적인 존재들도 있다. 사람이 눈과 입은 가슴에 붙이고 머리 없이 태어나는 나라도 있고, 모두가 양성 동체인 곳도 있으며, 네 발로 걷는 곳도 있다. 이마에 외눈만 박혀 있고 우리네 머리보다는 개의 머리와 더 비슷한 머리를 달고 있는 곳, 하반신은 물고기여서 물속에서 사는 곳, 여자들이 다섯 살에 아이를 낳고 팔 년밖에 못 사는 곳, 머리와 이마의 피부가 너무 단단해서 칼로 치면 박히는 게 아니라 칼날이 뭉개지는 곳, 남자들에게 수염이 없는 곳도 있다. ^C 불을 쓸 줄 모르는 나라들도 있고, 검은색 정액을 쏟는 나라도 있다.

^B 저절로 늑대로 변했다가 ^C 말로 변했다가 ^B 다시 인간으로 되돌아오는 사람들에 대해서는 뭐라고 말해야 하나? ^A 플루타르코스가 말하듯이 인도의 어느 지역에는 입 없는 사람들이 있어서 특정한 향기를 양식으로 삼는다는 것이 ^B 사실이라면 ^A 인간에 대한 우리의 묘사 중에는 얼마나 틀린 것이 많을까? 그 사람들은 웃을 수 없고 아마 추론을 하거나 사회 생활도 할 수 없을 테니, 우리가 우리 자신에 대해 품고 있는 생각의 대부분이 틀린 것이 되리라.

게다가 우리가 자연에 만들어 붙인 그 멋진 규칙들에 어긋나는 것들이 우리가 아는 것 중에도 얼마나 많은가! 그런데 하느님까지 거기에 갖다 붙일 셈인가? 얼마나 많은 일들을 우리는 기적이라고, 자연에 반하는 일이라고 부르는가? ^C 그것은 개개인과 각

203
바쿠스와 케레스는 각각 포도주와 밀의 신으로 포도주와 밀을 모르고 살았다는 뜻.

12장 레몽 스봉을 위한 변호

나라가 그 무식한 정도에 따라 하는 일이다. ^A 얼마나 자주 우리는 신비로운 속성이며 불가사의한 진수(眞髓)를 만나는가? 우리에게 자연스러운 일이란 우리의 지력이 따라갈 수 있고 우리가 볼 수 있는 한도 내에서 이해할 만한 일일 뿐이요, 거기서 벗어나는 것은 괴상하고 기이한 것이기 때문이다.

이런 식으로 따지자면, 가장 현명하고 가장 능력 있는 사람들에겐 모든 것이 괴상할 것이다. 왜냐하면 ^C 눈이 하얀지(아낙사고라스는 눈이 검다고 말하곤 했다.), 뭔가가 존재하는지, 아무것도 없는지, 지식이 있는지, 무지가 있는지(키오스의 메트로도로스는 인간은 그것을 말할 수 없다고 했다.), ^A 또는 우리가 살고 있는 지조차 확신시켜 줄 그 어떤 발판도 기반도 이성에게 없다는 것을, 이성 자체가 그들에게 납득시킬 테니 말이다. 에우리피데스는 우리가 살고 있는 삶이 삶인지, 아니면 삶이 바로 우리가 죽음이라고 부르는 것인지 의심했는데,

> 누가 알랴, 죽음이라고 불리는 것이 삶이고,
> 생명이라고 불리는 것이 죽음인지.
>
> 에우리피데스

^B 이 말은 일리가 없지 않으니, 영원한 밤의 끝없는 흐름 속의 섬광이요, 우리의 영속적인 자연 조건의 극히 짧은 일시 중단에 불과한 이 순간을 가지고 어떻게 우리가 존재한다고 주장할 수 있단 말인가? ^C 죽음이 이 순간의 앞 전체와 뒤 전체, 그리고 이 순간의 많은 부분까지 점하고 있는데 말이다. ^B 다른 이들은 ^C 멜리소스[204]의 추종자들처럼, ^B 운동이란 존재하지 않고, 아무것도

〔 324 〕

움직이지 않으며, ^C (왜냐하면 오직 '하나'만 존재할 경우, 플라톤이 증명하듯이 천체의 운동도, 한 곳에서 다른 곳으로의 이동도 있을 수 없으므로) ^B 자연에는 생식도 부패도 없다고 주장한다.

^C 자연에는 오직 의심만이 있을 뿐이라고 프로타고라스는 말한다. 모든 것에 대해 의문을 품을 수 있다면 모든 것에 대해 의문을 품을 수 있다는 바로 그것에 대해서도 의문을 품을 수 있다는 것이다. 나우시파네스는 우리 눈에 존재하는 것 같아 보이는 것들 중 그 무엇도 존재하지 않기보다는 존재한다고 할 수 없고, 유일한 확실성은 불확실성뿐이라고 주장한다. 파르메니데스는 우리 눈에 보이는 것들 중 어느 것 하나도 보편적인 것은 없고 '하나'만이 있을 뿐이라고 보았다. 제논은 '하나'조차 존재하지 않고 전혀 아무것도 없다고 주장한다. '하나'가 존재한다면 그 자체에, 또는 다른 것에 존재할 것이다. 그런데 다른 것에 존재하면 둘이 될 것이다. 그 자체에 존재한대도 품고 있는 것과 담긴 것이 있으니 여전히 둘이다. 이런 이론을 따라가자면, 세상은 가짜이거나 공허한 그림자에 지나지 않는다.

^A 나는 늘 그리스도 교인이, 하느님은 죽을 수 없다, 하느님은 식언할 수 없다, 하느님은 이런 일 저런 일을 할 수 없다는 따위의 말을 하는 것을 지극히 경솔하고 불경한 일이라고 여겼다. 나는 거룩한 권능을 그런 식으로 우리 말의 법칙 아래 가두는 것을 좋게 보지 않는다. 이런 말들을 통해 우리가 말하고자 하는 바는 보다 경건하고 조심스럽게 제시되어야 한다.

204
B. C. 5세기경 그리스 철학자. 제논과 함께 존재론의 창시자 파르메니데스의 제자였다.

〔 325 〕

다른 모든 것이 그렇듯이 우리 어법에도 약점과 결함이 있다. 세상을 흔드는 혼란의 대부분은 언어의 문제에서 비롯된다. 우리의 소송 사건들은 오직 법률에 대한 해석 논쟁에서 비롯된다. 대부분의 전쟁은 왕공들 사이의 협약과 협상 조건들을 명시하지 못했던 무능력에 기인한다. 'HOC'[205]라는 이 한 음절의 의미에 대한 의문이 얼마나 많은 싸움, 얼마나 심각한 분쟁을 야기했던가!

B 논리학이 가장 명백한 것으로 제시하는 명제를 예로 들어 보자. 만일 그대가 "날이 좋다."라고 말하고 그대가 사실을 말하는 것이라면, 날씨가 좋은 것이다. 그야말로 분명한 어법 아닌가? 그렇지만 이 방식도 우리를 속일 수 있으니, 그 증거로 이런 예를 들 수 있다. 만일 그대가 "나는 거짓말을 한다."라고 말하고 그대가 진실을 말하는 것이라면 그대는 거짓말을 하고 있는 것이 된다. 이 결론에 이르게 하는 어법, 논리, 힘 등은 앞의 언술과 같다. 그런데도 우리는 진창에 빠져 버리는 것이다.

A 나는 퓌론파 철학자(회의주의자)들이 어떤 어법으로도 그들의 전체적인 사상을 표명하지 못하는 까닭을 잘 안다. 그러자면 새로운 언어가 필요할 것이다. 사실 우리 언어는 모두 긍정적인 명제들로 이루어져 있는데, 모든 긍정 명제는 그들의 사상과 배치된다. 그러므로 그들이 "나는 의심한다."라고 말하면, 사람들은 즉시 그들의 멱살을 잡아서, 적어도 의심한다는 사실만큼은 알고 확

205
"이것은 내 몸이다.(Hoc est corpus meum.)"라는 예수의 말이 불러일으킨, 화체(化體, 즉 성찬의 포도주와 빵이 예수의 살과 피로 화함.)를 둘러싼 논쟁을 암시한다.

〔 326 〕

신한다는 걸 고백하게 만들어 버린다. 그래서 그들은 의술의 비유 속으로 도망치지 않을 수 없는데 그 비유가 아니면 그들의 성향을 설명하기 어려울 것이다. 그들은 말한다. "나는 모른다." 또는 "나는 의심한다."고 말할 때 마치 대황이 나쁜 기운을 몸 밖으로 배출하면서 저 자신도 몸 밖으로 나와 버리는 것과 꼭 같이, 그 명제 자체도 다른 것들과 더불어 부정된다고.

   ^B 이 사상은 "내가 뭘 아는가?"라는 질문으로 더 잘 표현할 수 있다. 나는 이 질문을 저울 그림과 함께 새겨 지니고 다닌다.[206]

   ^A 불경스럽기 짝이 없는 그 따위 언설로 사람들이 얼마나 잘난 체를 하는지 보라. 요즘 우리 종교를 둘러싼 논쟁에서 만일 그대가 상대방을 너무 세게 몰아붙이면, 그들은 순진하게 하느님은 당신 육신이 천국과 지상, 그리고 여러 장소에 동시에 존재하게 할 능력이 없다고 말할 것이다. 고대의 그 조롱꾼[207]은 그런 상황을 얼마나 잘 이용하는가! 그는 "아무튼 신이 모든 것을 할 수는 없다는 것을 아는 것은 인간에게 적잖은 위안이다. 왜냐하면 죽고 싶으면 자살하는 것이 우리 조건 안에서 우리가 가진 가장 큰 혜택인데, 신은 죽고 싶어도 자살할 수 없고, 필멸의 존재를 불멸하게 할 수도 없고, 죽은 자를 되살릴 수도 없고, 이미 살았던 자를 전혀 살지 않았던 것으로 만들 수도 없고, 명예를 누린 자를 누리지 않은 것으로 할 수도 없기 때문이다."라고 말한다. 망각밖에는 과거에 대해 아무 권한이 없기 때문이라는 것이다. 그리고 우스꽝

206
1576년 몽테뉴는 저울과 이 문구가 새겨진 메달을 만들었다.
207
대 플리니우스를 암시한다.

12장 레몽 스봉을 위한 변호

스러운 예로 인간 사회를 신에게 연결시키려고 "하느님은 2 곱하기 10을 20이 되지 않게 할 수 없다."라고 한다. 이것이 플리니우스가 말하는 바요, 그리스도인이라면 입에 담아서는 안 될 말이다. 그런데 사람들은 정반대로, 하느님을 자기 척도로 끌어들이려고 이런 언사의 광적인 오만을 추구하는 것 같다.

> 내일 주피터가 하늘을 검은 구름으로 덮건
>
> 맑은 태양으로 빛나게 하건
>
> 그는 과거를 무효로 만들 수 없고
>
> 시간이 한번 싣고 달아난 것을
>
> 바꿀 수도 부술 수도 없다.
>
> 호라티우스

　지나간, 또는 다가올 무한 세기라고 하는 것은 하느님에겐 한 순간에 지나지 않는다고 할 때, 그분의 선함, 지혜, 권능은 그분의 본성과 하나라고 할 때, 우리 입은 그렇게 말해도 우리의 지력은 전혀 이해하지 못한다. 그런데도 우리의 자만심은 신성을 우리 판단력의 체에 걸러 보고 싶어 하는 것이다. 거기서 제 무게와는 너무도 동떨어진 것을 제 저울로 가져다 달아 보려 할 때 사람들을 사로잡게 되는 온갖 망상과 오류가 야기된다. C "아주 작은 성공에 고무될 때 인간 심성의 오만이 어디까지 뻗치는지 놀랄 정도이다."(플리니우스)

　에피쿠로스가 진정으로 선하고 행복한 존재는 신만이 누릴 수 있고, 현자는 그와 비스무레한 그림자만 알 뿐이라고 주장할 때 스토아주의자들이 얼마나 무례하게 그를 냉대하는가! A 얼마

〔 328 〕

나 경솔하게 그들은[208] 신을 운명에 종속시켰으며(바라건대 그리스도인이라는 이름을 받은 이들은 더는 그런 실수를 하지 말기를!) 또 탈레스며, 플라톤이며, 퓌타고라스까지 신을 필연의 법칙에 예속시켰던가! 우리 눈으로 신을 보겠다는 이 오만이 우리 종교의 어떤 위대한 인물로 하여금 신성에 신체 형상을 부여하게 했다.

  B 우리가 매일 특별한 인물들과 결부된 중요한 사건들을 하느님의 몫으로 돌리게 된 것도 그 때문이다. 사건들이 우리에게 중요하면 그분께도 중요할 것 같고, 우리에게 덜 중요하거나 가벼운 사건들보다는 그런 사건들에 그분도 더 주의를 기울인다고 생각하는 것이다. C "신들은 큰 사건들에나 전념하고 사소한 사건들은 무시한다."(키케로) 그[209]가 드는 예를 들어 보라. 그러면 왜 그렇게 생각하는지 드러난다. "왕들도 국사의 소소한 부분에는 신경 쓰지 않는다."

  하늘의 왕에게도 제국을 움직이는 것과 나뭇잎을 흔드는 것은 다르며, 그분의 섭리도 전쟁을 좌우할 땐 벼룩을 튀어 오르게 할 때와는 다르게 작용한다는 듯이! 만물을 다스리는 그분의 손은 모든 것을 동일한 방식, 동일한 힘, 동일한 질서로 다룬다. 우리의 관심이 거기에 보태는 바도 없고, 우리의 행동이나 평가가 그것에 미치지도 않는다. "위대한 일에서 위대한 일꾼인 하느님은 작은 일에서도 위대한 일꾼이다."(아우구스티누스, 『신국』 11권 22장)

  우리의 오만은 늘 하느님과 인간을 동일시하는 그런 신성모

208
스토아 학파.
209
키케로를 가리킨다.

독을 부추긴다. 일거리가 우리에게 짐이 되니까, 스트라톤은 신들에게 자기들의 사제들처럼 일에서 완전히 면제되는 특권을 부여한다. 그는 만물을 생산 유지하는 일을 자연에게 시키고, 자연의 무게와 움직임으로 세계의 각 부분을 구축해서 인간 천성을 신의 심판에 대한 두려움에서 해방시킨다. "행복하고 영원한 존재는 아무 근심이 없고, 아무에게도 근심을 끼치지 않는다."(키케로) 자연은 연관된 사물에서는 동일한 관계가 성립되게 한다. 그러므로 죽을 인간의 수효가 무한하다는 것은 영생불멸의 존재들의 수도 동일하다는 것을 증명한다. 죽이고 해를 끼치는 것들이 무한히 많다는 것은 보호하고 돕는 것들도 그만큼 있다는 것을 전제로 한다. 혀도, 눈도, 귀도 없는 신들의 혼령이 그들끼리 각자 다른 신이 느끼는 것을 느낄 수 있고, 우리의 생각을 판단하는 것처럼, 인간의 영혼도 졸음 또는 어떤 혼탈에 의해 육체로부터 벗어나 자유로울 땐 육체와 섞여 있을 때 보지 못하는 것을 점치고 예언하며 본다는 것이다.

A 성 바오로는 "인간은 자기 지혜를 뽐내다 바보가 되었다. 그리하여 부패할 수 없는 하느님의 영광을 썩을 인간의 모습으로 바꿔 버렸다."[210]라고 했다.

B 고대인들이 인간을 신격화하던 저 희극을 좀 보라. 그들은 엄청나게 호화로운 대단한 장례식을 거행한 후, 불길이 피라미드 꼭대기까지 타올라 죽은 자의 침상을 삼키는 것과 동시에 독수리 한 마리를 날려 보낸다. 그 독수리가 하늘 높이 날아오르면 사자의 영혼이 천국으로 갔다는 것을 의미했다. 우리에겐 아주 많은

210
「로마인들에게 보낸 편지」 1:22, 1:23 참조.

메달이 남아 있다. 그중에도 특히 저 정숙한 파우스티나[211]의 메달이 있는데, 그 메달에는 바로 그렇게 신격화된 영혼들을 등에 태워 하늘로 데려가는 그 독수리가 새겨져 있다. 가엾게도 우리 자신이 꾸며 낸 원숭이 짓에 우리가 넘어가서,

> 자기가 상상한 것에 겁을 먹다니,
> 루카누스

마치 동무의 얼굴에 제 손으로 색칠을 하고 검댕을 묻히고서 바로 그 얼굴에 질겁하는 어린애들 같다. ^C "자기 망상에 노예가 된 인간보다 더 가련한 것이 어디 있는가?"(아우구스티누스) 우리가 만들어 낸 신을 숭배하는 것은 우리를 만든 분을 숭배하는 것과는 거리가 멀다. ^B 사람들은 아우구스투스에게 주피터보다 많은 사원을 세워 주고, 주피터만큼 숭배하고, 주피터만큼 기적을 내려 줄 것이라 믿으며 제사를 바쳤다. 타소스섬 사람들은 아게실라우스에게 입은 은혜에 대한 보답으로 그에게 와서 자기들이 그를 신으로 모시기로 했다고 말했다. 그러자 아게실라우스가 말했다. "그대들의 나라는 마음대로 신을 만들 힘을 가졌소? 그대들 중 하나를 신으로 만들어 보여 주시오. 그러면 신이 된 기분이 어떤지 물어보고 나서 그대들의 제안에 감사하리다."

^C 인간이란 참으로 지각이 없다. 진드기 하나 만들지 못하는

211

2세기 로마 황제 안토니우스 피우스의 아내로 평생 가난한 이들을 돌보며 소녀들의 교육에 힘썼다. 그녀가 먼저 세상을 뜨자 남편인 황제가 신격화하여 화폐를 찍고 사원을 지었다.

12장 레몽 스봉을 위한 변호

주제에 신을 한 다스나 만들어 놓는다.

트리스메기스토스가 우리 능력을 찬양하는 소리를 들어 보라. "그 어떤 놀라운 일도 능가하는 놀라운 일은 인간이 거룩한 본성을 찾아내고 실현할 수 있었다는 점이다."

B 다음은 철학 학파 자체에서 나온 말이다.

> 오직 인간만이 신들과 하늘의 권능을 알 수 있거나, 또는
> 오직 인간만이 그런 것들을 알 수 없음을 안다.
>
> 루카누스

"신이 존재한다면 그는 생명을 가진 존재이다. 그가 생명을 가진 존재라면 감각을 가졌다. 감각을 가졌다면 부패할 수밖에 없다. 만일 그에게 육체가 없다면 영혼도 없을 것이요, 따라서 행동도 없다. 육체를 가졌다면 그는 멸할 것이다. 이만하면 이긴 것 아닌가?"

C "우리가 세상을 만들었을 수는 없다. 그러므로 거기에 손을 댄, 보다 탁월한 어떤 본성이 있다. 우리 자신을 우주에서 가장 완벽한 존재로 여기는 것은 어리석은 자만이다. 그러므로 더 나은 무엇인가가 있다. 더 나은 무엇, 그것이 신이다. 그대가 어떤 부유하고 호화로운 집을 보았을 때, 그 주인을 모른다고 해도 그대는 그 집이 쥐들을 위해 지어진 집이라고는 말하지 않을 것이다. 마찬가지로 우리가 하늘 궁궐에서 보는 저 거룩한 구조, 그것도 우리보다 훨씬 위대한 어떤 주인의 집이라고 믿어야 하지 않겠는가? 가장 높은 것이 항상 가장 가치 있지 않은가? 그런데 우리는 낮은 곳을 지정받았다."

〔 332 〕

"영혼도 이성도 없는 것은 그 무엇도 이치를 따질 줄 아는 생명체를 생산할 수 없다. 우주는 우리를 생산한다. 따라서 우주는 영혼과 이성을 갖고 있다."

"우리의 부분들 각각은 우리보다 못하다. 우리는 우주의 일부분이다. 그러므로 우주는 지혜와 이성을 우리보다 더 풍성하게 지니고 있다."

"거대한 지배권을 갖는 것은 좋은 일이다. 그러므로 우주의 지배권은 어떤 복된 본성에 속한다. 별들은 우리에게 해를 끼치지 않는다. 그러므로 선의로 가득 차 있다."

B "우리에겐 양식이 필요하다. 그러므로 신들 역시 양식이 필요해서, 아래 세상에서 올라간 김〔蒸氣〕을 먹고 산다."

C "이 세상의 재물은 신에게는 재물이 아니다. 그러므로 우리에게도 재물이 아니다."

"해를 끼치는 것도 해를 입는 것도 약하다는 증거이다. 그러므로 신을 두려워하는 것은 어리석은 일이다."

"신은 본성이 선하고, 인간은 자기가 꾀하는 바에 따라 선하니 이것이 더 장하다."

"신의 예지와 인간의 지혜는 전자가 영원한 것이라는 점 이외엔 다른 차이가 없다. 그런데 지속은 지혜에 아무것도 보태지 않는다. 이 점에서 우리는 동등하다."

B "우리는 생명, 이성, 그리고 자유를 가졌고, 선, 자비, 정의를 귀하게 여긴다. 그러므로 이런 자질들은 신에게 있다."

결국 인간을 통해, 인간과의 관계에 따라, 신의 개념이 만들어지거나 파괴되며 신성의 조건들이 조성되는 것이다. 대단한 후원자요, 대단한 모델이로다! 인간의 자질들을 마음껏 늘이고 높이

〔 333 〕

고 키워 보자. 부풀려라, 가련한 인간아, 좀 더, 좀 더, 좀 더.

"배가 터지더라도." 라고 그는 말했다.[212]

호라티우스

^C "참으로 인간들은 자기가 알 수 없는 신을 떠올린다고 생각하면서 자기 자신만을 떠올릴 뿐이다. 그들이 보는 것은 오직 자기 자신일 뿐, 신이 아니다. 그들은 신을 신이 아니라 저 자신에 빗대어 생각한다."(아우구스티누스)

^B 자연적인 사물에서도 결과는 원인을 반쯤밖에 드러내 주지 않는다. 하물며 이 원인[213]이 어떨 것 같은가? 이 원인은 자연의 질서를 초월한다. 그 조건은 너무도 드높고, 너무도 아득히 멀고, 너무도 권위 있는 것이어서 우리의 결론으로 비끄러매어 속박하는 것을 허락하지 않는다. 우리를 통해서는 거기에 이를 수 없으니, 우리라는 길은 너무도 낮다. 스니산 정상[214]에 서 봤자 바다한가운데 있는 것보다 하늘에 더 가깝지 않다. 확인하고 싶으면 그대의 천문 관측기로 재어 보아라.

그들은 신을 여자들과 육체 관계를 맺는 지경까지 끌어내린다. 몇 번이나? 자손은 몇 대나 이어졌고? 로마에서 정숙하기로 이름났던 사투르니누스의 아내 파울리나는 제관들의 뚜쟁이 짓

212
우화 「황소와 개구리」에서 황소만큼 몸을 부풀리려던 개구리에 대한 암시이다.
213
창조주인 신을 말한다.
214
알프스 산맥의 고봉 중 하나.

〔 334 〕

으로 인해 세라피스 신과 동침하는 줄로 알고 자기를 사모하던 남자의 품에 안겼다. ^C 가장 재치 있고 박식한 라틴 작가 바로는 신학을 다룬 그의 저서에서 전하기를, 헤라클레스 신전 관리인이 한 손은 자기를 위해, 다른 손은 헤라클레스를 위해 제비를 뽑으며 저녁 식사와 계집을 걸고 내기를 했다고 한다. 자기가 이기면 공물에서 그만큼 떼어 쓰고, 지면 제 돈을 내기로 하고 말이다. 그는 졌고 신의 저녁과 여자 값을 치렀다. 여자의 이름은 라우렌티나였다. 그날 밤 그녀는 자기가 신의 품에 안기게 된 것을 알게 되었다. 게다가 그 신은 그녀가 다음 날 맨 먼저 만나는 남자가 굉장한 품삯을 치러 줄 것이라고까지 말하는 것이었다. 남자는 부자 청년 타룬티우스였다. 그는 그녀를 자기 집으로 데려갔고, 나중에 자기 상속인으로 삼았다. 그러자 그녀는 자기도 뭔가 그 신의 마음에 드는 일을 하고 싶어 로마 백성을 자기의 상속인으로 삼았다. 이 때문에 사람들이 그녀에게 신성의 영광을 부여했다는 것이다.

플라톤이 그의 두 가계에 의해 신성한 족보에 속하며, 넵투누스가 그의 가문의 조상이었다는 것으로는 충분치 않다는 듯, 아테네에서는 다음과 같은 이야기를 사실로 믿는다. 즉 아리스톤이 아름다운 페릭티오네와 즐기고 싶었지만 뜻을 이루지 못했는데, 꿈에 아폴론 신이 나타나 그녀가 해산할 때까지 순결을 지켜 주고 손대지 말라고 경고했다. 그런데 아리스톤과 페릭시오네가 바로 플라톤의 부모라는 것이다! 책들에는 신들이 가련한 인간들을 속여 오쟁이지게 한 일이 얼마나 많은가? 자식을 빛나게 하기 위해 부당하게 모욕당하는 남편들의 이야기는 또 얼마나 많은가!

〔 335 〕

이슬람교에는 메를랭[215]들이 상당히 많다. 신도들이 그렇게 믿어서이다. 이른바 '아버지 없이', '영적으로' 젊은 처녀의 배에 잉태되어 태어난 자식으로, 그곳 언어로 그런 뜻의 이름을 갖고 있다.

[B] 어떤 피조물이든 자기보다 더 중요하고 가치 있는 존재는 없다고 생각한다는 점 [C] (사자, 독수리, 돌고래는 어떤 종도 제 위에 있다고 인정하지 않는다.), [B] 각각의 존재는 다른 것들의 자질을 모두 자기 자질에 결부시켜 인식한다는 점을 명심해야 한다. 우리는 우리가 가진 자질들을 확장하거나 줄일 수는 있지만 그게 전부이다. 왜냐하면 그런 관계, 그런 원칙 밖에서는 우리의 상상력이 가동될 수도, 우리와 다른 무엇을 짐작할 수도 없고, 따라서 그것을 벗어나거나 초월하는 것은 불가능하기 때문이다. [C] 그 결과 고대인들이 내린 다음과 같은 결론들이 나온다. "모든 형상 중에서도 가장 아름다운 것은 인간의 형상이다, 그러므로 신도 이런 형상을 하고 있다. 또는 그 무엇도 덕성 없이는 행복할 수 없고 덕성은 이성 없이 있을 수 없으니 어떤 이성도 인간의 형상 이외의 곳에 깃들 수 없다. 그러므로 신은 인간의 형상을 입고 있다."

"이렇게 우리의 정신엔 고정관념과 편견이 있어 신을 떠올리기만 하면 즉각 거기에 인간의 형상을 부여하게 되어 있다."(키케로)

[B] 그래서 크세노파네스는 농담조로 이렇게 말하곤 했다. 능히 그러리라고 생각되는 바, 짐승들이 신들을 고안해 낸다면 그것들도 분명 신을 자기들 모습으로 상상하고 우리처럼 자랑스럽

215
골 지방의 켈트족 신화의 전설적 인물로 변신에 능한 마법사. 인간 어머니와 악마 아버지 사이에서 태어난 이 인물은 중세 켈트족 전설에서 아서왕과 그의 기사들의 고문이 된다.

게 생각할 것이라고. 거위 새끼인들 왜 이렇게 말하지 않겠는가. "우주의 모든 부분이 나를 위해 있다. 땅은 나를 걸을 수 있게 하고, 태양은 나를 비추고, 별들은 내게 기운을 보내기 위해 있는 것이다. 나는 바람도 이용하고 물 또한 이용한다. 저 하늘의 궁륭이 나만큼 호의적으로 보살피는 것은 없다. 나는 자연의 귀염둥이이다. 나를 먹이고, 내게 집을 주고, 나를 섬기는 것이 인간 아닌가? 그들이 씨를 뿌리고 가루를 빻는 것은 바로 나를 위해서이다. 그들이 나를 먹는다지만, 그들은 제 동료인 인간도 먹는다. 그리고 나로 말하자면, 인간을 죽이고 먹고 하는 벌레들을 먹는다." 두루미도 똑같이 말할 것인데, 자유롭게 날 수 있고 저 아름답고 드높은 곳을 소유하고 있으니 한층 더 오만하게 말하리라. C "자연은 제가 창조한 것들에게 그리도 상냥하고 타협적이며 다정하다."(키케로)

B 그런데 바로 그런 식으로 운명은 우리 편이고, 세상은 우리를 위해 있는 것이다. 우리를 위해 빛이 있고, 우리를 위해 천둥이 친다. 창조자도 피조물들도 모두 우리를 위해 있다. 바로 그것이 우주 만물이 지향하는 목적이요 목표이다. 2000년이 넘도록 하늘의 사업에 대해 철학이 기록해 온 것을 보라. 신들은 오직 인간을 위해서만 행동하고 말했으니, 다른 일, 다른 기능은 도통 없다. 여기서는 신들이 우리와 전쟁을 벌이고,

> 늙은 사투르누스의 찬란한 거처를 뒤흔들던
> 대지의 아들 타이탄들,
> 마침내 헤라클레스의 손에 굴복하였도다.
> 호라티우스

〔 337 〕

저기서는 편을 갈라서 우리의 분쟁에 참여한다. ^C 우리가 그렇게
도 여러 번, 편을 갈라 그들의 분쟁에 동참했던 것에 대한 보답으
로 말이다.

> ^B 넵투누스는 그의 강력한 삼지창으로
> 트로이의 성벽과 지반을 흔들어,
> 도시 전체를 둘러엎는다.
> 이쪽에선 무자비한 유노가 스카이아 성문부터 장악한다.
>
> 베르길리우스

^C 카우니아인들은 그들 신의 지배권을 사수하기 위해, 치성
을 드리는 날엔 무기를 등에 지고 칼로 여기저기 허공을 후려쳐서,
외방 신들을 모조리 슊아 영토 밖으로 몰아내며 도시 외곽 전체를
주파한다.

^B 신들의 힘은 우리의 필요에 따라 한정된다. 말을 고치는 신,
인간을 낫게 하는 신, ^C 페스트를 치료하는 신, ^B 머리 버짐을 고
치는 신, 기침을 고치는 신, ^C 이런 습진을 고치는 신, 저런 습진을
고치는 신 "이토록 미신은 지극히 작은 일들에까지 신들을 끌어넣는
다."(키케로). ^B 어떤 신은 포도송이가 맺히게 하고, 어떤 신은 마늘
을 만들고, 호색 담당 신, 장사 담당 신이 있으며 ^C "각 직종에 신
하나씩 딸려 있고", ^B 이 신은 자기 영토와 신도들을 동방에 갖고
있고, 저 신은 서방에 갖고 있다.

> 저기[216]에 그녀(주노)의 무기가 있고,
> 저기에 그녀의 마차가 있었다.
>
> 〔 338 〕

베르길리우스

^C 오 거룩한 아폴론이여,
세계의 중심부²¹⁷에 기거하는 그대여!

키케로

케크롭스²¹⁸의 후손들은 팔라스 신을 경배하고,
미노스 왕의 크레타에선 디아나 신을,
렘노스에선 불카누스 신,
펠로폰네소스의 스파르타와 미케네에선
주노 신을 경배한다.
소나무 가지 관을 쓴 판 신은 마이날로스의 신이요
마르스 신은 라티움의 신이로다.

오비디우스

^B 어떤 신은 한 마을이나 한 집안만 소유하고, ^C 어떤 신은 혼
자 살며, 어떤 신은 자기 뜻에 따라, 아니면 의무적으로 함께 산다.

손자 사원은 조부 사원에 결합된다.

오비디우스

216
카르타고를 말한다.
217
그리스 중부 아폴론 신전이 있던 도시 델포이를 말한다.
218
아테네를 세웠다는 반인반사(半人半蛇)의 전설적인 왕.

12장 레몽 스봉을 위한 변호

^B 너무 보잘것없고 비천한 신들도 있어서(그들의 수는 3만 6000에 이른다!) 밀 이삭 하나하나가 나오게 하려 해도 한꺼번에 대여섯 명을 불러 모아야 하는데, 담당하는 일에 따른 이름을 갖고 있다. 문짝 하나에는 널빤지 신, 경첩 신, 문지방 신, 이렇게 셋이 필요하고, 어린아이에겐 기저귀 보호 신, 마실 것 보호 신, 먹을 것 보호 신, 젖 보호 신, 이렇게 넷이 딸려 있다. 어떤 신들은 확실하고, 어떤 신들은 불확실하고 미심쩍다. 어떤 신들은 아직 천국에 들어가지도 못하고 있다.

> 저들은 아직 하늘에 오를 자격이 없는 것 같으니
> 우리가 저들에게 준 땅에서 살게 두자.
> 오비디우스

자연학자 신, 시인 신, 법률가 신도 있다. 신성과 인간성의 중간에 있는 어떤 신들은 신과 우리 사이를 중개하고 중재한다. 그들은 제2열쯤 되고, 그런 정도의 숭배를 받는다. 그들의 지위와 직분도 천차만별이요, 어떤 신은 선하고, 어떤 신은 악하다. ^B 늙어 꼬부라진 신들도 있고, 죽을 운명인 신들도 있다. 크리시푸스는 세상의 마지막 대란 중에 주피터만 빼고 모두 죽을 것이라고 생각했으니 말이다. ^C 인간은 신과 자기 사이에 재미있는 협력 관계를 수없이 꾸며낸다. 어쨌든 신은 그의 동포가 아닌가?

> 주피터의 요람인 크레타.
> 오비디우스

〔 340 〕

대제사장 스카이볼라와 대신학자 바로가 그들 시대에 이 문제를 고찰하며 이렇게 변명한다. 민중은 많은 진실을 모르고 많은 허구를 믿을 필요가 있다고. "민중은 자기를 해방시켜 줄 진리를 찾고 있는데, 그들의 종교는 그의 안녕을 위해 속여야 한다고 생각한다."(아우구스티누스)[219]

^B 인간의 눈은 사물들을 제가 알아보는 방식으로밖엔 보지 못한다. ^C 그리고 우리는 저 불쌍한 파에톤[220]이 죽을 운명인 인간의 손으로 자기 아버지의 수레 고삐를 다루려다가 어떤 추락을 당했는지 상기하지 않는다. 우리의 정신은 그 무모함 때문에 똑같은 심연에 다시 떨어져 같은 식으로 흩어지고 부서진다. ^B 그대가 철학에게 하늘과 태양이 무엇으로 만들어졌느냐고 물으면 쇠라거나, 또는 ^C 아낙사고라스의 입을 빌려 ^B 돌, 아니면 우리가 쓰는 어떤 소재라고밖에 무슨 답을 하겠는가?

^C 제논에게 자연이란 무엇이냐고 묻는다면 그는 "체계적으로 생성 활동을 하는 기술자 같은 불이다."라고 답할 것이다. ^B 진리와 확실성에서 그 어떤 학문보다 우월하고자 하는 이 학문의 대가

---

²¹⁹
피에르 빌레는 이 부분을 "민중은 〔두려움에서〕 벗어나기 위해서만 진리를 찾으니, 속는 것이 그들에겐 이익이라고 믿자."로 번역하고 있다. 도널드 프레임의 영역본 역시 비슷하게 번역하고 있다. 앞에 제시한 고대 신학자들의 변명을 아우구스티누스의『신국』의 구절로 다시 한번 제시하는 것처럼 본 것이다. 그러나 『신국』의 이 구절은 고대 신학자들의 변명에 대한 아우구스티누스의 비판으로 읽는 것이 옳다고 보아 우리는『신국론』(추인해, 추적현 옮김, 동서문화사, 2016)을 참조해 위와 같이 번역했다.

²²⁰
그리스 신화에서 의인화된 태양 헬리오스의 아들로, 아버지의 수레를 타고 땅에 너무 접근해 태울 지경이 되자 주피터가 에리단해에 추락시켰다.

12장 레몽 스봉을 위한 변호

인 아르키메데스는 "태양은 불타는 쇠의 신"이라고 말한다. 기하학적인 증명들의 불가피한 필연성과 미(美)가 만들어 낸 참으로 근사한 생각이 아닌가! 하지만 소크라테스, 그는 사람들이 토지를 주고받을 때 측량할 수 있을 만큼 아는 것으로 충분하다고 여겼고, 저명한 기하학자였던 폴리아이노스도 에피쿠로스의 정원[221]에서 달콤한 과일들을 맛본 후 그런 증명들을 허위와 허영으로 가득 찬 것들로 여기며 경멸했던 만큼, 그다지 불가피하거나 유용한 생각은 아니다.

C 크세노폰의 책에서 소크라테스는, 고대인들이 하늘과 신에 관한 분야에서 어느 누구보다 우월하다고 여기던 아낙사고라스를 두고, 자기 소관이 아닌 지식을 과도하게 파고드는 사람들이 모두 그렇듯 머리가 돌았다고 말한다. 아낙사고라스가 태양을 불타는 돌이라고 한 것에 대해서는, 돌은 불에 달궈도 빛이 나지 않는 것을 생각지 못했고, 더 나쁘게는 돌이 불속에서 타 없어지는 것을 간과했다고 한다. 그가 태양과 불을 동일시하자, 불은 그것을 바라보는 사람을 검게 그을리지 않는다는 점, 우리가 응시할 수 있다는 점, 식물과 풀들을 태워 죽인다는 점에 유의하지 못했다고 지적한다. 소크라테스의 견해로는, 그리고 내 생각도 같지만, 하늘에 대해서는 판단하지 않는 것이 가장 현명한 판단이다.

플라톤은 『티마이오스』에서 다이몬에 대해 말해야 되자 이렇게 말한다. "그것은 우리 능력을 벗어나는 일이다. 다이몬에 관해서는 자기들이 다이몬들에게서 태어났다고 주장한 옛사람들의

221
에피쿠로스가 아테네에 세운 '정원 학파(Ecole du Jardin)'를 말한다.

말을 믿어야 한다. 그들이 하는 말이 필연적이고 그럴싸한 이치로 입증되진 않더라도, 자기네가 익히 아는 집안일에 대해 장담하며 하는 말이니 신의 자손들을 믿어 주지 않는 것은 이치에 어긋난다.”

^A 이제 우리가 인간과 자연에 관한 일은 그나마 조금이라도 더 명확하게 아는지 살펴보자.

우리 자신이 우리 지식으로는 알 수 없다고 우리 입으로 고백한 것들에 우리 상상에서 나온 가짜 형태를 부여해, 다른 몸을 입혀 주려는 것은 가소로운 생각이 아닌가. 예를 들어 유성의 운동 같은 경우가 그렇다. 우리의 지력이 거기까지 이르지 못하고 그 본연의 운행을 상상할 수도 없으니까, 우리는 그 별들에게 우리의 것인 중량과 부피를 가진 물질적인 동인을 부여한다.

> 가장자리 테도 황금이요, 바퀴도 황금이고,
> 바퀴살은 은이다.
> 오비디우스

마치 마부, 목수, 칠쟁이들이, ^A 저 높은 곳에 가서, 다양한 움직임을 가진 기계들을 설치하고, ^C 알록달록하게 색칠한 천상 물체들의 톱니바퀴며 연동장치들을, 플라톤의 말처럼 ‘필연성의 축’[222]을 중심으로 배치해 놓기라도 한 것 같다.

> 우주는 거대한 건축물이니,

---

[222]
플라톤이 『국가』 10권에서 쓴 표현이다.

12장 레몽 스봉을 위한 변호

다섯 영역이 둘러싸고,
찬란히 빛나는 열두 성좌 술 장식띠
비스듬히 두른 위로
달의 쌍두마차가 내달린다.

바로

이런 것은 모두 잠꼬대요 신의 계시라도 받은 줄 아는 자의 허튼소리이다. 왜 자연은 우리에게 그 가슴을 열고 자기가 어떤 방법으로 어떤 식으로 움직이는지 보여 줘서 우리 눈을 거기에 맞게 해 주지 않을까! 오 하느님! 그러면 우리의 보잘것없는 학문에서 우리는 얼마나 많은 오류와 착오를 발견할 것인가! C 인간의 학문이 단 한 가지라도 올바르고 정확하게 알고 있다면 내가 틀린 것이다. 그렇다면 나는 본디 무지한 것보다 다른 모든 것에 대해 더욱 무지한 자로 이승을 떠나리라.

나는 플라톤의 책에서 자연이란 수수께끼 같은 시일 뿐이라는 그 거룩한 말을 읽지 않았던가? 누군가는 무한히 다양한 애매한 광선들이 가물가물 교차하며 비추어서 우리의 억측을 자아내는, 베일에 가려진 어두운 그림이라고 할 수도 있으리라.

"모든 것이 은폐된 채 더할 수 없는 어둠 속에 싸여 있고, 인간의 정신은 하늘이나 깊은 땅속으로 뚫고 들어갈 만큼 날카롭지 못하다."(키케로)

참으로 철학은 궤변을 늘어놓는 시에 불과하다. 고대의 저자들이 시인들 말고 누구에게서 자기들의 권위를 끌어내는가? 초기 철학자들은 그들 자신이 시인이었고, 그 기술로 철학을 다루었다. 플라톤은 좀 유별난 시인일 뿐이다. 티몬은 욕 삼아 그를 위대한

'기적 제조자'라고 불렀다.

^A 여자들이 이가 빠지면 상아로 이를 해 박고 진짜 얼굴색 대신 다른 재료로 얼굴색을 만들어 내듯이, 천과 털을 넣어 엉덩이를 만들고 목화솜으로 통통한 몸집을 만들어 빌려 온 가짜 미모로 자기를 꾸미며 만인의 눈앞에 내놓듯이, 학문도 그렇게 한다. ^B (우리의 법에도, 사법적 진실이 토대로 삼는 합법적 허구들이 있다고 사람들은 말한다.) ^A 학문도 마찬가지이다. 학문은 우리 의문에 대한 응답으로 전제들을 내어놓는데, 그것들이 지어낸 것임은 그 자체가 알려 준다. 점성학은 그것이 별들의 운행을 설명하는 데 쓰는 외심 주전원, 중심 주전원 등의 개념을 이 문제에 관해 생각해 낼 수 있었던 최상의 것들로 우리에게 제시하고, 철학 역시 우리에게 실제, 또는 철학이 믿는 바를 제시하는 것이 아니라, 가장 그럴싸하고 가장 마음에 들 만한 것으로 만들어 낸 것을 제시하니 말이다. ^C 우리 신체와 짐승들의 몸 상태를 비교하는 글에서 플라톤은 "우리가 말한 것에 신탁의 보증이라도 있다면 우리는 그것이 사실이라고 장담할 것이다. 그러나 우리는 그것이 우리가 말할 수 있었던 것 중에서 가장 그럼직한 것임을 확언할 수 있을 뿐이다."

^A 학문이 하늘에만 밧줄과 기계와 톱니바퀴를 던져 보는 것은 아니다. 학문이 우리 자신에 대해, 우리 구조에 대해 하는 말을 좀 살펴보자. 그들이 이 가련하고 작은 인간의 몸을 두고 꾸며 낸 것보다 더한 역행, 요동, 접근, 후퇴, 반전은 하늘의 별들과 천체의 운행에도 없다. 진실로 이 점에서 그들은 인간의 몸을 소우주라고 할 만했다. 인간을 꿰맞춰 만드는 데 그렇게도 많은 조각과 모습을 사용했으니. 인간이 보여 주는 동작들, 우리가 의식하는 다양

한 기능과 역할에 맞춰 보려고 그들은 얼마나 많은 부분으로 우리 영혼을 나누고, 얼마나 많은 부위로 잘라 놓았는가? 자연스럽고 지각 가능한 만큼을 넘어 얼마나 많은 단계와 층으로 이 가엾은 인간을 분해했던가? 얼마나 많은 직무와 직분으로? 그들은 이 인간을 공상적인 공화국으로 만들었다. 인간은 그들이 손에 쥐고 다루는 소재가 되었다. 사람들은 그들이 각자 제 멋대로 인간을 해체하고, 정리하고, 조합하고, 채워 보도록 전적인 권한을 부여한다. 하지만 아직도 그들은 인간을 손에 넣지 못했다. 현실뿐 아니라 공상 속에서도 그들은 인간을 장악할 수 없다. 아무리 공상적인 인조 조각들을 수없이 이어 붙여 거창하기 그지없는 건축물을 만들어도 반드시 거기서 빠져나가는 어떤 박자, 어떤 음이 있기 때문이다. ^C 그들을 변호해 줄 필요는 없다. 왜냐하면 화가들이 하늘, 땅, 바다, 산, 멀리 떨어진 섬을 그릴 때는 어떤 표시만 살짝 해 줘도 봐주고, 잘 모르는 것이라면 애매한 눈속임에도 우리는 만족한다. 하지만 우리가 잘 아는 친숙한 소재를 있는 그대로 그려 줄 때에는 그들에게 선과 색들을 정확하고 완벽하게 재현해 달라고 요구하고, 그러지 못하면 그들을 경멸하니까.

^A 나는 저 밀레토스의 여자아이를 기특하게 여긴다. 그 애는 철학자 탈레스가 줄곧 하늘을 관찰하는 재미에 빠져 항상 눈을 치뜨고 있는 것을 보고, 그가 다니는 길에 어떤 물건을 갖다 놓아 발에 차이게 했다. 자기 발밑에 있는 것부터 알고 난 후 구름 위에 있는 것들에 대한 사색을 즐기라는 경고였다. 하늘보다는 자기 자신을 보라고 충고한 것은 참으로 잘한 일이다. ^C 왜냐하면 데모크리토스가 키케로의 입을 빌려 말한 바는 사실이기 때문이다.

〔 346 〕

아무도 제 발밑은 안 보고 하늘만 바라본다.

키케로

^A 그러나 우리의 타고난 성향은 우리가 손에 쥐고 있는 것에
대한 지식을 별들에 대한 지식만큼이나 우리와 동떨어진 구름 위
로 올려놓는다. ^C 플라톤의 저서에서 소크라테스가 말한 것처럼,
누구건 철학을 합네 하는 자에게는 저 여자아이가 탈레스에게 했
듯이 제 앞에 있는 것은 보지 못한다고 비난할 수 있다. 왜냐하면
철학자는 하나같이 자기 이웃이 하는 일은 고사하고 자기가 하는
일도 모르며, 둘 다 무엇인지, 짐승인지 사람인지 모르기 때문이다.
^A 스봉의 논리가 너무 취약하다고 보는 자들, 모르는 것이 하
나도 없고, 우주를 지배하며, 뭐든지 다 아는 저들,

> 무엇이 바다를 지배하며, 무엇이 한 해(年)를 관장하는지,
> 별들은 스스로 움직이는지, 아니면 다른 힘이 끌고 가는지,
> 달의 원반은 왜 차고 또 기우는지,
> 이 같은 부조화의 조화는 무엇을 향한 것인지,
>
> 호라티우스

다 아는 저들도 자기들 책에서 때때로 자기 자신을 아는 데 겪는
어려움을 피력하지 않았는가?

손가락이 움직이고, 발이 움직이며, 어떤 부분은 우리의 허
락 없이도 저절로 움직이는 것을 우리는 익히 본다. 또 다른 것들
은 우리가 명령해서 움직이게 한다. 어떤 생각엔 얼굴이 붉어지
고, 어떤 생각엔 창백해진다. 어떤 상상은 오직 비장에서만 작용

〔 347 〕

하고, 또 어떤 상상은 뇌에 작용한다. 어떤 생각은 우리를 웃게 하고 어떤 생각은 울게 한다. 어떤 생각은 우리의 온 감각을 놀라 얼어붙게 만들어 사지를 옴짝달싹할 수 없게 만든다. C 어떤 것에는 위가 메슥거리고, 다른 어떤 것에는 더 아래 부분이 들고 일어난다. A 그러나 정신적인 인상이 신체라는 단단한 덩어리 속으로 어떻게 파고들어 가는지, 이 놀라운 장치들의 관계와 결합의 본질이 무엇인지는 결코 아무도 알지 못했다. C "이 모든 것은 인간의 이성이 파헤칠 수 없게 자연의 장엄성 속에 감춰져 있다."라고 플리니우스는 말하며, 성 아우구스티누스는 "육체와 영혼의 결합은 전적인 경이요, 인간의 지성을 초월한다. 그리고 이 결합이 바로 인간 자체"라고 말한다. A 그리고 사람들은 그 결합을 의심하지 않는다. 인간의 견해란 옛사람들의 믿음을 이어받아, 마치 그것이 종교요 법인 것처럼 권위와 신용을 통해 전수되기 때문이다.

사람들은 모두가 믿는 것은 당연지사로 받아들인다. 이 진리를 그것의 모든 기초와 거기 달려 있는 모든 논거며 증거들과 함께, 더 이상 흔들 수 없고 더 이상 왈가왈부할 수 없는 견고한 물체처럼 받아들인다. 왈가왈부는커녕 저마다 그렇게 받아들인 신념에 회를 덧바르려고, 그것을 더욱 강화하려고 자기가 가진 이성의 힘을 총동원해서 다툰다. 그런데 이성이란 마음대로 휠 수 있고, 무슨 모양이든 만들어 낼 수 있는 아주 말랑말랑한 도구인 것이다. 그리하여 세상은 잡담과 거짓으로 채워지고 그것에 푹 절여진다.

사람들이 사물에 대해 거의 의문을 품지 않는 것은 일반적인 견해들을 결코 시험[223]해 보지 않기 때문이다. 사람들은 오류와

223
essayer. 이 책의 제목 '에세(les Essais)'가 뜻하는 바가 이 문장에 오롯이 들어

약점이 깔려 있을 뿌리 쪽은 전혀 파헤쳐 보지 않고, 가지들만 가지고 논쟁을 벌인다. 그것이 참인가는 묻지 않고, 그것이 어떻게 이해되었는지만 따진다. 갈레노스가 귀담아들을 만한 무슨 말을 했는가가 아니라, 이렇게 말했는지 저렇게 말했는지만 따진다. 이러니 우리 판단의 자유에 대한 굴레와 속박, 우리가 지닌 신념들의 전제(專制)적 지배가 철학 학파들과 기예(技藝)에까지 미치게 되었던 것은 참으로 당연하다.

스콜라 학파의 신은 아리스토텔레스이다. 그의 칙령에 대해 왈가왈부하는 것은 스파르타에서 뤼쿠르고스의 명령에 토를 다는 것과 마찬가지로 중대한 과실이다. 그의 학설은 우리에게는 철칙이지만 아마도 다른 이의 학설만큼 그릇된 것이다. 왜 플라톤의 관념이나 에피쿠로스의 원자, 또는 레우키포스와 데모크리토스의 공(空)과 만(滿), 탈레스의 물, 혹은 아낙시만드로스의 자연의 무한성, 디오게네스의 공기, 퓌타고라스의 수와 균형, 파르메니데스의 무한, 무사이우스의 일자(一者), 아폴로도로스의 물과 불, 아낙사고라스의 유사 부분들, 엠페도클레스의 불화와 우정, 헤라클레이토스의 불, 또는 전혀 다른 견해, 그리도 훌륭한 인간의 이성이 제가 참견하는 모든 것에서 확신과 통찰력을 가지고 만들어 내는 무한 잡탕의 견해와 판단들 중 한 견해를, 사물의 원리, 질료, 형상, 결여라는 세 요소를 기점으로 구축한 원리들에 관한 아리스토텔레스의 견해[224]만큼 기꺼이 수긍하지 못할 이유를 나는 알 수

있다.
224
천계에서 생물계, 인간 사회에 이르는 모든 현상을 질료, 형상, 결핍으로 설명하는 이론.

12장 레몽 스봉을 위한 변호

없다. 게다가 없음 자체를 사물들의 발생 원인으로 삼는 것처럼 허황된 일이 있는가? 결여는 부정이다. 어떤 성정(性情)에서 아리스토텔레스는 그것을 존재하는 사물들의 원인이요 근원으로 삼을 수 있었을까? 하지만 논리의 훈련을 위해서가 아니고서는 누구도 그것을 흔들지 못할 것이다. 사람들은 그것을 의문에 부쳐 보기 위해서가 아니라 다른 학파들의 반박으로부터 이 학파의 창시자를 방어하기 위해서만 토론할 뿐이다. 그의 권위가 목적이요, 그 목적을 넘어서 탐구하는 것은 허용되지 않는다.

공인된 토대 위에 자기가 원하는 것을 짓는 것은 아주 쉽다. 기초로 주어진 원칙과 규정에 따라 나머지 부분들을 축조하는 것은 모순 없이 쉽게 이루어지기 때문이다. 이런 방식으로 우리는 우리 논리가 탄탄하다고 여기고, 아주 편하게 사설을 늘어놓는다. 왜냐하면 자기들의 공리(公理)로 미리 신임을 얻어 두는 기하학자들식으로, 우리 스승들도 자기들이 원하는 바대로 결론을 내리는 데 필요한 우리 신뢰를 선점해 잡아 두고 있기 때문이다. 그들에게 바치는 우리의 찬성과 동의가 우리를 왼쪽 오른쪽으로 끌며 그들 마음대로 공중제비를 돌게 할 수단을 준다. 우리가 누군가의 전제를 믿으면 그는 우리의 스승이요 신이다. 그는 널찍하고도 용이한 발판을 얻을 것이요, 그것에 힘입어 마음만 먹으면 우리를 구름 위에라도 올라가게 할 것이다.

학문의 이런 실행과 흥정에서 "각각의 전문가는 자기 기술 (art)에서 신뢰를 얻어야 한다."라는 퓌타고라스의 말을 우리는 현찰처럼 받아들였다.

변증론자는 단어의 의미를 문법학자에게 믿고 맡긴다. 수사학자는 변증론자에게서 논증거리를 빌려 온다. 시인은 음악가에

에세 2

게서 박자를, 기하학자는 대수학자에게서 비례를 빌리고, 형이상 학자는 물리학의 가설들을 밑천으로 삼는다. 학문들은 제각기 미리 전제해 둔 원칙을 갖고 있기 때문이다. 그로 인해 인간의 판단은 사방에서 제약을 받는다. 만일 그대가 근본적인 오류를 야기한 그 장벽에 부딪히기라도 하면, 그들은 당장 이 금언을 입에 올린다. "원칙을 부정하는 자와는 토론해선 안 된다."

그런데 신이 계시해 주지 않았다면 인간에게 원칙이 있을 수 없다. 그 나머지 것들에서는 시작도, 중간도, 끝도, 꿈과 연기에 지나지 않는다. 전제된 공리들을 가지고 공격하는 자들에겐 바로 그 공리들을 가지고 맞서야 한다. 왜냐하면 인간이 제시하는 모든 전제 공리, 모든 명제는 이성이 그것들을 구별해 주지 않는 한 모두 똑같은 권위를 갖기 때문이다. 그러므로 그것들 모두를 저울질해 봐야 한다. 우선 보편적인 것들, 그리고 우리를 억압하는 것들을. ^C 확실하다고 강조하는 것은 광증이나 극도의 불안을 드러내는 지표이다. 그리고 플라톤이 말한 필로독스[225]보다 더 어리석고 철학자답지 못한 사람은 없다.

^A 우리는 불이 뜨거운지, 눈이 흰지, 우리 지식에 굳은 것 또는 물렁한 것은 없는지 알아야 한다. 그런데 열을 의심하는 자에게는 불속으로 뛰어들라고 하고, 얼음이 차다는 것을 부정하는 자에게는 얼음을 품에 넣어 보라고 하는, 고대인들의 책에 쓰여 있는 대꾸들로 말하자면 전혀 철학적인 공언답지 않다. 만일 그들이 우리를 자연 상태에서, 주어진 외부의 사물들을 우리 감각을 통해

225

플라톤은 『국가』에서, 근거도 따져 보지 않고 여러 견해를 추종하며 그것들로 머리가 꽉 찬 사람들을 '필로독스(philodoxes)'라고 부른다.

12장 레몽 스봉을 위한 변호

받아들이게 내버려 두었다면, 우리가 태어날 때 받은 조건만으로 조절되는 단순한 욕망을 따르도록 내버려 두었다면 그렇게 말할 수도 있었을 것이다. 하지만 우리를 세상의 판관이 되게 가르친 것이 바로 그들이다. 인간의 이성이 천궁의 외부와 내부에 있는 모든 것의 총감독이고, 모든 것을 포괄하고, 뭐든 할 수 있고, 그것에 의해 모든 것이 알려지고 인식된다는 환상은 바로 그들에게서 물려받은 것이다.

그런 대꾸는 아리스토텔레스의 가르침도 모르고 자연학이라는 이름도 아는 바 없이, 고요하고 평화롭게 장수의 복을 누리며 사는 식인종들 사이에서는 괜찮은 대꾸일 것이다. 그 대꾸는 아마도 철학자들이 자기네 이성과 사고에서 빌려 온 다른 어떤 대답보다 더 가치 있고 견고할 수도 있다. 우리뿐 아니라 모든 짐승, 그리고 아직도 순수하고 단순하게 자연법을 따르는 모든 존재가 그 답을 받아들일 수 있을 것이다. 하지만 저들은 자연법을 버렸다.

저들은 내게 "그것은 사실이다, 그대가 그렇게 보고 느끼니까."라고는 절대 말할 수 없다. 저들은 내가 그렇게 느낀다고 생각하는 것, 그것을 내가 정말 느끼는 것인지 아닌지를 말해야 하고, 내가 그렇게 느낀다면 그다음에는 왜, 어째서, 무엇을 느끼는지를 말해야 하며, 그것의 열, 냉기의 이름, 원인, 진행과 결과를 말하고, 작용하는 것과 영향받는 것의 성질을 말해야 한다. 아니면 그들 자신의 신조를 버려야 하니, 그 신조란 이성의 길을 통하지 않고서는 아무것도 받아들이거나 시인하지 않는 것이다. 그것이 그들이 행하는 온갖 실험의 시금석이니까. 그러나 분명 그것은 거짓과 오류, 약점과 불완전함투성이인 시금석이다.

이성 자체가 아니면 무엇으로 이성을 더 잘 시험해 볼 수 있겠는가? 이성이 저 자신에 대해 하는 말을 믿을 수 없다면 이성은 다른 사물들을 판단하는 데 적절치 않을 것이다. 이성이 뭔가 아는 게 있다면 최소한 그것은 저 자신의 존재와 자리일 것이다. 이성은 영혼에 존재한다. 그것은 영혼의 부분이거나 작용이다. 진정한 이성, 본질적인 이성은, 우리가 그 이름을 도용해서 잘못 쓰고 있는데, 하느님의 품속에 깃들어 있기 때문이다. 그곳이 바로 이성의 집이요 은신처이다. 마치 팔라스[226]가 세상에 자기를 알려 주려고 자기 아버지의 머리에서 튀어 나오듯, 하느님이 우리로 하여금 얼마간 그 광명을 보여 주시고자 할 때, 이성은 바로 거기, 하느님의 품으로부터 나온다.

그런데 인간 이성이 저 자신과 영혼에 대해 우리에게 알려 준 바를 보자. [C] 일반적인 영혼, 거의 모든 철학이 천체와 그것에 속하는 원초적인 물체들을 귀속시키는 그 보편적 영혼 말고, 탈레스가 자석에 대해 깊이 고찰한 결과 우리가 생명이 없다고 여기는 사물들에까지 부여했던 그런 영혼 말고, 우리에게 속한 것이기에 우리가 더 잘 알아야 하는 영혼에 대해 철학은 뭐라고 말하는가?

> [B] 우리는 영혼의 성질을 모르나니,
>
> 영혼은 몸과 함께 생겨났는가,
>
> 아니면 탄생하는 순간 육체 속으로 들어왔는가?
>
> 죽음으로 파괴되어 우리와 함께 소멸하는가,
>
> 아니면 오르쿠스[227]의 명부로 가 그 광막한 심연을 보게

226
지혜의 신.
227

12장 레몽 스봉을 위한 변호

되는가?

아니면 신의 명령에 따라

다른 동물의 몸속으로 스며드는가?

루크레티우스

A 이성은 크라테스와 디카이라르코스에겐, 영혼이라는 것은
전혀 없고 몸이 움직이는 것은 자연적인 운동에 의한 것이라고 가
르쳤다. 플라톤에게는 저 스스로 움직이는 실체라고 가르쳤다. 탈
레스에게는 쉼 없는 자연, 아스클레피아데스에겐 감각의 훈련, 헤
시오도스와 아낙시만드로스에겐 흙과 물, 파르메니데스에겐 흙과
불, 엠페도클레스에겐 피로 이루어진 것이라고 가르쳤다.

그는 피로 된 자신의 영혼을 토해 낸다.

베르길리우스

포시도니우스, 클레안테스, 갈레노스에게는 열 또는 열이 나
는 성질이라고 가르쳤다.

영혼은 불의 기운을 가졌고 그 근원은 하늘에 있다.

베르길리우스

히포크라테스에게는 온몸에 퍼져 있는 정신, 바로에게는 입
으로 들어와 폐에서 데워지고 심장에서 서서히 가열된 다음 온몸

명부의 신. 플로토의 다른 이름이다.

〔 354 〕

에세 2

에 퍼지는 공기라고 가르쳐 주었으며, 제논에게는 네 원소의 정수, 헤라클리데스 폰티쿠스에게는 빛이라고 알려 주었고, 크세노크라테스와 이집트인들에게는 움직이는 숫자라고, 칼데아인들에게는 형태가 정해지지 않은 힘이라고 가르쳤다.

> ^B 그리스인들이 조화라고 부른,
> 생체의 어떤 존재 방식이다.
> 루크레티우스

^A 아리스토텔레스를 잊지 말자. 그에게 영혼은 자연스럽게 몸을 움직이게 하는 것, '엔텔레케이아'[228]라고 명명한다. 다른 누구보다 메마른 발상이다. 영혼의 본질도 근원도 본성도 말하지 않고 단지 그 기능만 언급하고 있으니 말이다. 락탄티우스, 세네카 등 독단론자들 중에서 가장 나은 자들은 자기들은 알 수 없는 것이라고 고백했다. ^C 이처럼 헤아릴 수 없는 견해들을 열거한 뒤에 "이 모든 견해 중에서 무엇이 참인지는 신이 판결해 줄 것"이라고 키케로는 말한다. ^A 베르나르 성인은 말했다. "나는 하느님이 얼마나 이해할 수 없는 분인지 나를 봐서 안다. 나 자신의 부분도 나는 이해할 수 없기 때문이다." ^C 헤라클레이토스는 모든 존재가 영혼과 다이몬으로 가득 차 있다고 생각했지만, 영혼의 본질은 너무도 깊어서 사람이 아무리 탐구한들 영혼에 대한 지식을 얻을 수 있을 만큼 나아갈 수는 없다고 주장했다.

228
아리스토텔레스 철학의 중요 개념으로 존재의 생성 운동에서 가능태로서의 질료에 내재된 힘으로 그 목적인 형상의 실현 가능성을 말한다.

〔 355 〕

^A 영혼이 어디에 있는가에 대한 논쟁과 의견도 이보다 덜 분분하지 않다. 히포크라테스와 히에로필루스는 영혼이 뇌실에 있다고 하고, 데모크리토스와 아리스토텔레스는 온몸에 깃들어 있다고 한다.

> ^B 흔히 '몸이 건강을 지녔다'고 말할 때,
> 건강이 그 사람의 일부분이라는 뜻은 아닌 것처럼.
>
> 루크레티우스

^A 에피쿠로스는 영혼을 위(胃)에 둔다.

> ^B 두려움과 공포의 전율을 느끼는 게 바로 그곳이고,
> 즐거움의 애무를 받는 곳이 바로 그곳이기에.
>
> 루크레티우스

^A 스토아 학파들은 영혼을 심장 안쪽과 그 주변에 둔다. 에라시스트라토스는 두개골의 막에 첨부한다. 엠페도클레스는 피에 두며, 모세 역시 그래서 짐승들의 영혼이 합쳐져 있는 피를 먹지 말라고 한다. 갈레노스는 신체의 각 부분이 따로 영혼을 갖고 있다고 생각했다. 스트라톤은 영혼을 두 눈썹 사이에 두었다. ^C "영혼의 형태와 그것이 깃들어 있는 자리에 대해서는 알 생각도 하지 말아야 한다."라고 키케로는 말한다. 나는 기꺼이 그의 말을 고대로 옮긴다. 왜 내가 그의 유창한 명문을 상하게 하랴? 더구나 그의 생각의 내용을 훔쳐 와 봤자 얻는 것도 없는 판에. 그의 견해는 별로 많지도 않거니와 힘찬 것도 아니고 알려지지 않은 것도 거의

[356]

없다. ^A 하지만 크리시푸스가 자기 학파의 다른 철학자들처럼 영혼이 심장 부분에 있다고 주장한 까닭은 잊어버리고 말 게 아니다. 그는 설명한다. 우리가 무엇을 확인하려 할 때는 손을 가슴에 얹으며, '나'를 뜻하는 'ἐγώ'를 발음하고 싶을 땐 가슴 쪽으로 아래턱을 당기기 때문이라고. 이 대목에서 그처럼 위대한 인물의 허황됨을 지적하지 않고 지나칠 수는 없다. 그가 든 이유 자체가 몹시 피상적일 뿐 아니라 마지막에 든 이유로는 그리스인들에게나 영혼이 심장에 있다는 것을 증명할 수 있기 때문이다. 인간의 판단력은 제아무리 명석해도 가끔씩은 졸게 마련이다.

^C 우리가 무슨 말을 저어하여 삼가는가? 인간 지혜의 아버지인 스토아주의자들을 보라. 그들은 인간의 영혼이, 무너진 토사에 짓눌린 듯 오랫동안 지지부진 애를 써 보지만, 마치 덫에 걸린 생쥐처럼 스스로 자기 짐을 벗어 던지지 못하는 것으로 본다.

어떤 이들은 최초의 창조는 비물질적이었는데, 과오로 말미암아 애초의 순수성을 잃어버린 영들에게 벌로 육체를 부여하기 위해 이 세상이 만들어진 것이라고, 그 영들이 자기의 영성(靈性)으로부터 멀어진 정도에 따라 더 가볍거나 더 무겁게 육화한 것이라고 생각한다. 창조된 물질의 엄청난 다양성은 거기서 연유한다는 것이다. 그런데 벌로 태양을 몸으로 받은 영은 그중에서도 매우 특이하고 희귀한 변질을 겪은 것 같다는 것이다.

우리의 탐구는 모두 종국에는 실명 상태에 빠진다. 플루타르코스가 일화들의 발단에 대해 말하면서, 지도에서 보면 우리가 아는 땅들의 경계가 늪, 깊은 숲, 사막, 그리고 사람이 살 수 없는 지역들로 에워싸여 있는 것과 같다고 했듯이. 바로 그래서 가장 지고한 것들을 가장 깊이 탐구하는 자들에게서 가장 속되고 유치한

〔 357 〕

망상이 더 많이 나타난다. 호기심과 억측이라는 구렁에 빠져 버리기 때문이다. 학문의 처음과 마지막은 동일한 어리석음 위에 서 있다.

플라톤이 그의 시적인 구름 위로 비상하는 꼴을 보라. 그의 책에 나오는 신들의 헛소리를 보라. 그런데 ^A 인간을 두 발 달린 털 없는 짐승으로 정의할 때 ^C 그는 도대체 무슨 생각을 한 것일까? 그는 자기를 조롱하고 싶어 하는 자들에게 재미난 기회를 준 셈이니, 그들은 거세된 수탉을 산 채로 털을 뽑아 '플라톤의 인간'이라고 불러 가며 몰고 다녔던 것이다.

에피쿠로스파들은 어땠는가? 얼마나 단순했으면, 그들의 원자, 얼마간의 무게를 가지고 있어 자연스럽게 아래로 움직인다는 그 원자들이 세상을 지었다고 상상해서, 급기야 그 원자들이 그들의 설명대로 모두 평행선을 그리며 수직으로 곧게 떨어진다면 서로 섞이거나 하나가 다른 하나를 취할 수 없다는 지적을 적수들에게 받기에 이른단 말인가. 그래서 그들은 원자들이 서로 들러붙고 얽힐 수 있게 원자들에게 우연한 사선 운동과 구부러진 갈고리 모양의 꼬리까지 부여하지 않을 수 없었다.

그런들 그들을 논박하는 자들이 이런 다른 의견으로 또 다시 괴롭히지 않을까? 만일 원자들이 우연히 그토록 다양한 형상을 만들어 냈다면, 왜 그것들이 집이나 신발을 만드는 것은 결코 볼 수가 없을까? 마찬가지로 왜 한데 왕창 쏟아부은 그리스 글자들이 『일리아드』를 만들어 낼 것이라고는 생각하지 못하나? 제논은 말한다. "사리를 아는 것이 사리를 모르는 것보다 낫다. 우주보다 나은 것은 아무것도 없다. 그러므로 우주는 사리를 안다." 바로 이런 논법으로 코타는 우주를 수학자로 만들고, "전체는 부분보다 크다. 우리는 지혜를 가질 수 있는 존재이면서 또한 우주의 일부분이다. 그러므로 우주는 지혜롭다."라는 제논의 또 다른 논법으로 우주를 음악가요 오르간 연주자로 만든다.

^A 사상과 학파의 견해가 엇갈리고 학파들이 대립하는 가운데 철학자들이 서로 주고받는 비난에는 논리적으로 틀렸을 뿐 아니라 어리석기까지 하고, 전혀 일관성이 없으며, 저자의 무지보다는 경솔을 드러내는 이런 논법의 예가 한도 끝도 없다. ^C '인간 지혜'의 얼빠진 말들을 누가 솜씨 있게 모아 묶어 내놓는다면 정말 놀랍고도 굉장할 것이다.

나는 기꺼이 그것들을, 어떤 점에서는 건전하고 절도 있는 견해들 못지않게, 고찰하기 좋은 예시로 모아 놓는다. ^A 그것을 통해 인간에 대해, 인간의 지각과 이성에 대해 어떻게 평가해야 할지 생각해 보자. 인간의 자부심을 그토록 드높여 준 이 위대한 인물들에게서 그렇게 확연하고 그렇게 천박한 결함이 드러나니 말이다. 나로서는 그들이 학문을 마치 아무나 가지고 놀 수 있는 장난감처럼 되는대로 다루고, 이성을 허황되고 시시한 도구처럼 가지고 놀면서, 어떤 때는 좀 진지하게, 어떤 때는 좀 느슨하게 온갖 공상과 망상을 내놓았던 것이라고 생각하고 싶다. 인간을 닭으로 정의했던 그 플라톤도 다른 데서는 소크라테스를 따라 진실을 말하자면 인간이 무엇인지 모른다면서, 인간이란 가장 이해하기 힘든 우주의 일부분이라고 했다. 이 다양하고 불안정한 견해로 그들은 우리를 마치 손으로 잡아끌듯, 암암리에 그들이 전혀 결론을 내리지 못했다는 결론으로 이끌어 간다. 언제나 자기 견해를 맨얼굴로 분명하게 제시하지 않는 것이 그들의 습성이다. 그들은 자기 생각을 때로는 시(詩)의 가공적인 그림자 아래, 때로는 또 다른 어떤 가면 아

〔 359 〕

래 숨긴다. 우리가 아직도 불완전하기 때문에 날고기는 여전히 우리 위장에 적합하지 않기 때문이다. 고기를 말리고, 삭히고, 썩혀야 한다. 철학자들이 바로 그렇게 한다. [A] 대중이 사용하기 편하도록 그들은 때로는 본디 가진 견해와 판단을 모호하게 만들고 [C] 변조한다. 어린애들을 겁주지 않기 위해 [A] 그들은 인간 이성의 무지와 우매성을 터놓고 보여 주려 하지 않지만, 혼란스럽고 오락가락하는 학문의 모습으로 우리에게 충분히 그것을 털어놓는다.

[B] 이탈리아에 있을 때 나는 이탈리아어를 어려워하는 어떤 이에게 충고했다. 별나게 잘 말하는 게 아니라 단지 자기 뜻을 전달하기만을 바랄 뿐이라면, 라틴어건, 프랑스어건 스페인어 또는 가스코뉴어건, 입에서 처음 나오는 말에 이탈리아어 어미만 붙여 보라고. 그러면 언제나 토스카나어나 혹은 로마어 혹은 베네치아어, 혹은 피에몬테어, 나폴리어 등 이 나라 방언과 연결되어, 그 많은 어형(語形) 중 어느 하나에 들어맞을 것이라고 말이다.

철학에 대해서도 나는 같은 말을 한다. 철학은 하도 많은 얼굴과 다양성을 지녔고, 해 놓은 말도 많아서 우리의 온갖 망상과 몽상이 죄다 들어 있다. 인간의 상상력은 좋은 것이건 나쁜 것이건 철학에 없는 것을 생각해 낼 수 없다. [C] "어떤 철학자의 책에서도 발견할 수 없을 정도로 말이 안 되는 말을 할 수는 없다."(키케로) [B] 그래서 나는 더욱 허심탄회하게 그때그때 떠오른 생각을 사람들에게 내놓는다. 그 생각들이 다른 주인 없이 내 안에서 생겨났을지라도 필시 어느 고대인의 견해와 연결될 수 있을 것이며 "바로 거기서 따왔군!"이라고 말할 사람이 반드시 있으리라는 것을 내가 아니까.

[C] 내 생활 습관은 천성적인 것들이다. 나는 그 습관들을 만들

기 위해 그 어떤 철학파의 도움도 요청한 바 없다. 하지만 아무리 보잘것없는 것일지언정 그것들을 열거하고 싶어지거나 좀 점잖게 여러 사람 앞에 내보여야 할 때면 내 생각과 예로 보충 설명을 하지 않을 수 없었는데, 그것들이 우연히도 얼마나 많은 철학적인 예와 성찰에 들어맞던지 나 자신에게도 놀라웠다. 내 삶이 어느 파에 속하는지, 겪어 보고 살아 본 후에야 알게 된 것이다. 새로운 종류의 철학자이다. 철학자가 되려니 생각지도 않았던 우연한 철학자라니!

A 우리의 영혼 문제로 돌아와서, 플라톤이 이성은 뇌에, 분노는 가슴에, 욕심은 간에 두었던 것은 한 육체를 여러 지체로 구분하듯이 영혼을 나누고 분리하려 했다기보다 영혼의 움직임에 대한 해석이었던 것 같다. 그리고 철학자들의 견해 중에서 가장 그럴싸해 보이는 것은 언제나 하나의 영혼이, 제 기능으로는 추론하고 기억하고 이해하고 판단하고 욕망하고, 그 외의 다른 작업들은 신체의 다양한 기관들을 통해 (마치 뱃사공이 자기 경험에 따라 배를 통제하며, 때로는 닻줄을 당기거나 풀어 주고, 때로는 돛을 올리거나 노를 저어 오직 그의 힘으로 갖가지 결과를 이끌어 내듯이) 행사한다는 견해, 그리고 그 영혼이 뇌에 깃들어 있다는 견해이다. 그 부분에 부상을 당하거나 사고가 생기면 즉시 영혼의 기능이 손상을 입는 것을 보면 확실하다. 거기서 영혼이 신체의 다른 부분으로 흘러간다고 해도 이상할 것은 없다.

C 태양은 하늘 한복판 제 길에서 벗어나는 법이 없다.
그렇지만 그의 광선으로 만물을 비춘다.
클라우디아누스

12장 레몽 스봉을 위한 변호

^A 태양이 하늘에서 밖으로 그 광명과 능력을 두루 흘려보내어 세상을 가득 채우듯이,

영혼의 나머지는 온몸에 퍼져서,
정신의 명령에 복종하며 그 움직임을 따른다.

루크레티우스

어떤 자들은 하나의 거대한 실체로서 보편 영혼이 있어서, 각각의 개별 영혼들이 모두 그것에서 분리되었다가 거기로 돌아가 언제나 그 보편적인 질료와 하나가 된다고 했다.

대지와 대양, 심원한 하늘,
신이 어디나 가득 채우고 있으니,
크고 작은 짐승과 인간, 들짐승들까지,
결국 모든 존재는 그에게서 정묘한 생명의 요소들을 빌려서 태어난다.
그러다 일단 해체되면 그 모든 요소들은 돌아가 그에게 귀의하니,
죽음을 위한 자리란 없다.

베르길리우스

어떤 자들은 영혼이 거기에 합류했다 떨어져 나왔다 할 뿐이라 하고, 어떤 자들은 영혼이 신성한 본질로 만들어졌다고 하며, 또 다른 자들은 천사들이 불과 공기로 영혼을 만들었다고 한다. 어떤 자들은 영혼이 아주 오래전부터 존재했다고 하고, 또 어

〔 362 〕

떤 자들은 필요할 때 만들어진 것이라 한다. 어떤 자들은 영혼이 달의 원반에서 내려왔다가 거기로 되돌아간다고 말한다. 고대 저자들 대다수는 자식들이 아버지를 닮는 것을 보아 영혼도 다른 모든 자연적인 산물들과 동일한 생산 방식으로 아버지에 의해 아들에게서 발생한다고 말한다.

> 네 아버지의 덕성이 생명과 함께 네게 전달되었다.
> 용감한 자식은 용감하고 충직한 아비에게서 태어난다.
> 호라티우스

또 신체적인 특징뿐 아니라 기질, 성격, 성향의 유사성까지 아비에게서 자식들에게로 흘러들어 가는 것을 볼 수 있으니,

> 어째서 사자 종족은 사나운 기질을 대물림하는가?
> 어째서 여우들은 꾀를 물려받으며,
> 사슴들은 어떤 연유로 겁이 많고 도망치는 본능을 이어받아
> 사지가 민첩해지는가?
> 영혼이 제 고유의 씨앗을 가지고 있어
> 신체와 동시에 성장하는 것이 아니라면.
> 루크레티우스

그래서 아비의 잘못을 자식에게 벌하는 신의 정의가 성립하는 것이라 한다. 아비의 악덕이 전염되어 종종 자식의 영혼에 새겨지고, 아비의 무절제한 욕망이 자식에게 영향을 미치기 때문이다. 나아가 그들은 만일 영혼이 자연적인 연계가 아닌 다른 데서

〔 363 〕

온 것이고, 신체 밖에 별도로 존재했던 어떤 것이었다면, 생각하고 추론하고 기억하는 영혼 본디의 기능을 고려할 때, 영혼은 그것의 전생에 대한 기억을 갖고 있어야 할 것이라고 말한다.

> B 출생할 때 영혼이 몸 안으로 스며드는 것이라면
> 왜 우리는 그 이전을 기억하지 못하는가?
> 왜 우리는 이전 행동들의 어떤 흔적도 갖고 있지 않은가?
>
> 루크레티우스

A 우리가 바라듯이 우리 영혼의 조건[229]을 돋보이게 하려면 단순하고 순수한 천연 상태에서도 이미 영혼들은 모두 박식하다고 전제해야 하니 말이다. 그렇다면 영혼은 육체 안으로 들어오기 전, 육신이라는 감옥에서 벗어난 상태에서도 박식했을 것이다. 육체에서 나간 뒤에 그렇기를 우리가 바라는 것처럼 말이다. 그렇다면 영혼은 육체에 들어와서도 그 지식을 기억하고 있어야 할 것이다. 플라톤이 우리가 배우는 것은 우리가 이미 알았던 것을 기억하는 것에 불과하다고 했던 것처럼. 그러나 우리 각자는 그것이 틀린 말임을 경험으로 입증할 수 있다.

우선 우리는 오로지 사람들이 가르쳐 준 것만을 기억한다. 만일 기억이 순수하게 기능한다면 우리가 배운 것 이외의 무엇인가를 조금이라도 암시해 줄 텐데 말이다. 둘째로, 순수 상태에 있을 때 기억이 알았던 것, 그것은 기억 자체의 신성한 지성에 의해 사물들을 있는 그대로 파악하는 진정한 지식이었는데, 여기서는 기

229
condition. 인간의 조건 condition humaine처럼 근본적 상황, 상태를 의미한다.

〔 364 〕

억에게 담아 두라고 가르친다는 게 거짓과 악덕뿐 아닌가! 그러니 영혼은 저 본래적 기억을 상기할 수 없다. 그 영상과 개념이 기억 안에 전혀 머무른 바 없기 때문이다.

영혼 본디의 기능들이 다 소멸될 정도로 육체라는 감옥이 영혼을 질식시킨다고 한다면 그 말은 우선, 인간이 이 생에서 체험하는 영혼의 힘이 너무나 위대하고 그 작용이 너무나 감탄스럽다고 보고, 그러니 영혼은 과거에도 거룩하고 영원했으며 앞으로도 영생불멸하리라고 결론짓는 또 다른 믿음에 위배된다.

> [B] 영혼의 기능이 너무도 심하게 변질되어
> 과거의 어떤 추억도 남아 있지 않다면,
> 이 망각은 내 보기에 죽음과 별로 다르지 않다.
> 루크레티우스

[A] 게다가 영혼의 힘과 효력이 고찰되어야 할 곳은 다른 곳이 아니라 바로 여기, 우리에게서이다. 여기서 발휘되지 않는 다른 모든 장점은 모두 헛되고 쓸모없다. 영혼의 불멸성은 그것의 현 상태에서 인정되고 주어져야 하며, 오직 인간의 삶에서만 현금 가치를 지닌다. 영혼에게서 수단과 힘을 박탈해 무장 해제시켜 놓고서, 포로가 되어 감금되었던 나약하고 병들었던 시간, 어쩔 수 없이 강제되어 속박받았을 시간에서 무한 영원히 지속되는 시간의 심판과 판결을 끌어내는 것, 아마도 한두 시간, 기껏해야 한 세기밖에 안 되고 무한에 비하면 한 순간밖에 되지 않는 너무도 짧은 시간만 집중해서 고려하는 것, 이 사잇순간을 가지고 영혼의 온 존재를 결정적으로 규정하고 확증하는 것은 부당한 일일 것이다.

〔 365 〕

12장 레몽 스봉을 위한 변호

이리도 짧은 삶의 결과로 영원한 보상을 치르게 하는 것은 편파적이고 불균형한 일일 것이다.

^C 플라톤은 이런 곤란에서 벗어나기 위해, 사후 보상 기간을 인간 수명에 상응해서 100년으로 한정하려 한다. 우리 시대 상당수의 사상가들도 그것에 시간적 한계를 부여했다.

^A 그리하여 가장 널리 받아들여졌던 에피쿠로스와 데모크리토스의 견해를 통해, 철학자들은 영혼의 발생뿐 아니라 영혼의 존속 또한 인간적인 사실들의 보편적인 조건을 따른다고 생각하게 되었다. 그 견해는 육체가 영혼을 받아들일 수 있게 된 그 순간에 영혼이 태어나고, 육체의 힘이 자람과 동시에 영혼의 힘도 고양되는 것을 볼 수 있다는 명백한 사실에 의거한 것이었다. 그들은 영혼이 유년기엔 나약하다 시간과 함께 원기 왕성해져 성숙에 이르며 그런 다음엔 쇠퇴하여 노년에 이르고 결국 쇠하는 것을 인정했던 것이다.

> 우리는 영혼이 육체와 함께 출생하며
> 육체와 함께 자라고 늙음을 느낀다.
> 루크레티우스

그들은 간파하게 되었으니, 영혼이 다양한 정념을 겪을 수 있고, 여러가지 괴로운 심정에 시달리며, 그래서 피로와 고통에 빠지고, 변질과 변화, 희열, 무기력과 우울을 겪을 수 있고, 위장이나 발처럼 병들거나 다칠 수 있고,

^B 우리는 정신이 병든 몸처럼 ^A 치유되며

〔 366 〕

약으로 치료할 수 있음을 본다.

루크레티우스

술기운에 몽롱해지고 착란을 일으키며, 열병으로 인해 열기가 오르면 제자리에서 이탈하고, 어떤 약을 쓰면 잠들고, 어떤 약을 쓰면 깨어난다는 것을 알게 되었다.

> B 육체적인 충격을 느끼고 그 때문에 고통받는 것을 보면,
> 영혼은 물질일 수밖에 없다.
>
> 루크레티우스

A 병든 개에게 한 번만 물려도 영혼의 모든 기능이 놀라 뒤집히는 것을, 아무리 굳센 이성도, 어떤 능력, 어떤 덕성, 어떤 철학적 결심도, 아무리 있는 힘을 다해 긴장해도 영혼이 그런 사고를 면하게 해 줄 수 없다는 것을, 소크라테스의 손에 떨어진 비루먹은 미친 개의 침이 그의 모든 지혜, 그의 그 위대하고 정돈된 사상들을 뒤흔들어 그가 원래 지녔던 지식의 흔적도 남지 않을 지경으로 파괴해 버리는 것을, 그들은 보았다.

> B 그 독의 작용으로
> 영혼은 뒤집히고,
> 갈가리 찢어져…… 산산이 해체된다.
>
> 루크레티우스

A 또한 그 독이 그의 영혼에서 네 살배기 어린애의 영혼에서

〔 367 〕

보다 더한 저항을 받지 않음을 보니, 만일 철학이 육체를 가졌다면 그 독이 모든 철학을 미치고 돌게 만들 수 있음을 깨달았다. 그러니 죽음과 운수의 목을 비틀었던 카토라도 미친 개에게 전염되어 쓰러졌다면, 의사들이 공수병이라고 부르는 병에 걸려 심한 공포에 짓눌린 나머지 거울이나 물을 들여다보는 것을 견디지 못했을 수 있다.

> B 독이 사지에 퍼지며 영혼을 찢고 괴롭히니,
>
> 거센 바람이 짠 바다 물결에 거친 포말을 일으키듯,
>
> 영혼은 게거품을 내뿜는다.
>
> 루크레티우스

A 이 점에서는 철학이 다른 모든 사고로 인한 고통에는 인내로, 또는 인내하는 것이 너무 어려울 때는 틀림없는 방책, 즉 감각[230]에서 완전히 벗어나는 방법으로 인간을 제법 잘 무장시켜 주었다. 하지만 이 방법들은 영혼이 저 자신을 잘 다스리며 온전한 힘을 쓸 수 있어서 이치를 따지고 생각할 수 있을 때 소용되지, 한 철학자 안에서 영혼이 찢기고 뒤집히고 길을 잃어 광인의 영혼이 되어 버린 곤란 상태에서는 소용이 없다. 그런데 이 곤란 상태는 심한 격정 때문에 영혼에 저절로 지나치게 격한 동요가 일어나거나, 신체 일부에 상처를 입었거나, 위장에서 구역질이 올라와 정신이 혼미해지고 현기증이 날 때처럼 여러 상황에 의해 유발된다.

230
생전판에는 '삶(la vie)'이었던 것을 보르도본에 몽테뉴가 '감각(sensation)'으로 수정했다. 그러므로 뒤에 나오는 '방법'이란 바로 '자살'을 뜻한다.

〔 368 〕

^B 신체가 병들면 흔히 정신도 혼란에 빠져
횡설수설하면서 헛소리를 한다.
눈이 감기고 머리가 축 처지면,
때로 무거운 혼수상태가 깊고 긴 무기력에 영혼을 밀어 넣
는다.

루크레티우스

^A 철학자들은 내 보기에 영혼의 이 가닥은 건드려 본 적이 없
는 것 같다.

^C 그 비슷하게 중요한 다른 가닥에 대해서도 마찬가지이다.
그들은 죽을 수밖에 없는 우리의 조건을 위로해 주려고 늘 이런
모순된 말을 입에 달고 산다. "영혼은 필멸이거나 불멸이다. 필멸
이면 고통을 모를 것이요, 불멸이면 점점 나아질 것이다." 그들은
'더 나빠지면 어쩔 것인가?' 하는 다른 가지는 절대 건드리지 않고,
사후에 닥쳐올지 모르는 고통에 대해서는 시인에게 맡겨 둔다. 하
지만 그렇게 함으로써 그들은 좋은 패를 자기 것으로 갖는 것이다.
이것이 그들 논리에서 내 눈에 흔히 띄는 두 가지 함구 사항인 것
이다. 그 첫 번째 함구로 다시 돌아가자.

^A 이 영혼은 그토록 한결같고 꿋꿋한, 매우 스토아적인 최고
선에 대한 취향을 잃어버린다. 우리의 그 훌륭한 지혜는 이 지점
에서 항복하고 무기를 버리지 않을 수 없다. 그러면서도 그들은
또한 인간 이성에 대한 자만에서, 필멸자과 불멸자처럼 판이한 두
가지 요소를 섞고 묶는 것은 생각할 수 없는 것이라고 보았다.

필멸자를 불멸자와 결합시키려는 것,

〔 369 〕

그 둘이 상호 일치하여 협력할 수 있다고 믿는 것은 미친
수작이다.

죽어 없어지는 것과 파괴할 수 없는 것,

그대가 하나로 결합시켜

저 무서운 폭풍에 함께 내놓겠다는

이 두 본질보다 더 다르고 더 대립되고 더 양립 불가능한

무엇을 상상할 수 있는가?

루크레티우스

더욱이 그들은 영혼이 육체처럼 죽음의 구속을 받는다고 느
꼈다.

^B 영혼도 육체와 더불어 나이의 무게 아래 무너진다.

루크레티우스

^C 제논에 의하면 잠 자는 모습만 봐도 충분히 알 수 있다. 제
논은 수면을 육체뿐 아니라 영혼의 약화요 추락으로 본 것이다.
"그는 잠에서 어떤 수축을, 영혼의 침체와 쇠약 같은 것을 본다."(키
케로) 그리고 최후의 순간에도 더러는 이 감각, 더러는 저 감각, 어
떤 자는 청각, 어떤 자는 후각을 변질 없이 유지하는 것을 보게 되
듯이 어떤 사람들에게서는 생의 마지막 순간에도 영혼의 힘과 기
운이 유지되는 현상을, 그들은 병에도 여러 가지가 있는 탓으로
돌렸다.

^B 머리는 아무 고통을 느끼지 못해도

〔 370 〕

발은 얼마든지 아플 수 있는 것처럼.

루크레티우스

아리스토텔레스가 말하듯이, 우리 판단력이 지닌 시력과 진리의 관계는 올빼미의 눈과 태양의 광휘의 관계와 같다. 그토록 명백한 빛에 비교된 그토록 조잡한 맹목 말고 무엇으로 그 관계를 더 잘 설복할 수 있으랴?

C 키케로가 말로는 적어도 책들의 증언에 의하면 툴루스 왕시대에 페레키데스 시루스가 처음으로 제기했다는(어떤 사람들은 탈레스의 생각이라 하고, 또 다른 사람들은 다른 자의 생각이라고 하는데) A 영혼불멸 반대 사상은 인간의 학문 중에서도 가장 많은 의문을 불러일으키며 매우 조심스럽게 취급된 분야이다. 가장 단호한 독단론자들도 특히 이 문제에서는 아카데메이아 학파의 그늘 아래로 피신하지 않을 수 없다. 이 주제에 대해 아리스토텔레스가 어떤 학설을 세웠는지는 아무도 모른다. C 애매한 생각으로 그 문제를 다룬 대부분의 고대인들에 대해서도 마찬가지이다. "그들이 입증한다기보다 약속하고 있는 것은 매우 다행스러운 일이다."(세네카) A 그[231]는 구름 잡는 말들과 알아들을 수 없게 난해한 의미 아래 숨어 추종자들이 이 주제 자체뿐 아니라 자기의 견해에 대해서도 왈가왈부하도록 내버려 두었다. 추종자들에겐 두 가지 점에서 아리스토텔레스의 견해가 그럴듯해 보였다. 하나는 영혼의 불멸이 없다면, 이 세상에서 대단한 대접을 받는 영광에 대한 헛된 갈망을 앉혀 놓을 기반이 자리 잡을 터전이 없다는 점이요,

231
아리스토텔레스를 말한다.

〔 371 〕

다른 하나는 ^C 플라톤이 말하듯이 ^A 악덕이 인간적 정의의 어둡고 불확실한 눈을 벗어나더라도 여전히 신적 정의의 과녁으로 남아 죄인들이 죽은 뒤에까지 그들을 추적하리라는 것은 매우 유익한 생각이라는 점이다.

^C 인간은 자기 존재를 연장하려고 노심초사한다. 그는 자기가 가진 모든 것을 동원해서 그것을 준비해 두었다. 신체의 보존을 위해서는 무덤이 있고, 이름의 보존을 위해서는 영광이 있다.

타고난 운수를 참지 못하는 그는 머리를 쥐어짜서 자기 패를 바꿔 보려 하고, 온갖 술책으로 자기 자신을 후원하려 했다. 영혼은 근심과 유약함으로 인해 제 발로 서 있을 수 없어서 사방에서 위안을 찾는다. 들러붙어 뿌리를 박을 곳, 희망과 든든한 기반을 찾을 수 있는 다른 환경은 어디 없나 하고 말이다. 그리고 아무리 경박하고 꿈같은 것일망정 공상으로 그런 환경을 꾸며 보여 주면, 영혼은 저 자신보다 거기서 더 안심하며, 더 기꺼이 평안을 얻는다.

^A 그런데 우리 정신의 불멸성이라는 그토록이나 정당하고 명백한 신념을 가장 완고하게 주장하는 이들이, 그것을 자신의 인간적인 힘으로 입증하는 데는 얼마나 턱없이 부족하고 무능력한지 놀랄 지경이다. ^C "그것은 자기 욕망을 드러내는 몽상이지 사실을 입증하는 말이 아니다."(키케로)라고 어느 고대인은 말한다. ^A 이 증언을 통해 인간만이 그 진리를 발견하게 된 것이 운수와 우연의 덕택이었음을 시인할 수 있다. 진리가 그의 손에 떨어졌을지라도, 그에게는 그것을 파악하고 유지할 수단이 없고, 그의 이성은 그 진리를 이용할 힘이 없기 때문이다.

우리 자신의 사유와 능력으로 만들어 낸 모든 것은 옳건 그르

〔 372 〕

에세 2

건 간에 불확실성과 논쟁에 매여 있다. 하느님이 바벨탑에 혼란과 혼동을 야기한 것은 우리의 오만을 벌하고, 우리의 비참과 무능을 가르치시기 위함이다. 그분의 도움 없이 우리가 도모하는 모든 일, 그분 은총의 등불 없이 우리가 보는 모든 것, 그것은 허상이요 망상일 뿐이다. 운수 덕택에 진리를 소유하게 되어도, 우리는 한결같고 영속적인 진리의 본질 그 자체를 우리의 허약함으로 부패시키고 타락시킨다. 인간이 제 딴으로 어떤 길을 취하든, 하느님은 인간이 항상 그 같은 혼란에 봉착하게 하신다. 그로써 그분은 당신이 니므롯의 오만을 꺾고, 자기를 위해 피라미드[232]를 지으려던 헛된 시도를 흩어 버림으로써 보여 주셨던 그 정당한 벌의 모습을 너무도 생생하게 우리에게 제시하는 것이다. C "나는 현자들의 지혜를 부수고, 슬기롭다는 자들의 슬기를 치워 버리리라."(「코린트 1」 I장. 19절) A 그분이 바벨탑을 혼란에 빠뜨리기 위해 사용한 방언과 언어의 잡다성이란, 인간의 지식이라는 허망한 건축물을 따라다니며 그것을 뒤죽박죽으로 만드는 저 끝도 없이 이어지는 언쟁, 사상과 논리의 불일치가 아니고 무엇이겠는가? C 그리고 그것을 뒤죽박죽으로 만드는 것은 유익한 일이다. 우리가 한 톨의 지식이라도 갖게 된다면 무엇이 우리를 말릴 수 있겠는가? "우리에게 유익한 것에 대한 지식을 감추는 어둠은 겸손에게는 훈련이요, 오만에게는 재갈"(아우구스티누스)이라고 말한 성인은 내게 큰 기쁨을 주었다. 우리의 맹목과 어리석음은 대체 어느 정도의 오만방자함까지 우리를 끌고 갈 것인가?

232
바벨탑을 말한다. 샴족의 후손인 니므롯은 역청과 벽돌로 하늘까지 닿는 성을 지으려고 했다.

12장 레몽 스봉을 위한 변호

^A 하던 이야기로 되돌아오자면, 영생불멸이라는 열매는 영원한 지복을 누리는 데 있고, 우리는 오직 그분의 관후함으로 그 열매를 받는 것이니, 우리가 오직 하느님 한 분의 덕으로, 그분 은총의 은덕으로, 그토록 고매한 믿음의 진리를 갖게 되었다는 것은 참으로 옳은 말이다.

^C 오직 하느님이, 그리고 신앙이 그 진리를 우리에게 말해 주었다고 솔직히 고백하자. 그것은 자연이 가르쳐 준 것도, 우리의 이성이 가르쳐 준 것도 아니니 말이다. 그리고 이 거룩한 특권을 뺀 자기 존재와 능력을 안팎으로 거듭 시험해 보는 자, 아첨하지 않고 인간을 바라보는 자는 거기서 죽음과 흙 말고 다른 무엇을 감지할 만한 어떤 가치도, 어떤 능력도 발견하지 못할 것이다. 하느님께 더 드리고, 더 은혜를 받고, 더 갚아 드릴수록 우리는 그만큼 더 그리스도인답게 행하는 것이다.

대중의 견해가 우연히 일치한다는 사실에서 이 스토아 철학자가 끌어왔다는 결론은 하느님에게서 얻었더라면 더 값지지 않았겠는가? "우리가 영혼의 불멸성을 다룰 때는, 사람들이 너나없이 지옥의 신들을 두려워하거나 공경한다는 사실이 가벼운 논거가 아님을 알게 된다. 나는 이 일반적인 믿음을 이용한다."(세네카)

그런데 이 문제에 대한 인간적인 논법의 허약성은, 우리에게 주어진 불멸의 속성이 무엇인지 규명하기 위해 이 견해에 덧붙이는 공상적인 상황들을 보면 확연히 드러난다. 영혼에게 이승에서의 수명보다는 길지만 한정된 수명 — "신들은 우리에게 까마귀만큼의 수명을 준다. 우리 영혼은 오래 살 것이다. 하지만 영원히 사는 것은 아니다."(키케로) — 을 부여하는 스토아 학파는 치워 두자. ^A 가장 보편적이고 널리 받아들여진 견해, 그래서 우리 시대에까

〔 374 〕

지 여러 곳에 남아 있는 견해로는, 퓌타고라스가 창안한 것은 아니지만 그의 권위 있는 동의에 힘입어 매우 큰 비중과 신용을 얻은 만큼 사람들이 퓌타고라스의 생각이라고 하는 견해가 있다. 그것은 우리에게서 떠난 영혼은 한 신체에서 다른 신체로, 사자에서 말로, 말에서 왕으로, 이렇게 이 집에서 저 집으로 끊임없이 돌아다니며 굴러갈 뿐이라는 견해이다.

^C 그리고 퓌타고라스는 자기가 아이탈리데스였고, 다음엔 에우포르보스, 그다음엔 헤르모티무스였다가 마지막엔 피로스에서 퓌타고라스로 넘어온 것을 기억한다면서, 206년간의 자기에 대한 기억을 갖고 있다고 했다. 어떤 자들은 이 영혼들이 때때로 하늘로 다시 올라가기도 하고, 후에 하늘에서 다시 내려오기도 한다고 덧붙였다.

> 오 아버지, 영혼들이 이승에서 하늘로 올라갔다가
> 이 무거운 몸뚱어리를 다시 입는다는 걸 믿어야 합니까?
> 그 불행한 자들에게 그토록 거친 생명욕을 불어넣은 것이
> 대체 누구란 말입니까?
> 베르길리우스

오리게네스는 영혼을 좋은 상태에서 나쁜 상태로 끝없이 오락가락하게 한다. 바로가 진술하는 견해에 따르면, 영혼들은 440년을 주기로 자신의 첫 신체와 재결합한다고 하고, 크리시포스는 일정하지 않은 시간적 간격을 두고 재결합이 일어날 것이라고 말한다. 플라톤은 핀다로스와 고대의 시에서, 영혼들이 무한한 변천을 겪게 되어 있고, 저세상에서의 삶도 일시적이므로 저세상에서 받

〔 375 〕

을 고통이나 보상도 일시적일 뿐이라는 믿음을 얻었다면서, 그 모든 점에서 영혼은 여러 번의 여행을 통해 거듭 통과하고 체류한 하늘, 지옥, 그리고 이곳의 일들에 대한 특별한 지식을 갖고 있고, 그것이 곧 상기(想起)의 재료라고 결론짓는다.

영혼의 변화 과정은 이러하다. 잘 산 영혼은 그에게 할당된 별로 되돌아간다. 잘 못 산 영혼은 여자의 몸속으로 들어가는데, 그래도 전혀 나아지지 않으면 그의 악한 행습에 걸맞은 조건의 짐승으로 변한다. 이성의 힘으로 자기 안에 있는 조잡하고 우매하고 유치한 성질을 부숴 버리고 자신의 원 상태로 돌아올 때까지 그 영혼은 징벌의 끝을 보지 못할 것이다.

^A 그런데 나는 영혼이 이렇게 한 신체에서 다른 신체로 이주한다는 견해에 대해 에피쿠로스파가 제기한 반론을 잊고 싶지 않다. 그 반론은 재미있다. 죽는 자들이 태어나는 자들보다 엄청나게 많으면 어떻게 되겠느냐고 그들은 묻는다. 자기 집에서 나온 영혼들이 새 상자를 먼저 차지하려고 북새통을 이룰 것 아니냐는 말이다. 또 그들은 영혼들이 자기 집이 준비되기를 기다리는 동안 뭘 하면서 시간을 보낼 것이냐고 묻는다. 또는 반대로, 죽는 동물보다 태어나는 동물이 많으면 육체들은 제 영혼이 주입될 때까지 곤란에 처할 것이요, 어떤 신체는 살아 보기도 전에 죽어야 하는 일이 일어나지 않겠느냐는 것이다.

> 결국
> 비너스의 주선으로 짝짓기를 하고,
> 야생 동물이 탄생하는 순간에
> 영혼이 지키고 서 있다든가,
>
> 〔 376 〕

에세 2

불멸체인 영혼들이 떼를 지어 몰려와

죽어 없어질 기관들을 기다리고

서로 먼저 들어가려고 싸운다는 것은

웃기는 생각이다.

루크레티우스

　어떤 자들은 영혼이 죽은 자의 몸에 남아 있다가, 우리의 썩은 몸이나, 심지어 부서져 재가 된 유해에서까지 생겨난다는 뱀, 벌레 등의 짐승들을 생동하게 한다고 한다. 다른 자들은 영혼을 죽는 부분과 불멸하는 부분으로 나눈다. 어떤 자들은 영혼을 물질로 보면서도 불멸이라고 한다. 또 어떤 자들은 영혼은 불멸하되 지식이나 인식 능력은 없다고 본다. 죄인들의 영혼은 마귀가 된다고 생각했던 자들도 있다. ^C (우리 편[233] 사람들 중에도 그렇게 판단한 사람들이 있다.) ^A 구원받은 자의 영혼에게서 신이 태어난다고 플루타르코스가 생각하듯이 말이다. 사실 다른 모든 곳에서는 회의적이고 모호한 태도를 견지하는 이 작가가 여기서만큼 단호한 화법으로 단언한 적은 드물다. 그는 말한다. "자연과 신성한 정의에 비추어 유덕한 인간의 영혼은 인간에서 성인(聖人)이 되고, 성인에서 반신(半神)이 되고, 정화 제의에서처럼 모든 수동성과 필멸성에서 해방되어 완전히 씻겨서 정화되고 나면, 그 어떤 인간적인 규범에 따라서가 아니라 진리에 의해, 그리고 참다운 사리에 따라 반신에서 완전하고 완벽한 신이 되어 지극히 복되고 영광스러운 최후를 맞이한다고 여기고 굳게 믿어야 한다."

233
그리스도인들을 말한다.

〔 377 〕

그러나 무리 가운데 그나마 가장 신중하고 절도 있는 축에 속하는 그가 더욱 대담하게 논전을 벌이며 우리에게 이 문제에 관한 기적들을 이야기해 주는 것을 보고 싶은 사람은 그의 논설『달에 관하여』와『소크라테스의 다이몬』을 보라고 권하는 바이다. 그 책들을 보면 철학의 신비가 시가(詩歌)의 신비와 괴이쩍은 점들을 적잖이 공유한다는 것이 다른 어디서보다 명백하게 드러난다. 이처럼 인간 오성은 모든 것을 끝까지 파헤치고 지배하려다가 길을 잃고 마니, 우리가 기나긴 인생에 힘들고 지친 나머지 다시 유아 상태로 떨어져 버리는 것과 꼭 같다. 이것이 바로 우리 영혼에 관해 인간의 학문에서 우리가 끌어낼 수 있는 훌륭하고도 확실한 교훈이다.

　　철학이 신체의 부분들에 관해 가르쳐 주는 것들도 그에 못지않게 경솔하다. 한두 가지만 골라 보자. 다 제시하려 하다가는 의학적 오류들의 혼탁하고 광활한 바다에서 길을 잃고 말 테니까. 최소한 인간이 인간에게서 만들어질 때 어떤 질료로 만들어지느냐 하는 문제에서나마 의견이 일치하는지 알아보자. ^C 인간이 처음 생겨난 것, 그렇게 지고하고 오래된 사실에 대해서는 인간 오성이 헷갈리고 중구난방인 것도 놀라울 것이 없으니 말이다. 자연 철학자 아르켈라오스는, 아리스토크세노스에 의하면 소크라테스가 그의 제자이며 애동이었다는데, 인간도 짐승도 대지의 열 때문에 생긴 우유 같은 진흙으로 만들어졌다고 했다. ^A 퓌타고라스는 인간의 정액이 피 중에서 가장 좋은 것의 거품이라고 한다. 플라톤은 그것이 등뼈의 골수에서 흘러내린다며, 그 일을 하고 난 뒤 그곳이 가장 먼저 피로를 느끼는 점을 들어 강조한다. 알크마이온은 뇌의 정수 중 일부라며, 그 증거로 그 일에 과도하게 몸을 쓰는

〔 378 〕

자들은 눈이 흐려진다고 한다. 데모크리토스는 몸 전체 덩어리에서 뽑아낸 물질, 에피쿠로스는 영혼과 육체에서 뽑아낸 것, 아리스토텔레스는 정액이 피의 양분에서 뽑아낸 배설물인데, 그 양분은 우리 사지에 퍼져 있다고 한다. 다른 자들은 극도로 애를 쓰면 맑은 피가 나오는 것을 보고 생식기의 열에 삶겨서 변화한 것이라고 한다. 이처럼 무한한 혼돈 속에서 뭔가 그럴듯한 것을 건질 수 있다면 그래도 이 의견이 가장 그럴듯해 보인다.

그런데 이 정액이 결실을 맺게 하기 위해서는 또 얼마나 많은 상반된 의견이 쏟아져 나오는지 보자. 아리스토텔레스와 데모크리토스는 여자들에겐 정액이 전혀 없고, 여자들이 쏟는 것은 쾌락과 몸놀림에서 생긴 열 때문에 나온 땀일 뿐 생식에는 아무 기여를 하지 않는다고 한다. 갈레노스와 그의 추종자들은 반대로 정액끼리 만나지 않으면 생식은 이루어질 수 없다고 한다. 급기야 의사들, 철학자들, 법률가들, 신학자들이 우리네 여자들과 마구 엉켜 얼마 만에 여자들이 결실을 가져오는지에 대한 입씨름이 벌어진다. 나는 나 자신의 예를 근거로 열한 달이 임신 기간이라고 보는 축을 지지한다. 세상은 이 경험 위에 세워졌고, 아무리 아둔해도 이 논쟁에 한마디 하지 못할 여자는 없으니 우리가 이 일에서 의견 일치를 볼 수는 없으리라.

이것만으로도 인간이 정신적인 부분과 마찬가지로 신체적인 부분에서도 자기에 대한 지식을 별로 얻지 못했다는 것을 증명하기에 충분하다. 우리는 인간을 그 자신과 대면시키고, 그의 이성을 그 자신과 대면하게 했다. 그 이성이 무슨 말을 해 줄지 들어 보려고 말이다. 이성이 그 자체 안에서도 어느 정도로 합의가 안 되는지 이만하면 충분히 보여 준 것 같다.

〔 379 〕

^{C} 자기 자신에 대해 합의를 못 보는데 무슨 일에서 합의를 볼 수 있겠는가? "자기 치수도 모르는 주제에 다른 무엇의 치수를 잴 수 있다는 듯이."(플리니우스)

진정 프로타고라스는 저 자신의 척도조차 결코 알았던 적이 없는 인간을 만물의 척도로 만듦으로써, 우리를 크게 기만했다. 만일 자기가 인간이 아니면 그의 권위는 다른 피조물이 자기에 대해 그런 우월성을 갖도록 용납하지 않을 것이다. 그런데 그가 자기 스스로 그렇게 모순되고, 이 판단을 저 판단으로 끊임없이 뒤집고 있으니, 그 호의적인 주장은 컴파스와 재는 사람 둘 다 헛것이라는 필연적인 결론으로 우리를 이끌어 가는 웃음거리에 지나지 않는다.

탈레스가 인간을 안다는 것이 인간에겐 매우 어려운 일이라고 여길 때, 그는 다른 어떤 지식도 인간에게 불가능하다는 것을 인간에게 가르치고 있는 것이다.

^{A} 공주님을 위해 제 평소 습관과는 달리 이토록 긴 글을 쓰느라 애쓰고 있습니다만,[234] 공주님께서는 늘 공부하시는 보통의 논증법으로 스봉에 대한 지지를 아끼지 마시고, 그것으로 공주님의 정신과 학문을 연마하십시오. 여기서 보여 드리는 이 마지막 검법[235]은 최종 수단으로만 써야 하기 때문입니다. 이것은 적수의 무기를 무력

234
여기서부터 네 페이지에 걸쳐 몽테뉴는 다른 에세보다 엄청나게 긴 이 에세의 일차 독자에게 직접 충고한다. 이 일차 독자는 일반적으로 앙리 2세와 카트린 드 메디치의 딸 마르그리트 드 발루아로 추정한다. 그녀는 앙리 드 나바르(후일 앙리 4세가 된)와 정략 결혼했다가 이혼하게 된다.

235
몽테뉴가 사용하고 있는 방식, 즉 인간 이성이 지닌 가치를 전면적으로 부정하는 것.

〔 380 〕

하게 만들기 위해 자기 무기까지 던져야 하는 절체절명의 타격이고, 극도로 아껴서, 아주 드물게 사용해야 하는 비책인 것입니다. 상대를 죽이려고 자기 자신을 죽이는 것은 매우 무모한 일이니까요.

B 복수를 하기 위해, 고르기아스[236]가 그랬듯이, 죽어야겠다고 마음먹을 필요는 없습니다. 고르기아스는 페르시아의 한 영주와 맞붙어 싸우고 있을 때 다리우스가 칼을 쥐고 쫓아오고도 자기까지 찌르게 될까 봐 두려워 치지 못하자 다리우스에게, 한꺼번에 둘 다 베게 되더라도 과감히 치라고 소리를 질렀던 것이니까요.

C 이 편이건 저 편이건 살아날 가망이 전혀 없을 만큼 무기도 전투 상황도 절망적일 때, 양편을 모두 버린 일을 나는 알고 있습니다.[237] 포르투갈인들이 인도양에서 열네 명의 터키인을 잡았는데, 터키인들은 포로 상태를 참지 못하고 자기들 자신, 포획자, 배할 것 없이 모두 태워 버리기로 결심하고는 대포용 화약 상자들에 불똥이 튈 때까지 배의 못을 비벼 대어 성공시켰던 것입니다.

A 여기서 우리는 학문들의 한계 및 그 마지막 경계와 드잡이하고 있습니다. 덕에서와 마찬가지로 학문에서도 극단은 악입니다. 공주님은 평범한 길에 머무십시오. 너무 교묘하고 너무 세밀한 것은 좋지 않습니다. 너무 재주를 부리다간 죽는 수가 있다는 토스카나 지방의 격언을 기억하세요. 견해나 사고에서, 행동이나 다

236
플루타르코스의 『아첨꾼을 식별하는 방법』에 나오는 인물.

237
여백에 덧글을 붙이고, 여러 군데 지우기도 한 보르도본의 이 문장은 모호하다. 구르네 양은 1595년판에서 이렇게 보충한다. "일대일의 결투에서, 무기로 보나 상황으로 보나 절망적일 때, 결투를 제의한 자가 자기와 상대 모두에게 피할 수 없는 종말을 맞게 하는 것은 부당하다고 하는 것을 나는 보았습니다."

〔 381 〕

12장 레몽 스봉을 위한 변호

른 모든 일에서와 마찬가지로, 절도와 중용을 지키시고, 새롭거나 기이한 것은 피하시라고 말씀드립니다. 저는 상궤에서 벗어난 방식은 다 싫습니다. 고귀한 지체에서 오는 권위에 공주님 자신의 품위까지 더하여, 눈만 깜빡여도 공주님이 원하는 사람에게 명할 수 있는 분이시니 공주님께선 이 일을, 학문이 업인 사람, 공주님을 위해 이 생각을 훨씬 더 강화하고 풍성하게 해 줄 인물[238]에게 맡기실 수 있을 것입니다. 그러나 여기 이것만으로도 공주님이 쓰시기에 충분합니다.

에피쿠로스는 법률에 관해, 가장 나쁜 법률도 우리에게 꼭 필요한 것이니 그것이라도 없으면 인간들은 서로서로 잡아먹을 것이라고 말하곤 했습니다. C 그리고 플라톤도 이와 거의 비슷하게, 법률이 없으면 우리는 야수처럼 살 것이라면서 그것을 증명하려 합니다. A 우리의 정신은 위험하고 경솔하며 오락가락하는 연장입니다. 그것에 질서와 절도를 집어넣어 주기란 쉽지 않은 일입니다. 그래서 오늘날, 다른 사람들보다 좀 특별하게 탁월하거나 두뇌 회전이 좀 빠른 사람이다 싶으면 거개가 생각과 행동에서 지나치게 방자한 것을 보게 됩니다. 그런 자들 중에서 사려 깊고 사귈 만한 인물을 만난다는 건 기적입니다. 가능한 한 가장 강력한 제약으로 인간 정신에 울타리를 쳐 주는 것이 옳습니다. 다른 일과 마찬가지로 공부에서도 그 행보를 헤아리고 조정하며, 그것이 추구할 수 있는 한도를 기술적으로 끊어 내야 합니다. 사람들은 종교, 법률, 관습, 학문, 교훈, 벌, 이승 또는 영겁의 형벌이나 보상으로 인

238

생전에 나온 판본에서는 "우리의 플루타르코스 말고도 다른 이들로부터 수많은 예를 인용할 수 있었을 사람"이라는 문구를 덧붙였다.

간의 정신에 굴레를 씌우고 붙들어 맵니다만, 그렇게 해도 교언과 부패로 그 모든 사슬을 빠져나가는 것을 우리는 봅니다. 정신이란 어디를 붙잡고 끌어야 할지 알 수 없는 공허한 물체입니다. 매듭을 지어 줄 수도 손잡이를 달아 줄 수도 없는 변화무쌍하고 기괴한 물체이지요. [B] 당연히 알아서 행동하도록 맡겨 둘 수 있을 만큼 엄격한 정신의 소유자, 절도 있게, 그리고 경박하지 않게, 일반적인 견해 저 위에서 자기 판단의 자유를 누리면서 노 저어 나갈 수 있을 만큼 강력하고 잘 타고난 정신의 소유자는 극히 드뭅니다. 정신은 보호 감독하에 두는 것이 더 적절합니다. [A] 분별 있게 잘 사용할 줄 모르면 정신은 [C] 그 소유자 자신에게도 [B] 위험한 칼입니다. [C] 제 발걸음 앞만 보도록 시선을 비끄러매고, 관습과 법률이 그려 주는 궤도 밖으로 이탈하여 이리 비틀 저리 비틀하지 못하게 하기 위해, 말의 눈가리개 같은 것을 씌워 주기에 사람보다 적합한 짐승은 하나도 없습니다. [A] 그러므로 이 과도한 방종에 한 방 날리는 것보다는, 무엇이건 익숙한 관례 안으로 몸을 사리시는 것이 공주님에게 더 나을 것입니다. 하지만 저 신식 박사님들 중 누군가가 자신의 구원과 공주님의 구원을 해치면서 공주님 앞에서 재간을 부리려 들면, 날마다 공주님의 궁전에 펴져 가는 그 위험한 전염병을 물리치기 위해서 만부득이할 때는, 그 독이 공주님이나 공주님을 보좌하는 사람들을 감염시켜 해치는 것을 이 예방약이 막아 줄 것입니다.

요컨대 고대인들의 정신이 지닌 자유와 대담성은 철학과 인간학에서 서로 다른 견해를 가진 여러 분파를 만들어 냈고, 그 각각은 제 주장을 펼치기 위해 저마다의 판단과 선택을 시도했습니다. 그러나 [C] 사람들이 모두 한 덩어리가 되어 살며, "고정되고 한

〔 383 〕

정된 몇몇 견해에 매여 끌려가는 나머지 자기가 동의하지 않는 것들까지 옹호해야 할 판이 되었고"(키케로), [A] 처세의 압박과 명령 때문에 교양을 쌓고, [C] 학교들도 이젠 하나의 모델만 따르며, 동일한 교육, 한정된 학과밖엔 다루지 않게 된 오늘날에는, [A] 사람들이 더 이상 어떤 화폐가 더 무겁고 값이 나가는지는 문제 삼지 않고, 각자 일반적으로 동의하고 통용되는 바에 따라 그 값어치를 받아들입니다. 진정한 가치를 따지지 않고 통용 가치만 따지는 것이지요. 모든 것이 그런 식으로 값이 매겨집니다. 의학도 기하학처럼 받아들입니다. 속임수, 홀림, 홀림으로 짝짓기, 망자의 혼령과 접하기, 예언, 별자리 구분, '현자의 돌'[239]을 찾아내려는 그 우스꽝스러운 짓에 이르기까지 모든 것이 이의 없이 받아들여집니다. 화성 자리는 손바닥의 삼각형 정가운데, 금성은 엄지에, 수성은 새끼손가락에 자리 잡고 있으며, 집게손가락에서 새끼손가락으로 가는 선이 집게손가락의 결절 부분을 끊으면 잔인하다는 표시이고, 그 금이 가운뎃손가락 밑에서 사라지고 두뇌선과 생명선이 그 자리에서 각을 이루면 비참하게 죽을 표시라는 것 따위만 알면 되는 겁니다. 여자의 경우 행운선이 열린 채 생명선과 각지게 만나지 않으면 정숙하지 못할 것임을 드러낸다는 둥 말입니다. 공주님 자신이 증인이 되어 주세요. 이 따위 지식을 가진 사람이 모든 모임에서 명성과 호의를 얻지 않던가요?[240]

239
하찮은 금속을 은이나 금으로 변형시키거나 병을 치료하고 수명을 늘려 주는 것으로 고대부터 연금술에 의해 가정되었던 물질.

240
여기까지가 일차 독자에게 직접 발화하는 부분이다.

테오프라스토스는 감각을 통한 인간의 지각이 사물의 원인을 어느 정도까지는 판단할 수 있지만, 궁극적이거나 원초적인 원인에 이르면 그 자신의 허약성 때문이건 또는 사물의 난해성 때문이건 거기서 멈추고 호기심을 누그러뜨려야만 한다고 말하곤 했다. 우리 능력이 어떤 것들을 알게 해 줄 수 있고 어느 정도 역량을 지니고 있지만 그 정도 이상으로 사용하는 건 만용이라고 보는 것은 치우치지 않은 순한 생각이다. 이는 수긍할 만하고 온건한 사람들이 지지하는 견해이다. 하지만 우리 정신에 한계를 정해 주는 것은 쉽지 않은 일이다. 우리의 정신은 호기심 많고 탐욕스럽고, 그러니 오십 보보다 1000보 앞에서 멈출 겨를이 없다.

한 사람이 실패한 것에 다른 자는 도달하고, 어떤 시기에 모르던 것을 다음 세기가 밝혀 내며, 지식과 기술이 거저 주어지는 것이 아니요, 마치 곰이 꾸준히 핥아 새끼들의 모습을 다듬어 주듯 조금씩 매만지고 손질해야 형태를 갖게 되고 모양이 잡힌다는 것을 경험으로 알고 있기 때문에, 나는 내 힘으로 밝혀 내지 못하는 것을 탐구하고 시험하기를 그치지 않는다. 그래서 이 새로운 재료를 다시 주물러 매만지고 휘젓고 데워서 내 뒤에 오는 이가 좀 더 수월하게 다룰 수 있게 보다 편한 길을 열어 주고, 보다 부드럽게, 또 다룰 만하게 만들어 준다.

> 휘메토스의 밀랍이 햇볕에 물러지고
> 엄지손가락에 이겨져서
> 여러 형태를 갖추고
> 쓸수록 더 유용해지듯이.
> 오비디우스

[385]

12장 레몽 스봉을 위한 변호

다음 사람은 세 번째 사람에게 똑같은 일을 해 줄 것이다. 그런 까닭에 어렵다고 해서 절망할 것도, 나의 무력에 낙담할 것도 없다. 그것은 나의 무력함일 뿐이니까. 인간은 아무것도 못하듯이[241] 무엇이건 할 수 있다. 만일 그가, 테오프라스토스가 말하듯, 첫 번째 원리 원칙들을 모른다고 고백하면 나머지는 더 들을 것도 없다. 기초가 결여되면 그의 논증은 땅에 떨어진다. 토론과 탐구가 궁극의 목표로 삼는 것은 오직 원칙들이다. 그것들이 나아가는 길을 이 목표가 붙들어 주지 않으면 끝없는 불확실성에 빠질 것이다. ^C "한 사물이 다른 것보다 더 이해되거나 덜 이해될 수는 없다. 모든 사물에는 각각 하나의 이해 방식만 존재하기 때문이다."(키케로)

^A 그런데 만일 영혼이 뭔가를 안다면 우선적으로 저 자신을 알 것 같다. 그리고 만일 영혼이 자기 밖의 무언가를 안다면 그것은 다른 무엇보다도 제 몸, 제가 담긴 상자일 것이다. 의학의 신들이 지금껏 우리의 해부에 관해 토론을 벌이고 있는 것을 볼작시면,

불카누스는 트로이에 맞서고, 아폴론은 트로이 편에 서고,

오비디우스

그들의 의견이 일치할 때를 언제까지 기다려야 할지? 우리는 눈(雪)의 흰빛이나 돌의 무거움보단 우리끼리 더 가깝다. 인간이 자기를 모른다면 자기가 지닌 기능들이나 힘은 어떻게 알까? 어떤 올바른 지식이 우리 안에 들어오는 게 불가능하지는 않지만,

<hr />

241
원문에는 comme d'aucunes로 되어 있다. aucunes은 대체로 긍정의 의미로 쓰이지만 여기서는 앞에 쓴 '모든 일(tout)'과 대비해 부정의 뜻으로 기운 듯하다.

〔 386 〕

그것은 우연에 의해 일어난다. 그리고 같은 길, 같은 방식과 경위로 오류들 역시 우리 영혼에 들어오니 영혼으로서는 그것들을 구별하고 거짓으로부터 진실을 가려낼 방법이 없다.

아카데메이아 학파 철학자들은 판단의 어떤 경향성을 받아들이며, 눈(雪)이 희다는 것이 검다는 것보다 더 참답지 않다거나, 우리 손을 벗어난 돌의 운동도 제8계 성좌의 운동보다 더 확신할 수는 없다고 말하는 것은 너무 유치하다고 생각한다. 사실상 우리의 사고 안에 수용하기 껄끄러운 그런 까다롭고 괴상한 태도를 피하기 위해, 그들은 우리가 전혀 지식을 가질 수 없는 존재이며, 진리는 인간의 시선이 뚫고 들어갈 수 없는 깊은 심연에 잠겨 있다고 주장하면서도, 어떤 것이 다른 것보다 더 그럼직하다는 것을 고백하고, 그들의 판단력이 이런 징후보다 저런 징후에 기우는 경향이 있음을 인정한다. 그들은 자기네 판단력으로 어떤 결론을 내리는 것은 금하면서도 그런 경향은 인정했던 것이다.

퓌론 학파의 철학자들은 더 과감하고, 그렇기에 더 진실하다. 저 명제보다 이 명제에 기우는 아카데메이아의 경향은 저것보다 이것에 좀 더 명백한 진리가 있다고 인정하는 것과 뭐가 다른가? 우리의 오성이 진리의 모양, 윤곽, 태도, 면모를 인지할 수 있다면, 진리가 나타나기 시작하여 불완전할 때 그 반을 알아보는 만큼 그 전체도 알아볼 것이다. 그들로 하여금 우보다 좌로 기울게 한 그 진리와 비슷한 기미를 좀 증가시켜 보라. 저울을 기울게 하는 이 진리 비슷한 기미 1온스를 100온스, 1000온스로 늘려 보아라. 결국 막판에는 저울이 완전히 기울어 하나가 가려지고 완전한 진리가 결정될 것이다. 하지만 그들이 진리를 모른다면 어떻게 진리 비슷한 것으로 기울까? 진리의 핵심을 모르면서 어떻게 진리

닮은 것을 알까? 우리는 완전히 판단할 수 있거나, 전혀 판단할 수 없거나 둘 중 하나이다. 우리의 지적 감각적 기능들에 기초도 발판도 없다면, 그것들이 그저 부유하며 나부낄 뿐이라면 그것들 중 어느 것에 우리 판단을 맡겨 본들 헛일이다. 그것이 아무리 그럴싸 해 보이는 것을 제시한다 해도 말이다. 그러니 우리의 오성이 취할 수 있는 가장 확실한 자세, 가장 유리한 자세는 움직임도 동요도 없이 침착하고, 곧고, 휘어짐 없이 자기를 유지하는 그런 자세일 것이다. ^C "참된 외관과 거짓된 외관 사이엔 판단을 결정할 아무런 차이도 없다."(키케로)

^A 사물이 제 모습, 제 본질 그대로 우리 안에 깃들지 않으며 제 힘과 권위로 거기에 들어오지도 않는다는 것을 우리는 충분히 경험한다. 만일 그 자체로 들어온다면 우리 모두가 그것을 같은 방식으로 받아들일 테니 말이다. 술은 병자의 입에나 건강한 자의 입에나 같은 맛일 것이다. 손가락이 트거나 곱은 사람도 나무나 쇠를 다룰 때 다른 사람과 똑같이 딱딱하다고 느낄 것이다. 그렇지 않은 것을 보면 외부의 사물들은 우리의 처분을 따르는 것이다. 그것들은 우리 마음에 맞추어 우리 안에 깃든다.

그런데 만일 우리 편에서 어떤 것을 변질 없이 받아들인다면, 인간에게 자기 고유의 방법으로 진리를 파악할 수 있는 능력이 충분하고 확고하다면, 그리고 그 방법들이 모든 인간에게 공통적이라면, 그 진리는 이 손에서 저 손으로, 이 사람에게서 다른 사람에게로 전달될 것이다. 그렇다면 사람들이 만장일치로 믿는 것이 세상에 있는 이 많은 사물들 중에 적어도 하나는 있을 것이다. 하지만 우리 사이에 논쟁이나 논박의 대상이 될 수 없거나 논쟁과 논박일 수 없는 명제가 없다는 사실은, 우리의 타고난 판단력이 무

[388]

엇을 파악해도 아주 명확하게 파악하지 못한다는 것을 잘 보여 준다. 내 판단력은 자기가 파악한 바를 내 친구의 판단력이 받아들이게 할 수 없으니 말이다. 이는 내가 그것을 나와 모든 인간에게 있는 자연적인 능력이 아닌 다른 어떤 방법으로 파악했음을 보여 주는 표징이다.

철학자들 사이에서 볼 수 있는 저 한없이 혼란스러운 견해들과 사물의 인식에서 매양 벌어지는 끊임없는 논쟁은 제쳐 두자. 애초부터 인간들은, 가장 잘 타고난, 가장 능력 있는 학자들을 두고 하는 말이지만, 그 무엇에 관해서도 일치할 수 없다는 게 충분히 예측된 사실이니 말이다. 심지어 하늘이 우리 머리 위에 있다는 것에 대해서조차 그들은 일치할 수 없다. 모든 것을 의심하는 자들은 그것조차 의심하니까. 또 우리가 무언가를 이해할 수 있다는 것을 부정하는 자들은 하늘이 우리 머리 위에 있다는 것을 우리가 이해한 바 없다고 말한다. 그리고 이 두 견해는 그것을 주장하는 자들의 수효로 볼 때 비교할 바 없이 가장 강력하다.

견해들의 이같이 무한한 다양성과 무궁무진한 갈래들 말고도, 우리의 판단력이 우리 자신에게 주는 혼란과 각자가 자기 안에서 느끼는 애매함으로도 우리는 판단력의 기반이 별로 확고하지 않다는 것을 쉽게 알 수 있다. 얼마나 우리는 사물들을 가지각색으로 판단하는가? 얼마나 여러 번 생각을 바꾸는가? 오늘 내가 지지하고 믿는 것, 그것을 나는 내 모든 신념을 다해 지지하고 믿는다. 내 모든 능력과 힘이 그 견해를 움켜쥐고 최선을 다해 내게 보증한다. 어떤 진리도 그보다 더 힘 있게 품어 안고 간직할 수는 없을 것이다. 나는 그것에 내 전부를 내주고, 진실로 그것을 믿는다. 그러나 똑같은 수단으로 똑같은 조건에서 다른 어떤 견해를

12장 레몽 스봉을 위한 변호

끌어안았다가 후에 그르다고 생각한 일이 한 번이 아니라 백 번, 아니 천 번, 나아가 매일매일 일어나지 않았던가?

겪어 봤으면 철이라도 나야 한다. 빛 좋은 개살구에 자주 속아 봤으면, 내 시금석이 대개는 틀리고, 내 저울이 편파적이고 불공정하다는 게 드러났으면 이번이라고 어떻게 다른 때보다 더 확신할 수 있단 말인가? 그렇게도 여러 번 같은 안내자에게 속아 넘어가다니 어리석은 일 아닌가? 그런데도 우연이 우리의 입장을 500번이나 바꿔 놓아도, 그것이 하는 일이란 게 마치 항아리에 담듯 우리 믿음에 이런저런 견해를 채워 넣었다 비웠다 하는 것뿐인데도, 언제나 지금, 이 마지막 견해가 확실하고 오류 없는 견해이다. 그 견해를 위해서는 재산, 명예, 생명, 구원, 그리고 모든 것을 포기해야 한다.

> 마지막 착상이 앞선 것들의 신용을 떨어뜨리고
> 정나미 떨어지게 한다.
> 루크레티우스

B 누가 우리에게 무슨 설교를 하든 우리가 무엇을 배우든, 주는 이도 사람이요 받는 이도 사람임을 늘 기억해야 한다. 우리에게 그것을 내미는 것도 죽을 존재의 손이요, 그것을 받는 것도 죽을 존재의 손이다. 하늘에서 오는 것만이 우리를 설득할 수 있는 권리와 권위를 지닌다. 그것만이 진리의 표징이다. 또한 우리는 그 진리를 눈으로 보지도, 우리가 가진 수단을 통해 받지도 않는다. 그 성스럽고 위대한 진리의 형체(image, 像)가 그렇게 초라한 거처에 거주할 수는 없을 것이다. 우리 안에 들어올 수 있도록 하느님께서

〔 390 〕

다듬어 주지 않으신다면, 하느님이 당신의 특별하고 초자연적인 은총과 은혜로 그것을 변화시키고 강화하지 않으신다면.

ᴬ 모자라고 흠이 있는 조건을 지녔으니 우리는 적어도 더 겸손하게 처신하고, 변덕을 더 억제해야 할 것이다. 우리가 오성에 받아들이는 것이 무엇이든 간에, 우리가 자주 그릇된 것들을 받아들이며, 자주 판단을 번복하며 틀리는 바로 그 연장들을 가지고 받아들인다는 것을 기억해야 할 것이다.

아주 가벼운 상황에 자극을 받아 그리도 쉽게 쏠리고 뒤틀리는 것들이니만큼, 이 연장들이 자기 판단을 번복한다는 것은 놀라운 일이 아니다. 우리의 인식, 판단, 그리고 우리 영혼의 여러 기능이 대체로 신체의 동작이나 변화에 영향을 받으며, 그 변화가 계속적으로 일어난다는 것은 확실하다. 병에 걸렸을 때보다 건강할 때 우리 정신은 더 또렷하고, 기억력은 더 신속하고, 사고는 더 싱싱하지 않은가? 기쁘고 유쾌할 때는 슬프고 우울할 때와는 전혀 다른 얼굴로 우리 영혼에 제시된 것들을 받아들이게 되지 않던가? 카툴루스나 사포의 시가 혈기 방장한 젊은이에게처럼 인색하고 시무룩한 늙은이에게도 재미있을 것 같은가? ᴮ 아낙산드리다스의 아들 클레오메네스가 병에 걸렸을 때, 친구들은 그의 기분이며 생각이 평소와는 딴판이라며 나무랐다. 그는 말했다. "나도 그렇게 생각하네. 왜냐하면 나는 건강할 때의 내가 아니니까. 다른 사람이니까 생각과 견해도 다르지." ᴬ 우리네 법정에선 재판관들이 기분 좋고 호의적인 상태일 때 걸린 죄인들에 대해 이런 말을 자주 한다. GAUDEAT DE BONNA FORTUNA."("운이 좋은 줄 알아라.") 사실 판결은 어떤 때는 더 까다롭고 엄격한 선고로 기울고, 어떤 때는 더 수월하고 순하여 용서로 기울기 때문이다. 자기 집에서 통풍의 고통이나 마누라의 바가지, 또는 하인의 도둑질을 겪고 마음이 온통 노여움에 물들고 푹 젖어서 나온 재판관의 판결이 분노 쪽으로 변질될 것은 의심할 여지가 없다. ^B 저 존경할 만한 아레오파고스의 원로원은 원고들을 보면서 판결을 하면 공정을 잃을까 봐 밤에 재판했다. ^A 공기까지도, 그리고 하늘이 청명하다는 것도 우리에게 어떤 변화를 가져오니, 키케로에 나오는 이 그리스 시구가 말하는 것과 같다.

> 아버지 신인 주피터가 대지를 밝히려고 보내는
> 풍요로운 광명에 따라 변하는 것이 인간 정신이다.
> 호메로스

열병이나 술, 큰 사고만이 우리 판단을 뒤집어엎는 것은 아니다. 세상에서 가장 하찮은 일들이 우리 판단력을 돌게 한다. 우리가 느끼지는 못하더라도, 계속되는 열병이 우리 영혼을 때려눕힌다면, 간헐적으로 열이 나는 학질도 정도에 비례해서 영혼에 어떤 손상을 입힌다는 것은 의심할 수 없다. 뇌졸중이 우리 지성의 눈을 감기고 완전히 사라지게까지 한다면, 감기가 그것을 눈멀게 할 리 없다고 생각해선 안 된다. 그러므로 평생에 단 한 시간이라도 우리의 판단력이 제가 있어야 할 자리에 있는 것을 보기란 어려운 일이다. 우리의 신체는 계속해서 너무도 많은 변화를 겪고 있고 너무도 많은 종류의 추동기재(推動機材)들로 채워져 있으므로 어느 때건 탈 난 것이 하나도 없기란(이 점에서는 의사들을 믿는 바이다.) 너무도 어려운 일이기 때문이다.

게다가 이 병은 심히 도져서 손써 볼 수 없을 정도가 되지 않

[392]

고는 잘 발견되지 않는다. 이성은 진리하고나 거짓하고나 늘 뒤틀리고 절뚝거리고 삐딱한 채로 어울려 가기 때문이다. 그래서 이성의 오류나 고장을 발견하기는 어렵다. 나는 각자 자기 안에서 만들어 내는 논리 비슷한 것을 여전히 이성이라 부르고 있다. 같은 주제를 둘러싸고 백 가지 상반된 논리를 만들어 낼 수 있는 이 이성, 그것은 늘이고 구부려서 어떤 관점, 어떤 척도에나 적응시킬 수 있는 납과 밀랍으로 된 도구이니, 그것을 주물러 꿰맞출 능력만 있으면 된다. 재판관이 아무리 좋은 의도를 가지고 있어도 자기 마음을 잘 챙기지 않으면(그러기를 좋아하는 사람은 거의 없지만), 우정, 인척 관계, 미모, 복수심에 기우는 마음, 또 그다지 비중이 큰 일이 아니라도, 이것을 저것보다 선호하게 만들어, 이성의 허가 없이 비슷한 두 개 중 하나를 선택하게 만드는 우연한 충동이나 그 비슷하게 헛된 어떤 기미까지도, 소송 사건에 유리하거나 불리한 암시를 그의 판결에 스며들게 해 저울대가 기울어지게 할 수 있다.

마치 달리 할 일이라곤 없는 사람처럼,

> 큰곰자리 아래 얼어붙은 나라에서
> 어떤 무서운 왕이 다스리건
> 무엇이 티리다테스를 두려워 떨게 하건 상관치 않으며,
> 호라티우스

할 수 있는 한 가까이서 나 자신을 탐색하는 나, 한순간도 나 자신에게서 눈을 떼지 않는 나는, 나 자신에게서 발견하는 허영과 결함을 말할 엄두가 나지 않는다. 내 발은 너무 불안정하고 잘 딛지

〔 393 〕

12장 레몽 스봉을 위한 변호

못하여 걸핏하면 쓰러질 듯 금세 비틀거리고, 내 시각은 너무나 제멋대로여서 배고플 땐 배부를 때와 전혀 다른 사람 같다. 내 몸이 건강하고 날이 쾌청하면 나는 괜찮은 사람이다. 발가락에 티눈이라도 박이면 나는 우거지상에 불쾌하고 가까이하기 어려운 사람이 된다. ^B 말이 똑같은 보조로 가도 어떤 때는 거칠게, 어떤 때는 편하게 느껴지고, 같은 길도 이때는 더 가깝게, 저때는 더 멀게 생각되고, 같은 것이 이때는 더 좋게 저 때는 덜 좋게 여겨진다. ^A 뭐든지 할 것 같다가 금세 아무것도 하기 싫어진다. 이 시간에는 즐겁게 여겨지는 일이 어느 땐가는 괴로울 것이다. 내 안에서는 분별없고 돌발적인 동요가 수없이 일어난다. 우울한 기분 또는 역정이 나를 사로잡는다. 이 시간에는 비애가, 저 시간에는 쾌활함이 독자적인 권위로 내 안에서 주도권을 행사한다. 책을 읽노라면 어떤 구절에서 지극히 우아한 아름다움을 발견하고 감명받지만, 다른 때에 다시 그것을 읽게 되면 아무리 돌려 보고 훑어 봐도, 접어 보고 만져 봐도, 처음 보는 허접스러운 뭉치일 따름이다.

^B 나 자신이 쓴 글에서조차 처음 생각했을 때의 기분을 늘 상기하진 못한다. 하려던 말이 무엇인지 알 수가 없다. 그래서 더 나았던 처음 생각을 놓쳐 버리고 고쳐서 새로운 의미를 주려고 손가락을 물어뜯는 일이 잦다. 나는 오락가락할 뿐이다. 내 판단력은 늘 전진하진 않는다. 허공을 떠다니고 표류한다.

> 망망대해에서
> 폭풍에 휩쓸린 일엽편주처럼.
> 카툴루스

[394]

내가 곧잘 하게 되는 일로, 연습 겸 재미 삼아 내 의견과 반대되는 견해를 주장하다 보면 내 정신은 거기에 몰두해 그편으로 돌아서며 나를 얼마나 잘 그쪽에 갖다 붙이는지, 내가 왜 첫 번째 의견을 가졌더랬는지 더 이상 알 수 없게 되어 그것을 버리는 일이 비일비재하다. 요컨대 나는 어떤 쪽이건 내가 몸을 기우는 쪽으로 쏠려 나 자신의 무게에 딸려 가는 것이다.

누구나 나처럼 자기 자신을 들여다본다면 자기에 대해 거의 비슷한 말을 할 것이다. 설교가들은 말하면서 일어난 감정이 자기들을 더욱 열렬한 신앙으로 나아가게 한다는 것을 안다. 그리고 우리는 화났을 때 우리 의견을 더 열렬히 옹호하고 마음에 새겨 넣으며, 지각이 냉철하고 침착할 때보다 훨씬 뜨거운 동의로 그 사상을 품어 안는다.

그대가 변호사에게 단순히 어떤 소송에 대해 이야기해 준다고 하자. 그는 망설이며 자신 없게 대답한다. 그대는 느낀다. 그로서는 이쪽을 변호하건 저 쪽을 변호하건 상관없다는 것을. 그가 흥분해서 그 소송을 덥석 물 만큼 충분한 돈을 지불했는가? 그가 그 사건에 얽혀 들기 시작하고 그의 의지가 달궈지기 시작했는가? 그러면 그의 이성과 그의 지식도 달아오른다. 드디어 명백하고 의심할 바 없는 진실이 그의 오성 앞에 나타난다. 그는 거기서 완전히 새로운 광명을 발견하고, 그것을 진실이라 믿으며 확신한다.

권위나 위기 상황의 압박과 폭력에 대항하는 울분과 고집에서 나온 격한 감정, ^C 또는 평판에 대한 관심이, ^B 그 어떤 사람을, 친구들과 자유롭게 있을 때라면 손가락 끝도 지지게 하지 않았을 사상을 화형대까지 불사하며 지지하게 만든 것은 아닌지 모르겠다.

^A 육체의 정념들 때문에 받는 충격과 동요도 우리 영혼에 큰

12장 레몽 스봉을 위한 변호

영향을 미치지만, 영혼 자체에 속하는 정념들이 주는 충격은 그보다 더하다. 그것들이 어찌나 영혼을 강하게 휘어잡는지, 영혼에겐 자체의 안에서 이는 바람 말고는 다른 추진력이나 움직임이 전혀 없고, 그 바람이 일지 않으면 마치 바다 한가운데서 바람이 도와주려 하지 않고 팽개쳐 버린 배처럼 꼼짝도 않으리라고 할 수 있을 정도이다. 그리고 ^C 아리스토텔레스 파를 따라 ^A 그런 견해를 지지하는 이가 우리를 크게 폄훼하는 것도 아니리라. 영혼이 행한 가장 아름다운 행위 대부분이 그런 정념의 충동에서 나오고 또 그것을 필요로 했다는 것은 잘 알려진 사실이니까. 용맹은 분노의 조력 없이는 완전할 수 없다고들 한다.

^C 아작스는 언제나 용감했지만
노했을 때 가장 용감했다.
키케로

우리는 격분하지 않고서는 악인이나 적에게 충분히 강력하게 덤벼들지 못한다. 그래서 변호사가 판관들에게 분노를 불어넣어 정의를 이끌어 내기를 바란다. 정념이 테미스토클레스를 자극하고, 데모스테네스[242]를 선동했으며, 철학자들로 하여금 공부하고, 밤을 새우고, 끊임없이 편력하도록 부추겼다. 정념은 우리를 명예, 학문, 건강 등 유용한 목표로 이끈다. 그리고 걱정거리와 불편

242
테미스토클레스(B. C. 582?~462?)는 아테네의 정치인. 장군으로 살라미스 대전에서 페르시아군을 대파했다. 데모스테네스(B. C. 384~322) 역시 아테네 출신으로 당시 그리스를 위협하는 마케도니아에 대적하는 운동을 펼쳤다.

〔 396 〕

한 일들을 참게 만드는 비굴한 마음은 양심에 금욕과 속죄의 마음을 기르고, 하느님이 내리는 재앙과 국가의 형벌이라는 재앙을 우리가 받는 징벌이라고 느끼게 하는 데 소용된다. ^A 연민은 ^B 관용에 자극제가 되고, 우리 자신을 보존하고 ^C 다스리려는 조심성은 두려움에 의해 각성된다. 또 야망이 만든 훌륭한 행위는 얼마나 많은가? 오만이 만든 대단한 일은? ^A 결국 탁월하고 강력한 덕성치고 얼마간 비정상적인 흥분을 동반하지 않는 것은 하나도 없다. 이 점이 에피쿠로스파 철학자들을 나서게 한 이유 중 하나가 아니었을까? 영혼을 덕행으로 이끄는 자극제요 촉진제인 정념으로 그 휴면 상태를 흔들지 않고서는 신의 선의조차 효력을 발휘하지 못할 바에야, 차라리 신에게서 우리 일에 관심을 기울이고 염려하는 짐을 덜어 주자고 말이다. ^C 아니면 그들은 다르게 생각해서, 정념이란 영혼을 평정 상태에서 수치스럽게 끌어내는 폭풍 같은 것이라고 여겼던 것인가? "바다가 고요하면 수면에 주름 지을 미세한 바람 한 줄기도 불지 않는다는 것을 확신할 수 있듯, 아무 정념도 흔들러 오지 않으면 영혼이 고요하고 평안하다는 걸 확언할 수 있다."(키케로)

    ^A 우리의 잡다한 정념들은 우리에게 얼마나 천차만별한 의미와 이유들을 내밀고, 얼마나 헷갈리는 생각들을 내놓는가! 그렇다면 그렇게 불안정하고 늘 움직이는 것, 원래 혼란의 지배를 받게끔 되어 있는 것, ^C 언제나 다른 것이 빌려주거나 강요하는 행보로만 작동하는 것[243]에게서 무슨 확신을 얻을 수 있단 말인가? ^A 우리의 판단력이 병과 어지러운 마음에 붙들려 있다면, 광증과 경솔

243
영혼을 말한다.

〔 397 〕

함으로 사물의 인상을 받아들인다면 그것을 어떻게 신용할 수 있겠는가?

^C 철학이 인간들을 평가하며, 인간은 자기 자신에게서 벗어나 광분해 정신이 나갔을 때 가장 위대하고 신성에 가까운 업적을 세운다고 하는 것은 좀 대담한 면이 있지 않은가? 우리는 이성이 제거되거나 마비되었을 때 개선된다. 신들의 방에 들어가 우리 숙명의 흐름을 예견하는 두 가지 자연스러운 길은 광기와 잠이다. 이것은 재미있는 고찰거리이다. 정념 때문에 이성이 떨어져 나가면 우리는 유덕해진다. 광기나 죽음의 영상이 이성을 뽑아내 버리면 우리는 예언가나 점쟁이가 된다. 철학이 한 말 중 내가 이보다 더 기꺼이 믿는 것은 없다. 신성한 진리가 철학적인 정신에 불어넣은 바로 그런 신기(神氣)가, 철학으로 하여금, 철학 자신의 의도에 반하여, 철학이 우리 영혼에게 줄 수 있을 고요하고 차분하며 가장 건강한 상태가 우리 영혼의 최상 상태는 아님을 실토하게 하는 것이다. 우리의 각성 상태는 잠 잘 때보다 더 잠들어 있다. 우리의 지혜는 광증보다 현명하지 못하다. 우리의 꿈이 우리의 논리보다 낫다. 우리가 취할 수 있는 가장 나쁜 자리는 바로 우리 안에 있다.

한데 철학은 이 점은 생각하지 않는가? 즉 정신이란 인간을 벗어나면 매우 통찰력 있고 위대하며 완벽하지만, 인간 안에 있을 때는 엄청 세속적이고 무지하고 깜깜하다고 주장하는 그 소리, 그것 역시 세속적이고 무지하고 깜깜한 인간의 일부인 정신에서 나오는 소리요, 그래서 믿어서도 안 되고 믿을 수도 없는 소리임을 간파할 만한 지력은 우리에게 있다는 것을!

^A 나는 무르고 둔중한 기질이라, 느닷없이 영혼을 사로잡아

〔 398 〕

영혼으로 하여금 저 자신을 인식할 여유도 주지 않는 그런 격렬한 동요를 크게 경험한 바가 없다. 그러나 젊은이들의 가슴에 한가해서 생긴다는 정열도, 아무리 서서히 점진적으로 진행될망정 우리의 판단력이 얼마나 큰 변덕과 변질의 힘에 시달리는지, 그것에 저항해 보려 했던 사람들에겐 아주 명백하게 보여 준다. 나는 전에 이 정념의 공격을 버텨 무찌르기 위해 마음을 단단히 먹으려 했다.(왜냐하면 나는 악덕을 소원하는 축과는 아주 거리가 멀기 때문에, 악덕이 나를 끌고 가지 않는 한 따라가지는 않기 때문이다.) 내 저항에도 불구하고 그 정념이 태어나 자라고 점점 더 커지더니 결국 눈에 띄게 펄펄 살아서 나를 사로잡아 자기 것으로 만드는 것을 나는 느꼈다. 마치 술에 취했을 때처럼 사물의 모습이 여느 때와 다르게 보이기 시작했다. 내 갈망의 대상이 지닌 장점들이 상상의 바람에 의해 점점 더 커지고 자라나고 두터워지고 부푸는 한편, 실행의 난관은 수월하고 밋밋해지며, 이성과 양심도 뒤로 물러나는 것이 똑똑히 보였다. 그러나 이 불길이 흩어지자, 마치 번개가 번쩍한 것처럼, 일순간 내 영혼은 다시 다른 눈, 다른 상태, 다른 생각을 갖게 되었다. 이번엔 후퇴의 어려움이 도저히 감당 못할 만큼 크게 여겨지면서 동일한 것들이 정욕의 열에 들떠서 볼 때와는 사뭇 다른 맛과 모습을 가진 것처럼 보이는 것이었다. 이 둘 중 어느 편이 더 진실한지? 퓌론은 전혀 알지 못한다.

　우리는 한순간도 병들어 있지 않은 때가 없다. 열병은 제 열과 제 냉기를 가지고 있다. 우리는 열정의 효과로 붕 떴다가 냉정의 효과로 다시 떨어진다.

　^B 앞을 향해 몸을 던진 만큼 나는 뒤로 튕겨 돌아온다.

〔 399 〕

그렇게 바다는 주기적인 움직임으로
때론 해안을 향해 달려와 바위를 물거품으로 뒤덮으며
모래사장의 마지막 주름 속으로 파고들었다가
때론 빠르게 몸을 돌려 굴리던 조약돌을 썰물로 휩쓸며
수면을 낮추어 해변을 버리고 달아난다.
베르길리우스

A 그런데 이런 나의 수다 번잡을 알게 되자 나는 어찌어찌 내 안에서 사고의 어떤 일관성을 만들어 내기에 이르렀고, 그래서 자연스럽게 떠오르는 첫 생각들을 거의 바꾸지 않게 되었다. 새로운 생각에 좋은 점이 있어 보여도 바꾸다 손해를 볼까 두려워 여간해서는 바꾸지 않는 것이다. 또 나는 선택할 능력이 없으므로, 남의 선택을 받아들이고 하느님이 나를 두신 자리를 고수한다. 그렇게 하지 않으면 나는 끊임없이 굴러다니는 신세를 면치 못할 것이다. 그렇게 했기 때문에 하느님의 가호로, 우리 시대가 만들어 낸 수많은 분파와 분열 속에서 양심의 동요나 혼란 없이 우리 종교의 오랜 신앙 안에서 나를 온전히 지켜낼 수 있었던 것이다.

고대인들의 글은, 충만되고 견실한 좋은 글들을 말하는 것이지만, 나를 사로잡아 거의 그들이 원하는 곳에 옮겨 놓는다. 언제나 방금 전에 읽은 작가가 제일 견고해 보인다. 그들이 서로 반대되는 말을 해도 각자 다 나름대로 일리가 있는 것 같다. 머리가 좋은 사람들이 자기가 원하는 것을 그럴듯하게 만드는 그 능란함, 그들이 나처럼 단순한 머리를 속이기에 충분한 색깔을 입혀 보려 시도하지 않는 것만큼 이상한 일이란 없다는 사실, 이것이 바로 그들이 전개하는 증명들이 얼마나 허약한 것인지를 명백히 보여

〔 400 〕

준다.

하늘과 별들은 3000년을 움직였고 모두 그렇게 믿어 왔다.
^C 사모스 사람 클레안테스, 또는 테오프라스토스에 따르자면 시라
쿠사인 니케타스가 ^A 움직이는 것은 바로 지구이며, 지구가 ^C 황
도대의 타원을 따라 그 축 주위를 돌고 있다고 ^A 주장하게 되는 날
까지는 말이다. 그리고 오늘날에는 코페르니쿠스가 이 학설을 매
우 탄탄하게 세워 놓아 모든 천문학의 추론에 널리 사용되고 있다.
두 학설 중 무엇이 옳은지 알려고 애쓸 것 없다는 게 아니라면, 이
이야기에서 얻을 것이 무엇인가? 앞으로 1000년 후 세 번째 견해
가 나타나 앞선 두 견해를 둘러엎지 않을지 누가 아는가?

이렇게 시간은 흘러가며 사물들의 처지를 바꿔 놓는다.
칭송되던 것이 멸시를 당하고
다른 것이 그것을 교체하며 불운의 구렁텅이에서 빠져나
온다.
날이면 날마다 사람들이 더욱 그것을 찾으니
이 새것은 온갖 찬사를 받으며
인간들 사이에서 놀랍도록 좋은 평판을 누린다.
루크레티우스

그러므로 새로운 학설이 나오면 그것을 경계하고, 그 학설이
생기기 전엔 그것과 반대되는 학설이 유행했다는 것을 고려해야
할 충분한 이유가 있다. 이전의 학설이 이번 학설로 무너진 것처
럼 어느 날 두 번째 학설과 충돌할 제삼의 학설이 나올 수 있다. 아
리스토텔레스가 도입한 원칙들이 신용을 얻기 전엔, 지금 그것들

12장 레몽 스봉을 위한 변호

이 우리를 만족시키는 것처럼 다른 원칙들이 인간 이성을 만족시켰다. 아리스토텔레스의 원칙들이 무슨 추천장, 무슨 특권을 가졌기에 우리가 고안해 내는 사고의 흐름이 거기서 멈출 것이며, 앞으로도 내내 우리 신용의 소유권이 그것들에게 주어질 것인가? 그것들도 앞선 학설들처럼 밀려날 운명에서 면제된 것은 아니다. 누가 새로운 논설로 괴롭히면 나는 그것을 충분히 논박할 수는 없어도 누군가는 논박할 거라고 생각해야 한다. 부인할 능력이 없다고 해서 그럴듯한 모든 것을 믿는다면 그것은 너무 순진한 생각이다. 그러면 모든 보통 사람들의 믿음은, ᶜ 그리고 우리는 모두 보통 사람들인데, ᴬ 바람개비처럼 빙빙 돌아가게 될 것이다. 무르고 저항할 줄 모르는 그들의 영혼은 끊임없이 다른 인상들을 받아들이지 않을 수 없을 것이고, 언제나 마지막 인상이 앞의 인상이 남긴 자취를 지워 버릴 테니까. 스스로 약자라고 생각하는 자는 사법 절차에서 하듯, 변호인과 상의하겠다, 또는 자기를 가르쳤던 더 지혜로운 분들에게 문의하겠다고 답해야 한다.

의약이 세상에 나온 지 얼마나 됐는가? 사람들 말로는 파라켈수스[244]라는 이름으로 불리는 새 인물이, 고대의 규칙들을 모조리 바꾸고 뒤집어엎으면서, 지금까지의 의술은 사람을 죽이는 데만 봉사했다고 주장한다고 한다. 나는 그가 그것을 쉽사리 입증할 것이라고 생각한다. 하지만 내 생명을 그의 새로운 의술 실험에 맡기는 것은 그다지 현명한 일이 못 된다고 본다.

"아무나 믿어서는 안 된다."라고 속담은 말한다. "아무나 뭐든지 말할 수 있으므로."

244
16세기 독일 태생의 스위스 의사, 연금술사.

〔 402 〕

신체에 관한 새로운 학설과 정보가 없나 일 삼아 살피는 자가 얼마 전에, 고대인들은 모두 바람의 성질과 움직임에 대해 잘못 알고 있었다면서, 자기 말을 들어 준다면 그것을 손으로 만지듯 명백하게 증명해 보이겠다는 것이었다. 나는 그럴듯한 말로 가득한 그의 논거들을 참고 들어 준 다음 그에게 물었다. "그럼 테오프라스토스의 법칙을 따라 항해해서 서방으로 갔던 사람들은 동쪽을 향하고서 어떻게 서쪽으로 갔나요? 옆으로 갔나요, 아니면 뒤로 갔나요?" "운이 좋았던 거지요." 그는 대답했다. "아무튼 그 사람들은 잘못 알고 있었어요." 그러기에, 나는 이치보다 사실을 따르는 걸 더 좋아한다고 대꾸해 주었다.

그런데 이치와 사실은 곧잘 충돌한다. 듣자 하니 (학문들 중에서 확실성이 가장 높다고 하는) 기하학에도 반박할 수는 없는데 경험적인 사실과는 완전히 상치되는 증명들이 있다고 한다. 자크 펠르티에가 우리 집에 와서 했던 말이 그렇다. 그는 합칠 것처럼 서로를 향해 뻗어 나가지만 결코 영원토록 만날 수 없는 두 선[245]을 발견했다며, 두 선이 만날 수 없음을 증명할 수 있다고 했다. 그리고 퓌론주의자들은 경험상 사실처럼 보이는 것을 깨부수기 위해서만 그들의 논리와 이성을 사용한다. 사실의 명백성을 쳐부수려는 이 계획에서 이성이 어디까지 그들을 따라가는가를 보면, 우리 이성의 유연성이 놀랍기만 하다. 그들은 우리가 움직이는 게 아니라는 것, 말하는 게 아니라는 것, 무거운 것, 뜨거운 것도 없다는 것을 우리가 가장 그럴직한 것들을 증명할 때와 똑같이 강력한 논법으로 입증하니 말이다.

245
쌍곡 선과 점근선을 말한다.

위대한 인물이었던 프톨레마이오스는 우리 세계의 한계를 정해 놓았다. 고대 철학자들 모두 자기들이 놓쳤을 수도 있는 몇몇의 외딴 섬들을 제외하고는 이 세상의 크기를 알고 있다고 생각했다. 1000년 전엔, 우주형상지(誌)[246]의 지식, 그것으로부터 각자가 받아들인 견해들을 의심한다는 것은 퓌론식 행위였을 것이다.[B] 지구 반대쪽에 땅이 있다고 믿는 것은 이단이었다.[A] 그런데 우리 세기에 엄청나게 큰 땅덩어리, 섬이나 한 나라 정도가 아니라 우리가 알고 있는 세상과 거의 같은 크기의 대륙이 발견되었다. 그런데도 오늘날 지리학자들은 이젠 모든 것이 발견되었고 모든 것을 보았다고 확신해 마지않는다.

> 수중(手中)에 있는 것이 마음에 들고
> 무엇보다 더 좋은 것 같기 때문에.
>
> 루크레티우스

문제는 예전에 프톨레마이오스가 자기 이성에 기초해서 틀린 생각을 했던 것인지, 현재 저들이 하는 말을 믿는 것이 어리석은 일은 아닌지,[C] 또 우리가 세계라고 부르는 이 큰 덩어리가 우리가 생각하는 것과는 사뭇 다른 것이라는 게 더 맞는 말은 아닌지 하는 것이다.

플라톤은 세상이 온갖 방식으로 모습을 바꾼다고 주장한다. 하늘, 별, 해는 종종 서쪽을 동쪽으로 바꾸면서 우리에게 보이는

---

[246]
Cosmographie. 우주에 대해 기술하는 학문이라는 뜻으로 지질학, 지리학, 천문학을 포괄하는 고대의 학문.

〔 404 〕

움직임을 뒤집는다는 것이다. 이집트 사제들은 헤로도토스에게 말하기를, 그들의 태조 이후 1만 1000년 동안(그러면서 그들은 모든 왕의 산 몸에서 뜬 요철본 초상을 보여 주었다.) 태양이 네 번 길을 바꿨고, 바다와 육지가 번갈아 자리를 바꿨으며, 우주의 출현 시기는 확정된 바 없다고 했다. 아리스토텔레스, 키케로도 같은 말을 했다. 우리 그리스도인 중 어떤 이[247]는 세계는 끊임없이 멸했다가 생겨나며 영원토록 존재한다면서, "하느님이 때로 피조물 없는 창조자였고, 한가할 때도 있었으며, 이 작품에 착수하려고 여가를 끝냈고, 따라서 그분도 변화에 종속된 존재"라는 반론을 피하기 위해 솔로몬과 이사야를 증인으로 부른다.

그리스 학파들 중 가장 유명한 학파[248]에서는 세계가 그보다 더 위대한 신이 만든 한 신으로서, 몸체와 영혼으로 구성되어 있고, 영혼은 몸체의 중심에 자리 잡고서 주위로 음악적인 비례와 수로 퍼져 나가며, 거룩하고, 지극히 복되고, 위대하고, 지혜롭고, 영원한 것이라고 본다. 그 안에는 땅, 바다, 별들이라는 다른 신들도 존재하는데, 그것들은 조화롭고도 영원한 움직임과 신성한 춤으로 시시로 만났다가 멀어지고, 서로 숨었다가 다시 나타나며, 이번에는 앞으로, 다음에는 뒤로 대열을 바꾸기도 하면서 서로 사귀고 있다는 것이다.

헤라클레이토스는 세계가 불로 이루어져 있는데 운명의 질서에 따라 어느 날 불타서 녹아 버렸다가 어느 날 다시 생겨날 것이

247
오리게네스.
248
플라톤의 아카데메이아 학파를 말한다.

〔 405 〕

라고 생각했다.

그리고 아풀레이우스는 이렇게 말했다. "인간에 대해 "개체로서는 죽을 존재이지만 종(種)으로서는 영생한다."

알렉산드로스는 어머니에게 보내는 편지에서 한 기념물에 기록된 이집트 사제의 서술을 전했다. 그 영원한 나라의 오랜 연조(年祚)를 증명하고 또 다른 나라들의 출생과 발전을 보증하는 이야기였다.

키케로와 디오도루스는 그들 시대에 칼데아인들은 40만 년에 걸친 기록을 갖고 있다고 말한다. 아리스토텔레스, 플리니우스와 다른 이들은 차라투스트라[249]가 플라톤 시대보다 6000년 전에 살았다고 한다. 플라톤은 사이스시 사람들이 8000년간의 기록을 갖고 있고, 아테네인들은 그 사이스시보다 1000년 전에 세워졌다고 말한다.

B 에피쿠로스는 사물들이 여기서 우리가 보는 모습으로 존재하는 것처럼 다른 여러 세상에서도 똑같은 방식으로 존재한다고 한다. 만일 그가 서인도의 새로운 세계와 우리 세상이, 현재나 과거나 서로 비슷하고 닮았다는 너무도 신기한 예들을 보았다면 더욱 확신에 차서 그렇게 말했을 것이다.

C 사실 지상에서 인간 사회가 겪은 변천에 대해 우리가 알게 된 것을 생각해 보면, 공간적으로나 시간적으로나 그토록 멀리 떨어져 있는데도 우리의 자연스러운 판단력과는 아무 관련도 없는 것 같은 괴이쩍은 속설, 야만적 풍속과 믿음이 수없이 일치한다는 것에 나는 자주 놀라곤 했다. 인간 정신이란 실로 대단한 기적 제

249
고대 페르시아의 예언자, 조로아스터교의 창시자.

〔 406 〕

조기이다. 하지만 그 일치에는 여전히 내가 알 수 없는 뭔가 더욱 기묘한 점이 있다. 그런 일치가 이름이나 사건, 그리고 수천 가지 다른 일에서도 발견되는 것이다. ^B 우리가 아는 한 우리에 대해 들어 본 적도 없는데 할례가 성행하는 나라들도 있고, 남자들 없이 여자들이 다스리는 나라도 있다니 말이다. 우리처럼 단식과 사순절이 있고 거기에 여자를 삼가는 것까지 추가한 나라도 있다. 우리 십자가가 다양한 방식으로 사용되는 나라들이 있는데, 여기서는 무덤을 명예롭게 하고, 저기서는 특히 성 안드레의 십자가를 밤 귀신을 예방하는 데 쓰거나 귀신에 홀리지 말라고 아이들의 잠자리에 매달기도 한다. 다른 데서는 비의 신으로 숭배받는 높다란 나무 십자가도 목격되었는데, 아주 깊은 내륙 오지에 있다고 한다. 그곳에선 우리 고해 신부들과 아주 비슷한 사람들도 볼 수 있는데, 주교용 삼각모, 사제들의 독신 생활, 제물로 바친 동물의 내장으로 점치는 법 등이 같다. ^C 모든 육류와 어류를 금하는 식생활, ^B 속어가 아닌 특수 용어를 사용하는 제관들의 방식, 첫 번째 신이 그의 아우인 두 번째 신에게 쫓겨났다는 이야기, 자기들이 원래는 온갖 유익한 것들과 함께 창조되었는데 자신들의 죄로 말미암아 모든 것을 잃었고, 사는 지역도 달라지고, 자연 조건도 나빠졌다는 이야기도 그렇다. 옛날에 그들은 하늘이 내린 홍수에 잠겼는데, 높은 산의 굴로 피신했던 극소수의 가족만 구제되어, 여러 종류의 짐승들을 굴 안에 가둔 뒤 물이 들어오지 않도록 굴 입구를 막았는데 비가 그친 것 같아 개를 밖으로 내보내 봤더니 금방 돌아왔고 젖어 있는 것을 보고 물이 아직 빠지지 않은 것을 알았으며, 이후 다른 개들을 내보냈다가 진흙투성이가 되어 돌아온 것을 보고는 다시 세상을 사람들로 채우러 굴을 나왔는데, 세상엔 뱀들만

〔 407 〕

12장 레몽 스봉을 위한 변호

우글우글하더라는 이야기도 있다.[250]

어디선가는 최후의 심판에 대한 믿음까지 만났다. 그 때문에 그곳 주민들은 스페인인들이 무덤을 도굴하며 죽은 자들의 뼈를 흩뜨리자 불같이 화를 냈다. 흩어진 뼈들이 다시 합쳐지기 어려울 것이라면서. 그들은 물물 교환만 하고 다른 수단은 쓰지 않는데, 그것을 위해 시장과 장날이 있다. 난쟁이들과 불구자들이 왕공들의 식탁을 장식한다. 자기들 지역에 사는 새들의 성질을 이용해 매 사냥을 하고, 압제적인 상납금 징수, 세련된 원예, 춤과 곡예, 기악(器樂), 문장(紋章), 정구, 주사위 놀이나 도박도 있는데, 종종 자기 몸과 자유를 걸 정도로 열광한다. 의술이라고는 무당 굿 같은 것뿐이고, 글씨는 사물의 형상을 딴 형식이며, 모든 부족의 아버지인 최초의 단 한 사람에게 신심을 두고, 또 오래전에 완벽한 동정 지키기, 단식, 고행을 행하며 사람으로 살면서 자연의 법과 종교 의식들을 가르쳐 준 뒤, 자연적인 죽음 없이 세상에서 사라진 한 신을 숭배한다. 거인들의 존재를 믿으며, 술 마시고 취하되 만취하는 풍습, 죽은 자의 뼈나 해골에 칠을 한 종교적 장식품들, 짐승의 해골이나 죽은 사람의 머리로 장식한 종교적 장식들, 흰 제례복, 성수(聖水), 성수 뿌리기, 세상을 뜬 남편이나 상전과 함께 화장되어 땅에 묻히려고 앞다투어 달려드는 여인과 하인들, 장자가 모든 재산을 물려받고 동생에게는 복종하는 의무만 남겨 주는 법률, 아주 권위 있는 어떤 직위로 승진하면 승진한 사람이 새로운 이름을 갖게 되고 원래 이름을 버리는 관습, "너는 먼지

250
이 모든 '불가사의한 이야기'는 프란시스코 로페스 데 고마라의 『인도 일반사』에 나오는 것들이다.

〔 408 〕

에서 왔고 먼지로 돌아갈 것"이라고 말해 주면서 갓난애의 무릎에 횟가루를 뿌리는 풍습, 점치는 기술도 있다.

이런 예들에서 보이는 우리 종교의 희미한 그림자는 우리 종교의 존엄성과 거룩함을 증명한다. 우리 종교는 이쪽의 모든 불신 민족들에게도 모방을 통해 스며들었을 뿐 아니라, 마치 보편적이고 초자연적인 영감에 의한 것처럼 이 야만인들에게도 침투된 것이다. 야만인들에게서 연옥에 대한 믿음까지(다른 형태였지만) 봤다니 말이다. 우리가 불에게 맡기는 역할을 그들은 추위에 맡긴다. 그들은 죽은 영혼들이 준엄한 혹한으로 벌받고 정화된다고 상상한다. 이 예는 또 다른 재미있는 차이 하나를 내게 일깨워 준다. 거기에는 마호메트교도나 유대교도들이 하듯 생식 기관 끝의 포피를 제거하는 것을 좋아하는 부족들이 있는가 하면, 어떤 부족들은 이 살 끝이 공기를 쐬이지나 않을까 두려워하며 껍질이 까질세라 하도 신경을 쓴 나머지 조심스레 잡아당겨 가는 끈으로 잡아매고 다니더란다.

또 이런 차이도 있다. 우리는 왕을 기리거나 축제를 기념할 때 우리가 가진 옷 중에서 제일 점잖은 옷으로 치장하는데, 어떤 지역에선 왕보다 비천한 자라는 것을 보이고 왕에 대한 복종을 드러내려고, 신하들이 왕 앞에 나아갈 땐 가장 추레한 옷차림을 하고, 왕궁에 들어갈 땐 좋은 옷 위에 다 찢어진 낡은 옷을 걸친다는 것이다. 모든 광채와 장식은 왕에게만 있도록 말이다. 본 이야기로 돌아가자.

ᴬ 만일 자연이 그 통상적 운행의 일정 기간에, 다른 모든 것들과 마찬가지로 인간의 믿음, 판단, 견해 역시 가두는 것이라면, 그런 것들도 양배추와 마찬가지로 변화, 절기, 탄생과 죽음을 가

〔 409 〕

진 것이라면, 하늘이 제 마음대로 그것들을 흔들고 굴리는 것이라면 우리가 그것들에게 무슨 대단하고 항구적인 권위를 부여하겠는가? B 만일 우리가 존재하는 모양이 피부색이나 키, 기질과 태도만이 아니라 영혼의 기능까지, 태어난 곳의 공기, 기후, 지역에 좌우된다는 것을 경험이 우리에게 손으로 만지듯 알게 하는 것이라면, C "풍토가 신체의 활력뿐 아니라 정신의 활력에까지 영향을 미친다."(베게티우스)면, 이집트 제관들이 솔론에게 "아테네의 공기는 섬세하기 때문에 그곳 사람들이 섬세한 정신을 가진 것으로 이름이 났고, 테베의 공기는 둔중해서 테베인들은 거칠고 정력이 넘치는 사람들로 통한다."(키케로)라고 가르쳐 준 것처럼, 아테네시를 세운 여신이 사람들을 신중하게 만드는 풍토의 지역을 그 부지로 골랐다면, B 그래서 풍토에 따라 다양한 과일과 동물들이 생산되듯 사람도 그들이 자리 잡은 장소의 경향이 이끄는 바에 따라 호전성, 공정함, 절도, 양순함의 정도가 다르게 태어나고, 여기서는 술을, 저기서는 도둑질과 호색을 즐기며, 여기서는 미신에, 저기서는 불신앙에 기울며, C 여기서는 자유를 애호하고 저기서는 예속을 받아들이고, B 학문에 능하거나 기예에 능하거나, 투박하거나 섬세하거나, 순종하거나 반항적이거나, 선하거나 악해지며, 나무들이 그렇듯 장소를 옮기면 새로운 기질을 갖는 것이라면, 바로 그래서 키루스 대왕이 C 기름지고 부드러운 땅은 인간을 무르게 만들고 비옥한 땅은 정신을 황폐하게 한다면서, 페르시아인들이 그들의 메마르고 험준한 땅을 버리고 순하고 평평한 다른 땅으로 이주하는 것을 허락하려 하지 않았던 것인데, B 어떤 하늘의 뜻으로 어느 때 한 예술, 한 사상이 꽃피다가 어떤 때는 또 다른 예술과 사상이 꽃피고, 특정 시대는 특정한 천성들을 만들어 인류를 특정한 경향

〔 410 〕

으로 끌고 가며, 인간 정신이 우리의 논밭처럼 어느 때는 비옥하고 어느 때는 척박해지는 것이라면 우리가 자랑하고 다니는 저 모든 멋진 특권들은 뭐가 되는가?

현명한 사람도 틀릴 수 있고, 100명 또는 여러 나라 사람들, 아니 인간의 본성 자체가 수세기에 걸쳐 이것 또는 저것에 대해 정도를 벗어나 헤매는데, 무슨 확신으로 가끔은 틀리지 않기도 한다고, ^C 그리고 지금 이 세기엔 오류에 빠져 있지 않을 거라고 믿는단 말인가?

^A 우리 어리석음에 대한 증거들 중에서도 잊어서는 안 될 하나가 이것이라고 생각한다. 즉 인간이란 욕심을 내면서도 자기에게 필요한 것을 찾아낼 수 없으며, 향유는 그만두고 그저 상상과 소원으로라도 우리는 우리의 만족을 위해 무엇이 필요한지, 의견의 일치를 보지 못한다는 것이다. 우리 생각더러 마음대로 자르고 꿰매 보라고 하라. 아마도 그것은 자기에게 적합한 것을 원할 줄도 모를 것이요, ^C 저를 만족시키지도 못할 것이다.

> 사실 이성이 우리의 공포와 욕망을 다스려 주는가?
> 설사 성공한다 한들, 한 치의 후회도 남기지 않을 만큼
> 그렇게 전도양양하기만 한 계획을 품어 본 적 있는가?
>
> 유베날리스

^A 바로 그렇기 때문에[251] ^C 소크라테스는 신들에게 그에게 이

251
생전판에는 "그래서 가장 겸손하고 가장 현명하며 저 자신을 가장 잘 알고 있는 그리스도인은 창조주에게 자기에게 필요한 것을 정해서 명령해 달라고 청한다."로

〔 411 〕

롭다고 신들이 알고 있는 것들만 달라고 청했다. 또 라케데모니아인들은 공적으로건 사적으로건, 그저 자기들에게 좋고 아름다운 것들만 주십사고 기도했다. 그 좋고 아름다운 것을 선택하는 일은 신의 분별에 맡겼던 것이다.

> [B] 우리는 아내와 자식들을 달라고 기도한다.
> 하지만 어떤 아내, 어떤 자식들일지는 신만이 아신다.
>
> 유베날리스

[A] 그리고 그리스도인은 하느님께 "당신의 뜻이 이루어지소서."라고 간구한다. 시인들이 미다스 왕에 대해 상상한, 그런 궁지에 빠지지 않기 위해. 그는 자기가 만지는 것 모두가 황금으로 변하게 해 달라고 신들에게 청했다. 그의 기도는 받아들여졌다. 그의 포도주도 금, 빵도 금, 이불 털도 금, 셔츠와 옷도 금이 되었다. 그리하여 그는 끔찍한 복을 받아 자기가 욕망했던 것을 누리느라 깔려 죽을 지경이 되었다. 그는 자기 기도를 철회해야 했다.

> 부유하면서 동시에 가난한, 이런 예기치 못한 불행에 놀라,
> 그는 자기 재물에서 달아나고 싶어 하며, 자기가 소원했던
> 것을 혐오한다.
>
> 오비디우스

[B] 나 자신에 대해 말해 보자. 나는 젊어서 다른 여러 일들만

이어진다.

〔 412 〕

큼이나 생미셸 훈장을 얻는 행운을 바라 마지않았다. 당시엔 그것이 프랑스 귀족에게 지극히 높고도 매우 희귀한 영예의 표지였기 때문이다. 운수는 내게 그것을 익살맞은 방식으로 부여했다. 나를 들어 올리고 내 자리를 높여서 그것에 이르게 하는 대신, 나를 훨씬 더 상냥하게 대접하여, 그것을 내 어깨와 그 아래까지 내려 주었던 것이다.

^C 클레오비스와 비톤은 그들의 여신에게, 트로포니오스와 아가메데스는 그들의 남신에게 자기들의 신심에 합당한 보상을 청했다가 죽음을 선물로 받았다. 우리에게 필요한 것에 대한 하늘의 견해는 우리의 견해와 이만큼이나 다르다.

^A 하느님은 우리에게 부, 명예, 생명, 건강까지 내려 주되, 어떤 때는 우리에게 해가 되도록 내려 주실 수도 있다. 우리가 좋아하는 것이 모두 우리에게 언제나 이롭지는 않기 때문이다. 만일 하느님이 병을 고쳐 주는 대신 우리에게 죽음 또는 병의 악화를 보내 주신다면, "당신의 막대와 회초리가 나를 위로하오니"(「시편」 22), 우리에게 마땅한 것을 우리보다 훨씬 확실하게 고려하는 그분 섭리의 이치에 따라 그렇게 하시는 것이다. 그러니 우리는 그것을 지극히 현명하고, 지극히 사랑하는 분의 손이 하시는 일로 좋게 받아들여야 한다.

> 내 말을 믿는다면,
> 우리에게 적합하고 우리 일에 유리한 것을
> 신들이 판단하게 하라.
> 인간은 그 자신보다
> 신들에게 더 소중하다.

〔 413 〕

유베날리스

신들에게 명예와 직책을 청하는 것은, 신들더러 그대를 전쟁 터나 주사위 노름판, 또는 결말도 모르며 결실도 불확실한 어떤 일에 던져 달라고 요청하는 것이니 말이다.

A 인간에게 최고선은 무엇인지를 두고 벌이는 철학자들 간의 전투처럼 격렬하고 모진 전투는 없다. C 바로의 계산에 의하면 그 전투에서 288개의 분파들이 나왔다.

"최고선에 대해 일치하지 못하니, 철학 전체에 일치가 없다."(키 케로)

> A 제각각 입맛대로 다른 요리를 요구하는
> 세 사람의 회식자를 보는 것 같구나.
> 뭘 줘야 하지? 아니면 뭘 주지 말아야 하나?
> 그대는 다른 이가 청하는 것을 거부하고,
> 다른 둘은 그대가 원하는 것이 시큼하고 역겹단다.
>
> 호라티우스

이러니 자연이 그들의 논쟁과 토론에 답해 주어야 하리라.

어떤 이들은 우리의 선이 덕에 있다고 하고, 다른 이들은 쾌 락에, 또 다른 이들은 본성에 순응하는 것에, 어떤 이는 학문에, C 고통이 없는 것에, A 어떤 이는 외관에 끌리지 않는 것(이 생각에 B 고대 퓌타고라스의 A 다음 사상이 합류하는 것 같다. 그리고 그것 은 B 퓌론 학파의 목표이기도 하다.)에 있다고 한다.

〔 414 〕

^A 어떤 일에도 놀라지 않는 것은, 누마키우스여,
행복을 얻고 간직하는 유일한 방법이다.

호라티우스

^C 아리스토텔레스는 아무것에도 놀라지 않는 것을 도량이 크다는 증거로 본다. ^A 아르케실라오스는 곧고 결연하게 자기 판단을 견지하는 것이 선이고, 남에게 동의, 동조하는 것은 악이요, 불행이라고 했다. 그런 생각을 확실한 공리로 공표했다는 점에서 사실 그는 퓌론주의를 버린 것이다. 퓌론파가 최고선은 아타락시아, 곧 판단의 부동(不動) 상태라고 말할 때, 그들은 그것을 신념으로, 확정적인 방식으로 말하려는 것이 아니다. 낭떠러지를 피하고 밤이슬에 몸을 가리게 만드는 영혼의 동요, 바로 그 동요 자체가 그들에게 그런 생각을 갖게 하고 다른 생각을 거부하게 하는 것뿐이다.

^B 내가 살아 있는 동안 누군가가, 이를테면 우리에게 남아 있는 가장 박학한 인물이요, 지극히 개화되고 정확한 정신의 소유자로서, 나의 스승 투르네부스와 그야말로 형제 같은 유스투스 립시우스 같은 이에게 의욕과 건강과 충분한 여유가 있어서, 우리 존재, 우리 행습에 대한 고대 철학의 견해들, 그것들 사이의 충돌들, 각 학파의 영향력과 역사, 기억할 만하고 모범이 될 만한 사건들에서 각 학파의 저자들이나 추종자들이 그들의 삶을 자기네 강령에 어떻게 맞춰 나갔는지 등을 우리가 능히 찾아볼 수 있을 만큼 진실하고 세밀하게, 그것들의 나뉨과 유형에 따라 모아서 기록으로 만들어 주기를 나는 얼마나 바라는지. 그 얼마나 아름답고 유용한 작품이겠는가!

〔 415 〕

12장 레몽 스봉을 위한 변호

^A 요컨대 만일 우리가 우리 행습의 규율을 우리 자신에게서 끌어낸다면 어떤 혼란에 빠지겠는가! 이 점에 관해 우리 이성이 우리에게 주는 가장 그럴 법한 충고는 각자 자기 나라의 법을 따르라는 것이니, ^B 소크라테스가 신에게서 계시를 받았다며 말한 의견이 그러하다. ^A 이때 이성이 하고자 하는 말이 무엇일까, 우리의 의무에 우연 말고 다른 규칙이 없다는 것이 아니면? 진리는 동일하고 보편적인 얼굴을 가져야 한다. 인간이 올곧음과 정의의 실체와 진정한 본질을 안다면 그것을 이 나라 저 나라의 관습이라는 조건에 결부시키지 않을 것이다. 덕의 형태가 페르시아인들 또는 인도인들의 생각에 따라 좌우될 수는 없을 것이다.

법률보다 더 끊임없이 동요하는 것도 없다. 태어난 이래 나는 이웃 나라 영국의 법이 서너 번 바뀌는 것을 보았다. 비단 우리가 불변하기를 바라지 않는 정치 문제에서만이 아니라 세상에서 가장 중요한 문제랄 수 있는 종교에 관해서도 말이다. 나는 그 점이 부끄럽고 화가 난다. 영국은 예전에 우리 지방과 아주 친밀한 관계였기 때문에 우리 집안에도 아직 지난날의 사촌 관계 흔적이 남아 있기에 더욱 그렇다.²⁵²

^C 그리고 여기 우리 나라에서 전에는 사형감이었던 행동이 합법적인 것이 되는 것을 보았다. 그러니 지금 이런저런 행동을 합법적인 것으로 여기는 우리도, 예측할 수 없는 전운(戰運)에 따라 우리 정의가 불의의 손아귀에 들어가 몇 해 안 가 정반대의 본질을 지닌 것으로 뒤집히면, 얼마든지 어느 날 인간적으로나 종교

252

몽테뉴의 고향인 기엔 지방은 백년 전쟁 전에는 영국의 영토였고, 몽테뉴의 성(姓)인 에켐(Eyquem)은 영국식 성이다.

〔 416 〕

적으로나 대역 죄인이 될 수 있을 것이다.

고대의 그 신[253]은 그의 삼각 의자[254]의 가르침을 구하는 사람들에게 각자에게 맞는 참된 종교 의식(儀式)은 자기가 사는 고장에서 관습으로 지키는 종교 의식이라고 선언했다. 어떻게 이보다 더 명백하게 인간 지식에 신적 존재에 대한 무지라는 낙인을 찍고, 종교란 인간 사회를 결속시키기 위한 인간의 고안품 중 하나에 불과하다는 것을 인간에게 가르쳐 줄 수 있었겠는가? 오 하느님! 우리의 믿음을 그렇게 제멋대로 헤매는 신앙 행위들의 미망에서 끌어내시어, 거룩한 말씀의 영원한 기초 위에 세우신 당신의 자애에 어떻게 감사드려야 할는지요!

[A] 이러니 철학이 여기서 우리에게 무슨 말을 해 줄 수 있겠는가? 제 나라 법을 따르라고? 다시 말해 마음이 바뀔 때마다 정의의 얼굴을 갈아치우고 다른 색깔을 칠해서 보여 주는 백성 또는 군주의 그 변덕스런 견해의 바다를 말인가? 나는 그렇게 유연한 판단력을 가질 수 없다. 어제는 신용을 얻었다가 내일은 잃고, [C] 냇물 하나 건너면 범죄가 되는 것이 무슨 선이란 말인가? 산들에 둘러싸여, 산만 넘어가면 거짓이 되는 것이 무슨 진리란 말인가?[255]

[A] 그런데 이 철학자들이 참 재미있다. 법에 어떤 확실성을 부여하기 위해 그들이 자연법이라고 부르는 견고하고 영원하고 불변하는 어떤 법칙들이 있어, 그것이 인간 고유의 본질적 조건에

253
아폴론을 말한다.
254
델포이 신전에서 아폴론의 신탁을 전하는 무녀가 앉는 삼각 의자.
255
파스칼의 명구 '피레네 산맥 이쪽에선 진리, 저쪽에선 오류'가 이 구절에서 나왔다.

의해 인류 안에 새겨져 있다고 하는 것을 보면 말이다. 그런 법에 대해서도 누구는 셋이라고 하고, 누구는 넷, 누구는 그보다 많다 하고 누구는 적다고 하니, 그 역시 다른 것과 마찬가지로 미심쩍은 법이라는 징표이다. 게다가 가려 뽑은 그 셋 또는 넷의 법률 중에서 단 하나도, 한 나라가 아니라 여러 나라에서 반박을 당하거나 부인되지 않은 것이 없으니, 그들은 지지리 운도 없고(이루 헤아릴 수 없이 많은 법률 중에, 모든 나라가 보편적으로 동의하고 받아들일 수 있도록 운명과 우연의 운이 거들어 준 것이 최소한 하나도 없었다니 운이 없달밖에 달리 뭐라고 하겠는가.) 참으로 가련하다. 그런데 보편적 동의만이 자연법의 존재를 논증할 수 있는 유일한 지표이다. 진정 자연이 우리에게 명한 것이라면 우리는 아무 의심 없이 만장일치로 그것을 따를 테니 말이다. 그리고 그 법을 거스르도록 압력을 가하려는 자가 있다면 국민 전체뿐 아니라 개개인 모두가 그에게서 강제와 폭력을 느낄 것이다. 그들이 내게 이런 예를 한 가지라도 보여 주면 좋겠다.

프로타고라스와 아리스톤은 법률이 지닌 정당성의 핵심은 오직 입법가의 권위와 견해뿐이라고 했다. 그것을 빼면 선도 정직도 그 특질을 잃고, 남는 것은 아무래도 좋은 것들의 헛된 이름들뿐이라는 것이다. 플라톤에 나오는 트라시마코스는 상급자가 원하는 것이 곧 법이라고 생각한다. 이 세상에 관습과 법률만큼 다양한 것은 없다. 여기서는 고약한 것이 다른 데서는 찬사를 받는다. 라케데모니아에서 솜씨 좋은 도둑질이 그랬듯이. 우리 사이에서는 근친 간의 결혼이 사형감이지만 다른 데서는 명예로운 일이다.

어떤 나라에서는

어머니가 아들과, 아버지가 딸과 결합하여

육친의 정이 연정으로 배가된다고 한다.

오비디우스

    유아 살해, 친부 살해, 처첩 공유, 장물 거래, 모든 종류의 쾌락 허가 등 결국 그 어느 나라의 관습으로도 허용된 바 없을 만큼 극단적인 일이란 하나도 없다.[256]

    ^B 자연법이 있다는 것은 믿을 만하다. 다른 피조물들에서는 그것이 보인다. 하지만 우리에게서는 사라져 버렸다. 그 잘난 인간 이성이 어디서나 끼어들어 지배하고 명령하며 제 허영과 변덕에 따라 사물들의 얼굴을 흐려 놓고 뒤섞어 버리기 때문이다. ^C "진짜 우리 것은 하나도 남아 있지 않다. 내가 우리 것이라고 부르는 것은 인위적으로 만들어 낸 것에 불과하다."(키케로)

    ^A 사물들은 다양한 양상을 보이고 다양한 관심을 받는다. 주로 그 때문에 다양한 견해가 나오는 것이다. 어떤 나라 국민은 한 사물을 어떤 한 가지 모습으로만 보고 거기서 멈춰 버린다. 다른 나라는 다른 모습으로 보고 그렇게 한다.

    제 아비를 먹는다는 것보다 더 끔찍한 일은 상상할 수 없다. 하지만 예전에 그런 관습을 가졌던 나라 사람들은 그 관습을 효심과 깊은 애정의 증거로 여겼고, 그렇게 해서 자기를 낳아 준 분에게 가장 합당하고 명예로운 무덤을 드리려 했던 것이며, 자기 골수 속에 모시듯 제 몸 안에 아버지의 몸과 유골을 모시고 소화와

256

『에세 1』 23장에서 길게 다룬 주제.

〔 419 〕

흡수라는 수단을 통해 자기들의 살아 있는 살로 변화시켜 어떤 점에서는 다시 생명과 활력을 드리려 했던 것이다. 이런 미신에 푹 젖어 있는 사람들에게, 부패해서 짐승과 벌레들의 먹이가 되라고 부모의 유해를 땅에 던지는 것이 얼마나 잔인하고 구역질 나는 행위였을지 쉽게 짐작할 수 있다.

뤼쿠르고스는 도둑질에서 이웃의 물건을 날쌔게 채 가는 민첩함, 근면함, 대담함, 꾀, 빠름을 눈여겨보고, 각자 더 세심하게 자기 소유물을 지키려고 애쓰게 만든다는 점에서 국가에도 유익할 것이라고 생각했다. 그래서 남의 물건을 갈취함으로써 오는 혼란과 불의보다는 공격하고 방어하는 이 이중의 훈련에서 얻을 수 있는 군사 훈련(그가 가장 중요한 학문이요 덕목으로 생각해 자기 나라 백성에게 교육하려 했던)의 효과가, 훨씬 더 고려할 만한 가치가 있다고 생각했다.

참주 디오니시우스는 플라톤에게 금박을 입히고 향수를 뿌린 페르시아식 긴 옷을 선물했다. 플라톤은 그것을 거절하며 자기는 남자로 태어나서 여자 옷을 입는 것이 별로 내키지 않는다고 말했다. 그러나 아리스티포스는 어떤 괴상한 옷차림도 순결한 심지를 부패시킬 수는 없다고 말하며 그것을 받았다. [C] 그의 친구들은 디오니시우스가 얼굴에 침을 뱉었어도 대수롭잖게 여겼을 거라며 그의 비굴함을 질책했다. 그는 말했다. "어부들은 모래무지 한 마리 잡겠다고 머리부터 발끝까지 바닷물을 뒤집어쓰는 것도 마다하지 않지." 디오게네스는 양배추를 씻다가 아리스티포스가 지나가는 것을 보고 "자네가 양배추로 살아갈 줄 안다면 폭군에게 아부하지 않을 텐데."라고 말했다. 그 말에 아리스티포스 왈 "자네가 사람들 사이에서 살아갈 줄 안다면 양배추를 씻진 않을 텐데."

〔 420 〕

^A 바로 이것이 이성이 다양한 행동에 그럴싸한 외관을 부여하는 방식이다. ^B 그것은 손잡이가 둘 달린 항아리이니, 왼쪽을 잡아도 되고 오른쪽을 잡아도 된다.

> 오 매혹의 땅이여, 네가 전쟁을 가져오는구나.
> 너의 준마들 전쟁 채비로 무장하고
> 우리를 전쟁으로 위협하는구나.
> 하지만 저 오만한 짐승들은 원래 수레에 묶여
> 멍에를 메고 발맞춰 정답게 걷던 것들.
> 아직 평화의 희망은 남아 있다.
>
> 베르길리우스

^C 누가 솔론에게 아들의 죽음에 아무 소용없고 힘도 없는 눈물을 흘리지 말라고 충고하자 솔론은 "바로 그래서, 눈물도 다 소용없고 아무 힘이 없으니 더 당연하게 이렇게 눈물을 흘려 버리는 거라오."라고 대답했다. 이런 판국에 소크라테스의 아내는 그의 슬픔을 부채질하며 소리쳤다. "저 못된 판관들이 부당하게 그를 죽게 하는구나!" 그러자 솔론이 답했다. "그럼 저들이 정당하게 죽였다면 나으셨겠소?"

^A 우리는 귓불에 구멍을 뚫는다. 그리스인들은 그것을 노예의 표시로 삼았다. 우리는 아내와 즐기기 위해 몸을 숨긴다. 서인도 사람들은 내놓고 한다. 스키타이인들은 그들의 사원에서 외국인들을 죽여 제물로 바쳤다. 다른 데서는 사원이 도피처로 쓰인다.

^B 각 나라 백성의 광포함은

12장 레몽 스봉을 위한 변호

자기네가 숭배하는 신만이 진짜 신이라고 믿고서,

이웃 나라의 신들을 미워하는 데서 생겨난다.

유베날리스

^A 나는 어느 재판관 이야기를 들었다. 바르톨루스와 발두스 간의 갈등[257]이 심하고, 모순적인 요소들이 많아 혼란스러운 사건을 만나면 그는 자기 조서의 여백에다 이렇게 표시해 놓았다. "친구에게 유리한 문제." 말하자면 진실이 너무 혼란스럽고 의견이 분분해서 이 소송 사건에선 자기 마음에 드는 편의 입장을 유리하게 해 줄 수 있겠다는 뜻이다. 그가 어디든 "친구에게 유리한 문제."라고 쓰지 못한 것은 오로지 기지와 능력이 부족한 탓이었다. 우리 시대의 변호사들과 판사들은 모든 소송 사건에서 자기 좋을 대로 둘러맞출 구멍을 충분히 찾아낸다. 그렇게도 광범위하고 그렇게도 많은 견해의 권위에 종속되어 있으며, 그다지도 임의적인 주제를 다루는 분야에서 극도의 판단 혼란이 일어나지 않을 도리가 없다. 그렇기 때문에 의견이 분분하지 않을 만큼 깨끗한 소송은 거의 없다. 이 법정이 판결한 것을 저 법정은 다르게 판결하며, 그 법정도 다음엔 다르게 판결한다. 우리는 우리 법정의 저 근엄하신 권위와 광채에 끔찍한 오염을 남기는 그런 예들을 통상적으로 보게 되는데, 일단 내려진 판결로 끝내지 않고 같은 사건을 끊임없이 재심하도록 이 판사에서 저 판사에게로 돌리는 것을 방임하기 때문이다.

악덕과 덕에 관한 철학적 견해의 자유분방함으로 말하자면,

257

'두 법률가 사이의'라는 뜻으로 법적인 견해의 상충을 표현하는 어법이다.

에세 2

알아보려 애쓸 것도 없이 많은 견해가 있는데, ^C 사고력이 부족한 사람들에게 ^A 알려 주기보다는 차라리 입을 다무는 편이 낫다. ^B 아르케실라오스는 음탕한 행위에서는 어느 쪽으로, ^C 그리고 어디를 통해 ^B 그 짓을 하는지는 중요하지 않다고 했다. ^C "애욕의 쾌락에서, 만일 본성이 요구하는 것이라면 종족도 혈통도 지위도 고려하지 말고 매력, 나이, 미모만 고려해야 한다는 것이 에피쿠로스의 생각이다."(키케로) "거룩하게 조절된 사랑은 현자에게도 부적절할 것 없다고까지 그들(스토아 학파)은 생각했다."(키케로) "소년들을 사랑하는 것은 몇 살까지 적절할까?"(세네카) 스토아 학파의 이 두 마지막 문구와 이 문제를 두고 디카이아르코스가 다름 아닌 플라톤에게 한 비난은, 가장 건전한 철학이 어느 정도로 일반적인 관행과 동떨어진 과도한 방탕을 용인하는지를 보여 준다.

^A 법률은 구속력과 관례에서 그것의 권위를 끌어낸다. 그러니 그것을 그 발생 근원으로 되돌려 파악하려 하는 것은 위험하다. 강물이 그렇듯이 그것은 굴러다니면서 비대해지고 고상해진다. 강물을 그 근원지까지 거슬러 올라가 보라. 그것은 거의 알아볼 수 없는 작은 물줄기에 지나지 않는다. 그런 것이 늘어 가면서 그렇게 오만해지고 억세지는 것이다. 위엄과 두려움과 경의로 가득 찬 저 급류 같은 유명 사조에 최초의 움직임을 부여한 고대 사상들을 보라. 그대는 그것이 얼마나 경박하고 꾀까다로운지 알게 될 것이다. 그래서 모든 것을 달아 보고 이성에 비춰 보며, 그 무엇도 권위나 평판에 끌려서 받아들이는 일이 없던 그즈음 철학자들, 그들이 흔히 일반 사람들의 판단과는 매우 거리가 먼, 그들 나름의 판단을 내린다고 놀랄 것 없다. 그들은 자연의 본원적 모습을 본으로 삼기 때문에 대부분의 의견에서 일반적인 사고방식과 어

굿나는 것이 놀랍지 않다. 예를 들자면, 그들 중에는 우리 식 결혼 생활의 속박에 동의하는 자가 별로 없었고, ^C 대부분이 아무 의무도 지지 않고 여자를 공유하기를 원했다. ^A 그들은 우리의 예의범절과 절차를 거부했다. 크리시포스 가로되, 철학자라면 올리브 열두어 알을 얻으려고 공중이 보는 앞에서 바지를 벗고서라도 열두번 재주를 넘을 것이라고 하지 않았던가. ^C 그런 그가 클레이스테네스에게 히포클리데스는 탁자 위에서 '다리 벌리고 물구나무서기'를 해 보인 자이니 그의 예쁜 딸 아가리스타를 주지 말라고 조언했을 것 같진 않다.

메트로클레스는 토론 중에 자기 학파 앞에서 좀 점잖지 못하게 방귀를 뀌고는 수치심에 몸을 숨기고 집 안에만 틀어박혀 있었다. 크라테스가 찾아와 사리에 맞게 위로해 줄 때까지 말이다. 크라테스는 무애(無礙)의 본까지 보이며 그와 다투어 방귀를 뀌기 시작해 그의 창피스러운 마음을 날려 보낸 뒤, 그때까지 메트로클레스가 추종하던 격식 차리는 아리스토텔레스 학파에서 끌어내어 보다 자유로운 스토아 학파로 들어오게 했다.

숨어서는 얼마든지 하는 것을 공개적으로는 감히 하려 하지 않는, 우리가 '점잖음'이라고 부르는 것을 그들은 어리석음이라고 부른다. 또한 본성, 관습, 우리의 욕망이 행동을 통해 만방에 드러내는 것을 교묘하게 입 다물고 아닌 척 꾸미는 것을 악덕이라고 본다. 그런데 그들에게도 비너스의 비의(秘儀)를 은밀한 지성소에서 끌어내어 일반이 볼 수 있게 전시하는 것은 모독이요, 비너스의 장난을 장막 밖으로 끌어내는 것은 그것을 천하게 만드는 일(수치란 마음의 무거움 같은 것이다. 숨기고, 간직하고, 억제하는 것은 존중의 방식이다.)로 보였고, 사랑의 쾌락 자체가 교묘하게 미

〔 424 〕

덕의 가면을 쓰고, 사방에 군중의 발과 눈이 가득한 네거리 한복판에서는 교접하지 말라고 압박하는 것으로 비쳤다. 익숙한 밀실의 체면치레와 안락함이 뭔가 아쉬워도 말이다. 그래서 ^A 어떤 자들은 공창(公娼)을 없애면 그 장소에 허락된 음탕한 행위를 도처에 퍼뜨릴 뿐 아니라 쉽게 행할 수 없기에 더더욱 그 악덕을 찾아 헤매도록 남자들을 자극할 것이라고 말한다.

> 전에는 아우피디아의 남편이더니 코르비누스여, 이제는
> 그녀의 애인이 되었구나.
> 그녀가 네 것이었을 때는 마음에 들어 하지 않더니,
> 그녀가 전에 네 연적이었던 자의 아내가 된 오늘
> 다른 사람의 소유가 되자 네 맘에 드는 것은 어인 일이냐?
> 아무것도 두려워할 것이 없어지면
> 너는 불능이 되는 것이냐?
> 마르시알리스

이런 경험에는 수천 가지 예가 있다.

> 아무나 그대의 아내에게 다가갈 수 있을 적에는, 케킬리아누스여,
> 그녀에게 손대고 싶어 한 자가 도시 전체에 한 명도 없었다.
> 그러나 이제 그대가 그녀를 호위병들로 둘러싸니
> 한 떼의 한량이 그녀를 포위 공략한다.
> 그대는 영리한 사람이로다.
> 마르시알리스

〔 425 〕

그 짓을 하다 들킨 한 철학자에게 뭘 하느냐고 물었다. 그는 아주 태연하게 "사람을 심고 있소."라고 대답하며, 그 일 중에 들키고도 마을을 심다 남을 만난 것 이상으로도 얼굴을 붉히지 않았다.

  C 한 위대하고 경건한 저자[258]가, 이 행위는 반드시 은밀하고 조심스럽게 해야 마땅한 것으로 여긴 까닭에, 견유학파의 난교에서 성행위가 막판까지 갔다고는 생각하지 못하고, 그들이 다만 자기네 파렴치한 주장을 유지하려고 추잡한 동작들을 보여 주는 데 그쳤으리라고 생각한 것, 그래서 수치심이 막고 저지한 것을 맘대로 하려면 그들 역시 음지를 찾아야 할 쓰라린 필요를 느꼈을 것이라고 본 것[259]은 너무 호의적이고 정중한 견해였다고 나는 생각한다. 그는 그들의 방탕한 짓거리를 충분히 가까이서 보지 못한 것이다. 디오게네스는 공공연히 수음을 하며, 구경하는 사람들 앞에서 배도 이렇게 문질러서 부르게 할 수 있으면 좋겠다고 말했다. 왜 더 편한 장소를 찾아보지 않고 길 한복판에서 식사를 하느냐고 묻는 사람에게 그는 "길 한복판에서 배가 고프니까."라고 대답했다. 이들 학파에 섞여 있던 여자 철학자들조차 어디서나 아무 거리낌 없이 그들과 어울렸다. 히파르키아[260]는 모든 일에서 크라테스가 정한 관행과 관습을 따른다는 조건으로만 크라테스의 모임

258
성 아우구스티누스.

259
『신국 4』 20장.

260
B. C. 5세기 말의 여성 견유철학자. 앞서 언급한 메트로클레스의 누이로 견유학파 크라테스 그룹에 소개되었고 크라테스의 아내가 되었다.

에 들어갈 수 있었다. 이 철학자들은 덕성에 궁극적인 가치를 두고 도덕 이외엔 다른 모든 학문을 거부했다. 그러나 모든 행동에서 그들의 현자가 내린 선택에 최상의 권위를 부여해 어떤 법률보다 우위에 두었다. 그리고 쾌락에는 절제와 타인의 자유를 존중하는 것 이외에 다른 제약을 두지 않았다.

헤라클레이토스와 프로타고라스는 술이 병자에겐 쓰고 건강한 자에겐 달게 느껴지며, 노가 물속에서는 휘어 보이고 물 밖으로 나오면 곧아 보이며, 여러 사물이 그렇게 반대되는 모습으로 보이는 것에서, 모든 사물이 그같이 보일 원인을 자체 안에 지니고 있다고 논증하며, 술에는 병자의 입맛에 가 닿는 어떤 쓴맛이 있고, 노에는 물 속에 있는 그것을 보는 사람에게 가 닿는 어떤 굽은 성질이 있다고 했다. 그것은 모든 것 속에 모든 것이 있고, 따라서 어떤 것에나 아무것도 없다는 말이다. 왜냐하면 모든 것이 있는 곳엔 아무것도 없기 때문이다.

이런 견해는 우리가 갖고 있는 경험을 상기시킨다. 인간 정신이란 제가 파헤쳐 보려는 글들에서, 곧건, 쓰건, 달건, 굽었건, 찾아 대지 못할 어떤 의미나 어떤 면모도 없다는 것 말이다. 있을 수 있는 가장 분명하고 순수하고 완벽한 말씀[261]에서도 사람들은 얼마나 많은 오류와 거짓이 생겨나게 했던가? 어떤 이단이 거기서 자기 교리를 세우고 유지하기에 충분한 근거와 증언을 찾아내지 못했던가? 그런 오류를 설파하는 저자들이 그런 증거, 글귀들의 해석으로 만들어진 증언을 결코 포기하려 하지 않는 것도 바로 그 때문이다.

261
성서를 뜻한다.

12장 레몽 스봉을 위한 변호

한 지체 높은 분이 자기가 푹 빠져 있는 '현자의 돌' 연구의 정당성을 성서의 권위를 빌려 설득하려고 얼마 전 성서의 대여섯 구절을 인용해 들려주었다. 무엇보다 자기는 그 구절들을 근거로 삼고 있기 때문에 양심에 거리낄 바가 없다는 것이었다.(그는 성직에 있었다.) 그리고 사실 그 착상은 재미있을 뿐 아니라 그 멋진 학문을 옹호하는 데도 아주 적절하게 들어맞는 것이었다.

이런 식으로 점쟁이들이 꾸며 낸 이야기가 신용을 얻는다. 시빌[262]에게 그랬듯이 사람들은 어떤 예언자에게건 자기가 원하는 어떤 말이라도 끌어낼 수 있다. 그가 사람들로 하여금 자기 말의 감춰진 의미와 여러 국면을 꼼꼼히 파헤쳐 보게 할 정도로 권위를 가진 자이기만 하다면 말이다. 왜냐하면 너무도 많은 해석 방식이 있는 고로, 약간 틀어서건 직접적으로건, 영리한 머리를 가진 사람이 어떤 문제에서나 자기 관점에 써먹을 수 있는 어떤 가락을 찾아내지 못하기란 쉽지 않은 일이기 때문이다.

[C] 그래서 애매하고 모호한 문체가 그렇게도 오래전부터, 그렇게도 흔하게 쓰이는 것이다! 글 쓰는 자는 후대의 관심(작가의 능력만이 아니라 그만큼 또는 그보다 더, 우연찮게 소재가 좋아서일 수도 있는)을 끌어 자기 때문에 바빠지게 하라. 요컨대 어리석어서건 능란해서건 모호하고 애매하게 보이도록 하라. 아무 걱정 할 것 없다! 수많은 머리 좋은 사람들이 그를 체에 거르고 흔들어서, 혹은 그의 뜻에 맞게, 혹은 덧붙여서, 혹은 반(反)해서, 많고 많은 형태가 나오게 할 것이며, 그 모두가 그의 영광이 될 것이다. 그는

262
그리스의 무녀들.

〔 428 〕

에세 2

랑디 장날 수업료를 받는 선생들[263]처럼 자기 제자들의 재원(財源)으로 부자가 될 것이다.

ᴬ 이것이 아무것도 아닌 많은 것을 가치 있는 것으로 만들고, 여러 작품에 신망을 부여하고, 사람들이 원한 온갖 것이 가득 담긴 것으로 만든 것이다. 동일한 물건이 수천 가지, 우리가 원하는 만큼 다양한 모습과 의미를 부여받아서 말이다.

ᶜ 사람들이 호메로스가 한 말이라고 하는 말 모두가 호메로스가 의도했던 말일 수 있단 말인가? 신학자, 입법자, 장군, 철학자 등 학문을 다루는 사람들, 그것도 제각각 다르고 서로 모순되게 다루는 모든 종류의 인간들이 그에게 의지하고 그를 연관시킬 만큼 그가 그렇게 많고도 다양한 면모를 보였다는 것이 가능하단 말인가? 그가 모든 업무, 작업, 장인의 총괄 교사요, 모든 사업의 총괄 고문이란 말인가? ᴬ 신탁이나 예언이 필요한 사람은 누구든 그에게서 자기 일에 필요한 예언을 찾아냈다. 내 친구인 한 박식한 인물이 거기서 우리 종교를 위해 어찌나 놀라운 일치점들을 끌어내는지를 보면, 그리고 그것이 호메로스의 의도였다는 생각을 쉬이 떨쳐 버리지 못하는 것을 보면 놀랍기만 하다.(그만큼 호메로스가 마치 우리 시대 사람인 것처럼 그에게 친숙하다.[264]) ᶜ 그런데 그가 우리 종교에 유리한 구절이라 여기는 것은 이미 옛적에 많은 이들이 자기들 종교에 유리한 것으로 여겼던 것들이다.

263
랑디는 중세에 파리 근처 생 드니에서 6월에 열리던 시장을 말한다. 파리의 선생들은 이 장날에 학생들에게 수업료와 선물을 받았다.

264
직역하자면 "우리 시대 사람에게처럼 이 작가는 그에게 친숙하다."가 되지만, 문맥상 다음과 같이 번역했다.

〔 429 〕

플라톤을 가지고 법석을 떨며 흔들어 대는 것을 보라. 모두가 그를 자기에게 끼워 맞추는 것을 자랑 삼으며 자기가 원하는 쪽에 눕혀 놓는다. 그를 끌고 다니면서 세상이 받아들인 모든 새로운 견해에 개입하게 한다. 일이 다르게 돌아가면 거기에 맞춰 그를 그 자신과 모순이 되게 만든다. 우리 시대에 불법이라는 이유로, 그의 시대엔 합법적이었던 풍습을 그가 단죄한 것처럼 만든다. 이 모든 것이 격하고 강하게 주장되니, 해석하는 자의 정신이란 그만큼 강하고 격한 것이다.

ᴬ 헤라클레이토스 사상과 그의 견해, 즉 모든 사물엔 사람들이 거기서 발견하는 모든 면모가 다 들어 있다는 생각의 근거와 동일한 근거에서, 데모크리투스는 정반대의 결론을 끌어냈다. 사물들은 우리가 거기서 발견하는 바를 전혀 갖고 있지 않다는 것이다. 꿀이 한 사람에게는 달고 다른 사람에게는 쓰다는 사실에서 그는 그것이 쓰지도 달지도 않다는 논거를 끌어냈다. 퓌론주의자들은 단지 쓴지, 또는 달지도 쓰지도 않은지, 또는 둘 다인지 자기들은 모른다고 말할 것이다. 그들은 언제나 의심의 최고점에 있으려 하니 말이다.

ᶜ 키레네파는 외부로부터는 아무것도 지각될 수 없고 고통이나 쾌감처럼 내적인 접촉으로 우리를 건드리는 것만이 지각될 수 있다고 보았다. 그들은 음도 색깔도 인정하지 않고 사물에서 우리에게 오는 어떤 인상만 인정했다. 인간에겐 그것 말고는 판단의 근거가 없다는 것이다. 프로타고라스는 각자 참으로 생각하는 것이 각자에게 참이라고 보았다. 에피쿠로스파는 사물에 대한 지식에서나 쾌락에서나 모든 판단 근거를 감각에 둔다. 플라톤은 진리에 대한 판단과 진리 자체까지도 견해나 감각에서 따로 떼어 정신

〔 430 〕

과 사유에 귀속시키고자 했다.

[A] 이 문제는 나를 우리 무지의 가장 큰 근거이자 증거가 되는 감각에 대한 고찰로 이끌었다. 인식되는 모든 것은 당연히 인식의 기능에 의해 인식된다. 왜냐하면 판단은 판단하는 자의 정신 작용에서 나오는 것이니, 그가 타인의 강요가 아니라 자기 수단과 의지를 가지고 이 작용을 완수하는 게 당연하니까. 만일 우리가 사물들을 억지로, 그것들이 지닌 본질의 법칙에 따라 인식한다면 타인의 강압에 의해 판단하는 것과 같은 일일 것이다. 그런데 모든 인식은 감각에 의해 우리 안에 들어온다. 감각이 우리의 주인이요,

> [B] 인간의 가슴과 그 정신의 성소(聖所)에
> 직통으로 확신이 스며드는 길
> 루크레티우스

인 것이다. [A] 앎은 감각으로 시작되고 감각으로 끝난다. 어쨌든 우리는 소리, 냄새, 빛, 맛, 크기, 무게, 무름, 딱딱함, 거칠음, 빛깔, 매끈함, 폭, 깊이가 있다는 것을 알지 못하면 돌멩이가 무엇인지도 모를 것이다. 이것들이 우리 지식 체계의 기반과 기본 요소들이다. [C] 그리고 어떤 이들에 따르면 지식은 인지된 것에 다름 아니다. [A] 나를 감각에 거역하게 만들 수 있는 자는 내 목덜미를 잡은 자이다. 그는 나를 그 이상으로 물러나게 할 수 없을 것이다. 감각은 인간 지식의 시작이요 끝이다.

> 그대는 인정하리라, 감각이 우리에게 진리의 관념을 주었고,
> 감각의 증언을 부인할 수 없다는 것을.

〔 431 〕

그러니 감각 아닌 무엇을 우리가 더 믿겠는가?

루크레티우스

감각의 역할을 할 수 있는 한 축소해 보라, 그래도 여전히 우리 지식 전체가 그 감각을 통해, 감각의 중개로 이루어진다는 것은 인정할 수밖에 없을 것이다. 키케로가 말하기를, 크리시포스는 감각의 힘과 가치를 깎아내리려고 애썼지만, 하도 자기 시도에 반하는 논거와 격렬한 반론만 떠올라 뜻한 바를 달성할 수 없었다고 한다. 그 때문에 반대편을 지지하던 카르네아데스는 크리시포스 자신의 논리와 어법을 써서 크리시포스를 논박노라 호언하며, 그런 이유로 그를 향해 이렇게 소리치곤 했다. "오 가련한 자여, 그대의 힘에 그대가 졌구나!"

우리에겐 불이 뜨겁지 않다거나, 빛이 밝게 해 주지 않는다거나, 쇠붙이가 전혀 무겁지도 단단하지도 않다고 주장하는 것보다 더 불합리한 것은 없다. 그런 것은 감각이 우리에게 제공하는 기초 지식들이요, 인간에겐 확실성에서 그런 지식과 비견할 만한 어떤 믿음, 어떤 학문도 없다.

감각의 문제에 관한 나의 첫 번째 고찰은, 인간이 자연에서 작동하는 모든 감각들을 갖추고 있는지를 의문시하는 것이다. 나는 많은 동물들이 어떤 것은 시각이, 다른 것은 청각이 없으면서도 완전하고 완벽한 삶을 영위하는 것을 본다. 우리도 하나나 둘, 셋, 또는 여러 다른 감각이 결여되어 있지 않은지 누가 아는가? 왜냐하면 어느 감각이 없다면 우리의 사고력은 그 결여를 알아차릴 수 없기 때문이다. 우리가 지각할 수 있는 것의 마지막 한계라는 것이 감각의 특권이다. 감각 너머에서 감각을 발견할 수 있게 해

〔 432 〕

줄 수 있는 것은 아무것도 없다. 나아가 한 감각이 다른 감각을 발견할 수도 없다.

> 청각이 시각을, 촉각이 청각을 바로잡을 수 있는가?
> 또는 미각이 촉각을 면박할 수 있는가?
> 또는 콧구멍이, 또는 눈이
> 다른 것들더러 틀렸다고 할 것인가?
> 루크레티우스

A 그것들 모두가 우리가 지닌 능력의 최종 한계이다.

> 그것들 하나하나 별도의 기능과 능력을 갖고 있다.
> 루크레티우스

날 적부터 맹인인 사람에게 보지 못한다는 것을 인식하게 만들기란 불가능하다. 그가 시각을 원하고 자기 결함을 슬퍼하게 만들기란 불가능하다. 그러므로 우리 영혼이 우리가 가진 것으로 만족하고 있다는 것은 우리에게 아무런 보증이 되지 못한다. 병이 있거나 불완전한 상태에 있어도 영혼은 스스로 그것을 느낄 수 있는 무엇을 갖고 있지 않기 때문이다. 이 맹인에게 추론으로나 논리, 또는 비유로 그의 상상력 속에 빛, 색깔, 시각에 대한 관념을 넣어 줄 무엇을 말해 주기란 불가능하다. 시각을 명백히 알 수 있게 뒷받침해 줄 수 있는 아무것도 없다. 선천적인 맹인들은 보고 싶다는 욕망을 표명하지만, 자기가 원하는 바에 대해 아무것도 모른다. 그들은 우리에겐 있지만 그들에게는 없는 무엇, 그들이 바랄 만한 무엇인가가 있다는 것을 우리에게서 배운 것이다. ᶜ 그들은 그것의 이름은 잘 알고, 그 효과와 결과도 잘 안다. ᴬ 그러나 그것이 무엇인지는 모르며, 가깝게건 멀게건 도통 파악할 수 없다.

나는 날 적부터 맹인이었거나, 혹은 적어도 시각이 무엇인지 모르는 나이에 맹인이 된 한 명문가 귀족을 본 적이 있다. 그는 자기에게 결여된 것이 무엇인지 전혀 알지 못했기 때문에 우리처럼 보는 것과 관련된 말을 사용하긴 하지만 순전히 자기 식으로 독특하게 썼다. 자기가 대부를 선 아이를 데려오자 그는 그 아이를 팔에 안고서 "아이고, 예뻐라! 정말 예쁜 아기네! 얼굴도 명랑하네!"라고 말했다. 그는 우리 중 하나처럼 이렇게 말할 것이다. "이 방은 전망이 좋구나. 밝고, 해도 잘 든다." 이것은 약과이다. 사냥, 정구, 사격이 우리의 관심사인 만큼 우리가 하는 이야기를 듣고는, 자기도 그것에 빠져서 열중하며, 마치 우리와 마찬가지로 거기에 한몫하고 있다고 생각하니 말이다. 그는 신이 나서 즐거워하지만 오직 귀로만 그 놀이를 감지할 뿐이다. 그가 말을 타고 박차를 가할 수 있는 드넓은 평원에 이르면, 누군가 "저기 토끼가 있다."라고 소리를 친다. 그런 다음 다시 "토끼가 잡혔다."라고 그에게 말해 준다. 그러면 그는 다른 이들이 토끼를 잡았다고 으스대던 것을 들은 대로 그도 그 토끼를 잡았다고 의기양양해한다. 정구 공은 왼손에 들고 라켓으로 친다. 화승총을 들어 아무데나 쏜다. 그러고는 하인들이 높다든가 빗나갔다든가 하고 말해 주면 만족한다.

혹시 인류에게도 어떤 감각이 없어서 그와 같이 어리석은 짓을 하고 있지나 않은지, 그 결여로 인해 우리가 사물의 면모 중 대부분을 지각하지 못하는 것은 아닌지 알 게 뭔가? 그 때문에 우리가 자연에서 일어나는 많은 일을 이해할 수 없는 것은 아닌지 알게 뭔가? 우리 능력을 초월하는 동물들의 여러 행동은 우리에겐 없는 어떤 감각 능력이 만들어 낸 것이고, 그것 때문에 그들 중 어떤 것들은 우리보다 더 충만하고 완전한 삶을 누리고 있는 것은 아닌지, 우리가 아는 게 뭔가?

우리는 거의 모든 감각을 동원해서 사과를 인지한다. 우리는 사과의 붉은색, 매끈함, 냄새, 달콤함을 알아보는 것이다. 사과에는 그 밖에도 건조시키거나 수축시키는 것 같은 성질이 있을 것이다. 그러나 우리에겐 그것과 관련된 감각이 전혀 없다. 쇠를 끌어당기는 자석의 성질처럼, 여러 사물에서 보게 되는 이른바 불가사의한 속성들, 그것들을 판단하고 알아보는 데 적합한 감각 기능이 자연에는 있는데, 우리는 그런 기능을 가지지 못한 연유로 그런 사물들의 진정한 본질을 모른다는 것이 타당해 보이지 않는가? 수탉에게 아침과 자정 시간을 알려 줘 울게 만드는 것, [C] 암탉이 경험해 보기도 전에 매를 겁내고 저보다 더 큰 기러기나 공작새는 겁내지 않게 가르치는 것, 고양이에겐 적의가 있으니 조심하고 개와는 티격태격하지 말고, 어쩌면 아양 떠는 것 같은 야옹 소리는 경계하고 사납고 공격적인 개 짖는 소리는 경계할 것 없다고 병아리들에게 일러 주며, 무늬말벌, 개미, 쥐들에게는 맛도 볼 것 없이 언제나 가장 좋은 치즈와 가장 맛있는 배를 선택하게 하고, [A] 사슴, [C] 코끼리, 뱀에게는 [A] 약이 되는 풀을 알아보게 하는 것, 그것은 아마도 어떤 특수한 감각일 것이다.

폭넓은 지배력을 갖지 않은 감각, 그 지배력으로 무한 수의 인식을 만들어 내지 않는 감각은 없다. 만일 우리가 음, 화음, 목소리를 파악할 능력이 없다면 나머지 모든 지식에 상상할 수 없는 혼란을 초래할 것이다. 각 감각의 고유 효과에 결부된 것 말고

〔 435 〕

도, 한 감각을 다른 감각과 대조해 우리는 얼마나 많은 다른 일들에 대한 추론, 결과, 결론들을 끌어내는가! 지각 있는 사람에게 인간 본성이 원래 시각 없이 만들어졌다고 상상하고, 그 결함이 얼마나 무지와 혼란을 가져다줄지, 어떤 어둠과 맹목을 우리 영혼에 야기할지 생각해 보게 하라. 그러면 그런 감각 하나나 둘, 또는 세 가지가 결여되었을 때 진리에 대한 우리의 인식에 얼마나 중요한 영향을 미칠지 알게 될 것이다. 만일 그것이 우리 안에 있다면 말이다.[265] 우리는 우리가 가진 오감(五感)의 상의와 협동을 통해 한 진리를 생각해 냈다. 그러나 그 진리의 핵심을 분명히 파악하기 위해선 어쩌면 여덟이나 열 가지 감각의 동의와 협력이 필요했을지 모른다.

인간의 지식을 공격하는 철학 학파들은 주로 우리의 감각이 불확실하고 허약하다는 것을 들어 공격한다. 사실 모든 인식이 감각을 수단 삼아, 감각의 중개로, 우리에게 들어오는 만큼, 감각이 우리에게 제공하는 보고에 실수가 있다면, 감각이 밖에서 운반해 오는 것을 부패시키거나 변질시킨다면, 감각을 통해 우리 영혼으로 흘러 들어오는 빛이 도중에 흐려진다면 우리는 더 이상 어찌해 볼 도리가 없다. 이런 극단의 난관으로부터, 각 사물이 우리가 그것에서 발견하는 모든 것을 자기 안에 지니고 있다는 둥, 우리가 봤다고 생각하는 것을 하나도 가지고 있지 않다는 둥 하는 온갖 헛소리가 나오는 것이다. 태양이 우리 눈에 보이는 것 이상으로

265

원문에서는 이 문장이 앞문장 말미에 붙어 있다. '그것'이 결여인지, 진리인지, 진리에 대한 인식인지 모호하다. 뒷문장과 관련지어 생각할 때 '진리를' 인식할 수 있는 가능성조차 없다는 비아냥을 내포한 표현으로, '진리에 대한 인식'이라고 보는 것이 옳을 듯하다.

[436]

크지 않다는 에피쿠로스파의 망상 역시 그렇다.

> ^B 어쨌든 그것의 크기는
> 그것이 운행될 때 우리가 보는 것보다 크지 않다.
> 루크레티우스

^A 한 물체가 가까이 있는 사람에겐 크게 보이고 멀리 떨어진 사람에겐 작게 보이는 두 가지 외양 모두가 참되다고,

> ^B 그렇다고 우리 눈이 틀렸다고 하지는 않는다…….
> 그러므로 정신의 오류를 눈에 전가하지 말자.
> 루크레티우스

^A 결국 감각에는 어떤 속임수도 없다고 그들은 단호히 말한다. 그러니 감각에 복종해야 하며, 우리가 거기서 발견하는 차이와 모순을 설명할 이유들은 다른 데서 찾아야 하고, 감각을 비난하기보다는 다른 거짓과 잠꼬대를 꾸며 내기라도 해야 한다(그들은 이 지경에까지 이른다!)는 것이다. ^C 티마고라스는 눈을 누르거나 곁눈질을 해도 촛불의 빛이 이중으로 보이는 법은 결코 없었다고 단언하며 그런 현상은 생각 탓이지 눈 탓이 아니라고 장담했다. 에피쿠로스파에게 ^A 헛소리 중에서도 가장 터무니없는 헛소리는 감각의 힘과 그것이 만들어 내는 효과를 부인하는 것이다.

> 그러므로 감각이 지각하는 것은 어느 때나 참이다.

〔 437 〕

12장 레몽 스봉을 위한 변호

가까이선 네모난 것이 멀리서는 왜 둥글게 보이는지

이성이 설명할 수 없다 해서,

자기 손안에 있는 명백한 증거를 버리고,

우리가 믿는 최초의 것을 위태롭게 하고

우리의 생명과 보존의 모든 근거를 흔드는 것보다는

차라리 이 두 모습을 정확하게 설명하는 것이 낫다.

왜냐하면 우리를 절벽이나 여타의 실족으로부터 지켜 주고

반대편으로 인도하는 감각을 더 이상 믿지 못하는 그때부터

이성만 무너지는 것이 아니라

우리의 삶 자체가 파괴될 테니까.

루크레티우스

ᶜ 이 절망적이고 너무도 철학적이지 못한 충고는, 비합리적이고 정신 나간 억지 이성으로밖엔 인간 지식이 유지되지 않는다는 것, 그래도 인간은 우쭐대기 위해 자기의 어쩔 수 없는 어리석음을 고백하기보다는 아무리 망상적일망정 이성을 비롯해서 다른 구제책을 모두 써 보는 것이 낫다는 것에 다름 아니다. 참으로 한심한 진리이다! 감각이 자기 앎의 최고 스승이라는 것을 인간은 피할 수 없다. 그런데 감각은 어떤 상황에서건 불확실하고 사실을 왜곡할 수 있다. 바로 이 점 때문에 우리는 서로 결사적으로 싸우고, 나아가 정당한 수단이 없으면, 사실 그렇지만, 고집, 무모함, 뻔뻔함까지 동원하게 되는 것이다.

ᴮ 에피쿠로스파가 말하는 것, 즉 감각이 보여 주는 모습이 거짓이라면 우리에겐 지식도 없다는 것, 그리고 스토아 학파가 말하는 것처럼 감각이 보여 주는 모습들은 너무도 거짓되어 우리에게

어떤 지식도 만들어 줄 수 없다는 것이 사실이라면, 이 독단론의 양대 학파에겐 미안하지만, 우리는 지식이란 없다고 결론지어야 하리라.

ᴬ 감각 작용의 오류와 불확실성에 대해서는 각자 자기 마음 껏 예를 찾아낼 수 있다. 그만큼 감각이 우리에게 주는 과오와 기만은 흔한 것이다. 골짜기에서 메아리치면 뒤에서 부는 나팔 소리가 우리 앞쪽에서 나는 것 같다.

> ᴮ 바다 위로 솟아 있는 먼 산들은
> 실은 서로 아주 멀리 떨어져 있어도
> 한 덩어리로 보인다.
> 배를 타고 연안을 따라가노라면
> 구릉과 들판이 우리 배의 고물 쪽으로 달아나는 것 같다.
> 질주하던 말이 강 한복판에서 정지하면
> 강이 마치 어떤 힘에 의해 역류하는 것 같다.
>
> 루크레티우스

ᴬ 가운뎃손가락을 꼬아 얹은 채 검지손가락으로 화승총 탄알을 조작할 때 탄알이 하나뿐이라고 확신하려면 극도로 정신을 긴장시켜야 한다. 그만큼 강력하게 감각은 탄알이 두 개인 것처럼 느끼게 한다. 그리고 사실 감각이 자주 이성을 지배한다는 것, 이성이 가짜라는 것을 알고, 가짜로 판단하는 인상들을 받아들이도록 이성에게 강요한다는 것은 모든 일에서 드러난다. 촉각은 제쳐 두겠다. 촉각은 보다 직접적이고 생생하게 실질적으로 작용하며, 몸에 가하는 고통의 효과로 스토아주의자들의 저 근사한 온갖 결

12장 레몽 스봉을 위한 변호

심을 너무도 자주 둘러엎으며, 신장 복통[266] 따위는 다른 모든 질병이나 통증처럼 대수롭지 않으니, 현자가 덕을 쌓아 누리는 지고의 복락을 허물어뜨릴 힘이 전혀 없다는 학설을 자기 영혼 안에 단호하게 수립해 놓은 자라 할지라도 "아이쿠, 배야!"라고 외치지 않을 수 없게 하니 말이다.

북 치고 나팔 부는데도 흥분하지 않을 만큼 물러터진 심장도 없고, 부드러운 음악에 솔깃해 녹아들지 않을 만큼 굳은 심장도 없다. 우리 교회의 저 어두컴컴하고 광막한 공간, 전례의 다채로운 장식과 절차를 응시하면서 오르간의 경건한 소리와 우리 음성의 너무도 묵직하고 경건한 화음을 들을 때 어떤 경외감을 느끼지 않을 만큼 무뚝뚝한 마음도 없다. 경멸하는 마음을 품고 거기에 들어온 자들조차 가슴에 어떤 전율, 어떤 감동을 느끼고, 그 때문에 자신의 사상에 의구심을 갖게 된다. [B] 나로 말하자면 예쁘고 젊은 입이 아름다운 목소리로 읊는 호라티우스나 카툴루스의 시를 심드렁하게 들을 정도로 내가 충분히 강하다고 보지는 않는다.

[C] 그리고 제논이 목소리가 미인을 단장해 주는 꽃이라고 말한 것엔 일리가 있다. 사람들은 내게 다음과 같은 것을 믿게 하려 했다. 즉 우리 프랑스인이라면 누구나 아는 사람이 자기가 지은 시를 낭송해 줘 내게 큰 감명을 주었지만, 그 시는 종이 위에서는 가락을 넣었을 때와 같지 않고, 눈으로 보았다면 귀로 들은 것과는 반대되는 판단을 내렸을 거라는 것이다. 그만큼 발성은 그것에 맡겨진 작품들에 가치와 멋을 부여한다는 신용을 얻고 있다. 이

266

몽테뉴는 지병인 신장 결석으로 인해 심한 복통을 겪었다. 신체적인 고통의 현실성 앞에서 스토아적인 결심은 얼마나 허망한가!

[440]

점에서 필로크세노스는 지나치지 않았으니, 그는 누군가 자기가 지은 시를 나쁜 어조로 읽는 것을 듣고, "네가 내 것을 망치고 있으니 나도 네 것을 부수겠다."라면서 낭송자의 석판을 발로 짓밟아 부쉈다.

^A 단호한 결심으로 죽음을 선택한 사람이 자청해서 당하는 일격을 보지 않으려고 얼굴을 돌리는 것은 무슨 까닭이며, 건강을 위해 상처를 째고 지져 달라는 사람들이 외과 의사의 준비, 도구, 그리고 시술을 차마 눈으로 보지 못하는 것은 무슨 까닭인가? 본다고 해서 고통이 더해지는 것은 아닌데 말이다. 이런 것들은 모두 이성보다 우세한 감각의 권위를 증명하기에 적합한 예들이 아닌가.

세 갈래로 땋아 내린 저 머릿단은 시동이나 하인에게서 빌린 것이요, 저 연지는 스페인에서 왔고, 하얗고 매끈한 저 분칠은 오세아니아의 바다에서 온 것임을 아무리 잘 알고 있어도, 시각은 그것들 때문에 대상을 더 사랑스럽고 예쁘게 느끼라고 강요한다, 가당치 않게. 왜냐하면 거기엔 자기 것이라곤 없으니까.

> 치장이 우리를 유혹한다.
> 금붙이며 보석들이 결점을 감춘다.
> 그녀 자체는 그녀의 최소 부분일 뿐.
> 이 많은 장신구들 가운데에서
> 애인을 찾자니 힘들 때가 많다.
> 돈 많은 부유한 혼처는 이런 방패로 우리 눈을 속인다.
> 오비디우스

[441]

12장 레몽 스봉을 위한 변호

나르시스가 자기 그림자를 사랑해서 실성한 것으로 묘사하는 시인들은 감각에 얼마나 큰 힘을 부여하는 것인가.

> 그는 자기의 모든 매력을 감탄하며 바라본다.
> 저도 모르게 저 자신을 원하며, 찬미하면서 찬미받는다.
> 갈망하고 갈망받으며 제가 지른 불에 제가 탄다.
> 오비디우스

또 자기가 만든 상아 조각상의 모습을 보고 너무도 큰 충격을 받은 피그말리온의 이성은 그 조각상을 살아 있는 사람인 양 사랑하며 섬긴다!

> 그는 조각상을 입맞춤으로 뒤덮으며 그것이 응한다고 생각한다.
> 조각상을 쥐고, 끌어안고, 자기 손가락에 그것의 살이 눌리는 걸 느끼고서
> 너무 꼭 쥐어서 멍 자국을 남길까 봐 두려워한다.
> 오비디우스

철학자를 성긴 쇠 그물로 만든 조롱에 넣어 노트르담 성당의 높은 탑에 매달아 보라. 그는 자기가 떨어질 리 없다는 것을 이성으로 명백히 알 것이다. 하지만 (그가 기와장이 일에 익숙하지 않다면) 그 엄청난 높이에서 내려다보자면 겁에 질리고 얼어붙지 않을 수 없을 것이다. 한데로 트인 성당 종루의 외랑에선 우리도 극히 조심하게 되니 말이다. 돌로 지은 것인데도 그렇다. 단지 그걸

〔442〕

생각하는 것조차 못 견디는 사람들도 있다. 그 두 개의 탑에 사람이 걸어 다녀도 될 만한 두께의 들보를 걸쳐 놓아 보라. 우리가 땅위에서 걷듯이 그 위를 걸을 수 있는 용기를 줄 만큼 강력한 철학적 예지란 없다. 나는 우리 주변 산들에서(나는 그런 일들에는 그다지 겁을 내지 않는 축에 드는 사람인데도 불구하고) 그런 일을 자주 체험했다. 오금이 저리고 넓적다리가 떨리는 전율 없이는 그 무한한 깊이를 볼 수 없었다. 절벽 끝까지는 내 키만큼의 거리가 있고, 일부러 위험을 향해 몸을 던지지 않는 한 떨어질 수 없는데도 말이다. 나는 또 거기서 알게 되었다. 높이가 아무리 높아도, 그 비탈에 시선을 좀 거들어 분산시킬 만한 나무나 튀어나온 바위가 있으면, 그것들이 마치 우리가 떨어질 때 도움을 받을 수 있는 물건이기라도 한 것처럼 마음이 편해지고 안심이 된다는 것을 말이다. 하지만 절벽이 깎아지른 듯 매끈하면 머리가 빙빙 돌지 않고서는 내려다볼 수조차 없다. ^C "그래서 우리는 눈과 정신이 현기증을 느끼지 않고서는 아래를 내려다볼 수가 없다."(티투스 리비우스) ^A 이것은 시각의 명백한 사기(詐欺)이다. 저 뛰어난 철학자[267]는 시각이 야기하는 분심(分心)에서 영혼을 풀어주려고, 그리하여 더 자유롭게 철학하기 위해 자기 두 눈을 뽑아 버렸다.

하지만 그럴 양이면, ^B 테오프라스토스가 우리를 혼란에 빠뜨리고 변하게 만들 수 있을 만한 강력한 인상을 받아들이는 가장 위험한 기관이라고 한 ^A 귀도 막았어야 할 것이요, 결국 다른 모든 감각을, 다시 말해 존재와 생명 자체를 없애 버렸어야 할 것이다. 왜냐하면 그것들 모두가 우리의 이성과 영혼을 지배할 힘을 가지

267
데모크리토스.

〔 443 〕

고 있기 때문이다. ^C "어떤 모습, 어떤 엄숙한 목소리, 어떤 노래가 정신을 깊이 흔들어 놓는 일은 흔히 일어나기까지 한다. 어떤 근심, 어떤 공포도 자주 같은 효과를 낳는다."(키케로) ^A 의사들은 어떤 음성이나 악기 소리에 미칠 정도로 정신이 산란해지는 체질도 있다고 생각한다. 나는 식탁 밑에서 뼈를 물어뜯는 소리를 참고 듣지 못하는 사람들을 보았다. 줄로 쇠를 쓸 때 나는 그 새되고 날카로운 소리에 괴로워하지 않는 사람은 없다. 누가 바로 곁에서 우적우적 씹는 소리를 내거나, 목이나 코가 막힌 사람이 말하는 것을 들을 때에도 많은 사람들이 화가 나고 증오가 솟구칠 정도로 신경이 예민해진다. 그라쿠스의 공식 의전 플루트 연주자는 그의 상전이 로마에서 연설할 때면 그의 목소리를 순하거나 강하게 조절하고, 변조하기도 했다는데,²⁶⁸ 소리의 흐름이나 성질에 청중의 판단을 휘젓고 변질시키는 힘이 없었다면 그가 왜 필요했겠는가? 그리도 가벼운 바람이 스치고 흔들어도 속절없이 조종당하고 변하는 이 대단한 능력²⁶⁹의 확고함을 요란스레 경축할 일이 과연 퍽이나 많겠다!

감각이 우리 오성에 끼치는 이 속임수, 그것을 이번엔 감각들이 당한다. 우리의 영혼도 때로 똑같이 복수하는 것이다. ^C 영혼과 감각은 다투어 속이고 속아 넘어간다. ^A 우리가 격분해서 보고 듣

---

²⁶⁸
B. C. 123년에 로마의 호민관으로 선출된 가이유스 그락쿠스는 유세에 플루트를 연주하는 노예를 대동했다. 플루타르코스는 격정적인 성격 탓에 곧잘 본론에서 벗어나곤 했던 가이유스의 감정을 다스리기 위한 것으로 설명하는데, 몽테뉴는 청중에게 미치는 효과를 겨냥한 것으로 제시하고 있다.

²⁶⁹
이성 또는 판단력을 암시한다.

는 것은 사실 그대로의 모습이 아니다.

> 태양이 둘로 보이고, 테베가 둘로 보인다.
>
> 베르길리우스

> 우리가 사랑하는 대상은 실제보다 훨씬 예뻐 보이고,

> B 그래서 우리는 못생기고 기형인 여자들이
> 숭배를 받으며 큰 명예를 누리는 것을 본다.
>
> 루크레티우스

A 반면 우리 마음에 들지 않는 자는 더 추해 보인다. 짜증 나고 괴로운 사람에겐 대낮의 광명도 칙칙하고 침침한 것 같다. 우리의 감각은 영혼의 정열 때문에 변질될 뿐 아니라 흔히 마비되기까지 한다. 바로 눈앞에 있는데 정신이 다른 데 팔리면 보지 못하는 것들이 얼마나 많은가?

> 또렷이 보이는 것일지라도,
> 그것에 정신을 쏟지 않으면
> 아예 없거나 매우 멀리 있는 것과 같음을
> 그대는 깨닫게 되리라.
>
> 루크레티우스

마치 영혼이 감각의 능력을 제 안으로 끌어들여 놀리는 것 같다. 그래서 인간의 안도 밖도 약점과 거짓으로 가득 차 있다.

〔 445 〕

^B 우리 인생을 꿈에 비유한 사람들은 그들 자신이 생각했던 것보다 훨씬 더 옳았을지 모른다. 꿈꿀 때 우리 영혼은 깨어 있을 때보다 더하지도 덜하지도 않게 살고, 움직이고, 제 모든 기능을 수행한다. 좀 더 무기력하고 애매하긴 하지만, 그렇다고 밤과 환한 대낮만큼 다른 것은 아니다. 물론 밤과 그늘 정도의 차이는 있다. 저기서는 자고 여기서는 다소간 존다. 둘 다 언제나 암흑, 키메리아²⁷⁰의 암흑이다.

^C 우리는 잠자며 깨어 있고, 깨어서 자고 있다. 나는 잠 속에서 그리 선명하게 보지는 못한다. 하지만 깨어 있을 때도 결코, 깨어 있음을 구름 한 점 없이 청명하게 인식하지 못한다. 깊은 잠은 때로 꿈까지 재우기는 한다. 그러나 우리의 깨어 있는 상태는 우리의 꿈, 뜬눈으로 꾸는 꿈이요, 꿈보다 더 나쁜 꿈인 그 꿈들을 깨끗이 치우고 흩어 버릴 만큼 그렇게 각성되는 법이 결코 없다.

우리의 이성과 영혼은 왜, 잠들었을 때 생겨나는 생각과 견해를 받아들이고, 낮에 행하는 행동을 대하는 것과 똑같이 우리 꿈의 행동들을 인정해서 권위를 부여하면서, 우리가 생각하고 행동하는 것이 또 다른 꿈꾸기가 아닌지 우리의 깨어 있음이 일종의 잠이 아닌지는 왜 의심하지 않는가?

^A 감각이 우리의 일차적인 판관들이라고 해서, 애오라지 우리 감각에게만 충고를 요청해서는 안 된다. 그 능력에선 동물들이 우리만큼, 또는 우리보다 더 권위가 있으니까.

동물 중 어떤 것들은 인간보다 더 예민한 청각을 가졌고, 어

---

²⁷⁰
B. C. 10세기경 흑해 가까이에 국가를 형성했을 것으로 추정되는 키메리아족의 나라. 전설에 따르면 깊은 밤만이 영원히 계속된다고 한다.

에세 2

떤 것들은 시각, 어떤 것들은 후각, 어떤 것들은 촉각 또는 미각이 우리보다 예민한 게 확실하다. 데모크리토스는 신들과 짐승이 인간보다 훨씬 더 완전한 감각 기능을 가졌다고 했다. 그런데 짐승의 감각과 우리 감각이 초래하는 효과는 엄청나게 다르다. 우리의 침은 우리 상처는 씻고 말리지만, 뱀은 죽게 만든다.

> 여기엔 너무도 큰 차이가 있어,
> 어떤 것에는 양분이 되는 것이 다른 것에는 맹독이 된다.
> 흔히 뱀은 인간의 침이 묻으면
> 기운을 잃고 제 살을 물어 뜯는다.
> 루크레티우스

침의 성질을 뭐라고 해야 할까? 우리를 기준으로 삼을까, 아니면 뱀을 기준으로 삼을까? 둘 중 어느 것으로 우리가 찾는 침의 진실한 본질을 확인할까? 플리니우스가 말하기를, 인도에는 우리에게 독이 되는 바닷고기들이 있는데, 우리 또한 그것들에게 독이 되어서 우리가 건드리기만 해도 죽는다고 한다. 어느 쪽이 진짜 독인가? 인간인가, 아니면 그 물고기인가? 어느 쪽이 독이 된다고 생각해야 할까? 물고기에게 사람이? 사람에게 물고기가? 공기의 어떤 성질은 인간에겐 해로운데 황소에게는 전혀 해롭지 않다. 다른 어떤 성질은 황소에겐 해롭고 인간에겐 해롭지 않다. 둘 중 어느 것이, 진실로 그리고 본질적으로 유독한 성질인가?

ᴬ 황달이 있는 사람들은 모든 것을 우리보다 노랗고 희미하게 본다.

〔 447 〕

12장 레몽 스봉을 위한 변호

^B 눈에 황달이 끼면
모든 것이 노래 보인다.
루크레티우스

^A 의사들이 결막하출혈이라고 부르는, 결막 아래 핏줄이 터
져 출혈하는 병에 걸린 사람들은 모든 사물을 벌건 핏빛으로 본다.
우리 시각 작용을 이렇게 변질시키는 경향이 짐승들에게서는 더
우세해서 일반적일지 누가 알겠는가? 어떤 짐승들은 마치 황달 환
자처럼 노란 눈, 다른 어떤 것들은 벌건 핏빛 눈을 가지고 있으
니 말이다. 그런 짐승들에게는 사물의 색깔이 우리와는 다르게 보
일 것이다. 사람과 그 짐승들의 판단 중 무엇이 참일까? 사물의 본
질이 오직 사람하고만 관계된다는 법은 없으니 말이다.

우리와 마찬가지로 동물들도 단단함, 흰빛, 깊이, 거칠음 등
을 알고 이용한다. 자연은 동물에게도 그 사용권을 주었다. 눈을
누르고서 바라보면 물체가 더 길게 늘어나 보인다. 짐승들 중엔
그렇게 눌린 눈을 가진 것이 많다. 그렇다면 이 경우엔 우리 눈이
원래 상태로 본 길이가 아니라 길게 보이는 그 길이가 그 물체의
진짜 길이일 수도 있다. ^B 우리 눈을 아래쪽에서 누르면 사물이 두
겹으로 보인다.

등잔의 빛줄기도 둘이요,
사람들의 얼굴도 둘, 몸도 둘이다.
루크레티우스

^A 귀가 무엇으로 막히거나 청각의 통로가 오그라들면 소리가

〔 448 〕

에세 2

보통 때와는 다르게 들린다. 귀가 털로 덮여 있거나 귀 대신 아주 작은 구멍만 나 있는 동물들은 그에 따라 우리가 듣는 소리를 듣는 게 아니라 다른 소리를 듣는다. 축제에서, 또는 극장에서, 색유리를 횃불 불빛에 대고 보면 거기에 있는 모든 것이 푸르거나, 노랗거나, 보랏빛이 되는 걸 볼 수 있다.

> 그것은 우리의 넓은 극장 안 황색, 홍색, 갈색 휘장들이
> 그것들을 비끄러맨 기둥과 들보들을 따라
> 바람에 나부끼며 만들어 내는 광경이니,
> 그 휘장들이 그 아래 계단식 좌석들과 무대에 모여 있는
> 무리,
> 원로원 의원들, 귀부인들, 그리고 제신의 석상들을
> 제 색깔로 물들이기 때문이다.
> 휘장들은 사방을 제 색깔로 물들인다.
> 루크레티우스

^A 동물들의 눈 색깔이 제각각인 것을 보면, 틀림없이 물체의 모습을 각각 제 눈 색깔로 볼 것이다. 그러므로 감각 작용을 판단하려면 우리는 우선 짐승들과 일치해야 할 것이요, 그런 다음 우리끼리 일치해야 할 것이다. 그런데 우리는 전혀 그렇지 못하다. 이 사람이 저 사람과 다르게 듣고 보고 맛보는 것을 가지고 매번 입씨름을 벌이며, 다른 것들에 대해 논쟁하는 만큼이나 감각들이 우리에게 보고하는 영상의 상이함 때문에 논쟁한다. 어린아이는 당연히 서른 살짜리와 다르게, 서른 살짜리는 육십 대 노인들과 다르게 듣고 보고 맛본다. 어떤 사람에겐 감각이 보다 모호하며

〔 449 〕

흐릿하고, 어떤 사람에게는 더 열려 있고 날카롭다.[271] 우리는 사물들을 다르게, 우리 자신에 따라, 우리에게 그럼직해 보이는 데 따라 다르게 본다. 그런데 우리에게 그럼직한 것은 너무도 불확실하고 논박 가능한 것이어서, 눈이 희게 보인다고 고백할 수는 있어도, 그것이 본질적으로, 그리고 진실로 백색인지 증명하라면 장담할 수 없다고 말한대도 더 이상 놀라울 것이 없다. 그리고 이렇게 기초가 흔들려 버리니 세상의 모든 지식이 필연적으로 물거품이 되고 만다.

우리의 감각들 자체가 저희끼리 방해를 놓는 건 어떻고? 눈에는 튀어나와 보이는 그림이 만져 보면 판판하다. 냄새는 상쾌하고 맛은 역겨운 사향을 상쾌하다 할 것인가 불쾌하다 할 것인가? 방향초나 향유 중에는 신체의 한 부분에는 적합하지만 다른 부분에는 해로운 것들이 있다. 꿀은 목구멍을 즐겁게 하지만 보기에는 흉하다. 깃털 모양으로 깎아 만든 반지들을 문장학에서는 '끝없는 깃털'이라고 부르는데, 어떤 눈도 그 폭을 가늠할 수 없고 그 환각에서 벗어날 수 없다. 특히 그것을 손가락에 끼고 돌려 보면 한쪽으로는 넓어지면서 다른 한쪽은 가늘게 좁아진다. 그렇지만 만져 보면 폭이 일정하고 어느 쪽이나 똑같아 보인다.

C 옛적에 쾌락을 배가하려고, 사물을 굵고 크게 비춰 주는 거울들을 사용해서 자기들이 쓰려는 연장을 시각적으로 확대해서 더 큰 만족을 얻으려 한 자들은, 두 감각 중 어느 편에 특혜를 베풀었던 것인가? 그 신체 부분을 원하는 만큼 굵고 크게 보는 시각에?

<hr>

271
이 생전판에는 다음 문장이 이어졌다. "병자는 달콤한 것을 쓰다고 한다. 여기서 우리가 사물들을 있는 그대로가 아니라 다르게 받아들인다는 것이 드러난다."

〔 450 〕

아니면 자기 연장을 작고 경멸할 만한 것으로 제시하는 촉각에?

A 사물들은 단 한 가지 조건만을 가질 뿐인데, 우리 감각이 사물에 그런 다양한 조건을 부여하는 것인가? 우리가 먹는 빵에서 보는 바와 같이, 빵일 뿐인데 우리가 그것을 취해서 뼈, 피, 살, 털, 손톱을 만드는 것처럼?

B 그처럼 양분은 몸 구석구석까지 분배되어
스스로 소멸되며 다른 실체를 낳는다.
루크레티우스

A 나무 뿌리가 빨아들인 수분이 줄기, 잎, 열매가 된다. 공기는 하나이지만, 나팔에 적용하면 수천 가지 소리가 된다. 다시 말하거니와 그런 식으로 사물의 다양한 성질을 조성하는 것이 우리 감각인가, 아니면 사물들이 본래 그렇게 다양한 성질을 갖고 있는 것인가? 그리고 이런 의문을 품고서 어떻게 사물의 진정한 본질을 단정할 수 있겠는가? 더구나 병이나 정신착란, 잠 등의 예외적인 상황이 사물을 건강한 사람, 현명한 사람, 그리고 깨어 있는 사람에게 보이는 것과 다르게 보여 주는 것을 보면, 우리의 정상 상태와 본연의 기질 역시, 변질된 기질처럼 제 조건에 따라 자기에게 끼워 맞춰서 사물에 한 존재 양태를 부여하는 것이 아닐까? 우리의 건강도 병이나 마찬가지로 사물들에게 얼굴을 달아 줄 수 있지 않을까? C 절도 있는 사람이라고 해서 과도한 사람이나 마찬가지로 저 나름의 사물관이 왜 없을 것이며, 자기 성격에 따라 그것을 사물들에 왜 새겨 넣지 않겠는가? 입맛을 잃은 자는 술이 맛없다고 탓하고, 건강한 자는 달다, 목마른 자는 시원하다

〔 451 〕

며 술을 칭찬한다.

ᴬ 그런데 우리 상태가 사물들을 제게 맞춰 제 식으로 변화시키니, 우리는 어느 것이 사물의 진정한 상태인지 더 이상 알 수 없다. 무엇이건 우리 감각에 의해 왜곡되고 변질되지 않고서는 우리에게 오지 않기 때문이다. 컴퍼스, 각도기, 자가 바르지 못하면 그것들로 측정한 모든 비율, 그것들로 재서 세운 모든 건축 또한 불충분하고 불완전할 수밖에 없다. 우리 감각의 불확실성은 그것이 만들어 내는 모든 것을 불확실하게 만든다.

> 이렇게 결국 한 건축물을 지을 때,
> 처음부터 부정확한 자를 쓰고,
> 각도기가 삐뚤어 수직에서 멀어지고,
> 수평이 어느 쪽으로 약간만 기울어도,
> 건물 전체가 필히 잘못되고, 기울고,
> 기형이 되어 튀어나오고, 앞뒤가 기울며,
> 귀가 맞지 않아, 벌써 어떤 곳은 무너질 태세요,
> 곧 실제로 와르르 무너진다.
> 맨 처음 계산이 틀렸기 때문이다.
> 이처럼 기만적인 감각에 의존하면
> 사물들에 대한 그대의 추론 전체가
> 필히 부정확하고 틀린 것이 되리라.
> 루크레티우스

그러니 결국 누가 이 차이를 판단할 수 있겠는가? 종교에 관한 논쟁에서 사람들이 말하기를, 이편에도 저편에도 매여 있지 않

〔 452 〕

은 판관, 선택해야 할 의무도 없고 선입견도 없는 판관이 필요한데, 그리스도 교인들 가운데는 그런 판관이 있을 수 없다고 하는 것과 같다. 여기서도 마찬가지이다. 왜냐하면 그가 늙었으면 자기 자신이 늙은이 편에 속해 있으니 노인의 감각을 판단할 수 없을 테고, 그가 젊어도 그렇고, 건강해도 그렇고, 아파도, 자고 있어도, 깨어 있어도 마찬가지이니까. 다양한 주장 모두를 자기와 무관한 것으로서 아무 선입견 없이 판단하려면 이 모든 성질이 하나도 없는 누군가여야 하리라. 이런 점에서 우리에겐 존재하지 않는 판관이 필요하다 할 것이다.

　우리가 사물로부터 받아들인 외양을 판단하기 위해서는 검증의 도구가 필요할 것이다. 이 도구를 검증하려면 증명이 필요하다. 이 증명을 검증하기 위해서는 도구가 필요하다. 이렇게 우리는 쳇바퀴를 돈다. 감각은 그것 자체가 불확실성으로 가득 차 있어서 우리의 논쟁을 끝낼 수 없으니 판단력이 나서야 한다. 하지만 어떤 판단도 다른 판단 없이 성립되지 않을 것이다. 이렇게 우리는 무한정 뒷걸음질 쳐야 한다.

　우리의 사고는 우리와 무관한 사물에 적용되는 것이 아니라 감각의 중개에 의해 만들어지는 것이다. 그리고 감각은 무관한 대상 자체를 품는 것이 아니라 오직 제가 대상에게서 받은 인상들만을 품는다. 그렇기 때문에 사물에 대해 우리가 갖게 되는 생각이나 사물의 모습은 대상의 것이 아니고, 오직 그 사물이 감각에 남긴 인상일 뿐이다. 이 인상과 대상은 별개의 것이다. 그러므로 보이는 모습으로 대상을 판단하는 것은 대상과는 다른 것을 가지고 판단하는 것이다. 그리고 감각의 인상들이 유사성에 의해 외부 대상의 자질을 영혼에 전달한다지만, 영혼과 오성은 그 외부 대상과의 직접적인 교섭이 전무한데 어떻게 그 유사성을 확신할 수 있을까? 소크라테스를 모르는 사람이 그의 초상화를 보고 그것이 소크라테스를 닮았다고 말할 수 없는 것과 꼭 같다.

그럼에도 불구하고 보이는 면모로 사물을 판단해 보겠다고 한다면, 사물들이 보여 주는 면모 전부를 가지고는 불가능하다. 우리의 경험으로 알다시피, 그 면모들이 모순과 불일치로 서로 훼방을 놓기 때문이다. 그중에서 골라 낸 면모들이 다른 것들을 정리해 줄 수 있을까? 그러자면 그대의 선택은 다른 선택으로, 두 번째 선택은 세 번째 선택으로 입증해야 한다. 이렇게 해서 이 일은 결코 완결될 수 없을 것이다.

결국 우리의 존재에도, 사물들의 존재에도, 항존하는 실체(實體)란 없다. 우리도, 우리의 판단도, 그리고 모든 필멸의 사물들도 끊임없이 흐르고 굴러간다. 이렇게 판단하는 자와 판단받는 것이 끊임없는 변화와 움직임 속에 있기 때문에 하나와 다른 것 사이에 확실한 무엇이 수립될 수 없는 것이다.

우리는 '존재'[272]와 아무런 교류가 없다. 인간성 전체가 항상 출생과 죽음 중간에 있고, 모호한 모습과 그림자, 불확실하고 허

272

여기서부터 몽테뉴는 1572년에 아미요가 번역 출간한 플루타르코스의 『작품 모음집』 1권 48장을 글자 그대로 인용한다. 여기서 '존재'는 불어로 être, 영어로 be, being에 해당하는데, 이 동사는 사물의 있음, 존재 그 자체의 상태를 표시하는 동사이기도 하고, 사물의 속성을 표현하는 부가형용사를 매개하기도 한다. 일반적인 용법에서는 과거형 미래형도 쓰이므로 변화를 내포할 수 있지만 여기서는 항구적 속성을 지니고 늘 동일자로 머무는 상태로 극단화해 시간성을 지닌 만물의 유전하는 성질과 대립시킨다. 이런 존재 상태는 결국 영원무궁하고 변함없는 존재, 즉 신에게만 가능한 존재태로, 인간은 감히 그런 존재에 대해 짐작조차 할 수 없다는 것이다.

〔 454 〕

술한 의견만 내놓기 때문이다. 만일 그대가 인간의 본질을 파악하겠다는 생각에 골몰한다면, 그것은 더도 덜도 아니고 주먹으로 물을 쥐여 보겠다는 것과 같을 것이다. 본성상 사방으로 흐르는 것을 세게 쥐면 쥘수록 그만큼 움켜쥐려는 것을 잃어버릴 테니까. 이처럼 모든 사물은 한 변화에서 다른 변화로 넘어가게 되어 있기 때문에 거기서 진정한 실체를 찾으려 하는 이성은 항구적으로 존속하는 것을 잡아낼 수 없어 낙담하고 만다. 모든 것이 존재로 오고 있되 아직 완전히 존재하지 않거나 태어나기도 전에 죽기 시작하고 있기 때문이다.

플라톤은 물체들이 결코 실존을 가져 본 일이 없고, 다만 출생할 뿐이라고 말했다. ᶜ 그는 호메로스가 오케아노스를 신들의 아버지, 테튀스²⁷³를 그 어머니로 만든 것은 모든 사물이 영속적인 흐름, 움직임, 변화 중에 있다는 것을 우리에게 가르쳐 주기 위한 것이라고 본다. 그것은 그의 말대로 플라톤 시대 이전의 모든 철학자들의 공통된 의견이었다. 파르메니데스만이 예외로, 그는 사물에 운동이 있음을 부인했는데 영향력 있는 인물이었으므로 상당한 호응을 얻었다. ᴬ 퓌타고라스는 모든 질료가 흐르고 흩어지는 것이라고 했다. 스토아파는 현재라는 시간은 없다고, 우리가 현재라고 부르는 것은 미래와 과거가 만나는 연결점에 불과하다고 했다. 헤라클레이토스는 동일한 강물에 두 번 들어가 본 사람은 없다고 했다.

ᴮ 에피카르모스는 전에 돈을 빌린 사람은 지금 그 빚을 지고 있지 않고, 전날 밤 아침을 먹으러 오라고 초대받은 사람은 이젠

273
오케아노스와 테튀스는 부부로서 그리스 신화 속의 대양의 신이다.

초대받은 사람이 아니라고 했다. 그들은 이제 그들이 아니고 다른 사람이 되었다는 것이다. ^A 또 죽게끔 되어 있는 실체는 두 번 다시 동일한 상태에 있을 수 없는데, 빠르고도 가벼운 변화에 의해 어떤 때는 흩어지고 어떤 때는 모이기 때문에 왔다가는 곧 가 버린다는 것이다. 그 결과, 태어나기 시작한 것은 결코 존재의 완전성에 도 달하지 못하며, 그렇다고 태어나는 것을 완수하지도, 멈추지도 않으면서 그런 상태로 끝에 이른다. 그렇게 종자 때부터 항상 이것에서 저것으로 변하고 탈바꿈하며 간다. 인간의 정자로부터 우선 어머니의 배 속에 형태 없는 열매가 만들어지고, 그다음엔 형태 잡힌 아이가 만들어지고, 다음엔 배 밖으로 나와 젖먹이가 되고, 다음엔 소년이 되고, 이어 청년이 되고, 이어 성년, 이어 장년, 마지막엔 늙어 빠진 노인이 되는 것처럼 말이다. 그렇게 나이, 그리고 이어지는 생성은 언제나 먼저 것을 해체하고 파괴한다.

> 실로 시간은 세상의 모든 것을 변화시킨다.
> 어느 것에서든, 한 상태에 필히 다른 상태가 이어진다.
> 저 자신과 닮은 채로 존속하는 것은 하나도 없다.
> 모든 것이 제 모습을 바꾸니,
> 자연이 모든 것을 변화시키고 변하도록 강요한다.
> 루크레티우스

^A 그런데 우리만이 어리석게도 한 종류의 죽음을 두려워한다. 우리는 벌써 수많은 다른 죽음을 거쳐 왔고, 거쳐 가는 마당에. 헤라클레이토스가 말했던 것처럼 불의 죽음은 공기의 탄생이요, 공기의 죽음은 물의 탄생이기 때문만이 아니라, 그보다 더 명백하

〔 456 〕

게 우리가 우리 자신에게서 그것을 볼 수 있으니 말이다. 노년이 닥치면 장년은 죽어 사라지고, 장년의 개화에서 청년기는 끝나고, 소년기는 청년기에서, 유년기는 소년기에서 죽으며, 어제는 오늘에서 죽고, 오늘은 내일에서 죽을 것이다. 늘 그대로 머물러, 항상 여일(如一)한 것은 아무것도 없다.

사실이 그렇다는 증거로, 만일 우리가 언제나 동일한 하나라면, 어떻게 우리가 이제는 이것을 저제는 다른 것을 즐길 수 있단 말인가? 어떻게 서로 상반되는 것들을 공히 애호 또는 증오하고, 찬양 또는 비난한단 말인가? 어떻게 우리가 같은 생각 속에서 같은 감정을 유지하지 못하고 다른 마음을 품는단 말인가? 변하지 않았는데 다른 감정을 느끼는 일은 있음직하지 않으니 말이다. 그리고 변화를 겪는 것은 계속 동일한 것으로 남아 있을 수 없고, 동일하게 있지 않으면 있음일 수 없다. '있는 것' 전체가 변함과 동시에 '있음'도 변하여 항시 다른 것의 다른 것이 되어 간다.[274] 그러므로 감각은 자연히 속고 속이게 되어 있다. '있음'이 무엇인지 잘 모르기 때문에, 겉으로 보이는 것을 있는 것으로 여기면서 말이다.

그런데 진실로 존재하는 것이 대체 무엇일까? 영원히 있는 것, 다시 말해 출생한 일도 없고 결코 끝도 없는 것, 시간이 어떤 변화도 일으킬 수 없는 것. 왜냐하면 시간이란 움직이는 사물이기에, 결코 안정되어 영속적으로 머무는 법 없이, 항상 흐르고 유동하는 질료와 더불어, 마치 그 그림자처럼 나타나기 때문이다. 시간에는 '전'과 '후', '있었던' '있을' 등, 즉각 그것이 있지(être) 않은 것임을 분명히 드러내는 단어들이 따라붙는다. 아직 존재하지

274
존재의 성질이 변화하면 존재물 자체도 변한다.

〔 457 〕

12장 레몽 스봉을 위한 변호

않는 것이나 이미 존재하기를 그친 것을 있다고 말하는 것은 아주 어리석고 명백한 거짓일 테니까. 그리고 '현재', '순간', '지금' 같은 단어들로 말하자면, 주로 그 낱말들 덕분에 우리가 시간에 대한 인식을 세우고 지탱하는 것 같다. 이성은 그것을 발견하자마자 당장 부숴 버리기 때문이다. 이성은 즉시 시간을 쪼개어 미래와 과거로 나눈다. 필히 그것을 둘로 나눠 놓고 봐야겠다는 듯이 말이다. 자연을 측정하는 시간에 일어난 일이 측정되는 자연에게도 일어난다. 자연에도 머무르는 것, 지속하는 것이란 하나도 없기 때문이다. 자연에서도 모든 것이 태어났거나, 태어나는 중이거나, 죽어 가는 중이다. 그러므로 존재하시는(être) 유일한 존재인 하느님에 대해서 '계셨다'거나 '계실 것'이라고 말하는 것은 죄일 것이다. 그런 말들은 존재로 머물러 있을 수 없는 것의 변화, 과정, 변천 등을 표현하기 때문이다.

그러므로 오직 하느님만이 시간의 척도를 따르지 않고, 부동 무변하며, 시간으로 잴 수 없고, 어떤 쇠퇴에도 종속됨이 없는 영원성 안에 존재하신다고 결론지어야 한다. 그 앞에도, 그 뒤에도 아무것도 존재하지 않을 것이며, 더 새로운 또는 더 최근이란 것도 없을 것이되, 오직 하나인 '지금'으로 '항상'을 채우는 단 한 분, 참 존재자가 계실 뿐이다. 그리고 '그는 있었다.'라거나 '그는 있을 것이다.'라고 말할 수 없게, 참으로 존재하는 존재는 그분 말고는 전무하다. 그분에겐 시작도 끝도 없기 때문이다.

내게 한없는 자료를 제공하는 이 길고도 지루한 논설을 끝맺기 위해, 한 이교도[275]의 너무도 경건한 위의 결론에 같은 조건에

275
지금까지 인용한 플루타르코스를 말한다.

[458]

에세 2

있던 한 증인[276]의 이 말 한마디만 덧붙이고자 한다. "오, 인간이란 얼마나 비루하고 비천한 물건인가, 만일 그가 인간성을 초월하지 못한다면!" ^C 멋진 말이고 유익한 바람이지만, 이 역시 터무니없는 말이다. 왜냐하면 ^A 주먹보다 더 큰 것을 쥐려 하고, 아름이 넘는 것을 안으려 하며, 다리를 뻗칠 수 있는 만큼보다 크게 내디디려 하는 것, 그것은 불가능하고 자연에 위배되는 일이기 때문이다. 인간이 자신과 인간성 위로 자기를 올리는 것 역시 그와 같다. 그는 자기 눈으로밖에 볼 수 없고, 자기 손아귀로밖에 쥘 수 없으니까. 하느님이 놀라운 은총으로 손을 빌려주신다면 그는 올라갈 것이다. 자기 고유의 수단을 버리고 포기함으로써, 순전히 하늘의 수단에 의해 높여지고 들어 올려지도록 자기를 맡김으로써 올라갈 것이다.

^C 이 거룩하고 기적적인 변모를 향한 소망을 둘 곳은 우리 그리스도교 신앙이지 그[277]의 스토아적 덕성이 아니다.

276
세네카를 말한다.
277
세네카를 말한다.

13장
타인의 죽음을 판단하기

^A 인간의 삶에서 정녕 가장 주목할 만한 행위인 죽음에서 어떤 사람이 보인 침착한 태도를 판단할 때 한 가지 주의해야 할 것이 있다. 대개 사람들은 자기가 그 지경에 이른 것을 잘 믿지 못한다는 것이다. 자기에게 마지막 순간이 왔다는 것을 받아들이고 죽는 사람은 거의 없다. 그리고 이때만큼 희망의 속임수에 잘 넘어가는 경우도 없다. 희망은 우리 귀에 끊임없이 나팔을 분다. "다른 사람들은 더 아프고도 죽지 않았어. 상태가 생각만큼 절망적인 것은 아니야. 최악의 경우 하느님이 분명 다른 기적들을 준비하셨을 거야." 그리고 그런 일은 우리가 스스로를 너무 대단하게 여겨서 일어난다. 세상 만물이 우리가 없어지는 것을 몹시도 괴로워하며, 우리 상태를 함께 아파하는 것만 같다. 바라보는 우리 눈이 달라진 만큼, 사물들도 달리 보이는 것이다. 우리의 눈길이 그것들을 못 보게 되어 아쉬워하는 만큼 그것들도 우리가 사라지는 것을 애석해한다는 생각이 든다. 항해하는 사람에게 산, 들판, 마을, 하늘, 그리고 땅이 함께 흔들리며 떠나 가는 것 같아 보이듯이.

^B 우리가 항구에서 멀어지자, 육지와 도시들도 물러난다.

베르길리우스

〔 460 〕

에세 2

자기의 궁핍과 비애를 세상과 사람들의 인심 탓으로 돌리면서 과거를 찬양하고 현재를 비난하지 않는 노인을 본 적이 있는가?

> 머리를 흔들면서 늙은 농부는 한숨짓는다.
> 그는 현재와 과거를 비교하며
> 자기 아버지의 행운을 끝없이 찬양하고
> 예전 사람들의 효심만 줄곧 뇌까린다.
> 루크레티우스

우리는 모든 것을 함께 끌고 간다. [A] 그래서 우리는 우리 죽음을 엄청나게 큰 일이며, [C] "그 많은 신들이 한 인간을 둘러싸고 술렁거리는데"(세네카), [A] 별들에게 엄숙하게 문의하지도 않은 채 그렇게 쉽게 넘어갈 일이 아니라고 여긴다. 우리 자신을 높이 평가할수록 그런 생각을 하게 된다. [C] 뭐라고? 이다지도 깊은 학식이, 너무도 큰 손실을 일으키며, 사라질 거라고? 운명의 신들의 특별 배려도 없이? 이처럼 찾아보기 힘든 모범적인 영혼을 쓸모없는 보통 영혼처럼 쉽게 죽일 수 있다고? 다른 많은 생명을 품고 있고, 다른 많은 생명이 의지하고 있으며, 다른 많은 이들을 부리고 있고, 그토록 여러 자리를 차지하고 있는 이 생명이 마치 한 가닥 매듭에 매달린 생명처럼 세상을 뜬다고?

우리 중 누구도 자기가 홀몸일 뿐이라는 것을 충분히 생각하지 않는다. [A] 그래서 자기를 위협하는 바다보다도 더 심한 허풍을 떨며 카이사르가 사공에게 했다는 이런 말이 나온다.

> 하늘이 이탈리아에 가 닿지 못하게 하거든, 내게 청하라.

〔 461 〕

네 공포의 단 하나 정당한 이유는, 네가 태운 과객이 누군
지 모른다는 것.
내가 보호하니 안심하고, 폭풍 속으로 돌진하라.
　　　　루카누스

또 이런 말도 있다.

그러자 카이사르는 그 위험들이
자기 운명에 걸맞다고 여겨 말한다.
"뭐냐! 이 허술한 쪽배를
저렇게 미쳐 날뛰는 바다로 공격하다니,
나를 죽이려고 신들은
갖은 애를 다 쓰는구나.
　　　　루카누스

[B] 그리고 태양이 그의 죽음을 애도하며 일 년 내내 이마에 두
건을 썼다는 저 민중의 망상은 또 어떤가.

카이사르의 죽음에
태양조차 로마를 동정하여
자기의 빛나는 이마에
검은 베일을 둘렀다.
　　　　베르길리우스

이 밖에도 세상이 잘도 속아 넘어가는 수천 가지 비슷한 이야

〔 462 〕

기들이 있어, 우리가 당하는 일 때문에 하늘이 동요한다고, ^C 무변광대한 저 하늘이 자잘구레한 우리 일에 열을 올린다고 여긴다. "하늘과 우리 사이의 우의는 우리가 죽으면 별빛이 쇠할 만큼 돈독하지 않다."(플리니우스)

^A 그런데 위험한 지경인데도 아직 사태를 확실히 인식하지 못한 자를 두고 결단성 있고 의연하다고 하는 것은 옳지 않다. 그리고 그가 죽음 바로 그것에 대처한 것이 아니라면 그런 태도를 보이며 죽었다는 것만으로는 부족하다. 대부분의 사람들은 계속 살아서 누리고 싶어서 좋은 평판을 얻으려 하고 그래서 강직한 태도를 취하고 꿋꿋한 말을 한다. ^C 죽는 것을 내 눈으로 본 사람들로 말하자면, 그들이 죽어 갈 때의 태도를 결정한 것은 그들의 의사(意思)가 아니라 운수였다. ^A 옛날에 자결한 사람들에 대해서도 그것이 급작스러운 죽음이었는지, 아니면 시간이 걸린 죽음이었는지를 분별해야 한다. 저 잔인한 로마 황제[278]는 그가 잡아 가둔 사람들을 두고, 자신이 그들에게 죽음을 맛보게 하고 싶다고 말하곤 했다. 누가 감옥에서 자살하면 "그자가 내 손을 벗어났다."라고 말했다.[279] 그는 죽음을 연장시켜서 고문으로 그것을 느끼게 하려 했던 것이다.

^B 우리는 보았다, 상처로 뒤덮였지만
아직 죽음의 타격을 받지 않은 그 육신을.

278
칼리굴라를 가리킨다.
279
이 말은 칼리굴라가 아니라 티베리우스의 말이다.

13장 타인의 죽음을 판단하기

그 빈사의 목숨은 끔찍한 잔인성의 관례에 따라
알뜰하게 보존되고 있었다.
　　　　루카누스

　　A 사실 매우 건강한 몸으로 아주 침착하게 자살을 수행하는
것은 그다지 대단한 일이 아니다. 쌈박질에 들어가기 전에 못된
척하기는 아주 쉽다. 그래서 세상에서 가장 유약한 인간이었던 헬
리오가발루스는 가장 물러 터진 쾌락에 파묻혀 지내던 중에, A 피
치 못할 때가 오면 C 가장 부드럽게 A 자살할 계획을 세웠다. 그리
고는 자기 죽음이 자기의 나머지 생애와 모순되지 않도록 일부러
호사스런 탑을 세우게 하고, 바닥과 전면엔 뛰어내릴 자리로 금과
보석으로 치장한 판자를 대게 하고, 목을 맬 것으로 황금과 진홍
빛 비단을 꼬아 밧줄을 만들게 하고, 칼로 찌를 때를 위해 황금 검
을 만들게 하고, 독을 마실 것을 생각해서 녹옥과 황옥으로 만든
항아리에 독약을 간수했다. 이 모든 방법 중에서 내키는 대로 골
라 보려고 말이다.

　　　　B 별수 없으니 적극적이고 용감하다.
　　　　루카누스

　　A 하지만 이자로 말하자면 이 보드랍고 호사스러운 준비로
보건대, 실제로 자결하지 않을 수 없게 몰렸다면 겁이 나서 코피
를 쏟았을 것 같다. 그러나 마음이 더 강해 자결할 결심을 했던 사
람이라도 죽음을 느낄 여유가 없게 단칼에 감행한 것이 아닌지 검
토해 봐야 한다. 왜냐하면 생명이 조금씩 흘러나가는 것을 보고,

〔 464 〕

육체의 느낌이 영혼의 그것과 혼합되어 후회할 수도 있는 가능성이 생긴 가운데 그토록 위험한 의지를 실천하면서도, 지조와 완강함을 보이는지 간파해야 하기 때문이다.

카이사르의 내전 때, 루키우스 도미티우스는 아브루치 산중에서 잡히자 독약을 마셨다가 곧 후회했다. 우리 시대엔 어떤 이가 죽으려고 결심했지만 첫 번째에 충분히 강하게 찌르지 못하고 두 번 세 번 더 깊이 찔러 보았지만 통증 때문에 팔이 빗나가 결국 결정적인 타격을 가하지 못한 일이 있었다. ^C 플라우티우스 실바누스를 재판하는 중에 그의 할머니 우르굴라니아가 그에게 단도를 보냈다. 그것으로 자결에 성공하지 못하자, 그는 부하들을 시켜 자기 정맥을 끊게 했다. ^B 티베리우스 황제 시대에 알부킬라는 자살하려고 찔렀지만 너무 약하게 찌른 나머지 오히려 적들에게 그를 잡아 가두고 저희 방식대로 죽일 기회를 제공했다. 마찬가지로 데모스테네스 대장이 시칠리아에서 패주한 뒤 한 짓도 그와 같았다. ^C 핌브리아도 너무 약하게 찌르고 나서 하인의 손을 빌려 자살할 수 있었다. 그와는 반대로 오스토리우스는 자기 손을 쓸 수 없게 되자, 하인 손을 빌리기가 수치스러워, 검을 똑바로 세워 단단히 잡고 있으라고만 하고는, 하인이 잡고 있는 칼을 향해 몸을 날려 스스로 거기에 목을 박아 찔리게 했다.

^A 죽음이란 씹지 말고 삼켜야 할 고깃덩이다. 뭐든지 먹을 수 있는 목구멍을 가지지 않았다면 말이다. 그래서 하드리아누스 황제는 의사를 시켜, 자기를 죽여 줄 임무를 맡은 자가 겨눠야 할 치명적인 급소를 가슴에 정확히 표시해 놓게 했다. 어떤 죽음이 가장 바람직하다고 생각하느냐는 물음에 카이사르가 "가장 뜻밖의, 가장 짧은 죽음"이라고 대답한 것도 그 때문이다.

〔 465 〕

13장 타인의 죽음을 판단하기

B 카이사르가 그렇게 대답했다면, 내가 그렇게 생각한다고 비굴할 것은 없다.

A 짧은 죽음은 인생 최고의 행운이라고 플리니우스는 말한다. 저들은 인정하기 싫어하지만. 죽음을 생각하는 게 두려운 자, 눈을 똑바로 뜨고 죽음을 견뎌 내지 못하는 자는 그 누구도 죽을 결심이 되어 있다고 말할 수 없다. 고문을 당하는 중에 끝장내 주기를 갈망하며 집행을 서두르라고 재촉하는 사람들, 그들은 결단력이 있어서 그러는 게 아니다. 죽음을 생각할 시간을 없애려는 것이다. 죽는 것이 괴로운 게 아니라 죽어 가는 것이 괴로운 것이다.

> 죽고 싶지는 않다, 그러나 이미 죽어 버렸다면 아무 상관
> 없을 것 같다.
>
> 키케로

이 정도의 의연함엔 나도 도달할 수 있으리라는 것을 경험해[280] 본 바 있다. 눈 딱 감고 바다에 뛰어들듯 위험에 투신하는 사람들처럼 말이다.

C 내 생각엔 소크라테스의 생애 중에서, 사형 선고를 받고 그 명령을 곱씹어 볼 시간이 꼬박 삼십 일이나 주어졌지만, 그가 그 생각의 무게 때문에 긴장하거나 격앙되기보다는 오히려 가라앉고 초연한 언행으로 동요나 번민 없이 확고한 기대를 가지고 죽음을 감내했다는 것보다 더 눈부신 일은 없다.

A 키케로의 편지 상대자인 저 폼포니우스 아티쿠스는 병이

280
『에세 2』6장에서 말한 낙마 사건을 암시하는 듯하다.

〔 466 〕

들자 사위인 아그리파와 다른 두세 명의 친구들을 불러 놓고, 치료해 봤자 아무 소득이 없고 생명을 연장하려고 하는 일이 모두 고통 역시 연장하고 키우는 일임을 알았으니 생명도 고통도 끝장내기로 단단히 마음먹었다면서, 자기의 결심을 좋게 봐 주기를 바라며 최소한 그 생각을 돌려놓으려고 애쓰지만은 말아 달라고 당부했다. 그런데 단식으로 자결하려 했더니 뜻밖에도 병이 나아 버렸다. 목숨을 끊으려고 쓴 약이 건강을 되돌려 준 것이다. 의사들과 친구들은 그처럼 다행스러운 사건을 축하하며 그와 함께 기뻐하려 하였지만, 기대에 어긋나고 말았다. 일이 그리 되었어도 그의 생각을 바꿔 놓을 수가 없었던 것이다. 어쨌거나 언젠가는 이 문턱을 건너가야 하고 이 정도까지 일을 진척시켰는데 나중에 다시 시도하는 괴로움을 덜고 싶다는 것이었다. 이 사람은, 여유 있게 죽음을 받아들이자, 죽음을 만나는 것에 낙담하기는커녕 오히려 만나고자 열을 낸다. 왜냐하면 그를 투쟁하게 한 그 목적이 마음에 흡족해서, 거기서 끝장을 보겠다는 용기에 자부심을 느낀 것이다. 죽음을 맛보고 즐기고자 하는 것은 죽음을 겁내지 않는 것을 훨씬 넘어서는 일이다.

ᶜ 철학자 클레안테스의 이야기도 이와 흡사하다. 그의 잇몸이 부어 썩어 가고 있었다. 의사들은 장기 단식 방법을 써 보라고 충고했다. 이틀 동안 단식을 하고 났더니 상태가 매우 호전되어 의사들은 다 나았다면서 평소의 생활로 돌아가도 좋다고 했다. 그러나 기력 저하에서 이미 어떤 감미로움을 맛본 그는 뒷걸음치지 않기로 작정하고 내친걸음을 다그쳐 경계를 넘어가 버렸다.

ᴬ 로마 청년 툴리우스 마르켈리누스는 운명의 시간을 앞당겨서 병에서 해방되고 싶어서, 상의를 하려고 친구들을 불렀다. 의

13장 타인의 죽음을 판단하기

사들은 금방 낫지는 않아도 반드시 회복된다고 장담했지만, 자기를 게걸스레 탐하는 병에 더 이상 고통받고 싶지 않았던 것이다. 세네카의 말에 따르면, 어떤 자들은 비겁하게 자기들이 따랐던 충고를 말해 주었고, 다른 자들은 아첨으로 그가 가장 좋아할 것 같은 충고를 해 주었다. 그런데 한 스토아 철학자는 이렇게 말했다. "중요한 일인 것처럼 심려하지 말게나, 마르켈리누스. 산다는 것은 대단한 것이 아닐세. 자네 하인들도, 짐승들도 살고 있네. 하지만 명예롭고 현명하고 의연하게 죽는 것, 그것은 대단한 일이지. 생각해 보게, 자네가 얼마나 똑같은 일을 반복하는지. 먹고, 마시고, 자고, 마시고, 자고, 또 먹고 말일세. 우리는 끊임없이 이 쳇바퀴 속을 돌고 있네. 견딜 수 없는 나쁜 일들뿐 아니라 삶의 포만 그 자체가 죽고 싶어지게 하네."

마르켈리누스에게 필요했던 것은 충고해 줄 사람이 아니라 도와줄 사람이었다. 하인들은 그 일에 끼어들기를 꺼렸지만, 스토아 철학자가 나서서, 주인의 죽음이 자발적인 것이었는지가 의심스러울 때만 그들이 의심받을 것이요, 한편으로는

사람을 그의 의사에 반해 살리는 것은 죽이는 것
호라티우스

인 만큼 주인이 자살하지 못하게 막는 것이 그를 죽이는 것과 마찬가지로 악행이라는 점을 납득시켰다.

그런 다음 스토아 철학자는 식사가 끝날 때 식탁에 있는 후식을 회식자들에게 돌리듯이, 목숨이 다할 때 그 일을 봐준 사람들에게 뭔가를 나눠 주는 것이 옳을 것이라는 점을 마르켈리누스에

게 일러 주었다. 마음이 넓고 넉넉했던 마르켈리누스는 하인들에게 얼마간의 돈을 나눠 주게 하고 그들을 위로했다. 남은 일을 위해서는 칼도 피도 필요 없었다. 그는 이 삶에서 도망치려 한 것이 아니라 벗어나고자 한 것이다. 죽음을 피하려던 게 아니라 죽음을 시험해 보려 한 것이다. 그리하여 죽음과 흥정할 여유를 가지려고, 모든 음식을 끊은 지 사흘째 되는 날 미지근한 물로 목을 축여 달라고 한 뒤 조금씩 조금씩 그의 말로는 약간의 쾌감마저 느끼며, 실신해 갔다. 사실 허약 증세로 심장이 그렇게 쇠약해지는 것을 경험한 사람들은 아무런 고통도 느끼지 않고, 오히려 잠이나 소강 상태로 넘어갈 때처럼 일종의 쾌감을 느낀다고 말한다.

이런 예들이 바로 연구된 죽음, 음미된 죽음들이다.

그렇지만 오로지 카토만이 용덕의 완벽한 본보기를 보일 수 있게 하려고, 그의 행운은 그의 손에 불운을 쥐여 주고 그 손으로 스스로에게 절명의 타격을 가하게 한 것 같다. 치명적인 위기 앞에서 용기가 꺾이는 대신 더욱 강해져서 죽음과 대면하고 죽음의 멱살을 틀어쥘 수 있도록 말이다. 내가 만일 그의 가장 숭고한 모습을 제시해야 했다면, 당대 조각가들처럼 손에 칼을 쥔 모습이 아니라, 이미 피범벅이 된 창자를 가르는 모습으로 제시했을 것이다. 왜냐하면 이 두 번째 살해가 첫 번째 살해보다 더 대단한 일이었기 때문이다.

13장 타인의 죽음을 판단하기

14장
우리 정신은 얼마나 스스로를 방해하는가

A 똑같은 무게의 두 욕망 사이에서 완전히 평형을 이룬 정신을 생각해 보는 것은 재미있는 상상이다. 한편으로 기울거나 하나를 선택한다는 것은 가치의 불균등을 전제로 하는 만큼, 결코 어느 편도 취하지 못하리라는 게 확실하니 말이다. 마시고 싶은 욕구와 먹고 싶은 욕구가 똑같을 때 우리를 술병과 햄 사이에 놓아둔다면 분명 갈증과 굶주림으로 죽는 것 이외에 다른 방책이 없을 것이다.

다를 것 없는 두 가지 사물 중 하나를 우리 마음이 골라잡는 이유는 무엇인지, 모두 똑같아서 선호할 만한 거리가 없는 수많은 금화 중에서 어느 하나를 취하게 하는 것은 무엇인지 사람들이 물었을 때, 이런 난처함에 대비하기 위해 스토아주의자들은 마음의 그런 움직임은 상궤를 벗어난 비정상적인 것으로, 돌발적이며 우연한 외부의 충동 때문에 우리 마음에 생기는 것이라고 했다. 내가 보기에는 차라리 아무리 경미할망정 어떤 차이가 있지 않다면 무엇이건 우리 눈에 띄지 않는다고, 감지할 수 없을 만큼 미미하더라도 시각이건 촉각이건 항상 우리를 더 잡아끄는 무언가가 있다고 말할 수 있을 것 같다. 마찬가지로 어디나 다 똑같이 질긴 노끈을 생각해 보면 그것이 끊어진다는 것은 불가능한 일 중에서도

〔 470 〕

불가능한 일이다. 어디서부터 끊어질 수 있단 말인가? 전체가 한 꺼번에 끊어진다는 것도 있을 수 없는 일이다. 용적보다 그 안에 담긴 부피가 더 크고, 중심이 원주만큼 크다고 견고한 증명을 통해 결론짓고, 무한히 접근하는 두 선이 결코 만날 수 없음을 발견한 기하학의 명제들, 이론과 경험이 너무도 상치하는 '현자의 돌'이나 원의 정방형 면적 문제 등까지 더하면, 아마도 거기서 플리니우스의 저 대담한 말을 옹호할 논거를 끌어낼 수 있으리라. "불확실성 이외에 확실한 것은 아무것도 없으며, 인간보다 더 가련하고 더 오만한 것도 없다."

14장 우리 정신은 얼마나 스스로를 방해하는가

15장
우리 욕망은 난관을 만나면 더 커진다

^A 대립 논리가 없는 논리란 없다고 철학자들 중 가장 현명한 학파[281]는 말한다. 나는 조금 전 한 고대인[282]이 인생을 경멸하기 위해 주장한 이 훌륭한 말을 되새기고 있었다. "잃어버릴 수도 있다고 생각하지 않으면 어떤 보배도 우리에게 기쁨을 주지 못한다." ^C "무엇을 잃어서 겪는 고통이나, 잃어버릴까 봐 두려워서 겪는 고통이나 고통은 똑같다."(세네카) ^A 그가 말하고자 한 것은, 생명을 잃을까 봐 두려워한다면 삶을 진정으로 향유할 수 없다는 것이었다. 하지만 정반대로 그 보배에 안심할 수 없고 빼앗길까 두려워할수록 더욱 그것에 애착을 느끼며, 더 단단히 움켜쥐고 끌어안는다고도 말할 수 있을 것이다. 추우면 불기운이 더 잘 느껴지듯, 우리의 의지도 반대에 부딪히면 더 날카로워지는 게 확실하기 때문이다.

^B 다나에가 청동 탑에 갇혀 있지 않았다면,

281
퓌론 학파를 말한다.
282
세네카.

〔 472 〕

결코 주피터의 자식을 낳게 되진 않았을 것이다.

오비디우스

^A 또 안일함에서 오는 포만만큼 저절로 우리 비위를 거스르는 것이 없고, 희귀하거나 곤란한 것처럼 우리 구미를 당기는 것도 없다. "무슨 일에서나, 그 일을 멀리하게 해야 마땅할 바로 그 위험 때문에 쾌락은 더 커진다."(세네카)

갈라여, 싫다고 해라. 쾌락에 고통이 섞이지
않으면 사랑은 금세 싫증 난다.

마르시알리스

사랑을 감질나게 만들려고, 뤼쿠르고스는 라케데모니아의 부부들은 숨어서만 사랑을 나눠야 하며, 함께 자는 것을 들키면 남과 자는 것과 같은 수치가 될 거라고 포고했다. 만남의 난관, 들킬 위험, 다음 날의 수치,

그리고 번민, 침묵,
또한 가슴 깊은 데서 나오는 한숨,

호라티우스

이것이 소스에 싸한 맛을 주는 것이다. ^C 연애 작업의 점잖고 수줍은 화법에서 심히 선정적이고 재미난 장난들이 얼마나 많이 나오는가! ^A 쾌락 자체가 고통으로 자극받으려고 애쓴다. 불에 지지고 할퀼 때 쾌락은 더 강력해진다. 유녀(遊女) 플로라는 폼

〔 473 〕

15장 우리 욕망은 난관을 만나면 더 커진다

페이우스와 자면서 물어뜯은 자국을 내 주지 않은 적이 한 번도 없다고 말하곤 했다.

> 그들은 욕망의 대상을 아프도록 바싹 끌어안고,
> 부드러운 입술에 잇자국을 남긴다.
> 불가해한 격정이 그들을 충동질한다.
> 그들 마음에 광분을 일으키는 대상에게 상처를 내라고.
> 루크레티우스

모든 일이 이렇게 돌아간다. 장애가 사물에 가치를 부여하는 것이다.

^B 안코나 사람들은 콤포스텔라의 성 야곱에게 더 기꺼이 소원을 빌고, 갈리시아 사람들은 로레토의 성모에게 더 기꺼이 소원을 빈다.[283] 리에주에서는 루카[284] 온천으로, 토스카나에서는 스파[285] 온천으로 목욕하러 가는 걸 대단한 일로 친다. 로마의 검술 학교에는 로마인은 거의 없고 프랑스인들만 넘쳐 난다. 저 위대한 카토조차 우리처럼 마누라가 자기 것이었을 땐 싫어하더니, 다른 사람의 여자가 되자 그녀를 원했다.

283
안코나는 몽테뉴가 1581년에 방문한 적이 있는 곳으로, 로레토의 성모상이 있어 순례자들이 찾는 곳이다. 그런데 안코나 사람들은 성 야곱에게 빌러 스페인의 갈리시아 왕국이 있는 산티아고 데 콤포스텔라로 가고, 갈리시아 사람들은 반대로 이탈리아의 안코나로 온다는 것이다.
284
토스카나 지방의 유명한 온천지.
285
프랑스 리에주 근방의 온천지.

〔 474 〕

^C 나는 늙은 말 한 필을 종마 사육장으로 보내 버렸는데, 그 놈은 암내를 맡아도 교미하려 하지 않았다. 제 암컷들하고는 너무 쉬우니까 금세 싫증이 나 버렸던 것이다. 그런데 낯선 암컷만 보면, 마구간의 자기 칸 옆으로 지나가는 아무 암말에게나 전처럼 참고 들어 줄 수 없는 울음소리를 내며 흥분하는 것이다.

^A 우리의 욕망은 갖지 못한 걸 잡으려고, 손안에 있는 것은 하찮게 여기며 넘겨 버린다.

> 그는 수중에 있는 것은 무시하고, 달아나는 것을 잡으려
> 애쓴다.
> 호라티우스

우리에게 뭔가를 금지하는 것은 그것을 원하게 하는 일이다.

> ^B 자네가 자네 애인을 감시하지 않으면
> 그녀는 곧 내게 오지 않을걸세.
> 오비디우스

^A 뭔가를 우리에게 완전히 내맡기는 것은 그것을 경멸하게 만드는 일이다. 결핍과 풍요는 결국 똑같은 골칫거리가 된다.

> 너는 너무 많아서 탈, 나는 모자라서 탈.
> 테렌티우스

욕망과 향락은 같은 방식으로 우리를 괴롭힌다. 애인이 냉엄

〔 475 〕

15장 우리 욕망은 난관을 만나면 더 커진다

하면 골치 아프다. 그러나 나긋나긋하고 손쉬워도 마찬가지요, 사실을 말하자면 더 그렇다. 불만과 노여움은 우리가 욕망의 대상을 숭배하기 때문에 생기고 우리 사랑을 자극하며 더욱 뜨겁게 하는 반면, 포만감은 싫증을 야기하기 때문이다. 그것은 흐릿하고, 둔하고, 나른하고, 졸린 감정이다.

> B 여자가 애인을 오랫동안 지배하고 싶거든 그를 무시할
> 일이다.
>
> 오비디우스

> 남자들이여, 깔보는 체하라,
> 그러면 어제 그대를 밀어낸 여인이 찾아오리라.
>
> 프로페르티우스

C 숭배자들의 눈앞에서 얼굴값을 올리려고 한 것이 아니면 포파에아[286]가 왜 자기 얼굴의 미모를 가릴 생각을 했겠는가? A 저마다 보여 주고 싶어 하고, 남자라면 다들 보고 싶어 하는 미인들을 왜 발뒤꿈치 아래까지 가려 놓았겠는가? 왜 그녀들은 우리의 욕망과 자기들의 욕망이 주로 깃든 부분들 하나하나를 그리도 많은 장애물로 겹겹이 가리고 있는 것인가? 요즘 우리네 여자들이 옆구리에 차는 저 굵은 고래 뼈는 우리의 갈망에 미끼를 던지려는 게 아니면, 우리를 떼어 놓음으로써 더 끌어당기려는 게 아니면 대체 무슨 소용이 있는가?

286
네로 황제의 정부(情婦).

〔 476 〕

그녀는 버드나무 쪽으로 도망치지만, 그에 앞서 눈에 띄길
바란다.

베르길리우스

^B 때로 그녀는 자기 옷으로 장벽을 만들어 내 뜻을 물리
쳤다.

포르페르티우스

^A 처녀들의 저 부끄럼 타는 기술이며, 저 동요하지 않는 냉정
함, 엄격한 몸가짐, 가르쳐 주려는 우리보다 더 잘 아는 것들을 모
른다고 잡아떼는 시치미는 다 무슨 소용인가? 그 까다로운 절차와
난관들을 정복해서 우리 욕망에 복종시키고 꺾어 놓고 싶다는 마
음만 더 커지게 하려는 것이 아닌가? 왜냐하면 저 여린 상냥함과
어린애 같은 수줍음을 얼빠지게 만들어 유혹하는 것, 저 당당하고
오만한 근엄함을 우리의 격정에 굴복시키는 것엔 쾌락만이 아니
라 영광까지 있기 때문이다. "엄격과 신중, 순결과 절제를 정복하
는 것은 영광이다. 여자들에게 이런 특성을 버리라고 권하는 자는
여자들과 자기 자신을 속이는 자"라고 사람들은 말한다. 여자들의
가슴이 공포로 떨고, 우리 말소리만 들어도 귀가 더러워지며, 그
때문에 우리를 싫어하지만 힘에 못 이겨 우리 요구를 들어주는 것
이라고 믿어야 한다. 미모의 힘이 아무리 큰들, 이런 중개 과정 없
이는 그 가치를 실감나게 해 줄 방법이 없다. 이탈리아에 가서 보
라. 거기에는 돈으로 살 수 있는 미인들, 그것도 최고로 멋진 미인
들이 더 많다. 그래서 그 여자들은 남자의 마음을 끌기 위해 색다
른 방식과 기교를 찾아야만 한다. 하지만 사실 누구나 살 수 있게
내어 놓은 몸이니 무슨 짓을 해도 신통찮고 시시하다. 그것은 마

15장 우리 욕망은 난관을 만나면 더 커진다

치 덕행의 경우에, 효과가 같은 두 행동 중에서 장애와 위험이 더 많이 따르는 쪽을 우리가 더 훌륭하고 가치 있게 여기는 것과 같다.

하느님의 거룩한 교회가 오늘날 우리가 보듯이 그토록 많은 난관과 파란 속에 출렁이도록 허락하신 것은 하느님의 섭리이니, 이 대조되는 상황으로 경건한 사람들을 일깨워, 그들을 너무 오랫동안 평온한 상태에 빠져 있게 한 안일과 졸음에서 벗어나게 하기 위함이다. 길을 벗어난 자들의 수효로 말미암아 생긴 손실과, 이 전투를 계기로 우리가 열정과 힘과 생기를 되찾음으로써 얻은 소득을 견주어 보면, 손해보다 유익이 더 크지 않을까.

우리는 부부의 연을 끊을 모든 방법을 제거함으로써 부부간의 결속을 확고하게 만들었다고 생각했다. 그러나 강압의 끈을 죌수록 의지와 애정의 끈은 풀리고 느슨해졌다. 이와는 반대로, 로마 제국에서 그렇게 오랫동안 결혼을 명예롭고 안정된 상태로 유지시킨 것은 원하면 누구나 깨뜨릴 수 있는 자유였다. 그들은 잃을 수도 있는 만큼 더욱 자기 아내를 사랑했다. 이혼은 완전히 자유였지만, 아무도 그 자유를 쓰지 않은 채 500년 이상이 흘렀다.

허용된 것은 매력이 없다. 금지가 욕망을 불붙게 한다.
오비디우스

여기에 한 고대인의 견해를 덧붙일 수 있을 것이다. "벌은 악덕을 약화시키기보다는 자극한다.[B] 벌은 선행에 대한 갈망을 불러일으키지 않는다. 선행은 이성과 훈육의 작품이다. 벌은 단지 나쁜 짓을 하면서 들키지 않으려 조심하게 할 뿐이다."

[478]

근절된 줄 알았던 악이 더욱 멀리 퍼지고 있다.
루틸리우스

^A 그의 견해가 참인지는 모르겠지만, 하여튼 나는 어떤 사회도 형벌을 통해 개혁된 바가 없다는 것을 경험으로 알고 있다. 풍속의 질서와 규율을 좌우하는 것은 다른 힘이다.

^C 그리스의 역사책들엔 스키타이와 인접한 고장으로, 사람을 때리는 채찍이나 몽둥이가 없이 사는 아르기피아 사람들 이야기가 나온다. 누구도 남을 공격하려 하지 않을 뿐 아니라, 사는 방식이 덕스럽고 거룩해 누구든 그곳으로 피신하기만 하면 생존을 보장받는다. 누구도 감히 그곳을 손대지 못한다. 다른 지방 사람들 사이에 분쟁이 생기면 그것을 해결해 달라고 그들에게 도움을 청한다.

^B 뜨락이나 밭을 보호하는 담장이 무명실 한 줄로 되어 있어도, 우리의 해자(垓字)나 울타리보다 훨씬 안전하고 확실한 나라가 있다.

^C "도둑은 자물쇠에 끌린다. 가택 침입 강도는 열려 있는 집엔 들어오지 않는다."(세네카) 들어오기 쉽게 열어 두는 것이 다른 방법보다 내 집을 내란의 폭력에서 보호해 주는 것 같다. 방어는 공격을, 경계심은 해코지를 불러들인다. 나는 병사들의 무력 행동에서 늘 그들이 핑계와 구실로 삼는 영광거리가 될 모든 가능성을 없애 버림으로써, 그들의 공격 의도를 약화시켰다. 정의가 죽어 버린 시대엔 용감하게 행하기만 하면 무슨 짓이나 명예롭게 행한 것이 된다. 그래서 나는 그들이 내 집을 정복하는 것이 비겁한 배신이 되게 한다. 내 집은 문을 두드리는 누구에게도 닫혀 있지 않다. 경비라고는 오래된 예법과 절차가 몸에 밴 문지기 하나뿐으로, 내

15장 우리 욕망은 난관을 만나면 더 커진다

집 문을 지킨다기보다 오히려 더 점잖고 상냥하게 문을 열어 주는 역할을 한다. 별들만이 내 수비병이요 파수꾼이다.

귀족[287]이 방어하는 자세를 보여 주는 것은 잘못이다. 방비가 완전한 것도 아니라면 말이다. 한쪽이 열려 있으면 사방이 열린 것이다. 우리 조상은 요새를 건축할 생각이 없었다. 우리의 집들을 공격하고 기습하는 기술은, 대포나 군대는 빼고 말인데, 수비 방법을 능가해 나날이 늘어나고 있다. 사람들의 머리는 대개 그쪽으로 예리해져 간다. 침략에는 모두가 관심이 있고, 방어는 오로지 부자들만 생각하니까. 내 집은 지어질 당시로서는 방비가 튼실했다. 나는 그 방면으로는 집에 보탠 것이 없고, 지금은 방비가 도리어 내게 해가 되지나 않을까 염려한다. 평화 시엔 방어 설비를 철거해야 한다는 점도 생각해야 한다. 또 철옹성 같은 집은 일단 점령당하면 탈환하지 못할 위험이 있다.

게다가 수비만으로 안심하기도 어려운 일이다. 내란 중이라면 당신의 하인조차 당신이 두려워하는 당파에 속해 있을 수 있기 때문이다. 그리고 신앙이 구실이 될 때는 정의라는 명목을 둘러쓰고 나서니 일가 친척들조차 믿을 수 없어진다.

공공 재정이 우리의 사병(私兵)들까지 맡아 유지시켜 줄 수는 없다. 그러다가는 바닥이 나 버릴 테니까. 우리 스스로 군대를 만들다간 파산하기 십상이요, 아니면 더 해롭고도 부당하게 백성들을 망하게 할 것이다. 내 집을 잃는 것이 백성들이 망하는 것보다 더 나쁜 일일 수는 없을 것이다.

어쨌거나 그대가 망한다면? 그대의 친구들조차 동정하기보

287
프랑스의 귀족은 무인(武人)이다.

다는 그대가 부주의하고 통찰력도 없었으며, 자신의 직분에 무지했거나 게을렀다고 비난하며 비웃을 것이다.

이 집은 아직 견디고 있는데 단단히 수비를 한 집들이 수없이 파괴된 것을 보면, 그 집들이 수비를 했기 때문에 파괴되지 않았나 의심하게 된다. 수비는 공격자에게 욕심과 구실을 제공한다. 어떤 수비든 전투의 모양새를 띤다. 하느님이 원하시면, 누구라도 내 집을 덮칠 수 있으리라. 하지만 내가 그것을 끌어들일 생각은 전혀 없다. 이곳은 내가 전쟁을 피해 휴식하러 온 은둔처이다. 내가 내 영혼에 별도의 구석을 만든 것처럼, 나는 국가의 풍파에서 이 한 귀퉁이를 빼내려 노력한다. 우리의 전쟁이 아무리 형태를 바꾸고 새로운 파당들을 더하며 수없이 갈래를 쳐도, 나는 꼼짝도 하지 않는다. 무장한 수많은 집들 사이에서, 나는 내가 알기에 나와 같은 신분의 사람으로서는 프랑스에서 유일하게, 내 집의 보호를 하늘에 맡겼다. 은수저건 재산 권리증이건 무엇 하나 집 밖으로 옮겨 놓은 바가 없다. 두려워하는 것도, 반쯤만 안전을 확보하는 것도 나는 원치 않는다. 완전한 의탁이 하느님의 가호를 얻는다면 끝까지 갈 것이고, 그렇지 못하더라도 내가 견뎌 온 세월이 놀랍고도 특기할 만한 것이 되게 할 만큼은 충분히 버텨 온 것이다. 왜냐고? 벌써 삼십 년[288]이나 되었으니 말이다.

288
종교 전쟁이 시작된 1560년부터 이 장을 쓰고 있는 1590년까지 삼십 년을 뜻한다.

15장 우리 욕망은 난관을 만나면 더 커진다

16장
영광에 관하여

^A 세상에는 이름과 사물이 있다. 이름, 그것은 사물을 가리키고 의미하는 소리이다. 이름, 그것은 사물의 일부도 실체도 아니다. 그것은 사물에 첨부된 별개의 조각이요, 사물 밖에 있는 것이다.

하느님은 당신 자체로서 완전한 충만이요 완벽의 절정이니, 그분은 내적으로 증가하거나 팽창할 수 없다. 그렇지만 그분의 이름은 우리가 그분이 당신 밖에 지으신 작품들에 대해 바치는 축복과 찬양으로 증가하고 커질 수 있다. 하느님의 존재 안에서 선의 증가란 있을 수 없는 이상 우리의 찬양을 하느님의 존재 안에 통합시킬 수 없고, 그래서 우리는 그분의 밖에 있되 가장 가까운 조각인 그분의 이름에 찬양을 바친다. 이것이 바로 영광과 명예가 하느님 한 분에게만 속하는 이유이다. 그리고 우리 자신을 위해 그것을 추구하는 것만큼 이치에 어긋나는 일은 없으니, 우리는 내적으로 보잘것없고 초라하며, 본질은 불완전해서 지속적인 개선이 필요하므로 우리가 힘써 노력할 것은 바로 그 점이기 때문이다.

우리는 모두 속이 빈 허당이다. 우리 안에 채워 넣어야 할 것은 바람과 소리가 아니다. 우리를 수선하려면 좀 더 견고한 실체가 필요하다. 굶주린 사람이 좋은 음식보다 좋은 옷을 구한다면 매우 어리석은 일일 것이다. 가장 시급한 것으로 달려가야 한다.

〔 482 〕

에세 2

우리가 날마다 드리는 기도에서처럼 말이다. "하늘 높은 곳에는 하느님께 영광, 땅에서는 사람들에게 평화."[289] 우리에겐 미(美), 건강, 지혜, 덕성 같은 근본적인 자질이 부족하다. 외적인 장식은 필수적인 것들을 얻은 다음에나 구할 일이다. 『신학』[290]은 이 문제를 훨씬 광범위하게, 훨씬 적절하게 다루고 있지만 나는 별로 거기에 정통하지 못하다.

크리시푸스와 디오게네스는 처음으로, 그리고 가장 확고하게 영광을 경멸했던 사람들이다. 모든 쾌락 중에서 타인의 칭찬이 유발하는 쾌감보다 더 위험한 쾌락은 없으며, 무엇보다 그것을 피해야 한다고 그들은 말한다. 사실 경험은 우리에게 달콤한 칭찬에 들어 있는 매우 해롭고 다양한 배반을 겪게 한다. 아첨만큼 왕공들을 중독시키는 것도 없고, 못된 자들이 왕공의 신임을 얻는 데 아첨보다 더 쉬운 수단도 없다. 찬사를 잔뜩, 지속적으로 먹여 주는 것만큼 여자들의 정절을 꺾는 데 적절하고도 흔한 뚜쟁이 짓도 없다. [B] 오디세우스를 속이려고 세이렌이 첫 번째로 사용한 마술이 그런 성질의 것이었다.

> 이리 오라, 이쪽으로, 오 찬양받을 오디세우스여,
> 그리스가 자랑하는 최고의 영예여.
>
> 호메로스

289
「루카」11:14.
290
레몽 스봉의 『자연신학』을 말한다. 이 장의 처음부터 여기까지는 전부 이 책에서 다룬 내용을 담고 있다.

〔 483 〕

16장 영광에 관하여

^A 위의 철학자들은 세상의 영광이란 오성을 지닌 인간이 그것을 얻겠다고 손가락 하나조차 내밀 만한 가치도 없다고 말하곤 했다.

^B 아무리 대단한 영광도 영광은 영광일 뿐,

아니면 무어란 말인가?

유베날리스

^A 나는 영광 자체만 말하는 것이다. 왜냐하면 흔히 영광에는 그것을 탐낼 만도 하게 만드는 여러 편익이 따라오기 때문이다. 영광은 우리에게 호의를 얻게 해 준다. 영광은 우리로 하여금 부당한 대우나 타인의 무례 등 그 비슷한 일들을 덜 당하게 해 준다.

영광을 하찮게 여기라는 것은 에피쿠로스의 가장 중요한 신조들 중 하나이기도 했다. "너의 삶을 감추라."라는 그 학파의 계율은 공적인 업무나 활동으로 번거롭게 지내는 것을 금하는 것이니, 당연히 영광에 대한 멸시를 전제한다. 영광이란 남의 눈에 띄게 수행한 우리 행위에 대해 세상이 주는 칭찬이기 때문이다. 우리 자신을 감추고 우리 자신만 염려하라고 명하는 자, 우리가 타인에게 알려지는 것을 원하지 않는 자는 우리가 타자의 칭송을 받으며 영광을 얻는 것은 더더욱 바라지 않는다. 그래서 에피쿠로스는 이 도메네우스[291]에게, 사람들의 경멸을 받음으로써 겪을 수 있는 다른 불편을 피하기 위해서가 아니면 자기 행동을 결코 일반의 견해나 평판에 따라 조정하지 말라고 충고한다.

291

『에세 1』 32장과 38장에서 언급한 바 있는 에피쿠로스 편지의 수신자.

〔 484 〕

내 견해로는 그런 말들은 무한히 옳고 합리적이다. 그러나 무슨 까닭인지 우리 자신이 이중적이라, 우리는 우리가 믿는 것을 믿지 않고, 우리가 단죄하는 것을 떨쳐 버리지 못한다. 에피쿠로스가 죽으면서 한 마지막 말을 보자. 그것은 그만한 철학자가 할 만한 위대한 말이다. 하지만 거기엔 뭔가 자기 이름을 뽐내는 투가, 자신의 교훈을 통해 비난해 왔던 성향이 담겨 있다. 여기 그가 마지막 숨을 거두기 직전에 받아쓰게 한 편지가 있다.

에피쿠로스가 헤르마코스에게

내 인생의 마지막 날이기도 한 이 행복한 날을 보내며 이 편지를 쓰고 있네만, 방광과 창자에는 더할 수 없는 고통이 느껴진다네. 하지만 내가 발견한 것들과 내가 이야기한 것들에 대한 추억이 내 영혼에 주는 기쁨이 그 고통을 보상해 주네. 자네는 자네가 어린 시절부터 나와 철학에 품었던 애정으로, 메트로도로스[292]의 아이들을 보살펴 주게.

이것이 그의 편지이다. 그런데 자신이 발견한 것들에 대한 그의 마음속 기쁨이, 그것들로 인해 그가 사후에 얻기를 바라는 명성과 어느 정도 연관된다고 해석하게 되는 것은 그가 유언에 남긴 명령 때문이다. 그는 유언을 통해 상속인인 아미노마쿠스와 티모크라테스에게, 매해 정월에 자기의 생일을 기념하기 위해 헤르마코스가 요구하는 비용을 제공할 것이며, 매달 스무날, 그 자신과

292
에피쿠로스의 친구이자 제자로 그보다 먼저 죽었다.

메트로도로스의 추억을 기념하러 모이는 철학자들의 접대에 드는 비용도 제공하라고 명한 것이다.

카르네아데스는 그 반대 의견의 우두머리로, 영광이란 그 자체로 바람직한 것이라고 했다. 우리가 우리의 후손을 직접 볼 수도 즐겨 볼 수도 없으면서 자손 보기를 열망하는 것이나 마찬가지라는 것이다. 우리의 성향에 가장 잘 맞는 의견들이 당연히 그렇듯 이 견해가 더 보편적인 동의를 얻는다. ^C 아리스토텔레스는 영광을 외적인 보물 중 제1열의 자리에 올린다. "두 극단의 악덕으로서, 절제 없이 그것을 추구하는 일도, 절제 없이 회피하는 일도 피하라." ^A 만일 키케로가 이 주제에 대해 쓴 책을 우리가 가지고 있다면 거기에 대해 아주 많은 이야기를 해 줄 것이다. 왜냐하면 이 인물은 명예욕이 너무 심해서 할 수만 있었다면 아마 다른 이들처럼 덕행이란 오직 늘 그것에 따라오는 명예 때문에만 바람직한 것이라는 극단적인 견해에 빠졌을 것 같기 때문이다.

숨겨진 미덕은 모호한 무위(無爲)와 다를 바 없다.
호라티우스

그것은 너무도 그릇된 견해여서, 철학자라는 이름을 지닐 명예를 얻은 지각 있는 사람의 머리에 그런 생각이 조금이라도 들어갈 수 있었다는 것에 화가 난다. 그것이 진실이라면 덕은 사람들 앞에서만 보여 주면 될 것이다. 그리고 덕성의 진정한 거처인 영혼의 움직임을 절도 있게 조절하는 것도 타인이 알아주지 않는 한 쓸데없는 짓이 될 것이다.

^C 그렇다면 못된 짓이라도 재주껏 교묘하게 저지르면 된단

〔 486 〕

말인가? 카르네아데스는 이렇게 말한다. "그대의 이익을 위해 죽어 줬으면 싶은 자가 아무 생각 없이 앉으려는 자리에 뱀이 숨겨져 있음을 그대가 아는데, 그것을 알려 주지 않는다면 그대는 악하게 행한 것이다. 그대 자신밖에는 그대의 행동을 알 수 없으니 더욱 그렇다."

만일 우리가 선행의 원칙을 우리 자신에게서 구하지 않는다면, 벌만 받지 않으면 정의라고 여긴다면 우리가 매일 빠지고 말 가지가지 악행이 얼마나 많은가! S. 페두세우스가 한 일, 즉 C. 플로티우스가 아무에게도 알리지 않고 그에게 맡긴 재산을 성실하게 되돌려 준 일, 나도 종종 하고 있는 일은, 그렇게 하지 않았다면 내가 혐오스럽게 여겼을 그 정도로 칭송받을 일로 여겨지지 않는다. P. 섹스틸리우스 루푸스의 경우를 오늘날에 가져와 되새겨 보면 좋을 것이다. 키케로는 그가 양심을 저버리고 상속을 받았다고 비난했다. 그런데 그 유산 상속은 법에 저촉되지 않을 뿐 아니라 오히려 법이 보장하는 것이었다.

한 외국인이 가짜 유언장에 의한 상속에서 자기 몫을 취하려고, 그중 얼마간을 떼어 주겠다며 M. 크라수스와 Q. 호르텐시우스를 불렀다. 그들의 권위와 영향력을 이용하려 한 것이다. 그들은 가짜 유언장을 보증해 주지만 않았을 뿐 거기서 얼마간 이득을 취하는 것은 마다하지 않았다. 비난하는 사람이나 증인만 없으면, 그리고 법만 피하면 충분히 안심할 수 있다고 생각했던 것이다. "그들로 하여금 신이, 그러니까 내 말은 그들 자신의 양심이, 증인임을 기억하게 하라."(키케로)

^A 덕의 가치를 영광에 두면 덕은 매우 헛되고 하찮은 것이 된다. 그러면 덕에 별도의 지위를 부여하고 운수와 분리하려 해 봤

16장 영광에 관하여

자 헛일일 것이다. 왜냐하면 세간의 평판보다 더 우연한 일이 어디 있겠는가? ^C "분명 운이 모든 것을 지배한다. 실제 가치보다는 제 변덕에 따라 영광을 주거나 그림자를 드리운다."(살루스티우스) ^A 우리 행동이 알려지고 눈에 띄게 되는 것은 순전히 운에 달렸다. ^C 우리에게 제멋대로 가벼이 영광을 붙여 주는 것이 바로 운수이다. 나는 영광이 실제 가치보다 앞장서 나가는 것을 매우 흔히 보았고, 지나치게 분에 넘치는 경우도 자주 보았다. 영광이 그림자를 닮았음을 처음 알아차린 자는 그가 말하려던 것보다 더 잘 말한 것이다. 그 둘 다 지극히 헛된 것이다. 그리고 그림자도 때로 실체를 앞질러 나가고, 때론 실체보다 지나치게 길게 뻗친다.

^C "마치 세간에 알려져야만 덕행"(키케로)이라는 듯, ^A 용덕에서 오로지 영광만을 추구해야 한다고 귀족들에게 가르치는 자들은 사람들이 보고 있지 않으면 위험을 무릅쓰지 말고, 그들의 용맹을 전해 줄 증인들이 있는지 잘 보라고 가르치는 것 이외에 무슨 성과를 얻겠는가? 사람들의 주목을 받지 못해도 훌륭하게 처신할 수 있는 수많은 기회가 있는데 말이다. 얼마나 많은 개별적인 위업들이 전장의 혼잡 속에 묻혀 버리는가? 교전 중 남을 관찰하기를 즐기는 자라면, 그런 자는 싸우느라 바쁘지 않은 것이요, 동료의 행적에 대한 그의 증언은 그 자신에겐 불리한 증언이 된다.

^C "진정으로 위대하고 현명한 영혼은, 우리의 본성이 그 무엇보다 추구하는 목표인 명예를 행위 그 자체에 두지 영광에 두지 않는다."(키케로) 내가 내 인생에 바라는 영광은 평온하게 살았다는 영광뿐이다. 메트로도로스나 아르케실라오스, 또는 아리스티포스 식의 평온이 아니라 내 나름의 평온 말이다. 철학도 평온으로 가는 만인 공통의 좋은 길을 찾아내지 못했으니, 각자 자기 자신에

[488]

게 맞는 고요를 찾아야 한다!

^A 카이사르와 알렉산드로스는 그들의 그 무궁한 명성을 운이 아닌 누구 덕분에 얻었던가? 우리가 전혀 아는 바 없는 얼마나 많은 사람들이 막 발돋움하려 할 때 물거품처럼 사라지고 말았는가? 그들이 도모한 계획의 초두에 불행한 운수가 가차 없이 가로막지 않았다면, 저들 못지않은 용기를 거기에 부어 넣었을 텐데! 그 많은 위험, 그토록 극심한 위험 속에서 카이사르가 한 번이라도 부상을 당했다는 것을 읽은 기억이 없다. 수많은 사람이 그가 이겨 낸 위험들 중 ^C 가장 작은 위험보다 ^A 더 하찮은 위험에 처해 죽었다.

헤아릴 수 없이 많은 용감한 행위가 유리한 목격자가 나타나기 전에 증인 없이 묻힐 것이다. 연단에 올라서 있는 것처럼 항상 돌파구의 최정상, 대대의 선두, 장군의 시야 안에 있을 수는 없다. 울타리와 구덩이 사이에서 기습을 당한다. 닭장처럼 허술한 요새에 운명을 걸어야 한다. 헛간에서 네 명의 허접스러운 소총수를 끌어내야 한다. 필요한 순간엔 혼자 부대에서 떨어져 나와 홀로 움직여야 한다. 그리고 주의해서 보면 경험으로 알게 되리라. 가장 덜 눈부신 경우가 가장 위험할 수도 있다는 것을. 우리 시대에 겪은 전쟁에서는 사람들이 별로 중요하지 않은 하찮은 전투에서, 위엄 있고 명예로운 장소보다 어떤 허술한 요새의 접전에서 더 많이 죽었다는 것을.

^C 유별난 기회에 죽지 못하면 제 죽음이 헛되다고 생각하는 자는 스스로 자기 인생에 먹칠을 하는 것이다. 무릅써야 할 보통의 많은 기회를 흘려보내면서 말이다. 모든 의인들은 스스로 빛난다. 그들의 양심이 충분히 그들에게 승전가를 불러 주고 있기 때

문이다. "우리의 영광, 그것은 우리 양심의 증언이다."[293]

ᴬ 사람들이 착한 사람으로 알아주고, 또 그렇게 알고 나면 자기를 더 높이 평가해 줄 것이기에 덕행을 하는 사람, 사람들에게 알려진다는 조건에서만 선행을 하는 사람, 그런 자는 그다지 큰 봉사를 기대해 볼 만한 자가 못 된다.

> 그 겨울 내내 오를란도는
> 사람들이 기릴 만한 위업을 이룬 듯하다.
> 그러나 지금까지 그것들을 너무도 잘 숨겨 왔으니,
> 내가 그것을 이야기하지 않아도 내 탓은 아니다.
> 오를란도는 지나간 위업을 떠벌리기보다
> 새로운 위업을 이루는 데 더 열심이었으므로,
> 증인이 있을 때에나 그것이 알려졌기 때문이다.
>
> 아리오스토

자기 의무로 여겨 전쟁에 나가고, 숨겨진 일일지라도 모든 훌륭한 행위에 따르기 마련인 보상, 덕스러운 생각만 해도 반드시 얻게 되는 보상을 기대하며 임해야 한다. 반듯한 양심이 선행 자체에서 얻는 내적인 만족감 말이다. 자기 자신을 위해, 그리고 자기 마음을 운수의 공격에 흔들리지 않는 확고한 자리에 둔다는 장점을 위해 용감해야 한다.

293
「코린토 II」 1:12. 공동 번역 "……것을 양심을 걸고 말할 수 있으며, 또 이것을 자랑으로 여기고 있습니다." 프랑스판 공동 번역 "왜냐하면 우리의 자랑은 우리 양심의 다음과 같은 증언입니다."

〔 490 〕

^B 덕은 부끄러운 실패를 모른다.

그것은 오점 없는 광채로 빛난다.

그것은 속인들의 변덕에 따라

집정관의 채를 들었다 놓았다 하지 않는다.

호라티우스

^A 우리의 영혼이 자기 역할을 하는 것은 보여 주기 위해서가 아니다. 영혼은 우리 자신의 눈 이외에 어떤 눈도 들여다보지 못하는 내부, 우리 안에서 제 역할을 한다. 거기서 영혼은 죽음, 고통, 나아가 수치의 공포로부터 우리를 보호한다. 거기서 자식들의 죽음, 친구와 재산의 상실 앞에서도 굳세게 견딜 힘을 주고, 기회가 되면 전쟁의 모험으로도 이끈다. ^C "어떤 이득을 위해서가 아니라 덕 자체의 명예를 위하여."(키케로) ^A 사람들이 우리에 대해 내리는 호의적인 평가에 지나지 않는 명예나 영광보다 이 이득이 훨씬 위대하고 훨씬 바람직한 것이다.

^B 토지 한 뙈기를 평가하기 위해서도 온 나라에서 열두어 명을 가려 뽑아야 하는데, 우리의 성향과 행위를 판단하는 일, 세상에서 가장 어렵고 중요한 그 일을 우리는 무지, 불공정, 변덕의 어머니인 민중, 군중의 의견에 맡긴다. ^C 현자의 삶을 어리석은 자들의 판단에 맡기는 것이 온당한 일인가?

"하나씩 따로는 무시하면서, 모여서 한 덩어리가 되면 존중하다니, 이보다 더 몰지각한 일이 또 있는가?"(키케로) ^B 그들 마음에 들려고 하다가는 아무 일도 되지 않는다. 그것은 형체도 없고 쥐어볼 꼬투리도 없는 대상이다. ^C "군중의 판단보다 더 예측 불가능한 것은 없다."(티투스 리비우스)

데메트리오스는 민중의 소리에 대해 재미있게 말했다. 자기는 그들이 위로 내는 소리를 아래로 내는 소리보다 중요하게 여기지 않는다는 것이다.

다른 한 사람은 더 심하게 말한다. "나는 부끄러울 것이 없는 일이라도 군중의 칭찬을 받으면 실상 부끄러운 일이라고 평가한다."(키케로)

B 어떤 기술, 어떤 유연한 정신도 이처럼 제멋대로 나대며 탈선하는 안내자를 따라가도록 우리 걸음을 인도하지는 못할 것이다. 우리를 떠미는 소문과 속된 의견들의 회오리 같은 혼란 속에서는 어떤 가치 있는 길도 갈 수 없다. 그렇게 들떠서 헤매는 목표를 세우지 말자. 이성의 길을 의연하게 걸어가자. 군중의 칭송은, 정 원하거든 그 길로 우리를 따라오게 하라. 그리고 그것은 전적으로 운에 달렸으니 운이 아닌 다른 방법으로 그것을 얻기를 바라는 것은 부당하다. 설령 내가 곧은 길을 곧은 길이라서 따르는 게 아니라 할지라도, 나는 결국 그것이 일반적으로 가장 좋고 유용한 길임을 경험으로 알았기에 따를 것이다. C "신의 섭리는 올바른 일이 또한 가장 유익한 일이 되게 하는 은혜를 인간에게 베풀었다."(퀸틸리아누스) B 옛 뱃사공은 폭풍우 속에서 넵투누스에게 이렇게 말했다. "오 신이여, 살릴 테면 살리고, 죽일 테면 죽이시오. 그래도 난 내 키를 똑바로 잡고 있을 테요." 우리 시대에 나는 약삭빠르고, 속과 겉이 다르고, 의뭉하며, 나보다 훨씬 영리하다는 것을 누구도 의심치 않았던 수많은 사람들이 내가 목숨을 보존한 상황에서 파멸하는 것을 보았다.

계략도 실패할 수 있음을 보고 나는 웃었다.

[492]

오비디우스

^C 아이밀리우스 파울루스는 그에게 큰 영광을 안겨 준 마케도니아 원정을 떠나면서, 로마의 온 백성에게 자기가 없는 동안 자기 행동에 대해서는 혀를 놀리지 말라고 경고했다. 멋대로 내리는 판단은 큰일을 하는 데 얼마나 성가신 족쇄가 되는가! 적대적이고 모욕적이기까지 한 일반의 여론을 거슬러야 할 때, 사람마다 파비우스²⁹⁴처럼 굳세게 맞설 수는 없기 때문이다. 파비우스는 우호적인 평판과 대중의 칭찬을 얻기 위해 자기 임무를 다하지 못하는 것보다는, 공허한 망상들이 자신의 권위를 난도질하도록 내버려 두는 편을 택했다.

^B 칭송을 받는다는 느낌엔 뭔지 모를 자연스러운 달콤함이 있다. 그러나 우리는 그것에 너무 큰 중요성을 부여한다.

> 나는 목석이 아니므로 칭찬을 싫어하진 않는다.
> 그러나 "옳지! 아주 잘한다!"라는 말을
> 덕행의 궁극적인 목적으로 삼기는 싫다.
> 페르세우스

^A 나는 내가 나 자신에게 어떤 존재인지를 근심하는 만큼 남에게 어떤 자로 보이는가를 걱정하지 않는다. 나는 빌려 온 것이

294
파비우스 막시무스(B. C. 275~203). 로마의 정치가, 집정관. 여론에 반한 지연 작전으로 한니발이 이끄는 카르타고군을 분쇄했으나 이 때문에 '꾸물거리는 자(Cunctator)'라는 별명을 얻었다.

〔 493 〕

16장 영광에 관하여

아니라 나 자신의 것으로 부자이고 싶다. 남들은 외적인 사건들과 겉모습만 본다. 누구나 속으로는 열이 치밀고 공포로 가득하면서도 밖으로는 좋은 낯을 지어 보일 수 있다. 그들은 내 마음을 보지 못한다. 내 태도만 볼 뿐이다. 사람들이 전쟁 중에 드러나는 위선을 비난하는 것은 당연하다. 위험에서 몸을 빼면서, 마음속은 물러 터진 주제에 사납고 지독한 놈인 척하는 것이 약삭빠른 인간에겐 얼마나 쉬운 일인가? 위험을 무릅써야 하는 상황을 남모르게 피하는 방법은 얼마든지 있기 때문에, 어떤 위험한 경지에 발을 들여놓기에 앞서 천 번이라도 세상을 속일 수 있다. 또 위험에 걸려들었더라도, 속으로는 두려운 마음에 덜덜 떨면서도 즉석에서 평온한 얼굴과 자신 있는 말투를 꾸며 우리의 속마음을 얼마든지 감출 수 있을 것이다. ^C 만일 손가락에 끼고 있다가 손바닥 쪽으로 돌리면 낀 사람을 안 보이게 해 준다는 플라톤의 반지를 사용할 수만 있다면, 많은 사람들이 가장 나서야 할 곳에서 흔히 몸을 숨기고, 부득이 자신만만한 척하고 있지만 실은 그 영광스러운 자리에 있게 된 것을 낭패로 여긴다는 것을 알게 될 것이다.

> ^A 협잡꾼이나 사기꾼이 아니고서야,
> 누가 가짜 찬사에 넘어가고 중상을 두려워할까?
> 호라티우스

이처럼 외양에 근거한 판단은 모두 극히 불확실하고 의심스러운 것이다. 그런고로 각자에게 저 자신만큼 확실한 증인은 없다.

영광을 얻을 만했던 경우라도, 얼마나 많은 종복들이 우리의 영광에 협력한 것인가? 노출된 참호에서 단호하게 버티고 있는 자

[494]

는 그러고 서서, 일당 닷 푼을 받고 그의 길을 터 주고 자기들 몸으로 그를 엄호해 주는 50여 명의 불쌍한 척후병들이 자기 앞에서 하는 일과 다른 무슨 대단한 일을 하고 있는가?

B 저 말많은 로마의 비난에 개의치 마라.

그들의 편파적인 저울을 개선하려고도 하지 마라.

너 자신의 밖에서 너를 찾지 마라.

페르세우스

A 우리는 이름을 퍼뜨려서 여러 사람의 입에 올리는 것이 우리 이름을 높이는 것이라고 생각한다. 그들이 우리 이름을 잘 받아 주어서 그것이 커져 가는 것이 이름에 득이 되길 바란다. 이런 의도에는 그래도 봐줄 만한 점이 있다. 그런데 이 병이 과해지면 혹자는 어떤 식으로건 자기에 대해 말을 하게 하려고 애쓰는 지경까지 이르게 된다. 트로구스 폼페이우스는 헤로스트라투스에 대해, 티투스 리비우스는 만리우스 카피톨리누스에 대해 말하기를 그들은 좋은 평판보다 요란한 평판을 원했다고 한다. 이런 기벽은 흔하다. 우리는 사람들이 우리에 대해 어떻게 말하는가보다 우리 얘기를 하는지에 더 관심을 기울인다. 우리 이름이 어떤 식으로 굴러다니는지는 차치하고, 사람들 입에 오르내리기만 하면 그만이다.

남에게 나를 알리는 것은 자기 생명과 존속을 타인의 보호에 맡기는 것이라 할 수 있다. 나로 말하자면 나는 내 안에만 있다고 생각한다. 그리고 내 친구들의 인식에 새겨진 또 하나의 내 삶이라는 것은, C 그 자체로만 까놓고 보았을 때, 거기서 내가 느끼

〔 495 〕

16장 영광에 관하여

는 위안이나 기쁨이란 오직 내 허황된 생각에 불과하다는 것을 나는 잘 안다. ^A 그리고 죽고 나면 그런 것은 더더욱 내게 중요치 않을 것이요, ^C 어쩌다 가끔 명성 때문에 생기는 진짜 이익조차 영원히 누리지 못하게 될 것이다. ^A 내가 명성을 잡아 볼 만한 방도도 없을 것이요, 명성도 나를 건드리거나 내게 도착할 장소조차 없을 것이다.

왜냐하면 내 이름이 명성 얻기를 기대해 보려 해도, 첫째로 내게는 충분히 내 것이라고 할 만한 이름이 없기 때문이다. 내가 가진 두 이름 중 하나는 우리 집안 전체에 공통되고, 심지어 다른 집안에도 있는 이름이다. 파리와 몽펠리에에 몽테뉴라는 가문이 있다. 브르타뉴와 생통주에는 드 라 몽테뉴라는 다른 가문이 있다. 철자 하나만 바꾸면 우리 가계(家系)에 섞여 들 것이요. 그렇게 되면 나는 그들의 영광에, 그들은 아마 나의 수치에 참여하게 될 것이다. 우리 집안은 전에 에켐(Eyquem)이라고 불렸는데, 이는 아직도 영국에서 유명한 어느 집안의 이름이다. 내 다른 이름²⁹⁵으로 말하자면, 갖고 싶은 사람은 누구든 가질 수 있다. 그러니 나는 내 자리에서 어떤 짐꾼을 영광되게 할 수도 있을 것이다. 그리고 내가 나만의 특별한 표지를 가졌다 한들, 내가 더 이상 존재하지 않을 때는 그것이 무엇을 가리킨단 말인가? 그것이 허망을 지목해 가치 있게 만들 수 있단 말인가?

^B 그래서 묘석이 내 뼈들을 덜 무겁게 누를 것인가?
후대가 나를 칭송한들

295
미셸을 말한다.

〔 496 〕

내 넋, 내 무덤, 복받은 내 재에서

제비꽃이 피어나는 게

그 때문인가?

페르시우스

^A 하지만 이에 대해서는 다른 데서 이미 말했다.[296]

결국 1만여 명이 불구가 되거나 죽임을 당하는 전투에서 사람들 입에 오르는 이름은 열다섯을 넘지 못한다. 개인의 행동이 가치 있는 것이 되려면 어떤 현저한 위업이나 운수가 그것에 결부시켜 준 어떤 중대한 결과가 있어야만 한다. 이름 없는 소총수의 행동뿐 아니라 대장의 행위를 위해서도 그렇다. 왜냐하면 한 사람, 또는 둘, 또는 열을 죽이고 용감하게 죽음 앞에 나서는 것, 그것은 사실 우리 각자에게는 모든 것이 달려 있는 만큼 중요한 일이지만, 세상에게는 너무 흔한 일이기 때문이다. 세상은 그런 일을 날마다 너무 많이 보고 있고, 현저한 성과를 거두려면 그런 일들이 수없이 필요하니 우리는 거기서 어떤 특별한 칭송도 기대할 수가 없다.

^B 그것은 수많은 사람에게 일어나는 일,

흔해 빠진 사건이요, 운수의 오만 가지 조화들 중 하나이다.

유베날리스

^A 1500년 이래 프랑스에서 손에 무기를 들고 죽어 간 무수히 많은 용감한 사람들 중에 우리에게 알려진 인물은 100명이 채 되

296

『에세 1』 46장 「이름에 관하여」에서.

지 않는다. 장수들뿐 아니라 전투와 승리의 기억도 묻혀 버렸다.

^C 이 세상의 반 이상이 겪는 운명이 기록되지 않아서 알려지지 않은 채 덧없이 사라져 버린다.

만일 알려지지 않은 사건들을 내 손에 쥐고 있다면, 나는 그것들로 온갖 종류의 유명 사건들을 아주 쉽게 대치할 수 있다고 생각하리라.

^A 뭐라고? 그리스인들 중에서, 그리고 로마인들조차 그렇게 많은 작가들, 증인들, 그리도 많은 희귀하고 고매한 업적들 중에서 우리에게까지 알려진 것이 고작 요만큼이라니!

> 미풍만이 간신히 그들의 명성을 우리에게 실어 오누나.
>
> 베르길리우스

^A 지금부터 100년 후에 사람들이 우리 시대에 관해, 프랑스에 내란이 있었다고 대략이나마 기억해 준다면 대단한 일일 것이다.

^B 라케데모니아인들은 전쟁에 나갈 때면 그들의 무훈이 위엄 있게 잘 기록되기를 바라며 뮤즈 신들에게 제사를 드렸다. 자신의 훌륭한 행동에 생명과 불후의 명성을 불어넣을 수 있는 증인을 만나는 것은 아무나 누릴 수 없는 신의 은총이라고 생각했기 때문이다.

^A 우리가 총알을 맞을 때마다, 우리가 위험을 겪을 때마다 갑자기 그것을 기록해 줄 서기가 나타날 거라고 생각하는가? 서기 100명, 또는 그 이상이 그것을 쓸 수 있다 해도 그들의 논평은 사흘도 못 가 그 누구의 눈에도 띄지 못할 것이다. 우리는 고대인이 쓴 글의 1000분의 1도 갖고 있지 않다. 그것에 생명을 주는 것은 운수요, 그 생명은 운수의 호의에 따라 짧거나 길어진다. ^C 나머지

〔 498 〕

에세 2

를 보지 못했으니, 우리 손에 들어온 것들이 그중 가장 시시한 것들은 아니었을까, 얼마든지 의심해 볼 수 있다.

^A 사람들은 아주 하찮은 것들로는 이야기를 만들지 않는다. 제국이나 왕국을 정복하는 대장이었어야 한다. 카이사르처럼 늘 수적으로 열세인 군대로 쉰두 번의 공식 전투를 이겨야 한다. 1만 여 명의 동료들, 여러 위대한 장군들이 그를 따라 용감하게 싸우다 죽었지만, 그들의 이름은 그들의 처자가 생존한 기간 이상으로 지속되지 못했고,

^B 무명(無明)의 영광에 매몰되었다.

베르길리우스

^A 용감하게 싸우는 걸 우리 눈으로 본 사람들마저, 거기서 죽은 지 석 달 또는 삼 년이 지나면 아예 존재하지도 않았던 것처럼 더 이상 화제에 오르지 않는다. 어떤 인물과 어떤 행위의 영광이 서적의 기억 속에 보존되는지 정확하고 공정하게 검토해 본다면 누구나, 우리 시대엔 그렇게 될 권리를 주장할 수 있는 행적이나 인물이 매우 적음을 알게 될 것이다. 자신의 명성보다 오래 살아서 젊은 시절 매우 정당하게 얻은 명예와 영광이 자기 면전에서 사그라지는 것을 감내해야 했던 용감한 사람들을 우리는 얼마나 많이 보았는가? 그런데 이 허황되고 공상적인 삼 년짜리 삶을 위해 우리의 진짜 삶, 본질적인 삶을 허비하며 영원한 죽음에 뛰어들 것인가? 현자들은 너무도 중대한 포부를 가지고 보다 아름답고 보다 정당한 목표를 세운다.

^C "훌륭한 행동의 보상은 그것을 행했다는 사실이다."(세네카)

[499]

16장 영광에 관하여

"봉사의 결실은 봉사 그 자체이다."(키케로)

[A] 화가나 장인이라면, 또는 수사학자나 문법학자까지도 자기 작품으로 명성을 얻으려 애쓰는 것을 용서할 수 있으리라. 그러나 덕행은 그것의 고유한 가치 이외에 다른 보상을 바라기엔, 특히 허망한 인간적 평가에서 보상을 추구하기엔 그 자체로서 너무나 고귀한 것이다.

그렇지만 그런 그릇된 생각이 사람들로 하여금 도리를 지키도록 사회를 위해 쓰일 수 있다면, [B] 백성이 그 때문에 덕에 눈뜨게 된다면, 세상 사람들이 트라야누스의 행적을 찬양하고 네로가 남긴 기억을 혐오하는 것을 보고 왕공들이 느끼는 바가 있다면, 예전에는 그렇게 무섭고 그렇게 두려웠던 그 흉악한 교수형감 악당의 이름이 그를 비난하는 초급반 학생에게 너무도 기탄 없는 저주와 모욕을 받는 것을 보고 왕공들이 깊은 동요를 느낀다면, [A] 과감하게 그런 생각을 팽창시키고, 우리 안에서 가능한 한 최대로 함양하자.

[C] 그래서 시민들을 유덕하게 만들기 위해 모든 수단을 사용한 플라톤은 시민들의 호평을 멸시하지 말라고도 충고한다. 그는 또 악인조차 어떤 거룩한 영감으로 인해 견해나 좋은 것과 나쁜 것을 매우 정확하게 구별하는 수가 종종 있다고 했다. 이 인물과 그의 스승[297]은 인간의 힘이 부족할 땐 언제나 실천적인 작업과 거룩한 계시를 결합시키는 데 과감했던 놀라운 일꾼들이다. "어떻게 결말을 내야 할지 알 수 없을 때 신에게서 도움을 구했던 비극 작

297
소크라테스를 말한다.

〔 500 〕

가들처럼."(키케로)

하지만 그 때문에 티몬은 플라톤을 모욕하며 이렇게 불렀다. '위대한 기적 제조자.'

A 인간들은 지력이 부족해서 진짜 돈만 줘서는 충분치 않으니, 그들을 교화하기 위해서라면 가짜 돈도 사용하게 하자. 이 방법은 모든 입법가들이 사용했던 것으로, 국민들을 의무에 매어 놓는 고삐 삼아 허황된 의식이나 거짓된 여론을 얼마간 섞지 않는 사회는 없다. 그 때문에 대부분의 나라들이 초자연적인 신비로 장식된 전설적인 기원, 가공의 시원을 갖고 있다. 그래서 잡종 종교들이 신용을 얻고, 지각 있는 사람들까지 그것들을 애호하게 된 것이다. 그런 연유로, 누마와 세르토리우스는 부하들의 충성심을 극대화하기 위해 이런 어리석은 이야기를 믿게 했다. 즉 자기들의 결정은 신들이 보내온 충고를 따른 것인데, 전자는 요정 에게리아가, 후자는 자기가 키우는 흰 사슴이 그것을 전달한다는 것이다.

C 누마가 에게리아 여신의 가호를 내세워 자신의 율법에 부여한 권위를, 박트리아인들과 페르시아인들의 입법자 차라투스트라는 오로마시스 신의 이름으로 자기 법령에 부여했고, 이집트들의 입법자 트리스메기스토스는 메르쿠리우스 신의 이름으로, 스키타이인들의 입법자 자몰크시스는 베스타 신의 이름으로, 칼키디아인들의 입법자 카론다스는 사투르누스 신의 이름으로, 크레타인들의 입법자 미노스는 주피터 신의 이름으로, 라케데모니아인들의 입법자 뤼쿠르고스는 아폴론 신의 이름으로, 아테네인의 입법자 드라콘과 솔론은 미네르바 신의 이름으로 그렇게 했다. 모든 정치 체제는 머리에 한 신을 세워 두고 있다. 다른 나라들은 가짜 신들을 세웠지만, 모세가 이집트에서 나올 때 유대 민족에게

16장 영광에 관하여

세운 신은 진실한 신이다.

    ^A 조앵빌 경이 말하듯, 베두인족 종교의 교리 중에는, 자기 군주를 위해 죽는 자의 영혼은 원래 육신보다 더 행복하고 더 아름답고 더 강한 육신 속으로 들어간다는 것도 있다. 그래서 그들은 한층 더 기꺼이 왕을 위해 자신의 목숨을 거는 것이다.

>   ^B 이 투사들은 칼에 대들며, 그들의 용맹은 죽음을 환영한다.
> 다시 태어날 목숨을 아끼는 것은 그들에겐 비굴함이다.
>
> 루카누스

    ^A 유익한 믿음이다, 아무리 허황된 것일망정. 나라마다 이런 예를 여럿 가지고 있다. 그렇지만 이 주제는 따로 취급하는 것이 좋을 것이다.

    원래 주제[298]에 대해 한마디만 더 하자면, ^C "일상적인 언어에서는, 대중이 영광으로 여기는 것만을 '명예롭다'고 일컫는 만큼"(키케로) 이제부터 나는 부인들에게 그들의 '의무'를 '명예'라고 부르라고 하지 않겠다. 그들의 의무는 본질적인 것이다. 그들의 명예는 껍데기에 불과하다. ^A 또 그들이 우리를 거절하면서 '명예'를 핑계로 대라고도 권하지 않겠다. 왜냐하면 명예와는 아무 상관 없는 그들의 의향, 그들의 욕망, 그들의 의지는 전혀 밖으로 드러나지 않는 만큼, 눈에 보이는 행동보다 훨씬 더 잘 통제되고 있을 거라고 추측되니 말이다.

298
영광.

〔 502 〕

금하기 때문에 허락하지 않는 여자는 실은 동의하고 있는
것이다.
오비디우스

　그런 욕망을 갖는 것은 그것을 실행하는 것만큼 하느님과 자기 양심에 대한 중대한 모독이다. 게다가 이런 일들은 그 자체가 감춰진 은밀한 행동들이다. 명예란 남이 알고 있느냐에 달린 것이니, 만일 여자들이 의무를 지키고 정조 그 자체에 애착을 갖는 것이 오직 명예 때문만이라면, 남몰래 몇 번쯤 그런 행위를 하는 것은 아주 쉬운 일일 것이다.
　^C 모든 명예로운 인간은 자기 양심을 잃느니 차라리 명예를 잃는 편을 택한다.

16장 영광에 관하여

17장
오만에 관하여

^A 다른 종류의 영광도 있으니, 우리가 우리 자신의 가치에 대해 품는 지나치게 높은 평가가 그것이다. 그것은 우리 자신을 애지중지하며 우리에게 실제와 다른 우리를 보여 주는 분별없는 애정이다. 사랑의 열정이 그 대상을 아름다움과 매력으로 둘러 싸서 그 열정에 사로잡힌 이들로 하여금 혼미하고 변질된 판단으로 자기가 사랑하는 것을 실제 이상으로 완벽하게 보게 하는 것과 같다.

그렇다고 나는 이런 쪽으로 실수할까 봐 두려워서 한 인간이 스스로를 과소평가하거나, 자기가 실제보다 못하다고 여기기를 바라지는 않는다. 판단이란 언제 어디서나 그 특권을 유지해야 한다. 그가 카이사르라면 대담하게 스스로를 세상에서 가장 위대한 장군이라고 생각할 일이다.

우리는 온통 격식일 뿐이다.²⁹⁹ 겉치레에 휩쓸리다 보니 사안의 실체는 버려둔다. 가지에만 매달리고 줄기와 몸통은 팽개치는 것이다. 우리는 여자들에게, 그들이 전혀 저어함 없이 행하는

299
cérémonie. 몽테뉴는 이 문단에서 이 단어를 격식, 겉치레, 관례, 예법을 아우르는 의미로 쓰고 있다. 표면적 태도이지만 인습에 의해 우리를 지배해서 우리 자체가 되어 버린 상태로, 문맥에 맞춰 위의 단어들로 번역한다.

〔 504 〕

일을 누가 언급하는 것만 들어도 얼굴을 붉히라고 가르쳤다. 우리는 신체 기관을 감히 제 이름으로 부르지도 못하면서 온갖 방탕한 짓에 사용하는 것은 두려워하지 않는다. 격식은 우리에게 합법적이고 자연스러운 일들을 말로 표현하는 것을 금하고, 우리는 그래야 한다고 믿는다. 이성은 우리에게 그 일들을 불법적이거나 악한 일로 보지 말라고 하건만, 아무도 이성의 말을 믿지 않는다. 여기 나는 관례의 법령에 얽매여 옴짝달싹할 수 없다. 왜냐하면 그것은 자기 자신에 대해 좋게 말하는 것도 나쁘게 말하는 것도 허락하지 않기 때문이다. 그러니 지금은 예법 따위는 옆으로 치워 놓자.

운수(행운이라 부르건 불운이라 부르건 간에)가 어떤 탁월한 지위에서 살게 해 준 사람들은 공적인 행위로 자기가 어떤 사람인지 증명할 수 있다. 하지만 운수가 단지 한 무더기로만 다루어 ^C 스스로 말하지 않으면 아무도 자기에 대해 말해 주지 않을 사람들은 ^A 자기를 알고 싶어 하는 사람들을 향해 과감히 제 이야기를 하더라도 용서해 줄 만하다. 루킬리우스처럼 말이다.

> 그는 충실한 친구에게 하듯 속마음을 모두 글에 쏟아 놓
> 았다.
> 행복할 때나 불행할 때나, 그는 다른 심복을 찾지 않았다.
> 그리하여 마치 신에게 바치는 석판처럼
> 여기 그의 전 생애가 쓰여 있다.
> 호라티우스

루킬리우스는 자기 행동과 생각을 종이에 털어놓았고, 자기가 느끼는 대로 자신을 묘사했다. ^C "루킬리우스와 스카우루스는 그

〔 505 〕

17장 오만에 관하여

때문에 신뢰를 덜 받지도, 존경을 덜 받지도 않았다."(타키투스)

^A 그래서 하는 말인데, 내가 아주 어린 아이였을 때 벌써 뭔지 모르게 허황되고 어리석은 자만심을 드러내는 태도와 몸짓이 있다고 사람들이 지적했던 것이 생각난다. 우선 나는 스스로 느끼고 인식할 수 없을 만큼 체화된 고유한 특징과 성향이 있는 것이 나쁜 일은 아니라는 것을 말하고 싶다. 몸은 우리가 의식하지 못하고 동의하지 않은 그런 천성적인 성향의 주름을 간직하고 있다. 외모에 대한 자신감 때문에 알렉산드로스는 얼마간 일부러 고개를 한쪽으로 기울였고, 알키비아데스는 부드럽고 느끼한 목소리를 만들었다. 율리우스 카이사르는 손가락으로 머리를 긁곤 했는데, 이는 힘겨운 생각으로 가득 찬 사람의 태도이다. 그리고 키케로는 코를 찡그리는 버릇이 있었던 것 같은데, 빈정거리는 천성을 타고난 사람임을 의미한다. 그런 것들은 우리도 모르게 우리에게서 나올 수 있는 동작이다.

그 밖에 인사나 절과 같은 인위적인 동작이 있지만 나는 그것들에 대해 말하는 게 아니다. 그런 동작들을 통해 사람들은 겸손하고 예의 바르다는 평판을 얻지만 대개는 사실과 다르다. 사람은 자만심에서 겸손할 수도 있다.

^B 나는, 특히 여름에는, 모자를 벗고 하는 인사를 헤프도록 많이 하고, 인사를 받으면 반드시 답례한다. 상대가 내 집 하인이 아니면 어떤 신분이든 가리지 않는다. 내가 아는 어떤 왕공들은 인사를 좀 아끼고 적당히 베풀었으면 한다. 그렇게 마구잡이로 해 대면 인사의 무게가 떨어지기 때문이다. 가리지 않고 하는 인사는 효과가 없다.

도에 지나친 태도 중에서 ^A 콘스탄티우스의 거만한 몸가짐을

〔 506 〕

잊지 말자. 그는 대중 앞에서는 항상 고개를 똑바로 쳐들고서 어느 쪽으로건 돌리거나 숙이지 않았고, 옆에서 인사하는 사람들조차 쳐다보려 하지 않았다. 마차가 흔들려도 부동자세로 몸을 꼿꼿이 세우고 있었으며, 사람들 앞에서는 침도 뱉지 않고, 코도 풀지 않고, 땀도 닦지 않았다.

사람들의 눈에 뜨인 내 어릴 적 동작들이 나의 깊은 천성에서 연유하는 것인지, 충분히 그럴 수 있듯이 내게 정말 오만이라는 이 악덕을 향한 어떤 숨겨진 성향이 있었는지 나는 모른다. 내 몸의 움직임에 대해서는 책임질 수 없다. 하지만 마음의 움직임에 대해서는 내가 느끼는 대로 여기 고백하려 한다.

오만에는 두 가지 측면이 있다. 즉 자기를 너무 높이 평가하는 것과 남을 충분히 평가하지 않는 것이다. 전자로 말하자면 나의 경우, [C] 우선 다음과 같은 사실을 고려해야 할 것 같다. 불공정하고 성가시기까지 해서 불쾌한, 어떤 정신적 결함의 압박을 내가 느낀다는 것을 말이다. 고치려고 노력은 한다. 하지만 뿌리째 뽑는 것, 그것은 못한다. 그 결함이란 내가 가진 것은 내가 가진 것이라서 평가절하하고, 생소하고 내게 없고 내 것이 아닐수록 높이 평가한다는 점이다. 이런 기분은 아주 멀리까지 확대된다. 자기의 처자식에 대한 특권 의식 때문에 남편들이 아내를 못되게 경멸하고, 많은 아비들이 자식들을 부당하게 무시하듯이, 나도 그렇다. 비슷한 두 성과가 있으면 나는 항상 내 것보다 남의 것을 더 쳐줄 것이다. 더 나아지고 개선되고 싶은 욕심이 내 판단을 흩뜨려서 스스로에게 만족할 수 없게 해서가 아니라, 내 것이 되었다는 사실 그 자체가 마음대로 지배할 수 있는 그것을 멸시하게 만들기 때문이다. 먼 나라의 체제나 풍습은 나를 경탄하게 한다. 언어

〔 507 〕

들도 그렇다. 아이들이나 속인들에게 그렇듯이, 라틴어는 그 권위 때문에 실제 가치 이상으로 나를 홀린다. 내 이웃의 살림살이, 집, 말은 내 것과 다를 것이 없는데도 내 것이 아니라서 내 것보다 나은 것 같다. 내가 내 집안일을 도통 모르니 더 그렇다. 나는 할 줄 아는 것, 할 수 있다고 장담할 만한 것이 거의 없는데, 남들은 모두 자신감을 갖고 장담하는 것이 감탄스럽다. 내게는 내가 가진 재원의 정리된 목록이 없다. 쓰고 난 뒤에야 그것을 알게 된다. 다른 모든 일과 마찬가지로 나는 나 자신도 의심한다. 그래서 어쩌다 어떤 일을 잘 처리하게 되면 내 능력보다는 운이 좋았던 탓으로 돌린다. 무슨 일이든 우발적으로, 불안한 마음으로 시작하니 더욱 그렇다,

마찬가지로, ^C 일반적 견지에서 ^A 인간에 대해 고대가 품었던 모든 견해 중에서도 내가 가장 기꺼이 수용하고 애착을 갖는 것은 대개 우리를 가장 멸시하고 비하하며 아무것도 아닌 존재로 만드는 견해들이다. 우리의 오만과 허영과 싸울 때, 정직하게 자신의 우유부단, 무능, 무지를 인정할 때만큼 철학이 훌륭한 역할을 하는 때는 없는 것 같다. 공적인 것이건 사적인 것이건, 그릇된 견해를 키우는 유모는 저 자신에 대한 인간의 과대평가인 것 같다. 수성(水星)의 주전원(周轉圓)[300]에 걸터앉아 ^C 하늘 저 멀리를 내다보는 자들에겐 ^A 이가 갈린다. 내가 하고 있는 공부, 인간이 주제인 공부에서는 극도로 다양한 판단과 서로 장애가 되는 너무도 깊은 미로를 보게 되며, 지혜의 학파에서조차 너무도 다양한 견해와 불확실성을 보게 되는데, 생각해 보라, 저들은 자기들 눈앞에 항

300
행성들의 움직임을 설명하기 위해 프롤레 마이오스가 주장한 행성의 운동 궤도.

〔 508 〕

상 현존하는 그들 자신의 조건과 자기 자신을 아는 일조차 해결하지 못하고, 자기를 움직이는 것이 어떤 동작인지도 모르고, 자기 자신을 지탱하고 유지하는 힘을 묘사하거나 풀이하지도 못하니, 내가 어떻게 나일강의 밀물과 썰물의 원인에 대한 그들의 설명을 믿을 수 있겠는가? 사물들을 알고자 하는 호기심은 인간에게 내린 천벌이라고 성서는 말한다.

그러나 나 개인의 문제로 돌아와서, 내가 보기에는 어느 누구도 나만큼 자기를 낮게 평가하기란, 더욱이 나를 나만큼 낮게 평가하기란 아주 어려운 일이다.

^{C} 나는 내가 평범한 부류에 속한다고 본다. 내가 나 자신을 평범한 부류로 여긴다는 점만 빼면 말이다. 나는 가장 천하고 속된 결함을 가진 죄는 있지만 그것을 부정하거나 변명한 죄는 없으며, 내가 알고 있는 나 자신의 가치 이상으로 나를 평가하지 않는다.

내게 오만한 점이 있다면 그것은 표면적인 것이요, 내 기질 탓에 내 안에 스며 있다가 나도 모르게 나오는 것일 뿐, 내 판단 앞에 출두할 만한 실체를 가진 것은 아니다. 나는 그 물을 맞은 것이지 거기에 물든 것은 아니다. ^{A} 사실 정신이 만들어 낸 것들로 말하자면, 어떤 식의 것이든 내게서 나온 것이 전적으로 내 마음에 들었던 적은 한 번도 없으니 말이다. 남의 칭찬은 나를 만족시킬 수 없다. 내 취향은 비위 맞추기 힘들게 까다롭다. 특히 나 자신에 대해 그렇다. 나는 끊임없이 ^{C} 나 자신을 부인한다. ^{A} 내가 유약해서 어디서나 떠 있고 휘어진다고 느낀다. 내 판단을 만족시킬 만한 점이 내겐 하나도 없다. 충분히 명확하고 정확한 안목을 갖고 있지만, 막상 그것을 써먹으려면 혼란에 빠진다. 특히 시에서 역력히 그것을 경험한다. 나는 시를 아주 좋아한다. 남의 작품은 꽤 잘 알아본다. 그러나 내가 손을 대 보려 하면 사실 어린애 장난같이 되어 버려 내가 쓴 것을 견딜 수가 없다. 우리는 다른 데서는 얼마든지 어리석은 소리를 할 수 있어도, 시에서는 그렇게 할 수 없다.

> 신도 인간도
> 시를 써 붙이는 기둥도
> 시인에겐 졸렬함을 허락하지 않는다.
> 호라티우스

우리의 출판사마다 건물 전면에 이 문구가 붙어 있어, 그 많은 운문 제작자들이 들어오지 못하게 하면 얼마나 좋을까!

> 하지만 형편없는 시인만큼
> 자신감 넘치는 자도 없다.
> 마르시알리스

ᶜ 우리에겐 왜 이런 사람들이 없을까? 디오니시우스 1세는 자기가 가진 것 중에서 자기가 쓴 시만큼 자랑 삼은 것이 없었다. 올림픽 경기 때 그는 다른 마차들보다 월등하게 화려한 수레들과 더불어 장엄하게 금박 입힌 천막과 깃발을 든 시인들, 음악가들을 보내 자기 시를 발표하게 했다. 그의 시가 막 낭독되기 시작했을 때는 훌륭한 발성이 받쳐 줘 일단 청중의 주목을 끌긴 했다. 그러나 이어 작품의 치졸함을 알아차린 청중은 처음엔 경멸하다 갈수록 성마른 비평으로 기울더니 곧 분통을 터뜨리며 달려들어 그의 깃발들을 모두 찢어 버렸다. 이어 그의 수레들도 경주에서 아무런

성적을 올리지 못하고, 그의 사람들을 태운 배까지 시칠리아에 닿지 못하고 폭풍에 밀려 타렌토 해안에서 좌초하자, 그들은 신들도 자기들처럼 그의 형편없는 시에 격분한 것으로 확신했다. 난파에서 살아남은 선원들마저 그들의 견해를 거들었다.

그의 죽음을 예언한 신탁 역시 그 의견에 찬동하는 것 같았다. 신탁은 그가 자기보다 우월한 자들을 이길 때 그의 종말이 다가올 것이라고 예언했다. 그는 그것이 자기보다 강력한 카르타고인들을 말하는 것이라고 해석했다. 그래서 예언대로 되는 것을 피하려고 카르타고와 싸울 때면 자주 승리를 피하거나 축소했다. 그러나 그는 잘못 해석했던 것이다. 신이 지목했던 시간은 그가 아테네에서 열린 경연에 '레네이아 사람들'이라는 제목의 자기 작품을 올리고 정실과 부당한 방법을 이용해 자기보다 우수한 비극 시인들을 이기고 승리하는 순간이었던 것이다. 그는 이 승리 직후 갑자기 죽었다. 얼마간은 이 승리로 인한 과도한 기쁨 탓이었다.

A 내가 내 글이 봐줄 만하다고 여기는 것은 그 자체로 정말 봐줄 만한 것이라는 게 아니라, 그보다 더 나쁜데도 사람들이 믿어 주는 글들과 비교해서 그렇다는 것이다. 자기 작업을 즐기고 만족할 수 있는 사람들은 행운아이다. 나는 그들이 부럽다. 그것은 자기 자신에게서 끌어내는 기쁨이니, 기쁨을 얻기에 손쉬운 수단이기 때문이다. C 그들이 좀 완강한 고집쟁이일 때 특히 그렇다. 나는 한 시인을 알고 있는데, 이 방면의 고수이건 풋내기이건, 공연장의 청중도 거실의 친지도, 하늘도 땅도, 모두가 그를 향해 시를 전혀 모른다고 꾸짖고 있다. 아무리 그래도 그는 각고 끝에 얻은 운율을 조금도 수정하지 않고, 매일 새로 시작하고, 매일 시상(詩想)을 가다듬고, 매일 고집을 부린다…… 자기 견해를 지지해 주

〔 511 〕

는 것이 오직 자기 자신뿐인만큼 더욱 강력하게 더욱 완강하게 말이다. ^A 내 작품으로 말하자면 내 마음에 들기에도 한참 모자라서, 다시 들여다볼수록 화가 치민다.

> ^B 그것들을 다시 읽으면 얼굴이 달아오른다.
> 저자인 내가 봐도 지워야 할 것들이 너무 많아서.
>
> 오비디우스

　^A 마음속에는 항상 어떤 생각, ^C 어떤 흐릿한 이미지가 있다. ^A 그것은 내게 ^C 마치 꿈에서처럼 ^A 내가 써 놓은 것보다 더 나은 형태를 제시하지만, 그것을 잡아채서 써먹을 수가 없다. 그런데 그 시상조차 그저 중간 정도밖엔 안 된다. 그러니 지난날의 저 풍요롭고 위대한 영혼들이 내놓은 작품들은 내 상상력과 내 소망의 최대치를 훨씬 능가하는 것이 분명하다는 결론을 내린다. 그들의 글은 나를 만족시키고 기쁘게 하기만 하는 게 아니라 나를 놀라게 하고 경탄으로 전율하게 한다. 나는 그것들의 아름다움을 판단하고, 그 아름다움을 알아본다. 낱낱이는 아니라도, 적어도 그렇게 써 볼 욕심을 내지 못할 만큼은 본다. 뭘 시도하건 나는, 플루타르코스가 누군가에 대해 말했듯이 미의 여신들의 호의를 얻기 위해 고사부터 지내야 한다.

> 왜냐하면 즐겁게 해 주는 모든 것,
> 인간의 감각을 매혹하는 모든 것,
> 그것들은 모두 미의 여신들이
> 우리에게 베푸는 것이므로.
>
> 〔 512 〕

그러나 이 여신들은 매번 나를 저버린다. 내가 쓰는 것은 모두 거칠다. 거기엔 부드러움과 아름다움이 없다. 기껏해야 사물이 지닌 가치만큼만 값나가게 해 줄 수 있을 뿐, 내 재주는 소재에 전혀 도움이 되지 않는다. 그래서 강력하고, 마음을 휘어잡는, 스스로 빛나는 소재가 필요하다. ^C 내가 그중에서도 통속적이고 보다 유쾌한 소재를 택한다면, 그것은 세상 사람들처럼 장중하고 우울한 지혜를 늘어놓는 것을 전혀 좋아하지 않는 나 자신의 성향을 따르기 위한 것이요 나를 즐겁게 하려는 것이지, 엄격하고 묵직한 편에 속하는 내 문체(형태도 격식도 없는 말, 속된 표현, 정의도 구분도 결론도 없는 글쓰기, 결국 아마파니우스와 라비리우스[301] 식의 혼란스러운 전개를 문체라고 불러야 한다면)를 재미있게 만들려는 것은 아니다.

^A 나는 재미있게도, 기쁘게도, 간지럽게도 해 줄 줄 모른다. 세상에서 가장 재미난 이야기도 내 손에서는 메마르고 흐릿해진다. 나는 진지하게밖엔 말할 줄 모른다. 많은 친구들에게서 보는 그 유창함, 아무에게나 말을 걸고, 좌중 전체를 휘어잡아 숨 쉴 틈을 주지 않거나, 별의별 이야기를 다 하면서도 왕공의 귀를 결코 질리게 하지 않는 그 능란함이 내게는 없다. 그들은 머리에 떠오르는 아무 소재나 상대방의 기분과 능력에 맞게 써먹을 수 있는 재능 덕분에 소재가 딸리는 법이 절대 없다. ^B 왕공들은 딱딱한 이야기를 좋아하지 않고, 나는 이야기를 늘어놓는 것을 좋아하지 않는다.

^A 사람들 대부분이 가장 잘 받아들이는 쉽고 기본적인 논법을 나는 사용할 줄 모른다. ^C 대중 설교자로는 젬병이다. 무엇에

<hr>

301
키케로가 『아카데미카 1』 2장에서 산만한 문체의 예로 든 이들의 이름이다.

17장 오만에 관하여

대해 말하건 내가 아는 가장 핵심적인 것만 말하려 든다. 키케로는 철학 논문에서 가장 어려운 부분은 서론이라고 한다. 그것이 사실이라면 나는 지체없이 결론으로 들어가겠다.

^A 그렇지만 어떤 음이든 낼 수 있게 줄을 잘 골라야 한다. 그리고 가장 날카로운 음은 연주 중에 가장 드물게 나오는 법이다. 공허한 주제를 돋보이게 하는 데도 최소한 무거운 주제를 전개할 때만큼 재능이 필요하다. 어떤 때는 사물들을 피상적으로 다뤄야 하고 어떤 때는 깊이 파고들어야 한다. 대부분의 사람들이 피상적인 단계에 머무는 것이, 사물들을 표피로만 인식하기 때문임은 잘 알고 있다. 하지만 또한 가장 위대한 선생들, 특히 ^C 크세노폰과 ^A 플라톤도 사물들을 말하고 다룰 때, 자신을 이완시켜 이 낮고도 속된 방식을 사용한다는 것도 안다. 그들에게 결코 결여되는 법이 없는 우아미로 이 방식을 지원(支援)하면서 말이다.

요컨대 내 문장엔 유연하고 매끈한 점이라곤 전혀 없다. 오히려 조악하고 ^C 거만스러우며 ^A 제멋대로 자유분방하다. ^C 내 판단으로는 아니더라도, 내 경향상 이대로가 내 마음에 든다. ^A 하지만 종종 내가 그런 식으로 지나치게 나아가다 보니 기교와 가식을 피하고 싶은 나머지 도리어 다른 면에서 거기에 빠지는 것을 느낀다.

간결하게 말하려다.
난해해져 버린다.
호라티우스

^C 플라톤은 말한다. 길고 짧은 것은 문장의 가치를 가하거나 감하는 특성이 아니라고.

〔 514 〕

^A 고르고 통일되고 정돈된 문체를 가지려고 해 보았자 나는 그것에 도달하지 못할 것이다. 그리고 내 기질엔 살루스티우스 문장의 리듬과 악절이 더 잘 맞지만, 카이사르의 문체가 더 위대하고 흉내 내기 쉽지 않은 문체라고 생각한다. 또 내 성향은 세네카의 화법을 모방하는 쪽으로 기울지만, 플루타르코스의 화법을 더 높이 평가한다. 행동과 마찬가지로 말하는 것 역시 나는 아주 단순하게 내가 타고난 성향을 따른다. 아마도 그 때문에 쓰는 것보다 말하는 게 더 편한가 보다. 동작과 행동은 말에 활기를 준다. 나처럼 갑자기 몸을 움직이고 흥분을 잘하는 사람들에게 특히 그렇다. 거동, 얼굴, 목소리, 옷차림, 태도 등은 수다처럼 그 자체로는 아무 가치가 없는 것들에 어떤 가치를 부여한다. 타키투스에 나오는 메살라는 꼭 끼고 괴상한 자기 시대 복장이, 그리고 연설자들이 연설하기 위해 앉아야 하는 의자의 형태가 웅변의 효과를 약화시킨다고 불평한다.

내 고향은 촌이라, 내가 쓰는 프랑스어는 발음을 비롯해서 여러모로 변질된 프랑스어이다. 이 지방 사람들 중에서 사투리가 심하게 느껴지지 않고, 순수한 프랑스인의 귀에 거슬리지 않는 말을 하는 사람은 하나도 보지 못했다. 그렇다고 내가 페리고르어에 아주 능숙하다는 뜻은 아니다. 독일어만큼이나 쓰지 않으니까. 그래도 아무 불편이 없다. ^C 그것은 내 주변 여기저기서 들려오는 푸아투 말, 생통주 말, 아루모아 말, 리모주 말, 오베르뉴 말과 마찬가지로 하나의 언어, 무르고, 길게 빼는, 장황한 말이다. ^A 우리 지방 위쪽 산간 지대 가까이 가스코뉴 말이 있는데 나는 그 언어가 특히 아름답고, 똑떨어지고, 간결하며, 생생하다고 생각한다. 또 그것은 진정 내가 들어 본 다른 어떤 언어보다 남성적이고 군사적인

17장 오만에 관하여

언어이다. ᶜ 프랑스어가 우아하고, 섬세하고, 풍부하다면, 이 말은 그만큼 날카롭고, 강력하고, 직선적이다.

ᴬ 내가 모국어처럼 배운 라틴어[302]로 말하자면 쓰지 않다 보니 구어로 사용할 때 필요한 순발력을 잃고 말았다. ᶜ 쓰기에선 예전엔 장 선생[303]이라고 불릴 정도였지만, ᴬ 이제는 그조차 대단치 않다.

미모는 사람들의 교제에서 큰 가치를 지닌다. 그것은 사람과 사람을 화합시키는 으뜸가는 수단이다. 미모의 사랑스러움에 전혀 감동받지 않을 만큼 거칠고 퉁명스러운 사람은 없다. 육체는 우리 존재에서 큰 역할을 하고 중요한 자리를 차지한다. 그러므로 육체의 구조와 구성은 올바른 대접을 받아야 한다. 우리의 주요한 두 부분을 나누어 하나를 다른 하나로부터 떼어 놓으려는 자들은 틀렸다. 반대로 그 둘을 다시 결속시키고 합쳐야 한다. 영혼더러 멀리 떨어져 홀로 있으면서 육체를 멸시하고 버리라고(영혼도 무슨 괴상한 원숭이 흉내가 아니고서야 그렇게 할 수 없을 것이다.) 할 것이 아니라 육체와 동맹을 맺고, 육체를 끌어안고, 사랑하고, 보살피고, 통제하고, 충고하고, 육체가 길을 잃으면 바로잡아 다시 데려오고, 요컨대 육체와 결혼해 남편 노릇을 하라고 해야 할 것이다. 그 둘의 행위가 따로따로 다르거나 모순되지 않고, 하나로 합치될 수 있도록 말이다.

그리스도인들은 이 결합에 대한 특별한 가르침을 받았다. 그

302
『에세 1』 26장 「아이들의 교육에 관하여」 참조.
303
라틴어 실력으로 잘난 체하는 사람을 비꼬아 부르는 일종의 별칭. 지적 잘 하는 사람을 '훈장님'이라고 하듯이.

〔 516 〕

리스도인들은 육체에 영생을 허락할 만큼[304] 하느님의 정의가 육체와 정신의 이 연합, 이 결속을 옹호한다는 것, 하느님은 전(全) 인간의 행위를 보시며, 전 인간이 자기의 공과에 따라 벌과 상을 받기를 원하신다는 것을 알고 있다.

ᶜ 철학 학파 중에서도 가장 개화된 아리스토텔레스 학파는 지혜가 할 일은 오직 이 결합된 두 부분에 공히 유익한 것을 제공하는 것뿐이라면서, 다른 학파들이 이 결합을 충분히 고려하지 않았기 때문에 동일한 오류에 빠져서 이 학파는 육체, 저 학파는 영혼 편이 되어 버렸고, 인간이라는 그들 주제에서, 또 대부분이 자기네 안내자라고 인정한 자연에서 멀어져 버렸음을 지적한다.

ᴬ 사람들 사이를 갈라놓은 최초의 구별, 한 무리를 다른 무리보다 우위에 있게 한 최초의 고려 사항이 우월한 미모였던 것이 사실인 것 같다.

> ᴮ 땅의 분할과 분배는
> 미모와 힘과 꾀의 정도에 따라 이루어졌다.
> 미모는 권력이요, 힘은 존경받았으므로.
> 루크레티우스

ᴬ 그런데 내 키는 중간에 조금 못 미친다. 이 결함은 보기 싫을 뿐 아니라 불편하기까지 하다. 명령하고 책임지는 일을 수행하는 사람들에게는 특히 그렇다. 당당한 풍채와 신체적인 위세가 부여하는 권위가 부족하기 때문이다.

304
그리스도인의 신앙고백인 「사도신경」은 '육신의 부활을 믿는다.'라고 고백한다.

^C 카이우스 마리우스는 키가 6피트가 안 되는 병사는 받으려 하지 않았다. 저 궁정인[305]이 자기가 키울 귀족을 위해 크거나 작기보다는 차라리 보통의 키를 원하고, 남들이 손가락으로 가르킬 만한 특이성은 모두 거절한 것은 지당한 일이다. 하지만 중간 키가 못 될 경우, 보통 키보다 큰 것보다는 차라리 작은 편을 택한다는데,[306] 나라면 군인으로는 그런 선택을 하지 않겠다.

아리스토텔레스는 말한다. "작은 사람은 아담하긴 하지만 준수하진 않다. 키가 크고 풍채가 좋아야 아름답듯이 기골이 장대한 모습에서 위대한 영혼이 드러난다."^A 또 그는 에티오피아인들과 인도인들이 왕과 법관을 뽑을 때 인물과 큰 키를 고려했다고 말한다. 그들은 옳았다. 준수하고 풍채 좋은 수장이 군대의 선두에서 걸어가는 것을 보면 그를 따르는 자들에게선 존경심이 우러나오고, 적들에겐 공포심을 불러일으키기 때문이다.

^B 제1열에 당당한 풍채의 투르누스가 나아간다.
손에는 무기를 들고, 우뚝 솟은 그의 머리 사방 군사들을
제압한다.
베르길리우스

우리는 세심하게, 믿음과 존경의 마음으로, 하늘의 위대하고 거룩하신 임금님의 모든 특성을 주목해야 하는데, 그분도 신체적

305
카스틸리오네(Castiglione)『궁정인』(1528)의 주인공을 암시한다. 이 책에 대해서는 『에세 1』 26장 주석 201 참조.
306
카스틸리오네는 너무 큰 사람보다는 아주 작은 사람을 택하겠다고 했다.

〔 518 〕

인 선별을 마다하지 않으셨다. "그는 사람의 아들 중에 가장 아름다운 자였다."[307]

^C 플라톤도 그의 공화국 수호자들이 절제와 용기와 더불어 수려한 모습을 갖추기를 원한다.

^A 그대가 수하들 사이에 있을 때 누군가 그대에게 "나리는 어디 계신가?" 하고 묻고, 겨우 그대의 이발사 또는 비서에게나 할 인사나 건넨다면 참으로 분통 터질 일이다. 그런 일이 가련한 필로포이멘에게 일어났다. 그가 자기를 기다리고 있던 집에 자기 군대보다 앞서 첫 번째로 도착했더니, 그를 몰랐던 그 집 여주인이 그의 못생긴 용모를 보고서 필로포이멘을 대접하기 위해 하녀들이 물을 긷고 불을 피우는 것을 거들라고 한 것이다. 뒤이어 그를 수행하는 귀인들이 도착해 그 훌륭한 일을 하고 있는(그는 명령받은 대로 복종하고 있었으므로) 그를 보고 뭘 하고 있느냐고 물었다. 그가 대답했다. "내 못생긴 값을 치르고 있네."

다른 종류의 아름다움은 여자들을 위한 것이다. 체격의 아름다움은 남자들의 유일한 아름다움이다. 키가 작으면 넓고 둥근 이마도, 흰 피부와 부드러운 눈도, 아담한 코도, 작은 귀와 입도, 가지런하고 흰 이도, 밤 껍질처럼 갈색 나는 고르고 두터운 수염도, 풍성한 머리털도, 알맞게 둥그스름한 머리통도, 생기 있는 안색도, 호감 가는 얼굴도, 몸내 안 나는 몸도, 적정한 비율의 사지도 잘생긴 남자를 만들지 못한다.

그래도 나는 강하고 탄탄한 체격을 지녔다. 얼굴은 살진 게 아니라 팽팽하다. 기질을 말하자면 ^B 쾌활과 우울의 중간이요, 적

307
「시편」 15편.

17장 오만에 관하여

당히 ^A 다혈질에 격한 편이고,

> 다리와 가슴엔 털이 무성하며,
>
> 마르시알리스

건강 상태는 튼튼하고도 경쾌하여, 꽤 나이가 들 때까지[308] ^B 병으로 고생한 일이 거의 없다. ^A 예전에는 그랬다는 얘기이다. 벌써 오래전에 마흔을 넘어 노년의 길로 들어선 지금의 나를 염두에 두고 하는 말이 아니다.

> ^B 야금야금, 성년의 힘과 기력은 나이에 꺾여,
> 노년의 쇠락이 시작된다.
>
> 루크레티우스

^A 이제부터의 나는 반쪽의 존재에 불과할 것이요, 더 이상 내가 아닐 것이다. 나는 날마다 내게서 사라지고, 날마다 내게서 빠져나간다.

> 흐르는 세월은 하나씩 하나씩 우리의 보물들을 앗아 간다.
>
> 호라티우스

재주나 민첩함은 가져 보지 못했다. 그렇지만 대단히 민첩하

308
1588년 이후 판본에서는 "상당히 방탕하게 굴렸지만"이라는 문구를 덧붙였다. 그는
마흔다섯 살에 신장결석에 걸렸다.

〔 520 〕

고 쾌활한 성격을 노령의 마지막까지 유지했던 아버지의 아들이다. 그분은 그분의 연배로 신체 훈련에서 그분에 비길 만한 사람을 거의 보지 못했다. 달리기만 빼고(달리기에선 중간쯤은 했다.) 어떤 종목에서도 나를 이기지 못하는 사람을 보지 못했듯이. 내 목소리는 성악에 적절치 않았고 악기도 잘 다루지 못해 아무도 내게 음악을 가르쳐 줄 수 없었다. 춤, 정구, 격투에선 극히 보잘것없는 실력밖엔 얻지 못했다. 수영, 펜싱, 공중돌기, 높이뛰기는 전혀 못한다. 손은 몹시 둔해서 글씨도 최소한 내가 알아보게 쓰지 못할 정도이다. 그래서 내가 괴발개발 써 놓은 것은 나 자신이 해독하려 애쓰느니 차라리 다시 쓴다. ^C 그런다고 더 잘 읽을 수 있게 되지도 않는다. 말을 하면 듣는 이를 힘들게 하는 것 같다. 그렇지만 않으면 괜찮은 학자인데. ^A 나는 편지 하나도 똑바로 접어 봉할 줄도 모르고, 펜을 다듬을 줄도 모르며, 식탁에선 빵을 옳게 자르지도 못하고, 말에 마구도 못 달고, 매를 주먹에 앉혀 데리고 다니거나 날려 보낼 줄도 모르고, 개들, 새들, 말들에게 말할 줄도 모른다.

^A 내 신체 조건은 대체로 내 영혼의 상태에 썩 잘 맞는다. 내 영혼엔 발랄한 점은 전혀 없고 그저 억세고 충만한 원기가 있을 뿐이다. 나는 고된 일을 잘 견딘다. 하지만 스스로 마음이 내키고, 하고 싶은 마음이 있는 동안만 견딘다.

> 일의 즐거움은 노고를 잊게 한다.
>
> 호라티우스

반대로, 어떤 즐거움에 끌린 게 아니거나, 순수한 내 자유 의사가 아닌 다른 지도자를 따라야 하는 경우엔 나는 전혀 쓸모가 없다. 왜냐하면 나는 건강과 생명을 위한 것이 아니라면, ^C 손톱을 물어뜯거나 ^A 근심 걱정을 지불하면서까지 사고 싶은 것이 하나도 없는 상태에 이르렀기 때문이다.

> 그 값을 치르고는 타고스강³⁰⁹의 흙탕물을 사지 않으리라.
> 그것이 바다로 실어 가는 황금까지 모두 준대도.
>
> 유베날리스

^C 나는 지극히 한가하고 지극히 자유롭다. 본성으로도 그러하고, 일부러 그렇게 만들어서도 그렇다. 또한 내 근심을 내주는 것을 내 피를 내주는 것과 진배없이 여길 것이다.³¹⁰

^A 나는 오직 저 자신에게만 속하여 제 마음대로 움직이는 데 버릇이 든 영혼을 지녔다. 지금까지 어쩔 수 없이 모셔야 하는 지휘관이나 윗사람을 가져 본 적이 없기 때문에 내가 가고 싶은 데까지, 내 좋을 대로의 보폭으로 걸어왔다. 그러다 보니 물러져서 나는 남에게 봉사하는 데는 쓸모없고 오직 나 자신에게만 알맞게 되었다. 그리고 나로 말하자면, 이 둔하고 게으르고 나태한, 타고난 성향을 억압할 필요가 없었다. 태어날 적부터 만족할 만한 정도의 재산을 가지고 있었고, 가질 만큼 가졌다고 느낄 정도의 지

309
타고스강에는 많은 양의 사금이 들어 있었다.

310
원문을 직역하면 "나는 내 근심만큼 내 피를 기꺼이 내주리라."일 수도 있다. 보르도본의 여백에 썼다가 지운 부분을 보면 뜻이 분명치 않은 이 구절의 의미를 유추할 수 있다. "내겐 그것만큼(한가함과 자유만큼) 소중한 것이 없다. 내 지갑을 열게 하기가 더 쉬울 것이다. 내게 심려를 끼치는 것보다 더 비싼 값을 치르게 하는 것은 없다."

〔 522 〕

각도 있었으므로,[311] 나는 더 원하지도 보태지도 않았다.

> 순풍인 북풍이 내 돛을 부풀리진 않아도,
> 역풍인 남풍이 내 항로를 괴롭히지도 않는다.
> 힘, 재주, 외모, 덕성, 태생, 재산 모두
> 나는 제1급의 최하,
> 그러나 최하급의 최우위로다.
>
> 호라티우스

내게 필요했던 것은 만족하는 능력뿐이었다. ^C 하지만 잘 들여다보면 그 능력은 어떤 조건에서건 유지하기 힘든 마음의 규범으로, 일반적으로 풍요로움보다는 결핍 상황에서 더 쉽게 발견되는 능력이다. 아마도 우리의 다른 정념들이 진행하는 방식과 마찬가지로, 재물에 대한 욕심은, 재물의 결핍보다 재물을 사용함으로써 더 맹렬해지고, 절제의 미덕은 인내의 미덕보다 더 희귀한 것이기 때문이리라. 고로 내게 필요했던 것은 ^A 오직 하느님께서 너그러이 내 손에 쥐어 주신 재물을 고요히 즐기는 것뿐이었다. 나는 어떤 종류의 성가신 일도 해 보지 않았다. 내 일 말고는 처리해 본 일이 거의 없다. ^C 있다면 그것은 내 마음대로 내 식으로 한다는 조건 아래, 나를 신뢰하고 나를 잘 알아서 강박하지 않는 사람들이 맡긴 일뿐이었다. 왜냐하면 고수(高手)들은 다루기 힘들고 헐떡거리는 말(馬)도 써먹을 줄 알기 때문이다.

311
1595년판에는 다음이 덧붙여졌다. "내가 아는 다른 많은 사람들이라면, 마음 부대껴 가며 불안 속에서, 좀 더 나은 무언가를 향한 도약대로 여겼을 만한 조건이었지만,"

17장 오만에 관하여

^A 어릴 적에도 나는 부드럽고 자유로운 방식으로 지도를 받았고, 엄격한 복종을 강요받은 일은 한 번도 없다. 이 모든 것이 나 약하고 자극을 견디지 못하는 성격을 형성했다. 그러다 보니 내가 입은 손실이나 내 일에 관련된 문젯거리를 내게 숨겨 주기를 바랄 정도가 되었다. 그래서 나는 내 지출 항목에, 집안을 유지하고 먹이는 데 대한 내 무관심 때문에 드는 비용도 넣어 두고 있다.

> 이런 게 바로 주인의 눈을 벗어난 과(過)비용이요,
> 도둑들을 이롭게 하는 낭비이다.
> 호라티우스

나는 내가 가진 것이 얼마나 되는지 모르는 게 좋다. 손해 보는 것을 덜 정확하게 느끼기 위해서이다. ^B 나와 같이 사는 사람들에게는 열성이 없어 능률을 올리지 못하겠거든 나를 속여서라도 잘하고 있는 척하라고 간청한다. ^A 우리가 겪게 되는 성가시고 불쾌한 일들을 견뎌 낼 만큼 마음이 굳세지 못하고, 일들을 정리하고 해결하느라 늘 긴장해 있는 것을 견디지 못하기 때문에, 전적으로 운수에 맡기고 모든 일을 최악이라 생각하며, 그 최악을 평온하고 참을성 있게 견디자는 생각을 최대한 마음속에 키운다. 그것이 내가 유일하게 노력하는 것이요, 내 사색이 향하는 목표이다.

^B 위험을 접하면 나는 어떻게 모면할까 하는 것보다 모면해 봤자 대수일 것 없다는 생각을 더 많이 한다. 그런 일을 당한들 뭐 어떻단 말인가? 사건들을 조절할 능력이 없으므로 나 자신을 조절하고, 사건들이 내게 맞지 않으면 나 자신을 사건들에 맞춘다. 내게는 운수를 교묘히 따돌려 그것을 피하거나 지배할 수 있는 기술,

[524]

지혜롭게 일들을 요리해서 내 상황에 맞게 이끌어 가는 기술이 거의 없다. 게다가 그러려면 힘들고 괴롭게 신경을 써야 하는데, 그것을 견뎌 낼 인내심도 없다. 내게 가장 힘든 상황은 화급한 일을 당해 이러지도 저러지도 못한 채 공포와 희망 속에 흔들리는 것이다. 가장 가벼운 일에서조차 결정을 내리는 게 나는 성가시다. 내 정신은 갖가지 의혹과 심려에 시달리며 흔들리는 것을, 일단 패를 받으면 어느 쪽이든 받아들여 그것을 고수하는 것보다 더 힘들어하는 것 같다. 무슨 감정 때문에 잠을 이루지 못한 적은 거의 없지만, 어떤 일에 대해 조금이라도 숙고하면 잠이 안 온다. 길을 갈 때처럼, 나는 생각할 때도 경사지고 미끄러운 길을 피하고, 진창이라도 사람들이 가장 많이 다져 놓은 길바닥으로 들어간다. 더 이상 아래로 내려갈 위험이 없는 거기서 안전을 찾는 것이다. 불행도 마찬가지이다. 개선될지 말지 불확실해 나를 시험하고 괴롭히지 않는 완전히 순수한 불행, 단번에, 직통으로 나를 고통에 밀어넣는 불행이 더 낫다.

^C 애매한 병증이 우리를 가장 괴롭힌다.
세네카

^B 일을 당하면 나는 남자답게 처신하고, 그 처리는 어린애처럼 한다. 추락할 것에 대한 두려움이 추락 그 자체보다 더 나를 괴롭힌다. 노름은 촛불 값을 들일 만한 가치도 없다. 구두쇠는 자기 욕심 때문에 가난한 사람보다 더 심한 고통을 겪고, 질투쟁이는 속고 있는 남편보다 더 괴로운 법이다. 소송을 하느니 차라리 포도밭을 빼앗기는 편이 속 편할 때가 많다. 가장 낮은 디딤판이 가

17장 오만에 관하여

장 튼튼하다. 거기가 의연함의 자리이다. 거기서 필요한 것은 자기 자신뿐이다. 의연함은 거기에 터를 잡고 전적으로 저 자신만을 의지한다.

많은 사람에게 알려진 이 귀인의 예에는 뭔가 철학적인 점이 있지 않은가? 그는 젊은 시절 친구들과 즐겁게 어울려 다니다 상당히 나이가 들어 결혼했다. 입담도 재담도 대단했다. 그는 자기가 얼마나 많은 오쟁이 진 사례들을 떠벌리며 남들을 조롱했는지 기억하고는 자기 자신을 보호하기 위해, 누구나 돈만 있으면 여자를 구할 수 있는 곳에서 한 여자를 취해 결혼하고서, 서로 이렇게 인사하기로 그녀와 약속했다. "안녕하신가, 갈보 —— 안녕하세요 오쟁이 진 놈!" 그가 자기 집에 들른 사람들과 나누는 이야깃거리로, 자기의 이 계획보다 더 자주, 더 내놓고 말하는 것은 없다. 그렇게 함으로써 그는 숨어서 꼬꼬댁거리는 조롱꾼들의 입에 재갈을 물리고 그런 험담의 침을 무디게 만들었던 것이다.

[A] 오만의 이웃, 아니 보다 정확히 말해서 오만의 딸인 야망으로 말하자면, 출세하라고 나를 자극하려면 운수가 찾아와 내 손목을 잡아끌었어야 했다. 불확실한 희망 때문에 자신을 괴롭히고, 출세가도의 초두에서 신임을 얻으려고 애쓰는 자들이 겪게 마련인 온갖 곤란을 감수하는 것, 나는 그것을 해낼 수 없었을 테니까.

[B] 그 값에는 희망을 사지 않겠다.

테렌티우스

나는 내 눈으로 보고 내 손에 쥔 것에 집착한다. 나는 항구에서 멀어지지 않는다.

〔 526 〕

한쪽 노는 물결을 치고, 다른 쪽 노는 해변의 모래를 스치
게 하라.

프로페르티우스

 게다가 먼저 자기가 가진 보물을 걸지 않고서는 그런 출세에
서 딸 것도 별로 없다. 자기가 태어나 자란 조건을 유지하는 데 자
기 가진 것으로 충분하다면, 그것을 불려 보겠다는 불확실한 희망
때문에 가진 것을 쏟아붓는 것은 어리석은 짓이라고 생각한다. 운
이 나빠서, 발을 붙이고 평온하고 안정된 삶을 영위할 만한 것을
갖지 못한 경우라면, 가진 것을 운명에 걸어 보는 것도 용서받을
만한 일이다. 어차피 궁핍이 행운을 찾아 나서게 할 테니까.

 ᶜ 역경 속에서는 무모한 길이라도 택해야 한다.

세네카

 ᴮ 한 가문의 명예를 맡고 있으며 제 잘못이 아니면 궁핍할 이
유가 없는 장남보다는 차라리, 차남 이하 자식이 자기 몫의 유산
을 던져서 도박을 한다면 용서해 주겠다.
 ᴬ 나는 지나간 시대의 훌륭한 친구들의 충고로 그 욕망에서
벗어나 고요히 지낼 수 있는 가장 빠르고 쉬운 길을 발견했다.

 승리의 흙 먼지를 묻히지 않고 편안한 삶을 누리는 자로서.

호라티우스

 또한 내 역량은 중대한 일들을 감당할 만하지 못하다고 매우

건전하게 판단하며, 프랑스인들이 이 가지 저 가지로 옮겨 타면서, 가장 높은 가지에 이를 때까지 멈추지 않고 나무를 기어올라, 거기에 이르면 궁둥이를 보여 주는 긴꼬리원숭이 같다던 고(故) 올리비에[312] 대법관의 말을 상기한다.

> ^B 감당하지도 못할 짐을 머리에 이었다가,
> 곧장 무릎을 꺾고 내려놓는 것은 수치스러운 짓이다.
>
> 프로페르티우스

^A 내게 있는 책잡힐 것 없는 자질마저도 내 보기엔 이 시대에 쓸모가 없다. 내 유순한 성격을 사람들은 비굴함이나 나약함으로 부를 것이요, 잘 믿고 양심적인 것은 우직함과 소심함으로 비칠 것이며, 솔직하고 거침없는 태도는 성가시고, 경솔하고, 건방진 것으로 보일 것이다. 불행도 쓸모가 있다. 이처럼 심히 타락한 시대에 태어난 것도 좋은 일이다. 다른 사람과 비교해서 헐값에 덕망 있는 사람으로 평가되기 때문이다. 친족 살해범이나 신성 모독자쯤은 우리 시대엔 착하고 점잖은 사람이다.

> ^B 요즘 세상에 그대의 친구가
> 그대가 맡겼던 것을 부인하지 않고,
> 그대의 낡은 지갑을,
> 그 속에 든 녹슨 잔돈까지 그대로 돌려준다면,
> 에트루리아의 책에 기록하고,

312
몽테뉴 당대에 프랑스 대법관을 지낸 프랑수아 올리비에를 가리킨다.

〔 528 〕

관을 씌운 어린 양을 제물로 바쳐 경축할 만한

기적 같은 정직성이다.

유베날리스

또 왕공들에게는 그들이 베풀 선행과 정의에 대해 지금, 여기에서보다 더 확실하고 더 큰 보답이 약속된 시대와 장소는 결코 없었다. 그 방법으로 호감과 신뢰를 얻겠다는 생각을 처음 낸 사람이 자기 동료들을 쉽게 제치지 못한다면 나는 놀랄 것이다. 힘과 폭력은 무언가를 할 수는 있지만, 언제든지, 무엇이든 할 수 있는 것은 아니다.

^C 상인, 마을의 재판관, 장인들이 용맹과 군사 지식에서 귀족들과 대등한 것을 우리는 본다. 그들은 공적으로도 사적[313]으로도 명예롭게 싸운다. 우리 내란에서는 그들이 도시를 공격하고 방어한다. 이런 군중 속에선 왕공의 명성도 꺼져 버리고 만다. 그러니 인간성과 진실과 올곧음과 관용과 무엇보다 정의로움으로 빛나야한다. 이런 자질들이야말로 희귀하고 남다른 징표이다. 민중의 동조를 얻어야만 그는 자기 일을 이끌어 갈 수 있고, 다른 무엇도 위에 열거한 자질들만큼 민중의 마음을 얻을 수 없다. 그런 자질들이 그들에겐 가장 유익하기 때문이다.

착한 것만큼 인기 있는 것은 없다.

키케로

313
개인적으로 벌이는 결투를 말한다.

[529]

^A 우리 시대의 이런 상태에서라면 나는 나 자신을 ^C 위대하고 드문 인물로 여길 수도 있었을 것이다. ^A 복수할 때는 온건하게, 모욕을 받아도 무르게 반응하고, 자기 입으로 한 말은 반드시 지키고, 이중적이거나 약삭빠르거나, 타인의 의사나 정황에 따라 자기 신념을 바꾸지 않는 사람이라도 거기에 더 강력한 자질이 더해지지 않으면 평범하게 보였던 ^C 과거의 어떤 시대에 놓고 보면, 내가 소인족의 속물로 보였을 만큼 말이다.

나는 일이 되게 하려고 내 신념을 굽히느니 차라리 일의 목이 부러지게 내버려 둘 것 같다. 이 시대에 너무도 신용을 얻고 있는 가식과 위선이라는 새로운 덕목으로 말하자면, 내가 그 무엇보다 혐오하는 것이기 때문이다. 나는 모든 악덕 중에서도 가식과 위선만큼 비겁하고 천한 마음을 증명하는 것이 없다고 본다. 가면 아래 자기를 감추려 하고, 자기를 있는 그대로 보여 주지 못하는 것은 용렬하고 비굴한 성정이다. 그로 인해 요즘 사람들이 배신에 길든다. ^B 거짓말을 만들어 내는 데 익숙해지니까, 자기 말을 어기는 걸 의식도 못 하는 것이다. ^A 고결한 마음을 가진 사람이 자기 자신의 생각을 부인할 리 없다. 그는 마음속까지 낱낱이 보여 주길 원한다. ^C 그 속에 든 것은 전부 선이거나, 아니면 적어도 전부 인간적인 것이다.

아리스토텔레스는 터놓고 미워하고 사랑하며, 완전히 솔직하게 판단하고 말하고, 진실에 비해 타인의 동의나 비난 따위는 초개(草芥)로 여기는 것이 고결성의 의무라고 본다. ^A 아폴로니우스는 거짓말은 노예가 할 짓이요, 진실을 말하는 것은 자유인이 할 일이라 했다. ^C 진실은 덕의 가장 근본적인 요소요 기반이다. 진실은 진실 그 자체를 위해 사랑해야 한다. 어쩔 수 없어서, 또는 자기에게 이익이 되니까 진실을 말하는 사람, 아무에게도 상관없다면 거짓 말하기를 두려워하지 않는 사람은 충분히 진실하다고 할 수 없다.

내 마음은 기질 자체가 거짓말을 피하고, 거짓말을 생각하는 것조차 혐오한다. 어쩌다 상황에 흔들려 생각지도 않게 가끔 거짓말이 튀어나오는데, 그럴 때면 내 마음속은 찌르는 듯한 후회와 수치심으로 가득 찬다.

A 항상 전부 말할 필요는 없다. 그건 바보짓이다. 그러나 말하는 것은 생각 그대로여야 한다. 아니면 악한 의도를 가진 말이다. 진실을 말할 때조차 믿지 못할 사람이 되려는 것이 아니라면, 끊임없이 본심을 숨기고 위장하는 것에서 저들이 기대하는 이익이 무엇인지 나는 알 수가 없다. 한두 번은 사람들을 속일 수 있을 것이다. 그러나 우리 왕들 중 어느 분처럼, 자기 속은 아무도 모른다고 공언하고 만일 자기 셔츠가 자기 본심을 알고 있다면 그것을 불에 처넣을 것[314](이것은 옛날 마케도니아의 메텔루스가 한 말이다.)이라며, 자기를 숨길 줄 모르는 자는 다스릴 줄 모르는 자라고 자랑스레 떠드는 것은, 그들과 협상해야 하는 자들에게 자기들이 말하는 것은 모두 거짓이요 기만임을 알려 주는 짓이다. C "정직하다는 평판이 없으면, 세련되고 재주가 있을수록 밉살스럽고 의심쩍을 뿐이다."(키케로) A 티베리우스가 그랬듯이, 늘 속과는 다른 모습을 내보일 마음을 품고 있는 사람의 얼굴과 말에 속아 넘어가는 것은 참으로 순진한 일일 것이다. 현금으로 수납될 만한 것은 하나도 내놓지 않는 이런 자들이 다른 사람들과의 관계에서 어떤 몫

314

우리 속담에 "손에 장을 지진다."라는 말과 마찬가지로, 불로 재판했던 중세의 관행을 암시하는 표현이다. 여기서 언급하는 왕은 샤를 8세를 가리킨다.

17장 오만에 관하여

을 얻을 수 있을지 모를 일이다.

^B 진실에 불성실한 자는 거짓에도 불성실하다.

^C 우리 시대에 군주의 의무를 다루면서, 오직 정책의 유리함만을 고려하며 그것을 군주의 신의와 양심보다 우선시하던 사람들[315]은, 딱 한 번 약속을 저버리고 어김으로써 정사(政事)를 항구적으로 유리하게 굴릴 수 있었던 운 좋은 군주에 대해서라면 그럴싸한 말을 할 수 있으리라. 하지만 일은 그렇게 되지 않는다. 사람은 자주 같은 교섭에 부딪힌다. 사는 동안 여러 번 화친도 하고 협정도 맺는다. 그들로 하여금 첫 번째 배신을 하도록 유혹한 이득(거의 언제나 거기엔 이득이 개입한다. 다른 모든 악행이 그렇듯이. 신성 모독, 살인, 반란, 배신은 모종의 결실을 얻기 위해 시도된다.), 이 첫 번째 이득은 한없는 손해로 이어지고, 이 군주는 첫 불성실의 이력 때문에 협상을 해 볼 모든 교섭과 방법을 잃게 된다.

내가 어렸을 때의 일인데, 술레이만[316]은 약속이나 조약을 지키는 데 별 관심이 없는 종족인 오스만족이었지만, 메르쿠리노 데 그라티나레와 카스트로의 주민들이 애초에 맺었던 협정과는 반대로 항복한 뒤 포로로 잡혀 있는 것을 알고, 오트란토에 군대를 내려보내 그들을 풀어 주라고 명령했다. 그 지방에서 추진할 다른 큰 계획을 갖고 있는 터에 그런 약속 위반 행위가 당장은 유리해 보여도 장차 막대한 피해를 입힐 수 있는 비난과 불신을 조장하리라는 것이었다.

315
마키아벨리와 그의 제자들을 말한다.
316
오스만투르크 제국의 술레이만 2세. 신성로마 제국의 샤를 5세와 전쟁을 벌여, 오스트리아 빈을 공략했으나 실패했다. 결국 프랑수아 1세와 동맹을 맺었다.

에세 2

^A 그런데 나로 말하자면, 아첨꾼이나 본심을 숨기는 자보다는 차라리 성가시고 조심성 없는 자이고 싶다.

^B 이렇게 남을 개의치 않고 온전히 자기를 드러내는 데는 일말의 오만과 고집이 섞일 수 있음을 인정한다. 그리고 나는 내가 덜 그래야 할 때 약간 더 무람없는 태도를 보이고, 상대를 존중해야 할수록 더 열을 내서 반박하는 것 같다. 수완이 없어서 내 본성대로 행동하도록 내버려 두는 것일 수도 있다. 나는 높은 분들에게 내 집에서 쓰는 자유로운 화법과 태도를 그대로 내보이면서, 그것이 얼마나 버릇없고 무례한 일이 될지를 의식한다. 하지만 나는 그런 모양으로 생겼을 뿐 아니라 내 정신은 갑작스러운 질문을 교묘히 피하고 둘러대어 모면하거나 진실을 꾸며 낼 만큼 민첩하지 못하다. 또한 그렇게 꾸며 낸 것을 담아 둘 기억력도 없으니 그것을 유지할 자신 또한 없다. 그러니 나는 약점 때문에 용감한 척하는 것이다. 이런 연유로, 기질 때문에, 또 의도적으로, 솔직성에 의지해 언제나 내가 생각한 바를 말하고, 어떤 결과가 생기든지 운명에 맡겨 버리는 것이다.

^C 아리스티포스는 자기가 철학에서 끌어낸 가장 중요한 성과는 누구에게나 터놓고 자유롭게 말하게 된 점이라고 했다.

^A 기억력이란 지극히 유용한 도구이다. 그것 없이 판단력이 제 소임을 다하기란 매우 어렵다. 그런데 내겐 이 기억력이 전혀 없다. 내게 무엇을 제시하려면 세분해서 보여 줘야 한다. 서로 다른 요점이 여럿 들어 있는 문제에 답하는 것은 내 역량 밖의 일이기 때문이다. 나는 서판에 적어 놓지 않고서는 어떤 일을 맡을 수가 없다. 어떤 중요한 말을 해야 하는데 길게 말해야 하는 경우, 나는 내가 말해야 할 것을 ^C 한 마디 한 마디 ^A 다 외워야 하는 비루

하고 구차한 필요에 처하게 된다. 그렇게 하지 않으면 내 기억력이 내게 해코지를 하지 않을까 하는 걱정 때문에 침착성도 자신감도 잃고 말 것이다. ^C 그렇지만 그 방법도 내겐 그다지 쉬운 일이 아니다. 시구 세 줄을 외우자면 세 시간이 걸린다. 내 자신의 글에선 연신 소재를 바꿔 가며 구성을 변경하고 단어를 교체할 수 있는 자유와 권한이 내게 있으니, 기억 속에 잡아 두기가 더 어려워진다.

^A 그런데 내가 기억을 불신할수록 기억은 더 혼란스러워진다. 기억은 어쩌다 떠오를 때 더 유용하다. 애쓰는 기색 없이 기억을 구슬려야 한다. 쥐어짜면 기억이 당황해 혼란에 빠지기 때문이다. 그리고 일단 흔들리기 시작하면 캐내려 할수록 엉클어지고 막혀 버린다. 기억은 제가 오고 싶은 시간에 오지, 내가 바라는 시간에 오지 않는다.

기억력에서 느끼는 바를 나는 여러 다른 분야에서도 느낀다. 나는 명령, 의무, 속박을 피한다. 내가 쉽고 자연스럽게 하는 것도, 해야 한다고 단호히 명령하듯 다짐하면 그때부터 할 수 없게 된다. 신체도 마찬가지여서, 자기 자신에 대해 어떤 자유나 특수한 재량권을 가진 부위들은 내가 어느 지점과 시간에 결부시켜 필요한 일을 하라고 지시하면 말을 듣지 않는 수가 종종 있다. 억압적이고 전제적인 사전 명령이 그것들을 뒷걸음치게 하는 것이다. 그것들은 무섭거나 화가 나서 움츠러들고 얼어붙는다.

^B 일전에 술을 권하는 사람들에게 응하지 않으면 야만적인 무례가 되는 자리에 간 일이 있다. 사람들은 나를 전적으로 편하게 대해 주었지만, 나는 그 지방 관습에 따라, 그 자리에 나와 있는 부인들을 생각해서 잘 어울려 보려고 애를 썼다. 그런데 웃기는 일이 벌어졌다. 나의 습관과 천성 이상으로 애를 써야 한다는 압박감과

〔 534 〕

준비 때문에 한 방울도 삼킬 수가 없을 지경으로 목구멍이 죄어서 식사를 위한 반주조차 마시지 못하고 만 것이다. 나는 내 상상이 지레 마신 술로 거나해져 있었다. ^A 이런 효과는 더 생생하고 강한 상상력을 지닌 사람들에게서 더 많이 나타난다. 그렇지만 이는 자연스러운 일이고, 그런 현상을 전혀 느끼지 않는 사람은 없다.

사형 선고를 받은 어느 뛰어난 궁수에게 그의 솜씨를 뚜렷이 입증해 보이면 살려 주겠다고 하자 그는 거절했다. 잘 쏘겠다는 생각에 너무 긴장한 나머지 손이 빗나가서, 목숨을 건지기는커녕 활쏘기로 얻은 명성마저 잃을까 두려웠던 것이다. 딴생각을 하며 걷는 사람은 자기가 늘 다니는 길을, 한 치 정도의 차이나 날지, 늘 같은 보폭, 같은 수의 걸음으로 오갈 것이다. 그러나 만일 그가 주의를 기울여 보폭을 재고 걸음을 세려 하면, 자연히 그리고 우연히는 잘되던 일이 의도적으로는 그렇게 정확하게 되지 않는다는 것을 알게 될 것이다.

우리 마을에 있는 서재들 중 훌륭한 축에 드는 내 서재는 내 집 한 귀퉁이에 있다. 거기에 가서 찾아보거나 쓰고 싶은 것이 불현듯 떠오르면, 단지 마당을 가로지르는 동안에라도 그 생각이 달아날까 봐 두려워서 나는 그것을 딴 사람에게 기억해 두라고 해야 한다. 말하는 중에 원래 생각에서 조금이라도 벗어났다가는 반드시 맥락을 잃어버린다. 그 때문에 신경이 쓰여 건조하게 꼭 필요한 말만 하게 되는 것이다. 나는 집에서 부리는 사람들을 그들의 직책이나 고향 이름으로 부를 수밖에 없는데, 이름을 기억하는 일이 내겐 너무도 어렵기 때문이다. ^B 세 음절에, 거친 소리이고, 이런저런 글자로 시작되거나 끝나는 이름이라고는 말할 수 있을 것 같다. ^A 또 내가 오래 산다면, 다른 이들이 그랬듯이 나도 내 이름을 잊어

〔 535 〕

17장 오만에 관하여

버리지 않으리라고 자신할 수 없다. ^B 메살라 코르비누스[317]는 어떤 기억의 자취도 없이 이 년을 살았다. ^C 조르주 트라페종스[318]에 대해서도 같은 말이 전해진다. ^B 나는 내 처지를 생각해서 그들의 삶이 어땠을까, 기억력이 없어져도 불편 없이 사는 데 필요한 다른 기능들이 충분히 내게 남아 있을까, 자주 되새겨 본다. 그리고 이 문제를 깊이 들여다보다 보면 기억이 완전히 사라지면 정신의 나머지 기능도 잃게 되지 않을까 두려워진다. ^C "기억이 철학뿐 아니라 일상생활과 활동에 관련된 모든 것을 담아 두는 유일한 용기임은 분명하다."(키케로)

^A 나는 전신에 구멍이 나 있다.
나는 사방으로 새어 나간다.

테렌티우스

^C 세 시간 전에 내가 알려 주거나 전해 받은 암호를 ^A 잊어버린 적도 여러 번이요, ^C 키케로가 뭐라건,[319] 내 지갑을 숨겨 둔 곳을 잊어버린 일도 많다. 특별히 신경 써서 간수해 둔 것은 더 잘 잃어버린다. ^A 기억은 지식을 담는 그릇이며 상자이다. 기억력이 너무 부실하다 보니, 아는 게 너무 없어도 크게 한탄할 것은 없다. 나

317
B. C. 64~AD 8. 로마의 원로원 의원이며 유명 저술가.
318
1486년 로마에서 죽은 비잔티움 제국 출신 인문주의자. 트라페종스는 현재 터키 트라브존의 프랑스식 옛 이름이다.
319
키케로는 노인은 지갑 있는 곳은 절대 잊어버리지 않는다고 주장했다.

〔 536 〕

는 학예의 이름들과 그것이 무엇을 다루는지는 대충 알지만 그 이상은 모른다. 책을 뒤적거리긴 하지만 연구는 하지 않는다. 그래서 내게 남는 것, 그것은 내가 더 이상 남의 것으로 기억해 낼 수 없는 무엇이다. 그것은 단지 내 판단력이 제 것으로 만든 것, 내 판단력에 배어든 논리와 사상일 뿐이다. 저자, 장소, 어구, 세부 사항 등은 바로 잊어버린다.

B 게다가 잊어버리는 데 어찌나 명수인지, 내 글, 내 작품조차 다른 것 못지않게 잊어버린다. 사람들은 내 앞에서 내『에세』를 줄기차게 인용하는데, 나는 그것을 의식하지도 못한다. 내가 거기에 쌓아 놓은 시구들이나 예화들을 어디서 따왔는지 누가 알고 싶어 한다면 말해 주기가 몹시 곤란할 것이다. 그러나 풍요롭고도 존경할 만한 작가의 손에서 나온 것이 아니면 그 자체로 값지다고 해서 만족스럽지 않았기에, 나는 그것들을 잘 알려진 대가 집의 문에서만 구걸해 왔다. 따라서 그것들에서는 권위가 이성과 경합하고 있다. C 그러므로 내 책이 다른 책들과 같은 운명에 처하거나, 내 기억력이, 읽은 것처럼 쓴 것을, 얻은 것처럼 준 것을 놓쳐 버린들 크게 놀랄 일이 아니다.

A 기억력의 결함 말고도 내겐 내 무지에 크게 기여하는 다른 결함들이 있다. 나는 머리가 느리고 둔하다. 조금만 구름이 끼어도 가던 길을 멈춘다. (예를 들어) 아무리 쉬운 수수께끼를 내도 풀지 못할 정도이다. 아무리 시덥잖은 잔꾀에도 당황한다. 머리를 써야 하는 노름들, 장기, 카드놀이, 체커, 기타 등등에서 가장 기초적인 규칙밖에는 이해하지 못한다. 내 이해력은 느리고 흐릿하다. 그러나 일단 무엇을 잡아 쥐면 단단히 쥐고, 그렇게 쥐고 있는 동안에는 매우 포괄적으로, 치밀하고도 깊게 파악한다. 내 눈은 멀리까지

17장 오만에 관하여

잘 보고 건강하고 온전하지만 힘주어 쓰다 보면 쉬 피로하고 흐려진다. 그래서 남의 도움 없이는 책들과 길게 교제할 수 없다. 독서에 전념하는 사람에게 이런 지체(遲滯)가 얼마나 큰 문제인지, 소 플리니우스[320]가 이런 경험이 없는 사람들에게 알려 주리라.

저만이 가진 빛나는 장점을 하나도 찾아볼 수 없을 만큼 빈약하고 우둔한 정신이란 없다. 아무리 매몰된 정신이라도 어느 한 끝은 튀어나온 데가 있기 마련이다. 다른 모든 일에는 장님이요 잠에 빠져 있는 영혼이, 어떻게 어떤 특별한 활동에는 활기차고 명석하며 특출할 수 있는지는 대가들에게 물어봐야 한다. 그러나 훌륭한 정신의 소유자들은 모든 것에 열려 있고 모든 것에 준비된, ᶜ 배우지는 못했더라도 적어도 배울 수는 있는 ᴬ 보편적인 정신을 지닌 사람들이다. 이것은 내 정신을 책망하려고 하는 말이다. 왜냐하면 유약해서건 또는 무기력해서건(우리 발등에 있는 것, 우리 손안에 있는 것, 우리 삶에 가장 밀접한 일을 소홀히 하는 것은 내 지론과는 아주 동떨어진 짓인데도), 모르면 부끄러운, 그런 평범한 많은 일들에 대해 내 정신만큼 부적격에 무지한 정신은 없기 때문이다. 몇 가지 예를 들어 봐야겠다.

나는 시골에서 태어나 농사일 속에서 성장했다. 내가 지금 누리고 있는 재산을 나보다 앞서 소유했던 분들이 그분들의 자리를 내게 물려주고 떠나신 뒤 내가 집안 살림과 일 처리를 맡고 있다. 그런데 나는 수판으로나 펜으로나 셈할 줄을 모르고, 우리가 쓰는 돈의 종류도 대부분 알지 못한다. 곡식들의 종자도 밭에 있건 광

320
소 플리니우스는 삼촌인 대 플리니우스가 책 읽어 주는 자를 고용해 책을 읽게 했다는 일화를 전한다. 여기서 말하는 '지체'란 중개인을 통해 독서하는 것을 말한다.

[538]

에 있건 아주 두드러지게 다르지 않으면 그 차이를 구별하지 못하고, 내 밭에서 자라는 양배추와 양상추도 거의 분간하지 못한다. 집 안에서 쓰는 가장 기초적인 도구들의 이름도 알아듣지 못하고, 어린애도 아는 가장 초보적인 농사 지식도 알지 못한다. ^B 기계 조작이나 상품에 대한 지식, 교역, 과일, 포도주, 식품의 종류와 특성 등은 더 모른다. 새를 기르고, 말이나 개를 돌보는 법도 모른다. ^A 창피한 김에 다 말하자면, 누룩이 빵을 만드는 데 쓰이는 것도 모르고 ^C 포도주를 발효시킨다는 것이 뭔지 모르는 것을 사람들에게 들킨 게 한 달도 안 된다. ^A 예전에 아테네에서는 나뭇단을 솜씨 있게 다듬어 묶는 사람은 수학에 재능이 있다고 추측했다. 분명 사람들은 내게서 정반대의 결론을 끌어낼 것이다. 음식을 만들 수 있게 만반의 준비를 갖춰 줘도 나는 굶고 있을 테니까.

내가 고백한 이런 일들을 통해, 사람들은 내게 흉이 될 다른 일들까지 상상하리라. 하지만 나를 어떻게 알려 주건, 있는 그대로의 나를 알게 해 주기만 한다면 그게 바로 내가 원하는 바이다. 나아가 이토록 비속하고 하찮은 일들을 감히 글로 쓴다는 것을 민망해하지도 않는다. 소재 자체가 비속하니[321] 그럴 수밖에 없다. ^C 원한다면 내 의도는 비난해도 좋다. 그러나 내가 전개하는 방식을 나무랄 수는 없다. ^A 아무튼 남이 지적하지 않아도, 이 모든 것이 무게도 가치도 없고 내 계획이 미친 짓이라는 것을 나도 잘 안다. 내 판단력이 편자 빠진 말처럼 비틀대지만 않으면 그만이니, 이 글들은 그것의 시험(essais)일 따름이다.

321
이보다 앞선 판에는 이렇게 썼다. "나라고 하는 이 소재의 비속함……"

17장 오만에 관하여

그대의 코가 어떤 코건,

아틀라스조차 달고 싶어 하지 않았을 그런 코라도,

또 그대가 라티누스 신마저 조롱할 수 있을지라도,

이 하찮은 것들에 대해 나 자신보다

더 혹평하지는 못할 것이다.

씹을 것도 없는데 뭐 하러 씹는가?

배불리 먹으려면 씹을 고기가 있어야지.

공연히 수고하지 말게나.

그대의 독설은 자화자찬하는 자들을 위해 아껴 두게나.

나는 이 모든 것이 아무것도 아니란 걸 잘 알고 있다네.

마르시알리스

내가 나를 속여 어리석은 일로 인정하지 않으면 모를까, 어리석은 일에 대해선 말을 말아야 한다는 법은 없다. 알면서도 실수하는 것, 그것은 내게 너무 일상적인 일이라 달리 실수하는 일은 거의 없고, 우연히 실수하는 일은 결코 없을 정도이다. 사람들이 나의 어리석은 행동을 내 경솔한 성격 탓이라 말하는 것은 대수롭지 않다. 나도 내 못된 행동들을 대개 성격 탓으로 돌리지 않을 수 없기 때문이다.

한번은 바를르뒤크에서 사람들이 시칠리아의 왕 르네를 추모하기 위해, 그가 그린 자화상을 프랑수아 2세에게 바치는 것을 보았다. 그가 화필로 자기를 묘사한 것처럼, 왜 각자 펜으로 자기 자신을 그려서는 안 된단 말인가? 그래서 나는 사람들 앞에 내놓기엔 적이 적절치 않은 이 정신적 흉터도 잊고 싶지 않다. 우유부단이 그것인데, 세상사를 헤쳐 나가는 데 매우 불편한 결함이다. 나는 결과를 알 수 없는 일에서는 결단을 잘 내리지 못한다.

> ^B 내 마음은 딱 잘라 그렇다, 또는 아니다라고 말해 주지
> 않는다.
> 페트라르카

나는 어떤 의견을 고수하는 것은 잘해도, 선택은 잘 못한다. ^A 인간사에선 어느 쪽으로 기울건 우리를 솔깃하게 하는 양상이 아주 많기 때문에 ^C (철학자 크리시포스는 스승인 제논과 클레안테스에게서 단지 원리만 배우겠다고 말했다. 증명이나 이유는 자기가 얼마든지 제시할 수 있다는 것이다.), ^A 나는 어느 쪽으로 돌아서건 언제나 그 의견을 유지하기에 충분한 이유와 타당성을 본다. 그래서 상황이 나를 압박할 때까지 내게 의문과 선택의 자유를 남겨 둔다. 그리고 그때가 되면, 진실을 고백하자면, 대부분의 경우 흔히 말하듯 깃털을 바람에 날려 보며 운수에 맡겨 버리는 것이다. 눈곱만큼만 저울이 기울어도, 별것 아닌 상황의 변화도 나를 좌우한다.

> 정신이 의문에 빠져 있으면, 티끌 하나에도 이리저리
> 기운다.
> 테렌티우스

내 판단의 우유부단함이 대부분의 상황에서 결단을 내리지 못하고 주저할 정도라서, 나는 기꺼이 제비를 뽑든지 주사위를 던지든지 해서 결정할 것 같다. 그리고 우리의 인간적인 허약성을 깊이 새기면서, 성서조차 확신할 수 없는 일을 결정할 땐 운수와

17장 오만에 관하여

우연에 맡겼던 예들을 우리에게 전해 준 것에 주목한다. "제비를 뽑게 하니 마티아가 뽑혔다."[322]

^C 인간의 이성은 양날을 가진 위험한 검이다. 이성의 가장 가깝고 친한 친구인 소크라테스의 손안에서조차 그것이 얼마나 여러 개의 모서리를 가진 몽둥이인지를 보라. ^A 그러므로 남을 따르는 것이 내 성향에 맞고, 그래서 나는 다수가 하는 대로 쉬 이끌려 간다. 나는 사람들을 지휘하고 통솔할 만큼 내 능력을 충분히 믿지 않는다. 남들이 지나간 길로 걸어가는 것이 편하다. 운에 맡기고 불확실한 선택을 하지 않을 수 없을 때는, 자신의 견해에 더 큰 확신을 지닌 사람을 따르기를 더 좋아해서, ^B 기반과 토양이 든든 치 못해 보이는 ^A 내 견해보다 그의 견해에 합류한다.

^B 하지만 생각을 아주 쉽게 바꾸지는 않는다. 반대 견해에도 같은 약점이 있어 보이기 때문이다. ^C "찬동하는 습성 자체가 위험하고 위태로워 보인다."(키케로) ^A 특히 정치적인 문제에서는 선동과 논쟁이 만발할 소지가 많다.

> 그러므로 양쪽 접시에 똑같은 무게가 실려 있으면,
> 저울은 어느 쪽으로나 내려가지도 올라가지도 않는다.
>
> 티불루스

예를 들어 마키아벨리의 추론은 꽤 견실하게 주제를 다루었지만 논박하기가 대단히 쉬웠다. 그리고 그것을 논박한 자들의 논리 역시 논박하기 좋은 헛점을 그만큼 남겼다. 그런 주제에 대해

322
「사도행전」 1:26.

〔 542 〕

서는 언제나 답변, 재답변, 반박, 삼박, 사박할 것이 있을 것이요, 재판에서 이기려고 우리의 법조인들이 최대한 질질 끌던 저 한없는 토론거리를 찾아낼 것이다.

> 적들이 우리를 두드려 패면,
> 우리도 하나하나 되돌려 준다.
> 호라티우스

우리가 내세우는 이치들은 경험 이외에 다른 근거란 거의 없고, 인간이 겪는 다양한 사건은 온갖 형태의 무한한 사례를 우리에게 제시하기 때문이다.

　우리 시대의 한 박식한 인물은 우리 책력에 '덥다'고 적힌 날에 '춥다'고 하고 '건조하다' 대신에 '습하다'고 하며 언제나 책력의 예측하는 바와 반대로 말해도 될 것이라면서, 실제로 이쪽일지 아니면 반대일지 내기를 걸어야 할 경우, 성탄절에 혹서가 온다든지 성 요한 축제일에 한겨울의 혹한이 올 거라고 하는 것처럼 도저히 가망 없는 경우만 아니라면 어느 쪽에 걸어도 질 가능성이 없다고 말한다. 나는 정치적인 논쟁도 같다고 본다. 그대가 어느 편을 맡건, 너무 명백한 기초 원칙들과 충돌하지만 않으면 그대는 그대의 적수만큼 잘할 수 있다. 그렇기 때문에 나는 공적인 일의 수행에서는 연조가 길고 지속성만 있다면 아무리 못해도 변화와 소란보다는 낫다고 본다. 우리의 풍속은 극도로 부패해 점점 더 나쁜 쪽으로 급격히 기울고 있다. 우리의 법과 관례에는 야만적이고 해괴한 것들이 많다. 하지만 우리 상황을 개선하기 어렵고 아주 무너져 버릴 위험이 있기 때문에, 만일 내가 우리 사회의 수레바퀴에

〔 543 〕

17장 오만에 관하여

쐐기를 박아 현 상태로나마 고정시킬 수 있다면 진심으로 그렇게 해 볼 것이다.

> B 아무리 대단한 수치와 치욕인들
> 그보다 더한 예를 찾지 못할 경우는 없다.
> 유베날리스

A 내가 우리 상황에서 최악이라고 생각하는 것은 불안정성이요, 우리 법률이 우리의 의복만큼이나 그 어떤 확정된 모양새를 잡지 못한다는 점이다. 어떤 정체(政體)의 불완전성을 비난하는 것은 쉽다. 인간이 만들어 낸 것은 모두 불완전함으로 가득 차 있으니까. 낡은 관습을 경멸하도록 민중을 선동하는 것은 쉽다. 그것을 시도해서 끝장을 내지 못한 자는 하나도 없다. 하지만 파괴해 버린 것의 자리에 더 나은 질서를 수립하는 것, 그것을 시도한 사람들 중 많은 이들은 지쳐 낙담에 빠지고 말았다.

C 나 자신의 사리 판단은 내 처신에 그리 중요치 않다. 나는 기꺼이 세상의 일반적인 질서를 따른다. 이유를 따지느라 속을 썩이지 않고, 명령받은 것을 명령하는 자들보다 더 잘 행하는 민중, 하늘이 굴러가는 대로 자기를 맡기고 유순하게 굴러가는 민중은 복되도다. 이치를 따지고 논란을 일삼는 자들의 복종은 순수하지도 확고하지도 않다.

A 결국 나 자신으로 돌아오자면, 내가 스스로를 대단하다고 여길 때 그것은 단지, 그 누구도 자기에겐 없다고 생각하지 않는 것에 의거할 따름이다. 그러니 나의 자기 추천은 저열하고, 평범하고, 속된 것이다. 누군들 자기에게 판단력이 없다고 생각한 적

〔 544 〕

이 있는가? 그것은 그 자체 안에 모순을 품고 있는 명제일 것이다. ^C 그것은 병증이 드러나는 곳에서는 결코 존재하지 않는 병이다.

이 병은 매우 끈질기고 강력하다. 그러나 태양의 시선이 불투명한 안개를 꿰뚫어 흩뜨리듯이, 병자의 시선이 일단 그것을 직시하면 흩어 버릴 수 있는 병이다. ^A 이 문제에서는 자기를 책망하는 것이 자기를 용서하는 일이 될 것이요, 자기를 단죄하는 것이 자기를 사면하는 일일 것이다. 일꾼이나 어리석은 여자조차 자기에게도 지각이 있을 만큼 있다고 생각하지 않는 자는 하나도 없다. 우리는 남이 자기보다 더 용감하고, ^C 더 체력이 강하고 ^A 경험이 더 많고, 더 잘생겼다고 쉽게 인정한다. 하지만 판단력이 우월하다는 것만큼은 누구에게도 양보하지 않는다. 자연스럽고 단순한 상식에서 나온 남의 논리는 그쪽을 쳐다보기만 했으면 찾아냈을 것같이 여긴다. 남의 작품에서 보는 학식, 문체, 여타의 장점들이 우리 것을 능가하면 우리는 쉽게 인정한다. 그러나 순전히 판단력의 산물인 것들에 대해서는 저마다 자기도 똑 같은 것들을 만들어 낼 수 있다고 생각하며, ^C 필적할 수 없을 만큼 극도의 격차가 있어 간신히 느낄 수 있는 경우가 아니면 ^A 그 무게와 난이성을 잘 알아보지 못한다.[323] 그러니 이 글은 영광이나 칭송을 바라기 어려운 일종의 수련[324]이요, 이름을 낼 만한 것이 못 되는 일종의 시작(試作)이다.

<hr>

323
1595년판에는 다음이 덧붙여졌다. "타인의 판단력이 보여 주는 관점의 높이를 명확히 볼 수 있는 자는 자기 판단력을 그 높이에 이르도록 키울 수 있으련만."
324
여기서 몽테뉴는 6장의 제목에서 사용한 exercitation이라는 고어를 쓰고 있다. '에세'의 함의를 다시 한번 떠올리게 하는 서술이다.

^C 그런데 그대는 누구를 위해 쓰는가? 서적을 판가름하는 권위자인 학자들은 지식 이외엔 다른 가치를 모르며, 사유의 전개에서는 박식과 기교밖엔 인정하지 않는다. 만일 그대가 두 스키피오를 혼동했다면,[325] 들어 볼 만한 무슨 말이 더 있느냐는 것이다. 아리스토텔레스를 모르는 자는, 저들에 의하면 동시에 자기 자신도 모르는 것이다. 한편 평범한 대중은 섬세한 사상의 멋과 깊이를 보지 못한다. 그런데 이 두 부류가 세상을 채우고 있다. 그대가 속하고자 하는 세 번째 부류, 스스로 조절되고 강력한 정신들로 이루어진 세 번째 부류는 너무 희귀해 우리 사이에는 이름도 지위도 갖고 있지 않다. 이 부류의 마음에 들기를 바라고 애쓰는 것은 반은 시간 낭비이다.

^A 사람들은 흔히 자연이 그것의 은총 중에서 우리에게 가장 적절하게 나누어 준 것은 분별력[326]이라고 말한다. 자기가 받은 몫에 만족하지 않는 자는 하나도 없으니 말이다. ^C 당연하지 않은가? 그 너머를 보는 자가 있다면 그는 자기 시야 이상을 보는 것일 게다. ^A 나는 내가 올바르고 건전한 견해를 가졌다고 생각한다. 하지만 누군들 자기 견해에 대해 같은 생각을 하지 않겠는가? 내가 올바르고 건전한 견해를 가졌다는 가장 좋은 증거 중 하나는 내가 나 자신을 대단찮게 평가한다는 사실이다. 그런 내 생각이 아주 확고하지 않았더라면 내 견해들은 내가 나 자신에게 기울이는 유

---

³²⁵
몽테뉴는 생전판에서 『에세 3』 13장에서 이 둘을 혼동했다가 보르도본에 수기로 수정했다. 아마도 이런 지적을 받았던 것이리라.

³²⁶
몽테뉴는 『에세 3권』 13장에서 스키피오 아프리카누스와 스키피오 누만티누스를 혼동했다가 보르도본에 수정했다. 자기가 받았던 지적인 듯하다.

〔 546 〕

별난 애착에 쉽사리 넘어갔을 것이다. 나는 거의 온 관심을 나 자신에게만 돌리고 그 외에는 별로 마음을 쓰지 않는 사람이니 말이다. 다른 이들이 수없이 많은 친구들과 친지들에게 자기 명예, 자기 권세에 나눠 주는 애정을, 나는 오로지 내 정신의 평안에, 그리고 나 자신에게 바친다. 나 말고 다른 방면으로 빠져나가는 것은 본질적으로 내 사유 체계에 의한 것이 아니다.

> 살아가는 것, 그리고 잘 지내는 것, 그것이 바로 내 학문이기에.
> 루크레티우스

그런데 내 견해, 그것들은 내 부족함을 규탄하는 데 한없이 과감하고 집요한 것 같다. 사실 그것 역시 다른 어떤 것보다 내가 내 판단력을 단련하는 목표이긴 하다. 사람들은 언제나 서로를 바라본다. 나, 나는 내 눈을 내 안으로 돌려, 거기에 시선을 못박고 거기에 전념하게 한다. 모두들 자기 앞만 바라본다. 나는 내 속을 들여다본다. 나는 나 자신만 상대하며, 끊임없이 나를 고찰하고, 나를 점검하며, 나를 음미한다. 스스로 잘 생각해 보면 알 터인데, 다른 자들은 늘 다른 곳으로 가고 있다. 그들은 늘 앞으로 간다.

> 아무도 제 속으로 내려가려 하지 않는다.
> 페르시우스

나는 내 안에서 뒹군다.
무엇인지는 몰라도 내게 있는, 참을 가려내는 그 능력, 그리

〔 547 〕

17장 오만에 관하여

고 내 믿음을 무엇에건 쉽사리 예속시키지 않는 자유로운 기질을 나는 주로 나 자신에게서 얻었다. 내가 지닌 가장 견고한, 그리고 일반적인 생각들은 말하자면 나와 함께 태어난 것들이니 말이다. 그 생각들은 내게 자연스럽고 완전히 내 것이다. 나는 과감하고 강력한 방식으로, 꾸밈없고 단순하지만 좀 모호하고 불완전하게 그 생각들을 생산했다. 이후 나는 다른 사람의 권위, 그리고 내 생각과 일치하는 고대인의 건전한 사상들을 통해 내 생각들을 확립하고 강화했다. 그들은 내 생각들을 확실히 파악하게 해 주었고, 보다 온전하게 그것을 향유할 수 있게 해 주었다.

^B 저마다 발랄하고 민첩한 기지로 얻으려 하는 칭송을 나는 절도 있는 견해와 행동으로 얻으려 한다. 눈부시고 괄목할 만한 행위 또는 어떤 특수한 능력으로 얻으려 하는 것을, 나는 질서, 조화, 안정된 사고방식과 생활 습관으로 얻고자 한다. ^C "칭찬할 만한 것이 있다면 그것은 분명 일관성 있는 태도, 어떤 개별적인 행동에서도 흔들리지 않는 일관성 있는 태도이다. 남을 모방하려고 자기 천성을 버리면 그 일관성은 유지할 수 없다."(키케로)

^A 그러니 이것이 내가 오만이라는 악덕의 첫 번째 부분이라고 한 것에 대해 스스로 어느 만큼 유죄라고 느끼는지 밝힌 것이다. 오만의 두 번째 부분, 즉 남을 충분히 평가하지 않는 것에 대해서는 내가 나를 그렇게 잘 변호할 수 있을지 모르겠다. 어떤 대가를 치르든, 나는 있는 그대로를 말하려 하기 때문이다.

아마도 고대인들의 심성과 계속 접하는 것, 지나간 시대의 그 풍요로운 영혼들이 내게 남긴 이미지가 나로 하여금 타인과 나 자신을 혐오하게 만드는지도 모른다. 아니면 사실, 우리가 아주 형편없는 것들밖에 생산하지 못하는 시대를 살고 있거나. 어쨌든 나

는 크게 찬미할 만한 것을 알지 못하고, 사실 그런 평가를 해 볼 수 있을 만큼 친한 사람도 별로 없다. 그리고 내 신분상 보다 일상적으로 어울릴 수밖에 없는 사람들은 대부분 영혼을 가꾸는 것에는 거의 신경을 쓰지 않는 사람들인 데다 세상은 그들에게 오로지 명예를 복락의 전부로, 용맹을 완벽성의 전부로 제시한다.

남에게서 훌륭한 점을 보면, 나는 진심으로 칭찬하고 존중한다. 내가 생각한 바를 부풀리기까지 하며, 그 정도의 거짓말은 내게 허용한다. 거짓 재료를 꾸며 내는 것은 전혀 못하기 때문이다. 친구들에게서 칭찬할 만한 점을 발견하면 즐거이 그것을 증언한다. 한 치쯤의 장점은 기꺼이 한 치 반쯤으로 만들어서 말한다. 그러나 그들에게 없는 장점을 빌려주는 건 내가 할 수 없고, 그들이 지닌 결점을 공개적으로 변호하지도 못한다.

[B] 적들에게도 인정해야 할 명예가 있으면 솔직하게 인정한다. [C] 내 감정은 변한다. 그러나 내 판단은 바뀌지 않는다. [B] 또한 나는 내 싸움을 그것과 관계없는 다른 사정들과 혼동하지 않는다. 나는 내 판단력의 자유를 너무도 소중히 여기기 때문에 그 어떤 격정에 사로잡혀도 쉽게 그 자유를 버릴 수 없다. [C] 내가 거짓말을 한다면 거짓말의 대상이 된 그 사람보다 나 자신에게 더 큰 잘못이 된다. 페르시아엔 찬양할 만한 고결한 전통이 있었으니, 그들은 끝까지 철저하게 싸운 철천지원수들에 대해서도 그들의 용맹에 값하는 명예로운 방식으로 공정하게 말했다.

[A] 나는 여러 가지 장점을 지닌 사람들을 많이 알고 있다. 누구는 정신이, 누구는 용기가, 누구는 재주가, 누구는 양심이, 누구는 언변이, 누구는 학식이, 누구는 또 다른 무엇이……. 그러나 너무도 많은 장점을 두루 갖추어 어디로 보나 위대한 사람, 또는 어떤

〔 549 〕

17장 오만에 관하여

품성이 너무도 뛰어나 놀라움을 금할 수 없고, 우리가 공경하는 고대의 인물들에 빗대어 보게 되는 그런 사람을 만날 행운은 누리지 못했다. 영혼의 타고난 품성을 두고 하는 말인데 살아 있는 사람으로 내가 만난 가장 위대한 사람, 가장 천성이 훌륭한 사람은 에티엔 드 라 보에시였다. 그는 참으로 충만한 영혼을 지닌 사람, 모든 면에서 아름다운 면모를 보였던 사람이다. 그는 고대인의 풍모가 새겨진 사람, 그의 운명이 원했다면, 학문과 연구로 그 풍요로운 천품을 더욱 풍성하게 해 위대한 업적들을 이루었을 사람이다.

그런데 웬일인지, 글 읽는 일을 업으로 삼고 책과 관계 있는 직무를 행하며, 누구보다 능력 있다고 내세우는 사람들에게서 다른 부류의 사람들만큼의 어리석음과 이해력 부족을 보게 되는 일이 생긴다.(^{C}사실 여지없이 보게 되는 일이다.) ^{A} 아마도 우리가 그들에게 더 많은 것을 요구하고 기대하며, 일반적인 잘못도 용서하지 않기 때문이거나, 그들 스스로 유식하다는 생각 때문에 더 과감하게 자기를 내보이며 너무 많이 드러내다 약점을 들키고 망해 버리기 때문일 것이다. 장인이 값진 재료를 손에 넣어 작업의 규칙을 어겨 가며 제게 맞춰 엉터리로 뒤섞어 버리면, 싸구려 재료를 쓸 때보다 자신의 치졸함을 더 훤히 드러내 보이는 것이나, 사람들이 석고상보다 황금 상에 난 결함에 더 충격을 받는 것과 같다. 제 자리에서는 그 자체로서 괜찮을 것들을 보란 듯이 전시함으로써 저들도 똑같은 짓을 한다. 왜냐하면 그들은 이해력은 없으면서 기억력만 뽐내며 조심성 없이 그것들을 사용하기 때문이다. 그들은 키케로, 갈레노스, 울피아누스와 성 히에로니무스에게 영광을 바치면서, 그들 자신은 우스워진다.

여기서 나는 자연히 우리 교육의 우매함을 재론하게 된다.[327]

〔550〕

우리의 교육은 우리를 선량하고 현명하게가 아니라 박식하게 만드는 것을 목표로 삼았다. 그 목표는 달성했다. 우리 교육은 덕과 예지를 추구해 자기 것으로 만드는 것은 가르치지 않고, 낱말 변화나 어원 같은 것만 주입시켰다. 우리는 덕을 사랑할 줄은 몰라도, '덕'이라는 낱말의 어미를 변화시킬 줄은 안다. 지혜가 무엇인지 실천과 경험을 통해서는 모르면서, 달달 외워 말로 써먹을 줄은 안다.

이웃에 대해 우리는 그들의 집안이나 친인척 관계를 아는 것으로 만족하지 않고, 그들과 친구가 되어 친밀하게 교제하길 원한다. 그런데 우리 교육은 덕의 정의, 갈래, 부분들을 마치 한 가계도에 등장하는 이름이나 지파(支派)인 것처럼 우리에게 가르쳤다. 우리와 덕 사이에 실제로 체험할 수 있는 친숙하고도 내밀한 교제를 맺어 줄 생각은 하지 않고 말이다. 우리 교육은 우리를 가르친 답시고 가장 건전하고 참다운 견해가 담긴 책들이 아니라, 가장 훌륭한 그리스어와 라틴어로 쓰인 책들을 교과서로 골라 주며, 그 멋진 단어들을 통해 고대의 가장 헛된 사상들을 흘려 넣었다.

그리스의 젊은 탕아 폴레몬에게 일어난 일처럼, 좋은 교육은 사고와 행습을 바꾼다. 우연히 [C] 크세노크라테스의 [A] 강의를 들으러 갔던 폴레몬은, [A] 선생의 웅변과 학식에만 감명받거나 어떤 훌륭한 주제에 대한 지식만 얻어서 집으로 돌아온 게 아니라 보다 현저하고 확고한 성과를 가져왔으니, 즉시 초년의 삶을 바꾸고 개선했던 것이다. 누가 우리의 교육에서 이 같은 효과를 경험한 적이 있는가?

<hr />

327
그가 이미 쓴 바 있는 『에세 1』 25장과 26장을 암시한다.

17장 오만에 관하여

회개한 폴레몬이 했던 대로 그대도 하겠는가?

단식하는 스승이 꾸짖는 소리를 듣자,

그가 술 마신 뒤 목에 걸었던 화환을 슬그머니 벗어놓았다
는 이야기처럼,

광증의 표상들인 리본, 쿠션, 그리고 다른 띠들도 다 버리
겠는가?

호라티우스

C 내가 보기에 가장 경멸할 수 없는 신분은 그 순박함으로 우
리 사회의 맨 끝열을 점하고 있으면서도 우리에게 가장 균형 잡힌
인간 관계를 보여 주는 사람들인 것 같다. 나는 농부의 말과 행동
이 우리 철학자들의 언행보다 더 참된 철학의 명령을 따르고 있음
을 본다. "하층민은 자기에게 필요한 만큼만 현명하기에 더욱 현명
하다."(락탄티우스)

A 밖으로 드러난 면모만으로 보아(내 식으로 판단하려면 더
가까이서 봐야 하기에 하는 말이다.) 전공과 군사적인 능력에서 가
장 뛰어났다고 생각되는 인물은 오를레앙에서 죽은 기즈 공작[328]
과 고(故) 스트로치 원수[329]이다. 능력과 비범한 덕성을 갖춘 사
람으로는 프랑스의 대법관인 올리비에와 로피탈이 있다. 우리 시
대엔 시도 나름대로 유행했던 것 같다. 이 분야에 도라, 베즈, 부카

328
프랑수아 드 기즈(1519~1563). 앙리 2세 군대 최고의 명장이며 1차 종교 전쟁에서
가톨릭 편의 수장이었다.

329
피에르 스트로지(1510~1558), 카트린 드 메디치의 사촌으로 1554년에 프랑스군
원수가 되었다.

난, 로피탈, 몽도레, 튀르네브 등 훌륭한 장인이 많이 있는 걸 보면 말이다. 프랑스어 시인들[330]로 말하자면, 그들의 시를 가능한 최고의 경지에 올려놓았다고 생각한다. 롱사르와 뒤벨레는 그들이 뛰어났던 부분에서 고대의 완벽성에 거의 뒤지지 않는다고 본다. 아드리앵 튀르네브는 자기 시대 사람, 나아가 자기 시대 너머의 그 어떤 사람보다 더 많이 알았고, 더 잘 알았다.[331]

B 최근에 죽은 알바 공작[332]과 우리의 총사령관 몽모랑시의 인생은 고귀한 삶이었는데, 그 운명에 희귀하게 닮은 점이 많았다. 그렇지만 후자가 파리 시민과 왕을 위해, 그들이 지켜보는 가운데 자기의 가장 가까운 친지들과 맞서 군대를 지휘해 승리를 얻고, 승리군의 선두에서 급습을 받아 노령에 맞이한 그 아름답고 영광된 죽음은 우리 시대의 특기할 만한[333] 사건들 중에 포함시킬 가치가 있다고 생각한다.

C 파당이 득실대며 온갖 불의가 자행되는 군대에서 드 라 누경이 보여 준 한결같은 선량함, 부드러운 행동거지, 성실한 노련미 또한 특기할 만하다. 배반, 야만, 강도짓의 진정한 학교인 그런 환경에서 그는 늘 매우 노련하고 위대한 무인으로 살았다.

나는 여러 곳에서 내 양딸 마리 드 구르네 르 자르에게 거는

330
위에 열거한 시인들은 라틴어로만 시를 썼다.

331
『에세 1』 25장, 28장, 『에세 2』 12장에서 이미 그에 대해 언급했다. 튀르네브는 시인보다는 박학자로 더 많이 알려졌다.

332
샤를 5세와 펠리페 2세 치하의 스페인 장군. 프랑스와 싸웠다.

333
그는 생드니 전투에서 일흔네 살의 나이로 숨졌다.

17장 오만에 관하여

기대를 기쁜 마음으로 공표했다.[334] 진정 나는 그녀를 아버지 이상의 애정으로 사랑하며, 이 고독한 은둔처에서 마치 내 존재의 가장 좋은 부분 중 하나인 듯 소중하게 마음에 품고 있다. 세상에서 내가 여전히 염두에 두고 있는 존재는 그녀밖에 없다. 청소년기를 보아 앞날을 예견할 수 있다면 이 영혼은 언젠가 가장 훌륭한 일들을 할 수 있을 것이다. 무엇보다 아직까지는 여성이 도달했다고 기록된 바 없는 저 지극히 고결한 우정의 완벽한 경지에 도달할 수 있을 것이다. 행동거지의 진실함과 견고함은 이미 충분하고, 나를 향한 그녀의 애정은 과한 정도 이상이요, 나를 만난 게 내 나이 쉰다섯 살[335] 때이고 보니, 머지않은 내 죽음에 대한 두려움이 그녀를 좀 덜 혹독하게 괴롭혔으면 하는 것 이외에 다른 바람이 없을 정도다. 여자로서, 이런 시대에, 그토록 젊은 나이에, 자기 향촌[336]에서 혼자, 내 초기의 『에세』들을 읽고 내린 판단, 나를 만나 보기도 전에 품은 존경 하나로 소문이 자자하리만큼 애독하며 오랫동안 나를 만나고자 고대했던 것, 그것은 진정 가상하게 여길 만한 특별한 일이다.

   A 다른 덕성들은 이 시대엔 거의 또는 전혀 평가받지 못했다. 하지만 용덕은 우리의 내란 때문에 보편적인 것이 되었고, 이 방

334
마리 드 구르네를 칭찬하는 이 부분은 충분히 기록할 만한 공간이 있는데도 보르도본에는 쓰여 있지 않다. 그 때문에 1595년 사후본을 편집할 때 마리 드 구르네 자신이 이것을 써 넣은 것이 아닌가 하는 의심을 종종 받았다.

335
몽테뉴는 1588년 파리 여행 중 구르네의 안부 인사를 받고 피카르디의 그녀 집에 들러 머물렀다.

336
피카르디 지방.

〔 554 〕

면에선 우리 중에도 완벽할 정도로 굳센 이들이 있지만 너무 많아서 누구를 가려 뽑을 수 없을 정도이다.

　이것이 비상하고 비범한 위대성의 사례로서 지금까지 내가 경험한 전부이다.

18장
거짓말하는 것에 관하여

^A 물론 명성이 자자해서 알고 싶어지는 희세의 유명인이라면 저 자신을 글쓰기의 주제로 삼겠다는 마음을 먹어도 봐줄 만한 일이라고 말할 것이다. 맞는 말이다. 나도 인정한다. 그리고 잘 안다. 평범한 사람을 보기 위해서는 한 직공이 일감에서 눈도 쳐들지 않지만, 대단하고 특별한 인물이 마을에 오는 것을 보기 위해서는 작업장이고 가게고 다 팽개친다는 것을. 본받을 만한 데가 있거나 삶과 사상이 모범이 될 만한 사람이 아니면 자기를 알린다는 것은 누구에게도 어울리지 않는 일이다. 카이사르나 크세노폰이야 반듯하고 견고한 토대처럼 자기가 이룬 업적의 위대성을 기초 삼아 자기들의 이야기를 단단하게 세워 볼 만했다. 그래서 알렉산드로스 대왕의 일지나, 아우구스투스, ^C 카토, ^A 술라, 브루투스 등이 자기 자신의 행적에 관해 남겼던 논평들은 아쉬워할 만하다. 그런 인물들에 관한 것이면 사람들은 구리나 돌에 새긴 초상조차 사랑하며 탐구한다.

다음의 힐난은 지당하지만 나하고는 상관이 없는 말이다.

> 나는 이것을 친구들에게만, 그것도 간청해야 읽어 준다.
> 아무 데서나, 아무에게나 읽어 주지는 않는다.

〔 556 〕

그런데 많은 자들이 광장 한복판에서, 공중 목욕탕에서 제
글을 읊어 댄다.

호라티우스

나는 여기서 마을 네거리나 교회나 광장에 세울 동상을 만들
고 있는 게 아니다.

^B 나는 허튼 객설로
내 글을 부풀릴 생각이 없다.
이것은 그대와 나 사이의 사담이다.

페르시우스

^A 이것은 서가 한구석에 꽂아 두기 위한 책이요, 여기 그려진
내 모습에서 즐겨 나를 다시 만나 옛 관계를 이어갈 어떤 이웃, 어
떤 친척, 어떤 친구를 기쁘게 하기 위한 것이다. 다른 사람들은 자
기에게서 가치 있고 풍부한 소재를 발견했기 때문에 자기에 대해
말해야겠다는 마음을 품었지만, 나는 그와는 반대로 뽐낸다는 의
심을 받을 수 없을 만큼 나라는 소재가 별볼일없고 얄팍하다는 것
을 알기 때문에 쓴다. ^C 나는 즐겨 남의 행동을 판단한다. 내 행동
들은 가치가 없기 때문에 별로 판단거리로 삼지 않는다. ^B 나는 내
게서 낯이 뜨거워지지 않고 말할 수 있을 만큼 좋은 점을 별반 찾
을 수 없다.
    ^A 누가 내 조상들의 습관, ^C 모습, 몸가짐, 습관적인 말, ^A 운
수 같은 것들을 이야기해 주면 얼마나 기쁠까! 나는 얼마나 귀 기
울여 들을까! 친구들과 조상들의 초상화나 ^C 의복과 무기의 형태

〔 557 〕

18장 거짓말하는 것에 관하여

마저 대수롭지 않게 여긴다면 참으로 그것은 천성이 못된 증거일 것이다. 나는 그들의 필기도구, 인장, 시간표, 그들이 사용했던 검을 간직하고 있고, 아버지가 항상 손에 들고 계시던 기다란 지팡이는 한 번도 내 서재 밖으로 내보낸 일이 없다. "아버지의 옷, 반지 등은 자식들이 아버지에게 품었던 애정이 크면 클수록 더욱 소중한 법이다."(아우구스티누스)

  A 내 후손들이 내 심정과 다르다 하더라도 나는 얼마든지 설욕할 수 있다. 내가 그때 그들을 소홀히 여기는 이상으로 그들이 나를 소홀히 여길 수는 없을 테니 말이다. 이 일에서 내가 일반 독자와 맺는 양도 계약은 더 빠르고 쉬운 그들의 인쇄 기술을 빌린다는 것뿐이다. 그 대가로, C 나는 어쨌든 시장에서 버터가 녹는 것을 방지할 종이를 제공할 수 있을 것이다.

  A 다랑어와 올리브의 포장지가 모자라지 않게 대 주고,
  마르시알리스

  B 자주 고등어에게 품이 넉넉한 옷을 제공하리라.
  카툴루스

  C 그리고 아무도 내 책을 읽어 주지 않는다 해도, 이렇게 많은 한가한 시간을 이렇게 유익하고 즐거운 사색에 바친 것이 시간 낭비인가? 나 자신을 본떠 이 모습으로 주조하면서, 나를 뽑아 내기 위해 너무도 자주 나를 손보고 다듬어야 했기 때문에 나라는 원본이 확고해졌고, 어떤 점에서는 만들어졌다. 타인을 위해 나를 그리다 보니, 내가 원래 갖고 있던 색깔보다 더 선명한 색깔로 나

〔 558 〕

에세 2

를 채색했다. 내가 책을 만든 만큼 책이 나를 만들었다. 이 책은 그의 작가와 동질동체이다. 오직 내게만 전념하는 내 삶의 일부이다. 다른 책들처럼 제삼의 외적 관심과 목적을 갖고 있지 않다.

내가 그처럼 끊임없이, 그처럼 세심하게 나 자신을 알아 간 것이 시간 낭비였을까? 그저 생각과 말로만 잠깐 지나치듯 자기를 돌아보는 사람은 그것을 자기 연구, 자기 작품, 자기 직업으로 삼아 온 정성, 온 힘을 기울여 꾸준히 기록하는 데 전념하는 사람만큼 그렇게 깊이 자기를 검토하고 통찰할 수 없으니 하는 말이다.

가장 감미로운 쾌감은 당연히 속으로만 음미된다. 그것들은 흔적을 남기기를 피하며, 여러 사람뿐 아니라 단 한 사람의 눈에 띄는 것도 꺼린다.

얼마나 여러 번 이 일이 나를 성가신 생각에서 돌이키게 해 주었는가? 하찮은 생각은 모두 성가신 생각으로 쳐야 한다. 자연은 우리에게 홀로 사색할 수 있는 크나큰 능력을 주었다. 그리고 우리가 일부는 사회에 빚지고 있지만 대부분은 우리 자신에게 빚지고 있음을 가르치기 위해 우리를 자주 사유로 초대한다. 꿈같은 생각이라도 어떤 질서와 계획에 따라 하도록 내 공상을 정돈하고, 바람 부는 대로 길을 잃고 횡설수설하는 것을 막아 보려면, 그 공상에 떠오르는 수많은 자잘한 생각에 구체화해서 기록해 두기만 하면 된다. 기록해야 하기 때문에 나는 내 몽상들에 귀를 기울인다. 예법과 도리 때문에 내놓고 비난할 수 없는 어떤 행위를 보고 부아가 치밀 때, 얼마나 여러 번 여기에다 그것을 쏟아 놓았던가! 만천하에 알리겠다는 심사도 없지 않았다! 그리고 과연 시의 회초리 자국은,

18장 거짓말하는 것에 관하여

눈깔에 딱, 주둥이에 딱!
저 원숭이 같은 놈의 등짝에 딱!

마로

살아 있는 살보다는 종이에 더 잘 찍힌다. 그래, 내 책을 장식하고 떠받치기 위해 뭔가 훔쳐 오려고 노리게 된 이래, 내가 좀 더 주의 깊게 귀 기울여 책들을 읽게 되었다 한들[337] 어쩔 텐가? 나는 책을 만들기 위해 공부한 게 아니라 책을 만들었기 때문에 얼마간 공부를 한 것이다. 어떤 때는 이 작가, 어떤 때는 저 작가의 머리나 발을 가볍게 스치거나 퉁겨 보는 것이 공부라면 말이다. 그것은 내 생각을 만들기 위해서가 아니라 오래전에 이미 형성된 내 생각을 옹호하고 보좌하고 시중들게 하기 위해서이다.

　A 하지만 이토록 타락한 시절에 자기에 대해 말한다고 누가 그것을 믿어 주겠는가? 굳이 거짓말을 해서 득 될 것이 별로 없는 남 말을 해도 믿을 사람이 거의 없거나 전무한 판국에 말이다. 풍속이 부패할 때 그 첫 번째 양상은 진실의 추방이다. 핀다로스가 말했듯이 진실한 것이야말로 큰 덕의 시작이요, C 플라톤이 자기 공화국의 통치자에게 요구한 첫 번째 사항이기 때문이다. A 오늘날 우리의 진실이란 있는 그대로의 사실이 아니라, 남이 잘 믿어 주는 것을 의미한다. 우리가 합법적인 화폐뿐 아니라 시중에 돌아다니는 가짜 화폐까지 '돈'이라고 부르는 것과 마찬가지이다. 우리나라가 이 악덕 때문에 비난받은 지 오래이다. 발렌티니아누스 황제 시대 사람 살비아누스 마실리엔시스가 프랑스인들에게는 거짓

337
1588년 이후 특히 이 말은 사실이다.

〔 560 〕

말을 하고 거짓 맹세를 하는 것이 악덕이 아니라 말하는 방식이라고 쓰고 있으니 말이다. 이 증언에 덤을 붙여 주고 싶은 사람은 지금은 그런 짓이 프랑스인들에게 덕목이 되었다고 말할 수 있으리라. 사람들은 마치 명예의 수련인 양 거짓을 배우고 익힌다. 가장(假裝)이야말로 이 시대의 가장 유익한 자질이기 때문이다.

그래서 나는 우리가 그렇게도 철저하게 지키는 관습, 우리에겐 너무나 일상적인 이 악덕인데 그것으로 비난받으면 다른 어떤 일로 비난받는 것보다 더 심한 모욕감을 느끼는 관습, 거짓말한다는 책망이 말로 할 수 있는 가장 심한 욕이 되는 관습은 대체 어디서 나온 것일까 자주 생각해 봤다. 이 점에 대해, 나는 우리가 가장 많이 오염되어 있는 결함을 가장 열렬히 부인하는 것은 당연한 일이라고 본다. 비난을 날카롭게 의식하고 흥분하는 것으로 우리는 과오의 짐을 얼마간 벗는 것 같다. 실제로는 그 결함을 갖고 있을망정 적어도 겉으로는 그것을 단죄하니까.

ᴮ 또 그 비난이 마음의 비겁함과 용렬함까지 통틀어 비난하는 것 같아서는 아닐까? 자기가 한 말을 부인하는 것보다 더 명백한 비겁함이 있는가? 아니, 저 스스로가 알고 있는 것을 부인해?

ᴬ 거짓말은 비천한 악덕이다. 한 고대인[338]은 거짓말이 신을 멸시함과 동시에 인간을 두려워하는 증거라고 매우 수치스럽게 묘사했다. 거짓말의 가증스러움, 천박함, 파렴치함을 이보다 더 완벽하게 표현할 수는 없다. 인간에 대해서는 비겁하고 신에 대해서는 용감한 것보다 더 천박한 무엇을 생각해 낼 수 있겠는가? 우리의 교류는 오직 말을 통해 이루어지는데, 그것을 왜곡하는 자는

338
플루타르코스.

공공 사회를 배반하는 것이다. 말은 우리 의향과 생각을 소통하는 유일한 수단이요, 우리 영혼의 중개인이다. 말이 없으면 우리는 서로 의지할 수 없고 서로를 알 수도 없다. 말이 우리를 속이면, 말로 인해 우리 사이의 모든 교류는 끊어지고, 우리 사회의 모든 관계가 와해된다.

　　B 새 인도의 어떤 나라들(이름을 명기해 봤자 소용없다. 그 나라들은 이젠 없다. 그곳에 대한 정복[339]은 전대 미문의 예를 남기며, 그 지역의 이름들과 그곳에 대한 오랜 지식까지 깡그리 뭉개 버릴 정도로 전폭적인 유린을 자행했기 때문이다.)은 그들의 신들에게 사람의 피를 바쳤지만, 혀와 귀에서 뽑은 것만 바쳤다. 들은 것이건 발설한 것이건 거짓말의 죄를 속죄하기 위해서였다.

　　A 그리스의 저 호인 친구[340]가 말하기를, 어린애들은 오슬레[341]로 장난치고, 어른들을 말로 장난친다고 했다.

　　우리 거짓말의 다양한 용법, 그리고 거짓말의 사용에서 통용되는 명예의 법칙과 그 변천에 대해서는 다음 기회에 내가 아는 것을 말하기로 하고, 그동안 할 수 있으면 언제 말을 정확하게 달고 재며, 그것에 우리 명예를 결부시키는 관습이 생겨났는지 알아보련다. 옛날 로마인들과 그리스인들 사이에는 그런 관습이 없었음을 쉬이 판단할 수 있기 때문이다. 그들이 서로 거짓말했다고 반박하고 욕설을 퍼부으면서도 그 때문에 진짜 싸움이 일어나지

339
스페인인들의 아메리카 정복.
340
펠로폰네소스 전쟁 말기에 활약한 스파르타의 장군 뤼산드로스를 가리킨다.
341
양의 발목뼈, 또는 그것을 주고받으며 하는 놀이를 말한다.

에세 2

는 않는 것이 내겐 자주 기이하고 이상하게 보였다. 그들의 행동 강령은 우리 식과는 좀 달랐다. 사람들은 카이사르를 그의 코앞에 서, 어떤 때는 도둑, 어떤 때는 주정뱅이라고 부른다. 우리는 그들 이 서로서로, 그러니까 내 말은, 전쟁을 벌이고 있는 두 나라의 최 고 대장들이 기탄없이 욕설을 주고받는 것을 본다. 말을 말로만 앙갚음할 뿐 그 때문에 무슨 일이 벌어지진 않는다.

18장 거짓말하는 것에 관하여

19장
양심의 자유에 관하여

A 절도 없이 추구하면 선한 의지도 사람들을 매우 악한 결과로 몰아넣는 것을 흔히 볼 수 있다. 현재 프랑스를 내란으로 요동치게 만든 그 논쟁에서 가장 낫고 건전한 당파는 의심할 바 없이 이 나라의 오랜 종교와 정치 체제를 지지하는 파이다. 하지만 그 당을 따르는 귀인들 중에는(그것을 구실 삼아 자기들의 개인적인 원한을 풀거나, 자기네 탐욕을 채우거나, 왕공들의 호의를 얻으려는 자들을 말하는 게 아니라, 자기 신앙에 대한 진정한 열정, 조국의 평화와 정체를 옹호하는 거룩한 감정으로 이 당파를 따르는 사람을 말하는 것이다.), 강조하거니와 그런 사람들 중에도 지나친 열정으로 말미암아 이성의 경계를 넘어가고, 때론 부당하고 폭력적이며 무모하기까지 한 행보를 취하는 자들이 많이 보인다.

우리 종교가 합법적인 권위를 얻기 시작했던 초기에는, 신앙의 열성에서 많은 신도들이 종류를 불문하고 모든 이교 서적들을 파괴했고, 그 때문에 식자들이 말할 수 없는 손실을 입은 것은 분명하다. 나는 그런 무도한 행위가 야만인들이 싸지른 방화 전부보다도 학문에 더 큰 해를 끼쳤다고 생각한다. 코르넬리우스 타키투스가 좋은 증인이다. 그의 친척인 타키투스 황제가 특명을 내려 그의 책들을 세상의 모든 도서관에 잔뜩 넣어 주었지만, 그중 단

〔 564 〕

한 권도, 우리 신앙에 위배되는 대여섯 줄의 사소한 문장을 빌미로 그것들을 파기해 버리려 한 자들의 세심한 수색을 온전히 벗어날 수 없었던 것이다. 또 그들은 이런 짓도 했으니, 즉 우리 그리스도 교인들에게 잘해 준 모든 황제들에게는 쉽게 그릇된 찬양을 바치고, 우리를 적대한 황제들의 행동은 싸잡아 가리지 않고 단죄했다. 배교자라는 별명이 붙은 율리아누스 황제의 경우에서 쉽사리 볼 수 있듯이 말이다.

율리아누스 황제는 사실 철학 사상들에 깊이 물든 영혼의 소유자로 그에 따라 자신의 모든 행위를 조절하는 것을 신조로 삼았던 사람으로서, 실은 매우 위대하고 보기 드문 인물이었다. 그리고 참으로 어떤 덕목에서도 그가 대단히 현저한 예를 남기지 않은 바가 없다. 정결에서는(그의 전 생애가 그 명백한 증거를 보여 준다.) 알렉산드로스와 스키피오에 필적하는 면모를 읽을 수 있다. 그는 수많은 미녀 포로들 중에서 한 여자도 보려 하지 않았다. 그가 파르티아인들 손에 죽은 것이 겨우 서른한 살 때였으니, 꽃다운 나이였는데도 말이다. 공정함으로 말하자면, 그는 판결을 위해 몸소 양쪽의 말을 들어 보는 수고를 감수했고, 자기 앞에 출두한 자에게 호기심으로 어떤 종교를 믿는지 물어 보긴 했으나 우리 종교에 대한 그의 반감은 저울에 어떤 무게도 가하지 않았다. 그는 스스로 훌륭한 법률을 많이 만들었고, 그의 선조들이 거두었던 공납과 조세의 큰 부분을 삭감했다.

우리에겐 그의 행동을 눈으로 본 두 명의 훌륭한 역사가가 있다. 그중 하나인 마르켈리누스는 그의 역사책 여러 군데에서 율리아누스 황제가 그리스도교 수사학자들과 문법학자들이 학교를 세우고 가르치는 것을 금하는 명을 내린 것을 신랄하게 비난하면서,

〔 565 〕

황제는 이 행동이 침묵 속에 묻히길 바랄 거라고 말한다. 율리아
누스 황제가 우리에게 그보다 심한 어떤 일을 했다면, 마르켈리누
스는 우리 편에 큰 애정을 갖고 있었던 만큼 잊지 않고 기록했을
것이다.

사실 율리아누스 황제는 우리에게 가혹했다. 그러나 잔인한
적대자는 아니었다. 우리 편 사람들까지 그에 대해 다음과 같은
이야기를 전하니 말이다. 하루는 그가 칼케돈시 주변을 거닐고 있
는데, 그곳의 주교인 마리스가 감히 그를 그리스도의 더러운 배신
자라고 부르자, 그는 다만 이렇게 대답했다. "가거라, 가련한 자여,
네 눈을 잃은 것이나 슬퍼하며 울어라." 이 말에 주교는 다시 대꾸
했다. "너의 철면피한 얼굴을 보지 않도록 내 시력을 없애 주신 예
수 그리스도께 감사드린다." 기독교인들은 이때 율리아누스가 철
학적인 인내심을 꾸며 보였다고 말한다. 어쨌든 이 일은 그가 우
리에게 행사했다고들 하는 잔혹성과는 아귀가 맞지 않는다. 그는
(나의 또 다른 증인인 에우트로피우스가 말하기를) 그리스도교 사
상의 적이었지만, 손에 피를 묻히지는 않았다.[342]

그의 공정함에 대한 얘기로 다시 돌아오자면, 통치 초기에 선
왕인 콘스탄티우스의 당파를 추종했던 자들을 엄격하게 다루었던
것 말고는 비난할 만한 것이 없다.

<hr />

342

1588년 이전판에는 "많은 이들이 말하기를, 화살에 맞아 치명상을 입고 그가 '네가
이겼다.' '나사렛인이여, 만족하라.'라고 소리쳤다고 하지만, 그것 역시 사실임 직하지
않다. 그의 죽음을 지켜보았고 모든 특별한 상황과 거동이며 말을 우리에게 전하는
사람들은 전혀 언급하지 않은 일화이기 때문이다. 무슨 기적으로 다른 이들이
거기에 끼어들 수 있었을지, 알 수 없는 노릇이다."라는 문장이 있었다. 1588년
판에선 사라졌던 이 일화는 변형된 형태로 다음 페이지에 등장한다. 보르도본의
수고 노트에도 뒤에 약간 다르게 기록되어 있다.

〔 566 〕

검소함으로 말하자면, 그는 언제나 군인다운 생활을 고수했고, 한창 평화로운 시기에도 전시의 궁핍에 대비해 단련하는 사람처럼 먹었다. 경계심은 밤을 서너 등분해 가장 적은 시간을 자는 데 할애할 정도였다. 나머지 시간은 자기 군대와 호위병들의 상태를 몸소 찾아가 점검하거나 공부하는 데 썼다. 그가 지닌 보기 드문 자질 중 하나로, 그는 모든 종류의 문학에 탁월했다.

알렉산드로스 대왕은 자리에 누웠을 때, 잠이 그를 사색과 공부에서 떼어 낼까 두려워 침대 곁에 대야를 놓아 두게 하고, 구리 공을 든 한 손을 내밀고 있었다고 한다. 졸음이 덮쳐 손가락이 풀리면 구리 공이 대야 속으로 떨어지는 소리에 잠을 깨려 한 것이다. 하지만 이 인물[343]의 마음은 자기가 원하는 것에 너무도 집중해 있고, 남다른 금욕 생활 덕분에 조금치도 흐려지는 법이 없었으므로 그런 인위적인 장치 없이도 잘 지낼 수 있었다.

군사적인 능력으로 말하자면, 그는 위대한 장수가 지녀야 하는 모든 자질에서 뛰어났다. 그리하여 거의 전 생애를 전장에서 보냈고, 대체로 우리와 함께 프랑스[344]에서 게르만족과 프랑크족을 상대로 싸웠다. 우리 기억에는 그보다 더 많은 위험을 당했거나, 그보다 더 자주 몸소 위험을 무릅쓴 사람이 별로 없다. 그의 죽음은 에파미논다스의 죽음과 비슷한 데가 있다. 그도 화살을 맞아 뽑아 내려 했는데, 화살이 예리해 손을 베는 바람에 손힘이 빠지지 않았다면 그렇게 할 수 있었을 것이다. 그런 상태로 군사들을

343
율리아누스를 말한다.
344
당시에는 골 지방에 불과했다.

19장 양심의 자유에 관하여

독려해야 하니 접전지로 다시 데려다 달라고 끊임없이 요구했다. 그의 병사들은 그가 없는 채로 밤이 양 진영을 갈라놓을 때까지 매우 용감하게 싸움을 계속했다. 그가 자기 목숨이나 인간적인 일들에 대해 남다른 경멸을 보였던 것은 철학 덕분이었다. 그는 영혼의 영원성을 굳게 믿었다.

종교 문제에서는 모든 점에서 악했다. 사람들은 그가 우리 종교를 버렸다고 '배교자'라는 별칭을 붙여 주었다. 하지만 그는 한 번도 우리 종교를 진심으로 마음에 품은 적이 없었고, 제국을 자기 손에 넣을 때까지 단지 법에 복종하기 위해 그리스도교를 믿는 척 가장하고 있었다는 견해가 내겐 더 사실 같아 보인다. 자기 종교는 얼마나 미신적으로 신봉했던지 같은 종교를 믿는 동시대인들조차 조롱할 지경이었다. 사람들은 만일 그가 파르티아인들과 싸워 이겼다면, 신들에게 흡족한 제사를 바치기 위해 세상에서 황소의 씨를 말려 버렸을 것이라고 말했다. 그는 또 점술에 미혹되어 어떤 방식으로 친 점이든 매우 신뢰하였다.

죽으면서 그는 이런저런 말 중에 신들이 자기를 불시에 죽이려 하지 않고 자기가 죽을 장소와 시간을 오래전부터 알려 주었으며, 게으르고 쩨쩨한 사람들에게나 어울리는 물러 터지고 비굴한 죽음도, 시들하고 길고 고통스러운 죽음도 주지 않고, 승리의 가도에서 한창 영광이 꽃필 때 이렇게 고상한 방식으로 죽을 만한 자로 여겨 준 것을 고마워하며 신들에게 감사를 바친다고 했다. 그는 마르쿠스 브루투스가 본 것과 같은 예시(豫示)를 보았다. 처음엔 골 지방에서였고, 다음엔 페르시아에서 죽음이 임박했을 때였다.

^C 자기가 치명상을 입은 것을 알고 그가 말했다는 "나자렛인

〔 568 〕

아, 네가 이겼다."라든가 "나자렛인아, 만족하라."라는 등의 말은, 만일 그의 군대에 있으면서 그의 마지막 행동과 말을 아주 작은 것까지 다 기록한 내 증인들이 사실로 믿었다면, 사람들이 그의 임종에 갖다 붙이는 다른 기적들처럼 누락되었을 리 없다.

ᴬ 다시 본론으로 돌아오자면, 마르켈리누스는 율리아누스 황제가 오랫동안 마음속에 이교를 품고 있었다고 한다. 그러나 자기 군대 전체가 그리스도교도였기 때문에 감히 그것을 드러내지 못했다는 것이다. 마침내 자신의 의지를 공표할 수 있을 만큼 자기가 충분히 강해졌다고 보았을 때 그는 이교의 신전들을 열게 하고 모든 수단을 써서 우상 숭배를 부흥시키려 했다. 콘스탄티노플에서, 그리스도교 교회 고위 성직자들의 분열에 따라 백성들까지 사분오열된 것을 본 그는 자기 목적을 이루려고 고위 성직자들을 궁으로 불러, 백성들 간의 대립을 잠재우고, 각자 거리낄 것도 두려울 것도 없이 자기 종교를 섬길 수 있게 하라고 간곡히 훈계했다. 그는 종교의 자유가 보장되도록 큰 관심을 기울였는데, 그것은 그런 자유가 파당들의 분열과 음모를 조장해서, 백성들이 뭉치고 강해진 나머지 전원이 일치 단결해 자기에게 대항하는 것을 막아 주리라는 희망에서였다. 세상에 인간만큼 인간이 두려워할 짐승은 없다는 것을 일부 그리스도인들의 잔혹성[345]을 통해 겪어 봤기 때문이었다.

이것이 대체로 마르켈리누스가 한 말이다. 여기서 최근에 우리 왕들이 그 분란을 꺼뜨리려고 사용한 바로 그 양심의 자유라는

345
여기서 엿보이는 율리아누스 황제에 대한 암묵적인 찬사와 "어떤 그리스도인들"에 대한 비판 때문에, 몽테뉴는 로마로부터 이 장을 삭제하라는 요구를 받았다.

19장 양심의 자유에 관하여

처방[346]을, 율리아누스 황제는 분란을 부채질하려고 사용하고 있음은 주목할 만한 일이다. 여러 파당들로 하여금 자기네 견해를 펼치도록 고삐를 풀어 주는 것, 일면 그것은 분열을 퍼뜨리고 심는 것이라고 말할 수 있다. 분열의 진행을 누르거나 막기 위해 어떤 법적 방책이나 제재도 강구하지 않으니, 그것은 분열을 증폭시키는 데 손을 빌려주는 것이나 다름없다. 그러나 다른 면에서 보면, 파당들에게 자기들 견해를 개진하도록 고삐를 풀어 주는 것은 안일함과 용이함을 통해 그들을 부드럽게 만들고 느슨하게 만드는 일이요, 희귀성, 새로움, 역경 때문에 더욱 예리해지는 침을 무디게 만드는 일이라고 말할 수도 있다.[347]

그렇지만 나는 우리 왕들의 신심의 명예를 위해, 원하는 바를 할 수 없어서, 할 수 있는 것을 원하는 것처럼 보이려 했다[348]고 믿는다.

346
개신교도들에게 자유롭게 예배드릴 수 있는 안심 지역을 마련해 준 1576년의 브리외 평화 조약과 1577년의 베르쥐락 칙령.

347
『에세 2』 16장에서 그는 이런 견해를 길게 펼치고 있다.

348
테렌티우스에게서 가져온 구절이다. 두 개의 종교를 허용한 여러 평화 조약에 대해 역사가와 회고록 저자들이 격언처럼 사용한 문구로, 몽테뉴가 『에세 1』 24장에서도 사용했다.

〔 570 〕

20장
우리는 순수한 어떤 것도 맛볼 수 없다

^A 우리 인간 조건의 결함으로 말미암아 우리는 사물들을 그 것들 본래의 단순하고 순수한 상태로 사용할 수가 없다. 우리가 누리는 요소들은 변질된 것이다. 금속이라 해도 마찬가지이다. 금을 우리 용도에 맞추려면 다른 물질을 가지고 나쁘게 변화시켜야 한다.

^C 아리스톤과 퓌론, 나아가 스토아 철학자들이 삶의 목표로 삼았던 매우 단순한 덕성도 다른 것과 섞이지 않으면 쓸 수가 없고, 퀴레네 학파와 아리스티포스의 쾌락도 그렇다.

^A 우리가 누리는 쾌락과 복락에도 어떤 수고나 불편함이 얼마간 섞여 있지 않은 것은 하나도 없다.

> ^B 쾌락의 샘 자체에서 어떤 쓴 것이 올라와
>
> 한창 피어나는 꽃들 한복판에서 우리를 번민에 빠뜨린다.
>
> 루크레티우스

극치에 이른 우리의 쾌감은 뭔가 신음이나 탄식 같아진다. 쾌감이 괴로워서 죽을 지경이라고는 말하지 못할 텐가? 과연 우리는 그것의 절정 상태를 상기시키려 할 땐 초췌, 나른함, 허약, 쇠락,

MORBIDEZZA³⁴⁹ 등 병과 고통을 연상시키는 성질의 수식어로 덕지덕지 분칠을 한다. 쾌락과 고통 사이의 혈연성과 동질성을 보여 주는 탁월한 증거이다.

^C 심오한 기쁨은 즐겁다기보다는 근엄하다. 완전히 충만한 극도의 만족감은 경쾌하기보다는 묵직하다. "복락도 정도껏이어야지 지나치면 치인다."(세네카) 안일함은 우리를 고문한다.

^A 고대 그리스의 한 시구가 말하는 바가 바로 그런 의미이다. "신들이 우리에게 내리는 모든 복은 우리에게 파는 것이다." 다시 말해 신들은 순수하고 완벽한 복, 우리가 어떤 고통을 대가로 치르지 않아도 되는 복은 한 가지도 주지 않는다는 말이다.

^C 고통과 쾌락은 본성이 매우 다른데도, 알 수 없는 자연적인 결합에 의해 서로 협력한다.

소크라테스는 어떤 신이 고통과 쾌락을 함께 녹여 섞으려고 했지만 도저히 그렇게 할 수 없어 그 둘의 꼬리라도 묶어 놓자는 꾀를 냈다고 말한다.

^B 메트로도로스는 슬픔³⁵⁰에는 쾌락이 얼마간 섞여 있다고 말했다. 그가 다른 말을 하려 했던 것인지는 모르지만, 우울증³⁵¹에는 우울함 자체를 조장하려는 의도, 동조와 아첨이 있음을 나는 쉬이 추정할 수 있다. 거기에 야심까지도 섞일 수 있지만, 그것은

---

³⁴⁹
레오나르도 다 빈치 등의 초상화에서 사용되던 기법으로 미묘한 색의 배합에서 오는 섬세함을 일컫는다. 단어의 원래 뜻이 '병적 성질'이므로 '섬약' 정도로 번역될 수 있는 이 단어를 몽테뉴는 대문자 이태리어로 써 놓았다.

³⁵⁰
tristesse,

³⁵¹
mélancholie.

〔 572 〕

제쳐 놓고 말하는 것이다. 우울증의 품 바로 그 자체 안에 우리에게 웃음 짓고 우리에게 아부하는 달콤함과 섬세함의 기미가 서려 있다. 우울증을 양식으로 삼는 기질은 없을 것인가?

우는 것엔 어떤 쾌감이 있다.

오비디우스

^C 그리고 세네카에 나오는 아탈루스라는 사람은, 죽은 친구의 추억이 마치 너무 오래된 포도주의 쓴맛처럼, 살짝 신 사과처럼 우리를 기분 좋게 한다고 말한다.

오래된 팔레르노 포도주를 따라 올리는 젊은 노예야,
그러니 내 잔엔 좀 더 쓴 술을 부어 다오.

카툴루스

^B 자연도 우리에게 이런 뒤섞임을 드러내 보인다. 울 때 쓰는 얼굴의 움직임과 주름이 웃는 데도 쓰인다고 화가들은 생각한다. 사실 이쪽이건 저쪽이건, 표현하려는 것을 다 그리기 전에 화가가 그려 가는 모습을 보라. 어느 쪽으로 진행되고 있는지 알 수 없을 것이다. 그리고 웃음의 절정은 눈물과 섞인다. ^C "보상 없는 불행은 없다."(세네카)

누리고 싶은 쾌락들에 완전히 포위되어 있는 인간을 상상해 볼 때면 (가령 그의 몸 전체가 항상 생식 행위가 극치에 이르렀을 때의 쾌감과 비슷한 쾌락에 사로잡혀 있다고 하자.) 나는 그가 쾌락의 무게 아래 녹아 버리는 게 느껴지고, 그에게 그처럼 순수하고

20장 우리는 순수한 어떤 것도 맛볼 수 없다

그렇게 지속적이고, 그렇게 전반적인 쾌락을 감당할 능력이 전혀 없음을 알게 된다. 사실 그런 경우에 처하면, 그는 도망친다. 그리고 마치 단단히 디딜 수 없어 빠질까 두려운 흙탕길에서처럼 서둘러 거기서 빠져나오려 한다.

ᴮ 나 자신을 세심하게 성찰해 보면, 나는 내가 지닌 최상의 선마저 악에 물들어 있음을 발견한다. 플라톤도 그가 보여 준 엄격한 도덕(나로 말하자면 그의 덕과 그런 유의 덕목들을 누구 못지않게 진실로 변함없이 높이 평가하는 사람이지만)에서, 그가 가까이 들여다볼 수 있었다면 ᶜ (그는 사실 가까이서 들여다보았는데), ᴮ 인간적인 것이 혼합된 뭔가 삐뚤어진 것, 하지만 그 자신만이 감지할 수 있는 어렴풋한 색조를 간파하지 않았을까 두렵다. 인간은 어떤 일에서나, 어디서나 얼룩덜룩한 존재, 짜깁기된 존재일 뿐이다.

ᴬ 정의의 법률들조차 얼마간 불의가 섞이지 않고는 존속할 수 없다. 그래서 플라톤은 『법률』에서 불편하고 부정적인 것들을 없애 버리겠다는 자들은 히드라[352]의 대가리를 자르려는 자들이라고 말했다. "본보기로 내리는 모든 처벌은 개개인에게는 얼마간 불공정하나, 공공의 이익으로 보상된다."라고 타키투스는 말한다.

ᴮ 마찬가지로 일상생활에서나 공공 업무에서도 우리 정신의 순수성과 예리함에 지나침이 있을 수 있는 것도 사실이다. 날카로운 명징성은 지나치게 치밀하고 정확할 수 있다. 사례와 실제에 적용하도록 그것을 둔하고 무디게 만들고, 지상에서의 이 난해한 삶에 어울리게 탁하고 흐릿하게 만들어야 한다. 그래서 평범하

352

일곱 개 또는 아홉 개의 머리를 가진 그리스 신화 속 뱀으로, 머리 하나를 자르면 두 개가 새로 생긴다.

〔 574 〕

고, 덜 팽팽한 정신을 지닌 사람들이 일을 처리하는 데 더 적절하고 유리하다. 고상하고 세련된 철학의 견해들은 실생활에는 부적합하다. 뾰족하고 욱하는 마음이나 조급하고 재빠른 달변은 우리의 교섭을 방해한다. 인간사는 좀 거칠게, 건성으로 다루어서 많은 부분을 운수 소관으로 남겨 둬야 한다. 일들을 너무 깊이 까다롭게 살필 필요가 없다. 상반되는 국면과 다양한 형태를 다 고려하다가는 길을 잃고 만다. ^C "상반되는 동기들을 너무 저울질한 나머지, 그들의 정신은 마비되고 말았다."(티투스 리비우스)

이것이 바로 고대인들이 시모니데스에 대해 하는 말이다. 그는 히에로 왕이 던진 질문에 답하려고 여러 날 생각을 거듭라는데, 머릿속에 예리하고도 미묘한 고찰들이 가지각색으로 떠오르는 바람에 무엇이 가장 그럼직한지 확신할 수 없어 진실 찾기에 완전히 절망하고 말았던 것이다.

^B 온갖 상황과 결과를 다 탐색하고 포괄하려는 자는 스스로 선택을 방해하는 것이다. 보통의 정신이면 큰 일과 작은 일을 기복 없이 처리하며 실행하는 데 족하다. 살림 잘하는 사람들이 어떻게 그렇게 하는지 우리에게 잘 말하지 못하며, 말 많은 재주꾼들이 쓸 만한 일은 전혀 하지 못하는 것을 보라. 대단한 달변가에 모든 종류의 가계 운영에 관한 탁월한 해설자이면서 참으로 가련하게도 1만 리브르의 연금을 제 손으로 흘려보낸 자를 나는 알고 있다. 또한 자기의 보좌관보다 더 말을 잘하고 충고도 잘하는 다른 자도 아는데, 그보다 더 머리가 좋고 능력 있는 자는 세상에 없다. 하지만 실생활에서 그의 하인들은 그를 전혀 다르게 본다. 그에게 닥친 불운은 계산에 넣지 않고 하는 말이지만.

20장 우리는 순수한 어떤 것도 맛볼 수 없다

21장
게으름을 지탄함

^{A} 베스파시아누스 황제는 죽을병을 앓는 중에도 끊임없이 제국의 상황을 보고받았고, 병상에 누워서도 수많은 중대사를 쉼 없이 처리했다. 의사가 건강에 해롭다고 나무라면 그는 황제는 서서 죽어야 한다고 말하곤 했다. 내 마음에 드는 훌륭한 말, 위대한 군왕에게 어울리는 말이다. 하드리아누스 황제도 훗날 같은 상황에서 이 말을 인용했거니와, 왕들에게 자주 이 말을 상기시켜 줘야 할 것이다. 사람들이 왕에게 부여한 임무, 수많은 사람을 통솔하는 그 막중한 임무는 한가한 직책이 아니며, 왕이 저열하고 헛된 일에 빠져 게으르게 사는 꼴을 보는 것만큼 당연히 그 신하가 왕을 위해 고통과 위험을 감수하기 싫어하게 만드는 것이 없고, 왕이 우리를 지켜 주는 데 무관심한 모습을 보이는 것보다 더 신하가 제 목숨에 연연하게 만드는 것이 없음을 통감하게 해 주기 위해서 말이다.

^{C} 만일 누군가가 왕은 전쟁을 자기 아닌 다른 자를 시켜서 수행하는 것이 낫다고 주장하고 싶어 한다면, 왕의 보좌관들이 큰일을 해낸 많은 예들과, 왕의 참전이 유용했다기보다는 해로웠던 경우를 운수 쪽에서 꽤 많이 제공해 주리라. 하지만 유덕하고 용감한 왕자라면 누구도 자기에게 그토록 수치스러운 교훈을 늘어

[576]

놓는 것을 참을 수 없을 것이다. 그것은, 무슨 성인상(聖人像)처럼 국가의 행운을 위해 그의 목숨을 보호하는 척하면서 실은 군사적 활동이 전부인 왕의 직무에서 그를 끌어내리며 그가 그 일에 자격이 없다고 선언하는 것과 같다.

　나는 다른 사람들이 자기를 위해 싸우는 동안 잠을 자는 것보다는 차라리 싸워서 지는 편을 훨씬 좋아하고, 자기 사람들이 자기가 없는 동안 장한 일을 하는 것을 질투심 없이는 결코 보지 못하는 왕을 한 분[353] 알고 있다.

　군주의 참전 없이 얻은 승리는 완전한 승리가 아니라고, 내가 보기에 아주 지당하게 셀림 1세[354]는 말했다. 아마도 이 황제는 이 과업에서는 오직 현장에서 싸우는 와중에 내린 결정과 명령만이 명예를 가져다주는 것이므로, 말과 생각으로만 전쟁에 관여했거나 또는 그조차 하지 않은 군주는, 그 승리에 자기 이름의 몫을 요구하는 것을 수치스럽게 여겨 얼굴을 붉혀 마땅하리라고 더 기꺼이 말했을 것이다. 어떤 키잡이도 제 일을 육지에 서서 하지 않는다. 전쟁 운(運)을 타고나기로 으뜸가는 족속인 오스만족의 왕들은 이 견해를 열렬히 신봉했다. 그리고 바예지드 2세와 그의 아들[355]은 그 견해를 멀리하며 학문이나 집에 틀어박혀 하는 여타의

353
나중에 프랑스 국왕 앙리 4세가 될 앙리 드 나바르를 말한다.
354
이집트와의 전쟁에서 맹위를 떨친 터키 오스만 왕조의 9대 술탄(1470~1520).
355
오스만 제국의 술탄 바예지드 2세는 1481년부터 1512년까지 통치했다. 몽테뉴의 말과는 달리 그는 전쟁을 이끌었다. 다만 이집트를 상대로 기대했던 승리를 얻지는 못했다. 여기서 말하는 바예지드 2세의 아들은 근위보병들에 의해 옹위된 셀림이 아니라 코르쿠드를 말한다.

〔 577 〕

21장　게으름을 지탄함

일로 소일했으니 그 때문에 그들의 제국에 크나큰 모욕을 안겨 준 셈이다. 그리고 지금 다스리고 있는 무라드 3세도 그들의 본을 받아 같은 길로 가기 시작한 것 같다. 우리 나라의 샤를 5세를 두고 이렇게 말한 사람은 영국 왕 에드워드 3세가 아니었던가? "그처럼 무장을 하지 않았던 왕도 없지만, 그처럼 많은 과업을 내게 선사한 왕도 없다." 그가 그것을 이상하게 여기고 이치보다는 운의 덕으로 생각했던 것은 당연하다.

호위병들의 호위를 받아 가며 1200리나 떨어진 거처에서 한가롭게 지내면서 이쪽저쪽 인도[356]의 주인이 된 카스티야와 포르투갈의 왕들을 용맹스럽고 담대한 정복자들의 반열에 올리려는 자들은 나 말고 다른 동의자를 찾아보기 바란다. 그 왕들에게 직접 거기 가서 그들이 얻은 지배권을 누려 볼 용기나마 있을지 알아볼 일이다.

A 율리아누스 황제는 한 걸음 더 나아가, 철학자와 대장부는 숨만 쉬어서는 안 된다고 말했다. 다시 말해 영혼과 육체가 늘 아름답고 위대하고 유덕한 일들에 힘쓰도록 붙들어 둠으로써, 신체가 필요로 하는 것은 거절할 수 없는 것만을 주어야 한다는 것이다. 그는 사람들 앞에서 침을 뱉거나 땀을 흘리는 것도 수치로 여겼다.(라케데모니아 청년들도 그랬다고 하며, 페르시아 청년들에 대해 크세노폰이 한 말이기도 하다.) 왜냐하면 끊임없는 수련과 일, 그리고 절제로 그런 잉여 분비물을 모두 태워 말렸어야 했다고 여겼기 때문이다. 고대 로마인들은 청년기를 똑바로 서서 지냈다고 세네카가 말하는 것도 이것과 어긋나지 않는다. "그들은 아이들에

356
동인도와 서인도.

게 앉아서 배울 수 있는 것은 그 무엇도 가르치지 않았다."라고 그는 말한다.

C 죽는 것까지도 유용하고 용감하게 하기를 원하는 것은 고상한 열망이다. 하지만 그렇게 되는 것은 우리의 장한 결심보다는 좋은 운에 달린 일이다. 승리하거나 아니면 싸우다 죽겠다고 결심했지만 이도저도 이루지 못했던 자들이 부지기수이다. 부상, 투옥 등이 그 결심을 방해하고, 그들에게 살 수밖에 없도록 강요하는 것이다. 질병들 중에는 우리의 바람, 우리의 이해력까지 때려눕히는 것들도 있다.[357]

일전에 포르투갈 왕 세바스티안과 싸워 이긴 페스의 왕 물레

357
1595년판에는 다음과 같은 구절이 이어진다.
"운수는 로마 군단의 허영심을 도와줄 필요가 없었다. 그들은 죽든지 이기든지 양자택일을 선서를 통해 스스로에게 부과했다. "나, 마르쿠스 파비우스는 승리해서 돌아와야 한다. 만일 실패하면 아버지 주피터, 엄정한 마르스와 다른 신들의 분노가 나를 덮칠 것이다." 포르투갈 인들은 인도를 정복하던 중 어느 곳에서, 죽임을 당하거나 승리하거나 두 길 밖에는 어떤 출구도 받아들이지 못하게 하는 끔찍한 저주를 저 자신에게 선고한 병사들을 만났다고 말한다. 그리고 이 맹세를 표시하기 위해 그들은 머리와 턱의 털을 밀었다. 아무리 위험을 감수하고 고집을 피워 봤자 소용없다. 운명의 타격은 너무 대범하게 몸을 내어놓는 자들을 피해 가고, 너무 기꺼이 내어놓는 자들은 기꺼이 건드리지 않으며, 그렇게 해서 그들이 목표를 벗어나게 만드는 것 같다. 별짓을 다해 봐도 적들의 손에 목숨을 잃을 수 없었던 어떤 자는, 전투에서 영광을 안고 돌아가거나 아니면 돌아오지 않겠다는 결심을 지키려면 전투의 흥분 속에서 스스로 목숨을 끊을 수밖에 없었다. 이런 예는 많지만 여기 한 가지 예를 들어 보자. 시라쿠사인들과 전쟁을 벌이던 디오니시우스 2세의 해군 사령관 필리스투스는 결과가 극히 불확실한 전투를 벌이고 있었다. 양편의 군대가 막상막하였기 때문이다. 처음에는 그의 훌륭한 작전으로 우세하게 시작했다. 그러나 시라쿠사인들이 그의 갤리선을 포위하자, 거기서 벗어나려고 몸소 맹렬히 싸웠지만 더 이상 가망이 없자, 제 손으로 제 목숨을 앗아, 너무도 선선히, 그러나 아무 쓸모없게 적에게 내어주었다." 빌레는 이것이 몽테뉴가 쓴 것이 아니라고 생각한다.

이 아브드 엘 말리크[358]는 세 왕이 죽고 포르투갈의 왕관이 카스티야의 왕가로 넘어간 그 유명한 날, 무장한 포르투갈인들이 그의 나라로 쳐들어온 바로 그때, 자기가 중병에 걸려 날마다 죽음을 향해 병이 악화되는 것을 알고, 죽음을 기다리고 있었다. 어떤 인간도 그보다 용감하고 영광스럽게 자기를 사용한 사람은 없었다. 그는 자신이 쇠약하여 진지에 입장하는 호화로운 예식을 감당하는 것은 무리라고 생각해 그 영예를 아우에게 양보했다. 그들 방식에 따라 입장식이 수많은 동작으로 빽빽이 채워지는 매우 거창한 예식이었던 것이다. 하지만 그것이 수장의 의무 중에서 그가 양보한 유일한 임무였다. 다른 임무, 꼭 필요하고 유용한 임무들은 몸소 어렵사리 고생하며 세심하게 수행했다. 몸은 자리에 누워 있었지만, 그의 분별력과 용기는 마지막 숨을 내쉴 때까지, 어떤 점에서는 그 후까지도 굳건히 서 있었다. 그는 그의 땅을 겁없이 침범한 적들을 쓸어 버릴 수도 있었다. 그러나 목숨이 얼마 남지 않았고, 후속전과 쑥대밭이 된 국사를 맡길 사람도 없어서, 더 확실하고 깨끗한 승리가 손아귀에 있음에도 유혈이 낭자한 위험한 승리를 추구해야 하는 것이 그에게는 너무도 고통스러운 일이었다. 하지만 그는 적의 힘을 소진시키고, 아프리카 해안에 둔 해군과 해군 기지에서 적들을 멀리 유인해 낼 수 있도록 생의 마지막 날까지 기적적으로 병을 버티다가, 의도적으로 그날을 저 위대한 전투의 날로 사용하였던 것이다.

그는 포르투갈 군의 진영을 사방에서 에워싸며 원형으로 진을 쳤다. 원형진이 휘어 오므라들며, 젊은 왕의 용맹스러운 공격

358
모로코의 술탄(1575~1578). 몽테뉴가 이 글을 쓰기 10여 년 전의 일이다.

〔 580 〕

으로 매우 치열해진 전투에서 포르투갈군이 사방에서 적과 맞닥뜨리도록 옥죄었을 뿐 아니라 패배한 뒤에도 도망갈 수조차 없게 만들었다. 퇴로가 모두 막힌 것을 본 그들은 제 편 쪽으로 돌이켜 달아나("그들은 살육뿐 아니라 도주로 인해 겹쳐 쌓였다."(티투스 리비우스)) 서로 포개져 쌓일 수밖에 없게 되어, 승자에게 엄청난 살육을 기록한 승리를 안겨 주었다. 죽어 가면서도 말리크는 들것에 실려 그가 필요한 곳으로 돌아다니고, 대열을 훑으며 지휘관과 군사들을 번갈아 격려했다. 그런데도 그의 전선 한 귀퉁이가 무너지자 손에 칼을 쥐고 말에 올라타는데, 말릴 수가 없었다. 그는 전장으로 뛰어들려고 용을 쓰고, 부하들 중 누구는 고삐를 잡고, 누구는 옷을, 누구는 발걸이를 잡으며 제지했다. 그 노력이 결국 그에게 남아 있던 실낱같은 목숨을 제압하고 말았다. 사람들이 그를 다시 눕혔다. 기절했던 그는 소스라치듯 깨어나, 자기 죽음을 알리지 말라고 주의를 주려고, 다른 모든 기력을 잃은 마당이라, 흔히 하듯 다문 입술에 손가락을 대어 침묵하라는 통상적인 표시를 한 채 숨을 거두었다. 그것은 자기가 죽었다는 소식이 군대에 어떤 절망감을 불러일으키지 못하도록, 당시 그가 내려야만 했던 가장 절실한 명령이었던 것이다.

누가 이토록 길게, 이토록 앞질러 죽음 속에서 살아 본 적이 있는가? 누가 이 정도로 서서 죽었던 적이 있는가?

죽음을 용감하고 자연스럽게 대하는 최고의 경지는 죽음을 당황하지 않고 바라볼 뿐 아니라 근심도 없이 바라보는 것이다. 죽음으로 들어가면서도 자유로운 삶의 행로를 계속하면서 말이다. 유혈 낭자한 과격한 죽음의 모습을 머리에, 또한 가슴에 새긴 채, 그 죽음을 손에 거머쥐고서도, 열심히 잠도 자고 책도 읽은 카토[360]처럼.

〔 581 〕

21장 게으름을 지탄함

359
앞서 여러 번 다룬 소(小) 카토를 말한다. 그의 죽음은 『에세』 전편을 통해 여러 번 언급되지만, 여기서 말하는 정황에 대해서는 『에세 1』 44장 참조.

〔 582 〕

22장
역참(驛站)에 관하여

B 나처럼 단단하고 작은 체격을 지닌 사람들에게 적당한 이 운동[360]에서 나는 그리 빠지는 축에 들지는 않았다. 하지만 이젠 포기한다. 오래 타노라면 너무 힘이 들기 때문이다.

A 나는 방금 키루스 왕이 매우 광대했던 그의 제국 방방곡곡에서 오는 소식을 보다 쉽게 받기 위해, 말이 하루 동안 한달음에 얼마나 갈 수 있는지 관찰하게 해서, 그 거리마다 사람을 두고 말을 돌보는 책임을 맡겨 거기로 오는 사람에게 준비된 말을 제공할 수 있게 했다는 이야기를 읽고 있었다. C 어떤 사람들은 그 속도가 학이 나는 속도와 맞먹었다고 한다.

A 카이사르는 루키우스 비불루스 루푸스가 폼페이우스에게 어떤 정보를 다급하게 전해야 했을 때 부지런히 가려고 말을 갈아타 가며 밤낮없이 달렸다고 말한다. 그리고 수에토니우스의 말에 따르면 카이사르 자신도 세를 낸 마차를 타고 하루에 100밀[361]씩 달렸다고 한다. 그런데 그는 정말 격렬한 파발꾼이었다. 강이 길

360
승마를 말한다.
361
1밀은 약 1.5킬로미터에 해당한다.

〔 583 〕

을 막으면 헤엄쳐서 건너고, ^C 다리나 건널목을 찾아 길을 우회하는 법이라곤 없었다니 말이다. ^A 티베리우스 네로는 병든 아우 드루수스를 보러 갈 때 세 대의 마차를 써서 이십사 시간에 200밀을 갔다.

^C 티투스 리비우스는 안티오코스 왕과 로마인들이 전쟁을 벌일 때, T. 셈프로니우스 그라쿠스가 "암피사에서 펠라까지 역마를 갈아타며 믿을 수 없을 정도의 속도로 사흘 만에 주파하였다."라고 말하는데, 장소로 보아 그 일을 위해 새로 설치된 것이 아니라 상설 역참들이었음이 분명하다.

^C 케킨나가 자기 집에 소식을 알리기 위해 고안해 낸 방법은 훨씬 더 신속한 것이었다. 그는 제비들을 데리고 다니다가 소식을 전하고 싶을 때면 식구들과 정한 대로 자기가 하고 싶은 말을 표하는 색으로 물들여 집으로 날려 보냈다.

로마의 극장에서는 가장들이 비둘기를 품에 품고 있다가, 집에 있는 하인에게 시킬 것이 있으면 편지를 매달아 날려 보냈다. 그 비둘기들은 답을 받아 가지고 오도록 훈련되어 있었다. D. 브루투스가 무티나에서 포위되었을 때 이 방법을 사용했고, 다른 이들도 다른 곳에서 그렇게 했다.

페루에서는 파발꾼이 사람들을 타고 달린다. 갖가지 들것을 이용해서 파발꾼을 어깨에 둘러멘 이들은 어찌나 날랜지, 걸음도 멈추지 않고 계속 달리면서, 먼젓번 운반인들이 다음번 운반인들에게 짐을 넘겨준다.

^C 술탄의 전령 노릇을 하는 발라키아인들은 가던 길에서 아무나 말에서 내리게 하고, 대신 자기가 앞서 징발해서 타고 온 지친 말을 내어줄 권한을 가지고 있어서, 극도의 속력을 낸다고 들

었다. 그리고 그들은 피로를 방지하기 위해 널따란 띠로 전신을 꽁꽁 싸맸다고 한다.

22장 역참(驛站)에 관하여

23장
나쁜 수단을 좋은 목적에 사용하는 것에 관하여

A 자연의 작품들을 지배하는 보편적인 질서에는 놀라운 상호 유관성과 유사성이 있어, 그 질서가 우연의 소산도 아니요, 여러 다양한 주인들의 지배를 받는 것도 아님을 잘 보여 준다. 우리 신체의 병증과 상태는 국가와 정부에서도 볼 수 있다. 왕국들, 공화국들도 우리처럼 태어나고, 번성하고, 늙어서 시든다. 우리는 체액의 과잉에 처하기 쉬운데, 그것은 무용하고 해롭기까지 하다. 좋은 체액(의사들은 이것도 걱정한다. 우리 안에는 안정된 것이라곤 없기 때문에 지나치게 발랄하고 기운 넘치는 완벽한 건강 상태는 일부러라도 좀 눅이고 꺾어 놓아야 한다고 의사들은 말한다. 그 어떤 확실한 자리에도 안착할 수 없고, 상태를 완화하기 위해 올라갈 곳도 더 이상 없기 때문에 갑자기 뒤로 물러나 혼돈 속에 빠지지 않을까 염려되기 때문이라는 것이다. 그래서 그들은 운동선수들에게 관장과 사혈을 처방한다. 지나치게 왕성한 건강을 빼내기 위해서 말이다.)이든 나쁜 체액이든 과다하면 질병의 통상적인 원인이 된다.

국가도 그 비슷한 과잉으로 자주 병증에 시달리므로 다양한 배출 방법을 사용하곤 한다. 어떤 때는 나라의 짐을 덜어 보려고 수많은 가족을 내보낸다. 그러면 그들은 남을 밀어낸 뒤 적응해서 살 곳을 찾아 나선다. 이런 방식으로 우리 조상인 프랑크인들은

[586]

에세 2

알르마뉴 오지를 떠나 골 지방을 점령하고 먼저 살던 주민들을 몰 아냈다. 그래서 브렌누스 등의 지도 아래 이탈리아로 흘러 들어가 는 끝없는 인간 밀물이 형성되었고, 그렇게 해서 고트족과 반달족 도, 지금 그리스를 차지하고 있는 민족들과 마찬가지로, 자기들이 태어난 고장을 버리고 다른 곳으로 보다 넓은 땅을 찾아 떠났던 것이다. 이런 이동의 소동을 겪지 않은 구석은 세상에 두서너 곳 이 될까 말까 하다.

로마인들은 이런 방법으로 그들의 식민지를 세웠다. 자기들 의 도시가 과도하게 팽창한다고 여겨지면 덜 필요한 국민들을 덜 어 내어 자기들이 정복한 땅에 가서 경작하며 살라고 내보낸다. 또 때로는 일부러 전쟁을 조장하기도 하는데, 부패의 어머니인 한 가로움이 전쟁보다 더 나쁜 어떤 해악을 끼칠까 봐 국민들에게 숨 돌릴 겨를을 주지 않기 위해서일 뿐 아니라,

B 우리는 오랜 평화에서 오는 질병을 앓고 있다.
무기보다 더 끔찍한 사치가 우리를 짓뭉개고 있다.

유베날리스

A 그들의 공화국에 사혈을 행하여 청년들의 너무 격한 열기를 좀 식혀 주고, 지나치게 혈기 방장하게 번식하는 줄기에서 잔가지 를 자르고 솎아 내기 위해서이기도 하다. 이런 목적으로 그들은 예전에 카르타고인들과의 전쟁을 이용했다.

영국 왕 에드워드 3세는 우리나라 왕과 맺은 전면적인 화친 조약인 브레티니 조약에 브르타뉴의 공작령은 포함시키려 하지 않았다. 자기 전사들을 덜어 낼 곳을 보유하고, 이쪽 땅에서 자기

〔 587 〕

23장 나쁜 수단을 좋은 목적에 사용하는 것에 관하여

를 위해 싸웠던 영국인 무리가 본토로 달려들지 못하게 하기 위함이었다. 그것은 우리 나라 필리프 왕이 아들 장을 바다 건너 전쟁에 보내는 데 동의한 이유 중 하나이기도 했으니, 자기 군대 안에 있는 들끓는 청춘들 대다수를 함께 데려가기 위해서였던 것이다.

요즘 우리 사이에 만연해 있는 흥분된 감정이 이웃 나라와의 전쟁으로 방향을 틀 수 있기를 바라면서, 그런 식의 논리를 펼치는 사람들이 많다. 이 시간, 우리 몸뚱어리를 지배하는 이 지독한 체액들을 다른 곳으로 배출해 버리지 않으면 우리 열이 계속 펄펄 끓게 만들어 결국 우리를 완전히 파괴하지나 않을까 하는 두려움 때문이다. 사실 외국과의 전쟁은 내란보다는 훨씬 견딜 만한 불행이다. 하지만 나는 우리 편하자고 남을 공격해서 싸우겠다는, 그토록 정의롭지 못한 계획을 하느님께서 도우실 리 없다고 생각한다.

> B 그 무엇도, 오 네메시스여,
>
> 주인에게서 강탈하고 싶을 만큼 나를 홀리지 않기를.
>
> 카툴루스

A 하지만 인간 조건의 허약함은 우리를 자주 그 같은 필요로 몰아가 좋은 목적을 위해 나쁜 수단을 쓰도록 강요한다. 세상에서 가장 도덕적이고 완벽한 입법가였던 뤼쿠르고스는 국민에게 절제를 가르치기 위해 그들의 노예였던 엘로트족에게 강제로 술을 먹여 취하게 만들었다. 그들이 그렇게 술독에 빠져 술의 노예가 된 것을 보고 스파르타인들이 이 악덕의 무절제를 혐오하게 되기를 바랐던 것이다.

고대에, 사람의 내부를 생생하게 보고 의술의 확실성을 증진

〔 588 〕

하기 위해 의사에게 어떤 종류의 사형 선고를 받은 죄수들이건 산 채로 절개하라고 허락한 자들은 더욱더 옳지 못한 짓을 한 것이다. 왜냐하면 지나친 짓을 할 수밖에 없었다면, 육체의 건강보다는 영혼의 건강을 위해 한 짓이 더 용서받을 만하기 때문이다. 검투사나 검객들이 바로 면전에서 붙어 싸우며 토막 내고 죽이는 지나치게 격렬한 구경거리를 통해, 로마인들이 국민들에게 용맹을 가르치고 위험이나 죽음을 경시하도록 훈련했던 것처럼 말이다.

> B 불경하고 몰상식한 이 놀이의 목적이 달리 있을 수 있겠는가?
> 젊은이들을 죽이는 이 학살, 피를 먹이 삼는 이 쾌락에?
> 프루덴티우스

이 관행은 테오도시우스 황제 때까지 계속되었다.

> 잡으시오, 위대한 왕이여, 그대의 통치에 예비된 영광을.
> 부왕이 못다 한 과업을 이루어 그의 명성을 물려받으시오.
> 다시는 로마에서 민중의 쾌락을 위해 죽는 자가 없게 하고,
> 비열한 투기장은 오로지 짐승 피로 만족하게 하며
> 살인하는 경기가 더는 우리 눈을 더럽히지 못하게 하시오.
> 프루덴티우스

A 사실 매일 면전에서 100쌍, 200쌍, 1000쌍의 인간이 무장하고 맞서 싸우는데, 나약한 말이나 애원하는 말 한마디 새어 나오지 않고, 등을 돌리거나 상대의 타격을 피하려는 비겁한 동작

〔 589 〕

23장 나쁜 수단을 좋은 목적에 사용하는 것에 관하여

한 번 하지 않고, 적의 칼에 목을 내밀어 타격을 받는 것을 본다는 것은 민중의 교육엔 훌륭한 본보기요, 그 효과도 컸다. 너무 많은 상처를 입고 죽을 지경이 되어 사람들에게 사람을 보내 자기가 의무를 다한 것에 만족하는지를 물은 뒤 그 자리에 쓰러져 숨을 거두는 자들도 많았다. 그들은 굳세게 싸우고 죽을 뿐 아니라 흔쾌히 죽기까지 해야 했다. 죽음을 받아들이려 하지 않는 것을 보면 군중이 고함을 지르며 저주를 퍼부었기 때문이다.

[B] 소녀들까지 그들을 자극했다.

> 조신한 처녀까지 매번 뛰쳐 일어선다.
> 승리자가 적의 목에 검을 찔러 넣을 때마다 멋있다고 외치고,
> 어떤 검투사가 땅에 쓰러지면, 죽이라는 뜻으로 엄지를 뒤집는다.
> 프루덴티우스

[A] 초기 로마인들은 이 본보기를 위해 죄인들을 썼다. 그러나 나중에는 죄 없는 노예들과 그런 일을 하려고 자기를 판 자유인까지 썼으며, [B] 원로원 의원들이나 기사들, 심지어 여자들까지 썼다.

> 이제 그들은 검투장에서 죽으려고 제 몸을 판다.
> 그리고 완전한 평화 상태에서 서로 적이 된다.
> 마닐리우스

〔 590 〕

이 새로운 경기의 전율 한복판에서,
무기를 다룰 줄 모르는 여자들까지
검투장의 한자리를 차지하고
남자들의 싸움에 격렬하게 끼어든다.
스타티우스

^A 우리의 전쟁에서 날마다 수천 명의 외국인들이 돈 때문에
자기와는 하등 관계없는 싸움에 피와 목숨을 내놓는 걸 보는 것이
예삿일이 되지 않았다면, 나는 이런 일을 매우 기이하고 믿을 수
없는 일로 여길 것이다.

24장
로마의 권세에 관하여

ᴬ 오늘날의 보잘것없는 권세를 로마의 권세와 비교하는 자들의 어리석음을 드러내기 위해 이 무한방대한 주제에 대해 한마디만 하련다. 키케로의 『친근한 편지』(문법학자들이 이 '친근한(familiares)'이라는 별칭을 빼고 싶다면 빼도 좋다. 사실 이 말에 크게 부합하는 바가 없기 때문이다. 그리고 '친근한' 대신 '친지들에게(ad familiares)'를 쓴 사람들은 『카이사르의 생애』에서 수에토니우스가 '친지들에게 보내는' 카이사르의 서간집이 한 권 있다고 한 것을 자기들이 붙인 명칭의 근거로 삼을 수 있을 것이다) 7권에 당시 골 지방에 있던 카이사르에게 보낸 편지가 한 통 있는데, 거기서 키케로는 카이사르가 자기에게 보낸 편지 말미에 썼던 구절을 다시 언급하고 있다. "그대가 내게 추천한 마르쿠스 푸리우스를 나는 골의 왕으로 삼으려 하오. 그대의 다른 친구를 승진시켜 주길 원하거든, 내게 보내시오."

카이사르가 그때 그랬듯이, 로마의 일개 시민이 왕국들을 마음대로 처분하는 것은 새삼스러운 일이 아니었다. 사실 그는 데이오타로스 왕에게서 왕국을 빼앗아 페르가몬의 귀족인 미트리다테스라는 자에게 주기도 했으니까. 그리고 그의 전기 작가들은 그가 팔아 치운 다른 여러 왕국들을 기록하고 있다. 또 수에토니우스는

〔 592 〕

그가 프톨레마이오스 왕에게서 단번에 360만 에퀴를 받아 냈다고
하는데, 그것은 프톨레마이오스에게 프톨레마이오스 자신의 왕국
을 판 것에 가까웠다.

> 갈라티아는 얼마, 폰투스는 얼마, 리디아는 얼마…….
> 클라우디아누스

마르쿠스 안토니우스는 로마 시민의 권세는 그들이 빼앗은
것보다 주는 것에서 나타난다고 했다. ^C 그러나 이 민족은 안토니
우스가 태어나기 한 세기쯤 전 너무도 대단한 왕국(셀레우코스 제
국) 하나를 빼앗았는데, 그들의 역사를 통틀어 이보다 더 그들의
위상을 높여 준 증표를 나는 알지 못한다.

안티오코스는 이집트 전역을 손에 넣고 키프로스와 그 왕국
의 나머지 지역들을 정복하는 데 여념이 없었다. 그가 승리를 이
어 가는 중에 포필리우스가 원로원의 명을 받고 그에게 왔다. 포
필리우스는 대뜸 자기가 가져온 편지를 그가 먼저 읽기 전에는 악
수를 할 수 없다고 했다. 편지를 읽고 난 안티오코스가 심사숙고
해 보겠다고 말하자, 포필리우스는 자기 지팡이로 안티오코스가
있는 자리에 둥글게 원을 그리고서, "이 동그라미에서 나가기 전
에 원로원에 가져갈 답을 내게 주시오."라고 말했다. 안티오코스
는 이처럼 강압적인 요구를 하는 거친 태도에 놀라 잠시 생각한
뒤 말했다. "원로원이 명하는 대로 하겠소." 그제야 포필리우스는
그에게 로마인의 친구로서 인사했다.

그토록 큰 왕국, 운 좋게 뻗어 가던 창성의 흐름을 세 줄의 글
때문에 포기하다니! 그가 나중에 사절들을 원로원에 보내서, 자신

24장 로마의 권세에 관하여

이 원로원의 명령을 마치 불사의 신들에게서 온 것처럼 공경해 받들었다고 말하게 한 것은 정말 일리가 있는 일이었다.

B 아우구스투스는 자기가 승전의 권리로 손에 넣은 왕국들을 잃은 자들에게 돌려주거나 외국인들에게 선물했다.

A 이 주제를 두고 타키투스가 브르타뉴섬의 왕 코기둡누스에 대해 하는 말은 우리에게 이 무량한 권력의 놀라운 면모를 느끼게 해 준다. 로마인들은 자고이래로 자기들이 정복한 왕들에게 왕국은 그대로 소유하되 로마의 권위를 따르게 하여 왕마저도 지배의 도구로 삼았다. "왕들까지 지배의 도구로 삼았다."[362](타키투스)

C 헝가리 왕국을 비롯해 다른 여러 나라에 자유를 주었던 술레이만도, 왕국이 너무 많고 권력도 너무 크고 보니 질리고 짐스럽다는, 그가 버릇처럼 내세우던 이유보다 이런 국면을 더 고려했던 것이 진실인 듯하다.

362
몽테뉴는 우선 번역한 뒤 원문을 덧붙였다.

〔 594 〕

25장
병자를 흉내 내지 말 것

^A 마르시알리스의 풍자시 중에서도 잘 쓴 것 중 하나로(별의 별 것이 다 있으니까.), 코엘리우스의 이야기를 재미있게 읊은 것이 있다. 코엘리우스는 로마에서 고위 인사들을 좇아 다니면서 부축하고 시중들고 수행해야 하는 것을 피하기 위해 통풍에 걸린 척했다. 그러고는 자기 핑계를 더 그럴듯하게 보이려고 다리에 기름을 바른 뒤 싸매고서, 완전히 통풍 걸린 사람의 자세와 거동을 흉내 냈다. 종국에는 운수가 그에게 완전한 통풍 환자가 되는 즐거움을 선사했다.

> 아픈 척하느라고 들인 공과 재주의 놀라운 기적이로다!
> 코엘리우스의 통풍은 이제 꾀병이 아니었다.
> 마르시알리스

아피아노스[363] 어디에서 ^C 읽은 듯한데, ^A 이와 비슷한 이야기를 본 적이 있다. 어떤 자가 로마 집정관들의 추방령을 피하기 위해 추적하는 자들이 알아보지 못하게 변장을 하고 숨어 지내면

363
2세기의 그리스인 역사가로 『로마사』를 남겼다.

〔 595 〕

서 거기에 애꾸눈을 가장하는 꾀까지 보탰다. 조금 자유를 되찾게 되어 오랫동안 눈에 붙이고 있던 고약을 떼어 내려고 했을 때, 그는 그 가면 아래에서 시력이 실제로 죽어 버렸음을 알게 되었다. 너무 오랫동안 쓰지 않았기 때문에 시각이 감퇴하고 시력이 모두 다른 쪽 눈으로 물러나 버렸을 수 있다. 한쪽 눈을 가리면 그 눈이 제 능력을 얼마간 제 짝에게 전달해, 남은 눈이 커지거나 부푸는 것을 분명히 느낄 수 있기 때문이다. 약물과 붕대 때문에 생긴 열에다 다리를 쓰지 않은 것이 마르시알리스의 통풍 환자에게 통풍을 일으키는 체액을 유발했던 것처럼 말이다.

프루아사르의 책에서 영국의 어떤 젊은 귀족 부대가 프랑스로 건너와 우리와 싸워 무공을 세울 때까지 왼쪽 눈을 가리고 다니겠다는 서약을 했다는 이야기를 읽노라면, 위에 언급한 자들이 겪은 것과 같은 일이 그들에게도 일어나서 그들이 그 같은 일로 섬기려던 귀부인들을 다시 만났을 땐 모두 애꾸눈이 되어 있었겠다는 생각에 나는 자주 웃음이 났다.

아이들이 애꾸눈, 절름발이, 사팔뜨기, 그 밖에 이런저런 신체적인 결함을 흉내 낼 때, 엄마들이 야단을 치는 것은 잘하는 일이다. 그렇게 연한 몸이 그 때문에 어떤 나쁜 몸을 갖게 될 수 있을 뿐 아니라, 어쩐지 운수는 우리 말대로 되게 하는 것을 즐기는 것 같기 때문이다. 그리고 나는 아픈 척하다가 병자가 되어 버린 예를 많이 들었다.

[C] 나는 말을 타거나 걷거나 간에 항상 지팡이나 단장을 손에 들고, 우아한 태를 부리며 거기에 기대기까지 하는 데 버릇이 들었다. 여러 사람이 겁을 주기를, 운수가 지금은 멋으로 하는 그 짓을 하지 않을 수 없는 동작으로 만들 거라고 했다. 하지만 내가 우

〔 596 〕

리 집안에서 첫 번째 통풍 환자가 되면 모를까 그럴 리 없다며 그 경고를 듣지 않는다.

 ᴬ 그래도 실명 이야기에 다른 예 한 조각을 더 붙여서 이 장을 늘이고 다채롭게 만들어 보자. 플리니우스는 아무 병도 없었는데 자면서 장님이 되는 꿈을 꾼 다음 날 정말 장님이 된 사람에 대해 말한다. 내가 다른 데서 말한 것처럼[364] 상상의 힘이 이 일을 도왔을 수 있고, 플리니우스도 같은 의견인 것 같다. 그렇지만 몸이 내부에서 느낀 변화, 시력을 앗아 간 원인으로 의사들이 찾으려 하면 찾아낼 수 있을 그 변화가 그런 꿈을 꾸게 했을 거라는 편이 더 그럼직하다.

 이 주제와 가까운 이야기로, 세네카가 그의 편지에서 말한 이야기도 하나 더 덧붙여 보자. 그는 루킬리우스에게 이렇게 쓰고 있다. "아내의 여자 광대[365] 하르파스테를 우리 집에 데리고 있다는 건 자네도 알 걸세. 그건 아내의 유언 때문에 어쩔 수 없이 맡은 의무라네. 내 취미로는 그런 괴짜들이 아주 싫고, 광대를 보고 웃고 싶을 때는 멀리서 찾을 것 없이 나 자신을 보고 웃으면 되니 말일세. 그런데 이 여자 광대가 갑자기 시력을 잃었다네. 내 이야기가 좀 이상하게 들리겠지만 사실이라네. 그 여자 광대는 자기가 장님인 것을 전혀 모르고 우리 집이 어둡다며 자꾸 돌보는 사람에게 밖으로 데리고 나가 달라고 조른다네.

 우리가 그 여자를 보고 비웃는 일이 우리 모두에게도 해당된

364

『에세 1』21장 참조.

365

실제는 난쟁이였다. 부유한 가문에서는 난쟁이를 집에 들이는 풍습이 있었던 것 같다.

[597]

다는 것을 부디 믿어 주기 바라네. 아무도 자기가 인색하다는 것, 욕심쟁이라는 것을 모르네. 게다가 장님은 안내자라도 붙여 달라고 하지만, 우리는 우리 자신을 안내자로 삼지. 우리는 이렇게 말하네. 나는 야심가가 아니다, 하지만 로마에서는 야심가가 아니고선 살아갈 수가 없다. 나는 낭비가가 아니다, 하지만 도시 생활에는 큰 돈이 든다. 내가 화를 잘 내는 건 내 잘못이 아니다. 내가 여태껏 견실한 생활 방식을 세우지 못한 것은 젊음 탓이다……

우리 밖에서 우리네 병을 찾지 마세나. 병은 우리 안에, 우리 내장에 들어 있네. 게다가 우리가 병든 줄도 모른다는 것이 치료를 더욱 어렵게 하네. 일찌감치 자신을 보살피는 일을 시작하지 않으면, 언제 그 많은 상처와 병증을 고치겠나? 하지만 우리에겐 철학이라는 아주 감미로운 치료약이 있지. 다른 약들로는 치료된 후에나 기쁨을 느끼지만, 이 약은 기쁨과 치료를 동시에 주니 말일세."

이것이 세네카가 한 말인데 인용하다 보니 원래 주제에서 벗어났다. 바꿔 보는 것에도 소득이 있다.

〔 598 〕

26장
엄지손가락에 관하여

ᴬ 어떤 야만인 왕들 사이에선 조약을 굳게 지키겠다는 확약의 절차로 서로 오른손을 꼭 잡고 엄지손가락을 꼬아 세게 조여 피가 손가락 끝에 몰리면 작은 침으로 가볍게 찔러 서로 상대방의 피를 빨아먹는 관습이 있다고 타키투스는 말한다.

의사들은 엄지란 손의 우두머리 손가락으로, '폴레레(poll-ere)'[366]에 어원을 두고 있다고 한다. 그리스인들은 엄지를 마치 별개의 손이기라도 한 것처럼 안티케이르(ἀντίχειρ), 즉 '다른 손'이라고 부른다. 그리고 라틴 저자들도 가끔 그것을 '손 전체'라는 뜻으로 사용하는 것 같다.

살살 달래며 격려도 해 보고, 엄지로 쓰다듬어 보아도,
그것을 일어서게 할 수가 없다.

마르시알리스

로마에선 엄지를 오무려 아래쪽으로 내려 누르면 호감의 표시이고,

366
'강하다'는 뜻의 라틴어. 프랑스어로 엄지손가락은 pouce이다.

〔 599 〕

그대의 편들은 두 엄지로 그대의 경기를 칭찬할 것이다.
호라티우스

엄지를 올려서 밖으로 원을 그리면 비호감을 뜻한다.

관중이 엄지를 들어 원을 그리면 그 즉시,
그들을 즐겁게 하려고 아무나 하나 목을 졸랐다.
유베날리스

로마인들은 엄지손가락을 다친 사람은 무기를 충분히 단단히 쥘 수 없다고 보고 전쟁에 나가는 걸 면제해 주었다. 아우구스투스는 군대에 들어가는 것을 면하게 해 주려고 고의로 두 아들의 엄지손가락을 자른 로마의 한 기사에게서 재산을 몰수했다. 그에 앞서, 이탈리아 전쟁 때, 로마 원로원은 카이우스 바티에누스를 종신 감금형에 처하고 그의 전 재산을 몰수했는데, 그가 그 원정에서 빠지려고 일부러 자기 왼손의 엄지를 잘랐기 때문이었다.

누구인지 전혀 생각나지 않지만, 어떤 자는 해전에서 승리하자 패배한 병사들의 엄지를 자르게 했다. 대항하거나 노를 젓지 못하게 하기 위해서였다.

C 항해술의 우위를 빼앗으려고, 아테네인들은 아이기나섬 사람들의 엄지손가락을 잘라 버렸다.

B 라케데모니아에서는 선생이 아이들의 엄지손가락을 깨무는 것으로 벌을 주었다.

에세 2

27장
비겁함은 잔인의 어머니

^A 나는 비겁함이 잔인의 어머니라는 말을 자주 들었다.

^B 그리고 고약하고 비인간적인 심보의 독살스러움과 악착스러움은 대개 여성적인 유약성을 동반한다는 것을 경험으로 알게 되었다. 나는 그중에서도 가장 잔인한 자들이 별것 아닌 이유로 쉬이 눈물을 흘리는 것을 보았다. 페레스[367]의 폭군 알렉산드로스는 자기가 헤카베나 안드로마케[368]의 불행을 보고 괴로워하는 꼴을 시민들이 볼까 봐 극장에서 비극 공연을 보지 못했다. 날마다 수많은 사람을 무참히, 잔인하게 죽인 그가 말이다. 영혼의 유약함이 그들을 그렇게 극단으로 기울게 하는 것일까?

^A 용감성(용감한 행위란 저항하는 것을 상대로 할 때만 성립하는 것이니)은

> 저항할 때가 아니면 황소를 죽이는 게 내키지 않는 법
> 클라우디아누스

367
테살리아에 있던 그리스의 도시국가.

368
유리피데스 비극의 인물들로 헤카베는 트로이 전쟁 당시 트로이의 왕 프리아모스의 왕비이고, 안드로마케는 왕자 헥토르의 비(妃)이다.

〔 601 〕

적이 자기 손에 들어온 것을 보면 멈춘다. 그러나 유약함은 잔치 마당에 저도 있다고 말하고 싶은데, 저 첫 번째 역할에 합류하지 못했으니 학살과 유혈이라는 두 번째 역할을 제 몫으로 삼는 것이다. 승전지에서의 학살은 대개 민중과 보급 부대가 저지른다. 민중들 사이의 전쟁에서 전대미문의 잔인성을 그리도 흔히 보게 되는 것은, 이 비속한 무리가 다른 용감성을 알지 못하기 때문에 팔꿈치까지 피범벅이 되고 사람의 몸뚱어리를 발로 짓뭉개는 것으로 분전역투하기 때문이다.

> ^B 늑대, 비겁한 곰, 그리고 가장 비루한 짐승들이
> 죽어 가는 것을 악착스레 공격한다.
> 오비디우스

^A 들판에서는 감히 공격하지 못했던 야수의 가죽을 집에 와서 찢고 물어뜯는 비겁한 개들처럼 말이다. 무엇이 오늘날 우리의 분쟁을 사생결단으로 몰아가는가? 우리 조상들은 복수할 때에도 어떤 단계를 지켰는데 요즘 우리는 최종 단계에서 시작하며, 처음부터 죽인다는 말밖에는 하지 않는다. 이것이 비겁함이 아니면 무엇인가? 적을 죽이는 것보다는 굴복시키는 것에, 죽이는 것보다는 창피를 주는 것에 더 큰 용감성과 멸시가 있다는 건 누구나 잘 안다. 게다가 그랬을 때 복수의 욕망도 더욱 만족스럽게 채워진다. 왜냐하면 복수는 자기가 누구인지 똑똑히 보여 주는 것 이외에 다른 목적이 없기 때문이다. 바로 그래서 우리는 짐승이나 돌멩이로 인해 상처를 입었다고 그것들을 공격하지 않는다. 그것들은 우리가 앙갚음했다는 것을 알 수 없으니까. 그런데 한

에세 2

인간을 죽이는 것은 우리가 건드릴 수 없는 피난처로 보내는 일이다.

　^B 비아스가 한 고약한 인간에게 "네놈이 언젠가는 벌받을 것을 알지만 그걸 내가 못 볼까 봐 염려된다."라고 고함을 쳤던 것처럼, 뤼키스코스가 저지른 배신 때문에 직접적인 손해를 입었던 사람들, 그가 벌을 받으면 기쁘기 짝이 없을 사람들 중 아무도 남아 있지 않게 되었을 때에야 벌받게 된 것을 오르코메노스 사람들이 애석해했던 것처럼, 보복의 표적이 된 자가 그 보복을 느낄 수단을 잃으면 보복 역시 보복에게 애석한 일이다. 복수하는 자가 복수의 쾌감을 얻기 위해 복수가 이루어지는 것을 봐야 하는 것처럼, 복수당하는 자 역시 괴로움과 후회로 고통 당하기 위해 제 눈으로 그것을 봐야 하기 때문이다.

　^A "그자는 후회하게 될 거야."라고 우리는 말한다. 그런데 그의 머리에 총알을 박아 넣고서 그가 후회할 것이라고 생각하는가? 그와는 반대로, 주의를 기울여 보면 그가 쓰러지면서 우리에게 불만스러운 얼굴을 하는 것을 볼 것이다. 그는 우리를 원망조차 할 수 없으니 후회와는 멀어도 엄청 멀다. ^C 게다가 우리는 그에게 아무 느낌 없이 신속하게 죽게 해 주는, 생애 최고의 호의적인 봉사를 베풀어 주는 것이다. ^A 우리는 우리를 추적하는 법원 관리들을 피해 토끼처럼 굴속에 처박히거나 달음질치며 도망다녀야 하는데, 그는 잘 쉬고 있다. 그를 죽이는 게 앞으로 당할 모욕을 피하는 데는 좋겠지만 이미 일어난 모욕을 복수하는 데는 좋을 게 없다. ^C 그것은 용맹이라기보다는 두려움의 행위요, 용감성보다는 조심성의 행위, 공격이라기보다는 방어의 행위이다. ^A 그로써 우리가 복수의 진정한 목적에서도, 우리 명성에 대한 배려에서도 벗어나

〔 603 〕

27장 비겁함은 잔인의 어머니

는 것은 명백하다. 그가 계속 살아 있으면 같은 일을 또 당할까 봐 무서워하고 있다는 증거이다.

C 그를 처치하는 것은 그에 대한 응징이 아니라 그대의 안위를 위한 일이다.

나르싱가[369] 왕국에선 이런 방책도 소용이 없을 것이다. 거기서는 병사들뿐 아니라 장인들까지도 싸움이 붙으면 결투로 해결한다. 싸우고자 하는 자들에게 왕은 싸움터를 내주기를 거절하지 않으며, 그들이 고위층일 땐 참관도 한다. 그리고 이긴 사람에겐 금줄을 하사한다. 하지만 그 금줄이 탐나는 사람은 누구라도 그것을 얻기 위해 그걸 가진 사람과 무기를 들고 싸울 수 있고, 그래서 한 번 싸움에서 이기고 나면 여러 번의 싸움을 감당해야 한다.

A 만일 우리가 용덕으로 언제든 적을 눌러 우리 마음대로 지배할 수 있다고 생각하는데, 적인 그가 우리 손에서 벗어나 버린다면 매우 실망스러울 것이다. 그가 죽어 버리는 경우처럼 말이다. 우리의 싸움에서 우리는 이기고 싶다. 그런데 명예롭기보다는 확실하게 이기고 싶고, C 영예보다는 끝장내기를 원한다.

아시니우스 폴리오는 교양인으로서 그 같은 오류를 범했다. 플란쿠스에 대한 욕설을 잔뜩 써 놓고서, 그가 죽기를 기다렸다가 사후에 출판했던 것이다. 그것은 장님 앞에서 찡그리는 것이요, 귀머거리에게 욕설을 퍼붓는 격이며, 자기 유감의 대가를 치르게 하는 것이라기보다 감각이 마비된 사람에게 상처를 내는 일이다. 그래서 사람들은 그에 대해, 죽은 자와 쌈질하는 것은 꼬마 악마나 할 짓이라고 말했다. 어떤 작가의 글을 논박하고 싶으면서 그

369
인도의 옛 왕국.

〔 604 〕

에세 2

작가가 죽기만을 기다리는 자, 그가 하는 말이 무엇인가? 자기가 나약한 쌈꾼이라는 것 이외에?

아리스토텔레스는 누가 자기에 대해 험담하더라는 말을 듣고, "내가 없는 데서라면 더 하라고, 채찍으로 때리기라도 하라고 하시오."라고 대꾸했다.

^A 우리 조상들은 모욕을 받으면 한 번에 한 번씩, 그렇게 차근차근 되갚아 주는 것으로 만족했다. 그들은 적이 모욕을 당한 채 살아 있어도 두려워하지 않을 만큼 용감했던 것이다. 우리는 적이 두 발로 서 있는 것을 보는 한 공포로 떤다. 그 증거로, 오늘날 우리의 못난 행태는 우리를 모욕한 자뿐 아니라 우리가 모욕한 자 또한 죽여 버릴 때까지 쫓지 않는가?

^B 한 사람의 싸움에 제이, 제삼, 제사자를 동반하는 관행 역시 비겁함의 한 양상이다. 옛날에는 둘만의 결투였다. 그런데 지금은 조우전이요, 교전이다. 혼자인 것이 두려워서 그런 방식을 고안한 것이다. ^C "각자 자기 자신을 도저히 믿을 수 없어서,"(티투스 리비우스) ^B 당연히 어떤 동반자건 동반자가 있으면 위험 앞에서 안심이 되고 위안이 되니까. 예전에는 문란하고 불명예스러운 일이 일어나지 않도록 지키기 위해, ^C 그리고 싸움의 승부를 증명하기 위해 제삼자를 불렀다. ^B 그런데 그들까지 함께 싸우는 것이 관행이 된 이래 누구든지 결투에 초대되면 우의가 없거나 용기가 없는 자로 보일까 두려워서 점잖게 관객 노릇만 할 수가 없는 것이다. 자기의 명예를 보호하기 위해 자기 것이 아닌 용기와 힘을 끌어들이는 이 같은 행동은 비열하고 부당한 일인 데다, 자기 운수를 남의 운수와 얽히게 하는 것은 자신감이 확고하고 당당한 사람에게는 도리어 불리하다고 본다. 남을 위해 더 겪지 않아도 각자 충분히 자

[605]

27장 비겁함은 잔인의 어머니

기 몫의 위험을 겪고 있고, 자신의 용기에 의지해 제 목숨을 지키는 데도 해야 할 일이 충분히 많다. 그토록 값진 것을 제삼자의 손에 맡기지 않고 말이다. 왜냐하면 명백하게 그 반대로 합의한 게 아니라면 넷이 한꺼번에 붙는 싸움이기 때문이다. 그대의 짝이 쓰러지기라도 하면, 그대는 별수 없이 그대의 두 팔로 두 명을 상대해야 한다. 그리고 그것이 너무한 일이라고 하면, 사실 그렇다. 완벽하게 무장하고 토막 난 칼밖에 없는 자를 공격하거나, 이미 깊은 상처를 입은 자를 건장한 자가 공격하는 것처럼 말이다. 하지만 그것이 그대가 싸워서 얻은 이점이라면 그 상황을 이용해도 비난을 받지 않는다. 조건의 격차나 불평등은 분쟁이 시작되는 상태에서만 따지고 고려할 수 있다. 그 다음에는 운수에게 따져라. 그러니 그대의 동료 둘이 죽어 버려서 그대 혼자 세 명을 상대해야 할 때, 내가 전쟁에서 우리 편 병사에게 달려드는 적을 보면 할 행동을 한다고 해도, 즉 그 같은 상황의 이점을 이용해 누가 그대에게 일격을 가한대도 그대를 과히 부당하게 취급하는 것이 아니다. 집단의 속성상, 군대와 군대가 맞설 때는 (우리의 오를레앙 공작이 영국의 헨리 왕에게 100 대 100으로 도전했을 때, 또는 아르고스인들이 라케데모니아인들을 300 대 300으로, 또는 호라티우스 가문이 퀴리아스 가문에 3 대 3으로 도전했을 때처럼) 군사의 수가 얼마이건 마치 한 사람인 것처럼 간주하게 만든다. 무리 지어 싸울 때는 모두 같은 위험 속에 뒤엉켜 있다.

　이런 이야기를 하는 것은 내 집안의 일과 관련이 있어서이다. 내 아우 마트쿨롱 경[370]은 로마에서 별로 잘 알지도 못하는 한

370
막냇동생 베르트랑(Bertrand)을 말한다. 그는 몽테뉴가 이탈리아로 여행을 갔을 때

귀인으로부터 증인이 되어 달라는 부탁을 받았는데, 그 사람 또한 다른 사람의 요청을 받은 보호자였다. 싸우러 가 보니, 우연히도 아우는 자기와 더 가깝고 잘 아는 사람이 적수로 나온 것을 알게 되었다.(이성의 법칙을 이렇게도 혼란케 하고 이렇게도 거스르는 이 명예의 법칙을 누가 내게 좀 설명해 주었으면 좋겠다.) 자기 상대를 무찌른 다음, 이 싸움의 두 주인공이 여전히 멀쩡하게 서 있는 것을 보고, 내 아우는 자기 편을 도우러 갔다. 최소한의 의무 아닌가? 자기가 방어해 주려고 온 사람을 운명이 원한다면 죽이라고 우두커니 서서 바라볼 것인가? 그때까지 그가 한 일은 아무 소용이 없었다. 여전히 결말이 나지 않았으니 말이다. 그대가 적수를 매우 불리하고 곤란한 처지에 빠트렸을 때, 그대가 그를 향해 갖출 수 있고 또 응당 갖춰야 하는 예의를 어떻게 차릴 수 있을지 나는 모르겠다. 남의 이해관계가 걸린 남의 분쟁에서 그대는 그저 수행원에 불과할 때 말이다. 아우는 도와주겠다고 약속한 사람을 위험에 처하게 하지 않고서는 정당할 수도, 예의를 갖출 수도 없었다. 이런 연유로 내 아우는 우리 왕이 다급히 보내 온 엄숙한 권고에 따라 이탈리아의 감옥에서 석방되었다.

절제를 모르는 나라이다! 우리는 우리의 악덕과 광증을 평판을 통해 세계에 알리는 것으로는 부족해서, 직접 면전에서 보여 주려고 외국으로 나간다. 리비아의 사막에 프랑스인 세 명을 보내 보라. 그들은 서로 물고 뜯지 않고서는 한 달도 같이 있지 못할 것이다. 그대는 이들의 여행이 외국인들에게, 그것도 특히 우리 불행을 고소해하며 조롱하는 이들에게, 우리네 비극을 구경하는 재

검술을 배우기 위해 따라갔다.

〔 607 〕

27장 비겁함은 잔인의 어머니

미를 선사하려고 만든 한 편의 연극이라고 말하리라.

우리는 검술을 배우러 이탈리아에 가서는[371] ^C 제대로 알기도 전에 그것으로 목숨을 잃는다. ^B 교수법의 정도를 따르자면, 실습보다 이론을 먼저 익혀야 할 텐데, 우리는 학습의 원칙을 어기고 있다.

어리디어린 전사의 때 이른 불행이여!
다가올 전쟁의 가혹한 실습이로다!
베르길리우스

이것이 ^C 이기는 데 유용한 기술임은 잘 안다.(히스파니아에서는 사촌 간인 두 왕자의 결투에서, 나이 많은 쪽이 무기를 다루는 솜씨와 책략으로, 힘은 세지만 경솔한 젊은 쪽을 쉽게 이겼다고 티투스 리비우스는 쓰고 있다.) 또 ^B 그 기술을 알고 나면 누구나 제가 본디 가졌던 것 이상으로 담력이 커진다는 것을 ^C 나도 경험으로 안다. ^B 하지만 그것은 진짜 용기라고 할 수 없다. 왜냐하면 그것은 재간의 뒷받침을 받은 것이니 용기 자체가 아닌 다른 것에 기반을 두고 있기 때문이다. 전투의 명예는 용감하고자 하는 열심에 있지 기술에 있지 않다. 그 때문에 이 기술의 대가로 알려진 내 친구는 싸울 때 기술적인 이점을 사용할 수 없는 무기들을 선택하여, 싸움이 완전히 운수와 자신감에 의해 좌우되게 하는 것을 나

371

프랑수아 드 라 누(François de La Noue)는 『정치론(Discours politiques)』에서 당시 매년 300명에서 500명의 프랑스 귀족 자제들이 이탈리아로 검술을 배우러 간다고 썼다.

〔 608 〕

는 보았다. 자기가 거둔 승리를 자신의 용기보다 검술 탓으로 돌리지 못하게 하기 위함이었다. 그리고 내가 어릴 때 귀족들은 훌륭한 검객이라는 명성을 욕처럼 피하면서 참되고 순수한 용기에 저촉되는 무슨 교묘한 술수인 것처럼 검술 배우기를 꺼렸다.

그들은 피하거나, 가리거나, 물러서기를 원치 않는다.
재주는 그들의 싸움과 아무 상관이 없다.
때론 곧게 치고, 때론 사선으로 칠 뿐, 속임수는 없다.
노여움과 격정 때문에 그 어떤 기교도 버려 버린다.
칼날 전체가 부딪치는 그 무서운 소리를 들어 보라.
그들은 한 발짝도 물러나지 않으리라.
두 발은 항시 굳건하고, 두 손은 항시 움직인다.
칼끝으로건 칼날로건 칠 때마다 명중이다.
타소

과녁 맞추기, 마상 경기, 장애물 경기 등 전사들의 싸움을 본뜬 놀이가 우리 선조들이 전념한 훈련이었다. 검술이라는 이 새로운 훈련은 개인적인 목표밖엔 없고, 법과 정의를 거스르며 서로서로 죽이는 것을 가르치고, 여하튼 매일 해로운 결과를 만들어 내는 만큼 더욱더 고상하지 못한 운동이다. 우리 사회에 해를 끼치는 것이 아니라 안전을 증대하는 활동, 공공의 안녕과 공동의 영광으로 연결되는 훈련이 훨씬 위엄 있고 마땅한 일이다.

집정관 푸블리우스 루틸리우스는 병사들에게 무기를 다루는 재주와 기술을 가르쳐서 용덕에 기술을 결합시킨 최초의 인물이다. 개인적인 분쟁에 쓰라는 게 아니라 로마 국민의 전쟁과 분쟁

27장 비겁함은 잔인의 어머니

에 사용하기 위함이었다. ^C 민중을 위한, 시민을 위한 검술이었던 것이다. 파르살루스 전투에서 주로 폼페이우스의 병사들 얼굴을 겨냥해 활을 쏘라고 명령했던 카이사르의 예 말고도, 수많은 장군들이 그때그때 상황의 필요에 따라, 새로운 형태의 무기, 공격하고 엄폐하는 새로운 방식을 고안해 내려고 부심했다. ^B 그렇지만 격투에 뛰어났던 필로포이멘이 명예를 추구하는 군인이 전념해야 할 것은 오직 군사 훈련뿐이라고 생각해서, 군사 훈련과는 매우 다른 격투 훈련을 금지했던 것처럼, 나는 이 새로운 검법 학파에서 젊은이들에게 가르치는 팔다리의 기교, 미묘한 동작들은 군사적인 전투를 수행하는 데는 불필요할 뿐 아니라 오히려 거추장스럽고 해롭기까지 하다고 본다.

   ^C 게다가 요즘 사람들은 모두 이 검술에만 쓰는 특수한 무기를 사용한다. 검과 단검을 쓰는 결투에 불려 나온 한 귀족이 군장을 하고 나온 것을 썩 좋게 보지 않는 것을 나는 보았다.³⁷² 플라톤에 나오는 라케스가 우리 식과 유사한 용검술 훈련에 대해 말하면서, 이 학파로부터, 특히 이 학문의 대가들 중에서 위대한 전사가 나오는 것을 한 번도 보지 못했다고 말한 것은 새겨들을 만하다. 검술의 대가들에 대해서도 우리의 경험이 같은 사실을 말해 주며, 적어도 우리는 검술 능력이 전사의 능력과는 아무런 상호관련성이 없다고 말할 수 있다. 자기 공화국의 아동 교육에서, 플라톤은 아미코스와 에페이오스가 도입한 권투와 안타에우스와 케르키오가 만든 격투를 금지한다. 왜냐하면 그것들이 청년들의 전투 능력 향상과는 관계없는 다른 목적을 가지고 있고, 전투 복무

372
사후판에는 "단검 대신 케이프를 둘러도 마찬가지였다."라는 문장이 덧붙여졌다.

에 기여하는 바도 없기 때문이었다.

^B 그런데 내가 주제에서 좀 많이 벗어난 것 같다.

^A 마우리키우스 황제는 꿈에서, 그리고 여러 점쟁이들에게서 당시에는 알려지지 않았던 포카스라는 병사가 그를 죽일 것이라는 경고를 받고서, 자기 사위 필리포스에게 포카스라는 자가 누구이며, 천성, 신분, 행동거지는 어떠한지를 물었다. 필리포스가 무엇보다 비겁하고 겁이 많은 자라고 하자 황제는 그 즉시 그가 살인할 자요 잔인한 자라고 결론지었다.

무엇이 폭군들로 하여금 그토록 살생을 좋아하게 만드는가? 그것은 자기 안전에 대한 염려이다. 그들의 비겁한 마음은 저를 공격할 수 있는 자들을 죄다 몰살해 버리는 것 이외에는 자기 자신을 안심시킬 다른 방법을 마련하지 못하기 때문이다. 여자들까지 할퀼까 봐 두려워서,

^B 모두 다 무서워서, 모두 다 후려친다.

클로디아누스

^C 최초의 잔인성은 잔인성 자체로 인해 실행된다. 거기서 정당한 보복에 대한 공포가 생긴다. 그 공포가 이어지는 일련의 새로운 잔혹 행위를 유발한다. 하나의 잔혹 행위를 은폐하기 위해 또 다른 잔혹 행위를 행하면서 말이다.

마케도니아의 필리포스, 그는 로마 국민과 풀어야 할 실타래가 많았다. 자기 명령으로 저질러진 살해에 대한 공포 때문에 불안해진 그는 각기 다른 기회에 침해를 입힌 수많은 가문들을 상대로 어찌해 볼 도리가 없자, 그가 살해한 자의 자식들을 모두 붙잡

아 매일매일 하나씩 죽이면서 평안을 찾으려 했다.

멋진 재료는 어디에 뿌려 놓아도 항상 제값을 한다. 나는 논지의 정돈된 맥락보다 그 무게와 가치에 더 신경을 쓰는 바이니, 여기서 좀 동떨어진 듯하지만 매우 아름다운 이야기 하나를 끼워 넣는 것을 두려워할 필요는 없다고 본다. 필리포스가 처단한 사람들 중에 테살리아인들의 왕, 헤로디쿠스가 있었다. 그를 죽인 뒤 필리포스는 그의 두 사위까지 죽이고 각각 아주 어린 아들 하나씩만 남겨 두었다. 테오크세나와 아르코가 그들의 미망인이었다. 테오크세나에게 구애하는 자들은 매우 많았지만, 누구도 그녀에게 재혼을 결심하게 만들 수 없었다. 아르코는 아이니아인들 중 일인자인 포리스와 결혼해 아이를 여럿 낳았지만 모두 어려서 세상을 떠났다. 조카들이 가여워 북받치는 모성애를 느낀 테오크세나는 그들을 기르고 보호하기 위해 포리스와 결혼했다.

이때 바로 왕의 칙령이 선포되었다. 이 용감한 엄마는 이 사랑스럽고 연약한 아이들에게 미칠 필리포스의 잔인성과 그 부하들의 무뢰한 처사를 염려하며, 아이들을 내어주느니 자기 손으로 죽이겠다고 말했다. 이런 저항에 경악한 포리스는 아이들을 숨겨 아테네로 데려가 신실한 자기 사람의 보호를 받게 하겠다고 그녀에게 약속했다. 그들은 아이니아에서 열리는 아이네이스 기념 연례 축제를 틈타 그곳으로 갔다. 낮에 의식들과 공공 축연에 참석하고 난 그들은 밤이 되자 바다 한가운데로 가기 위해 준비해 둔 배에 숨어들었다. 그런데 바람이 그들의 뜻을 거슬렀고, 다음 날 그들은 떠나온 육지에서 보이는 곳에 있게 되어 항구의 경비병들에게 쫓기게 되었다. 잡히려는 순간, 포리스는 뱃사공들을 재촉해 달아나려 안간힘을 쓰고 있는데, 모성애와 복수심으로 격분한 테오크세나는 다시 자기의 원래 계획대로 달려들었다. 그녀는 무기와 독약을 준비해 아이들에게 보여 주며 말했다. "자, 얘들아, 이제 죽음만이 너희의 방패요 자유의 수단이다. 그리고 신들에겐 그들의 거룩한 정의를 드러낼 기회가 될 것이다. 이 칼과 이 잔이 너희에게 신들에게로 가는 입구를 열어 준다. 용기를 내거라! 얘야, 내 아들아, 네가 가장 크니 이 검을 잡고, 가장 강력한 죽음으로 죽어라." 한쪽에선 이런 강력한 권고를 받고, 다른 쪽에선 적들이 목을 죄어 오자, 아이들은 제 손에 제일 잘 잡히는 것을 향해 미친 듯이 달려들었다. 그리고 반쯤 죽어 가며 바다에 던져졌다. 그토록 영광스럽게 자기 아이들 모두의 안전을 확보해 준 것에 만족해 테오크세나는 남편을 열렬히 끌어안으며 말했다. "아이들을 따라갑시다, 여보. 애들과 함께 기꺼이 같은 무덤에 들어갑시다." 그리고 그렇게 끌어안은 채 물속으로 뛰어들었다. 그리하여 주인 없이 빈 배만 해안으로 인양되었다

^A 폭군들은 두 가지, 즉 죽이는 것과 자기가 얼마나 화가 났는지 알게 하는 것을 한꺼번에 하기 위해 죽음을 오래 끄는 방법을 찾으려고 온갖 재주를 부린다. 그들은 자기 적이 죽기를 바라지만 분풀이를 음미할 여유도 갖지 못할 만큼 빨리 죽는 것은 바라지 않는다. 바로 그 점에 그들은 골머리를 썩인다. 고문이 격렬하면 빨리 끝나고, 길게 간다면 자기네가 흡족할 만큼 고통스럽지 못하다는 뜻이니까. 그래서 갖가지 고문 기계들을 쓰게 되는 것이다. 우리는 고대에 있던 수천 가지 그런 고문 기계들을 볼 수 있다. 모르는 사이 우리에게도 그런 야만성의 자취가 남아 있는 것은 아닌지 모르겠다.

단순한 죽음 이상의 것은 모두 내가 보기엔 순전히 잔인성이

27장 비겁함은 잔인의 어머니

다. 우리의 사법 제도는 목이 잘리거나 매달려 죽을 것을 알면서도 죄를 지을 자가 뭉근한 불, 집게, 바퀴에 대한 상상 때문에 제지되리라고 기대해선 안 된다. 게다가 오히려 그들을 자포자기에 던져 넣는 것은 아닌지 모르겠다. 바퀴에 매여 부서지며, 또는 옛날 방식으로 십자가에 못 박혀서 스물네 시간 동안 죽음을 기다리는 인간의 마음이 어떤 상태에 있겠는가? 요세푸스는 로마인들이 유다 지방에서 전쟁을 벌이고 있을 때, 유다인 몇 명이 십자가형을 당하고 있는 곳을 지나가게 되었다고 한다. 그는 그들 중에서 친구 세 명을 알아보고 그들을 십자가에서 내릴 수 있도록 허가를 받아냈다. 그러나 두 명은 죽었고 다른 한 명은 그 뒤에도 살아남았다고 한다.

^C 믿을 만한 사람인 칼콘딜라스는 그의 시대에 자기 주변에서 일어난 일들에 대해 남긴 기록에서, 가장 혹독한 형벌로 무함마드 황제[373]가 자주 행한 형벌을 들고 있다. 횡격막이 있는 자리에서 사람 몸의 정가운데를, 언월도로 단칼에 자르게 하는 것인데, 그 때문에 한 번에 두 죽음을 죽는 것처럼 죽는다는 것이다. 사람들은 완전히 살아 있는 양쪽이 잘린 후에도 오랫동안 고통에 짓눌려 날뛰는 것을 보았다. 나는 그런 동작이 강렬한 감각을 드러낸다고 생각하지는 않는다. 보기에 끔찍한 형벌이 반드시 당하기에도 가장 힘든 것은 아니다. 다른 역사가들이 에피로스의 영주들이 당했다고 언급하는 고문이 내겐 더 잔혹하게 여겨진다. 어찌나 악질적으로 짜인 세심한 방법으로 조금씩 그들의 가죽을 벗겼던지, 그런 고통을 당하면서도 보름이나 생명을 부지했다는 것이다.

373
1453년에 콘스탄티노플을 점령한 무함마드 2세.

〔 614 〕

그리고 다른 두 가지 예도 있다. 크로이소스는 동생 판탈레온의 총신인 한 귀족을 잡아, 가죽을 무두질하는 자의 상점으로 끌고 가 털 고르는 솔과 빗으로 죽도록 문지르고 긁게 해서 결국 죽게 만들었다. 십자군이라는 미명 아래 너무도 많은 악행을 저지른 폴란드 농민 대장 게오르게 세켈은 트란실바니아 총독과의 전투에서 패한 뒤 사로잡혀, 벌거벗은 몸으로 고문대 위에 묶인 채 사흘간, 각양각색으로 고안해 낸 오만 가지 고문을 당했다. 그동안 다른 포로들에게는 먹을 것도 마실 것도 주지 않았다. 막판에는 아직 살아서 눈을 뜨고 있을 때, 그가 애지중지하던 동생, 저희 악행에 대한 원한과 증오는 모두 제 몫으로 돌리며 애걸하여 살리려 했던 아우 루카트에게 그의 피를 마시게 하고, 가장 아끼던 스무 명의 대장들에게는 그를 먹이로 주었다. 그들은 게걸스럽게 그의 살을 뜯어 삼켰다. 그가 죽자, 신체의 남은 부분과 내장은 삶아서 그를 따르던 다른 자들에게 먹였다.

27장 비겁함은 잔인의 어머니

28장
모든 일에는 제때가 있다

^A 감찰관 카토와 자기 자신의 살해자 카토를 비교하는 자들은[374] ^C 비슷하게 만들어진 훌륭한 두 천성을 비교하는 것이다. 전자는 군사적 업적이나 공직의 유용성을 살려 다양한 면모로 자신의 천성을 가치 있게 만들었다. 그러나 젊은 카토의 덕성은 엄격함에서 누구와 비교한다는 게 모독이 될 뿐 아니라 할아버지 카토의 덕성보다 훨씬 흠이 없다. 사실 천성의 선함이나 모든 근본적인 덕성에서 자기와 자기 시대의 다른 누구보다 위대했던 스키피오의 명예를 감히 훼손하려 한 감찰관의 질투와 야심을 누가 용서해 줄 수 있겠는가?

^A 사람들이 그에 대해 말하는 여러 이야기들 중 특히 그가 매우 고령이었을 때 마치 오랜 갈증을 풀려는 것처럼 맹렬한 욕구로 그리스어를 배우기 시작했다는 것도, 그에게 가히 명예가 될 만한 일로 보이지 않는다. 그것은 우리가 흔히 하는 말로 도로 어린애가 되었다는, 바로 그 경우이다.

374
후자는 전자의 증손자이다.(생전판들에서는 이 문장이 이렇게 끝난다. "전자를 매우 영예롭게 하는 것이라고 생각한다. 왜냐하면 나는 그들이 극과 극으로 멀리 떨어져 있다고 생각하기 때문이다.")

〔 616 〕

모든 일에는 제각기 때가 있다. 좋은 일도 그렇고 모든 일이 다 그렇다. '주님의 기도'를 바치는 것도 적절치 않을 때가 있는 것이다. ^C T. 퀸티우스 플라미니누스가 결국 승리를 거두긴 했지만, 군대의 수장으로서 한창 교전 중에 따로 떨어져 신에게 기도하는 데 열중했던 것을 사람들이 비난한 것처럼 말이다.

> ^B 현자는 덕행에도 한계를 둔다.
> 유베날리스

^A 에우데모니다스는 크세노크라테스가 아주 늙어서도 자기 학과 공부에 열을 내는 것을 보고 말했다. "아직도 배우고 있으니, 언제나 뭘 좀 알게 될까?"

^B 또한 프톨레마이오스 왕이 매일 무기 훈련으로 자기를 단련하는 것을 소리 높여 칭송하는 사람들에게 필로포이멘은 이렇게 말했다. "왕이 그 나이에 무기 훈련을 하는 것은 칭찬할 만한 일이 아니다. 이제는 실제로 무기를 사용해야지."

^A 젊은이는 준비를 해야 하고, 늙은이는 누려야 한다고 현자들은 말한다. 그리고 그들이 우리의 천성에서 주목하는 가장 큰 악덕은 우리의 욕망이 끊임없이 다시 젊어진다는 것이다. 우리는 매일 사는 것을 새로 시작한다. 우리의 호기심과 욕망은 좀 늙음을 느끼기도 해야 할 것이다. 우리는 무덤에 한 발을 들여놓았는데, 우리의 욕망과 계획은 늘 태어나기만 한다.

> ^B 그대는 죽을 날이 다 됐건만 대리석을 다듬으라며,
> 무덤 생각은 하지도 않고

집들을 지으라 한다.

호라티우스

^C 내 계획은 가장 긴 것도 일 년을 넘지 않는다. 나는 이제 끝낼 일밖에는 생각하지 않는다. 새로운 희망이나 계획은 모두 치워 버렸다. 나는 이제 남겨 두고 떠나려는 모든 곳에 작별을 고한다. 매일매일 내가 가진 것들과 이별한다.

"오래전부터 난 잃지도 따지도 않았다. 가야 할 길보다 비축금이 더 많이 남아 있다."(세네카)

나는 다 살았다.
운명이 정해 준 그 길, 모두 답파하였다.

베르길리우스

세상 돌아가는 것에 대한 근심, 부, 명예, 지식, 건강, 나 자신에 대한 근심 같은, 사는 것을 심란하게 만드는 여러 욕망과 근심을 가라앉혀 준다는 것이야말로 내가 나의 노년에서 발견하는 위안의 전부이다. ^A 그런데 이 사람(감찰관 카토)은 영원히 침묵하는 것을 배워야 할 때 말하는 것을 배우고 있는 것이다.

^C 어느 때라도 공부는 계속할 수 있지만 학교에는 가지 않는다. 그런데 늙은이가 가나다라를 배우다니 이보다 더한 바보짓이 어디 있나!

^B 사람의 취향은 제각각이나,
모든 일이 모든 연령에 어울리는 것은 아니다.

[618]

에세 2

^A 공부를 해야 한다면 우리 조건에 알맞은 공부를 하자. 그렇게 늙고 쇠약해진 마당에 그런 공부는 뭐 하러 하느냐는 물음에 "더 낫게, 더 내 뜻대로 떠나려고."라고 대답했던 사람처럼 대답할 수 있도록. 소 카토가 자신의 종말이 가까워 옴을 느끼던 즈음, 영혼의 영원불멸에 관한 플라톤의 대화편[375]을 접하고 했던 공부가 바로 그런 공부였다. 아니, 그는 오래전부터 그런 떠남을 위해 만반의 준비를 해 두었던 게 분명하다. 확신, 굳은 의지, 인격과 학문의 도야, 이 모든 것을 그는 플라톤이 글로 가르쳐 준 것보다 더 많이 갖고 있었다. 그의 식견과 용기는 이 점에서 철학을 능가한다. 그가 그 공부를 한 것은 자기 죽음을 용이하게 하기 위해서가 아니었다. 그런 중대한 결심[376]을 하는 중에도 잠조차 거르지 않은 사람으로서, 상황에 맞춰 특별히 무엇을 고르거나 변경한 바 없이, 사는 동안 늘 하던 다른 활동들과 더불어 하던 공부를 계속했을 뿐이다.

^C 집정관 선거에서 떨어진 날 밤을 그는 놀이로 보냈다. 죽을 작정이던 그 밤은 독서로 보냈다. 생명을 잃는 것이나 공직을 잃는 것이나 그에게는 똑같이 아무것도 아닌 일이었던 것이다.

375
플라톤의 『파이돈』을 말한다.
376
자결을 말한다.

28장 모든 일에는 제때가 있다

29장
용기에 관하여

^A 나는 충동적이고 튀는 성정(性情)에서 나온 행동과 결단과 참을성에서 나오는 태도 사이엔 큰 차이가 있음을 경험을 통해 발견한다. 또 나는 우리가 못할 일이 없음을 잘 안다. 누군가³⁷⁷가 말했듯이, 신성 그 자체를 능가하는 것까지 할 수 있다. 자기 수련을 통해 고통조차 느끼지 않게 되고, 그럼으로써 인간의 연약함에 하느님과 같은 의연함과 침착성을 결합시킬 수 있다는 것은, 타고난 천성으로 그렇게 할 수 있는 것보다 가상한 것이니까. 그러나 그런 일은 돌발적으로만 일어난다. 지나간 시대의 저 영웅들의 삶에선 때로 기적 같은 행위가 있었고, 그것은 우리가 가진 자연적 힘을 훨씬 능가하는 것처럼 보인다. 하지만 그것은 사실 순간적인 행동이다. 그러니 그런 고양된 상태로 영혼을 물들이고 적셔서 천성처럼 예사로운 상태로 만들 수 있다고는 믿기 어렵다. 팔삭둥이 같은 인간에 지나지 않은 우리도 남의 사상이나 본보기에 자극받아 평상 상태를 넘어 저 높은 곳으로 우리 영혼을 들어 올리게 되는 수가 있다. 그러나 그것은 영혼을 밀어 올리고 흔드는, 어떤 점에서는 영혼을 홀려 저 자신에서 벗어나게 만드는, 일종의 정념이

377
세네카.

〔 620 〕

에세 2

다. 일단 그 회오리바람이 지나가고 나면, 그러려고 하지 않아도 저절로 긴장이 풀리고 해이해진다. 완전히 풀어지지는 않아도 적어도 처음의 고양 상태는 더 이상 아니다. 그러면 우리는 모든 일에서, 속인들 중 하나와 꼭 같이 새를 잃어버리거나 잔 하나 깨진 것 가지고도 흥분하게 되는 것이다.

^C 질서, 절제, 지조가 문제되는 일이 아니면 대체로 허약하고 결함 많은 사람도 뭐든지 할 수 있다고 나는 생각한다.

^A 이 때문에 한 인간을 정확하게 판단하려면 주로 그의 평범한 활동을 검토하고, 일상생활 중의 그를 포착해야 한다고 현자들은 말한다.

무지(無知)를 가지고 너무나 재미난 학문을 세운 퓌론은 다른 진정한 철학자들처럼 자신의 이론에 부합하는 삶을 살고자 노력했다. 그리고 인간이 내리는 판단의 취약성을 너무도 극단적으로 주장한 나머지 그 어떤 파당이나 경향을 취할 수 없었고, 모든 일을 자신과 무관한 것으로 바라보고 받아들이면서, 판단을 항상 항구적인 망설임의 상태로 유보하려 했기 때문에, 그는 늘 같은 태도와 같은 얼굴을 하고 있었다고 사람들은 말한다. 한번 무슨 말을 시작하면 상대방이 가 버리고 난 뒤에도 반드시 끝까지 말했다. 길을 가면 무슨 장애가 나타나도 가던 길을 멈추지 않았기 때문에 절벽으로 떨어지고 마차에 부딪히지 않도록 친구들이 보호해 주었다. 무엇을 두려워하거나 피하는 것은 지각 자체의 선택 능력이나 확실성을 배제하는 자신의 명제에 위배되는 것이었기 때문이다. 그는 여러 번 상처를 째고 지져야 했는데, 어쩌나 의연하게 견뎌 내는지 눈 한 번 깜짝이는 것도 볼 수 없었다.

영혼을 그런 사상에 합치시키는 것은 대단한 일이요, 행동까

〔 621 〕

지 부합하게 하는 것은 더욱 대단한 일이다. 하지만 불가능한 일은 아니다. 그러나 분명 보통 사람들의 관행과 그렇게나 동떨어진 기획에서, 사상이 일상적인 생활 양식이 될 정도로 끈기 있고 꾸준하게 영혼과 이념을 결합한다는 것, 그것이 가능하리라고는 거의 믿을 수 없다. 그래서 그는 가끔 집에서 자기 누이와 심하게 다투는 게 눈에 띄어 자신의 무심(無心) 이론을 어겼다는 비난을 받자, "뭐야? 아직도 저 못난 계집애까지 내 규범의 증인이 되어야 하나?"라고 말했던 것이다. 한번은 그가 개를 피하는 것을 사람들이 보았다. 그는 "인간을 완전히 벗어 버리기란 참으로 힘들다. 그러니 사물들과 우선은 행동으로 싸우는 걸 의무 삼아 노력해야 하지만, 어쩔 수 없을 땐 이치로, 이론으로 싸워야 한다."라고 말했다.

칠팔 년 전, 여기서 2마일 떨어진 곳에서 이런 일이 있었다. 지금도 살아 있는 한 시골 사람이 아내의 질투 때문에 오랫동안 골머리를 앓고 있었다. 하루는 일을 보고 돌아오는데, 마누라가 버릇이 된 고함으로 그를 맞이하자, 그는 너무도 화가 나 여전히 손에 쥐고 있던 낫도끼로 그녀를 열받게 한 제 물건을 싹둑 잘라 그녀의 콧대에 던져 버렸다.

그리고 우리 고장의 젊고 활달한 어떤 귀족의 이야기도 있다. 사랑에 빠진 그는 끈기 있게 구애해서 마침내 아리따운 애인의 마음을 녹여 놓고도, 돌격하려는 바로 그 순간 그의 그것이 그만 물러지고 힘이 빠지는 바람에 낭패하고 말았다.

> 남자답지 못하게도, 그의 그것은
> 늙어 빠진 귀두밖엔 서지 않았다.
> 티불루스

〔 622 〕

그는 집에 돌아오자마자 그것을 잘라 그 참혹한 피투성이 희생물을 자기가 끼친 모욕에 대한 속죄로 그녀에게 보냈다는 것이다. 만일 이것이 키벨레 여신의 사제들처럼 이성과 신앙심에서 한 일이라면 이렇게 고매한 행위에 대해 어떤 칭찬인들 못하랴?

며칠 전, 우리 집에서 도르도뉴강 상류로 5마일 떨어진 브라주락[378]에선 이런 일이 있었다. 성질이 침울하고 화를 잘 내는 남편에게 전날 밤 시달리고 얻어맞은 한 여자가 목숨을 대가로 치르고 거친 남편에게서 벗어나기로 결심했다. 그 여자는 아침에 일어나서는 여느 때처럼 이웃 여자들과 어울리며, 그들에게 몇 가지 일들을 부탁하고, 여동생의 손을 잡고 다리까지 가서는 별다른 기색도 보이지 않고 마치 장난을 치듯 작별 인사를 한 뒤 강물로 뛰어내려 죽어 버렸다. 이 경우에 더 장한 것은 이 계획이 밤새 그녀의 머릿속에서 무르익었다는 사실이다.

인도의 부인들의 경우는 아주 다른 얘기이다. 왜냐하면 그들 관습으로는 남편이 여러 명의 아내를 거느리고, 그중 가장 사랑받은 아내가 남편을 따라 죽게 되어 있어서, 부인들은 저마다 동료들을 누르고 이 권리를 얻는 것을 평생의 목표로 삼기 때문이다. 그녀들은 남편에게 바치는 극진한 봉사에 대해 다른 부인들을 제치고 남편의 저승길에 동반자로 뽑히는 것 말고 다른 보상을 바라지 않는다.

> [B] 마침내 장례 침상 위에 횃불이 던져지자,
> 부인들의 경건한 무리는 머리를 풀어 헤치고,

<hr />

378
베르주락의 옛 이름.

누가 산 채로 남편을 따라갈 것인가,

죽기 위한 싸움을 시작한다.

죽을 수 있는 은혜를 얻지 못함은 하나의 수치.

싸워서 이긴 여자들은 불길 속으로 뛰어들어

불타는 입술로 남편의 몸에 입을 맞춘다.

프로페르티우스

^C 어떤 이는 오늘날에도 동양의 나라들에서는 여전히 이런 관습이 성행하는 걸 보았다며, 부인들만 남편을 따라 매장되는 것이 아니라 그가 즐긴 여자 노예들까지 매장된다고 쓰고 있다. 이 일은 이렇게 진행된다. 남편이 죽으면 그 과부는 아주 드문 일이지만 원한다면 자기 일을 처리할 두세 달의 말미를 요청할 수 있다. 정해진 날이 오면, 그녀는 말을 타고, 혼례 때처럼 치장하고서 말을 탄다. 그런 다음 왼손에는 거울, 오른손에는 화살을 들고서 쾌활한 모습으로 마치 남편과 자러 가는 것 같다고 말한다. 부모, 친구, 그리고 축제 분위기에 젖어 있는 군중을 대동하고 그렇게 화려하게 행진해 그녀는 곧 그런 행사를 위한 동네 마당으로 간다. 그곳은 넓은 광장으로, 그 광장 한가운에는 장작이 가득 채워진 구덩이가 있고 바로 그 옆에는 네댓 계단을 높여 만든 단(壇)이 있는데, 그녀는 거기로 인도되어 진수성찬을 대접받는다. 식사를 마친 뒤, 그녀는 춤추고 노래하기 시작하고, 자기 마음에 드는 시간에 불을 붙이라고 명령한다. 불을 붙이면 그녀는 내려가 남편과 가장 가까운 친척의 손을 잡고 함께 가까운 강으로 가서 완전히 발가벗고는 보석과 옷을 친구들에게 나눠 준 뒤, 자기의 모든 죄를 거기서 씻으려는 듯 물속에 잠긴다. 물에서 나오면 열네 발

〔 624 〕

길이의 노란 천으로 몸을 감싸고 다시 한번 남편 친척의 손을 잡고 단으로 가서 사람들에게 말을 하고 만일 자식이 있으면 자식을 부탁한다.

뜨거운 불가마가 보이지 않도록 사람들이 기꺼이 구덩이와 단 사이에 휘장을 쳐 주지만, 어떤 부인들은 더 큰 용기를 보여 주기 위해 그것도 하지 못하게 한다. 그녀가 할 말을 다 끝내면, 한 여자가 그녀 앞에 기름이 가득 든 항아리를 가져온다. 머리와 전신에 바를 기름이다. 기름을 다 바르고 나면 그녀는 항아리를 불 속에 던져 넣고, 동시에 그녀 자신도 불 속으로 뛰어든다. 그 즉시 사람들이 그녀의 몸 위로 장작을 몰아넣어 죽기까지 오래 걸리는 것을 막아 준다. 그들의 즐거움은 온통 애도와 슬픔으로 바뀐다.

신분이 낮은 이들의 경우, 사람들이 남편의 시신을 매장하려는 장소로 옮겨 자리에 앉혀 놓으면, 과부는 그 앞에 무릎을 꿇고서 그를 꼭 끌어안은 뒤 그 자세를 유지한다. 그동안 사람들이 그들 주위에 여자의 어깨 높이 정도까지 벽을 쌓으면, 집안 사람들 중 하나가 뒤에서 그녀의 머리를 잡아 목을 비튼다. 그녀가 죽고 나면 즉시 벽을 올려 봉하고, 그들은 그대로 묻혀 버린다.

A 이 나라에서는 나체 행자들 사이에도 이와 비슷한 예가 있다. 남이 시켜서도 아니고, 갑작스러운 기분의 격정 때문도 아닌, 그들 교리의 굳은 결의에 의해, 그들이 어느 연령에 이르거나 어떤 병으로 목숨이 위협을 받으면 장작 더미를 세우고 그 위에 아주 잘 장식된 침대를 마련하는 것이 그들의 방식이라니 말이다. 그들은 친구들, 지인들과 함께 즐겁게 잔치를 벌인 다음 그 침대 속으로 들어가는데, 어찌나 단호한 결단으로 그렇게 하는지 침대에 불이 붙어도 발 하나 손 하나 까딱하는 것을 볼 수 없다. 그들

〔 625 〕

중 하나였던 칼라누스는 알렉산드로스 대왕의 군대 전체가 보는
앞에서 그렇게 죽었다.

^B 그들 사이에서는 그렇게 죽음으로써 인간적이고 지상적인
모든 것을 태워 버리고 불에 의해 정화되어 깨끗해진 영혼을 떠나
보낸 사람이 아니면 거룩하거나 복받은 자로 여겨지지 않았다.

^A 전 생애에 걸친 끊임없는 성찰, 그것이 이런 기적을 만든다.

FATUM(숙명)에 관한 논쟁도 우리의 여러 다른 논쟁거리 가
운데 섞여 든다. 그리고 미래의 일들과 우리의 의지까지 결정적이
고 불가피한 필연성에 결부시키려고 우리는 여전히 해묵은 논리
에 의지한다. "의당 그러시듯 하느님은 모든 일이 그렇게 될 것을
예견하시므로, 모든 일이 그렇게 될 수밖에 없다."라는 논리 말이
다. 이 점에 대해 우리 신학자들은 이렇게 응답한다. "우리가, 또
하느님도 마찬가지로(하느님에겐 모든 일이 현재이니 그분은 예견
한다기보다는 보신다.), 무슨 일이 일어나는 것을 본다고 하는 것
은 그 일이 일어나게 강요하는 것이 아니다. 사실 일이 일어나기
때문에 우리가 그것을 보는 것이지, 우리가 보기 때문에 일이 일
어나는 것이 아니다. 사건이 앎을 생산하지, 앎이 사건을 유발하
는 것이 아니다. 우리가 보고 있는 사건은 그렇게 일어나고 있다.
하지만 다르게 일어날 수도 있었던 것이다. 그리고 하느님은 당신
의 예지 안에 들어 있는 일들의 원인 목록에 우리가 '우연'이라고
부르는 것들, 또 당신이 우리의 자유의지에 맡긴 자유에 의한 '의
지적 동기'들도 기록해 두셨으며, 우리가 과오를 저지르길 원함으
로 인해서 과오를 저지를 것이라는 것도 알고 계신다."

그런데 이 숙명적인 필연성을 가지고 자기가 거느린 무리들
을 충동질하는 사람들을 나는 많이 보았다. 우리의 때가 확정되어

있다면 적들의 화승총 사격도, 우리의 대담한 행동도, 우리의 도주나 비겁한 행위도 그 때를 앞당기거나 미루거나 할 수 없다면서 말이다. 말은 좋지만 그것을 입증할 사람을 찾아보라. 그리고 강력하고 생생한 믿음이 그처럼 그에 상응하는 행동을 이끌어 내기 마련이라면, 오늘날 그토록 우리 입에 가득 채우고 다니는 그 믿음은 참으로 가볍기 짝이 없는 것이다. 열매[379]에 대한 무시가 자기 동료들까지 무시하게 하는 것이 아니라면 말이다,

어쨌든 누구보다 믿을 만한 증인인 조앵빌 경이 이 주제를 가지고, 성왕 루이가 성지에서 상대한 민족으로, 사라센인들과 섞여 살던 베두인족에 대해 말한 바가 있다. 그들은 종교적으로 각자의 날이 영원으로부터 미리 정해져 있고, 피할 수 없는 운명의 결정에 따라 셈해지고 있기 때문에 전쟁에 나갈 때도 터키식 양날 검 이외에는 아무 무기도 소지하지 않으며, 몸에도 흰색 아마포를 두를 뿐이라는 것이다. 그리고 자기 동료에게 화가 났을 때 입에 담는 가장 지독한 저주는 "죽는 게 겁나서 무장하는 놈처럼 저주를 받아라!"라고 한다. 우리 것과는 전혀 다른 믿음과 신앙의 증거이다.

우리 조상들의 시대에 피렌체의 두 수도사가 보여 준 믿음 역시 이런 종류의 것이다. 그들은 어떤 학문적인 토론을 하다 각자 자기 파의 견해를 입증하기 위해, 사람들이 보는 가운데 공공 광장에서 둘 다 불 속에 뛰어들기로 합의했다. 그런데 만반의 준비를 갖추고 실행하려던 찰나 예기치 않은 사고로 중단되었다.

379
신앙의 결실을 보여 주는 행동들을 말한다. 당시 신교와 구교 사이에 벌어진 논쟁의 중심 주제는 신앙이냐, 신앙의 열매인 행위냐였다. 가톨릭은 열매를 중시했지만, 개신교는 신앙과 열매는 별개라고 주장했다. "열매에 대한 무시"란 개신교도들을 겨냥한 말이다.

〔 627 〕

^C 막 접전하려던 무라트와 후냐디의 두 군대가 보는 앞에서 한 젊은 터키 귀족이 개인적으로 혁혁한 무공을 세웠다. 무라트가 그에게, 그렇게 젊고 경험도 없는데(그것이 그가 출정한 첫 전쟁이었다.) 누가 그토록 용감한 투지로 가득 채워 주었느냐고 묻자, 그는 한 토끼를 용기의 지존한 스승으로 삼았노라고 대답했다. "어느 날 사냥을 나갔다가 굴속에 있는 토끼 한 마리를 보았습니다. 제 곁에는 아주 훌륭한 사냥개가 두 마리나 있었지만, 토끼를 놓치지 않으려면 활을 쓰는 게 낫겠다고 생각했지요. 토끼가 아주 맞히기 좋은 과녁이었거든요. 저는 화살을 쏘기 시작했습니다. 하지만 화살집에 있던 화살 사십 개를 다 쏘았지만 맞히기는커녕 그 토끼를 깨우지도 못했습니다. 그러고 나서 사냥개들을 풀어놓았지만 개들도 어떻게 하지 못했습니다. 그걸 보고 저는 그 토끼가 자기 운명의 보호를 받고 있다는 걸 알았고, 화살이건 칼이건 우리 숙명이 허락하지 않는 한 효력이 없다는 것을 알게 되었습니다. 숙명은 우리가 미루거나 당길 수 있는 것이 아니라는 것을요." 이 이야기는 우리 이성이 모든 종류의 인상에 얼마나 영향받기 쉬운지를 보여 주는 데 사용될 수 있을 것이다.

연령도, 명성도, 지위도, 학식도 높은 한 인물이 내게 자랑하기를 외적인 자극을 받아 자기 신앙에 매우 중요한 변화가 일어났다는데, 그 자극이라는 것이 아주 괴상한 데다 앞뒤가 너무 맞지 않아서 오히려 반대 의미로 해석하는 게 훨씬 설득력 있을 것 같았다. 그는 그것을 기적이라고 불렀고, 나 역시, 그러나 다른 의미로 기적이라 했다.

터키의 역사가들은 터키인들에게 널리 퍼져 있는, 수명은 숙명적으로 결정되어 있다는 믿음이 그들로 하여금 위험을 두려워

〔 628 〕

에세 2

하지 않게 하는 데 명백히 일조하고 있다고 말한다. 그리고 행운이 어깨를 나란히 해 주는 한 그런 믿음에서 명예로운 전사로서의 이익을 보고 있는 한 위대한 군주[380]를 나는 알고 있다.

B 우리 기억으로는, 오랑주 공작의 살해를 도모한 두 사람의 행동보다 놀라운 결단력을 보여 준 행동은 다시 없었다. 사람들이 두 번째 인물(살해를 실행한)을 어떻게 자극해서, 그의 동료가 전력을 다 쏟아붓고도 결국 불행한 일을 당한 그 계획에 열을 내게 만들었는지 불가사의한 일이다. 실패한 동료와 같은 길을 따라 같은 무기를 가지고서, 최근에 겪은 일로 바짝 경계하고 있는 군주, 따르는 측근들의 무리로 보나 그 자신의 체력으로 보나 막강한 군주를, 온통 그에게 헌신하는 도시 안, 호위병들이 에워싸고 있는 그의 방에서 공격하다니.

분명 그는 거기에 매우 단호한 손, 격정으로 격앙된 용기를 사용했다. 살해에는 단검이 더 확실하다. 하지만 권총보다 더 많은 동작과 팔힘을 요하는 만큼 단검의 타격은 빗나가거나 흔들릴 위험이 더 크다. 그가 죽음까지 불사했다는 것, 나는 그것을 그다지 의심하지 않는다. 왜냐하면 사람들이 미끼로 던진 희망 따위가 그의 냉정한 사고력 안에 자리 잡을 수는 없었을 테니까. 그가 결행한 과정을 보면 용기만큼이나 냉정한 사고력 또한 그에게 부족하지 않았음을 알 수 있다. 그같이 강력한 신념의 동기는 다양할 수 있다. 우리네 사고는 저 자신을, 또 우리를, 제 마음대로 주무를

앙리 드 나바르를 말하는 듯하다. 1595년판에는 다음과 같이 되어 있다. "그것을 믿어서건, 또는 극단적인 위험을 무릅쓰는 구실이건 말이다. 행운이 그와 어깨를 나란히 해 주는 데 너무 일찍 싫증 내지만 않으면 좋으련만……."

수 있기 때문이다.

오를레앙 근처에서 일어난 살해[381]는 이 일과 전혀 닮은 점이 없다. 거기엔 사기(士氣)보다는 우연이 더 많이 작용했다. 운명이 그렇게 만들지 않았다면 그 저격은 치명적이지 않았을 것이다. 말을 타고 흔들리며 움직이는 사람을 멀리서 말을 타고 쏜다는 계획은 제 목숨을 위험하게 만들기보단 차라리 거사를 실패하고 싶은 자의 계획이다. 그다음에 이어진 일이 그 점을 보여 준다. 왜냐하면 그는 그렇게 엄청난 일을 실행했다는 생각에 질리고 넋이 빠져서 도망칠 궁리를 하거나, 묻는 말에 답하기 위해 혀를 놀릴 만한 지각조차 상실하고 완전히 혼란에 빠져 버렸으니 말이다. 강을 건너 자기편 군대에 도움을 청하기만 했으면 되었을 것 아닌가? 그것이 내가 그보다 하찮은 위험에 빠졌을 때 의지하는 방법, 강폭이 얼마가 됐든, 그대의 말이 쉽게 들어갈 수 있고 물의 흐름을 보아 가 닿기 쉬운 반대편 기슭이 보이기만 한다면 위험할 것 없다고 생각하는 방법이다. 상기한 자[382]는 끔찍스러운 선고를 받자 이렇게 대답했다. "각오하고 있었다. 내가 견뎌 내는 것을 보면 놀랄 것이다."

ᶜ 페니키아에 종속된 아사신족은 마호메트 교도들 사이에서 신심이 매우 깊고 행습이 순결하다고 평가받는다. 그들은 천국에 들어갈 자격을 얻는 가장 확실한 방법은 반대 종교의 신도를 죽이는 것이라고 믿고 있다. 그래서 그처럼 유익한 살해를 위해, 저 자

381
1563년에 개신교도 폴트로 드 메레가 프랑수아 드 기즈를 암살한 것을 말한다.
382
오랑주 공작을 죽인 발타자르 제라르를 말한다.

신이 당할 위험은 모두 하찮게 여기며, 혼자서 또는 둘이서 죽음을 불사하고 적을 암살(그들의 이름에서 '암살자assassin'이라는 말이 유래했다.)하러 적진 한복판으로 들어가는 일이 흔히 일어난다. 그렇게 우리의 레몽 드 트리폴리 백작이 자기 도시에서 살해되었다.[383]

383
1595년판에는 이렇게 덧붙여 있다. "우리가 성전(聖戰)을 벌이던 중의 일이다. 콩라드 드 몽페라 후작 역시 그렇게 살해되었는데, 살해자들은 그토록 대단한 거사를 수행한 것에 대한 자부심으로 벅차 하면서 형벌을 받았다."

〔 631 〕

30장
어느 기형아에 관하여

A 왈가왈부하는 것은 의사들에게 맡기는 바이니 이 이야기는 아주 간단하게 쓰련다. 그저께 한 아이를 보았는데, 자칭 아이의 아비, 삼촌, 고모라는 두 남자와 젖어미가 돈 몇 푼을 받고 아이의 괴상한 꼴을 사람들에게 보여 주려고 데리고 다니는 것이었다. 그 아이는 다른 데는 모두 멀쩡해서, 또래 다른 아이들과 거의 똑같이 두 발로 서서 걷고 종알댔다. 그 애는 아직도 젖어미의 젖 말고는 아무것도 먹으려 하지 않았다. 사람들이 내 앞에서 그 아이의 입에 뭔가 넣어 주려 했더니, 아이는 조금 씹다가 도로 뱉어 냈다. 그 애의 우는 소리는 뭔지 좀 유별난 점이 있는 것 같았다. 딱 십사 개월 된 아이였다.

아이의 젖꼭지 밑에는 머리가 없는 다른 아이가 들러붙어 있었는데, 척주관은 막혔지만 나머지 부분은 온전했다. 한쪽 팔이 좀 짧긴 했어도 그것은 출생할 때 사고로 부러진 것이니 말이다. 두 아이는 마치 좀 작은 아이가 좀 큰 형에게 매달린 듯 서로 꼭 붙어 있었다. 그들이 붙어 있는 접합 부분은 네 손가락을 붙인 폭 밖엔 안 되어서, 불완전한 아이를 쳐들어 보면 그 아래로 다른 아이의 배꼽이 보였다. 그러니까 꿰매인 곳은 젖꼭지와 배꼽 사이였다. 불완전한 아이의 배꼽은 보이지 않았지만 배의 나머지 부분은 볼

[632]

에세 2

수 있었다. 팔, 엉덩이, 넓적다리, 정강이같이 붙어 있지 않은 부분
은 다른 아이의 몸에 매달려 대롱거리고 있었는데, 그 아이의 다
리 중간 정도까지 늘어져 있었다. 아이의 젖어미는 아이가 오줌은
양쪽으로 싼다며, 그러니 불완전한 아이의 사지가 좀 작고 가늘다
뿐이지 양분을 받아먹고 살아 있으며, 다른 아이와 마찬가지 상태
라고 했다.

한 개의 머리에 붙어 있는 이 두 겹의 몸과 각각의 사지들은
우리 왕에게 우리 나라의 여러 파당과 부분들을 그의 통합된 통
치 하에 견지할 수 있다는 길조가 되어 줄 수 있으리라. 그러나 일
이 그렇게 되지 않을 수도 있으니, 먼저 일이 되어 가는 것을 보는
것이 낫다. 왜냐하면 점이란 된 일을 가지고나 치는 것이니 말이
다. "그렇게 사람들은 사건이 일어난 후에 그것들을 해석해서 그 일
의 전조였다고 말한다."(키케로) B 사람들이 에피메니데스[384]를 두
고 뒷걸음쳐 예견한다고 했듯이 말이다.

방금 전 메독에서 서른 살 남짓한 양치기를 보았는데, 그에게
는 생식기같이 보이는 게 전혀 없었다. 구멍 세 개만 있어서 거기
로 끊임없이 자기 물을 흘리고 있었다. 그는 수염도 나고 성욕도
있어서 여자와 자고 싶어 한다.

C 우리가 괴물이라고 부르는 것들이 하느님에게는 그렇지 않
다. 그분은 무한무변한 당신 작품에서 당신이 거기에 포함시킨 무
한무량한 형태들을 보고 계신다. 그러니 우리를 놀라게 하는 이
형상은 사람에겐 알려지지 않았지만 동일한 유(類)와 관련된 어
떤 다른 형태에 속하는 것이라고 생각해야 한다. 그분의 완전한

384
B. C. 6세기에 활동했다고 전해지는 크레타의 시인이며 샤먼.

30장 어느 기형아에 관하여

예지로부터 나오는 것은 선하고, 보편적이며, 정상적인 것뿐이다. 그런데 우리는 그 조화와 관계를 볼 줄 모른다.

"자주 보는 것은 사람을 놀라게 하지 않는다. 그 원인을 모를 때도 말이다. 하지만 자기가 본 적이 없는 무슨 일이 일어나면, 기적이라고 생각한다."(키케로)

우리는 관습에 위배되는 것을 자연에 위배된다고 한다. 그러나 무엇이건 자연에 따르지 않는 것은 없다. 이 보편적이고 자연적인 이성이, 처음 보는 것이 우리에게 주는 그릇된 생각과 정신적 동요를 우리에게서 멀리 쫓아 주기를.

에세 2

31장
분노에 관하여

A 플루타르코스는 모든 면에서 감탄할 만하지만, 특히 인간의 행동을 판단하는 데서 그러하다. 아이들을 지도할 책임을 아버지에게 맡겨 버리는 어리석음에 대해 그가 들려주는 훌륭한 비판들을 우리는 뤼쿠르고스와 누마[385]의 비교에서 읽을 수 있다. C 아리스토텔레스가 말하는 것처럼, 대부분의 사회는 각자 퀴클롭스[386]들이 하는 식으로 자기의 어리석고 무분별한 변덕에 따라 제 아내와 아이들을 지도하도록 내버려 두고 있다. 유년기의 교육을 법률에 의탁한 것은 라케데모니아와 크레타가 거의 전부이다. A 한 국가의 모든 것이 아이들을 기르고 가르치는 것에 달려 있음을 모르는가? 그런데도 사람들은 아무 생각 없이, 부모가 아무리 어리석고 고약해도 그들 마음대로 하게 내버려 두고 있는 것이다.

다른 일은 제쳐 두더라도, 길을 가던 중에 화가 치밀어서 광분한 아비나 어미에게 두들겨 맞아 살가죽이 벗겨지고 죽을 지경인 어린아이를 보고 아이의 복수를 해 주기 위해 무슨 연극이라도

385
뤼쿠르고스가 라케데모니아의 입법가였듯이 누마는 로마의 입법가로 간주된다.
플루타르코스는 『영웅전』에서 이 둘을 비교했다.

386
그리스 신화에 나오는 외눈박이 반신(半神).

〔 635 〕

꾸며 볼 생각이 간절했던 적이 얼마나 많았나! 그들의 눈에서는
분노의 불이 튀어나오고,

> B 가슴은 노여움으로 불타고,
> 산꼭대기에서 비탈을 따라
> 수직으로 굴러떨어지는 바위처럼
> 머리꼭지가 돌아 버려,
> 유베날리스

(히포크라테스에 의하면, 가장 위험한 병은 얼굴이 일그러지게 만
드는 병이라는데), A 이제 겨우 젖에서 떨어진 아이에게 귀청을
찢을 듯 날카로운 목소리로 고함을 질러 댄다. 이러니 아이들은
매를 맞아 불구가 되고 멍청이가 되어 버리는 것이다. 이렇게 탈
구되고 부러지는 것들이 우리 국가의 사지(四肢)가 아닌 것처럼
우리 사법 기관은 아랑곳하지 않는다.

> B 한 시민을 조국에 주었음에
> 조국과 국민이 그대에게 감사하리라.
> 그대가 그를,
> 밭을 경작하고
> 전쟁과 평화의 기술을 실행하여
> 조국에 봉사하는 데 적합하게
> 만들어 놓기만 한다면.
> 유베날리스

〔 636 〕

에세 2

^A 분노만큼 올바른 판단력을 흩뜨리는 정념은 없다. 분노 때문에 죄수를 처형한 판관이 있다면, 누구라도 서슴없이 사형으로 처벌해야 한다고 할 것이다. 그렇다면 분노 때문에 아이를 매질하는 아비나 학교 선생들은 더욱 처벌할 만하지 않은가? 그것은 이미 징계가 아니다. 그것은 보복이다. 아이들에게 벌이란 약 같은 것이다. 그런데 환자가 아프다고 화가 나서 펄펄 뛰는 의사를 우리가 묵인할 수 있는가?

우리 자신도 올바르게 처신하려면 우리 안에 분노가 아직 가시지 않은 동안에는 하인들에게 결코 손을 대서는 안 된다. 맥박이 빨라지고 감정의 동요가 느껴지는 동안에는 잠시 멈추자. 진정되어 냉정을 되찾으면 사실 일이 다르게 보일 것이다. 화가 났을 때 명령하고 말하는 것은 정념이지 우리가 아니다.

^B 분노를 통해서 보면 결점이 더 크게 보인다. 안개 사이로 보면 사물이 더 커 보이는 것과 같다. 배고픈 사람은 음식을 사용한다. 그러나 벌을 사용하고 싶은 사람은 벌주고 싶은 욕망에 주리고 목말라선 안 된다.[387]

^A 그리고 신중하고 분별 있게 벌을 내려야 벌을 받는 사람이 더 잘 수용하고 더 좋은 결과를 낳는다. 반면 벌주는 사람이 노여움과 분노에 사로잡혀 있으면 벌받는 자는 정당하게 처벌받았다고 생각하지 않는다. 그러고는 자기 상전의 심상찮은 동작, 벌겋게 충혈된 얼굴, 안 쓰던 상소리, 흥분된 모습과 주체하지 못하는 성급함 등을 자기 정당화의 구실로 삼는다.

---

[387]
플루타르코스의 『윤리론집』 중 「얼마나 분노를 억제해야 하는가」에서 원용했다.

31장 분노에 관하여

B 얼굴은 분노로 부풀어 오르고, 혈관은 검어지고,
눈은 고르곤[388]의 눈보다 더 뜨거운 불로 번뜩인다.

오비디우스

A 루키우스 사투르니누스가 카이사르에게 유죄 선고를 받았
을 때, 자신의 승소를 위해 시민들(그가 호소한)에게 가장 호소력
있게 내세울 수 있었던 것은 카이사르가 이 선고 때 드러낸 적의
와 격노였다고 수에토니우스는 말한다.

말하는 것과 행하는 것은 별개의 것이다. 설교와 설교자는 따
로 떼어 고찰해야 한다. 우리 시대에, 성직자들의 악덕을 빌미로
우리 교회의 진리를 공격하려 애쓰는 자들은 아주 치사한 수를 쓰
고 있는 것이다. 교회의 진리는 다른 데서 증거를 구한다. 그런 식
의 공격은 모든 것을 혼란 속에 밀어 넣는 어리석은 논법이다. 품
행이 좋은 사람도 그릇된 견해를 가질 수 있고, 악인도 진리를, 심
지어 자기는 믿지 않으면서도 설교할 수 있다.

행동과 말이 함께 간다면 그것은 분명 아름다운 조화이고, 말
이란 행동이 따를 때 가장 권위 있고 효과적이라는 것을 나는 부
인하고 싶지 않다. 한 철학자가 전쟁에 관해 연설하는 것을 들은
에우다미다스가 "멋진 말이다. 하지만 말하는 사람을 보니 그다지
믿음직하지 않은걸. 왜냐하면 그의 귀는 전투 나팔 소리에 익숙하
지 않거든."이라고 했던 것처럼 말이다. 마찬가지로 클레오메네스
는 한 수사학자가 용맹에 대해 늘어놓는 장광설을 듣고는 큰 소리

388
그리스 신화 속의 괴물 메두사, 스테노, 에우리알레 세 자매. 단수형으로 언급될 때는
대개 메두사를 지칭한다.

〔 638 〕

로 웃기 시작했다. 상대가 화를 내자 그는 이렇게 답했다. "그 말을 종달새가 했다면 나는 똑같이 웃을 거요. 하지만 독수리라면 기꺼이 경청할 거요."

고대인들의 글을 읽다 보면 자기가 생각한 것을 말하는 사람이 그런 생각을 가진 척하는 자보다 훨씬 박진력 있게 설파하는 것이 느껴진다. 키케로가 자유에 대한 사랑을 말하는 걸 들어 보고, 브루투스가 같은 것에 대해 말하는 걸 들어 보라. 후자는 목숨을 주고라도 자유를 살 사람임을 글 자체가 느끼게 해 준다. 웅변의 아버지인 키케로에게 죽음에 대한 경멸을 다뤄 보게 하고, 세네카도 그것을 다뤄 보게 하라. 전자는 맥없이 질질 끌어서 자기 자신이 설득되지 않은 것을 그대에게 설득하려 한다는 느낌이 들 것이다. 그는 그대에게 전혀 용기를 불어넣지 않는다. 그 자신이 용기가 없으니까. 후자는 그대를 깨어 일어나게, 뜨거워지게 한다. 나는 어떤 작가도, 특히 덕성이나 의무에 대해 다룬 작가들은 그가 어떤 인간이었는지 세심히 탐구하지 않고서는 결코 읽지 않는다.

^B 스파르타의 사법관들은 어떤 방탕한 인간이 시민들에게 유용한 의견을 제안하는 것을 보면 그에게 침묵을 명한 뒤, 점잖은 인물에게 그 생각을 취해서 제안해 달라고 청했다.

^A 플루타르코스의 글들을 잘 음미하면 우리는 그를 충분히 알 수 있다. 그리고 나는 내가 그의 마음속 깊은 곳까지 안다고 생각한다. 하지만 나는 우리가 그의 생애에 대한 기억을 좀 가지고 있으면 싶다. 아울루스 겔리우스가 고맙게도 그의 성격에 관하여, '분노'라는 내 주제와 관련 있는 다음의 이야기를 우리에게 글로 남겨 준 것에 대해 감사 삼아 따로 여기에 쓴다.

플루타르코스에겐 심보가 고약한 악질이지만 철학 공부에 귀

31장 분노에 관하여

를 좀 적신 일이 있는 하인이 하나 있었는데, 무슨 잘못을 저질러서 플루타르코스의 명으로 발가벗겨져 매를 맞게 되었다. 처음에는 이럴 수는 없다고, 자기는 아무 짓도 하지 않았다고 으르렁대더니 막판에 가서는 고함을 쳐 대며 주인을 향해 욕설을 퍼부으면서, 자기 주인이 철학자연하더니 철학자가 아니라고, 분노는 더러운 일이라며 그것으로 책까지 써 놓고서, 이젠 완전히 분노에 푹 빠져 이렇게 가혹하게 매질하다니 자기가 쓴 글을 자기가 송두리째 배반하고 있다고 비난했다. 이 말에 플루타르코스는 아주 차갑고 침착하게 말했다. "뭐라고, 이 상스러운 놈아, 뭘 가지고 내가 지금 화를 낸다고 하는 거냐? 내 얼굴, 내 목소리, 내 안색, 내 말이 내가 흥분했다는 증거를 보이더냐? 나는 내 눈이 우락부락하거나, 내 얼굴이 붉으락푸르락하거나, 내가 끔찍하게 고함을 질러 댄다고 생각하지 않는다. 내가 얼굴을 붉히더냐? 입에 거품을 물더냐? 내게서 후회할 말이라도 튀어나가더냐? 내가 화가 나서 부들부들 떨더냐? 네게 말해 주는데, 그런 게 바로 분노의 증거들이다." 그러더니 매질하던 자에게로 몸을 돌려 "자네 일을 계속하게, 나는 이자와 토론하고 있을 테니."라고 했다. 이것이 그의 이야기이다.

아르키타스 타렌티누스는 총사령관으로서 전쟁을 수행하고 돌아와 보니 관리인이 관리를 태만하게 해 살림살이가 엉망진창이요 토지는 황무지가 되었음을 보았다. 그는 관리인을 불러 말했다. "가라, 내가 화가 나지 않았다면 네놈을 흠씬 패 주었을 것이다!" 플라톤 역시 그의 노예 중 하나에게 열을 받자, 놈에게 화가 나 있어서 손대기 싫다며 그를 벌하는 책임을 스페우시푸스에게 맡겼다. 라케데모니아인 카릴루스는 자기에게 지나치게 무례하고

〔 640 〕

에세 2

뻔뻔하게 구는 한 엘로트[389]에게 "제기랄! 내가 화만 안 났어도, 이 자리에서 널 죽여 버렸을 텐데."라고 했다.

분노란 저 혼자 장구 치고 북 치며 부풀어 오르는 정념이다. 그릇된 이유로 흥분한 나머지, 누가 우리에게 정당하게 반박하거나 변명을 제시해도, 진실 자체에 대해, 그리고 엉뚱한 것에 대해 분통을 터뜨린 일이 얼마나 많은가? 이 문제에 관해서 나는 고대의 놀라운 예 하나를 기억하고 있다.

다른 일에서는 누가 봐도 덕망 있는 인물이었던 피소는 그의 병사 하나 때문에 몹시 화가 났다. 말 먹잇감 징발을 나갔다가 혼자 돌아온 그 병사가 자기 동료를 어디에 두고 왔는지 보고하지 못하자, 피소는 그가 동료를 죽인 것이 확실하다고 여기고 즉각 사형 선고를 내렸다. 그리하여 그 병사를 교수대에 올려 놓았는데, 바로 그때 길을 잃었던 병사의 동료가 도착했다. 군대 전체가 크게 기뻐하고 두 병사가 서로 잔뜩 보듬고 쓰다듬은 후, 형리가 그 둘을 피소 앞으로 데려갔다. 모두들 피소 역시 크게 기뻐할 것이라고 기대했지만, 결과는 반대였다. 수치심과 분한 마음에, 여전히 강하게 남아 있던 그의 분노가 두 배로 치솟았기 때문이다. 노여움이 순간적으로 그에게 불어넣은 궤변에 의해, 그는 한 사람이 무죄함을 알게 되자 세 사람을 죄인으로 만들어 처형해 버렸다. 첫번째 병사는 이미 체포되었으니까, 길을 잃었던 병사는 자기 동료를 죽게 만들었으니까, 형리는 자기가 내린 명령에 복종하지 않았으니까 죄인이라는 것이었다.

^B 고집 센 여자들과 협상해야 하는 사람들은, 자기는 흥분하

389
스파르타의 노예가 된 라코니와 에세니인들을 부르는 명칭이다.

31장 분노에 관하여

고 있는데 상대방이 침묵과 냉정으로 대할 때, 자기 화를 돋우려고조차 하지 않을 때 여자들이 얼마나 격노하는지 시험해 볼 수 있다. 웅변가 켈리우스는 천성적으로 지독하게 화를 잘 냈다. 한 친구가 그와 함께 밤참을 들게 되었다. 그 친구는 마음이 무르고 부드러워, 그를 화나게 하지 않으려고 그가 말하는 모든 것을 시인하고 동의하기로 마음먹고 있었는데, 켈리우스는 자기의 침울한 기분이 계속 먹잇감을 얻지 못하는 것을 견디지 못하고 친구에게 말했다. "제발 반박 좀 해 보게, 우리가 두 사람인 게 표가 나야 말이지!" 고집 센 여자들도 마찬가지로, 맞불을 놓듯 사랑의 법칙을 흉내 내며 자기들에게 화내게 만들기 위해서만 화를 낸다.

포키온은 심하게 욕을 해 대면서 자기 말을 방해하는 사람에게 대꾸도 하지 않고 그가 제 분노를 다 쏟아 낼 때까지 잠자코 기다렸다가, 그것이 끝나자 그 소란에 대해서는 일언 반구도 없이 자기가 멈췄던 데서부터 다시 말하기 시작했다. 이런 멸시보다 더 신랄한 응수는 없다.

프랑스에서 가장 화를 잘 내는 사람에 대해(화는 누구에게나 결함이지만 군인에게는 좀더 너그럽게 봐 줄 만한 결함이다. 군인이 종사하는 일에는 분노 없이는 수행할 수 없는 부분이 있기 때문이다.), 나는 그가 내가 아는 한 가장 참을성 있게 자기 분노를 억제하는 사람이라고 자주 말한다. 분노는 그를 너무도 격렬하게 흔든다.

> 청동 항아리 아래에서
> 장작불이 큰 소리를 내며 탈 때,
> 물은 열기로 부글부글 끓으며,
> 저를 가둔 감옥에서 격분하여

[642]

거품을 내며 항아리에서 넘친다.

마침내 더 이상 그 안에 담겨 있지 못하고
검은 수증기가 공기 중으로 올라간다.
베르길리우스

그래서 그는 분노를 누르기 위해 엄혹하게 자제해야 한다. 그런데 나로 말하자면, 감추고 참기가 이렇게 힘이 드는 정념을 알지 못한다. 나는 지혜의 값을 그렇게 높게 매기고 싶지 않다. 나는 그가 무슨 짓을 하는가보다, 더 나쁘게 하지 않으려고 얼마나 애를 쓰는가를 더 중시한다.

다른 어떤 사람은 내게 자기의 행습이 얼마나 질서 있고 온화한지를 자랑했는데, 사실 그 점은 특별했다. 나는 세상 사람들에게 언제나 매우 절제된 모습을 보여 주는 것은, 특히 그처럼 높은 지위에 있어서 모두가 지켜보는 사람의 경우 정말 대단한 일이라고 말했다. 그러나 중요한 것은 자기 자신에게, 자기 내면에서 침착한 상태를 유지하는 것이요, 내적으로 번민한다면 그것은 자기 일을 잘 관리하는 것이 아니라고 말했다. 나는 그가 그 가면, 그 정돈된 겉모습을 외적으로 유지하기 위해 속으로는 안달복달하고 있지 않은지 걱정되었던 것이다.

사람들은 분노를 감춤으로써 그것이 자기 몸 깊이 배어들게 한다. 선술집에 있는 것을 들키지 않으려고 안쪽으로 깊숙이 들어가는 데모스테네스를 보고 디오게네스가 "뒤쪽으로 들어갈수록 더 깊숙이 들어가는 것이다."라고 말했던 것과 같다. 현명한 모습을 보여 주려고 자기 기분을 갑갑하게 가두기보다 차라리 약간 시

〔 643 〕

의적절치 않더라도 하인의 뺨을 한 대 갈겨 주라고 나는 권한다. 나라면 괴로우면서도 억지로 내 기분을 누르고 있기보단 차라리 밖으로 표출하고 싶다. 정념은 밖으로 표출됨으로써 약화된다. 감정의 화살촉이 안을 향해 꺾이게 하기보다 밖으로 작용하게 하는 편이 낫다. C "밖으로 드러나는 결함은 가장 가벼운 것들이다. 그것들이 건전한 척하는 외양 뒤에 숨어 있을 때 제일 위험하다."(세네카)

B 나는 내 집에서 화를 낼 권리가 있는 사람들에게 주의를 준다. 우선 자기 분노를 잘 관리해 아무 일에나 표출하지 말 일이다. 그러면 화의 효과와 무게가 없어진다. 아무 생각 없이 일상적으로 소리를 질러 대면 예사가 되어 누구나 그것을 무시하게 된다. 도둑질을 한 하인에게 화를 내도, 잔을 잘 헹구지 못했거나 의자를 잘못 놓았다고 그를 야단칠 때 백 번이나 사용한 화라면 효과가 전혀 없다. 둘째로는 허공에 대고 화를 내지 말고, 화나게 한 장본인에게 자기의 질책이 도달하게 하라는 것이다. 왜냐하면 당사자가 나타나기도 전에 소리를 지르기 시작해서 그가 가 버린 뒤에도 백 년이나 고함을 치는 일이 흔하기 때문이다.

> 극도로 흥분하면 발광이 저 자신에게로 돌아서서,
> 클라우디아누스

그런 사람들은 제 그림자에 화를 내며, 시끄러운 고함 소리 때문에 공연히 괴로움을 당하는 애꿎은 사람 말고는 아무도 그 때문에 벌받지도 괴로움을 당하지도 않는 곳까지 그 폭풍을 몰아간다.

나는 또 싸움이 났을 때 상대방이 없는 데서 소리를 고래고래 지르며 김을 뿜어 내는 자들도 비난한다. 그런 허장성세는 적중할

〔 644 〕

에세 2

기회가 올 때까지 간직해 둬야 한다.

> 그렇게 황소도 전투에 나설 때면
> 무시무시한 울음소리를 토하면서,
> 분기충천하여 나무둥치를 들이받아 뿔들을 시험하고,
> 허공을 들이받고, 모래를 차며 공격을 예고한다.
>
> 베르길리우스

    나는 화를 낼 땐 아주 격렬하게 낸다. 하지만 가능한 한 가장 짧게, 할 수 있는 한 남모르게 낸다. 빨리 그리고 격렬하게 화를 내지만 그렇다고 정신이 나가서 할 말 못할 말을 가리지 못하고, 가장 깊은 상처를 줄 성싶은 바로 그 지점을 찌르려고 벼르지 못할 정도로 혼란에 빠지지는 않는다. 왜냐하면 나는 대개 화낼 때 말밖에는 사용하지 않기 때문이다.

    내 하인들은 작은 일보단 큰 일에서 더 헐값에 대가를 치른다. 작은 일은 대비할 여유 없이 나를 덮친다. 그런데 그대가 일단 벼랑길로 들어서면, 누가 밀었든 불운은 항상 그대가 바닥까지 떨어지길 원하기 때문이다. 추락은 스스로 서두르고, 절로 격해지고 가속도를 낸다.

    큰일에서는 화내는 것이 너무도 당연하니까, 응분의 분노가 터져 나올 것이라고 모두들 기대하고 있다는 것이 내게 보상이 된다. 나는 그들의 기대를 뒤집는 것을 내 영광으로 삼는다. 나는 긴장하며 분노에 대비한다. 분노는 나를 깊은 혼란에 빠뜨리고, 내가 저를 따르면 나를 아주 멀리까지 데려갈 거라고 위협한다.

    내가 예상하고 있었을 경우 이 정념에 빠지지 않도록 경계하

〔 645 〕

31장 분노에 관하여

기가 쉽고, 또 나는 이 정념의 충동을 밀어낼 수 있을 만큼 충분히 강하다. 그 동기가 아무리 강력한 것이라도 말이다. 그러나 그 정념이 나를 덮쳐 일단 사로잡으면 아무리 그 동기가 하찮은 것이라도 나를 이긴다. 그래서 나는 내게 반박할 수 있는 자들과 협상을 해 둔다. 내가 먼저 화난 것 같거든 옳건 그르건 화내게 내버려 두어라. 나도 네게 그렇게 할 것이다. 폭풍은 화가 화를 부를 때, 분노들의 그 경쟁에서 만들어지지, 한 지점에서만 야기되지 않는다. 각각의 화가 제 코스를 가게 내버려 두자. 그러면 우린 항상 평화롭다. 유용한 처방이긴 한데 실천하기는 어렵다.

때로는 집안의 질서를 위해 폭풍 노도의 연기를 해야 할 때도 있다. 실은 전혀 화가 나지 않았는데 말이다.

나이가 들어서 성미가 까다로워짐에 따라 나는 그것에 대항하려 애쓴다. 비록 전에는 그런 성질이 가장 적은 사람에 속했지만, 이제부터는 우울하고 까다로워지는 것이 더 허용되고 또 그렇게 될 소지가 많으니 할 수만 있다면 덜 그렇게 되도록 노력할 것이다.

^A 이 장을 마치기 위해 한마디만 더 하자. 아리스토텔레스는 분노가 때로는 용덕과 용기에 무기가 된다고 말한다. 그럴듯한 말 같다. 그러나 그의 말을 반박하는 자들은 그것이 괴상한 용도의 무기라고 재미있게 응수한다. 다른 무기들은 우리가 움직이지만 이 무기는 우리를 움직이니 그렇다는 것이다. 우리 손이 그것을 조종하는 것이 아니라 그것이 우리 손을 조종한다. 그것이 우릴 쥐고 있지 우리가 그것을 쥐고 있을 수가 없다.

32장
세네카와 플루타르코스의 변호

^A 여기 내가 이 인물들에 대해 품고 있는 친밀함, 그들이 내 노년에, 그리고 ^C 순전히 그들의 유품을 쌓아 짓는 내 책에 주는 도움을 생각할 때, 나는 ^A 그들의 명예를 옹호하지 않을 수 없다.

세네카로 말하자면, 소위 개혁파 종교에 속하는 사람들이 자기들의 입장을 옹호하기 위해 수많은 소책자를 유포하고 있고, 개중에는 더 나은 일에 쓰이지 못한 것이 참으로 아까운, 훌륭한 손에서 나온 것들도 더러 있다. 그중 일전에 내가 본 책자에서는 가엾은 우리 왕 샤를 9세의 치세와 네로 치세의 유사성을 부풀려 채우려고, 고(故) 로렌 추기경을 세네카에 견주고 있었다. 둘 다 자기 군주의 최고 재상이 되는 운명을 타고났을 뿐 아니라 행습, 조건, 처신도 흡사했다면서 말이다. 이 점에서 그 책의 저자는 로렌 추기경에게 대단한 영광을 선사하고 있다고 생각한다. 왜냐하면 그의 지성, 웅변, 자기 종교와 왕을 섬기려는 열정, 그처럼 훌륭한 가문 출신으로서 그만한 위엄과 임무 수행 능력을 갖춘 성직자를 갖는다는 것이 너무 신기하고 드문 일인 시대, 그렇지만 또 백성의 평안을 위해서는 너무나 필요한 시대에 태어날 수 있었던 행운까지, 나도 높이 평가하는 사람들 중 한 사람이지만, 진실을 말하자면 그의 능력이 세네카의 능력에 그 정도로 가깝다거나 그의 덕

〔 647 〕

성이 세네카의 덕성만큼 명백하고 완전하고 견고하다고는 생각하지 않는다.

그런데 그 책자는 목적하는 바에 도달하기 위해 역사가 디온[390]의 비난을 인용하며 세네카를 매우 욕되게 묘사한다. 그런데 나는 디온의 증언을 전혀 믿을 수 없다. 왜냐하면 그가 어떤 때는 세네카를 대(大)현자, 어떤 때는 '네로의 악행에 대한 불구대천의 원수'라고 부르다가 다른 데서는 인색한 고리대금 업자, 비열하고 탐욕적인 야심가요 가짜 간판을 내건 사이비 철학자로 만들며 오락가락하는 반면, 세네카의 글에서 보면 그의 덕성이 너무도 생생하고 활력 있고, 위와 같은 비난, 예를 들어 그의 과도한 부와 낭비에 대한 자기 변호도 매우 솔직해 그에 반하는 그 어떤 증언도 믿을 수 없기 때문이다. 게다가 그런 일에서는 그리스나 외국의 역사가들보다 로마의 역사가들을 믿는 것이 훨씬 합리적인데, 타키투스와 다른 로마 역사가들은 그의 삶과 죽음이 매우 명예로웠다고 말하면서, 그를 모든 일에서 매우 탁월하고 유덕한 인물로 묘사한다. 그러므로 나는 디온의 평가에 대한 반증으로 그가 도저히 피할 수 없는 한 가지 비판밖에는 제시할 생각이 없다. 그것은 디온이 로마의 국난에 대해 어찌나 왜곡된 견해를 갖고 있는지, 감히 폼페이우스에 대해 율리우스 카이사르의 입장을, 키케로에 대해 안토니우스의 입장을 지지한다는 것이다.

플루타르코스로 돌아가자.

390
Dion Cassius, 155?~235?. 니케아 출신 로마의 정치가. 『로마사』 80권을
그리스어로 썼다.

〔 648 〕

장 보댕[391]은 우리 시대의 훌륭한 작가이다. 그는 동시대의 삼류 작가 무리들보다 훨씬 날카로운 판단력을 갖고 있고, 평가와 고려의 대상이 될 만한 인물이다. 하지만 그의 『역사의 방법』 중에서, 플루타르코스가 무식할 뿐 아니라(이 점에 대해서는 그가 마음대로 말하라고 내버려 둔다. 그 점은 내 관심사가 아니니까.[392]) 믿을 수 없고 완전히 공상적인 이야기들(그가 쓴단어들이다.)을 자주 쓰고 있다고 비난하는 대목에서는 좀 과하지 않은가 싶다.[393] 그가 단지 사건들을 사실과 다르게 썼다고만 했다면 그것은 심한 비난이 아니었을 것이다. 누구나 직접 보지 못한 일은 남이 쓴 것을 믿고 빌려 오는 것이니까. 그리고 나는 플루타르코스가 때로는 알면서도 일부러 같은 이야기를 다르게 서술하는 것을 본다. 예를 들어 이 세상에서 가장 훌륭한 장수 세 명에 대한 한니발의 평가를 언급할 때가 그러한데, 「플라미니우스전(傳)」에선 이렇게, 「피루스전」에서는 저렇게 제시한다. 하지만 믿을 수 없고 있을 수 없는 일들을 진품 동전으로 여겼다고 그를 비난하는 것은, 세상에서 가장 정확한 판단력을 지닌 작가를 판단력 결여로 고발하는 것이다. 여기 보댕이 든 예가 있다. "여우 새끼를 훔친 라케데모니아의 한 아이가 도둑질을 들키느니 차라리 여우가 자기 배를 갈기갈기

391
Jean Bodin, 1530~1595. 프랑스의 법학자, 철학자, 경제학자.

392
『에세 2』 10장에서 몽테뉴는 학식에 관해서는 관심이 없고 다만 판단력이 문제라고 확언한다.

393
사실 몽테뉴가 늘 견지하지는 못했던 비판 정신을 보댕이 보여 준다고 볼 수 있다. 몽테뉴는 우리가 이루 다 상상하지도 못할 사물의 잡다성, 다양성을 느끼게 해 주기를 좋아해서 비상(非常)한 이야기들에 거의 편향적인 관심을 보였다.

32장 세네카와 플루타르코스의 변호

물어뜯게 내버려둔 채 죽을 때까지 옷 속에 숨기고 있었다는 이야기를 할 때 같은 경우가 그렇다."라는 것이다. 우선 나는 육체적인 힘에 대해서는 그 한계를 확인하고 인식할 수 있는 가능성이 보다 많은 반면, 영혼이 가진 기능의 능력을 한정하기란 매우 어렵다는 점에서 이 예가 잘못 선택되었다고 생각한다. 이런 연유로 만일 내가 골랐다면 차라리 첫 번째 종류의 예[394]를 골랐을 것이다. 그리고 그런 예들 중에는 더 믿기 힘든 이야기들이 있다. 그중에서도 피루스에 대해 말하면서 온통 부상을 당한 상태인 그가 온몸을 철저히 무장한 적을 한 칼로 어찌나 세게 내리쳤는지, 머리에서 아래까지 완전히 쪼개 버려 몸이 두 쪽으로 갈라졌다고 이야기하는 것이 그 예이다.

보댕이 든 예에서 나는 대단한 기적을 발견할 수 없으며, 플루타르코스가 우리에게 경계심을 불러일으켜 함부로 믿지 않게 하려고 "사람들이 말하듯이"라는 말을 덧붙였다고 두둔해 주는 말도 받아들일 수 없다. 왜냐하면 고대 또는 종교의 권위와 그에 대한 경외심에서 수용된 일이 아니면 플루타르코스 자신도 믿고자 하지 않았을 것이요, 우리에게 그 자체로서 믿기 어려운 일들을 믿으라고 전해 주지도 않았을 것이 분명하기 때문이다. 그리고 "사람들이 말하듯이"란 말을 그곳에서 그런 효과를 위해 사용하지 않았다는 것은, 플루타르코스 자신이 다른 곳에서 라케데모니아의 아이들의 참을성을 다루면서, 자기 시대에도 볼 수 있는 그보다 더 믿기 힘든 예들을 우리에게 이야기하는 것으로 보아 쉽게 알 수 있다. 예를 들어 그보다 먼저 키케로가 자기도 당장 찾아낼 수 있다

394
육체의 힘의 한계와 관계된다.

에세 2

(그의 말에 의하면)며 증언한 예가 그렇다. 그는 자기 시대에도 여전히, 다이아나 여신의 제단 앞에서 참을성 시험을 치를 때 온몸에서 피가 흐르도록 매질을 당하면서도 소리를 지르지 않을 뿐만 아니라 신음 소리 하나 내지 않는 아이들이 있으며, 어떤 아이들은 기꺼이 목숨을 내놓기까지 한다고 말한다. 그리고 플루타르코스가 다른 백여 명의 증인들과 더불어 이야기하는 것으로, 라케데모니아의 한 아이는 희생 제의에서 향로를 흔들다가 불붙은 숯 한 덩이가 소매 속으로 굴러 들어왔지만, 살 타는 냄새가 참석자들에게까지 풍기도록 팔 한 짝이 다 타게 내버려 두었다고 한다.

그들의 관습에 의하면, 도둑질하다 들키는 것보다 더 평판이 걸린 문제도 없고, 그보다 더 책망과 수치를 당하게 되는 일도 없었다. 나는 이 시대 인물들의 위대성에 너무 심취해서 보댕처럼 그의 이야기가 믿을 수 없는 일로 보이지 않을 뿐 아니라 희귀하거나 이상한 일이라고 생각되지도 않는다.

C 스파르타의 역사는 그보다 더 혹독하고 희귀한 수많은 예들로 가득 차 있다. 그런 기준으로 보면 그 역사 전체가 기적이다.

A 도둑질에 관한 이야기에서 마르켈리누스는, 자기 시대엔 이집트인들 사이에 도둑질이 만연했는데, 그들을 이 악행의 현장에서 잡아도 최소한 이름만이라도 실토하게 할 수 있는 어떤 고문 수단도 찾을 수 없었다고 한다.

B 집정관 루키우스 피소의 살해 공모자들을 대라고 심문을 받던 한 스페인 농부는 고문을 당하면서도 자기 친구들에게 동요하지 말고 안심하고 앉아 있으라면서, 어떤 고통을 가한들 자기에게서 한 마디의 자백도 받아 낼 수 없다고 소리쳤다. 그래서 첫날에는 아무것도 알아내지 못했다. 다음 날 다시 고문을 시작하려고

데려오자 그는 호위병들의 손을 격렬히 뿌리치며 벽에 머리를 찧어 자살했다.

^C 에피카리스는 네로의 하수인들이 부려 대는 잔인성을 물리도록 맛보면서도, 자신의 음모에 대해서는 한마디도 발설하지 않은 채 하루 종일 그들의 불, 몽둥이, 기계를 견뎌 냈다. 다음 날 사지가 부서진 채 다시 고문을 당하러 끌려온 그녀는 의자 한쪽 팔걸이에 자기 옷의 끈 하나를 걸어 고리를 만들고 거기에 머리를 집어넣은 뒤 제 몸의 무게로 목을 졸라 자살했다. 첫날의 고문도 그렇게 죽어서 피할 용기가 있었으면서도, 그녀는 저 폭군을 비웃어 주고, 자기처럼 대항하라고 다른 이들을 격려하려고 일부러 참을성 시험에 자기 생명을 빌려주었던 것 같지 않은가?

^A 그리고 우리의 소총수들에게 내란에서 겪은 경험에 대해 물어보면, 우리의 이 비참한 세기에, 이집트인들보다 더 물러 터지고 유약한 천민들 중에서도, 우리가 좀 전에 스파르타식 용덕의 예로 든 사람들과 견줄 만한 참을성과 고집과 완강함의 행적을 발견하게 될 것이다. 우직한 농민들 중에서도 그저 몸값을 지불하지 않으려고, 발바닥을 지지고, 총의 개머리판으로 손가락 끝을 뭉개고, 굵은 밧줄로 이마를 세게 죄어 눈알이 튀어나오는 것을 견디는 자들이 있음을 나는 알고 있다. 그중 내가 본 한 농부는 죽은 줄 알고 벌거숭이로 구덩이에 던져 놓았는데, 목에는 사람들이 밤새 말꼬리에 매달아 끌고 다니던 굴레가 아직도 걸려 있어 상처투성이로 퉁퉁 부어 있고, 몸에는 죽이기 위해서가 아니라 고통과 겁을 주기 위해 찔러 댄 단검 자국이 백 군데나 나 있는 상태였다. 그는 그 모든 것을 견뎌 냈고 그 때문에 말도 감각도 잃어버릴 지경이 되었지만, 내게 말하기를, 차라리 그렇게 골백번 죽을지언정

(사실 그가 당한 고통으로 치자면, 그는 완전히 죽었다가 살아난 것이다.) 아무것도 내놓지 않겠다고 굳게 결심했다는 것이다. 그런데 그는 마을 전체에서 가장 부유한 농민 중 하나였다. 남에게서 빌려 온 견해, 잘 알지도 못하고 알려지지도 않은 사상 때문에 자기를 태우고 굽는 것을 참고 견뎌 내는 자들을 우리는 얼마나 많이 보는가!

^B 나는 화가 나서 한번 앙다문 생각을 뱉어 내게 하기보다는 차라리 벌겋게 달군 쇠를 깨물게 하기가 쉬울 여자들을 수백 명 알고 있다. 하긴 이 점에서는 가스코뉴 여자들의 머리가 어떤 특권을 가지고 있다고들 하니까. 그녀들은 매를 맞거나 제재를 당하면 오히려 기승을 부린다. 아무리 위협하고 몽둥이찜질을 해도 자기 남편을 '이투성이'라고 부르기를 그치지 않던 한 여자는 물에 처넣으니까 숨이 막히면서도 손을 쳐들어 머리 위로 이 죽이는 시늉을 하더라는 이야기를 꾸며 낸 사람은 사실 우리가 날마다 보는 여자들의 옹고집을 명백히 보여 주는 이야기를 꾸며 낸 것이다. 그리고 고집은 적어도 그 힘과 단호함에서는 지조와 자매지간이다.

^A 다른 데³⁹⁵서 말했던 것처럼, 우리가 보기에 믿음직하다거나 믿음직하지 않다는 것을 가지고 가능하다 불가능하다를 판단해서는 안 된다. 자기가 할 수 없거나 ^C 하고 싶지 않은 일이라고 해서 남이 했다는 것조차 ^A 좀처럼 믿지 못하는 것은 큰 잘못인데도, 대부분의 사람들이 거기에 잘 빠진다.(^C 보댕을 두고 하는 말은 아니다.) 사람들은 저마다 자연의 모범적 형태가 자기에게 있다고

32장 세네카와 플루타르코스의 변호

생각하며^{396} 그것을 시금석 삼아 다른 모든 형태를 연관시켜 본다. 그러고는 자기와 맞지 않는 행동은 위장이요, 가식이라고 생각한다. 얼마나 야만적인 우매함인가!

^{A} 나로 말하자면, 어떤 인간들은 나보다 훨씬 위에 있다고 생각하는데, 특히 고대인들이 그렇다. 그래서 나는 내 걸음으로 그들을 따라갈 수 없다는 건 솔직히 인정하지만, 눈으로는 끊임없이 그들을 좇으며 그들을 그토록 높이 들어 올리는 원동력, ^{C} 내 안에서도 싹이 감지되는 그 힘이 무엇일까 생각해 본다. 극도로 저열한 정신들에 대해서도 마찬가지여서, 나는 놀라거나 못 미더워하지 않는다. 나는 고대의 인물들이 스스로를 들어 올리기 위해 쓰는 방법들을 보고, ^{A} 그들의 위대함에 경탄한다. 이 도약을 매우 아름다운 것으로 여기며 내 품에 얼싸안는다. 내 힘은 비록 거기에 이르지 못할망정 내 판단은 매우 기꺼이 그것에 동조한다.

플루타르코스가 말한 것 중에 믿을 수 없고 완전히 공상적인 이야기라며 보댕이 들고 있는 또 다른 예는 아게실라우스가 시민들의 마음과 호의를 본인 혼자에게만 쏠리게 했다는 이유로 스파르타의 법관들에게서 벌금형을 받았다는 이야기이다. 나는 그가 그 이야기에서 거짓이라는 어떤 증거를 보았는지 모르겠다. 하지만 어쨌든 플루타르코스는 우리보다 그에게 훨씬 더 친숙했을 일들에 대해 말하는 것이고, 그리스에서는 지나치게 시민들의 인기

396

1595년판에는 뒤에 이어지는 문장 대신 이렇게 되어 있다. "거기에다 모든 다른 것을 맞춰야 직성이 풀린다. 자기와 맞지 않는 태도는 가식이요 가짜로 여긴다. 누가 제삼자의 행동이나 능력을 언급하면, 그것을 판단하기 위해 우선적인 기준으로 삼는 것이 그 자신의 예이다. 자기 집에서 통하는 것이 온 세상에서도 통해야 한다는 것이다. 얼마나 위험하고 견딜 수 없는 우매함인가!"

〔 654 〕

를 끌었다는 이유로 벌을 받거나 추방당하는 것은 신기한 일이 아니었으니, 도편추방제와 엽편추방제[397]가 그 증거이다.

같은 부분에 플루타르코스를 대신해서 나를 화나게 하는 또 다른 비난이 있다. 플루타르코스가 로마인을 로마인과, 그리스인을 그들끼리 묶어 비교할 때는 성실하지만 로마인들을 그리스인들과 비교할 때는 그렇지 않다면서, 데모스테네스와 키케로, 카토와 아리스티데스, 술라와 뤼산드로스, 마르켈루스와 펠로피다스, 폼페이우스와 아게실라우스의 비교가 그 예라고 하는 부분에서 그렇다. 그는 플루타르코스가 그리스인들에게 너무 대등하지 않은 짝을 지어 줌으로써 그들 편을 들었다고 본다. 그런데 그것은 바로 플루타르코스가 지닌 가장 탁월하고 찬양할 만한 점을 공격하는 것이다. 왜냐하면 그 비교들[398](그의 작품들 중에서 가장 경탄할 만한 부분이요, 내가 보기엔 그의 회심작인)에서는 그의 판단의 충실함과 성실성이 그 깊이와 무게와 맞먹기 때문이다. 그는 우리에게 덕을 가르치는 철학자이다. 편파적이고 틀렸다는 이 비난에 맞서 그의 진정성을 증명할 수 있는지 보자.

보댕이 그렇게 판단하게 만든 것으로 내가 생각할 수 있는 이유는, 이 로마인들의 이름이 우리 머릿속에서 너무도 크고 찬란한 광휘를 발하고 있다는 사실이다. 우리 눈에는 데모스테네스가 저

397
고대 그리스에서 추방을 결정하기 위해 쓰인 투표법. 스파르타에서는 감람나무 잎에 기명하여 추방을 결정했고(엽편추방제), 아테네에서는 조개껍질을 사용했다.(도편추방제)

398
플루타르코스의 『영웅전』(『원제 위인들의 인생 비교』)은 50인의 전기로 이루어졌는데, 그중 46인은 로마인과 그리스인을 비교(「알렉산드로스 대왕과 카이사르」 같은 식으로)하는 방식으로 되어 있다.

32장 세네카와 플루타르코스의 변호

거대한 공화국의 집정관, 총독, 감찰관[399]의 영광과 맞먹을 수 있을 것 같지 않다. 그러나 사물과 인간의 진실을 그 자체로 살펴보고자 한다면, 그들의 운수보다 그들의 행동거지, 천성, 능력을 비교함으로써 가장 역점을 두었던 목표가 그것인데, 나는 보댕과는 반대로 키케로와 대 카토가 그들의 짝들보다 못하다고 생각한다.

　보댕의 비난에 맞는 예를 찾으라면 나로서는 차라리 포키온과 비교한 소 카토의 예를 선택했을 것이다. 이 쌍에서는 두 사람 사이에 진정 동등하지 않은 점이 있어 로마인에게 유리해 보이기 때문이다. 마르켈루스, 술라, 폼페이우스의 경우엔 그들의 전공(戰功)이 플루타르코스가 그들과 맺어 준 그리스인 짝들 것보다 크고, 성대하고, 찬란한 것을 나도 잘 안다. 그러나 전쟁에서건 다른 곳에서건 반드시 가장 아름답고 용감한 행동이 가장 유명해지는 것은 아니다. 나는 장수들의 이름이 털끝만큼도 가치 없는 다른 이름들의 광채에 묻혀 질식사해 버리는 것을 자주 본다. 라비에누스, 벤티디우스, 텔레시누스, 그리고 수많은 다른 이들의 경우가 그랬다. 그리고 내가 이런 시각으로 그리스인들 편에 서서 불평을 하자면, 카밀루스는 테미스토클레스보다, 그라쿠스 형제는 아기스와 클레오메네스보다, 누마는 뤼쿠르고스보다 훨씬 못하다고 말하지는 못할 것인가? 하지만 수많은 국면을 지닌 일들을 한 가지 측면으로만 판단하려 하는 것은 어리석은 짓이다.

　플루타르코스가 그들을 비교할 때, 그들을 동등하게 보는 것은 아니다. 누가 그보다 더 명료하게, 더 세심하게, 그들의 차이점을 지적할 수 있겠는가? 폼페이우스가 이끈 군대의 무력, 전적, 승

399
키케로.

〔 656 〕

에세 2

리와 개선을 아게실라우스의 그것과 비교하게 되었을 때 그는 선언한다. "크세노폰이 살아 있어서 아게실라오스에게 유리하게 쓰고 싶은 대로 모두 쓰게 한들, 그도 아게실라오스를 폼페이우스와 감히 비교할 것이라고는 생각하지 않는다." 뤼산드로스를 술라와 비교한 것에 대해서는 "전쟁의 승리나 전투에서 겪은 위험에서는 전혀 비교할 수 없다. 뤼산드로스는 단지 두 번의 해전에서만 승리했기 때문이다…… 운운."

플루타르코스의 비교는 로마인들에게서 아무것도 빼앗지 않는다. 그들을 그리스인들과 대면하게 했다는 것만으로 그들을 모욕하는 것이 될 수는 없다. 둘 사이에 어떤 차이가 있건 말이다. 그리고 플루타르코스는 그들을 통째로 저울에 올리지 않는다. 전체적으로 누가 우월하다는 것은 없다. 그는 부분들과 상황들을 하나하나 따로따로 견주어 보고 개별적으로 판단한다.

그러므로 만일 그의 편파성을 입증하고 싶었다면, 어떤 특별한 판단을 면밀히 파헤치거나, 아니면 전체적으로, 더 연관성 있고 잘 어울리는 쌍들이 있으니 그저 이 그리스인을 저 로마인과 짝지은 것은 잘못이라고 말했어야 한다.

32장 세네카와 플루타르코스의 변호

33장
스푸리나의 이야기

A 우리 영혼의 최고 지배권과 우리 욕망의 제동권을 이성에 부여할 때, 철학은 철학의 수단을 잘못 사용했다고 보지 않는다. 그런 욕망들 중에서도 사랑이 만들어 내는 욕망보다 더 격렬한 것은 아무것도 없다고 생각하는 자들은 그 욕망이 몸과 마음 모두를 휘어잡아 인간 전체를 지배한다고 주장한다. 그래서 건강까지 그것에 좌우되고, 때로는 억제하려고 쓰는 약조차 뚜쟁이 노릇을 할 수밖에 없다는 것이다.

그러나 반대로, 몸이 결부되어 있기 때문에 그 격정이 감퇴하고 약화된다고 말할 수도 있다. 왜냐하면 그 같은 욕망은 포만 상태에 이를 수 있고, 물리적인 치료법도 있기 때문이다. 많은 이들이 이 갈망이 보내는 끊임없는 경보(警報)로부터 자신의 영혼을 해방시키기 위해, 흥분해서 달라진 부위를 도려내거나 잘라 내는 방법을 사용했다. 다른 자들은 눈이나 식초 같은 차가운 물질로 자주 그것을 문질러서 그 욕망의 힘과 열기를 떨어뜨렸다.

우리 선조들이 입었던 고행장(苦行裝)도 이런 용도를 위한 것이었다. 그것은 말의 꼬리털로 짠 천으로, 어떤 이들은 그것으로 속옷을 만들고, 다른 이들은 허리에 상처를 내는 고문용 띠를 만들었다. 근래 한 공작이 내게 말하기를, 젊었을 때 모든 사람이

〔 658 〕

에세 2

화려하게 치장하고 프랑수아 1세의 궁전에 모인 한 엄숙한 축제일에, 지금도 그의 집에 있는 부친의 말총 속옷을 입고 싶다는 생각이 들더라는 것이었다. 그러나 그의 신앙심이 아무리 깊어도 밤까지 참고 기다릴 수 없어 벗어 버렸고, 그 일로 오래 앓았다면서 그 처방으로도 누그러뜨릴 수 없을 만큼 지독한 청춘의 열정이 있을 거라고는 생각지 않는다고 덧붙였다. 하지만 아마도 그는 태울 것처럼 최고조에 달한 열기는 경험해 보지 못한 것 같다. 그런 격정은 매우 자주 거칠고 더러운 옷 아래서도 유지되며, 말총 옷 역시 그것을 입은 사람을 언제나 갓난쟁이 사슴으로 만들어 주지는 않는다는 것을 우리는 경험으로 알고 있으니 말이다.

크세노크라테스는 거기에 더 가혹하게 대처했다. 그의 제자들이 스승의 금욕을 시험해 보려고 아름답기로 유명한 창녀 라이스를 그의 침대에 밀어 넣었다. 그녀는 사랑의 묘약인 미모와 장난기 넘치는 매력이라는 무기 말고는 아무것도 걸치지 않은 알몸이었다. 크세노크라테스는 그의 사상과 규율에도 불구하고 자기 몸이 들고 일어나며 반란을 일으키는 것을 느끼고는 그 반란에 솔깃해진 부분들을 불로 지지게 했다.

야망, 탐욕 등처럼 온통 영혼에 속해 있는 정념들은 이성을 훨씬 더 애를 먹인다. 이 경우에 이성은 기댈 것이 이성 자체의 수단밖에 없고, 이 욕망들은 포만을 모를 뿐 아니라 즐길수록 더 격해지고 커지기까지 하기 때문이다.

율리우스 카이사르의 예 하나만으로도 우리는 이 두 욕망[400]의 차이를 볼 수 있다. 사랑의 쾌락에 그보다 더 탐닉한 자는 없기

400
정신과 몸 양쪽 모두에 속하는 욕망과 정신에만 속하는 욕망을 말한다.

33장 스푸리나의 이야기

때문이다. 그의 세심한 몸 관리가 그 증거이다. 그는 사랑의 쾌락을 위해 온몸의 털을 뽑은 뒤 극히 희귀한 향료를 바르는 것과 같은, 당시 쓰이던 가장 선정적인 방법들까지 동원했다. 그는 피부는 희고, 아름답고 보기 좋은 체격에, 얼굴은 통통하며, 생기 있는 갈색 눈을 가진, 그 자체로 잘생긴 사람이었다. 로마에 있는 그의 동상들은 이런 묘사와 완전히 일치하지는 않으니,[401] 수에토니우스의 말을 믿자면 그렇다는 말이다. 어렸을 때 비티니아의 왕 니코메데스[402]와 벌였던 애정 행각은 치지 않더라도, 네 번이나 바꾼 부인들 이외에도 너무도 유명한 이집트의 여왕 클레오파트라의 처녀성을 소유했으니, 그 결합에서 태어난 어린 카이사리온이 그 증거이다. 그는 마우리타니아의 여왕 에우노에와도 동침했고, 로마에서는 세르비우스 술피키우스의 부인 포스투미아, 가비니우스의 부인 롤리아, 크라수스의 부인 테르툴라, 그리고 대 폼페이우스의 부인인 무티아하고까지 동침했다. 로마의 사가들은 그것이 폼페이우스가 그녀를 내쫓은 이유라고 하는데 플루타르코스는 그 사실을 몰랐다고 고백하고 있다. 그리고 쿠리오 부자는 후일 폼페이우스가 카이사르의 딸과 결혼하자 그를 비난하기를 제 아내와 놀아난 자요 그 자신이 아이기스토스[403]라고 부르던 자의

401
몽테뉴가 로마를 방문했던 1582년 이후에 덧붙인 지적이다.
402
니코메데스 4세를 가리키며, 수에토니우스는 이 둘 사이의 친밀함 때문에 카이사르가 만인에게서, 특히 정적인 키케로에게서 비난과 야유를 받았다고 쓰고 있다.
403
미케네 또는 아르고스의 전설적 왕이며 호메로스의 『일리아드』에서 트로이 원정의 최고 사령관으로 등장하는 아가멤논의 아내 클리타임네스트라의 정부. 원정에서

사위가 되었다고 했다. 이 여자들 말고도 카이사르는 카토의 누이이며 마르쿠스 브루투스의 어머니인 세르빌리아와도 관계를 맺었는데, 브루투스가 그의 아들일 가능성이 높은 때에 태어났으므로 모두들 브루투스를 향한 카이사르의 깊은 애정이 그 때문일 것이라고 생각한다. 이러니 내가 그를 몹시 방탕하고 호색한 기질이 농후한 사람으로 여기는 것이 당연하다. 그러나 그의 영혼을 역시 무한히 잠식하고 있던 야심이라는 다른 정념이 색정과 싸우게 되자, 색정은 즉각 야심에 자리를 내주었던 것이다.

 C 이와 관련해 메흐메트[404]가 기억난다. 콘스탄티노플을 함락시키고 '그리스'라는 이름에 종지부를 찍은 그 사람 말이다. 나는 이 두 정념이 이만큼이나 균형을 이룬 경우를 달리 알지 못한다. 그는 지칠 줄 모르는 난봉꾼이요, 지칠 줄 모르는 군인이었다. 하지만 그의 삶에서 양자가 서로 경쟁하게 될 때는 언제나 호전의 열정이 호색의 열정을 굴복시켰다. 그리고 이 호색의 열정은, 본래의 제철은 아니었지만, 더 이상 전쟁 업무를 감당할 수 없게 된 노령에 이르러서야 최고의 권위를 완전히 탈환하게 된다.

 반대의 예로서 사람들이 나폴리 왕 라디슬라우스에 대해 하는 이야기는 특기할 만하다. 용감하고 야심만만한, 훌륭한 장수였던 그는 자신의 관능을 충족시키고 보기 드문 미인을 즐기는 것을 자기 야망의 주요 목적으로 삼았다. 그의 죽음은 이 목적에 걸맞았다. 그가 치밀한 작전을 펼쳐 피렌체를 공략해 거의 완파시킬 지경에 이르자, 피렌체 시민들은 그와 승전의 대가를 협상하려 애

돌아온 아가멤논을 둘이 함께 살해했다.
404
메흐메트 2세.

〔 661 〕

33장 스푸리나의 이야기

썼다. 그는 그들에게 그 도시의 한 소녀를 내어주면 승전의 보상을 치른 것으로 여겨 주겠다고 약속했다. 그 소녀의 미모가 빼어나다는 소문을 들었던 것이다. 그에게 소녀를 넘겨주고 개인의 희생을 통해 집단의 파멸을 면할 수밖에 없는 상황이었다.

소녀는 당대 유명한 의사의 딸이었다. 소녀의 아버지는 그처럼 더럽고도 피치 못할 요구에 얽매이게 되자, 한 가지 극단적인 계획을 실행하기로 결심했다. 모두 저 새로운 애인의 마음에 들도록 소녀를 곱게 화장시키고 장신구와 패물로 치장할 때, 아버지 역시 그녀에게 그들이 처음 만날 때 쓰라고 향내가 나는 고급 자수 손수건을 주었다. 그 나라의 여자들이 그럴 때 반드시 준비하는 소지품이었다. 그리하여 소녀의 아버지가 자기 의약 지식을 총동원해 교묘히 독을 묻힌 이 손수건이 흥분한 살과 크게 열린 모공을 문지르자, 독이 너무도 빠르게 스며들어 두 사람의 땀은 급속히 차가워졌고, 그들은 서로를 껴안은 채 숨을 거두었다.

다시 카이사르로 돌아가자.

A 그는 출세를 위한 기회 앞에서 쾌락 때문에 단 한순간을 지체한 일도, 단 한 걸음을 돌아간 적도 없다. 야심은 너무도 압도적인 지상권으로 다른 모든 정념을 좌지우지했고, 너무도 절대적인 권위로 그의 영혼을 틀어쥐고 있었기 때문에 그것이 원하는 곳이면 어디든지 끌려갔다. 물론 이 점은 나를 실망시킨다. 이 인물의 위대성, 그가 소유한 그 놀라운 자질들, 글로 남겨 놓지 않은 학문이 거의 없을 만큼 모든 종류의 학식에서 보여 준 그의 능력을 생각하면 말이다. 그는 대단한 웅변가여서 키케로의 웅변보다 그의 웅변을 더 좋아하는 사람들이 많았을 정도였다. 그리고 내가 보기에 그 자신도 이 분야에서 자기가 키케로에게 뒤진다고 생각하지

[662]

에세 2

않았다. 그의 『반(反)카토론』[405] 두 권은 키케로가 그의 『카토론』에서 사용한 달변과 겨루려고 쓴 것이다. 게다가 그의 영혼처럼 세심하고, 활동적이며, 끈기 있게 일하는 영혼이 있었던가? 또한 의심할 바 없이 그의 영혼은 여러 가지 희귀한 덕의 씨앗들, 내 말은 생생하고, 자연스럽고, 꾸밈없는, 덕의 원석들로 장식되어 있었다. 그는 식성이 유난히 검박해서 먹는 것을 전혀 가리지 않았는데, 어느 날 식탁에서 순수한 기름이 아니라 약용 기름을 친 소스가 나오자 자기를 초대한 주인에게 창피를 주지 않으려고 그것을 잔뜩 먹었을 정도라고 오피우스는 전한다. 또 한번은 자기 제빵사가 보통 먹는 빵과 다른 빵을 자기에게 주었다고 그를 매질하게 했다. 카토조차 카이사르를 두고, 검소한 자로서 자기 나라를 파멸로 이끌어 간 최초의 인물이라고 버릇처럼 말했다.

그런 카토가 어느 날 카이사르를 주정뱅이라고 부른 것에 대해서라면, 나는 그것이 진실로 그 악덕을 비난하는 것이었다기보다 경멸과 분노의 표현이었다고 말하겠다.(그 경위는 이러하다. 두 사람 모두 원로원에 있을 때였다. 원로원에서는 카이사르도 관련되어 있다고 의심받고 있던 카틸리나 음모 사건에 대해 논의 중이었는데, 그때 누군가가 밖으로부터 카이사르에게 비밀 쪽지를 전달했다. 공모자들이 위험을 알리는 무엇일 것으로 여긴 카토는 그것을 자기에게 제출하라고 촉구했다. 카이사르는 더 큰 의심을 피하기 위해 그렇게 하지 않을 수 없었다. 그것은 우연히도 카토의 누이 세르빌리아가 카이사르에게 보낸 연애 편지였다. 그것을 읽고 난 카토는 "옜다, 주정뱅이야."라고 말하며 쪽지를 그에게 내동댕이쳤다.) 흔히 우리

405
다른 고대 작가들의 언급으로만 전해지는 카이사르의 저서.

33장 스푸리나의 이야기

를 화나게 한 사람을 욕할 때, 욕을 얻어먹는 당사자와는 아무 관계가 없을지라도 우리 입에서 먼저 튀어나오는 욕설로 욕하듯이 말이다. 덧붙여 말할 것은, 카토가 비난한 이 악덕이 놀랍게도 그가 적발한 카이사르의 진짜 악덕과 사촌이었다는 점이다. 속담이 말하기를 비너스와 바쿠스는 서로 뜻이 잘 맞는다니 말이다.

B 그러나 내게서는 비너스도 절제를 동반할 때 훨씬 더 생기발랄하다.

A 카이사르의 다정함, 자기를 화나게 했던 자들에게 베푼 관용의 예는 한이 없다. 내전이 아직 진행 중일 때 그가 보여 준 행동은 빼고 하는 말이다. 그때는 자기가 승리해서 지배하게 될 것을 덜 두려워하게 하기 위한 사탕발림이었음을 그 자신이 자기의 글을 통해 충분히 느끼게 한다. 그러나 그 예들이 그의 타고난 온유함을 증명하기에 충분하지는 않아도, 적어도 이 인물의 놀라운 자신감과 크나큰 용기는 보여 준다는 것을 말해야 한다. 일단 제압한 군대 전체를 적수에게 돌려보낸 일도 자주 있었다. 돕지는 않을 망정 자기에게 싸움은 걸지 않고 자숙하겠다는 선서조차 강요하려 하지 않고 말이다. 그는 폼페이우스의 이런저런 장수들을 서너 번 붙잡았는데 그때마다 놓아주었다. 폼페이우스는 전쟁에서 자기를 따르지 않는 사람은 모두 적이라고 선언했다. 그런데 카이사르는 움직이지 않는 자, 실제로 자기에게 대항해서 무기를 들지 않는 자는 모두 아군으로 여긴다고 선포하게 했다. 자기 장수들 중 다른 편에 서기 위해 빠져나가는 자들에게도 여전히 무기와 말과 의장을 보내주었다. 무력으로 장악한 도시들에는 어느 편을 좇을지 마음대로 택할 자유를 주었으며, 그의 온유함과 관용에 대한 기억 이외엔 어떤 주둔군도 남겨 두지 않았다. 파르살루스 대전의 날 그는

〔 664 〕

극한의 상황이 아니면 로마 시민에게 손대는 짓을 금지했다.

내 판단으로는 이런 일들은 몹시 위험한 행동이다. 그러니 우리가 겪고 있는 내란에서 카이사르처럼 자기 조국의 오랜 체제를 무너뜨리려는 자들이 그의 예를 따르지 않는 것은 놀랄 일이 아니다. 그것은 예외적인 방식이요, 카이사르의 행운과 경탄할 만한 예지력이 아니었다면 탈없이 수행될 수 없었을 방식이었다. 이 영혼의 비길 바 없는 위대성을 생각할 때, 나는 매우 부당하고 가증스러운 동기에서 벌인 저 전투에서조차 승리의 여신이 그를 저버리지 못했던 것을 용서하게 된다.

카이사르의 관용으로 되돌아오자면, 그가 지배하던 시절, 모든 것이 그의 손안에 들어와서, 더 이상 가식을 부릴 필요가 없었을 때 그가 보여 준 자연스러운 관용의 예를 우리는 많이 알고 있다. 카이우스 멤미우스는 그에 대해 매우 날카로운 연설문들을 썼고, 카이사르 역시 거기에 신랄하게 응수했다. 하지만 그는 그 직후 멤미우스가 집정관이 되도록 주저없이 도왔다. 그에 대해 많은 모욕적인 풍자시를 지었던 카이우스 칼부스가 친구들을 동원해 그와 화해하려 하자, 카이사르는 솔선수범하여 그에게 편지를 보냈다. 그리고 우리의 착한 카툴루스가 마무라라는 가명으로 그를 묵사발을 만들어 놓은 뒤 그에게 사과하러 오자, 그는 그날 당장 식사에 초대해 함께 밤참을 들었다. 누군가가 자기에 대해 나쁘게 말한 것을 알게 되면, 그는 엄숙한 공식 연설을 통해 그런 사실을 알게 되었다고 선언하는 것 이외에는 다른 일을 하지 않았다. 그는 적들을 미워하지 않은 그 이상으로 두려워하지도 않았다. 그의 목숨을 노리는 어떤 음모나 집단이 발각되어도, 그런 일이 발각되었음을 칙령으로 공표했을 뿐 달리 주도자들을 추궁하지 않았다.

〔 665 〕

33장 스푸리나의 이야기

친구들에게 보여 준 배려로 말하자면, 카이우스 오피우스가 그와 함께 여행할 때 병이 나자, 하나밖에 없던 자기 숙소를 그에게 내어주고 자기는 밤새 한데서, 땅바닥에서 잤다.

그의 공정함으로 말하자면, 그가 특별히 아끼던 하인을, 로마의 기사 부인과 잤다는 이유로 사형시켰다. 아무도 그 일을 문제 삼지 않았는데도 말이다. 승승장구할 때 그보다 더 겸손했던 자도 없고, 역경 속에서 그보다 더 의연했던 자도 없었다.

그런데 이 모든 훌륭한 성향이 야심이라는 그 격렬한 정념에 의해 변질되어 질식하고 말았다. 야심이 그의 모든 행동의 조종간이며 키였다고 사람들이 쉬 속단할 만큼 그는 속수무책으로 이 정념에 휘몰렸다. 야심은 이 관후한 사람을 공공의 도둑으로 만들어, 후하게 펑펑 선심을 쓰게 했고, 다음과 같은 비열하고 심히 부당한 말을 입에 올리게 만들었다. 세상에서 가장 못되고 삐뚤어진 자라도 자기의 출세를 돕는 데 충실했다면 총애할 것이요, 자기 권력을 써서 가장 훌륭한 사람과 마찬가지로 진급시킬 것이라고 말이다. 야심은 그를 너무도 극단적인 허영심에 취하게 하여, 감히 동포 시민들 앞에서, 자기가 저 위대한 로마 공화국을 형체도 실체도 없는 한낱 이름에 불과한 것으로 만들었다고 뽐내며, 이제부터는 자기 말이 법이라고 말하게 했다. 그는 자기를 찾아온 원로원단을 앉아서 맞이했고, 사람들이 자기를 신처럼 경배하며 신에게 바치는 경의를 표하는 것을 묵인했다. 요컨대 내 생각엔 그 단 하나의 악덕이 세상에 존재했던 가장 아름답고 가장 풍요로운 천성을 그 안에서 죽여 버렸던 것이다. 야망은 모든 선량한 이들이 그의 행적을 혐오하게 만들었으니, 자기 조국을 망하게 만들고 세상에서 다시 볼 수 없을 가장 강력하고 가장 번성하던 공국을

〔 666 〕

파괴해 제 영광을 추구했기 때문이다.

반대로 마르쿠스 안토니우스 등처럼 쾌락 때문에 제 일을 경영하지 못한 위대한 인물들의 예도 많이 찾아낼 수 있을 것이다. 하지만 사랑과 야망이 저울에서 평형을 이루고 동일한 힘으로 충돌하는 경우엔 야망에게 지배권이 돌아갈 것을 나는 추호도 의심치 않는다.

하다 만 이야기로 돌아오자면, 이성적 판단으로 우리 욕망에 재갈을 물리거나, 폭력을 써서 우리 사지가 제 의무를 지키도록 강제하는 것은 대단한 힘이다. 그런데 주변 사람들을 위해 우리 자신을 매질하고, 우리를 간지럽게 하는 그 달콤한 감정, 즉 내가 타인에게 호감을 주며 누구나 나를 좋아하고 찾는다는 것을 느끼는 기쁨을 버릴 뿐 아니라, 그 원인이 되는 우리의 매력을 증오하고 역겨운 것으로 여기고, 우리의 미모가 남들을 달아오르게 한다고 죄악시하기까지 하는 예는 거의 볼 수 없었는데, 토스카나의 청년 스푸리나가 그런 예 중 하나였다. 그는,

> B 목걸이나 왕관의 장식으로
> 노란 황금에 박아 넣은 진주가 빛나듯이,
> 회양목이나 향나무에 솜씨 있게 상감한
> 상아가 빛을 발하듯이,
> 베르길리우스

A 지나칠 정도로 특별한 미모를 타고나 가장 금욕적인 눈도 그 광채를 사심 없이 견딜 수 없었다. 다니는 곳마다 자기가 불 지른 열병과 열정을 나 몰라라 하는 것만으로는 만족할 수 없었던 그

33장 스푸리나의 이야기

는 자기 자신에 대해, 자연이 자기에게 베풀어 준 그 풍부한 선물들에 대해, 마치 남들의 잘못이 그것들 탓인 양 격한 분노에 빠져, 일부러 상처를 잔뜩 내어 그의 얼굴에 자연이 그토록 세심하게 준수해 놓은 완벽한 비율과 질서를 갈가리 찢고 흩트려 놓았다.

C 내 의견을 말하자면 나는 그런 행동이 훌륭하다기보다 놀랍다고 생각한다. 그런 과도함은 내 행동 수칙과는 상극이다. 의도는 아름답고 양심적이나 내 생각엔 지혜가 좀 모자란다. 그 후에는 그 추한 모습이 남을 멸시와 증오라는 죄, 또는 보기 드문 그 장한 행위에 대한 질투라는 죄, 또는 그 충동적 성향을 광적인 야심으로 해석하는 중상모략이라는 죄에 빠뜨린다면 뭐라고 할 것인가? 어떤 상황이건 악덕이 하려고만 들면 작동할 기회를 끌어내지 못할 경우가 있는가? 하느님이 주신 그 선물을 모범적인 덕과 절도 있는 품행의 기회로 삼는 것이 더 옳았고, 나아가 더 영광스럽기까지 했을 것이다.

사회 생활에서 한 사람을 빈틈없이 성실한 사람으로 만들어 주는 평범한 의무들이나 이루 헤아릴 수 없는 갖가지 까다로운 규칙들을 피하는 자들은, 자기 자신에게 아무리 엄혹한 짓을 한들, 내 생각으로는 멋들어지게 몸을 사리는 것이다. 그것은 어떤 면에서는 잘 살아가는 노고를 피하려고 죽는 것과 같다. 그런 자들은 다른 상을 얻을 수는 있다. 그러나 나는 그들이 어려운 일을 해냈다는 상, 그 상을 얻었다는 생각이 든 적은 한 번도 없다. 그리고 역경 속에서, 자기 몫의 모든 책임에 응답하고 충족시키며, 밀어닥치는 세파 한가운데에서도 꼿꼿이 처신하는 것을 능가하는 무엇이 있다고도 생각하지 않는다. 모든 여성과의 관계를 딱 끊고 사는 것이 아내와 함께 모든 면에서 올바르게 처신하는 것보다 아

〔 668 〕

에세 2

마 더 쉬울 것이다. 꼭 알맞게 절제하며 풍요 속에 사는 것보다 가난하게 살 때 더 근심 없는 나날을 보낼 수도 있다. 합리적으로 쓰는 일이 아주 없이 지내는 것보다 더 고달프다. 절제는 고통을 겪는 것보다 더 힘이 드는 덕목이다. 소(小)스키피오의 '잘사는 법'에는 수천 가지 방법이 있다. 디오게네스의 잘사는 법은 딱 하나밖에 없다. 디오게네스의 방식은 순결성에서 평범한 삶을 능가하지만, 수천 가지 면에서 탁월하고 완벽한 삶은[406] 유용성과 힘에서 디오게네스의 삶을 능가한다.

406
즉 스키피오의 삶은.

33장 스푸리나의 이야기

34장
율리우스 카이사르의 병법에 관한 고찰

^A 전쟁을 지휘한 여러 장수에 관해 사람들은 그들 각자에게 특별히 애독하는 책이 있었음을 화제로 삼는다. 위대한 알렉산드로스는 호메로스, ^C 스키피오 아프리카누스 크세노폰, 마르쿠스 브루투스는 폴리비오스, 카를 5세는 필리프 드 코민을 좋아했다는 식으로 말이다. 그리고 요즈음 외국에서는 마키아벨리가 여전히 인기라고 한다. 그러나 카이사르의 저서를 자기 몫으로 삼은 고(故) 스트로치 원수가 의심할 나위 없이 훨씬 잘 고른 것이다. 사실 카이사르는 군사술의 진정한 최고 수호 성자인 만큼 그의 책은 모든 군인의 성무일과서가 되어야 마땅하기 때문이다. 게다가 그 풍부한 소재를 얼마나 순수하고, 얼마나 섬세하고도 완벽한 화법으로, 얼마나 멋있고 아름답게 꾸며 놓았는지 하느님은 아신다. 내 견해로는 이 분야에서 그의 글들과 견줄 만한 것은 이 세상에 없다고 할 정도이다.

나는 여기서 그가 벌인 전쟁에 관해 내 기억에 남아 있는 특별하고 보기 드문 몇 가지 면모를 기록해 두고자 한다.

카이사르와 싸우려고 주바 왕⁴⁰⁷이 엄청난 대군을 이끌고 온

407
로마의 내전 당시 폼페이우스 편을 든 누미디아의 왕을 말한다.

〔 670 〕

다는 소문 때문에 그의 군대가 공포로 술렁거리자, 그는 병사들이 품고 있는 생각을 묵살하거나 적의 군사력을 깎아내리는 대신, 그들을 안심시키고 용기를 북돋기 위해 집합시키고서 우리가 보통 사용하는 방법과는 완전히 반대되는 방법을 썼다. 그들에게 적의 병력을 알아내려고 더 이상 애쓸 필요가 없다면서, 자기가 그에 대한 매우 확실한 첩보를 받았다고 말했던 것이다. 그러고는 크세노폰에서 키루스가 충고한 바에 따라, 사실보다 그리고 그의 군대 안에 돌아다니는 소문보다 훨씬 많은 수를 그들에게 말했다. 사실 예상했던 것보다 실제의 적이 더 약할 때와, 소문만 듣고 약할 것으로 판단했다가 실제로는 훨씬 강하다는 것을 알게 될 때는 거짓말의 효과가 완전히 다르기 때문이다.

그는 모든 병사를 대장의 계획에 참견하거나 불평하지 않고 오로지 복종하도록 길들이면서, 실전의 순간에야 그들에게 작전을 알려 주었다. 그리고 그들이 뭔가 알아차리면 그들을 속이기 위해 즉시 작전을 바꾸기를 좋아했다. 자주 그런 효과를 내려고, 어느 곳을 야영지로 지정했다가 지나쳐 버리고, 특히 날이 궂거나 비 오는 날이면 행군을 연장하곤 했다.

갈리아 전쟁 초기에, 스위스인들이 로마 영토를 가로질러 갈 수 있게 해 달라고 요청해 오자, 속으로는 무력으로 그들을 저지하기로 마음먹고서 좋은 얼굴로 답을 미루고 며칠간 말미를 얻어 냈다. 자기 군대를 불러 모을 여유를 갖기 위해서였다. 저 가련한 스위스인들은 카이사르가 시간 운용의 대가라는 것을 알지 못했다. 그는 적시에 기회를 포착하는 기술과 신속함이야말로 군 통솔자가 지녀야 할 최고의 자질이라고 수없이 반복해서 말했고, 사실 그것으로 전대미문의 전공들을 세웠는데 말이다.

〔 671 〕

34장 율리우스 카이사르의 병법에 관한 고찰

협정을 맺는 척하면서 적보다 유리한 조건을 손에 넣는 것을 개의치 않았던 그는 병사들에게도 그다지 엄격하지 않았다. 병사들에게도 용맹 이외의 덕목을 요구하지 않고, 반란이나 불복종이 아닌 다른 악덕들은 거의 벌하지 않았다. 흔히 승리를 거둔 다음에는 병사들에게 얼마 동안 군사 규율과 규칙을 면제해 주고, 자기 병사들은 훈련이 너무 잘 되어 있어 향수와 사향을 뒤집어쓰고서라도 맹렬히 전쟁터로 달려갈 것이라고 덧붙이면서, 무슨 짓이든 할 수 있게 고삐를 늦춰 주었다. 사실 그는 병사들이 호사스럽게 무장하는 것을 좋아해서, 무늬를 넣고 금과 은을 칠한 갑옷을 입게 했다. 그들이 제 무장을 보전하려고 더 악착스럽게 방어하게 만들기 위해서였다. 병사들에게 말할 때는 우리가 지금도 사용하는 '동지'라는 이름으로 불렀다.

B 라인강을 건널 때 카이사르는 나의 장군이었지만 여기 로마에선 내 동지이다.
공모자들은 범죄 안에서 평등한 법이니까.
루카누스

A 그러나 그의 후계자인 아우구스투스는 카이사르가 자기의 목적에 필요해서, 또 자진해서 자기를 따르는 자들을 우쭐하게 해주려고 그렇게 불렀다고 보고, 그런 식의 호명이 황제이며 군의 수장인 자의 위엄에 비하면 지나치게 저급하다고 간주해 그저 '병사들'이라고 부르는 관례로 돌아가게 했다.

하지만 카이사르는 병사들에 대한 이런 예우에 매우 가혹한 징벌을 섞어 넣었다. 플라겐티아 인근에서 9군단이 폭동을 일으

[672]

키자 그는 비열한 방식으로 깔아뭉갰고, 아직 폼페이우스가 버티고 있는 때였는데도 여러 차례 탄원을 받고서야 그 군단을 용서하고 받아주었다. 그는 군대 내의 반란과 폭동은 온정보다 권위와 과감성으로 가라앉혔다.

독일 지방을 향해 라인강을 건너는 대목에서, 그는 자기 군대를 배로 건너게 하는 것은 로마 시민의 명예에 걸맞지 않는다고 보아, 마른 발로 강을 건널 수 있도록 다리를 세우게 했다고 말한다. 그것이 바로 그가 건축 과정을 예외적으로 소상하게 기록하고 있는 저 놀라운 다리이다. 그는 손으로 하는 이런 종류의 작품에서 자기가 얼마나 기발한 착상들을 내놓았는지 보여 줄 때 말고는 자기 행적 중 어디서도 그렇게 기꺼이 미주알고주알 설명하는 법이 없다.

또 한 가지 내가 주목한 것은 그가 전투에 앞서 병사들에게 하는 격려 연설을 대단히 중요하게 여긴다는 점이다. 기습을 당했다거나 몹시 시급했음을 설명하고 싶은 대목마다 그는 자기 군대에게 연설할 여유조차 없었다는 점을 내세운다. 투르네[408]인들과의 대접전에 앞서 그는 말한다. "나머지 일들을 모두 명령한 뒤, 카이사르는 병사들을 격려하기 위해 발길이 닿는 대로 급히 달려갔다. 10군단을 만났을 땐 몸에 밴 용기를 상기하여 흔들리지 말고 굳건히 공격을 이겨 내라는 말을 할 시간밖에 없었다. 그러고 나자 적들이 벌써 창의 사정거리 가까이까지 접근했으므로 그는 전투 신호를 내렸다. 그러고는 속히 발길을 돌려 다른 군단을 격

408
현재 벨기에 불어권 지역의 도시. 카이사르는 이 도시 이름을 언급하지 않고 있는데, 여기서 말하는 전투는 '상브르(불어권 벨기에의 강 이름) 전투'라고 부르는 전투이다.

〔 673 〕

려하러 달려가니, 그들은 이미 접전 중이었다." 이것이 그 대목 전투에 대해 그가 전하는 말이다. 사실상 그의 연설은 여러 곳에서 그에게 크게 도움이 되었고, 당대에 이미 그의 군대에서 많은 사람이 수집했을 정도로 평판이 높았다. 그렇게 해서 그의 연설집이 여러 권으로 만들어져서 그가 죽은 후에도 오랫동안 남아 있게 된 것이다. 그의 화법에는 독특한 아취가 있어서 그와 가까웠던 사람들, 예를 들어 아우구스투스는 누가 그의 어록을 인용하면 듣는 중에 그의 것이 아닌 문장이나 단어들까지 가려낼 수 있었다.

공적인 직책을 맡아 처음으로 로마를 떠날 때, 카이사르는 마차 안 자기 앞엔 한두 명의 비서를 두어 끊임없이 자기 말을 받아쓰게 하고, 뒤에는 자기 칼을 받쳐 든 비서를 두고 일주일 걸려 론강 근처에 다다랐다. 분명 그저 답사만 한다 해도, 그가 매번 승리를 거두며, 갈리아 지방을 버려 두고 브룬디시움까지 폼페이우스를 추적하고, 십팔 일 만에 이탈리아를 굴복시키고 브룬디시움에서 로마로 돌아온 뒤, 로마에서 스페인의 가장 깊숙한 오지까지 갔다가, 거기서 아프라니우스, 페트레이우스와 접전 중에 큰 곤경을 겪고는, 이어 마르세유[409]의 장기 공략에 들어간 그 신속함을 따라잡지 못할 것이다. 거기서 그는 다시 마케도니아로 돌아가서 파르살루스[410]에서 로마 군대를 무찌르고, 계속 폼페이우스를 추적하며 이집트로 넘어가 이 나라를 굴복시켰다. 이집트에서 시리아로 간 그는 폰토스의 파르나케스[411]와 싸우고, 거기서 아프리카

409
마르세유는 폼페이우스의 편이었다.
410
테살리아의 도시. 유명한 파르살루스 전투는 B. C. 48년에 있었다.
411

〔 674 〕

로 떠나 스키피오와 주바를 무찌른 뒤 다시 이탈리아를 거쳐 스페인으로 돌아와 폼페이우스의 자식들을 죽였다.

B 번개보다, 새끼들을 지키는 암호랑이보다 더 빠르게,
루카누스

바람에 뜯기거나 뇌우에 뿌리 뽑혀,
아니면 긴긴 세월의 작용에 침식되어
산정에서 굴러내리는 바위처럼,
거대한 덩어리가 대지를 진동시키며
숲과 양 떼와 목동들을 휩쓸며
심연을 향해 무섭게 추락한다.
베르길리우스

A 아바리쿰 공략에 대해 말하면서, 카이사르는 자기가 부리는 일꾼들 곁에 밤낮으로 붙어 있는 것이 자기 습관이었다고 말한다. 중요한 작전에선 언제나 몸소 지역을 살펴보았고, 자기가 먼저 답사하지 않는 곳엔 절대로 군대를 보내지 않았다. 수에토니우스의 말을 믿자면, 영국으로 건너가려고 했을 땐 그가 먼저 건널 목의 깊이를 가늠해 보았다. 그는 힘보다는 지략으로 승리를 얻는 것이 더 좋다고 말하곤 했으며, 페트레이우스와 아프라니우스와의 전쟁에선 운이 매우 유리한 기회를 제시했지만, 좀 더 시간이 걸리더라도 위험이 적을 때 적을 섬멸하고 싶어서 거절했다고 말

아나톨리아 북부 폰토스 왕국의 왕 미트리다테스의 아들.

〔 675 〕

34장 율리우스 카이사르의 병법에 관한 고찰

한다.

B 거기서 그는 또 다른 놀라운 행동을 했다. 모든 병사들에게, 그럴 필요가 전혀 없는데 헤엄쳐서 강을 건너라고 명령한 것이다.

> 병사는 싸움터로 쇄도하며
> 달아날 때였다면 두려워했을 길로 뛰어든다.
> 갑옷과 무기를 다시 걸쳐 젖은 몸을 덮고,
> 얼어붙은 사지를 달음질로 녹인다.
> 루카누스

A 나는 군사 작전에서 그가 알렉산드로스보다 조심스럽고 신중했다고 본다. 왜냐하면 후자는 아무 분별 없이, 마주치는 것이면 무엇이든 가리지 않고 치고 공격하는 격류처럼 위험을 일부러 찾아서 당하는 것 같기 때문이다.

> B 이처럼 아풀리아의 다우누스 왕국을
> 부드럽게 적시는 아우피두스강도 성이 나면,
> 무시무시한 홍수로 경작지들을 위협하며
> 황소처럼 내달린다.
> 호라티우스

A 알렉산드로스는 생의 첫 열정이 분출되는 꽃다운 나이에 전쟁에 나섰지만, 카이사르는 이미 나이 들어 성숙해서야 나섰다. 게다가 알렉산드로스는 다혈질에 화를 잘 내고 격렬한 편인 데다 술로 그런 기질을 더 강화했던 데 반해 카이사르는 술을 매우 절

〔 676 〕

제했다.

하지만 사정상 꼭 필요한 경우가 닥치면, 카이사르만큼 자기 자신을 초개처럼 내놓았던 사람은 없다.

나로 말하자면, 그의 무용담 여러 편에서 패배의 수치를 피하기 위해 자살하려는 단호한 결심을 읽은 듯하다. 투르네인들과 벌인 저 대단한 전투에서 그는 자기 군대의 선봉이 흔들리는 것을 보자 방패도 없이 있던 그대로 적들의 선두까지 달려갔다. 이런 일은 다른 때도 여러 번 있었다. 부하들이 포위됐다는 말을 듣자, 그는 변장을 하고 적진을 가로질러 가서 함께 있어 줌으로써 그들의 사기를 북돋워 주었다. 아주 적은 병력으로 디라키움에서 바다를 건넌 뒤, 안토니우스에게 맡겨 둔 나머지 군대가 뒤따라오는 것이 늦어지자, 그는 직접 남은 군사들을 데려오려고 홀로 엄청난 폭풍을 뚫고 다시 바다를 건널 작정으로 몰래 빠져 나갔다. 건너편 항구들과 바다 전체를 폼페이우스가 장악하고 있었기 때문이다.

무기를 들고 수행했던 작전으로 말하자면 위험하기가 그 어떤 군사 이론도 넘어서는 것들이 수두룩하다. 얼마나 허약한 병력으로 이집트 왕국의 정복을 감행하고, 이어 자기 군대보다 열 배나 큰 스키피오와 주바의 군대를 치러 가는 작전을 감행했던가? 이런 인물들은 자기 운에 대해 나로서는 짐작할 수 없는, 인간적인 것 이상의 신뢰를 품고 있었던 것이다.

[B] 그러면서 그는 대업(大業)은 숙고가 아니라 투신을 요한다고 말하곤 했다.

[A] 파르살루스 전투를 치른 뒤, 그는 자기 부대를 먼저 아시아로 보내고서 작은 배 한 척으로 헬레스폰토스 해협을 건너다가, 열 척의 거대한 군함을 거느린 루키우스 카시우스를 바다 한가운데서

34장 율리우스 카이사르의 병법에 관한 고찰

만나게 되었다. 카이사르는 피하지 않고 기다리는 정도가 아니라 카시우스 쪽으로 곧장 전진해 항복을 촉구하는 배포를 보였다. 그리고 결국 항복을 받아 냈다. 저 맹렬한 알레지아 공략을 꾀할 때에는, 안에는 8만 명의 방어군이 있고, 뒤에선 갈리아 전체가 그를 쳐서 공략을 풀게 할 요량으로 말 10만 9000마리와 보병 24만 명의 군대를 일으켰는데도, 그 계획을 포기하려 하지 않고 양쪽에서 압박하는 그 큰 난관에 맞서기로 각오하다니, 그 무슨 과감성이며 광적인 자신감인가? 그러나 그는 둘 다 버텨 냈다. 후방의 적들과 대대적인 전투를 벌여 이긴 다음, 계속 포위하고 있던 안의 적들을 굴복시킨 것이다. 티그라네스 왕에 맞서 티그라노케르타를 공략할 때 루쿨루스에게도 일어났던 일이지만, 루쿨루스가 상대한 적들은 무기력했다는 점에서 조건이 달랐다.

여기서 나는 알레지아 공략에 대해 두 가지 희귀하고도 예사롭지 않은 사건을 지적하고 싶다. 하나는 갈리아인들이 카이사르와 접전하려고 결집하여 자기네 군사력을 총점검하고 나서, 군사가 너무 많아 혼란에 빠질 것을 염려해 그 대군 중 상당한 부분을 잘라 내기로 의결했다는 것이다. 수가 너무 많은 것을 걱정한다는 것은 전례가 없는 일이다. 하지만 잘 생각해 보면, 한 군대의 몸통은 먹이기 곤란해서건, 질서를 유지하고 통솔하기 어려워서건 적절한 규모로 어떤 한계를 정해 조절해야 한다는 것도 그럼직한 일이다. 아무튼 예를 들어 어마어마한 수의 군사를 가졌던 그 군대들이 그다지 쓸 만한 일을 하지 못했다는 것은 증명하기 쉬울 것이다.

C 크세노폰에 나오는 키루스의 말에 의하면, 한 군대를 우세하게 만드는 것은 사람 수가 아니라 용감한 사람의 수이고, 나머

지는 도움보다 장애만 된다는 것이다. 그리고 바이예지드가 모든 부관들의 반대에도 불구하고 티무르와 전투를 벌이기로 결심한 것은 무엇보다 적의 병사가 너무 많아 혼란에 빠지리라는 확실한 희망을 주었기 때문이었다. 이 분야에 정통한 훌륭한 판관인 스칸데르베그[412]는 유능한 장수에겐 어떤 유의 군사적인 필요에서든 자기 명성을 보장하는 데 1만 명 내지 1만 2000명의 충성스러운 병사면 충분하리라고 말하곤 했다.

ᴬ 다른 하나는 전쟁의 관례에도 이유에도 위배되는 것으로 보이는데, 봉기한 갈리아 지방 전체의 수장으로 임명된 베르생제토릭스가 알레지아로 들어가 농성하기로 결심했다는 것이다. 한 나라 전체를 지휘하는 자는 그에게 남은 마지막 자리가 거기뿐이거나, 그 성을 지키는 것 이외에 다른 희망이 없는 극단적인 경우가 아니면 결코 자기 자신을 가둬서는 안 되는 법이다. 그게 아니라면 그는 자기가 관장하는 모든 지역의 요구에 두루 응할 수 있도록 운신이 자유로워야 한다.

카이사르로 돌아오자면, 그는 친지인 오피우스가 증언하는 바처럼 나이가 듦에 따라 좀 느려지고 더 신중해졌다. 그렇게 많은 승리로 얻은 명예를 단 한 번의 불운이 앗아 갈 수 있으니, 함부로 위험을 무릅쓸 수 없다고 생각한 것이다. 그게 바로 이탈리아 인들이 젊은이들에게서 볼 수 있는 저 무모한 과감성을 나무라고 싶을 때 그들을 "명예가 궁한 자(bisognosi d'honore)'라 부르며 하는 말이다. 그리도 이름 없고 명성에 주렸으니 무슨 수를 써서라도 그것을 얻으려는 게 당연하지만 이미 충분히 명성을 얻은

412
터키와 맞서 싸운 15세기 알바니아의 애국자. 『에세 1』1장에서도 언급된 인물이다.

34장 율리우스 카이사르의 병법에 관한 고찰

자들은 저러지 않을 것이라고 말이다. 다른 일에서처럼 영광에 대한 욕망도 적절히 절제할 수 있고, 그 욕심도 다른 욕심처럼 정도껏 채울 수 있다. 많은 사람들이 그렇게 처신한다.

카이사르는 전쟁에서 오직 단순하고 자연스러운 용기만으로 겨루려 했던 고대 로마인들의 강직함과는 아주 거리가 멀었다. 그래도 여전히 오늘날 우리보다 훨씬 양심적으로 전쟁에 임했고, 승리를 얻고자 아무 방법이나 승인하지는 않았다. 아리오비스투스와의 전쟁에서 휴전 협상을 벌여야 했을 때 아리오비스투스 기마 부대의 잘못으로 두 군대 사이에 모종의 갈등이 야기되었다. 이 소요로 인해 카이사르는 적들보다 매우 유리한 입장에 놓였다. 그럼에도 불구하고 그는 신의에 어긋나는 처신을 했다는 비난을 받을까 봐 그 기회를 이용하려 하지 않았다.

그는 전투에 임할 때 사람들의 이목을 끌기 위해 선명한 빛깔의 화려한 복장을 하는 버릇이 있었다.

그는 적과 가까워질수록 병사들을 더 엄격하고 더 철저하게 단속했다.

고대 그리스 인들은 심히 무능한 자를 비난하고 싶을 때 두루 쓰는 격언으로 '읽을 줄도 헤엄칠 줄도 모른다.'고 했다. 카이사르 역시 같은 의견으로, 헤엄치는 기술이 전쟁에 매우 유용하다고 보았으며, 그것으로 여러 번 득을 보았다. 서둘러야 할 때 강을 만나면 그는 대개 헤엄쳐 건넜다. 알렉산드로스 대왕처럼 걸어서 이동하는 것을 좋아했기 때문이다. 이집트에서는 도망치기 위해 작은 배에 몸을 싣지 않을 수 없게 되었는데 너무 많은 사람들이 그와 함께 배에 뛰어들어 배가 침몰할 지경에 이르자, 그는 차라리 바다로 뛰어들어 200보 이상 떨어진 자기 함대까지 헤엄쳐 가기로 했다. 서판(書板)은 왼손으로 들어 물 위로 내밀고, 전투복은 적이 갖지 못하게 이로 단단히 물고서. 이미 상당한 나이였는데……

전쟁의 수장으로서 그만큼 부하들의 신뢰를 얻은 인물은 없다. 그가 일으킨 내전 초기에 백인대장[413]들은 각자 자기 부담으로 고용한 무사 한 명씩 바치겠다고 제안했다. 보병들은 사정이 나은 자들이 가장 궁한 자들의 비용까지 부담해서 자기들 비용으로 그를 섬기겠다고 했다. 고 샤티용 해군대장[414]이 최근 우리 내란에서 같은 경우를 보여 주었다. 그의 군대 내 프랑스인들이 자기들 지갑에서 그를 따르는 외국인 용병들의 급료를 대 주었던 것이다. 고래의 법을 받들면서 오래된 관습에 따라 행군하는 자들[415] 사이에서는 그처럼 열렬하고 망설임 없는 애정의 예를 거의 찾아볼 수 없으리라. ^C 열정이 이성보다 훨씬 강렬하게 우리를 지배한다.

그렇지만 한니발과의 대전 때는 도성 안에 있는 로마 시민의 관후함을 본받아 무사들, 장수들도 급료를 사양하는 일이 일어났고, 마르켈루스 진영에선 급료를 받는 자들을 '용병'이라 불렀다.

^A 뒤르라키움 근처에서 참패를 당한 후에는 병사들이 자진해서 그의 앞에 나와 징계하고 처벌해 달라고 하는 바람에 그들을 책망하기보다 위로해 주기에 더 바쁠 지경이었다. 일개 보병대가 폼페이우스의 네 군단에 맞서 마침내 거의 전멸할 때까지 네 시간 넘게 버텼다. 참호에선 13만 개의 화살이 발견되었다. 참호의 입

413
로마 군대 조직 가운데 100명으로 조직된 단위 부대의 우두머리.
414
개신교파의 제독으로 성 바르톨로메오의 학살(1572) 때 파리에서 암살당했다.
415
가톨릭 진영을 말한다.

〔 681 〕

구 하나를 맡은 스카이바라는 이름의 병사는 눈알 하나는 터지고 한쪽 어깨와 넓적다리에는 화살을 맞고, 방패는 230군데나 뚫렸는데도 제자리를 굳건히 지키고 있었다. 포로가 된 그의 병사 대부분이 다른 편에 서겠다고 약속하기보다는 차라리 죽기를 원했다. 그라니우스 페트로니우스가 아프리카에서 스키피오에게 잡혔는데, 스키피오는 그의 동지들을 사형시킨 뒤, 그는 귀족이고 재무관이니 살려 준다고 통보했다. 페트로니우스는 카이사르의 병사들은 남들에게 목숨을 붙여 주는 데 익숙하지, 목숨을 얻어 받는 법은 없다며 순식간에 제 손으로 자기 목숨을 끊어 버렸다.

그들의 충성심에 관한 예는 무궁무진하다. 폼페이우스에 맞서 카이사르 편이 되었던 살로나시 시민들의 행적을 잊어서는 안 된다. 거기서 일어난 희한한 사건 때문이다. 마르쿠스 옥타비아누스가 그들을 포위하고 있었다. 안에 있던 그들은 모든 것에서 극도의 궁핍에 몰려, 대부분이 죽거나 부상당해 부족한 인원을 보충하려고 노예들을 전부 해방시키고, 화포에 쓸 끈을 만들기 위해 여자들의 머리카락을 모조리 잘라야 했지만, 그럼에도 불구하고 결코 항복하지 않겠다고 결심했다. 이런 식으로 포위당한 상태를 대단히 오래 견딘 뒤 옥타비아누스가 태만해져 작전에 소홀해지자, 그들은 어느 날 정오를 골라 여자들과 아이들을 성벽 위에 세워 두어 적들을 안심시킨 다음 포위군을 향해 어찌나 맹렬히 출격했던지, 제1, 제2, 제3 수비대 전부를 격파하고 제4열과 그 나머지를 쳐부수며, 참호를 완전히 포기하게 만들어 배로 쫓아 버렸다. 옥타비아누스조차 폼페이우스가 있던 뒤르라키움으로 달아났다. 나는 지금껏 이렇게 포위되었던 자들이 포위자들 대부분을 궤멸시키고 전장의 패권을 성취한 다른 예를 본 기억이 없다.

〔 682 〕

35장
현숙한 아내 세 사람에 관하여

^A 다들 알 듯이 이런 여자는 그리 많지 않다. 결혼의 의무와 관련해서는 특히 그렇다. 왜냐하면 결혼이란 까다로운 상황들로 가득한 거래라서, 한 여인의 의지가 오랫동안 변함없이 거기에 충실하기란 어려운 일이기 때문이다. 비록 좀 나은 처지이긴 하지만, 남자들에게도 만만치 않은 일이다.

^B 화목한 결혼의 시금석, 그리고 그것의 진정한 증거는 그 결합이 얼마나 지속되었는가, 한결같이 다정하고 충실하고 편안했는가 하는 것이다. 우리 시대엔 대체로 여자들이 남편이 죽기까지 미뤄 두었다가 죽은 뒤에야 지극한 정성과 열렬한 애정을 과시한다. ^C 죽은 뒤에야 그나마 남편을 향해 품고 있는 좋은 감정을 입증하려는 것이다. 뒤늦은 표현이요, 철 지난 증명이다! 그렇게 해서 되레 남편이 죽어야만 그를 사랑할 수 있다는 걸 증명한다. ^B 살아 있는 동안엔 내내 지지고 볶다가 죽은 뒤엔 온통 사랑이요 예절이다. 아비들이 자식을 향한 애정을 감추듯이, 여자들도 점잖은 체통을 유지하려고 짐짓 남편을 향한 애정을 숨긴다. 이런 가식은 내 비위에 맞지 않는다. 미망인이 아무리 머리털을 쥐어뜯고 자기 몸을 할퀴고 해도 헛일, 나는 차라리 침모나 비서의 귀에 대고 "두 사람은 어땠어? 어떻게들 살았어?" 하고 물어본다.

[683]

나는 늘 이 명구가 떠오른다. "가장 슬프지 않은 여자들이 가장 요란스럽게 운다."(타키투스) 그들의 찌푸린 표정은 산 사람들에겐 흉하고 죽은 자들에겐 무용하다. 우리가 살아 있는 동안 웃어 준다면 죽은 뒤엔 웃는 것도 기꺼이 허락할 텐데. ^C 내가 살아 있는 동안 내 코에 대고 침을 뱉던 자가 내가 더 이상 존재하지 않으려 할 때 내 발을 쓰다듬는다면, 분통이 터져서 벌떡 되살아날 일이 아닌가? ^B 남편이 죽어서 우는 것에 무슨 명예가 있다면 그것은 오직 남편에게 웃어 주었던 부인들의 것이다. 남편이 살았을 때 운 여자들은 죽은 다음엔 속으로 웃을 것처럼 겉으로도 웃어라. 그러니 저 축축한 눈과 저 슬픈 목소리에 신경 쓰지 말고, 요란한 베일 아래 저 거동, 저 혈색, 저 통통한 볼을 보라. 그게 바로 그녀가 프랑스어로 하는 말이다. 그다음에 건강이 더 좋아지지 않는 여자는 거의 없으니 이것만큼은 속일 수 없이 드러난다. 격식을 차리는 그런 태도는 과거보다는 미래와 관계된 것, 지불 행위라기보다는 이득을 얻으려는 행동이다. 내가 어렸을 때의 일인데, 지금도 살아 있는 아주 예쁘고 정직한 한 부인은 왕공의 과부로서 관례가 허용하는 것보다 뭔가 지나친 몸치장을 하고 있었다. 그것을 비난하는 사람들에게 그녀는 이렇게 말하곤 했다. "이젠 내가 더 이상 새로 누구를 사귀지도 않고 재혼할 마음도 없어서라오."

우리의 관례와 완전히 충돌하지 않도록, 여기 자기의 착한 마음과 사랑의 헌신으로 남편의 죽음까지 감싼 세 부인의 이야기를 골라 보았다. 하지만 서로 조금씩 다른 예들로, 너무 열렬하다 못해 죽게까지 만든 정성의 예들이다.

^A 이탈리아에 있던 소 플리니우스의 집 가까이에, 부끄러운 부분에 생긴 종양 때문에 말 못 할 고초를 겪고 있는 이웃이 있었

[684]

다. 그가 너무 오래 앓으며 여위어 가는 것을 보다 못한 그의 아내가 제발 환부의 상태를 가까이서 자세히 살펴보고 누구보다 솔직하게 치료 가망성에 대해 말해 줄 수 있게 해 달라고 간청했다. 그의 허락을 받아 환부를 주의 깊게 살펴본 아내는 그 병이 나을 가망은 전혀 없고, 그가 기대할 수 있는 것은 오로지 아주 오랫동안 시름시름 앓으며 고통스럽게 연명하는 것뿐임을 알게 되었다. 그래서 그녀는 남편에게 고통을 끝낼 가장 확실한 명약으로 자살을 권하고는, 그처럼 가혹한 시도를 하기엔 남편이 좀 유약하다고 생각하고 이렇게 말했다. "여보, 당신이 당하는 고통을 보고 내가 그만큼 아프지 않으리라고 생각하지 말아요. 나도 그 고통에서 벗어나기 위해 당신에게 처방한 그 약을 나 자신에게 쓰지 않으리라고 생각하지 말고요. 당신의 병을 함께 앓았듯이 낫는 것도 함께할래요. 두려움을 벗어 던지고, 우리를 이런 고통에서 해방시킬 그 과정에서 우리는 기쁘기만 할 거라는 걸 생각하세요. 우린 함께 행복하게 떠날 거예요." 남편의 용기를 북돋운 그녀는 집 창문을 통해 집과 닿아 있는 바다로 뛰어내리기로 결심했다. 그리고 남편이 사는 동안 그에게 바쳤던 그 충실하고 열렬한 애정을 그가 죽을 때까지 지키기 위해 남편을 꼭 껴안고 죽겠다고 했다. 그러나 자칫 자기 팔이 남편을 놓치거나 떨어지다가 포옹이 풀릴까 두려워, 자기 몸을 남편에게 밀착시켜 허리를 단단히 동여맸다. 그렇게 그녀는 남편의 안식을 위해 자기 삶을 버렸던 것이다.

그녀는 낮은 계급 출신이었다. 그리고 그런 신분의 사람들에게서 이런 희귀한 선행을 보게 되는 것은 그다지 새삼스러운 일이 아니다.

정의의 신은 지상을 떠나기 전에,

그들에게 자신의 마지막 발자국을 남겼다.

베르길리우스

다른 두 여자는 덕성의 예를 거의 찾아볼 수 없는 부유한 귀족 계급 출신이다.

집정관급 인물인 케킨나 파이투스의 아내 아리아는 네로 시대에 덕성으로 명성이 자자했던 트라세아 파이투스의 아내인 다른 아리아의 어머니로, 이 사위를 통해 태어난 판니아의 외할머니가 된다. 이들은 이름도 비슷하고 운명도 비슷해서 많은 이들을 헷갈리게 하니까 하는 말이다. 이 첫 번째 아리아는 스크리보니아누스[416]가 패배한 후 남편 케킨나 파이투스가 클라우디우스 황제의 부하들에게 사로잡히자, 남편을 로마로 호송하는 사람들에게 그들의 배에 자기도 태워 달라고 간청했다. 자기를 태워 주는 것이 자기 남편을 시중들게 하려고 여러 사람을 쓰는 것보다 비용도 훨씬 덜 들고 편할 것이며, 자기 혼자 남편의 방 심부름이며 식사며 다른 모든 일들을 도맡겠다면서 말이다.

그들은 그녀의 제안을 거절했다. 그러자 그녀는 즉석에서 고깃배를 빌려 타고, 그런 방법으로 스클라보니아에서부터 남편이 탄 배를 쫓아갔다. 그들이 로마에 있던 어느 날, 황제 앞에서 스크리보니아누스의 과부 유니아가 서로 팔자가 같다는 이유로 친근하게 다가오자, 그녀는 이런 말로 유니아를 매몰차게 뿌리쳤다. "나더러 당신에게 말을 걸고, 당신 말을 들으라고? 스크라보니아

416
A. D. 142년에 황제가 되려고 반역을 일으킨 인물이다.

누스가 바로 제 품에서 죽었는데, 아직도 살아 있는 주제에?" 여러 가지 심상치 않은 기미와 더불어 이 말까지 듣자 그녀의 친척들은 그녀가 남편의 불운을 견디지 못하고 스스로 목숨을 끊으려 한다는 것을 눈치챘다. 그래서 그녀의 사위 트라세아는 자살하지 말라고 애원하며 말했다. "아니, 제가 장인과 같은 일을 당하면 내 아내가, 장모님 딸이 장모님처럼 하길 바라십니까?" "뭐라고? 내 딸이 그러길 바라느냐고?" 하고 아리아가 답했다. "바라고 말고. 나와 남편처럼, 내 딸이 자네와 그렇게 오래, 그렇게 사이좋게 살아 왔다면 난 내 딸도 그렇게 하길 원할 걸세." 이 대답에 주변 사람들은 그녀에게 더욱 신경을 쓰고, 그녀의 행동을 더욱 유심히 지켜보았다. 어느 날 그녀는 자기를 감시하는 사람들에게 "자네들이 암만 해 봐도 죽기를 더 힘들게 만들 수는 있을지언정 죽지 못하게는 못할 것이네."라고 말하더니, 앉아 있던 의자를 박차고 미친 듯이 돌진하여 가까운 벽에 온 힘을 다해 머리를 박았다. 그 충격으로 크게 다쳐서 오랫동안 기절했던 그녀는 사람들이 갖은 애를 써서 정신이 들게 하자 이렇게 말했다. "내가 자네들에게 말하지 않았나. 편한 방법으로 자결하지 못하게 하면 얼마나 힘들든지 다른 방법을 택할 거라고."

이처럼 감탄스러운 덕성의 결말은 이러했다. 잔인한 황제가 자결을 강요하건만 남편 스스로 용단을 내리지 못하자, 어느 날 그녀는 우선 자결을 권하기에 적절한 설명과 격려의 말을 한 다음, 남편이 지니고 있던 단검을 잡아 손에 쥐고는 자기 권고의 결론으로 "이렇게 해요, 파이투스."라고 말했다. 그와 동시에 그 칼로 자기 배를 찌르더니 다시 그것을 상처에서 빼내어 남편에게 주고는 이런 고귀하고 용감한 불멸의 말과 함께 생을 마쳤다. "Paete,

〔 687 〕

non dolet."[417] 그녀는 너무도 아름답고 심오한 이 세 마디밖엔 말할 여유가 없었다. "봐요, 파이투스, 하나도 안 아파요."

현숙한 아리아가 사랑하는 남편에게
자기 배에서 손수 빼낸 칼을 주며 말한다.
"정말이에요. 내가 나를 찌른 것은 하나도 안 아파요.
당신이 당신 손으로 낼 상처, 파이투스, 그게 난 아파요.
마르시알리스

아리아의 말은 원래대로[418]가 훨씬 생생하고 의미도 풍부하다. 남편의 상처와 죽음, 그리고 그녀 자신의 상처와 죽음도 그녀 자신이 권하고 격려한 것이니만큼 그녀를 아프게 할 리 없기 때문이다. 그렇기는커녕 오직 남편을 위해서 그런 고매하고 용감한 계획을 수행한 뒤에도, 그녀는 자기 목숨의 끝자락에서까지 남편만을 염려했고, 죽어 가면서도 따라 죽을 남편의 두려움을 없애 줄 것만 생각했다. 파이투스는 즉시 같은 칼로 자기를 찔렀다. 아마 그렇게 귀하고 값진 가르침을 받아야만 했다는 것이 부끄러웠겠지.

폼페이아 파울리나는 로마의 매우 지체 높은 가문의 젊은 부인으로서, 세네카가 매우 늙었을 때 그와 결혼했다. 그의 잘난 제자 네로는 그에게 자결 명령을 고하라고 제 부하들을 보냈다.(이런

417
소 플리니우스의 『서간집』에서 인용한 원문이다.
418
'소(小)플리니우스가 전하는 대로'라는 의미이다.

〔 688 〕

일은 이런 식으로 진행되었다. 그 시대의 로마 황제들이 높은 지위의 인물에게 사형 선고를 내릴 때에는 자기 관리들을 보내, 죽는 방법은 당사자가 고르되 자기들이 노한 정도에 따라 어떤 때는 급히, 어떤 때는 넉넉히 시간을 주어서 그 안에 죽으라고 통고한다. 통고받은 자가 자기 일을 정돈할 수 있게 짬을 주기도 하고, 때로는 시간을 짧게 주어 그렇게 할 방법을 앗아 버리기도 하는 것이다. 선고받은 자가 명을 거부하면 형을 집행하기에 적당한 자를 보내 팔과 다리의 정맥을 끊거나 강제로 독을 삼키게 한다. 그렇지만 명예로운 사람들은 이렇게 불가피한 막바지까지 기다리지 않고, 주치의나 외과 의사를 이용한다.) 세네카는 고요하고 흔들림 없는 얼굴로 그들이 전하는 바를 듣더니 유서를 쓸 테니 종이를 달라고 했다. 대장이 그의 청을 거절하자, 그는 친구들을 돌아보며 말했다. "내가 그대들에게 입은 은혜에 대한 감사로 남길 것이 달리 없어 최소한 내가 지닌 가장 아름다운 것, 그러니까 내 행습과 삶의 모습이라도 그대들에게 남기니 부디 기억에 간직해서 성실하고 진실한 친구의 영예를 얻기를 바라네." 그러면서 그는 몹시 괴로워하는 친구들을 부드러운 말로 달래기도 하고 엄격한 목소리로 나무라기도 하면서 말했다. "철학의 그 아름다운 가르침들은 다 어디 갔소? 운명의 변고(變故)에 대비해 우리가 그토록 여러 해 동안 준비해 왔던 것들은 다 어찌 된 것이오? 네로가 잔인하다는 걸 우리가 몰랐소? 자기 어머니와 동생도 죽인 자에게서, 자기를 길러 준 스승을 죽이는 것 말고 우리가 뭘 더 기대할 수 있겠소?" 모두에게 이렇게 말한 다음 아내를 돌아보니, 그녀가 고통에 짓눌려 마음도 몸도 무너져 내려 기력을 잃는지라, 그녀를 꼭 안으면서 자기에 대한 사랑으로 이 불행을 조금만 더 굳세게 견디라고 간곡히 당부

35장 현숙한 아내 세 사람에 관하여

하며, 이제 공부에서 얻은 결과를 이론이나 토론이 아니라 행동으로 보여 줘야 할 때가 왔으니, 당연히 괴로움 없이, 나아가 즐겁게 죽음을 끌어안아야 한다고 말했다. "그러니, 여보, 당신이 내 명예보다 당신 자신을 사랑하는 것처럼 보이지 않으려면, 당신의 눈물로 내 죽음을 부끄럽게 만들지 마시오. 당신은 내가 어떤 사람이고 어떻게 살았는지 알고 있으니, 그것으로 당신 슬픔을 가라앉히고 위로하면서 올바른 일에 전념하며 남은 생을 살도록 하시오." 이 말에 파울리나는 조금 정신을 차리고 지극히 고귀한 애정으로 자신의 고결한 기개를 북돋웠다. "아니요, 세네카, 저는 이렇게 위중한 상황에 저 없이 당신만 버려 둘 사람이 아닙니다. 당신 삶의 고매한 본보기들을 보고도, 잘 죽는 법을 아직도 덜 배웠다고 여기시게 하고 싶지 않아요. 당신과 함께가 아니고 언제 더 잘, 더 합당하게, 더 내 마음에 흡족하게 죽겠어요? 그러니 저도 당신과 함께 가겠어요." 그러자 세네카는 아내의 그 아름답고 영예로운 결심을 좋게 생각하고, 또 자기가 죽은 뒤 그녀를 잔인한 적들의 손에 남겨 둬야 하는 두려움에서도 벗어날 수 있어서, 이렇게 말했다. "파울리나, 난 당신에게 당신의 삶을 더 복되게 이끄는 데 필요한 일을 권했소. 그런데 당신은 명예로운 죽음을 더 원하는구려. 반대하지는 않겠소. 우리가 함께하는 죽음에 지조와 결단은 똑같을 것이나 더 아름답고 영광스러운 것은 당신 쪽이오."

그러자 사람들이 동시에 둘의 정맥을 끊었다. 그러나 노령뿐 아니라 금욕적인 생활 탓에 좁아진 세네카의 혈관에선 피가 너무 맥없이 오래 흘렀기 때문에, 그는 허벅다리에 있는 혈관도 끊어 달라고 했다. 그러고는 자기가 그것 때문에 겪는 고통을 보고 아내의 마음이 아플까 두려워서, 또 그 자신도 그처럼 가련한 상태

〔 690 〕

의 아내를 보는 비통함에서 벗어나려고, 그녀와 애정이 넘치는 작별을 한 후, 옆방으로 옮기는 것을 허락해 달라고 아내에게 청하여 그렇게 했다. 그러나 다리 혈관까지 절개해도 그를 죽게 하기엔 충분치 못해서, 그는 주치의 스타티우스 안네우스에게 독약을 달라고 했지만, 그마저도 효과가 없었다. 사지가 쇠약하고 냉해서 독이 심장까지 갈 수가 없었던 것이다. 그래서 사람들은 뜨거운 목욕물까지 준비시켰다. 그때에 그는 마지막이 가까웠음을 느끼고, 숨이 붙어 있는 한 자기가 느끼는 상태에 대한 매우 탁월한 강론을 이어 갔고, 그의 비서들은 그의 목소리를 들을 수 있는 한 받아 적었으며, 그의 이 마지막 말은 오랫동안 신뢰와 영예를 누리며 사람들의 손에 남아 있었다.(그것이 우리에게까지 전해지지 못하고 유실된 것은 정말 분한 일이다.) 죽음의 마지막 징후들을 느끼자 그는 온통 피로 물든 목욕물을 쥐어 자기 머리에 뿌리며 말했다. "해방자인 주피터여, 그대에게 이 물을 바치노라."

이 모든 이야기를 보고받은 네로는, 유력한 친척이 많은 로마 귀부인 중 하나인 데다 자기가 특별히 반감을 갖고 있지도 않은 파울리나의 죽음이 자기를 향한 비난거리가 될까 두려워 황급히 사람들을 보내 그녀의 상처를 봉합하게 했다. 그것은 그녀가 이미 반쯤 죽어서 전혀 의식이 없어 아무것도 모를 때 행해진 일이었다. 그 후 그녀는 자신의 의지에 반해 살았지만, 그 세월은 매우 명예롭고 그녀의 덕성에 어울리는 것이었으며, 창백한 안색은 그녀의 상처에서 얼마나 생명이 흘러 나갔는지를 증명하고 있었다.

이것이 내가 말하려 한 세 가지 실화이다. 나는 이 실화들이 대중을 즐겁게 하려고 우리 마음대로 지어 내는 이야기들만큼이나 흥미롭고 비극적이라고 생각한다. 그리고 이야기를 꾸며 내는

데 열심인 사람들이 왜 차라리 책 속에서 마주치는 수만 가지 아름다운 이야기들 중에서 고르려 하지 않는지 이상하다. 힘은 덜 들고 재미와 유익은 더 많이 제공할 수 있을 텐데 말이다. 책에 나오는 이야기들로 통일성 있는 하나의 작품을 만들고 싶다면, 그가 할 일이라고는 금속을 용접하듯 서로서로 연결해 주는 것뿐일 것이요, 그는 그런 방식으로 모든 종류의 수많은 실화 사건들을 작품의 아름다움이 요구하는 바에 따라 배치하고 분류해서 쌓아 놓을 수 있을 것이다. 오비디우스가 그 많고 다양한 이야기들을 꿰매고 잇대서 그의 『변신』을 만들어 놓았듯이 말이다.

이 마지막 한 쌍에 대해서는 파울리나가 남편에 대한 사랑으로 기꺼이 생명을 내놓았다면, 그녀의 남편 역시 이전에 그녀에 대한 사랑으로 죽음을 단념했었다는 것을 숙고해 볼 만한 일이다. 우리가 보기엔 이 교환이 그다지 공평한 것 같지 않다. 하지만 스토아적 사고방식에 따라 그는 그녀를 위해 삶을 연장하는 것을, 마치 그녀를 위해 죽는 것과 같은 일로 생각했던 것 같다. 루킬리우스에게 보낸 한 편지에서, 그는 로마에서 열병에 걸렸을 때 자기를 만류하는 아내의 뜻을 거스르며 자기가 얼마나 서둘러 시골에 있는 집에 가려고 마차에 올랐는지를 설명하고, 그녀에게 자기가 걸린 열병은 몸이 아니라 장소에서 생긴 병이라고 대답했다고 말한 뒤, 이렇게 잇고 있다. "아내는 건강을 돌보라고 신신당부하면서 나를 떠나보냈소. 그런데 내 생명 안에 그녀의 생명까지 품고 있음을 아는 나는 그녀를 챙기기 위해 나를 챙기기 시작한 것이요. 노령이 내게 준 특권으로 여러가지 일에 대한 각오는 더욱 단단해졌지만, 이런 노인 안에 나를 필요로 하는 젊은 여인이 들어 있다는 걸 생각하면 그 특권을 잃고 마는 것이오. 그녀가 보다

〔 692 〕

에세 2

용감하게 날 사랑하도록 내가 이끌지 못하니, 내가 나 자신을 더 조심스레 사랑하도록 그녀가 날 이끄는구려. 참된 애정에는 뭔가 양보하지 않을 수 없으니 말이오. 상황은 우리를 반대쪽으로 압박하지만, 때로는 생명을 다시 불러들이지 않을 수 없소. 괴롭더라도 말이오. 달아나려는 혼을 이로 악물어 저지해야 하오. 삶의 법칙이란 올바른 사람들에겐 자기 좋은 만큼 사는 게 아니라 살아야 하는 만큼 살아야 하는 것이기 때문이오. 아내나 친구들 때문에 생명을 연장할 만큼, 그만큼은 그들을 존중하지 않는 자, 그래서 죽겠다고 고집 피우는 자는 너무 까다롭고 너무 나약한 것이오. 우리 친지들을 위해 필요하다면 영혼은 스스로에게 그것을 명해야 하오. 때론 우리를 친구들에게 빌려 줘야 하고, 자신을 위해서는 죽고 싶더라도 그들을 위해 우리 계획을 포기해야 하오.

많은 탁월한 인물들이 그랬듯이, 남을 위해 삶으로 돌아오는 것, 그것은 마음이 위대하다는 증거요. 늙은 생명(그것의 가장 큰 이점은 얼마나 더 살 것인가에 대한 조바심이 없고, 목숨을 보다 하찮게 여겨 더욱 과감하게 사용할 수 있다는 점이오.)을 보존한다는 것은, 그 봉사가 지극히 사랑하는 누군가에게 달갑고 기쁘고 유익하다고 생각된다면 특별한 선행이 되는 것이오. 게다가 그로 인해 매우 기꺼운 보상을 얻게 되니, 사실 아내를 위해서 나 자신을 더욱 소중히 여길 만큼 아내에게 내가 소중한 사람이라는 것보다 더 기분 좋은 일이 어디 있겠소? 그렇게 나의 파울리나는 그녀의 걱정만 내게 전한 것이 아니라 내 걱정까지 일깨웠다오. 내가 얼마나 군센 마음으로 죽을 수 있는지를 고려하는 것만으론 내게 충분치 않았고, 그녀가 얼마나 군세지 못한 마음으로 그 일을 겪을 것인지도 생각해 보았소. 나는 살지 않을 수 없었소. 그리고 산다는

것은 때로 관후한 아량인 것이오." 이것이 그의 말, ^C 그의 처신이
그러하듯 탁월한 말이다.

36장
가장 탁월한 남자들에 관하여

^A 내가 아는 남자들 중에서 탁월한 사람을 골라 보라면, 다른 누구보다 뛰어난 인물 셋을 꼽을 수 있을 것 같다.

하나는 호메로스이다. 아리스토텔레스나 바로(예를 들어)가 혹여 지식이 그만 못해서가 아니고, 작시 기술에서 베르길리우스가 그에게 견줄 수 없어서는 더더구나 아니다. 이 판단은 양편 모두를 잘 아는 사람에게 맡겨 둔다. 그중 한쪽⁴¹⁹밖에 모르는 내가 아는 수준에서 말할 수 있는 것은 학예의 여신들조차 이 로마 시인보다 뛰어날 것 같지 않다는 것뿐이다.

^B 그가 현묘한 칠현금에 맞춰 시를 읊으니,
　마치 아폴론 자신이 현을 뜯으며 가락을 넣은 시구들 같다.

프로페르티우스

^A 하지만 그렇게 평가하더라도, 베르길리우스가 주로 호메로스에게서 시 짓는 능력을 얻었고, 호메로스가 그의 안내자요 스승이라는 것, 『일리아드』의 단 한 줄이 저 위대하고 신성한 『아이네

419
베르길리우스를 말한다.

이스』에 몸통과 재료를 제공했다는 것을 잊어서는 안 된다.

내가 호메로스를 꼽은 이유는 그래서가 아니다. 나는 거기에다 그를 거의 인간 조건을 초월한 감탄스러운 인물로 만들어 준 다른 여러 상황까지 감안해서 생각한다. 그리고 사실 나는 자주, 많은 신들을 만들어 자신의 권위로 세상이 믿게 만든 그인데, 그 자신은 신의 지위를 갖지 못한 것이 이상하다. 장님이고, 가난하며, 확실한 법칙과 연구로 학문들이 정립되기도 전에 살았으면서, 그는 그런 것들을 너무도 잘 알았기에, 이후 나라를 세우거나, 전쟁을 이끌거나, 종교건 학파를 불모한 철학이건 기술이건 저술하는 일에 관여하는 자들은 누구나 그를 모든 일에 정통한 스승으로 삼아, 그의 책을 모든 종류의 능력을 기르는 묘목장으로 사용했고,

무엇이 명예롭고 무엇이 수치스러운 것인지,
무엇이 유용하고 그렇지 못한 것인지,
그는 크리시피우스보다, 크란토르보다,
더 잘, 더 풍부하게 말해 준다.
호라티우스

어떤 이는

마치 마르지 않는 샘처럼
시인들은 그의 작품으로 와서
피에리아[421]의 물로 입술을 축인다.
오비디우스

〔 696 〕

에세 2

그리고 또 다른 이,

거기다 뮤즈의 친구들을 더하라,
그들 중에서도 독보적 시인 호메로스는 별무리에까지 올
랐다.
　　　루크레티우스

또 다른 이가 말한 바와 같다.

풍성하게 쏟아지는 풍요로운 샘,
후대의 모든 시인이 노래를 길어 올렸으나
연년세세 작은 시내로 갈라질 염려 없는 도도한 강,
단 한 사람에게서 나온 이 풍성한 보물들.
　　　마닐리우스

　　그가 있을 수 있는 가장 탁월한 것을 생산해 냈다는 것은 자
연 질서에 위배되는 일이다. 왜냐하면 사물들은 출생할 땐 보통
불완전한 법이고, 성장하면서 불어나고 강해지기 때문이다. 호메
로스는 시와 다른 많은 지식을 그 유년기에 무르익고 완전하고 완
벽하게 만들었다. 그렇기 때문에 우리는 그의 앞엔 그가 모방할
만한 자 아무도 없었고, 그의 뒤엔 그를 모방할 수 있는 자 아무도
없다는 고대의 저 아름다운 증언에 따라 그를 시인들 중의 처음이
요 끝이라고 명할 수 있다. 아리스토텔레스에 의하면 그가 쓰는

420
시신(詩神)들의 고향.

〔 697 〕

말들은 움직임과 행동을 가진 유일한 말이다. 실체적인 어휘들이라는 것이다.

다리우스에게서 노획한 전리품들 중에서 화려한 궤짝을 보게 된 알렉산드로스 대왕은 자기의 호메로스를 담아 두게 간수하라고 일렀다. 호메로스가 자신의 군사 업무에서 가장 훌륭하고 충실한 조언자라면서 말이다. 같은 이유로 아낙산드리다스의 아들 클레오메네스는 호메로스가 무예의 높은 스승이니 라케데모니아인들의 시인이라고 말하곤 했다. 이런 예외적이고 특별한 찬사는 플루타르코스의 평가에도 남아 있다. 플루타르코스는 호메로스가 독자들에게 항상 전혀 다른 모습을 보여 주며 늘 새로운 매력으로 피어나서, 사람들을 결코 질리거나 물리게 만들지 않는 유일한 작가라고 했다.

괴짜였던 알키비아데스는 글깨나 읽는다는 자에게 호메로스의 책을 한 권 달라고 했다가 그가 한 권도 없다고 하니 따귀를 올려붙였다. 마치 우리 신부들 중에서 성무일과서(聖務日課書)가 없는 신부를 만나기라도 한 것처럼 말이다. 크세노파네스는 어느 날 시라쿠사의 참주 히에론에게 자기가 너무 가난해서 하인 두 명을 먹일 것도 없다고 하소연했다. 히에론은 "뭐라고, 호메로스는 자네보다 훨씬 더 가난했는데도 만 명 이상이나 먹이고 있네.[421] 죽었는데도 말이지."라고 대답했다. ^C 파나이티오스가 플라톤을 철학자들 중의 호메로스라고 칭했을 때 같은 뜻이 아니었을까?

^A 그 이외에도 어떤 영광을 그의 영광에 견줄 수 있는가? 그

421
호메로스의 필사본 만드는 일을 업으로 삼고 있기 때문에.

〔 698 〕

의 이름, 그의 작품만큼 사람들의 입에 생생하게 살아 있는 것은 없다. 트로이, 헬레나, 그리고 아마도 일어난 적도 없었을 그의 전쟁들만큼 사람들이 잘 알고 믿는 것은 없을 것이다. 우리 아이들은 지금도 3000년도 더 전에 그가 지어낸 이름들로 불린다. 누가 헥토르며 아킬레우스를 모르는가? 몇몇 특정 가문들만이 아니라 대부분의 국가가 그가 꾸며 낸 이야기에서 자기 근본을 찾고 있다. 두 번째로 무함마드라는 이름을 가진 터키의 황제가 우리 교황 피우스 2세에게 편지를 보내면서, "우리는 공히 트로이인들에 기원[422]을 두고 있고, 또 이탈리아인들처럼 나도 그리스인들에게 헥토르의 피에 대해 복수하는 데 관심을 갖고 있는데, 어떻게 그들이 내게 대항해서 뭉치고 그리스인들에게 호의를 보이는지 나는 이해할 수 없소."라고 했다. 이것은 왕들, 나라들, 황제들이 무수한 세기에 걸쳐 저들의 역할을 연기하는 고상한 연극, 이 거대한 세상 전체를 극장으로 쓰는 연극이 아닌가? 그리스의 일곱 도시가 그의 출생지를 주장하며 다투었으니, 신상이 불확실한 것조차 그처럼 그에게 영광을 안겼다.

> 스미르나, 로도스, 콜로폰, 살라미스, 키오스,
> 아르고스, 아테나이.
> 아울루스 겔리우스

422
트로이는 터키 땅에 있었으니 터키인은 트로이인의 후손이며 로마는 트로이 전쟁 후 트로이의 용사 아이네이스가 세운 나라이니 이탈리아인 또한 트로이인의 후손이라는 뜻이다.

또 하나는 알렉산드로스 대왕이다. 그가 정복을 시작한 나이, 그토록 영광스러운 계획을 수행하는 데 사용한 보잘것없는 수단, 세상에서 가장 위대하고 경험 많은 장수들 사이에서 어린 그가 얻은 권위, 위험하고 거의 무모하다고 할 만한 그 많은 전투를 품어 주고 도와준 운수의 그 예외적인 호의,

B 무한한 야망을 방해하는 모든 것을 엎어 버리며,
쑥대밭 속에 길을 트는 것을 즐기면서
루카누스

A 서른세 살의 나이에 사람이 살 수 있는 땅 전체를 승리자로서 통과하고, B 반생 동안 인간 본성이 성취할 수 있는 모든 것에 이르렀으니, 초인적인 어떤 것을 상상하지 않고서는 그가 정상적인 수명까지 천수를 누렸을 때 그의 용덕이나 행운이 얼마나 증대되었을까 추측하기 힘들고, 자기 병사들에게서 그렇게도 많은 왕실이 가지쳐 나가게 하고, 죽은 후엔 자기 군대의 일개 대장들인 네 명의 후계자가 세상을 분할하여, 그 후로도 오랫동안 그 후손들이 저 넓은 영토를 유지하며 존속하게 한 그의 위대성, B 공정, 절제, 관후함, 약속을 지키는 신의, 가족에 대한 사랑, 패배자에 대한 자비 등 그가 지녔던 수많은 탁월한 덕성들을 살펴본 사람, A (왜냐하면 그의 품행은 사실 나무랄 데가 없었던 것 같다. B 드물고 예외적인 어떤 특별한 행동들이 있긴 했다. 하지만 그렇게 거대한 계획을 정의의 법칙만으로 통솔하는 것은 불가능하다. 그와 같은 사람들은 그들의 행위 전체를 최종적인 관점에서 평가해야 한다. 테베를 초토화[424]한 일, 메난드로스[425]와 헤파이스티온의 의사를

[700]

죽인 일, 페르시아 포로들을 한꺼번에 살해한 일, 살려 주기로 하고서 인도인 부대를 살육하고, 코세이아 사람들을 어린아이까지 죽인 일 등은 변명하기 어려운 돌출 행동들이었다. 클뤼토스[425]의 경우로 말하자면, 실제로 잘못한 것 이상으로 보상했고, 그 행동은 다른 장점들만큼 그의 본마음이 너그럽다는 것을 증거하며, 천성 그 자체가 현저히 선을 지향하게끔 조성되어 있음을 보여 준다. [C] 그래서 알렉산드로스에 대해 그의 덕목들은 천성에서, [B] 악행들은 운에서 유래한다고 한 것은 절묘한 말이었다. 그가 좀 허풍스러웠고, 자기를 나쁘게 말하는 것을 참고 듣지 못한 점이나, 인도 곳곳에 자기의 구유통, 무기, 말고삐 등을 흩뿌리고 다닌 것 등 이 모든 것은 그의 나이를 보아, 또 그의 운수가 [C] 남다르게 [A] 번성했던 점을 보아 용서해 줄 만한 것으로 보인다.), 아울러 근면, 선견지명, 참을성, 규율, 책략, 도량, 결단성, 행운 등 한니발의 권위가 우리에게 가르쳐 주지 않았더라도[426] 인간들 중 단연 으뜸이었던 그 많은 군사적 덕목들을 고려하고, [A] 가히 기적이라 할 만한[427] 그 개인의 희귀한 아름

423
335년에 알렉산드로스는 테베를 초토화했지만 아테네는 남겨 두었다. 『에세 1』 1장 참조.

424
시인과 동명이인. 여기서 말하는 살해들은 1세기 로마 역사가 퀸투스 쿠르티우스의 『알렉산드로스 대왕전』『에세 1』 17장에 열거된 것이다.

425
알렉산드로스의 친구인 클뤼토스는 알렉산드로스의 부친을 칭송하며 그를 비판했다. 술에 취한 알렉산드로스는 격분해 그를 죽이고는 나중에 쓰라리게 참회했다.

426
티투스 리비우스에 의하면, 한니발은 알렉산드로스를 군사적 덕목의 일인자로 꼽았다.

427

다움과 특성, ^B 그토록 젊고, 발그레하고, 눈부신 얼굴 아래 그 자
태와 그 존귀한 태도,

> 그 모습은 마치 비너스가 어떤 별보다 사랑하는 샛별이
> 태양의 물결에 목욕을 하고서
> 고귀한 얼굴을 하늘로 쳐들어 밤의 어둠을 흩트릴
> 때와도 같았다.
>
> 베르길리우스

^A 지식과 능력의 탁월성, 오점도 없고 질시도 면한 순결하고
오랜 영광의 위대함, ^B 그가 죽은 뒤에도 오래도록 그의 메달을 지
니면 행운이 온다는 것이 경건한 믿음이었던 점, 여타의 역사가들
이 다른 왕 또는 왕공들의 무훈에 대해 기록했던 것보다, 왕들이
나 왕공들 자신이 그의 무훈에 대해 더 많이 썼으며, ^C 다른 이들
의 역사는 모두 경멸하는 마호메트 교인들이 오늘날까지도 그의
역사만은 예외적인 특권을 부여해 받아들이고 숭상한다는 점, 이
모든 것을 함께 고려하는 사람은, ^A 나로 하여금 유일하게 선택을
망설이게 했던 카이사르보다 내가 그를 선호한 것이 옳았다고 인
정하리라.

^B 카이사르의 무훈에는 그 자신의 힘이 더 많이 작용했고 알
렉산드로스의 무훈에는 운이 더 많이 작용했음을 부인할 수 없다.
^A 그 둘은 많은 점에서 대등했고, 아마 카이사르가 어떤 점에서는
더 위대했다. ^B 그들은 곳곳에서 세상을 휩쓴 두 개의 불덩이 또는
두 개의 급류였다.

1588년 이전판에서는 이렇게 덧붙인다. "특히 그의 땀조차 아주 감미롭고 향긋한
냄새가 났다고 하니."

〔 702 〕

월계수 덤불이 탁탁 소리 내며 타 들어갈 때,
메마른 숲에서 사방으로 번지는 불길같이,
산꼭대기에서 굉음을 내며 쏟아져
거품을 물고
모든 것을 휩쓸면서
평원으로 흐르는 급류인 듯.

베르길리우스

그러나 카이사르의 야망 그 자체는 더 절제된 것[428]이었을망정, 자기 나라를 망하게 하고 세상 전체를 더 나쁘게 만든 저 몹쓸 목표[429]와 만나 그만큼 더 큰 불행을 야기했으므로, ᴬ 모든 점을 종합해서 견주어 볼 때, 나는 알렉산드로스 편으로 기울지 않을 수 없다.

세 번째이며, 셋 중에서 가장 탁월한 이는 내 심정을 따르자면 에파미논다스이다.

영광으로 말하자면 그가 누린 영광은 다른 사람들의 영광에 훨씬 못 미친다.(따라서 영광은 탁월성의 본질에 속하지 않는다.)[430] 그러나 결단성과 용맹이라면, 야심 때문에 사나워진 것이 아니라 지혜와 판단력이 잘 다듬어진 영혼에 심어 놓을 수 있는 결단성과 용맹에 관해서라면, 그는 우리가 상상해 볼 수 있는 전

428
알렉산드로스의 야망보다.
429
공화정을 부수고 황제가 되겠다는 목표를 말한다.
430
이런 관점에 대해서는 『에세 2』 16장의 앞부분을 참조할 것.

36장 가장 탁월한 남자들에 관하여

부를 보여 주었다. 내 견해로는 이 덕목의 증거를 그는 알렉산드로스나 카이사르 못지않게 보여 주었다. 왜냐하면 그의 전공은 그렇게 많지도 그렇게 거창하지도 않았지만, 그의 업적과 그 상황들을 세심히 고찰하면 똑같이 중대하고 치열했고, 대등한 과감성과 군사적인 능력을 증명하고 있기 때문이다. 그리스인들은 이구동성으로 그를 자기들 중 제일인자라고 부르며 칭송했다. 그런데 그리스에서 일인자라면 쉬이 세상 전체에서 제일인자가 된다.

그의 학식과 능력으로 말하자면, 그만큼 많이 아는 자도 없었고 그만큼 적게 말한 자도 없었다는 고대의 평가가 전해 온다. ᶜ 그는 퓌타고라스 학파였다. 그리고 그가 말한 것은 누구도 더 잘 말하지 못했다. 그는 매우 설득력 있는 탁월한 웅변가였다.

ᴬ 하지만 그의 사람됨과 양심에 대해 말하자면, 한 번이라도 공적인 일에 관여해 본 적이 있는 인물 모두를 훨씬 능가한다. 이 점이 가장 중요하게 고려되어야 하고, ᶜ 그것만이 우리가 어떤 인간인지 진정으로 드러내 주기에 나는 다른 모든 것을 합한 것만큼의 중요성을 부여하는데, ᴬ 그는 이 점에서 어떤 철학자에게도, 심지어 소크라테스에게도 지지 않기 때문이다.

ᴮ 이 인물의 공명정대함은 항구적이고 여일하여 변질되지 않는 고유의 지배적인 자질이다. 비교하자면 알렉산드로스의 그것은 그만 못하여 불분명하고, 애매하고, 무르며, 확고하지 않아 보인다.

ᶜ 고대 사람들은 위대한 장수들을 세밀하게 검토해 보면 그들 각자에게 그들을 유명하게 만든 어떤 특수한 자질이 있다고 생각했다. 그런데 이 인물에게만은 모든 면에서 고르고 완전한 덕성과 능력이 있어서 공적인 일에서나 사적인 일에서나, 평화 시에나

〔 704 〕

전시에나, 사는 일에서나 위대하고 영광되게 죽는 일에서나 인간 삶의 모든 국면에서 더 바랄 나위가 없었다. 나는 인간적인 면모로나 운명으로나 이 인물만큼 경의와 애정을 가지고 우러러볼 만한 사람을 알지 못한다. 그의 고집스러운 청빈함은 그와 가장 가까웠던 친구들이 묘사하듯, 어딘지 과해 보이는 것이 사실이다. 그리고 이런 처신만은 물론 고매하고 감탄해 마지않을 일이지만, 내가 모방하고 싶어 하기엔 마음뿐일지라도 좀 신산스럽게 느껴진다.

스키피오 아이밀리아누스만이, 만일 그가 에파미논다스와 똑같이 자랑스럽고 빛나는 최후를 맞이했고, 그만큼 깊이 있고 해박한 학식을 가졌다는 기록이 남아 있다면, 둘 사이에서 고르기를 주저하게 했을 것이다. 오, 세월이, 하필이면 플루타르코스의 작품[431]에 등장하는 일인자들 가운데서도 진정 가장 고귀한 이 한 쌍의 인생, 온 세상이 일치하여 하나는 그리스인들 중의 제일이요 다른 하나는 로마인들 중의 제일이라고 하는 이 두 인물을 우리 눈으로 볼 수 없게 앗아 가다니, 얼마나 야속한가! 어떤 소재이고, 어떤 장인[432]인가!

거룩한 인물은 아니지만 사람들이 말하는 '호남', 예의 바르고 건전하며, 조촐한 신분을 지닌 사람을 들어 보자면, 내가 알기에 이른바 산 사람이 누릴 수 있는 가장 풍요로운 삶, 가장 다채롭고 탐나는 자질들로 직조된 인생은 모든 면을 고려할 때 내 생각으

431
『영웅전』을 말한다.(32장 주 399번 참조) 이 책에서 에파미논다스와 스키피오의 쌍은 유실되고 전해지지 않는다.

432
두 영웅을 다루는 작가, 플루타르코스를 말한다.

론 알키비아데스의 인생이다. 하지만 에파미논다스에 대해서라면, A 범접할 수 없을 만큼 훌륭한 탁월한 천성의 예로서 그의 생각 몇 가지를 덧붙이고 싶다.

B 그는 전 생애를 통해 가장 뿌듯한 만족을 느꼈던 일로, 레욱트라 전투의 승리를 자기 아버지와 어머니에게 안겨 드린 기쁨을 꼽았다. 그가 그토록 영광스러운 업적을 이루었으니 얼마든지 정당하고 충만하게 누릴 수 있었던 자기 자신의 기쁨보다 부모의 기쁨을 더 좋아했다는 것은 많은 것을 말해 준다.

A 그는 조국의 자유를 되찾기 위한 일이라도 그 명분의 완전한 파악 없이 한 인간을 죽이는 것은 옳지 않다고 생각했다. 그래서 그는 테베시의 해방을 위해 그의 동료 펠로피다스가 도모한 계획433에 그토록 냉담했던 것이다. 또 그는 한 전투에서 반대편에 속한 친구를 만나면 싸움을 피하고 그를 살려 줘야 한다고 생각했다.

C 그리고 적들에게까지 인정을 베풀어 보이오티아인들의 의심을 샀다. 코린토스 근처 모레아 입구를 막으려던 라케데모니아인들을 놀라운 기세로 압박해 돌파하고도 끝까지 추격하지 않고, 그들의 한복판을 뚫은 것으로 만족했던 것이다. 그 때문에 그는 총대장의 직위에서 파면당했다. 그런 이유로 당한 파면이었고, 곧 필요에 의해 그를 그 지위에 다시 올려놓지 않을 수 없었던 보이오티아인들은, 그가 지휘하는 곳 어디든지 승리가 그를 그림자처럼 따라다니므로, 자기들의 영광과 안녕이 얼마나 그에게 달려 있

433
에파미논다스의 평생 친구이며 동지로, 친스파르타 정치를 펼치던 아르키아스와
레온티다스를 죽이고 테베에 민주정을 회복시켰다.

〔 706 〕

는지 인정할 수밖에 없는 수치를 당했으니 매우 영광스러운 파면
이었다. 그의 조국의 번영은 그와 함께 태어났던 것처럼 또한 그
와 함께 죽었다.

37장
자식들이 아버지를 닮는 것에 관하여

^A 잡다하기 짝이 없는 조각들로 얼기설기 엮어 가는 이 글 묶음은 너무 한가해서 뭐라도 하지 않을 수 없을 때만, 내 집 아닌 곳에서는 손을 대지 않는다는 조건 아래 만들어진다. 그런 까닭에 띄엄띄엄 불규칙한 간격을 두고 조립된 것이다. 가끔씩 여러 달 집 밖에서 묵어야 하는 경우가 생기기 때문이다. 그렇지만 나는 나의 첫 생각들을 그다음에 떠오른 생각으로 고치지 않는다. ^C 사실 어쩌다 몇 단어는 고치기도 하지만, 그것은 첫 생각을 다각화하기 위해서이지 지우기 위해서가 아니다. ^A 나는 내 생각의 흐름을 제시하고 싶고 각 조각들을 태어나는 상태로 보여 주고 싶다. 좀 더 일찍 시작해서 내가 변해 온 경로를 알아볼 수 있다면 재미있을 것 같다. 내가 부르는 것을 받아쓰는 일을 하던 하인 하나는 큰 횡재나 될 줄 알고서 제 맘대로 고른 여러 편을 내게서 훔쳐 갔다. 위안이 되는 것은 내가 잃은 것이 없는 만큼 그도 얻은 것이 없다는 것이다.

내가 이것을 시작한 이래 칠팔 년 더 나이를 먹었다. 그동안 새롭게 얻은 것이 없지 않다. 세월의 후의로 나는 결석증과 사귀게 되었다. 세월과의 오랜 교류가 이런 결실도 없이 쉬이 흘러가진 않는다. 세월이 저와 오래 교제하는 사람들에게 선사하는 여러

〔 708 〕

선물 중에서 내가 받아들이기 쉬운 선물을 골랐더라면 좋았을 것을. 그랬다면 내가 어렸을 때부터 가장 끔찍하게 여기던 것을 선물할 수는 없었으련만, 이건 노년에 겪는 언짢은 일 중에서도 내가 가장 두려워하던 바로 그것이었다. 나는 속으로 내가 너무 멀리 가는구나, 이렇게 멀리 가다간 결국 불쾌한 일에 걸리고 말겠구나 수없이 생각했다. 이제 떠날 때가 되었다고, 외과 의사들이 신체의 어느 부분을 잘라 낼 때 적용하는 법칙에 따라 '싱싱하고 건강한 상태에서' 생명을 잘라 내야 한다고, ^C 자연은 제때에 생명을 반납하지 않는 자에게 호된 이자를 물게 하는 버릇이 있다고 나는 충분히 인식했고 또 주장했다. ^A 그러나 헛된 제안이었다. 아직 그럴 준비가 한참 덜 된 십팔 개월쯤 전에, 나는 이런 불쾌한 상태에 놓이게 되어, 어느새 그것에 적응하는 법을 배웠다. 어느새 이 결석증과 어울려 사는 삶 속으로 들어간 것이다. 거기서 나를 위안할 거리도 찾고 희망도 찾는다. 인간이란 자기의 비참한 존재를 그다지도 애지중지하기에, 아무리 혹독한 조건인들 그 안에서 존재를 유지하기 위해 받아들이지 못할 게 없다! ^C 마이케나스의 말을 들어 보라.

> 외팔이가 되고, 통풍에 걸리거나, 앉은뱅이가 되어도,
> 누가 흔들거리는 내 이를 뽑아도,
> 생명만 부지하면,
> 나는 만족한다.
> 세네카의 편지에서 인용

티무르는 자기가 알아내는 대로 문둥병자들을 죽이면서 그

37장 자식들이 아버지를 닮는 것에 관하여

들이 너무 고통스럽게 살고 있으니 삶에서 해방시키기 위해 죽인다고 했다. 그는 그들에게 행한 가공할 만행을 어리석은 인간애로 위장한 것이다. 왜냐하면 그들 중 존재하지 않으니 차라리 세 곱절로 나병 앓기를 바라지 않는 자는 하나도 없었기 때문이다.

스토아 학파의 안티스테네스는 중병에 걸려 부르짖었다. "누가 날 이 고통에서 해방시켜 줄까?" 그를 보러 왔던 디오게네스가 칼을 주면서 "그대가 원한다면 이것이 바로 해 줄 것이네." 하니까 그는 "삶이 아니라 병에서 말이야!"라고 말했다.

ᴬ 순전히 영혼에만 가해지는 고통을 나는 다른 대부분의 사람들보다 훨씬 덜 괴로워한다. 나의 판단 때문이기도 하고 (사람들이 혐오스럽거나 목숨 걸고 피해야 할 것으로 생각하는 많은 것들이 내게는 거의 아무렇지도 않기 때문에) 내게 직접 떨어진 것이 아닌 불행에 둔하고 무감각한 성격 탓이기도 하다. 이 점은 나의 천성 중에서 가장 좋은 면 중 하나라고 생각한다. 하지만 진짜 실질적이고 육체적인 고통은 아주 심하게 느낀다. 그렇기는 해도 전에는 하느님의 은혜로 내 생애의 대부분을 행복한 건강과 평안을 누리며 지내다 보니 무르고 나약하고 허약해진 시선으로 지레 짐작하며, 그것을 너무도 견딜 수 없을 것으로 상상한 나머지 막상 내가 겪게 된 것보다 훨씬 더 두려워했던 것이다. 그래서 나는 우리 영혼의 기능들 대부분이 ᶜ 우리가 보통 하는 식으로 사용해서는, ᴬ 삶의 안정을 돕기보다는 오히려 해친다는 신념이 매일 점점 커진다.

나는 병 중에서도 가장 못된 병, 가장 돌발적이고, 가장 고통스럽고, 가장 지독하고, 가장 고치기 어려운 병과 싸우고 있다. 아주 길고도 고통스러운 발작을 벌써 대여섯 번 경험했다. 그렇지만

〔 710 〕

에세 2

내 자만일지 모르나 죽음의 공포에서 벗어난 자, 의사들이 우리에게 쑤셔 넣는 경고, 예언, 결론에서 벗어난 자에겐 이 상태에서도 여전히 견뎌 낼 방법이 있다. 통증의 위력 자체도 침착한 사람이 발광하고 절망할 만큼 에일 듯 모질게 고통스럽지는 않다. 적어도 나는 내 결석증에서 한 가지 이득은 끌어낸다. 죽음과 화해하고 친해지기 위해 내가 아직 스스로는 하지 못했던 것을 그것이 해 주리라는 것이다. 왜냐하면 그것이 나를 압박하고 괴롭힐수록 죽음은 내게 덜 무서운 것이 될 테니까. 벌써 얻은 바도 있어서, 나는 이제 오직 살아 있기 때문에 삶을 붙들고 있을 뿐이다. 언젠가는 내 병이 목숨과의 이런 양해까지 풀어 주리라. 하느님께서는, 마지막에 이 병고가, 아무리 지독해서 내 힘을 죄 꺾어 놓을지언정 나를 한 극단, 그 반대 쪽 극단 못지않게 사악한 극단으로 몰고 가지는 못하게, 죽기를 앙망하게 만들지는 못하게 하소서!

> 마지막 날을 두려워하지도 바라지도 마라.
>
> 마르시알리스

둘 다 경계해야 할 정념이지만, 그래도 한쪽이 다른 쪽보다 훨씬 구하기 쉬운 약이 있다.

그렇지만 나는 늘 의젓한 몸가짐과 경멸적인 태도를 유지하며 고통을 참아 내라고 너무 준엄하고 엄격하게 명령하는 가르침은 지나치게 형식적이라고 봤다. 실체[434]와 실재[435]에만 관여하

434
le vif, 외부적, 부차적인 것과 반대되는 생생하고 중요한 사실을 말한다.
435

37장 자식들이 아버지를 닮는 것에 관하여

는 철학이 왜 그런 외양에 시간을 낭비한단 말인가? ^C 그런 염려
일랑 우리의 몸동작을 몹시도 중시하는 희극 배우나 수사학 선생
에게 맡겨라. 심장이나 위장에서 나온 것이 아니면 저 비겁한 목
소리를 과감히 병 탓으로 돌리고, 그 제지할 수 없는 탄식을 자연
이 우리의 통제력 밖에 심어 준 한숨, 흐느낌, 헐떡임, 창백해짐 따
위의 부류로 치부하라.

마음에 공포가 없고, 말에 절망이 없으면 철학은 그것으로 만
족하라! 우리가 사고를 비틀어 짜지 않는 한, 팔을 비틀어 짠들 어
떤가! 철학은 남을 위해서가 아니라 우리를 위해 우리를 가르치는
것이다. 살려고 배우는 것이지 '그런 체'하기 위해 배우는 게 아니
다. ^A 우리의 오성 계발을 소임으로 삼았으면 그것을 감독하는 데
서 멈춰라. 결석증의 발작을 겪는 중에도 자기를 인식하고, 고통
의 발아래 수치스럽게 무릎을 꿇는 것이 아니라 그것과 싸우고 버
텨 내며, 그 싸움으로 흥분하고 달아오를지언정 지쳐서 엎어지지
않고, 늘 해 오던 대로 ^C 어느 정도까지는 교류도 하고 대화도 하
면서 ^A 일상생활을 이어 갈 수 있게 우리의 마음을 붙들어 주면 된
다. 그렇게 지독한 상황에 처했을 때 우리더러 그렇게 점잔을 빼
라고 요구하는 것은 잔인한 일이다. 잘 싸우고 있다면 험상궂은
표정이야 별것 아니다. 앓는 소리를 내서 몸이 덜 괴롭다면 그렇
게 하게 하라. 흥분해서 좋을 것 같으면 마음대로 자기를 뒤흔들
고 들쑤시게 하라. 들입다 소리를 내지르니(여자들이 해산할 때 그
게 도움이 된다고 어떤 의사들이 말하듯이) 고통이 좀 날아가는 듯
하면, 또는 그것이 고통을 좀 잊게 한다면 힘껏 고함을 지르게 하

les effets, 외양, 겉모습과 반대되는 실재성. 리얼리티를 말한다.

〔 712 〕

에세 2

라. ^C 그런 소리를 내라고 명령하라는 게 아니라 나오면 나오게 허용하자. 에피쿠로스는 자기네 현자에게 아플 때 소리를 질러도 좋다고만 한 게 아니라 권하기까지 한다. "격투사들도 적수를 치며 철장갑을 휘두를 땐 소리를 지른다. 목청을 돋우면 그 힘에 몸 전체가 긴장해서 훨씬 강력한 타격을 가할 수 있기 때문이다."(키케로) ^A 저 불필요한 가르침을 따르려고 애쓰지 않아도, 우리는 병만으로도 충분히 괴롭다. 내가 이런 말을 하는 것은 흔히 보게 되는, 이 병의 발작으로 심한 충격을 받으면 맹렬히 고함을 질러 대는 사람들을 변명해 주기 위해서이다. 나로 말하자면, 이제껏 그보다는 좀 나은 자세로 그 고통을 통과했으니 말이다. 그런 외적인 체면을 유지하려 해서는 아니다. 점잖은 외양을 유지하는 것의 이점 따위는 대수롭지 않게 여기는 바이니, 이 점에선 나는 병이 해 달라는 만큼 병에게 해 준다. 그런데 내 고통이 그다지 지독하지 않거나, 아니면 내가 보통 사람들보다 더 잘 견디는 모양이다. 날카로운 통증이 찔러 댈 때는 앓는 소리가 절로 나오고 화가 치민다. 그렇다고 ^C 이자처럼 정신을 잃진 않는다.

> 애처로운 소리로 울려 퍼지는 것은,
> 탄식이요, 울음이요, 비명이요, 비탄.
> 키케로가 인용한 아티우스

한창 아플 때 나는 나를 가늠해 본다. 그리고 언제나 내가 다른 때와 마찬가지로 건전하게 말하고 생각하고 답할 수 있다는 걸 알게 되었다. 하지만 통증이 나를 괴롭히고 헷갈리게 만들기 때문에 지속적으로는 안 된다. 곁에 있는 사람들이 내가 극도로 탈진

37장 자식들이 아버지를 닮는 것에 관하여

했다고 생각해서 배려하면 나는 자주 내 기력을 시험하며(essage) 내 편에서 먼저 내 상태와 가장 동떨어진 화제를 꺼내 본다. 불쑥해 보는 것은 뭐든 할 수 있다. 그러나 길게 가진 못한다.

오, 왜 내겐 키케로가 말하는 그 몽상가의 능력이 없을까! 그는 젊은 여자를 안는 꿈을 꾸다 이부자리에 돌석을 쏟아 놓은 것을 보았다! 내 돌들은 이상하게도 여자마저 내게서 쫓아 버린다!

[A] 사이사이 극심한 고통이 잠시 멈추고, [C] 요관이 그다지 강하게 쑤셔 대지 않고 가라앉으면, [A] 나는 금세 보통 때의 상태로 회복된다.[436] 내 정신은 몸이 보내는 감지 가능한 경보에만 흔들리기 때문이다. 그것은 아마도 내가 사유를 통해 늘 이런 불상사에 대해 마음의 준비를 하려고 애쓴 덕일 것이다.

[B] 이제 내게 새롭거나 예기치 못한 고통이란 없다.
나는 마음속으로 모든 것을 예견하고 모든 것을 섭렵했다.
베르길리우스

[A] 그렇지만 나는 초심자로서는 좀 너무 호되게 당했다. 아주 갑작스럽고 혹독한 변화를 겪으며, 매우 순탄하고도 양호한 삶의 상태에서, 졸지에, 상상할 수 있는 최대로 고통스럽고 힘든 상태로 떨어졌던 것이다. 이 병이 그 자체로 두려워할 만한 중병이기도 하지만, 나한테서는 이놈이 익숙해져서 그러려니 하게 된 것보다 훨씬 모질고 지독하게 발작을 시작한다. 발작이 너무 잦다 보

436
보르도본에는 "나는 흥분하거나 음성 변화 없이 한담하고, 웃고, 공부한다."라는 문장을 넣었다가 줄을 그어 지웠다.

〔 714 〕

니, 이젠 완전한 건강 상태를 거의 못 느낀다. 그러나 나는 이대로 유지할 수만 있다면, 잘못된 생각 때문에 제풀에 열이 나서 끙끙 앓는 수많은 사람들보다는 내 처지가 더 낫다고 보는 정신 상태를 여전히 유지하고 있다.

겸손에는 오만에서 나온 좀 묘한 종류의 겸손도 있다. 우리가 여러 가지 일에서 우리의 무지를 인정할 때, 그리고 자연의 작품들 중엔 우리로서는 지각할 수도 없고 그 방식이나 원인을 알아낼 능력도 없는 어떤 특질과 조건이 있다는 것을 매우 격식을 차려 고백할 때가 그렇다. 이런 정직하고도 양심적인 선언을 통해 우리는 우리가 안다고 하는 것에 대해서도 우리를 믿어 주기를 기대하는 것이다.

기적이나 수수께끼 같은 기이한 일들을 추려 내려 할 필요도 없다. 내가 보기엔 우리가 매일 보는 일들 가운데도 도저히 이해할 수 없어서 기적의 불가사의를 능가하는 기이한 일들이 있다.

우리를 탄생시킨 이 정액 한 방울은 대체 무슨 괴물이기에 신체적 형태뿐 아니라 선조들의 사고방식이나 성향의 유적까지 지니고 있단 말인가? 이 물방울은 어디에 이토록 무수히 많은 형태를 담아 두고 있단 말인가? [B] 그리고 이 물방울들은 어떻게 그처럼 아무렇게나, 그처럼 불규칙한 경로로 저 유사한 모습들을 운반해 증손자가 증조부를, 조카가 삼촌을 닮게 하는가?

[B] 로마의 레피두스 가문에선, 연이어서가 아니라 세대를 건너뛰어 세 명이, 같은 쪽 눈이 연골로 덮여 태어났다. 테베의 한 가문 사람들은 어머니 배 속에서부터 창 촉 모양의 점을 지니고 있었고, 그래서 그것이 없으면 적통이 아니라고 봤다. 아리스토텔레스는 여자를 공유하는 어떤 나라에서는 닮은 것을 보고 아비들에게 아

37장 자식들이 아버지를 닮는 것에 관하여

이들을 배정해 준다고 한다.

ᴬ 내 결석증은 아버지로부터 물려받은 것이 틀림없다. 그분도 방광에 있던 커다란 돌 때문에 극심한 고통을 받고 돌아가셨으니 말이다. 그분은 예순일곱 살이 되어서야 당신의 병을 알게 되었는데, 그전엔 신장이나 늑골, 그 밖의 어느 곳에서도 어떤 전조나 낌새도 못 느낀 채 그때까진 양호한 건강 상태에서 별로 병에 걸리지도 않고 사셨다. 발병한 뒤에도 매우 고통스러운 말년을 칠 년이나 끌어 가며 이 병을 견디셨다. 나는 그분이 발병하기 이십오 년여 전에, 그분이 가장 건강했을 때, 태어난 순서로 보자면 세 번째 아이⁴³⁷로 태어났다.

이 결함의 성향은 대체 그 오랜 시간 동안 어디서 부화되고 있었단 말인가? 아버지가 병에서 그렇게 멀리 떨어져 있었을 때 나를 만드셨다면, 나를 지어낸 그 실체의 그 미미한 조각은 어떻게 이토록 중대한 흔적을 제 안에 지니고 있었을까? 더욱이 한 어머니에게서 태어난 그 많은 형제자매들 중 지금까지는 내가 유일하게, 사십오 년이 지나서야 그것을 느끼기 시작할 만큼 어떻게 그렇게 꽁꽁 숨어 있었을까? 누가 이 병의 과정을 내게 밝혀 주면 나는 그가 믿어 달라는 기적은 다 믿어 줄 것이다. 단 흔히들 하듯이, 사실 자체보다 더 난해하고 환상적인 학설을 믿어 달라고 하지만 않으면.

의사들은 내가 내 마음대로 말해도 좀 용서해 주기 바란다. 내가 그들의 학문에 대해 혐오와 경멸을 품게 된 것 역시 숙명적으로 내게 주입되고 스며든 것이요, 그들의 기술에 대한 나의 반

437
몽테뉴는 위의 두 형이 죽어서 장남이 되었다.

감도 대물림된 것이니 말이다. 내 아버지는 일흔네 살까지 사셨고 조부님은 예순아홉 살, 증조부님은 여든 살[438] 가까이 사셨는데, 어떤 종류의 약도 입에 대지 않으셨다. 그리고 그분들 사이에선, 보통 때 하던 대로가 아닌 것은 모두 약 취급을 받았다.

의학은 예와 경험으로 형성된다. 내 견해도 그렇다. 이것이야 말로 명백하고 설득력 있는 경험이 아닌가? 의사들이 그들의 장부에서, 한 집안에서 태어나 같은 지붕 아래 성장하고 죽은 사람으로서, 그들의 지시를 따르면서 내 조상들만큼 오래 산 사람 셋을 찾아내 보여 줄 수 있을지 의심스럽다. 이 점에서 그들은 이치가 아니라면 적어도 운은 내 편이라는 것을 인정해야 한다. 그런데 의사들에겐 이치보다 운이 훨씬 중요한 것이다. 그러니 지금의 나를 자기들에게 유리한 예로 삼지 말고, 상태가 나쁘다고 겁주지도 마라. 그것은 아전인수일 것이다. 사실을 말하자면 내 경우까지만 보더라도, 내 집안의 예들로 나는 충분히 그들보다 유리하다. 인간사는 그리 오래 지속되지 않는다. 그런데 맨 처음 분이 1402년에 태어났으니, 우리의 경험은 십팔 년 모자라는 200년간 이어지고 있다. 그러니 우리가 더 이상 이 경험을 뒤집을 수 없다는 것이 사실 맞는 말이다. 지금 내 목줄기를 쥐고 있는 병을 가지고 나를 탓하지 마라. 내 몫으로 사십칠 년이나 건강하게 살았으면 충분하지 않은가? 그 끝이 언제가 됐건, 내 생애는 아주 긴 편에 속한다.

내 조상들은 어떤 알 수 없는 천성적인 경향으로 의술을 못마 땅해했다. 아버지는 약을 보는 것조차 싫어했으니까. 교회 인사였던 친가 쪽 아저씨 가비아크 경은 날 적부터 병약해 허약한 몸으

438
몽테뉴의 증조부인 라몽 에켐은 실제로는 일흔여섯 살(1402~1478)까지 살았다.

37장 자식들이 아버지를 닮는 것에 관하여

로 예순일곱 살까지 사셨는데, 한번은 맹렬한 고열이 계속되는 병에 걸렸다. 의사들은 그가 도움(의사들은 대체로 '방해'를 '도움'이라고 부른다.)을 받지 않으면 틀림없이 죽을 것임을 알리라고 지시했다. 이 착한 분은 당연히 이 무시무시한 선고에 몹시 놀랐지만 이렇게 대답했다. "그럼 난 죽었구먼!" 그러나 하느님은 곧 그 진단을 헛되게 만드셨다.

B 우리 사형제 중 셋째와 아주 많이 터울이 지는 막내 부사게 경만이 이 기술을 따랐다. 아마도 내 생각엔 법원 판사라서 여러 다른 '기술'들과도 관계를 가져왔기 때문이 아닌가 싶다. 그런데 결과는 아주 나빠서, 가장 튼튼한 체질로 보였던 그가 생미셸 경 하나만 빼고 다른 형제들보다 훨씬 앞서 갔다.

A 내가 조상들에게서 의학에 관한 천성적 반감을 물려받은 것은 있을 수 있는 일이다. 하지만 그뿐이었다면 나는 그 반감을 억누르려 했을 것이다. 왜냐하면 우리 안에 이유 없이 생겨나는 그런 모든 경향은 좋지 못한 것들이라, 싸워 이겨야 하는 일종의 병이기 때문이다. 내게 그런 성향이 있었을 수 있지만 나는 이성적인 성찰을 통해 그것을 지지하고 강화했고, 그 성찰이 의약에 대한 내 나름의 주관을 세워 주었다. 나는 약이 쓰다고 거부하는 태도 역시 싫기에 하는 말이다. 내 성미로는 섣불리 그럴 수 없다. 건강이란 아무리 아프게 불로 지지고 칼로 째서라도 되살 만한 값어치가 있다고 보기 때문이다.

C 그리고 에피쿠로스의 권고대로, 쾌락도 그에 이어 더 큰 고통을 끌어들인다면 피해야 할 것이요, 고통도 이어 더 큰 쾌락을 불러들인다면 추구해야 할 것으로 보인다.

A 건강이란 값진 것이요, 사실 시간뿐 아니라 땀, 노고, 재산,

〔 718 〕

에세 2

더 나아가 삶까지 바쳐서라도 얻을 가치가 있는 유일한 것이다. 건강 없이는 삶도 괴롭고 욕된 것이 되기에 그렇다. 쾌락도, 지혜도, 학문도, 미덕도 건강 없이는 빛을 잃고 사그라진다. 그렇지 않다고 설득하기 위해 철학이 우리에게 심어 주려는 가장 견고하고 긴장된 논설들에 대해서는, 간질이나 중풍을 맞은 플라톤의 모습을 대비시키고, 그런 가정하에 그에게 그의 영혼이 지닌 고귀하고 풍부한 능력으로 그 자신을 구제할 수 있으면 해 보라고 하기만 하면 된다. 우리를 건강으로 이끌어 줄 길이라면 어느 길이든 내겐 힘들거나 비싸다고 할 수 없다. 그러나 내가 이 모든 거래를 이상하리만치 믿지 못하는 데는 몇 가지 이유가 있다. 나는 건강을 위한 기술이란 있을 수 없다고 말하는 게 아니다. 하고 많은 자연의 작품들 중에 우리 건강을 보존하는 데 적당한 것들이 있으리라는 것, 그것은 확실하다.[439]

B 어떤 약초는 습하게 하고 어떤 것은 마르게 한다는 것을 나도 충분히 납득한다. 나는 고추냉이가 방귀를 만들고, 센나[440] 잎이 변비를 완화하는 것을 경험으로 안다. 나는 유사한 경험들도 많이 알고 있다. 예를 들어 양고기를 먹으면 살이 되고, 술을 마시면 몸이 더워지는 것을 알 듯이 말이다. 솔론은 먹는 것을, 다른 약들과 마찬가지로 배고픈 병의 약이라고 했다. 나는 우리가 세상에 있는 것들을 끌어다 사용할 수 있음을 부인하지 않으며, 자연

439
1588년 이전판에는 이런 문장이 첨부되어 있다. "그러나 내 말은 현재 실행되고 있는 방법들을 보자면, 순전한 사기일 수 있는 큰 위험이 있다는 것이다. 피오라반티와 파라셀수스 의학 조합에 대해 나는 그렇게 생각한다."
440
콩과의 소관목

37장 자식들이 아버지를 닮는 것에 관하여

의 힘과 풍요를, 그리고 그것이 우리의 필요에 부응할 수 있음을 의심치 않는다. 곤들매기와 제비도 자연을 이용하는 것을 수시로 본다. 내가 경계하는 것은 우리의 정신, 학문, 기술이 고안해 내는 것들이다. 그것들을 위해 우리는 자연과 자연의 법칙들을 버렸고, 그런 일에 절제와 한계를 지킬 줄 모른다.

ᶜ 우리가 우리 손안에 들어온 기본법들을 호도하고 흔히 매우 부적절하고 아주 불공평하게 적용하고 실시하는 것을 정의(사법 제도)라고 부르듯이, 그것을 조롱하며 비난하는 자들도 정의라는 고상한 도덕을 욕하려는 게 아니라 그저 그 신성한 호칭을 남용하고 오용하는 것만을 단죄할 뿐인 것과 같이, 마찬가지로 나는 의학이라는 그 영광스러운 이름과, 인류에게 지극히 유용한 목적, 그 약속은 칭송하는 바이나 우리 사이에서 그 명칭이 지칭하는 것은 칭송하지도 존중하지도 않는다.

ᴬ 첫째, 경험이 나로 하여금 그것을 두려워하게 만들었다. 내가 아는 바로는, 의학이라는 법원의 관할 안에 있는 족속보다 더 빨리 아프고, 늦게 낫는 족속은 본 적이 없기 때문이다. 그들의 건강 자체가 건강 요법의 억압에 의해 변질되고 상한다. 의사들은 병을 다스리는 데 그치지 않고 건강을 병든 것으로 만든다. 사람들이 어느 계절에도 자기들의 권위에서 벗어날 수 없도록 단속하려고 말이다. 그들은 완전하고 지속적인 건강에서 미래에 중병에 걸릴 근거를 끌어내지 않던가? 나는 상당히 자주 아팠는데, 의사들의 도움을 받지 않은 내가 다른 사람들보다 훨씬 수월하게 앓고 (거의 모든 종류의 병을 경험했다.) 훨씬 빨리 낫는다는 것을 알게 되었다. 적어도 나는 병에다 의사들 처방의 쓰라림을 섞진 않았다! 건강, 나는 그것을 자유롭고 온전한 상태로 누린다. 내 습관과

〔 720 〕

즐거움을 좇는 것 말고는 규칙도 없고 별다른 훈련도 없이. 어디 머무르거나 내게는 다 좋다. 내겐 아플 때도, 건강할 때 필요한 것 이외에는 다른 편의가 필요없기 때문이다. 의사가 없다고, 약사가 없다고, 도와줄 사람이 없다고 안달하지 않는다. 나는 대부분의 사람들이 병 자체보다 고쳐 줄 사람이 없는 것을 더 괴로워하는 것을 본다. 뭐라고! 의사들 자신이 행복하게 장수하는 것을 보여 줘 자기네 학문의 다소간 명백한 효력을 증명해 주던가?

의약 없이 여러 세기를, 특히 초기, 다시 말해 가장 살기 좋고 행복했던 초창기를 보내지 않은 나라는 없다. 이 세상의 10분의 1은 지금까지도 의약을 사용하지 않는다. 무수한 나라들이 의약을 모르는데, 이곳에서보다 훨씬 건강하게 훨씬 오래 사는 것을 본다. 그리고 우리 중에도 평민들은 의약 없이 잘 살고 있다.

로마는 건국 600년 후에야 의학을 받아들였다. 그러나 그것을 시험해 본 후에 고문관 카토가 나서서 그들의 도시 밖으로 쫓아 버렸다. 카토는 의학 없이도 얼마나 쉽게 잘살 수 있는지를 보여 주었다. 자기 자신은 여든다섯 살까지 살고, 자기 아내도 최고령까지, 우리의 생명에 좋은 모든 것들은 약이라고 불릴 수 있으니 약을 쓰지 않은 것은 아니지만 의사의 도움만큼은 받지 않고 살게 했던 것이다. 그는 토끼 고기를 먹여서 (그랬던 것 같다) 가족의 건강을 챙겼다고 플루타르코스는 말한다. 아르카디아인들은 모든 병을 우유로 다스린다고 폴리니우스가 말했던 것처럼 말이다. [C] 또 헤로도토스가 말하기를, 리비아 사람들은 아이들이 네 살이 되면 그들의 정수리와 관자놀이의 정맥을 지지고 태우는 관습을 통해 백성 전체가 보기 드문 건강을 누렸다고 한다. 그들은 이런 방법으로 평생 그 어떤 염증도 들어올 수 없게 길을 끊어 버린

37장 자식들이 아버지를 닮는 것에 관하여

다는 것이다. ^A 그리고 우리 지방의 촌사람들도 어떤 병에나 그들이 구할 수 있는 가장 독한 술에 사프란과 향료를 듬뿍 섞은 것밖에 쓰지 않는다. 이 모든 것이 동일한 효과를 낸다.

그런데 사실 이 모든 다양하고 혼란스러운 처방들은 결국 배속을 비우는 것 외에 달리 무슨 목적과 효과가 있는가? 그것은 우리들 텃밭에서 나는 약초들도 할 수 있는 일이다. ^B 게다가 그것이 그들 말처럼 유익한지, 또 술을 보존하기 위해 술병 안에 지게미를 그냥 두듯이, 어느 정도까지는 배설물을 몸 안에 남겨 두는 것이 우리의 타고난 조건에 맞는 것은 아닌지 알 수 없다. 건강한 사람이 갑자기 원인을 알 수 없는 구토나 설사를 일으켜, 그럴 필요도 그래서 이로울 것도 없는데, 속 찌꺼기를 왕창 비워 내고 급기야 몸이 더 나빠지고 상하기까지 하는 것을 왕왕 보게 된다.

^C 나는 최근에 위대한 플라톤에게서 이런 것을 배웠다. 우리 몸에서 일어나는 세 종류의 운동 중에서 최종이자 최악은 설사하는 운동이니, 정신 나간 자가 아니라면 누구도 극단의 조치로 불가피한 경우 외엔 시도해선 안 된다는 것이다. 우리는 적대적인 방식으로 병에 맞서다 병을 흔들어 깨운다. 부드럽게 병의 기를 꺾어서 소멸하도록 이끌어 가는 생활 방식으로 병을 이겨야 한다. 약과 병이 맹렬히 부딪치면 언제나 우리만 손해이다. 그 싸움이 우리 몸에서 진행되기 때문이요, 약이란 본질적으로 우리 건강의 적이고, 우리를 괴롭히는 방식으로밖엔 우리 몸에 영향을 미치지 못하니 신뢰할 수 없는 지원군이기 때문이다.

그냥 좀 놓아두자. 벼룩과 두더지를 돌보는 질서는 벼룩이나 두더지가 그 질서의 지배에 순응하듯 그런 참을성을 가진 인간도 돌본다. 짐수레꾼처럼 소리쳐 봐야 소용없다. 그래 봤자 목만 쉬

지 앞으로 나가게 하진 못한다. 그것은 도도하고 비정한 질서이다. 우리의 공포, 우리의 절망은 그것을 짜증 나게 만들어 우리를 돕도록 초대하기는커녕 지체하게 만든다. 그 질서는 건강이 제 길을 가게 하듯 병도 제 길을 가게 해야 하는 것이다. 그것은 한쪽을 위해 다른 쪽의 권리를 침해해서 스스로를 망가뜨리는 따위, 그런 일은 하지 않을 것이다. 그랬다간 더 이상 질서가 아니라 무질서일 테니까. 순응하자, 결단코, 순응하자. 자연의 질서는 따르는 자들을 인도한다. 순응하지 않는 자들은 그들의 광분, 그들의 의약까지 한꺼번에 싸잡아 강제로 끌고 간다. 그대의 머릿속을 비워 낼 설사약을 처방하라. 그대의 위장에 쓰는 것보다 나으리라.

^A 누가 한 라케데모니아인에게 어떻게 해서 그렇게 오래 건강하게 살 수 있었느냐고 물으니까, 그는 "의약을 몰라서요."라고 대답했다. 그리고 하드리아누스 황제는 죽어 가면서 의사들 등쌀에 죽는다고 끊임없이 소리쳤다. ^B 형편없는 검투사가 의사가 되었다. "잘해 보게."라며 디오게네스가 그에게 말했다. "잘했네, 전에 자네를 쓰러뜨린 자들을 이젠 자네가 쓰러뜨릴 것이네."

^A 그러나 의사들에게는 이런 행운이 있다. ^B 니코클레스가 말하듯, 해는 그들의 성공을 밝혀 주고 땅은 그들의 실수를 덮어 준다. 그것 말고도 온갖 사건을 이용한다는 아주 유리한 수단도 갖고 있다. 운, 자연, 또는 다른 어떤 외적인 원인들(그 수는 무한하다.)이 우리에게 좋은 강장 효과를 만들어 내면, 그게 자기 덕이라고 주장하는 것이 의학의 특권이니 말이다. 의학 요법의 관리를 받고 있는 환자에게 일어나는 모든 다행스러운 결과를, 환자는 의학 덕분으로 여긴다. 나를 낫게 했고, 의사의 도움을 청한 적이 없는 다른 수많은 사람들을 치료한 경우들을 찬탈해서, 의사들은 자

〔 723 〕

기 환자들에게 써먹으며 자기 공인 양 한다. 좋지 않은 일이 발생하면 자기 책임은 전적으로 부인하고 엉뚱한 이유들을 들어 환자에게 잘못을 전가한다. 그 이유들이라는 것이 너무나 설득력 없는 것이고 보니, 그들은 언제든 충분히 많은 이유를 찾아낼 수 있도록 만전을 기하고 있다. 환자가 팔을 내놓고 있었다는 둥, [B] 마차 소리,

> 좁게 휘어지는 골목을
> 통과하는 마차 소리
> 유베날리스

를 들었다는 둥, [A] 누가 환자 방 창문을 빠끔히 열어 놓았다는 둥, 왼쪽으로 누웠다는 둥, 괴로운 생각이 환자의 머리를 스쳤다는 둥…… 결국 말 한 마디, 꿈 하나, 눈짓 하나가 그들에게는 자기 책임을 면하기에 충분한 구실로 보이는 것이다. 또는 이편이 더 낫겠다 싶으면 병의 악화까지 또 이용해 결코 실패할 수 없는 다른 방법으로 일을 자기에게 유리하게 만든다. 그들의 치료를 받고서 병이 악화되면, 자기의 치료를 받지 않았으면 훨씬 더 나빠졌을 거라고 믿게 만드는 것으로 셈을 치르는 것이다. 감기 걸린 사람을 매일열에 빠트리고는 자기들이 없었다면 계류열이 났을 거라고 한다. 그들은 일을 잘못할까 봐 염려할 필요가 없다. 자기가 끼친 손해에서 이익을 얻게 되니까. 사실 의사들이 환자에게 자기를 철석같이 믿고 따르라고 요구하는 것은 당연하다. 사실 그처럼 믿기 어려운 교변(巧辯)을 열심히 따르려면 매우 고분고분 무조건적으로 믿어야 한다.

〔 724 〕

^B 플라톤이 마음대로 거짓말할 수 있는 것은 의사들만의 권한이라고 한 것은 옳은 말이다. 우리의 안녕이 그들의 허황되고 거짓된 약속에 달려 있으니까.[441]

^A 보기 드물게 탁월하지만 극소수의 사람들만이 그 운치를 온전히 간파할 수 있는 작가 아이소포스는 고통과 두려움으로 나약해진 저 가련한 심령들 위에 부당하게 군림하는 의사들의 폭군적인 권위를 우리에게 재미있게 그려 보인다. 한 병자가 의사에게서 자기가 준 약의 효과가 어떻더냐는 질문을 받았다. "땀을 아주 많이 흘렸어요."라고 환자가 답했다. "그건 괜찮아요." 의사가 말했다. 다음에 의사는 다시 그 후에 어땠느냐고 물었다. "지독히 추웠고, 막 떨렸어요."라고 환자가 대답했다. "좋아요." 의사가 말했다. 세 번째로 의사가 또다시 몸이 어떠냐고 물었다. "수종 환자처럼 몸이 붓고 부푸는 것 같습니다." "아주 좋아지고 있어요!" 의사가 말했다. 그런데 친지 한 사람이 문병을 와서 병세를 물으니까, 환자가 대답했다. "여보게, 너무 좋은 나머지 난 죽어 가고 있네."

이집트에는 훨씬 적절한 법이 있었다. 의사가 환자를 맡은 첫 사흘 동안 위험과 사고의 책임은 환자가 진다. 그러나 사흘이 지나면 책임은 의사에게 돌아간다. 사실 의사들의 수호신인 아스클레피오스는 헬레나[442]를 소생시켰다고 벼락을 맞았다.

^B 신들의 아버지 전능한 주피터는,

441

플라톤은 『국가』에서 이렇게 쓰고 있다. "의사들에게는 거짓말을 할 수 있는 권리를 주어야 한다. 그것이 사람들에게 약이 되기 때문이다."

442

'히폴리투스'라고 했어야 한다. 1595년판에서 바로잡았다.

37장 자식들이 아버지를 닮는 것에 관하여

지옥의 밤에서 생명의 빛으로

필멸자를 되살려 낸 것에 노하여

이 경이로운 기술과 의학의 발명자

포이보스의 아들을

벼락으로 후려쳐 스틱스 강물에 빠뜨렸다.

베르길리우스

^A 그런데 그의 후예들은 그리도 많은 사람들을 삶에서 죽음으로 보내고도 면죄를 받으니 어찌 된 일인가?

^B 한 의사가 니코클레스에게 자기 기술은 대단히 권위 있다고 자랑하자, 니코클레스는 말했다. "정말 맞는 말이오, 벌도 안 받고 그렇게 많은 사람을 죽일 수 있으니!"

^A 그런데 내가 만일 그들 무리에 속했다면, 나는 내 학문을 좀 더 거룩하고 신비롭게 만들었을 것이다. 그들은 시작은 아주 잘했지만 마무리는 잘하지 못했으니 말이다. 신이나 영을 자기네 학문의 창시자로 삼고, 자기들끼리만 쓰는 언어와 표기법을 만들어 쓴 것은 좋은 출발이었다. "어떤 의사가 환자에게, 제 집을 등에 지고 풀 속을 거니는 피가 없는 대지의 아들을 복용하라고 처방했던 것처럼"(키케로)⁴⁴³ 누군가에게 유익한 충고를 한답시고 알아들을 수 없게 말하는 걸 미친 수작이라고 보지만 말이다.

환자가 희망과 확신을 가지고 진료의 효과적 작용을 앞질러 믿어야 한다는 것은 의사들의 기술의 토대가 되는 규칙이요, 모든 광신적이고 허황되고 초자연적인 기술들에 수반되는 규칙이다.

443
달팽이를 가르킨다.

[726]

에세 2

가장 무식하고 미숙한 의사라도 그를 신뢰하는 환자에겐, 가장 경험 많지만 알려지지 않은 의사보다 더 적절한 의사라고 생각할 만큼 그들은 이 규칙을 신봉한다. 그들이 선택하는 약 자체도 대체로 얼마간 신묘하다. 거북의 왼발, 도마뱀 오줌, 코끼리 똥, 두더지 간, 흰 비둘기의 오른쪽 날개 밑에서 뽑은 피…… 그리고 우리 결석증 환자들을 위해서는 (감히 이 정도로 그들은 우리의 비참을 이용한다.) 빻아서 가루를 낸 쥐똥이라든지, 견실한 학문이라기보다는 마술사가 홀리는 듯한 모양새의 우스꽝스러운 짓거리들을 하는 것이다. 환약은 홀수로만 짓고, 연중 모일과 어떤 축제기는 불길하다고 하며, 약재로 쓸 어떤 풀들을 채취하기 위해 특정 시간을 지키는 것 따위는 제쳐 둔다. 그리고 플리니우스조차 비웃었던, 저 험상궂게 찡그린 표정하며 저 엄숙한 풍모와 거동도.

그러나 시작은 그렇게 멋지게 해 놓고서, 자기들의 집회와 협의를 더 종교적이고 신비롭게 만드는 일을 더하지 않은 것은 그들의 실수였다고 말하고 싶다. 아스클레피오스의 비밀 의식 때 못지않게 문외한은 얼씬도 못하게 했어야 한다. 그렇게 하지 않은 실수 때문에 그들의 우유부단, 그들의 논거, 예측, 근거의 허약성, 증오, 질투, 편견으로 가득한 그들의 격렬한 논쟁이 만천하에 드러나서, 그들 손에 걸리면 위험하겠다고 느끼지 않으려면 지독히도 눈이 먼 자여야 하니 말이다. 도대체 의사치고 뭔가 빼거나 보태지 않고 자기 동료의 처방을 그대로 쓰는 것을 본 적이 있는가? 그것만으로도 그들은 자기네 기술의 내막을 폭로하고, 환자의 유익보다는 자기 명성, 따라서 자기 이익에 더 관심이 있다는 것을 보여 준다. 옛날에 그들의 고명한 스승들 중에서, 한 환자는 오직 한 의사만이 치료해야 한다고 가르쳤던 자는 좀 더 현명했다. 왜냐하

37장 자식들이 아버지를 닮는 것에 관하여

면 그가 전혀 쓸모 있는 일을 못해도, 단 한 사람 때문에 의술에 가해지는 비난은 그리 크지 않을 것이요, 반대로 어쩌다 맞아떨어지면 의술의 영광은 클 것이기 때문이다. 여럿이 대들면 잘되기보단 잘못되는 경우가 훨씬 많은 만큼 백이면 백, 그 직업의 신용을 떨어뜨린다.

그들은 이 학문의 주요 대가들과 이 학문에 대해 글을 쓴 고대 작가들의 견해에서 보이는 영원한 불일치, 서적에 능통한 사람들만 아는 그 불일치를 달게 받아들였어야 한다. 자기들끼리 부풀리며 계속하고 있는 논쟁과 오락가락하는 견해를 일반인들에게까지 보여 주지는 말고.

의학에 관한 고대의 논쟁 하나를 들어 볼까? 히에로필루스는 질병의 근원적인 원인을 체액에 둔다. 에라시스트라토스는 동맥의 피에 둔다. 아스클레피아데스는 우리의 땀구멍 속을 흐르는 보이지 않는 원자들에 둔다. 알크마이온은 기력 과다 또는 결핍에 둔다. 디오클레스는 신체 요소들 간의 불균형과 우리가 호흡하는 공기의 질에 둔다. 스트라톤은 음식물의 과다, 소화불량, 부패에 둔다. 히포크라테스는 정기(精氣)[444]에 둔다. 나보다 그들이 더 잘 아는 그들의 친구 하나[445]는 이 문제를 두고 부르짖었다. 우리의 생명과 건강을 책임지고 있는 만큼 우리가 사용하는 학문 중에서도 가장 중요한 학문이 불행하게도 가장 불확실하고 가장 혼란스럽고 가장 많이 변화에 휘둘린다고. 태양의 높이나 천문학의 어

444
esprits, 생명의 원동력이라고 여겨지는 가볍고 미묘한 물질.
445
대(大) 플리니우스.

〔 728 〕

떤 계산에 오류가 있다고 해서 크게 위험할 것은 없다. 그러나 여기에는 우리 존재 전체가 달려 있으니, 이토록 중구난방으로 불어 대는 바람결에 우리를 내맡기는 것은 현명한 일이 아니다.

펠로폰네소스 전쟁 이전에는 이 학문에 대해 별로 말이 없었다. 히포크라테스가 이것의 학문적 체계를 세웠다.[446] 그가 세운 모든 것을 크리시포스가 둘러엎었다. 이후 아리스토텔레스의 손자인 에라시스트라토스가 크리시포스가 의학에 대해 저술한 모든 것을 둘러엎었다. 이들 다음에는 경험론자들이 나와서 선대와는 전혀 다른 방식으로 이 기술을 다루기 시작했다. 이들의 신용이 낡아 쇠퇴하기 시작하자 히에로필루스가 다른 종류의 의학을 유통시켰고, 이번엔 아스클레피아데스가 나와서 다시 그것을 공격해 무너뜨렸다. 그들 다음엔 테미손, 또 이후에는 무사, 그다음에는 메살리나와의 교우로 유명한 의사 벡시우스 발렌스의 견해가 권위를 얻었다. 네로 시대엔 의학의 패권이 테살루스의 손에 들어갔는데, 그는 자기 이전의 의학에서 믿던 모든 것을 때려 부수고 금지했다. 이자의 이론은 마르세유의 크리나스에 의해 무너졌는데, 크리나스는 모든 의료 행위를 천체 기상력과 천체의 움직임에 따라 조정하고, 먹고 자고 마시는 일을 달과 수성(水星)에 좋은 시각에 맞춰 결정하는 방식을 다시 도입했다. 곧 같은 마르세유 의사 카리누스가 밀치고 들어와 그의 권위를 차지했다. 이자는 고대 의학뿐 아니라 민간 요법으로 수 세기 동안 관습이 된 온탕욕까지 배격했다. 그는 겨울에도 찬물로 목욕하게 했고, 환자를 흐르는

446
히포크라테스가 의학의 창시자는 아니지만, 당시의 의학 지식을 모아 실용적인 것으로 만들었다.

37장 자식들이 아버지를 닮는 것에 관하여

개울물에 집어넣곤 했다.

플리니우스의 시대까지는 어떤 로마인도 아직 의술에 종사하지 않았다. 이방인이나 그리스인들이 그 일을 했다. 우리 프랑스인들 사이에선 라틴어쟁이들이 그 일에 종사하듯이 말이다. 왜냐하면 한 대단한 명의가 말하듯이, 우리는 우리가 이해할 수 있는 의술은 쉬 받아들이지 않고 약도 우리가 채취한 것은 먹으려 하지 않기 때문이다. 우리가 구아약,[447] 사르사파릴라와 청미래덩굴[448] 등을 들여오는 나라에 의사들이 있다면, 그 나라 국민들은 외국산과 희귀하고 비싼 것에 대한 똑같은 경의로 우리의 양배추나 파슬리를 얼마나 귀하게 여기며 반길 것인가! 그토록 길고 험한 장거리 여행을 무릅쓰고 그토록 먼 곳에서 구해 온 것들을 누가 감히 대단치 않게 여기겠는가?

고대에 의학이 겪은 이러한 변천 이래, 오늘날까지도 다른 무수한 변천이 있었다. 그리고 그 변천은 오늘날 파라켈수스, 피오라반티, 아르겐테리우스 등이 초래하고 있는 바처럼 대부분이 전폭적이고 전면적인 변천이었다. 왜냐하면 그들은 한 가지 처방만 바꾸는 게 아니라, 사람들이 내게 말하는 바에 따르면, 자기들보다 앞서 의술에 종사했던 자들의 무식과 속임수를 비난하면서 의학의 몸통 전체의 구조와 시행 방식을 바꾼다니 말이다. 그러니 불쌍한 환자의 처지가 어떨지는 그대의 판단에 맡긴다!

그들이 실수할 때 우리에게 득이 되진 않을망정 해는 안 된다

447
멕시코가 원산지인 약용 식물. 유창목.
448
아시아에서 나는 나무. 뿌리에 류머티즘 치료 성분이 들어 있다.

〔 730 〕

고 확신할 수만 있다면, 아무것도 잃을 위험 없이 혹시 나을지도 모르는 일에 자기를 맡기는 것은 아주 합리적인 거래일 것이다.

B 아이소포스는 이런 이야기를 만들었다. 어떤 사람이 무어인 노예를 샀는데, 이전 주인이 못되게 다루어 그의 피부색이 검게 변했다고 생각해 지극정성으로 약수를 먹이고 여러 번 목욕을 시키는 치료를 받게 했다. 그러자 무어인의 구릿빛 피부색은 전혀 옅어지지 않았고, 대신 원래 지니고 있던 건강만 완전히 잃고 말았다.

A 의사들이 그들의 환자들이 죽었을 때 서로 다른 의사 탓을 하는 것을 우리는 얼마나 많이 보게 되는가? 몇 년 전 인근 도시들에 돌았던 몹시 위험하고 치명적인 돌림병이 생각난다. 무수한 사람들을 휩쓸어 간 그 폭풍이 지나가자, 이 지역 전체에서 가장 유명한 의사 중 하나가 이 문제를 다룬 소책자를 발간했다. 그는 그 책에서 그들이 사혈(瀉血) 요법을 썼던 것을 돌이키며, 사혈이 그 돌림병으로 인한 피해의 주요 원인이었다고 고백하고 있다. 게다가 의학의 저자들은 얼마간 해롭지 않은 의약이란 없다고 한다. 우리에게 도움이 되는 약도 어느 정도는 해가 된다면 전혀 맞지 않는 약은 어떻겠는가?

나로 말하자면, 다른 해가 없더라도 약의 맛을 혐오하는 사람에겐 그토록 편편찮은 때에 그렇게 싫은 마음으로 그것을 삼키는 것 자체가 위험한 시도요 폐해라고 보며, 푹 쉬어야 할 때 환자를 괴롭히는 괴상한 시험이라고 생각한다. 그뿐 아니라 그들이 일반적으로 병의 원인이라고 보는 경우들을 생각해 보면 너무도 하찮고 사소한 일들이니, 그것만 보더라도 의사들이 약을 처방할 때 아주 작은 실수만 해도 우리에게 매우 큰 해를 가져오리라고 추정

[731]

할 수 있다.

그런데 의사의 실수가 위험하다면 우리에겐 아주 큰일이다. 왜냐하면 그들이 자주 착오에 빠지지 않기란 매우 어려운 일이기 때문이다. 치료 계획을 바르게 세우려면 너무 많은 요소, 너무 많은 고려, 너무 많은 조건이 필요하다. 환자의 체질, 체온, 체액질, 경향, 행동, 그의 생각과 사고까지 알아야 한다. 외적인 환경, 장소의 성격, 공기와 날씨의 조건, 별자리와 그 영향을 알아야 한다. 병에 대해서는 원인, 징후, 경과, 위급한 날을, 약에 대해서는 무게, 효력, 원산지, 모양, 나이, 분량을 알아야 한다. 그리고 이 모든 것들을 적절한 비율로 서로 연관시켜 완벽한 균형을 만들어 내야 한다. 그토록 많은 요소 중에서 단 하나라도 올바른 방향에서 약간만 벗어나도 우리를 죽이기에 충분하다. 이 항목들 대부분이 얼마나 알기 어려운 것인지는 신만이 아신다. 예를 들어 병의 고유한 징후를 어떻게 발견할 것인가? 병마다 무수히 많은 징후가 있지 않은가? 오줌을 판독하는 데도 그들 사이에 얼마나 많은 논쟁과 의혹이 있는가? 아니면 병의 진단을 놓고 저희끼리 벌이는 저 끊임없는 언쟁이 왜 생길 것인가? 그렇게도 자주 담비를 여우로 보는 잘못을 우리가 어떻게 변호해 줄 수 있을까?

내가 걸렸던 병들에서도 눈곱 만한 문제라도 있으면 의사 셋도 의견이 일치하는 것을 보지 못했다. 나와 관계된 예들엔 특히 눈길이 간다. 최근에 파리에서 한 귀족이 의사들의 진단에 따라 결석 수술을 받았는데, 손에서도 방광에서도 돌을 찾지 못했다. 역시 파리에서, 나와 아주 친한 한 주교님은 당신을 진찰한 대부분의 의사들에게서 간곡한 권고를 받았다. 나 자신도 의사들 말을 믿고 그들의 권유를 거들었다. 그분이 죽은 뒤 개복해 보니 신장

〔 732 〕

에세 2

말고는 나쁜 곳이 없었다. 이 병은 만져서도 어느 정도 알 수 있는 것이니 의사들은 더욱 변명하기 어렵다. 이 점에서 외과학은 훨씬 확실한 것 같다. 시술하는 곳을 눈으로 보고 만질 수 있으니 말이다. 여기서는 추측하고 짐작할 것이 적다. 반면 내과 의사들은 그들에게 우리의 뇌, 우리의 허파, 우리의 간을 보여 줄 'speculum matricis'[449]를 갖고 있지 않다.

의학이 장담하는 것조차 믿기 어렵다. 간이 더우면 위가 차다는 식으로, 흔히 한꺼번에 그리고 필연적으로 연관되어 우리를 공격하는 다양하고 상반되는 증상들에 대처해야 하기 때문이다. 의사들은 우리에게 약의 종류 중 이것은 위를 따뜻하게 하고, 다른 것은 간을 식힌다고 설득하려 한다. 하나에는 다른 부위엔 약효를 미치지 않고 직접 신장으로, 나아가 방광까지 가는 성분이 들어 있는데, 그것은 장애물들로 가득 찬 그 긴 길을 가면서도 효능과 효력을 보존하며, 신비로운 특성에 의해 제가 봉사하게끔 되어 있는 장소에 도달한다. 다른 것은 뇌의 습기를 말리고, 또 다른 것은 폐를 습하게 한다 운운.

이런 잡다한 것들로 혼합 음료를 만들고서, 그 약 성분들이 이 혼란스러운 혼합 상태에서 서로 분리되고 선별되어 그토록 다양한 임무를 수행하러 달려가기를 기대하는 것은 일종의 망상이 아닌가? 나는 그것들이 짐표를 잃어버리거나 서로 바꿔 달고서 가야 할 동네를 혼동할까 봐 무한히 두렵다. 또 그 혼합액에서 약 성분들이 서로를 상하게 하지도, 섞이지도, 변하게 하지도 않을 거

449
체내에 원래 있는 공간을 벌려서 검사를 용이하게 하는 외과용 기구. 직역하자면 '모태경'쯤 되겠지만, 현대에는 'NdT'라는 라틴어 축약어로 부른다.

37장 자식들이 아버지를 닮는 것에 관하여

라고 누가 상상할 수 있겠는가? 그런데 뭐, 그 처방을 조제하는 것은 또 다른 집행자[450]에게 달렸고, 그자의 성심과 자비에 다시 한 번 우리 목숨을 맡겨야 한다고?

   C 저고리 만드는 사람과 바지 만드는 사람을 따로 두어서, 혼자 전부 다 만드는 재단사보다 좁은 범위의 한정된 지식을 가지고 각자 자기 맡은 일만 하게 해야 더 좋은 옷을 지어 입을 수 있듯이, 세도가들이 보다 좋은 음식을 섭취하려고 한 요리사가 전부 도맡아 하면 그처럼 완벽하게 해낼 수 없기 때문에, 생선과 고기를 굽는 요리사와 국 끓이는 요리사를 따로 두는 것처럼, 이집트인들이 병의 치료를 위해서 모든 병을 두루 보는 일반 의사를 배격하고 병에 따라, 신체의 각 부위에 따라 전문의를 두어 이 직업을 세분한 것은 옳은 일이었다. 그럼으로써 의사가 각각의 병과 부위만 전문적으로 보게 되니 더 적절하고 덜 혼란스럽게 치료했던 것이다. 우리네 의사들은 모든 것을 하려 드는 자는 아무것도 못한다는 것, 이 소우주를 전체적으로 관리하는 것은 자기들이 소화할 수 있는 일이 아니라는 점을 이해하지 못한다. 그들은 열이 오를까 봐, 이질의 진행을 막는 것을 두려워하다가 그들 전부를 합한 것보다 더 가치 있는 한 친구[451]를 내게서 앗아 갔다. 그들은 현재 나타난 증상들을 거슬러 자기들이 예측하는 바에 무게를 두며, 뇌를 치료하다 위를 해치지 않으려고 혼란과 어지럼증을 유발하는 자극적인 약을 써서 위도 해치고 뇌도 악화시킨다.

<hr />

450
'약사'를 말한다.
451
에티엔 드 라 보에시를 말한다.

〔 734 〕

A 이 기술의 논리가 잡다하고 허약한 것으로 말하자면 그 어떤 기술보다 확연하다. 결석증에 걸린 사람에게는 이뇨제가 유용하다. 요도를 열고 확장하여, 모래와 돌을 만드는 저 점착성 물질을 유도해 신장에서 단단해져 뭉치기 시작하는 것을 아래로 인도하기 때문이다. 그러나 신장 결석 환자에게는 위험하다. 왜냐하면 이뇨제가 요도를 열고 확장함으로써 돌이 되기 쉬운 물질을 신장으로 보내는데, 신장은 본래 '돌'을 만드는 경향이 있어서 그것을 기꺼이 붙잡아 두므로 실어다 놓은 것들 대부분이 거기에 쌓이는 것을 막을 수 없기 때문이다. 게다가 어쩌다 밖으로 배출되기 전에 그 모든 좁은 통로들을 통과하기에는 좀 너무 큰 놈을 만나게 되면, 그때는 이놈이 이뇨제에 의해 뒤흔들려 그 좁은 관들 속으로 밀려 들어가다가 그 관을 틀어막아 틀림없이 환자를 매우 고통스러운 죽음에 이르게 할 것이다.

우리에게 일상적인 건강 관리에 대한 조언을 할 때도 그들은 똑같이 자신만만하다. 자주 물을 쏟는 것[452]은 좋다. 물이 고여 있게 둬 두면 돌을 만드는 데 쓰일 찌꺼기와 지게미를 방광에 내려 놓고 갈 여유를 준다는 것을 우리는 경험으로 알고 있으니 말이다. 자주 물을 쏟지 않는 것이 좋다. 세차게 흘러내리는 급류가 순하고 느리게 흐르는 강물보다 지나가는 길을 훨씬 더 깨끗이 쓸어 버리는 것을 경험으로 알 수 있듯이, 오줌이 힘겹게 싣고 가는 무거운 찌꺼기는 소변에 맹렬한 힘이 있을 때만 쓸려 나갈 것이기 때문이다. 마찬가지로 여자와 자주 관계하는 것이 좋다. 왜냐하면 그것이 통로들을 열어 줘서 뇨사(尿砂)와 모래가 빠져나가게 하기 때

452
소변 보는 것을 말한다.

[735]

37장 자식들이 아버지를 닮는 것에 관하여

문이다. 그것은 또 아주 나쁘기도 하다. 신장을 뜨겁게 만들어 피로하고 허약하게 만들기 때문이다. 뇨사와 돌이 고여 있는 곳을 풀어 주고 부드럽게 만들기 때문에 더운물 목욕은 좋다. 더운물 목욕은 나쁘기도 하다. 외부에서 가해지는 열은 신장이 거기에 침전된 물질을 구워서 딱딱하게 해 돌로 만드는데 일조하기 때문이다. 탕치(湯治)하는 사람들은 다음 날 아침 마실 물이 빈 위장을 막힘없이 통과해서 더 좋은 효과를 낼 수 있도록 저녁엔 조금만 먹는 것이 좋다. 그 반대로, 점심에 적게 먹는 편이 낫다. 아직 끝나지 않은 물의 작업을 방해하지 않고, 이 일 직후에 다른 일로 위에 부담을 주지 않으며, 신체도 정신도 계속 움직이고 활동하는 낮보다 소화를 더 잘 시키는 밤에게 소화 업무를 맡기기 위해서이다.

이런 식으로 그들은 아무 말이나 하면서 협잡과 헛소리로 우리에게 피해를 준다.

ᴮ 하지만 그들은 내가 똑같이 강력한 반론으로 맞서지 못할 주장을 내게 제시할 수 없을 것이다.

ᴬ 그러니 이 혼란 속에서 조용히 자신의 취향과 자연의 조언에 순응하고 보편적인 운수에 자기를 맡기는 사람들에게 왕왕거리지 말기를.

여러 번 여행하는 기회에 나는 그리스도교 세계의 유명 온천들을 거의 모두 보았고, 몇 해 전부터는 그 온천들을 이용하기 시작했다. 나는 대체로 목욕이 건강에 좋다고 보며, 과거에는 거의 모든 나라에서, 그리고 아직도 많은 나라에서 지키고 있는, 매일 목욕하는 습관을 잃어버린 것이 우리 건강에 적잖은 문제를 일으킨다고 생각하기 때문이다. 그렇게 사지에 때 딱지가 앉고 털구멍이 막힌 상태로 지내는 것이 우리에게 그다지 나쁠 것이 없으리라고 생각하기는 불가능하다. 그리고 온천물을 마시는 것으로 말하자면 첫째, 운 좋게도 내 비위에 전혀 거슬리지 않는다. 둘째로, 그것은 자연스럽고 단순한 일이라 아무 효과가 없을망정 적어도 위험하진 않다. 온천에 모여드는 온갖 종류, 온갖 체질의 저 수많은 사람들이 그 점을 방증한다. 그리고 난 아직 거기서 놀랍고도 기적적인 효험을 보진 못했다. 오히려 내가 평소보다 좀 더 세심히 알아보니, 그런 곳들에 유포되어 사람들이 믿고 있는 (사람이란 자기가 바라는 것에 쉬이 속아 넘어가기 때문에) 이런저런 효험에 관한 소문은 모두 근거가 희박하고 거짓된 것임을 알게 되었다. 하지만 온천물 때문에 건강이 더 나빠진 사람 역시 거의 보지 못했고, 그 물이 식욕을 일깨우고 소화를 용이하게 하고 뭔가 신선한 상쾌함을 선사한다는 것을 악의가 아니면 부인할 수 없다. 기력이 너무 쇠진한 상태로 가지만 않는다면 말이다. 그것은 권하지 않는 바이다. 온천은 심히 쇠약해진 사람을 회복시킬 수는 없지만, 가볍게 기울어진 것을 받쳐 주고 좀 나빠질 것 같은 조짐에는 대비해 줄 수 있다.

거기서 만나는 사람들과 어울리는 즐거움, 일반적으로 온천들이 자리하는 고장의 아름다운 풍광에 이끌려 하게 되는 산책과 운동의 즐거움을 즐기기에 충분한 활력을 지니고 오지 않은 사람은 분명 온천욕 효과의 가장 좋고 가장 확실한 부분을 놓친다. 그래서 나는 이때까지 주변이 매력적이며, 숙소, 음식, 교제가 가장 편리한 곳을 골라 머물며 온천을 이용해 왔다. 프랑스에서는 바니에르, 독일과 로렌의 국경 지대에선 플롱비에르, 스위스에선 바덴, 토스카나에서는 루카, 그리고 특히 내가 가장 자주, 여러 계절에 이용한 '델라빌라' 온천이 그런 곳들이다.

〔 737 〕

37장 자식들이 아버지를 닮는 것에 관하여

나라마다 온천의 용도에 관한 특유의 견해가 있고, 그것을 이용하는 규칙과 방식도 가지각색이지만, 내 경험을 따르자면 그 효과는 거의 같다. 마시는 것은 독일에선 전혀 받아들여지지 않는다. 어떤 병이든 목욕을 하면서 거의 온종일 개구리처럼 물속에서 첨벙거린다. 이탈리아에서는 구 일간 물을 마시면 적어도 삼십 일간은 목욕을 하고, 대개 온천수의 작용을 돕기 위해 다른 약들을 타서 마신다. 여기서는 물이 흡수되도록 산책을 하라고 하고, 저기서는 환자에게 침대에서 물을 마시게 하고, 위와 발을 따뜻하게 해 주면서 마신 물을 다 배출할 때까지 거기에 붙잡아 둔다. 독일인들 거의 모두가 흡각을 붙이고 탕 속에서 방혈 부항을 뜨는 것이 특이한 점이라면, 이탈리아인에겐 '도시(doccie)[453]'라는 것이 있다. 그것은 여러 개의 관으로 끌어온 더운물 폭포 같은 것인데, 한 달에 걸쳐 아침에 한 시간 저녁에 한 시간 머리나 위, 또는 문제가 되는 신체의 다른 부위에 그 물을 맞는 것이다. 각 지방마다 서로 다른 관습이 한없이 많다. 또는 더 잘 말하자면, 각 지방의 관습들 사이에는 서로 닮은 점이 거의 없다. 의술 중에서 내가 따르는 유일한 분야요 가장 덜 인위적인 분야임에도 불구하고, 보라, 여기서도 의술 전반에서 볼 수 있는 혼란과 불확실성이 얼마나 큰 부분을 차지하고 있는지.

　　시인들은 보다 생생하고 우아하게 하고 싶은 말을 다 한다. 이 두 편의 풍자시가 증명하고 있듯이.

　　의사 알콘이 어제 비너스 상을 만졌어.

453
샤워.

〔 738 〕

아무리 대리석 신이어도 의사의 신통력이 통했지.
그래 오늘 사람들이 그의 오래된 사원에서 끌어내
신이고 또 돌이지만 땅에 묻는다네.
　아우소니우스

그리고 또 하나.

어제 안드라고라스는 우리와 즐겁게
목욕하고 식사했는데
오늘 아침에 보니 죽어 있었지.
파우스티누스여, 이 갑작스러운 죽음의 이유를 알고 싶
은가?
꿈에 의사 헤르모크라테스를 본 거라네.
　마르시알리스

　이에 대해 두 가지 이야기를 하고 싶다.
　샬로스의 코펜 남작과 나는 우리 산기슭에 라웅탕이라는, 성
직록이 딸린 넓은 지역의 성직자 임명권을 공동으로 보유하고 있
다. 그곳 한 구석엔 사람들이 앙그루뉴 계곡 사람들이라고 부르는
주민들이 있다. 그들은 독자적인 생활 방식, 의복, 풍속을 가지고
동떨어져 살았다. 대대로 이어져 온 그들만의 제도와 관습에 의해
통솔되었고, 자기네 관습을 존중하는 것 말고는 다른 어떤 제약
도 받지 않고 거기에 순종하며 살았다. 이 작은 나라는 아주 오래
전부터 너무나 행복한 상태로 유지되어 왔기 때문에 옆 마을의 어
떤 판사도 그들의 송사를 심사하는 수고를 한 적이 없고, 어떤 변

37장 자식들이 아버지를 닮는 것에 관하여

호사도 그들에게 조언하기 위해 고용된 바 없으며, 어떤 외부인도 그들 사이의 분쟁을 잠재우기 위해 초빙된 적이 없고, 아무도 이 지역 사람이 동냥하는 것을 본 적이 없었다. 그들은 자기네 제도의 순수성을 변질시키지 않기 위해 바깥 세상과 혼인이나 교우 관계를 맺는 것을 피했다. 그랬는데, 그들이 이야기하는 바를 따르면, 선대가 전하기를 그들 중 하나가 고상한 야망에 마음이 자극되어 자기 이름에 권위와 명성을 부여하고자, 자식들 중 하나를 '장 선생' 또는 '피에르 선생'으로 만들 요량으로, 이웃 도시에서 글공부를 하게 해 마침내 동네 공증인이 되게 하기에 이르렀다는 것이다. 높은 분이 되신 그는 그들의 오랜 관습을 경멸하며, 그들의 머리에도 이쪽 지방의 허영기를 불어넣기 시작했다.

맨 처음 누가 자기 친구 염소의 뿔을 뽑자, 그는 친구에게 인근의 왕실 재판관에게 소송을 제기하라고 충고했다. 이렇게 이 사람 저 사람을 들쑤셔서 마침내 모두를 타락시키고 말았다.

이러한 부패에 이어 더 나쁜 결과를 초래한 다른 부패가 들이닥쳤다고 그곳 사람들은 말한다. 그것은 그들의 딸들 중 하나와 결혼해서 그들과 함께 살겠다는 생각을 품은 한 의사에게서 비롯된 일이었다. 그 의사는 그들에게 우선 열병, 감기, 종기들의 이름과 심장, 간과 창자의 위치를 가르치기 시작했다. 그때까지 그것은 그들의 지식과는 아주 거리가 먼 학문이었다. 그러고는 아무리 호되고 지독하게 아파도 만병을 물리치는 데 써왔던 마늘 대신, 그는 기침하거나 감기에만 걸려도 알 수 없는 혼합액을 복용하도록 그들을 길들이고, 그들의 건강뿐 아니라 그들의 죽음으로도 장사를 하기 시작했다. 그때부터 해 질 녘엔 머리가 무겁고, 더울 때 술을 마시면 괴롭고, 가을바람이 봄바람보다 건강에 좋지 않다는 걸 느끼게 되었고, 그 의술을 사용한 이래 전에는 몰랐던 병마 군단에 시달리게 되었으며, 이전의 정력이 일반적으로 감퇴되고 수명이 반으로 줄었다고 그들은 단언한다. 이것이 나의 첫 번째 이야기이다.

다른 하나는 내가 결석증이 발병하기 전의 일이다. 숫염소 피를 인간 생명의 보호와 보존을 위해 최근 세기에 하늘에서 내려온 만나[454]처럼 칭송하는 것을 여러 사람에게서 듣고, 식견 있는 사람들도 그것이 틀림없이 효험 있는 놀라운 약인 것처럼 말하기에, 다른 사람에게 일어날 수 있는 사고는 내게도 일어날 수 있다고 늘 생각해 왔던 나는, 건강이 아주 좋았지만 기꺼이 그 기적으로 나를 보강해 주려고, 집에 숫염소 한 마리를 처방된 방식대로 기르라고 일렀다. 이 염소는 한여름 가장 더운 달에 따로 끌어내어 이뇨 성분이 있는 풀만 먹이고 흰 포도주만 마시게 했다.

마침 나는 그 염소를 잡는 날 집에 돌아왔다. 그런데 누가 와서 하는 말이, 요리사가 그 염소의 위장에서 여물에 섞여 달그락거리는 두세 개의 큼직한 덩어리를 발견했다는 것이었다. 나는 호기심이 일어서 염소의 내장을 전부 내 앞으로 가져와 그 두텁고 넓은 표피를 열게 했다. 거기서 세 개의 커다란 물체가 나왔다. 그것은 마치 속이 비어 있는 듯 해면처럼 가벼웠지만 표면은 딱딱하고 단단했고, 여러가지 우중충한 색깔로 얼룩덜룩했다. 하나는 작은 공만 한 크기로 완벽하게 동그랬다. 다른 두 개는 좀 작았는데, 둥글기가 좀 불완전해서 둥글어져 가는 중인 것 같아 보였다.

<hr>

454
이스라엘 민족이 모세의 인도로 이집트를 탈출해 가나안 땅으로 갈 때 하느님이
날마다 내려 주었다는 기적의 음식.

37장 자식들이 아버지를 닮는 것에 관하여

이 짐승의 배를 많이 열어 본 사람들에게 물어본 결과 그것이 매우 드문, 이례적인 일이라는 것을 알게 되었다. 그것은 필경 우리 결석의 사촌 뻘 되는 돌들인 것이다. 사태가 그러한데 결석 환자들이 같은 병으로 죽을 짐승의 피에서 치료제를 섭취할 수 있으리라는 것은 정말 헛된 희망일 것이다. 피가 이 병증과 접하고도 영향을 받지 않고 원래 지녔던 효험이 변질되지 않는다는 것보다는, 몸에 생기는 것은 무엇이건 모든 부분의 공조와 상호작용을 통해서만 생긴다는 것이 더 믿을 만하니 말이다. 하는 일이 각각 달라 어느 한 부분이 다른 부분보다 더 많이 작용할지라도 전체는 한 덩어리로 움직인다. 그러므로 이 염소의 몸 모든 부분에 돌을 만드는 어떤 성질이 들어 있었다는 것이 매우 타당해 보인다.

내가 이 일을 해 보고 싶었던 것은 나 자신이나 미래에 대한 두려움 때문이었다기보다 다른 집과 마찬가지로 내 집에서도 여자들이 사람들을 치료한다고 그런 자질구레한 약 나부랭이를 잔뜩 만들곤 하기 때문이었다. 여자들은 한 가지 처방을 쉰 가지 병에 쓰면서 정작 자기를 위해서는 그런 처방을 사용하는 법이 없고, 그래도 어쩌다 좋은 결과를 얻으면 의기양양해진다.

어쨌든 나는 집회서의 가르침[455]대로 의사들이 필요해서가 아니라 (아사 왕[456]이 의사에게 도움을 청했다고 비난하는 다른 선지자의 말씀을 그 구절에 대립시키기도 하니까.) 그들 중에 성실하고 마음에 드는 사람을 많이 봤기 때문에 그 사람들 자체에 대한

455
38:1. "의사들을 존경하라, 너를 돌봐 주는 사람이요……", 38:12 "의사를 찾아가라, ……너에게 필요한 사람이니 그를 밀리하지 말아라."
456
유대 왕국을 B.C. 913년에서 873년까지 다스린 왕.

〔 742 〕

사랑으로 의사들을 존경한다. 내가 미워하는 것은 의사가 아니라 그들의 기술이다. 그리고 우리의 어리석음을 이용해 득을 본다고 그들을 크게 비난하지도 않는다. 대부분의 사람들이 그렇게 하니까. 그들의 직업보다 못한, 또는 좀 나은 많은 직업들도 대중의 어리석음 이외에 다른 근거나 버팀목이 없다. 나는 아플 때 마침 의사들이 근처에 있으면 불러서 치료를 부탁하고 다른 사람들처럼 치료비를 준다. ᶜ 내가 따뜻하게 덮는 것을 그 반대보다 좋아하면, ᴬ 나는 의사들에게 ᶜ 몸을 따뜻하게 덮으라고[457] 내게 명령할 권한을 준다. ᴬ 의사들은 내 국에 넣을 것으로 파와 상추 중에서 자기들 마음대로 고를 수 있고, 내게 백포도주 또는 분홍 포도주를 마시라고 명령할 수 있으며, 내 식욕이나 습관과 상관없는 일이라면 다른 뭐라도 시킬 수 있다.

나는 그것이 그들에게 아무것도 아님을 잘 안다. 쓴맛과 신기함은 의학 고유의 본질에 속하는 특성이기 때문이다. 뤼쿠르고스는 병에 걸린 스파르타인들에게 술을 처방했다. 왜냐고? 그들이 건강할 때 술을 싫어했기 때문이다. 내 이웃인 한 귀족이 천성적으로 술맛을 죽을 만큼 싫어해서 열이 나면 술을 아주 효험 있는 약으로 사용하는 것과 꼭 같다.

의사들 중에서 나와 같은 성미를 가진 자, 자기를 위해서는 의약을 거들떠보지도 않고, 남에게 처방하는 것과는 완전히 반대인 자유로운 방식으로 사는 의사들을 우리는 얼마나 많이 보는가? 그것이 우리의 어리석음을 아예 내놓고 농락하는 것이 아니면 무

<hr />

457
몽테뉴 생전판에서는 "내가 왼쪽으로 눕는 것과 마찬가지로 오른쪽으로 눕는 것을 좋아하면, 오른쪽으로 누우라고"로 되어 있다.

37장 자식들이 아버지를 닮는 것에 관하여

엇인가? 자기들의 생명과 건강이 우리 것보다 덜 귀하지 않을 테니, 자기 학문이 틀렸다고 생각하지 않으면 그 학설에 맞추어 살아갈 것 아닌가.

우리를 이렇게 눈멀게 만드는 것은 죽음과 고통에 대한 공포, 아픈 것을 참지 못하는 조급함, 낫고 싶은 광적이고 과도한 욕망, 바로 그것이다. 우리의 마음이 그렇게 물러터져서 조종당하기 쉬운 것은 순전히 비겁하기 때문이다. ^C 그리고 여전히 대다수는 의학을 믿는다기보다 그저 받아들이고 있는 것이다. 의학에 대해 불평하며 우리처럼 말하는 소리가 들리니 말이다. 하지만 그들은 결국 "어쩔 수 있나?" 하면서 결정을 내린다. 여하간 안달이라도 하는 것이 참는 것보다 좀 나은 치료법이라는 듯이.

^A 이처럼 가련한 예속 상태에 자기를 맡겨 버리는 자들 중에서 갖가지 사기에 넘어가지 않는 자가 하나라도 있는가? 낫게 해 주겠다고 뻔뻔스레 장담하면 아무에게나 매달리지 않을 자가 있는가?

^C 바빌로니아 사람들은 병자를 광장으로 데려갔다. 지나는 사람들이 의사였다. 그들은 각자 인정 때문에, 또 예의로 병자의 상태를 묻고 자기 경험에 따라 건강에 이로운 조언을 해 줘야 했다. 우리가 하는 짓도 별로 다르지 않다.

^A 어느 보잘것없는 미련한 여편네가 중얼거리는 주문(呪文)까지, 우리가 이용하지 않는 것이 없다. 그리고 만일 어떤 치료법을 꼭 받아들여야 한다면, 내 기분으로는 다른 치료법보다 차라리 그 치료법을 더 기꺼이 받아들일 것 같다. 적어도 그 치료법은 걱정할 만한 해로움은 전혀 없으니까.

^C 호메로스와 플라톤이 이집트인들에 대해 한 말, 즉 그들은

〔 744 〕

에세 2

모두가 의사라는 말은 모든 나라, 모든 사람에게 해당된다. 무슨 처방을 알고 있다고 자랑하며, 자기는 믿을 마음이 없어도 자기 이웃에게는 시험해 보려고 들지 않는 사람은 하나도 없다.

ᴬ 일전에 어느 모임에 갔더니 우리 조합원 하나[458]가 백여 가지 성분을 빠짐없이 조합해 만든 일종의 환약이 있다는 소식을 가져왔다. 다들 환호하며 이상한 위안을 느꼈다. 그렇게 많은 포탄을 쏘아 대면 어떤 바윗돌인들 견뎌 내겠느냐는 것이었다. 하지만 사용해 본 사람들에게서 들으니 모래알만 한 결석조차 꿈쩍하지 않더란다.

나는 또 의사들이 자기네 약의 효험을 보증하기 위해 우리에게 들려주는 경험담에 대해 한마디 더 하지 않고서는 이 종잇장을 놓을 수 없다. 약효의 대부분, 내가 믿기에는 3분의 2 이상이 약초의 정수(精髓)[459]에 있거나 감춰진 성분에서 비롯되는 것인데, 우리는 그것을 써 보고서 알밖에 달리 알 수가 없다. 정수라는 것은, 그것이 왜 생성되었는지 우리가 이성으로 알아낼 수 없는 성분, 바로 그것이기 때문이다. 의사들이 대는 근거들 중에서 어떤 귀신이 영감을 줬다고 말하는 따위는 그런대로 받아들이기에 족하다.(왜냐하면 나는 기적 같은 것은 결코 건드리지 않으니까). 또 어쩌다 다른 용도로 흔히 사용하게 된 사물들에서 얻은 증거들 역시

458
'confrérie'는 중세에 발달한 동업자 조합으로 여기서는 몽테뉴 자신과 같은 결석 환자라는 뜻이다.

459
정수는 quintessence이지만 몽테뉴는 quinte와 essence를 떼어 쓰고 있다. 이는 연금술에서 행하는 다섯 번째 에센스, 즉 사물의 근본적인 요소를 얻기 위해 다섯 번 증류하여 얻은 결과물이라는 뜻이다.

37장 자식들이 아버지를 닮는 것에 관하여

받아들일 만하다. 예를 들어 우리가 늘 옷을 만들어 입는 양모에서 발꿈치 동상이 낫도록 건조시키는 어떤 신비스러운 성분이 우연히 발견되고, 음식으로 먹는 고추냉이에 식욕을 돋우는 작용이 있음을 알게 된 것처럼 말이다.

갈레노스는 한 나병 환자가 술을 마시고 나았는데, 알고 보니 우연히 그 술독에 독사 한 마리가 기어 들어가 있었기 때문이었다는 이야기를 전한다. 우리는 이 예에서 무엇 때문에 어떻게 치료되었는지를 수긍할 수 있다. 의사들이 짐승들의 예를 보고 알게 되었다고 할 때도 마찬가지이다. 하지만 행운으로 알게 되었을 뿐 우연 이외에는 다른 인도자가 없었다고 말하는 대부분의 경험담에서는 약효를 알게 된 과정이 믿을 만하지 못하다고 본다.

나는 식물, 동물, 금속 등 자기를 둘러싼 무수한 사물들을 바라보는 사람을 상상해 본다. 과연 그는 어디서부터 자기 실험을 시작할까? 그의 첫 생각이 사슴의 뿔에 꽂혀서 확신도 없이 아주 안이한 믿음을 갖게 된들, 두 번째 행동으로 들어가기란 여전히 곤란할 것이다. 너무도 많은 병과 너무도 다양한 상황이 떠올라 완전히 알았다고 할 만한 확신에 이르기 전에 그의 지각은 뭐가 뭔지 알 수 없게 되어 버릴 것이다. 많고 많은 사물 중 사슴 뿔이, 많고 많은 병 중 간질병에, 많고 많은 체질 중 우울한 체질에, 많은 절기 중 겨울에, 수많은 나라 중 프랑스 사람에게, 많고 많은 연령층 중 노년기에, 많고 많은 천상 변화 중 금성과 토성이 만날 때, 많고 많은 신체 부위 중 손가락에 좋다는 것을 발견하기 전에 말이다. 이 모든 것에서 논증이나 추측이나 예증이나 거룩한 영감도 아니고 오로지 운수의 활동만으로 지도되다니, 그 운수는 그야말로 예술적인, 완벽하게 규율 있고 체계적인 운수여야만 하리라.

〔 746 〕

에세 2

그리고 병이 치료되었다 해도 앓을 만큼 앓아서이거나, 우연의 결과이거나, 환자가 그날 먹거나 마시거나 만진 어떤 다른 것의 작용이거나, 환자의 할머니가 기도한 덕이 아닌지 어떻게 확신할 수 있을 것인가? 게다가 증거가 완벽했다 할지라도 그 행운과 우연의 다발, 그 기나긴 대열이 몇 번이나 반복되었기에 하나의 규칙으로 결론짓는단 말인가?

^B 규칙이 결정된다면 누구에 의해 결정되는가? 수백만의 사람들 중에서 자기의 경험을 기록해 둘 생각을 한 것은 세 사람뿐이다. 운명이 마침 그때 수백만 중의 하나와 부딪쳤나? 아니, 다른 한 사람, 혹은 다른 백 사람이 반대의 경험을 했다면? 혹여 모든 사람의 모든 판단과 추론이 우리에게 알려졌다면 우리 앞에 무슨 광명이 보였을지 모른다. 하지만 세 사람의 증인, 세 명의 의사가 인류를 좌지우지하는 것, 그것은 옳지 않다. 그러려면 인간 본성이 그들을 대표로 뽑아서 ^C 명시적인 위임을 통해 ^B 우리의 관리자로 선포했어야 하리라.

^A 드 뒤라 부인[460]에게

부인, 일전에 나를 찾아오셨을 때 부인께서는 내가 이 대목을 쓰고 있는 것을 보셨습니다. 이 보잘것없는 글들이 어느 때 부인의 손에 들어갈 수도 있기에, 부인께서 이 글들에 가져 주실 호

460

앙리 드 나바르(후일의 앙리 4세)의 왕비가 되었다가 이혼하는 마르그리트의 측근.
몽테뉴는 그녀의 시누이인 코리장드에게 『에세 1』의 28장을 헌정했고, 『에세 3』
4장에서는 동생인 기슈 백작에 대해 언급한다.

[747]

의에 저자가 몹시 영광스러워한다는 증거를 이 글에 남기고 싶습니다. 부인께서는 여기서 부인과 이야기를 나눌 때 보셨던 그대로의 면모, 그대로의 태도를 알아보실 것입니다. 평상시 나와 다른 모양, 더 훌륭하고 더 보기 좋은 모습을 취할 수 있었다 해도 나는 그렇게 하지 않았을 것입니다. 왜냐하면 부인의 기억에 나의 자연스러운 모습을 상기시키는 것 말고는 내가 이 글에서 얻고자 하는 것이 달리 없기 때문입니다. 부인께서 과분한 배려로 정중히 받아 주신 그대로의 내 행동과 사고방식을, 내가 세상을 뜬 후 몇 년 또는 며칠이라도 버틸 수 있는 어떤 견고한 형태에 담아 두려는 것이니, 부인께서 기억을 되살리고 싶으시면 기억해 내려고 달리 애쓰지 않아도 여기서 그것들을 보실 수 있을 것입니다. 실은 그럴 가치도 없는 것들입니다만. 나는 나의 자연스러운 모습을 보고 품으신 부인의 그 우정 어린 호의를 계속 간직해 주시기를 바랍니다. 살아서보다 죽어서 더 사랑받고 더 높이 평가받고 싶은 마음은 추호도 없습니다.

    [B] 자기 시대 사람들에게 존경과 호감을 얻는 것보다 후대까지 명성을 뻗치는 데 더 마음을 썼던 티베리우스의 성향은 우습지만 일반적이지요.

    [C] 설사 내가 세상의 칭송을 받아 마땅한 사람들 축에 든다 해도, 채무를 면제해 줄 테니 미리 당겨서 칭송을 치르라고 하겠습니다. 바쳐야 할 칭송을 서둘러 모두 내 주변에, 길게보다는 두껍게, 오래가기보다는 꽉 차게 쌓아 달라고 말입니다. 그러고는 내 지각이 사라지고 그 달콤한 소리가 더 이상 내 귀를 스치지 못하게 되면 그 칭찬도 싹 사라져 버리라고 말입니다.

    [A] 이제 곧 사람들과의 교제를 포기해야 하는 때에 새로운 추

[748]

에세 2

천장으로 저들에게 나를 소개하려는 것은 어리석은 마음일 것입니다. 나는 내 삶을 위해 사용할 수 없는 재화는 전혀 값을 쳐 주지 않습니다. 내가 어떤 자이건, 종이가 아닌 다른 데에 존재하기를 바랍니다. 내 기술과 내 솜씨는 나 자신을 가치 있게 하는 데 사용되었습니다. 내 공부는 행할 줄 알기 위한 것이지 글을 쓰기 위한 것이 아닙니다. 나는 내 모든 노력을 내 삶을 만드는 데 바쳤습니다. 그것이 바로 내 직업이요 내 업적입니다. 나는 그 무엇보다 책을 만드는 자가 아닙니다. 내가 어떤 능력을 원했던 것은 현재의 편익을 얻기 위해서이지 모아 뒀다가 자손들에게 남겨 주기 위해서가 아닙니다.

C 무슨 장점을 지녔다면 그 장점을 자기 행동거지에서, 일상적인 언행에서, 사랑을 하거나 다툴 때, 놀음판, 잠자리, 식탁에서, 업무의 처리에서, 집안 살림에서 드러내 보일 일입니다. 추레한 반바지를 입고 좋은 책을 짓느라 애쓰고 있는 자들을 봅니다만, 그들이 내 말을 들었다면 우선 반바지부터 만들어 입었을 것입니다. 스파르타인에게 훌륭한 군인보다 훌륭한 수사학자가 되고 싶은지 물어보십시오. 아니요, 만일 내게 밥을 지어 주는 이가 없다면 나는 훌륭한 수사학자보다 차라리 훌륭한 요리사가 되겠습니다.

A 하느님 맙소사! 부인, 내가 만일 글 쓰는 데는 유능한 인간인데 다른 데서는 맹탕이요 바보라는 식의 칭찬을 들으면 얼마나 싫을는지요. 내 능력을 발휘할 자리를 그렇게 잘못 골랐다는 것보다는 차라리 여기서나 저기서나 바보이고 싶습니다. 그러니 내가 이 바보짓으로 무슨 새로운 영광을 얻으려 기대한다는 것은 만부당하고, 내가 얻어 놓은 보잘것없는 평판이나마 이 때문에 깎이지 않는다면 아주 잘한 게 될 겁니다. 왜냐하면 움직임도 말도 없는

〔 749 〕

정물화인 이 초상화가 내 본연의 존재에서 무엇인가를 지워 버릴 것은 말할 것도 없는 데다, 나의 가장 좋았던 상태가 아니라 초년의 활력과 힘을 많이 잃어 시들고 맛이 간 상태만 보여 주니 말입니다. 나는 술 지게미 냄새가 나기 시작하는 항아리 밑바닥에 있습니다.

게다가 의술서를 쓴 저자들마저[461] 내 생각을 거들어 주지 않았다면, 부인과 다른 많은 사람들이 의술을 믿고 의지하는 터에, 의술의 비법을 이토록 과감하게 뒤흔들 엄두는 내지 못했을 것입니다. 의술에 관해 쓴 라틴 저자는 플리니우스와 켈수스 둘뿐인 것으로 압니다. 부인께서 어느 날 그들의 책을 보시면, 그들이 나보다 훨씬 호되게 그들의 기술을 다루고 있음을 아실 것입니다. 나는 의술을 꼬집을 뿐이지만 그들은 의술을 참수하고 있어요. 플리니우스는, 무엇보다 의사들이 약과 섭생법으로 공연히 환자들을 뒤흔들고 괴롭히다 수가 다하면, 어떤 자는 기도와 기적을 받으러 보내고, 어떤 자는 온천장으로 보내는 멋진 도피술을 발명해 낸 것을 조롱합니다.(노하지 마세요, 부인, 부인 가문의 보호 아래 있고 죄다 그라몽의 소유인 이쪽 온천들을 두고 한 말은 아닙니다.)[462] 그들에겐 제삼의 도피 수법도 있습니다. 우리 병을 너무 오랫동안 주무르다 더 이상 우리를 속여 먹을 술책이 생각나지 않

461
보르도본에는 'Par ses auteurs mesme', 1595년 판에는 'par ses auteurs mesmes'로 되어 있다. 전자는 même par ses auteurs, 즉 '저자들에 의해서조차'로 읽을 수 있고, 후자를 따르면 '저자들 자신이'가 된다. 몽테뉴가 의술을 믿지 않게 된 이유로 집안 내력, 그의 경험도 있으므로 보르도본 표기의 뉘앙스를 따른다.

462
드 뒤라 부인의 처녀 적 이름은 마르그리트 드 그라몽으로, 그라몽 가문 출신이다.

[750]

을 때, 우리를 쫓아 버리되, 조금도 낫지 않았다는 우리의 책망도 듣지 않기 위한 수단이지요. 좋은 공기를 찾아가라고 우리를 외국으로 보내는 것이 그것입니다.

　부인, 이것으로 충분합니다. 부인께서는 부인과 대화하기 위해 잠시 돌려놓았던 이야기의 줄기를 다시 이어 가도록 허락해 주시리라 믿습니다.

———————

　페리클레스였던 것 같다. 누가 어떻게 지내느냐고 묻자, 그는 팔과 목에 매단 부적을 보여 주며 말했다. "이걸 보면 알 수 있겠지요." 그렇게 헛된 물건에 도움을 청할 지경이 되어 그처럼 괴상한 차림새를 하고 있는 만큼, 자기가 꽤나 심하게 앓고 있다는 것을 말하려 했던 것이다. 내가 어느 날 내 생명과 건강을 의사들의 가호와 지도 편달에 맡긴다는 우스운 생각을 갖게 될 리 없다는 말이 아니다. 나도 그런 망상에 빠질 수 있다. 나는 내가 얼마나 굳건할 수 있을지 장담할 수 없다. 그러나 그때라도 누가 내게 어떻게 지내느냐고 물으면 손에 든 6드라크마[463]의 아편을 보여 주며 페리클레스처럼 대답할 수는 있을 것이다. 그리고 그것은 내가 중병에 걸렸다는 매우 확실한 증거가 될 것이다. 그때 내 판단력은 완전히 무너졌을 것이니, 조바심과 공포가 그 정도로 나를 사로잡고 있다면, 내 정신이 아주 지독한 열병에 걸린 것으로 결론지을 수 있을 것이다.

463
1드라크마는 약 489그램이다.

〔 751 〕

37장　자식들이 아버지를 닮는 것에 관하여

나는 별로 알지도 못하면서 애를 써서 이 소송[464]을 제기했다. 그것은 선조로부터 물려받아 약과 우리네 의사들의 치료법에 맞대드는 나의 타고난 성벽을 좀 뒷받침하고 보강해서, 단순히 어리석고 분별없는 성향으로 머물지 않고, 좀 더 형태를 갖춘 것이 되게 하기 위해서이다. 또한 내가 병에 시달리면서도 남의 권유와 위협을 너무도 단호하게 물리치는 것을 보고 사람들이 그것을 단순한 고집이라고 생각하지 않도록, 그리고 혹여 그것을 무슨 공명심 탓으로 여길 만큼 고약한 사람이 없도록 말이다. 우리 집 정원사나 노새 몰이꾼도 똑같이 하는 행동에서 자랑거리를 끌어내려 하다니 참 대단히 바람직한 욕심이겠다! 당연히 내 마음은 건강처럼 견고하고 튼실하며 실질적인 쾌락을, 공상적이고 정신적이며 바람 같은 쾌락과 바꾸려 할 만큼 헛바람이 들어 부풀지도 않았다. 영광이란, 에몽의 네 아들[465]이 얻은 영광이라도, 결석 발작을 큰 놈으로 세 번이나 치러야 살 수 있다면 나 같은 사람에겐 너무 비싸다. 하느님, 부디 건강을!

우리 의술을 좋아하는 사람들도 그들대로 훌륭하고, 위대하고, 강력한 소견을 가질 수 있다. 나는 내 견해와 상반되는 견해를 미워하지 않는다. 나는 내 생각이 남의 생각과 일치하지 않는다고 마음이 상하거나 나와 다른 노선, 다른 파당에 속하는 사람들의 모임이라고 발길을 끊는 따위와는 거리가 멀고, 오히려 반대로, 자연이 따랐던 가장 일반적인 방식이 다양성이고, [C] 특히 육신보

464
의학을 고발하는 소송을 말한다.
465
12세기 프랑스 무훈시 『르노 드 몽토방』의 주인공 형제. 르노 드 몽토방은 그 네 형제 중 하나의 이름이다.

다 정신에서 그러하므로 (정신이 육신보다 더 유연해서 보다 여러 형태를 취할 수 있는 만큼) ^A 우리의 기질이나 의향이 일치할 수 있는 경우란 훨씬 더 찾아보기 어려운 일이라고 본다. 그래서 세상에 똑같은 두 견해가 있었던 적이 결코 없으니, 두 개의 털, 두 개의 낱알도 같은 법이 없는 것과 같다. 견해들의 가장 보편적인 성질, 그것은 '다양성'이다.

에세 2

1판 1쇄 펴냄 2022년 6월 17일
1판 5쇄 펴냄 2024년 7월 12일

지은이 미셸 드 몽테뉴
옮긴이 심민화
발행인 박근섭 박상준
펴낸곳 ㈜민음사

출판등록 1966. 5. 19. (제 16-490호)
서울특별시 강남구 도산대로1길 62(신사동)
강남출판문화센터 5층(우편번호 06027)
대표전화 02-515-2000
팩시밀리 02-515-2007
www.minumsa.com

ⓒ 심민화, 2022. Printed in Seoul, Korea

978 89 374 7225 1 04860

978 89 374 7223 7 세트

＊ 잘못 만들어진 책은 구입처에서 교환해 드립니다.